JN124884

魂の花びら、思索の文様

杉本秀太郎

四明書院

目次

魂の花びら、思索の文様

*

魂の花びら、思索の文様

洛中生息

秋から冬へ

かつては、京の町のどまんなかにある私の家からも、東山、北山が二階の窓ごしによく見えた。昭和三十年ごろから数を増しはじめた高い建物に、いまでは四方をさえぎられ、山がまったく見えなくなったので、山の色に秋の色に秋のおわり、春のおとずれを知ることはなくなった。しぐれを軒に聞いても、住居と山々とのあいだが、こうして疎遠になって気が付くと、文芸の綾とでもいうべきしぐれの音は秋雨から消えていた。妙なものである。

町のなかは、いまや荒廃している——少なくとも町の景観は。軒がきれいにそろっていた町並みは、いまや乱杭のようにでたらめであって、京都が都会から田舎へと衰退したことを、それはよく示している。荒廃したのは町ばかりではない、町のまわり、すなわちこの盆地をとり巻いている山々もまさしく同様である。だから、町のなかには見られなかった野鳥が、山からにげてくる。町のなかの木立を目当てに、鳥はさまようらしい。しかし、荒れた町のなかに住みつくような鳥は、もともと粗暴な横着者で、繁殖力の強い鳥にかぎられる。

鵯(ひよどり)は、この数年来、一年をとおして町のなかに住みつく野鳥になった。元来が漂鳥といわれる鳥で、秋になると山から里へ移行して冬の寒冷をさけ、春にはまた山中へと飛び去る習性をもつ。それが雀とおなじように人家のさなかに四季を通じて定住する鳥になったのである。

もっとも、巣をかけるのは、雀のように人家の軒、雨樋のきわではなく、高い樹上である。してみると、京都の町なかには、鵯の巣がけに役立つ樹木が生きていることになる。神社、寺院の境内、学校の庭には、充分に生育している大銀杏（いちょう）がある。それが巣がけの木になるらしい。

近ごろ、私の季感は鵯によって明確にされる。この鳥に対する嫌悪を介して、私の季感が形を帯びるのである。鵯は鳴き声、姿、性格、すべてにおいて野卑な鳥だ。夏のあいだ、こいつは、まったくあきれるくらい巧妙に蟬を捕えて食いちらかす殺し屋であった。熊蟬を捕え損じることは時折りあっても、にいにい蟬、油蟬、つくつく法師は確実に餌食にする。この蟬狩りでは、かならず隠密の単独行動をとり、鳴き声ひとつ立てなかった鵯が、秋のおわりには、庭の熟柿をむさぼりにやってくる。こんどは番（つが）いであらわれ、露骨に警戒の合図を呼びかわしながら、梢の先にのこった柿をつっついている。熟しきった実が、物置小屋の屋根に落ちてつぶれる。鵯は、いちど落ちた実を拾って食うことを決してしない。卑しいくせに贅沢なやつだ。

柿の木は、裏庭の向うのすみに立っている。鵯は、この木にとまるときは平気で鳴きかわしている。そしてけたたましい叫び声をあげて飛び去る。

柿の実がひとつもなくなると、次にこの鳥がねらいをつけて漁りにやってくるのは、母屋の軒近く、座敷の庭先に熟している山梔子（くちなし）の実である。

鵯が洛中住まいを決めこむまでは、十二月の上旬に摘みとった山梔子を日蔭干しにして保存し、食紅（しょくべに）に用いるという楽しみがあった。もちごめを蒸し、山梔子の実を煎じた湯で染めると、濁りのない美しい黄蘗（きはだ）のおこわができる。母親が、祝い膳にこういうおこわを作ってくれたのはいつだったか。

いまでは、鵯にことごとく山梔子は盗まれてしまう。食われぬうちに摘めばいいようなものだが、陶磁の発色をおもわせる深い赤黄色に熟した山梔子の実は、冬の庭にいろどりを添える唯一の自然であるから、あと一日、もう一日と摘む手を惜しんでいるうちに、鶫に先を越されてしまうのだ。

冬の色魔、と私は鶫を呼んでいる。色魔は、ありったけの山梔子の実を無残に食いちぎるが、軒近くしのび寄ったこの鳥は、柿の実をねらうときとはちがって、夏の蟬狩りのときのように声ひとつ立てず、常緑の木斛(もっこく)や槇(まき)の下枝に身をひそめ、すばやく山梔子にとび移る。

冬の鶫の頭部には、白い毛がポマードで撫でつけたようにそろって伸び、くちばしの付け根には剛毛がぴんと生えている。中年男の色魔を連想したくもなるではないか。序でながら、こういう鶫の姿は、初期狩野派の扇面になかなか的確な描写を見ることができる。ただし、私は狩野派の画は好きではない。鶫と同質の異なものを感じるから。

私の庭がこの色魔によって山梔子の色をうばわれたとき、私には凋落(chute)という一語がフランス語の語音で口にうかぶ。しかしながら、事実は、パリ、北京の冬のように満目蕭条といった形容の当てはまる冬枯れの風景が、これで実現されたわけではない。常緑樹の多い表日本の植物相は、またそのまま京都の自然の景観を限定している。東山の丘陵が冬のさなかにも、依然として常緑の樫、椎、それに松、杉のみどりで掩われているように、町なかの冬の庭も多くのみどりを保っている。木枯しが吹きすぎるとき、もの悲しく鳴るのは、土蔵のかげにうず高く落ちた無花果(いちじく)の枯葉くらいなものである。こまかな硬い毛をもっている無花果の落葉には、霜がよく付くので、日蔭の無花果の根もとが白く光っていることがある。これは冬の風景といってもいいものだ。けれども、近ごろ、町の冬空には、大気汚染の煙霧の傘があって降霜を防いでいる。寒気はやわらいだが、霜解けの露にぬれた瓦屋根から沈静な鉛色の光の波動が生まれるあの冬の朝景色は、もはやなかなかに得がたいものとなった。

冬至前後

京都の町なかの家は、意外に冬の屋内があかるい。裏日本の町、たとえば金沢なら、数メートルの雪が窓を塞いでしまうので、冬の屋内はほとんど暗室にひとしいが、京都の町に雪がつもっても、たかだか三十センチくらいなものである。そして雪が降れば、屋内は反射光のために猶更あかるくなる。雪後は青空のひらけることが多いものだ。それが表日本の気象なのである。

京都の気候をよく心得ていた兼好は、住居は夏向きに建てるがいい、と書いた。深い軒庇は夏の陽ざしから屋内をかばうが、冬の低い太陽は、庇を切って戸障子にまでよく届く。もっとも京都の町は、周知のように、正確に南北を指す縦の大路小路と、それと直角にまじわる東西の大路小路によって碁盤目の町筋をそなえているから、家が東西の筋にあるか南北の筋にあるか、また東西の筋にあればその南側か北側か、南北の筋にあればその東側か西側かのちがいで、住居の陽当り加減はまったく変ってくる。

ここには一例として、東西の筋の北側に立っている私の住居を例に採って、冬の陽ざしのことに触れておく。

道幅三間半の表の通りに面している店の間(みせのま)には、京格子が全体にはめこまれている。冬至の真昼、太陽は向いの二階建ての棟のすぐ上あたりにかかり、屋根の傾斜とほとんど平行する光を投げかける。このとき、表の京格子は、ちょうど下半分が向いの家の日蔭になる。冬至のこのときが、冬のあいだで店の間の陽当りがもっとも乏しいときであって、追い追いに、向いの家の影は少なくなっていく。

一年を通じて、この店の間がもっともあかるいのは、十一月の中、下旬、陰暦十月の小春と呼ばれている時期、および冬至をなかにして、これと対応する二月の中、下旬である。そのころ、京格子は上から下までいっぱいに、陽ざしを浴びている。格子の内側の障子をあけ放つと、たたみの上には規則正しい縞柄の日蔭が横たわる。障子をしめていると、表の軒近くをとおる人影が、あらかじめ障子にえがき出された格子の縞のなかを通過する。そういう影のたわむれが、ふと目をうばうようなとき、ヴァレリーの詩句の一節が、私には思い出される。

　木立の枝にとらわれた　かりそめの虜囚
　並行するこの細い鉄柵を　ゆらめかせる入海……

「かりそめの虜囚」である人影は、たやすくこの格子の影、質量をもたないこの牢獄の柵からすり抜ける。「細い鉄柵」は、ヴァレリーにとっては睫毛(まつげ)の隠喩であった、それなら、京格子のつくる影は、カメラの暗箱の前面にとりつけられた美しい人工の睫毛というべきかもしれない。そして南面に格子をもっている店の間こそあかるいが、間仕切りの襖のむこう、さらにもう一枚の襖をあけると奥座敷に通じる中(なか)の間(ま)は、四季を通じて暗箱のように暗いのが、京都の町なかの住居の特色である。

　もうひとつの特色は、この町なかの住居が間口よりも奥行が数倍まさっているような短冊型の敷地をもっていることである。いま、表が南向きに立っている家なら、奥座敷はかならず北向きになる。この座敷に陽がさしこむことは、決してないわけである。冬は、したがってこの座敷はきわめて暗いはずだが、ここにひとつの工夫がなされていて、案に相違して、それが暗くはないようにできている。

　座敷のまえには庭がある。山梔子もここにある。黒文字(くろもじ)の枝を束ねた垣根がこの庭を囲んでいるが、庭をへだてて座敷と向いあわせに土蔵が立っている。冬の陽ざしが土蔵の白壁いっぱいに当ると、いわば間接照明というふうにして、座敷にほの白いあかるさが射すのである。勿論、冬の曇り日にそういうあかるさは望めない。晴れていないかぎり、冬の座敷は陰々として寒いというほかはない。

土蔵というものは、小屋根には深い庇がとりつけてあっても、大屋根には、庇とはいいながらわずかな出張りだけが、壁土を余分に塗りかさねたのち、軒ぞいに円く土をくり取ったような、ゆるやかな反りをみせて作りつけてあるにすぎない。このわずかな出張りにも、その程度については慎重な観察がそれを決定したもののようであって、白壁に陽光が直射すれば目が痛むような季節、六月上旬から八月いっぱいの三箇月余りのあいだは、わずかな出張りが陽ざしを充分にさえぎる仕組みになっている。夏至から一箇月のあいだ、昼間の白壁は直射日光を完全にまぬがれる。七月下旬になると、わずかに壁の下方に陽が当る。そして春秋の彼岸には、白壁は満面に陽光を浴びる。

座敷の二階にある北向きの部屋は、階下の座敷よりもはるかに土蔵の白壁から影響される。私はそこを居間にしているので、冬をあかるく考えすぎているかもしれない。

二階の南向きの部屋は、一年のうち冬期がもっともあかるい。ただしそれは向いの家がこちらとおなじ二階建ちであるかぎりのことで、五階六階のビルに建ち変れば、このかぎりではないし、またそうならない保証はまったくない。

冬にあかるく、したがって暖かなのは良いことだが、習いというものが干渉してくると、一概にそれを結構とはいえなくなるのが厄介なところだ。二階の南向きの部屋は、私にはあかるすぎる。つまり落着きが悪いのである。冬の陽がガラス窓いっぱいに射しているのは、こころのなごむことだが、陽ざしのうつろいが気ぜわしくもさせる。私は陽当りのいい部屋にいて、そこを自分の家の一室とは思わず、ひとりの客として、暫時そこに居合わせたような気分を装うことがある。そうしていると、冬の陽を短い時間で堪能するのも訳ないことなのだ、お客なのだから、気がせいてもそれは仕方がない。

町なかの屋内が暗鬱になるのは、むしろ冬はもうほとんどすぎたといってもいい時期、三月中旬から彼岸すぎにかけてである。すでに太陽は高くなり、深い軒庇が陽光をさえぎっているので、あんなに冬のあいだもあかるかった南向きの窓に、陽はすでに直射しなくなっている。屋外のあかるさが際立ってくる時期だけに、曇り日の冬の屋内よりあかるいはずなのにそうは思えなくて、冬のまま暗がりのなかにとり残された部分が根付いてしまったような、なんともいえない憂鬱が、屋内を領有したように思えるのだ。

こうなるまえ、節分から一箇月ばかりのあいだが、屋内屋外の明暗のほどよく釣合った、好適な時期である。それは旧暦でいえば大正月小正月を含む時期ということになる。かつてひとびとが、みずからの住居での正月迎えを晴ればれとした心持でとりおこなったことが、家屋のあかるさに対する用意のほどからもわかるように思える。

正月から節分まで

暮れの二十四、五日頃に、隣家から餅つきの音が聞こえる。台所のたたきに臼を据えて搗いている。こちらの台所にまで、地響きが伝わってくる。裏庭にまわると、地響きに代って、杵音が聞こえる。隣家の餅つきの気配だけで、こちらも気分がゆったりするのはありがたい。

私の家では、正月に、輪取りという形式の鏡餅を祖先にお供えする習慣がある。輪取りというのは、径二寸五分のまんまるい檜のたがをはめた、厚さ一寸の餅で、これを三つ重ねにしたものを左右一対、三方(さんぼう)に載せて仏壇に供えるのである。この輪取りを承知している餅屋は、いまではほとんどないが、蛸薬師通り新町東入ル鳴海餅という店だけは、いまもきちんと作ってくれる。年の暮れに輪取りをこの店に注文するのは、順照寺という真宗西本願寺派のお寺と私のところと、二口だけになったそうである。私の家は西の門徒である。輪取りは、この筋からきているしきたりのようである。

序でながら、門松というものを、私の家では昔から立てたことがない。子供の時分、どの家の門口(かどぐち)にも、根引きの小松が水引で結(ゆ)わえて柱の袖に掛けてあるのに、うちにはそれがないのがさびしく、父にわけをたずねたことがある。

「門徒物知らず、いうてな。諸事簡素にするのがしきたりになっている。」

と父が応じたような記憶がある。そういえば、他宗でするような盆のお精霊(しょらい)さんの行事もなければ、歳徳棚や荒神松も、うちには見当らなかった。大晦日の夜のおけら参りというものさえしなかった。柳田國男が浄土真宗を目の敵に、いやむしろ眼中にも置かなかったのはもっともである。

したがって、正月の用意といっても、さして煩雑ではない。テレビが普及するにつれて恐るべき勢いで流行し、いつのまにやらあらゆる家庭の正月準備の中心みたいになったおせちというものも、私のところでは従来作らなかった。年始のあいさつにきた人は、玄関で応々と呼ばわり、はきものを脱ぐことはせず、その場であいさつをして、さっさと帰っていくのがしきたりだったからである。店の間に、ひつじ草の池沼を描いた時代屏風を立てかけ、そのまえに名刺受けをととのえておくと、名刺を投じただけでそのまま去ってゆく人も少なくなかった。年始の客は数が多いということくらい、だれも心得ていたから、あいさつ以外の冗語は互いに遠慮しながら、年始の往来をとり交わしたのだ。これを水くさいというなかれ。礼節は、形式的であればあるほど虚礼から遠ざかるものである。砕けた付合いがもてはやされる時代は、かえって虚礼がはびこる時代だろう。

ところで、八坂神社におけら参りをし、知恩院の除夜の鐘を聞いて帰れば、もう真夜中ということになるが、私の家でおけら参りをしなかった理由は、元旦が一年を通じてもっとも早起きしなければならない朝だったからだ。戦後も、これは当分そのとおりだった。夜ふかし朝寝坊のくせがついた学生時代には、早朝五時に叩き起こされるというだけで正月がいやだった。六時まえにはもう来訪する分家の家族を仏間(ぶつま)に迎え入れ、仏壇を正面にして左右に分かれて対面し、家族すべて顔をそろえて新年のあいさつを交す——これが中(なか)京(ぎょう)の商家の多くが心学の教則にのっとった家訓にもとづき、長いあいだ実行してきた元旦のしきたりである。

集合の時間が、いつの間にか七時になった。やがて七時半にまで繰りさがった。こうなれば、廃絶までは時間の問題だ。三年まえ、分家の家族ふくめて参集のしきたりは絶えた。

いまでは八時頃、お雑煮を祝うまえに、私の家だけの親子三代が仏間に顔をそろえる。そしていささか堅苦しく「あけましておめでとうございます。旧年中は……」と型通りのあいさつを表白する。小学生の娘がくすくす笑っている。

正月三箇日のお雑煮は白味噌、七日は七草粥、十五日は小豆粥というしきたりは、いまもつづいている。食事というものが儀式の一端であるとすれば、この点では、正月は猶かすかに節(ふし)を保ち、時の折り目の名ごりを、暮しの中にとどめている。

暦が寒の入りを告げると、ひとつの鳴り物が、町なかの暮らしに趣をそえる。鳴り物といっては適切を欠くかもしれない。それは喧騒の音ではない。世にもものさびた鉢叩きの音である。空也堂のお坊さんが、寒念仏を唱えつつ鉢を叩いて、暮れきった小路を托鉢して歩く。この僧を私たちはかんぼんさんと呼んでいる。かんぼんさんは、呼びとめる家の門口(かどぐち)に立ちどまり、お布施を押しいただいて、暫しがほど鉢を乱打し、念仏和讃を唱えて立ち去る。六歩、七歩とあゆんではひとつ、かんと打つ鉢の音が、こごえた夜に打ち当り、余韻もなしにすぐ消える。僧が辻を曲ると、もう鉢の音は聞こえてこない。「塩鮭や空也の痩も寒の内」と芭蕉は吟じたが、空也僧は底冷えする京の寒の内の托鉢に、おなじ小路をそう何遍も通らないようだ。二晩つづけて聞いた鉢の音を次の晩も待っていると、もうそれきりその年はかんぼんさんのお通りがない。

そうするうちに節分がめぐってくる。

節分の夜、厄払い（やくばらい）が表の通りを歩みすぎていったのは、もはや遠い日のことで、昭和十六、七年頃がさいごだった。

「やっこ払いまひょ。やっこ払いまひょ」

そう早口に、つぶやくようにくり返しながら、厄払いは暗い小路をとおりすぎた。

店の間の格子に両腕でぶらさがり、首を伸ばして格子のすき間から、暗い路上を私は見渡した。ひとりの小柄な、見すぼらしい男が、ごく普通のなりふりで、つまり洋服を着て、足早に軒端をとおっていった。

少年時代のこの記憶が、『ボヴァリー夫人』をよみ返していたら、ある場面でよみがえってきた。エマ・ボヴァリーが、ルアンの町のホテルでレオン青年と逢引したのち、乗合馬車で二十キロほどの帰りをいそぐところだ。ルアンの市門の立つ峠で、ひとりの盲目の乞食が、馬車のそばにすり寄って窓ごしにうるさく物乞いをする。エマはその乞食を見る。

「肩にはぼろを重ね、顔は鍋底のように丸くなっている形の崩れた古い海狸帽に隠れていた。しかしその帽子を脱ぐと、瞼のところに、血だらけな、ポッカリ口をあけた二つの眼窩（がんか）が現われた……」

厄払いはおそらく盲目ではなかった。しかし、海狸帽の代りに、頬かむりをしていた。どこか無気味なものが、垣間見た厄払いの姿にはつきまとっていた。『ボヴァリー夫人』では、峠の物乞いの姿が、のちに砒素をあおって自殺するエマの臨終に、幻影となってあらわれ、エマをおびやかす。物乞いの歌っていた小唄が、エマの幻聴にあらわれる。

晴れた日和のあたたかや
娘もあだな夢を見る

つぶれた目から血膿をながしている物乞いが歌ったというこの小唄は、つまりは祭文(さいもん)である。予祝のわざおぎに附随するめでたい文句である。それならば、節ついた抑揚とともに厄払いが低声でくり返した「やっこ払いまひょ」の呼び声とこれと、さして異るところはないかもしれない。もしもあの夜、おとなの許しを得て厄払いを呼びとめていたら、男は家の門口で、春をことほぐめでたい文句を唱えたはずである。

やはらめでたやな　めでたやな
鶴は千年　亀は万年
東方朔(とうぼうさく)は九千年(くせんねん)
三浦の大助(おおすけ)　百六つ
いかなる悪魔がきたるとも
このやっくはらいがひっとらまえて
西の海へ　と思えども
近く鴨川の水底(みなぞこ)へ　サラリ
やっこ払いまひょ　やっこ払いまひょ

節分の午後が閑暇であったら、私は壬生寺(みぶ)にいって厄除けの炮烙(ほうらく)を納めるか、あるいは聖護院の須賀神社でつるめその売る懸想文(けそうぶみ)を求めるかするだろう。生憎、節分の日がかならず勤め先の入学試験日と重合するので、当分は炮烙にも懸想文にも手が届かない。

節分の頃、鶫は何をしているか。白玉椿が咲いている庭に、鶫は毎日あらわれ、椿の花粉を食べ、蜜を吸っている。椿は、ぼそりと雌蕊を枝に残してうつ伏せに、花の恰好そのままで落花する。だから昔のさむらいは、打首のようだといってきらったそうだ。その椿の花びらがみごとに散乱しているのは、鴨色魔が狼藉をはたらいた証拠である。鴨の悪事のうち、この早春の椿狩りは、風流の部類にかぞえてやってもいいだろう。

（『京都の記録』第六巻、時事通信社、一九七四年二月）

名残の皿、小鉢

これはもう四十年余りも昔のことだが、その頃、私の生家にはいつも数人の女中たちがいた。上女中、下女中に大別されていて、上女中は確かな紹介者を経て行儀見習い奉公のために住み込んでいる町なかの娘さん、下女中は口入を介して傭われた田舎の娘さんだった。下女中たちは朝から晩まで立ち働いたうえ、夕食後の片付けものがすべて終了したのちに、裁縫の基本を祖母、母から習わねばならないのだった。うす暗い灯かげに坐り、洗い張りしたほどきものをひざに広げ、針を手にしながら居睡りしては叱られていた彼女たちの姿が、遠い少年時代の思い出のなかに揺れ動く。

足下は漆喰と御影石、頭上は大屋根の裏まで筒抜けになっている広くて高い台所は、物音が非常によく響く。女中たちの足音、洗いものの食器の触れあう音、井戸の釣瓶を操る音、水の音が、夕食後の台所から屋の内深くまで聞こえてくる。そして時には、誤って食器を割る音が、甲高く響くのであった。

ああ、またお松どんがやってしまった、と思っていると、奥さん、済んまへん、お皿をまた割りました。そそっかしいお松の謝る大きな声が聞こえる。そのたびに私は皿屋敷の話を思い出しては、ぞおっとするのだった。

祖母も母も女中たちの粗忽に対して、厳しく叱責するようなことは決してなかった。けれども、皿、小鉢の割れる音がきっかけになって、私の空想は先走ってゆく。もしもお松が大事な大事なお皿を割ったりしたら……叱られたお松が裏の井戸に身投げでもしたら…… きっとお松は化けて出てくるにちがいない。厠は母屋から離れた物置小屋に寄り添っている。用足しの往き帰りには、まっ暗な屋陰の一郭をかけ抜けねばならない。井戸から手がぬっと伸び出たらどうしよう。

お松はやがて嫁入りし、八十歳まで生きて無事に往生したから、私の幼い空想はまったくの徒労におわった。めでたいことである。

陶器というよりも焼き物というほうが、私には耳によく馴染むのだが、どれほど大事に扱っていても、焼き物はいつか必ず割れたり欠けたりする。焼き物の運命である。そう思ってはいても、愛着している焼き物が運命に服してしまうと、未練がましく金継ぎしてもらったり、よく似た品を懸命にさがしてみたりするのだから浅ましい。『一言芳談』に、「後世(ごせ)を思はん者は、糂汰瓶(じんたがめ)一つも持つまじきことなり」という。じんた瓶というのはぬかみそ壺のこと。法然とその門流の法語集中のこのありがたい諭しも、焼き物好きには、鎌倉時代の質素なじんだ瓶なら一つ持ってみたいものだなどという埒もない空想をさそう機因になってしまうのだから、まことに浅ましい。

『楳嶺(ばいれい)遺存』と墨書した一冊の綴込み帖が手許にある。近所の古本屋でたまたま目にとまって買ったのだが、厚紙の表紙は埃が染みついてどす黒く、なかに貼付されている変色した写真も、多くは折れ癖がついて、折れ目からポキンと折れ切って半分失せているのもあり、ボロ同然の帖である。写真に映っているのは幸野楳嶺の死後に遺されていた楳嶺の若描きの作、楳嶺の集めていた先人たちの写生図、楳嶺の用いていた雑具などである。表紙には「大正十四年五月、凌雪会」という文字も読める。

円山四条派の特色は、過ぎし世のおっとりとした文明をごく当り前の形態と色彩によって写し取っているところにある。幾世代にもわたって、あんなに退屈で刺激の乏しい絵ばかり、よくも描き継いだようなものだが、元来、画工というものは、決まりの画題を決まりどおりに描いて世の需要に応じておれば良かったのである。ほのかに文芸的な含みがありさえすれば、一介の画工の絵にさえ、人が退屈もせずに付き合ってくれた時代が円山四条派の時代なのだ。とはいっても、絵筆をにぎる画工にひそかな工夫があるか無いかによって、仕上った絵の興趣に深浅の違いがあらわれるのは当然であった。しかも画工が一工夫を凝らす方面は絵画技巧ではなくて、絵が含む文芸の余情の表わし方にあった。ここにいう文芸とは、もっぱら古今集のことだと思ってください。

正岡子規が『歌よみに与ふる書』という激烈な古今集批判を書いた明治三十一年をもって、古今集の時代はぷっつりと終息する。四条派さいごの大師匠、幸野楳嶺が五十二年の生涯を閉じたのは、それよりも三年前の明治二十八年であった。四条派は時としてこんなふうに巧妙に帳尻を合わせることがある。

『楳嶺遺存』に貼りつけられた写真のうちに、筆洗の鉢および試し皿を写したものがまじっている。それと対(つい)をなすもう一葉の写真には箱の蓋裏が写してある。達筆でしるされた蓋裏の題言は次のように読める。

此二品は、余が始めて画を学ぶ時、父母より賜ふ所なり。皿は山妻に毀(こぼ)たれ、鉢は弟子に損ぜらるるといへども、幸ひに元治の兵火を逃れ、修補を加へて今なほ存在す。余に従ふこと、ここに三十四年。物に過ぎざれども其功労は数戦を経たる名馬にひとし。今ここに是を嚢中に納め、匣裏に休養せしめ、其功労に報ゆ。諸子、此二品を見て往昔の質素なることを知れ。一物たりとも我が画事に従ふ品を苛酷に扱ひ棄擲して冥々中の怨みを招くなかれ。明治十八年十一月　楳嶺識

（「チャイム銀座」一九八七年七、八月号）

土蜘蛛

小林秀雄は晩年のある日、訪ねてきた一青年がフランス語を勉強したいというと突然、甲高い声で「バカ。フランス語なんてやる必要はない。漢文の勉強をしろ」と叱責したそうである。本居宣長が儒学に精通していたことは誰でも知っている。蘐園派と宣長あるいは古義堂学派と宣長の関係を独学追究していたこの往年のランボー論者がみずから苛立ちを隠し切れなかったのはよく分かる。

保田與重郎は、小林秀雄が延々と『新潮』に連載しつづけた『本居宣長』を丹念に読み、感想を書き送って励ましつづけた。そのことあればこそ、義仲寺でとりおこなわれた保田與重郎の葬儀に、小林秀雄は馳せ参じたのだろうと思われる。

日本の古典という「自然」は、保田與重郎の指呼の間に横たわっていた。勘の鋭い猟犬のようなところがあったから、獲物が森かげ、泉のほとり、岩の間、草むらのどこにひそんでいようと、嗅ぎつけて接近し、突進し、思いどおりに獲物の喉笛をかみ切ることくらい、保田與重郎には朝飯まえのことだった。時にこの人には、猟犬よりもむしろ猛禽を思わせるところもあった。つばさの影にさえ獲物はおびえてしまって、意のままに拉致され、むしられ、食い散らかされる。もっとも、こんなふうに扱われてもまた元どおりによみがえるのが、古典が「自然」たる由縁であり、じつは不死鳥のごとき猛禽とみえたのは古典のほうで、思いどおりの餌食にされたのが保田與重郎だったような気もしないことはない。仮にそうであっても、この人は満足だったにちがいない。

戦前、戦中、戦後にかけて(戦後の期間が最も長いが)、保田與重郎という人は変らなかった。論理の破綻を論理とする思考は、ドイツ・ロマン派と親近関係を結んでいるが、この人があごで使った日本語の不透明に濁った重層性が、ドイツ・ロマン派よりも一層ドイツ・ロマン派的なものをこの人の身辺に生み出し、この人を包被し、そしてこの人の終(つい)の栖(すみか)となった。

京都の壬生寺に江戸初期あたりから(正確なことは分からない)今に伝わる無言の狂言があるのはよく知られている。菜の花の咲く頃、十日ばかり演じられるのは寛文延宝の昔から変りがない。延宝五年(一六七七年)刊『出来斎京土産』に、壬生に「大念仏あり、閻魔、猿舞、蜘舞などいへる舞あり」とあり、『菟芸泥赴(つきふね)』という地誌(貞享元年(一六八四年))には「三月十四日より二十四日迄、大念仏をおこなひて、壬生の里人、人猿、閻魔などいふ狂言をなし、京中の貴賤詣でたり」とある。いまの壬生狂言の番組には、能楽および能狂言より取材のものが多いが、この狂言独特と見られるものは古来十一種ばかりをかぞえる。「桶取」「愛宕詣」「山端とろろ」「本能寺」「大原女」「湯立」「棒振」などはその十一種のうちである。先に引いた『京土産』に「蜘舞」とあるのはおそらく「土蜘蛛」のことだろう。壬生狂言の「土蜘蛛」は、今も毎年の番組にかならず再三にわたって組み込まれ、能にも歌舞伎にもそれが大いによろこばれるあの糸吐きの芸によって、見物衆の喝采を博している。けれども、本来が土くさい民衆的な芸能である壬生狂言の「土蜘蛛」が、お面の風情と言い、装束の渋い色と言い、無言の仕草と言い、いちばん土蜘蛛らしくて私にはおもしろい。

今年も壬生狂言の「土蜘蛛」を見た。そして私は保田與重郎のことを思った。あれはまさに土蜘蛛のような人ではなかったか。大和土着の豪族の末裔は、後世の征服者たちに対して、土饅頭のあたまを楯に、不服従をみずからに誓い、呪言とともに糸を吐き、抵抗しつづけた。ついに打ち取られたというのは芝居の上での話であって、あの土蜘蛛はいまも塚にひそみ、猟犬とも鷲鷹ともひそかに内通しながら、塚のなかで野生の知恵をたもっているような気がする。

(「保田與重郎全集二一巻」月報、一九八七年七月)

伯牙山と慶寿裂

伯牙山は応仁の乱後、三十年ばかり中断していた祇園会が明応五年(一四九六年)に再興されたとき、現地(京都市下京区綾小路新町西入ル矢田町)にあらわれた作り山である。

以来、戦国の世にも、安土桃山時代にも、長い江戸時代にも、この山は琴割山と呼ばれていた。たとえば、今もわれわれは「押売りお断り」などと言っている。「お琴割り」は「お断り」と音通する。呼び名に京言葉の巧まざるユーモアが含まれていたので、この山は人気があった。

だが、明治四年(一八七一年)、京都府より祇園会山鉾の公称届け出を求められたとき「ことわり山」という和名が許されず、伯牙山といういかめしい名が公認された。『列子』『呂氏春秋』にしるす伯牙破琴の故事にもとづく名称である。

伯牙は大昔の中国、春秋時代の人。琴の名手として聞こえていた。伯牙には鍾子期という親友があり、この人は伯牙の奏する音楽の心をだれよりもよく理解してくれた。鍾子期と死別するにおよんで、伯牙は琴を破り、弦を断ち、ふたたび弾くことはなかった。

むかし、鎌倉時代より、平安京の綾小路に住して、この通りの名を家名とする公卿があった。宇多源氏の流れを汲む庭田家より分かれた家筋であったが、綾小路家は代々、和琴、箏曲を家職とし、江戸時代にはこの家職によって二百石の禄を食(は)んでいた。早くも室町時代、祇園会の風流(ふりゅう)として伯牙の作り山が綾小路通りの矢田町にあらわれたのは、綾小路家の琴のゆかりがあってのことかもしれない。

その伯牙山の前掛(まえがけ)に今も用いられている慶寿裂(けいじゆぎれ)は、文化十一年(一八一四年)に矢田町が購入したもので、中国の明代に製された金襴である。明治十六年、現在見られるような軸装に改められたが、もとはひらりとした一枚の織布で、下方に紺の房が垂れていた。

慶寿裂は、上中下、三段に分かれている。中段には九人の仙人が遊楽している図を配し、これを挟んで上下に詩を織り出している。上段は明の翰林院学士、王英という人の七言律詩八句。「慶寿詩」と題されている

中国の琴の名人・伯牙にまつわる故事による。
人形は斧を持ち、前には琴を置く。前掛、胴掛、水引等は、中国の図柄である。
イラスト・松田元

ことから、この裂は慶寿裂と称されるにいたった。下段の詩は天全翁という人の七言絶句。慶寿裂は、かつて明代に多数製作されたとおぼしく、上下の詩は全く異らないが中央の図柄に多少のヴァリエーションを示すものが、八幡山（新町三条下ル）に保存されているほか、ロンドンのヴィクトリア・アンド・アルバート博物館の蔵品中にも、同種の織物がみえる。

王英の「慶寿詩」には、寿星（じゅせい）すなわち南極老人星（カノープス）が歌われている。中国河南の地に春がめぐってくると、この星が南天低くに姿を見せる。室内に長寿の賀宴いまだ果てぬ夜、南天には不老長生のシンボルである寿星が輝いている、と「慶寿詩」はめでたい言葉をつらねる――「寿星ノ光采（カガヤキ）ハ南ノ天（ソラ）ヲ燭シテ、君ガ家ノ甲ノ玳瑁（タイマイ）ノ（メデタキ）筵（ウタゲ）ヲ照見（テラ）ス」（藤枝晃訳）。

いまは絶えたが、江戸時代の我国には、七夕の夜に琴を弾いて恋の成就を願う習俗があった。伯牙山は琴と切っても切れない縁がある。寿星こそ我国の夏の夜空に見えないが、牽牛織女の二星の年にただ一度の逢瀬のことなら、だれでも知っている。星にゆかりの深い慶寿裂が琴にゆかりの深い伯牙山の懸装（けんそう）に用いられてきたのは、なかなかわけのある話としなくてはならない。

（「慶寿裂解説」一九八七年七月）

祇園祭私記——宣長をめぐって

一　『玉かつま』偶目

宣長の『玉かつま』を読みすすむうちに、六の巻で次のような記録抜書きに出会い、おやと思った。はじめの「朔月の礼」には、いま差しあたり用はないのだが、一つらなりの抜書きなので、そのまま出すと、

朔日の礼

中原ノ康富ノ記に、嘉吉二年七月一日、参二レ伏見殿一ニ、又参二ル三条殿一ニ、皆朔日之礼也とあり。

祇園会の山桙

同記に、同三年六月七日、祇園祭礼也、神幸幷桙山已下ノ風流、如レク例ノ渡二ル四条大路一ヲ者也。嘉吉三年は一四四三年である。桙は、鉾という字のほうをわれわれは見なれている。もともと、「玉かつま」とは、目のこまかな竹編みの、身と蓋に分かれたかごのことである。そこから「玉かつま」は「合う」「逢う」の枕詞として働く言葉になった。その玉かつまを題名としたこの随筆集は、書物との偶会、言葉との偶会、そのほか、宣長のあたまの中で生じたさまざまな逢着を、すべて心おぼえとして長年にわたって書きとめた断片の集成であり、一千一項目を収めているが、項目配列に特に順序は設けられていない。いま引用した抜書きの直前には、いずれも短文で「鳥なき里のかはほり」「俵といふもじ」があり、うしろには「天の下の政神事をさきとせられ

し事」という項目があって、北畠親房の『職原抄』に触れた覚書が置かれ、巻の六がちょうどここで切れている。

よく知られているように、宣長は二十三歳の宝暦二年(一七五二年)三月、医術を習得するという明確な目的があって京都にきた。以後、足かけ六年、宝暦七年十月の松阪帰郷まで、実父の十七回忌法要の折り、宝暦六年四月にただ一度帰ったほかは、ずっと京都にいた。当分の寄寓先は、四条烏丸(からすま)から一町下って一町半西に入ったところ、綾小路室町西入る善長寺町南側の堀景山の家であった。景山は藤原惺窩の門、芸州浅野侯お抱えの京住みの儒官で、禄二百石を食んだ。景山はしなやかな精神をもち、わが国の古典にもよく通じた人だったが、江戸の徂徠と親交があった。このことは宣長が徂徠の学問に親しむ機縁として重要だが、いまの話題とはまた別のことだ。宣長は宝暦四年五月に、典薬武川幸順に入門し、やがてその家に寄寓するが、それもまたほとんど同じ場所、横隣りの白楽天山町であった。宣長がこうして住み込みの門人として足かけ六年を暮らした場所が、祇園社、つまり八坂神社の祭礼区域、いやもっと正確にいえば山鉾町(やまぼこちょう)の蝟集しているそのまっ只中に位置していることが、いま私にとっては、ちょっとした意味を帯びて思い合わされるのである。

二　宣長と祇園会

はじめに戻って、上に引用した記載を『玉かつま』に見出した私の小さな驚きは、「おや」という気持から、ほどなく「やっぱりそうか」という気持に移った。驚きに変りはないのだが、例えてみれば、横顔からおよその見当はついていた人がまともにこちらを向いたとき、視線が合い、やっぱりその人だということがよく判別できたときのような、うれしい驚きである。

気の変らぬうちになお『玉かつま』を繰ってみると、十三の巻にもう一つ、「御霊会」というのがある。『三代実録』の「貞観五年五月廿日壬午、神泉苑ニオイテ御霊会ヲ修ス」にはじまる今はよく知られている一節を抜書きしたのち、「これ御霊会といふことの始めなるべし、むかしは六月十四日の祇園会をも、祇園御霊会といひき、そは御霊といふべきにはあらざれども、祭のさまの、同じかりし故に、然いひなせりしなるべし」と宣長は註記している。

足かけ六年、当初は三月、おわりは十月にかかっている宣長の洛中暮らしのあいだに、祇園会の祭礼は、六度おこなわれたはずだが、その間の宣長の消息を、私はもう少し詳しく知りたくなった。刊行中の宣長全集、第十六巻には幸いなことに『在京日記』というものが収められているのに心付き、いそいで目をとおした。果して宣長は、六度の機会によって祇園会というものをよく承知している人であった。のみならず、寄寓先の綾小路室町西入ル善長寺町(ちょう)には、のちに元治元年(一八六四年)の兵火で焼失するが、綾傘鉾(あやがさ)といって平安時代の古式をとどめた風流(ふりゅう)の花傘が、古くから毎年の祭礼に加わってもいたから、この祭の「風流」というものに、宣長は最も身近に接することができる位置にいた人である。

『在京日記』のしるすところによれば、宣長の在京中の祇園会は、大内裏および堂上公卿の諒闇も、将軍家の諒闇も、祭日にはひっかからず、変事もなく、大風雨もなく、六月七日と十四日、両度にわたる祭礼はとどこおりなく行われたのが分かる。宣長の日記もまた毎年欠かさずこの祭礼のことをしるしているが、記述には精粗があり、宝暦六年の日記が最も詳しい。それには一千字余りのうちに、祇園会の山鉾にかかわる行事が要領よく述べられているので、少し長い引用になるが、宣長の目と筆をとおしてこの祭礼を見返すつもりで、その一頁を写しておきたい。なお祭礼の日が六月七日、十四日から七月十七日、二十四日に移ったのは明治五年十二月の太陽暦実施にともなってのことで、当初は新祭日に多少の変動があったのが明治三十一年以降、いまの日取りに固定したのである。

六月朔日は、鉾立てはべる。又、御児〔稚子〕の祇園詣で、いとはなやか也。

三日には、乗り初めとて、鉾をかざりて、御児、禿、囃し方、皆のぼり始む。

五日は引き初め也。町内を引き歩くこと、祭の日のごとく也。

六日は夜みや〔宵宮〕、にぎはしきことはいはん方なし。まづ鉾は、四条東洞院の西に長刀鉾、同烏丸の西に凾谷鉾、俗にかんこ鉾といふ、同室町の西に月鉾、室町四条の北に菊水鉾、同四条の南に鶏鉾、新町四条の北にすはま鉾、これは、むかし〔鉾の心柱が〕あまりに長かりければ、あはう鉾ともいふ、新町綾小路の南に船鉾、すべて鉾六本也。いづれも〱大かた相似たる物なるが、世にかゝる事おびたゞしきわざはあらじとぞ思ふ。

宵宮には、星のごとくに提灯多くともし侍りて、かね太鼓笛にて囃し侍る。いとはなやかに、にぎはしきこと限りなし。鉾町はさらにもいはず、祇園の産子たる町々は、のこらず家ごとに提灯かけわたし、一町一町一様の提灯なり。家々思ひ〱に、幕打ち、すだれかけわたし、程ほど似つけつゝ〔お互いにあまりに奇抜な飾り方は避けて〕、金屏風ひきまわし、毛氈敷き、燭台ともしなど、をのがじゝ飾りたて、きよらをつくし、けふあすは、祭ならぬわたりの親類近付き〔親しく往来している人びと〕呼びまねきて、酒のみ物くひ遊び侍る。大かた夜みやの景気は、いとよき物也。四条大路などのにぎはしさ、いふもさら也。まして鉾町は、通りもえがたし。四条室町の辻などは、あまりに人せき合ひて、粉になりぬべし。こよひは久しく雨降りつゞきしに、けさより晴れて、いと心よし。

六日、夜丑時、上立売室町西、火矢（ママ）

七日、日より良く涼しくて、いと心よき祭礼也。けふは山鉾ねり渡り侍る。まづ六日に、くじ渡しとて、六角堂にて、雑色来りて、山鉾の町々より役人出て、くじを取り、次第を定めおきて、けさは段々、四条通を京極へ、京極を五条松原通、五条〔松原通は当時五条松原、略して五条といった〕を東洞院へ帰り侍る。其の間、通り筋、見物人いとおびたゞしきこと也。山鉾ともに、例年変らぬことゝはいへど、年ごとに見るにも飽かれぬ物也。水引、幕などの飾り、大かたうるはしきことの限りならめ、はじめて京にのぼりて見る人は、目をおどろかすわざ也。

『玉かつま』に見出される「祇園会の山桙」「御霊会」の二項は、いつ書かれたのか定かではない。ただ二片の抜書きにすぎぬとはいえ、これが宣長の松阪帰郷の年々のうちに書き留められたとすれば、読書のあいだにこれらの文字に偶会して書き留めるということをした宣長の心裡には、京都の祇園会の追憶が晴れればれとひろがっていた、と私には思われる。

もっとも、祇園会と称されるものは、当時すでに松阪にも、毎年六月七日から十四日まで、町の産神（うぶがみ）数社の連帯の祭として行われていた。だが、名は一つでも京都の祇園会と松阪の祇園会は並べてみるのもおかしいほど、その趣きには雲泥の相違があっただろう。京の祇園会には、にぎわしく、はなやかで気散じな一面と、引きしまったなごやかさ、都雅な、落ちついた緊張とでもいうべき一面と、この二面がうまく並行し、互いに上になり下になり、くぐり合って共生している。玉かつま、竹かごの身と蓋のように、追憶のうちで、そういう二面がぴったり重なり合ったとき、宣長は例の駅路の古鈴を振り、あるいは「三十六の小鈴を赤い緒に貫（ぬ）きたれ」た、特別あつらえの掛鈴を引き鳴らし、その音（ね）のうちに、はるかな京の祇園会の余響を聴かなかっただろうか。

だが、そういう私の空想の根拠に触れるには、祇園会の山鉾というものについて、多少の説明を添えなければならない。

三　祇園会の山鉾

鉾と呼ばれるものは、この祭礼における主要な二種類の祭具というよりも神の依りしろ、神籬というべきものなのだが、大別すると次の五種類に分かたれる。

長大な鉾柱(心柱という)を立て、巨大な車四輪をとりつけて綱で曳く鉾、同様に綱で曳く船型の、鉾柱をもたない船鉾、鉾を頂上にかざした一種の花傘を人が奉持して歩く傘鉾、それに舁山といって人足十数人が御輿のように肩にかついでゆくもの、曳山といって鉾と同様に大輪四つをとりつけた、しかし鉾柱をもたないもの。このうち傘鉾は、かつて江戸末期には二本あったが、いまは実在しない。鉾は現在七本(近ごろは七基というかぞえ方をする)、山は二十二あって、そのうち三つが曳山、あとは舁山である。

いま実在する鉾は、すべて曳く仕組みである。樫材をけずって作られた四つの大車輪が、石持ちという巨大な二本の平行した角材にとりつけられ、石持ちの上にのっかった櫓組みの構造体をのせて動く。この構造体は毎年あらたに組立て、祭礼の直後に解体して蔵に収めるが、建築史家、近藤豊氏の表現をかりると「木造組立式、枘差し、筋違入、縄がらみ」という特徴をそなえ「全体的に変形の余裕をのこした、柔かな構造」をもっている。鉾の車は、直径二メートル足らずの大きさ、源氏車という種類で、輻、大羽、小羽から出来ていて、ばらばらに解体できる。鉾柱は櫓組みをつらぬき、屋根をつき抜けて高くそびえ、先端には、それぞれの鉾の目印になる鉾頭をきらめかせる。長くとがった武器を「ほこ」というが、鉾は天空の悪疫に対して地上の勢威を示す祭具が起こりである。しかし、祇園会の鉾には、鉾柱の中ほどの高さに「天王」と呼ばれる小さな神像を収める座がとりつけられていて、その下方には榊の枝をまとめた大きな束が形良く結びつけられ、御幣あるいは紙しでが、枝になびいていて、鉾の全体が悪疫に対して力をふるう神、スサノヲノミコトの神籬であることを示している。山のうち、曳山はあらかた鉾と同種の構造ながら、鉾柱のかわりに大きな松を立てている。

舁山は、鉾の櫓組みをよほど小振りにした木造組立ての胴に舁ぎ棒をつけ、上部に平らな台を設け、さまざまな趣向による「風流」の作り物を祭礼の日にのせる。作り物とはいいながら、それぞれの山にとって、それは神体であり、単なる飾り物とはわけがちがう。

山とは、奇妙な呼び名に聞こえるかもしれない。舁山の台上には、一、二の例外はあるが、程良い枝ぶりの一本の松が、作り物とは別に挿しかざされていて、緋色あるいは緑の毛氈をかけた、目の粗い竹編みの鳥かごが、松のすそを包んでいる。松の山という趣向である。山という名はそれから出たのであろう。祭礼の日には、この山をかつぐ。山が十数人の山舁(か)き人足の肩にかつぎ上げられて、ゆさゆさと揺れながら動いてゆく。ここには「山をかつぐ」という一種の言葉遊びが感じられないでもない。

ところで、舁山で松を挿しかざしている山は、その松の枝に、かならず、銅鈴あるいは鉄鈴を一つ二つ結びつけているので、かつがれてゆく山は、揺れるにつれて涼しい鈴の音をひびかせずにはいない。宣長が銅製の古鈴をいくつも手もとに集めていたのは、よく知られていることだが、この鈴屋の大人(うし)は、みずから注文して京で鋳させた八角型の鉄鈴も愛蔵していた。それらの鈴は、祇園会の舁山の鈴と同質の音を立てたように、私は想像する。

また、宣長が在京中に聞いた宝暦年間の祇園囃子は、こんにちわれわれが耳にするのとまず変りのない曲目を奏で、同じ音色で響いたことは、まちがいないことである。この奏楽の形式は、室町時代半ばにはすでに明確となり、江戸初期には定立していたと考えられる。鉾の立つ町(ちょう)の町家(ちょういえ)(会所(かいしょ)という)の二階でおこなわれる囃子の練習を二階囃子というが、これもまた、当時もいまと同様に、祭礼の十数日前、旧暦の日でいえば五月二十日頃からすでにはじまっていたことが、上に長く引用した宝暦六年の『在京日記』の五月二十九日の記述からうかがえる。「大かた此ころは、いづかたも祭前とて、煤払(すすはら)ひ〔大掃除〕など、ななめならずののしりあへる、中にも鉾出す町は、はや廿日ころより、此事〔祭礼〕にのみ日々かかり侍る」とある。

祇園囃子といえば、コンコンチキチン、コンチキチンというふうに鳴らされるものだと、いつのまにか世間では決めこんでいる。しかし、二階囃子のあいだに祭の音楽の担い手たち、囃子方(かた)がくりかえし練習するのは、そういうふうに聞こえるテンポの速い、せわしい曲よりもまず、西洋音楽でいえばグラーヴェ、アダージョに相当するような極くゆるやかで荘重な曲である。速い曲よりもゆるやかな曲がむつかしいのは、洋の東西を問わない。しかも、そういう曲が単に一種類ではなくて、九曲、十曲とあって、祇園囃子を奏する七基の鉾と三基の曳山に共通な曲もあれば、またそれぞれに独得な曲もあり、よくそろった合奏には充分な練習が必要である。だから、祭礼まえの半月ほどのあいだ、毎晩のようにそういう難曲が練習される。

昔の六月七日、いま七月十七日の山鉾引き渡しの日、そういう緩徐曲は「出鉾囃子」と称して、鉾が四条通りをまっすぐ東にすすむ数町のあいだにだけ奏される。四条のまっすぐ東の突き当りは祇園のお社、八坂神社である。出鉾囃子は、つまり神楽のように祭神に奉献する音楽であり、この神遊びというべき祭礼において、特に主要な働きをする。

コンコンチキチンと聞こえる速い曲想の囃子は「戻り囃子」と称して、鉾が八坂神社のある東から方向を転じ、町かどを折れるときから奏される。戻り囃子にもまた二十曲、三十曲と種類が多く、なかには出鉾囃子に劣らぬ難曲もあり、やはり練習がくりかえされる。

梅雨のまだ明けない七月のはじめ、遠音(とおね)に聞こえる二階囃子は、遠くまでとどかぬ笛、太鼓を置き去りにして、ただ鉦(かね)の音だけになって、しめった夜闇の中を渡ってくるものである。それは、奏でられている曲次第で、シャラン、シャラン、シャランと小鈴のたばを悠長に振っているように聞こえることがしばしばある。いま私は、この春、松阪の本居宣長記念館で買ってきた、ありふれた模造の宣長掛鈴を振ってみるにすぎないが、展示室のガラスごしに見た本物のあの鈴は、おそらくよく透る音色を放ち、遠耳にたしかめる祇園囃子の鉦の音に、著しく似かよっていそうな気がする。

そこでもう一つ、付け加えるなら、宣長の掛鈴の房紐、六個ずつの小鈴を六箇所に等間隔に留める蝶結びがつくられているその房紐の体裁は、もとより神祇にゆかりの結び方とはいえ、これが綾傘鉾の花傘の縁辺に垂らされていた飾り房と、はなはだ気分がかよい合っている。私の手もとに、明治十二年から同十七年のあいだに四条派の画師、村瀬玉田によって描かれた綾傘鉾の精細な写生図がある。いまいうのは、その写生図による知識である。綾傘鉾は、宣長の死後三十年余の天保五年(一八三四年)に、雑色が奉持して歩いていたそれまでの花傘の形式から曳き鉾に改造されるが、それが元治元年(一八六四年)の大火に焼失して以後は、しばらく祭礼不参をつづけ、やがて明治十二年から十七年まで、もとの徒歩奉持の形で一時復活した。このことは福井秀一氏の『改訂・祇園祭山鉾巡行史』(昭和四十九年六月刊、祇園祭山鉾連合会)にみえる。手もとの写生図は、この徒歩奉持の綾傘鉾を写している。ごく小さな装飾の仕方ひとつにも、伝来を極めて忠実に守ってきた山鉾のうちに、宣長の掛鈴をただちに連想させるような飾り房が見られるのはおもしろい。しかも綾傘鉾は、すでにいったように宝暦二年から同七年にかけての宣長在京中の、まさに寄寓の町、善長寺町から、出ていた鉾なのである。

四　風流ということ

ところで宣長は、宝暦八年の五月二十九日、つまり修学を終えて松阪に帰郷してから七箇月後、ふたたび京都にきて、五条坊門室町西入ル、津戸順達方に宿泊し、六月七日の未刻、京都を発って松阪にむかっている(日録、全集第十六巻、一四四頁)。京都出立の日時、六月七日の未刻といえば、まさに祇園会、前祭の山鉾が巡行をおえようとする午後三時前後である。この日は折悪しく朝は雨、正午頃から晴れてきた、と宣長はしるしている。彼は祇園会の祭礼の気分をなつかしみ、それをあじわい返すために、わざわざ京都にきたような気配が濃い。

もう一つ、ずっと晩年、というよりもこれが死去の年となる享和元年(一八〇一年)、宣長は三月二十八日に松阪を発って京都に向った。寛政五年(一七九三年)の三月、四月にかけての上京以来、八年振りの京都には三月三十日に到着、四条通東洞院西入ル南側中ほど、すなわち長刀鉾町の、枡屋五郎兵衛の持ち家に荷を解き、ずっとここを宿として六月九日の朝、ここから、松阪への帰路についている。

「享和元年上京日記」の六月三日の条には、

夜服部五郎左衛門宅へ行キ、二階ニテ涼ム、
鉾ノ町々、鉾ニ多ク桃燈ヲトモシ、ハヤシヲナス、見物人多クニギハシ

とある。全集の補注によると、服部五郎左衛門はこの年の四月二日に入門した門人であるが、住所は分からない。「二階ニテ涼ム」とあるから、いずれは宣長の宿に近い山鉾町のどこかに、その家はあったのだろう。

そして六月七日の条には「晴天」と記したあとに、

今日祇園会、町内枡屋五郎兵衛宅二階ニ於テ見物ス

とある。この時代に、長刀鉾町の商家に招かれ、その二階から山鉾の行列を見ることができた人は、非常に幸運な人というべきである。

このさいごの上京にはまた、宣長が祇園会を大きな楽しみとし、その再見をひそかな目的としていたのは、うたがい得ぬことのように思われる。もとより、ひそかな目的である、表向きの目的は何か。京都の堂上公

卿たちに大祓詞、万葉、源氏を講じ、光格天皇の兄、妙法院宮真仁法親王に面謁し、この宮が後ろ楯となってにぎわしい歌会を催されるごとに必ず参集した小沢芦庵、伴蒿蹊と会見し、他に香川景樹、加茂季鷹らと会い、煩忙をいとわず鈴屋の学のすこやかな広告に従事することであった。宣長はこの年の九月二十九日に、七十二歳で歿する。

宣長という人は、つとに村岡典嗣氏が指摘したように、その趣味はいたって穏当で、世間の趣味というものに違反することがないような人、いうならば町(まち)びととして安気に暮らすことができる人であった。『玉かつま』十三巻の「しづかなる山林をすみよしといふ事」という条りに、次のように書いた宣長には、外出の道すがら、通りがかりの神社にはぽんぽんとよく響くかしわ手を打ち、かたわら生家の仏式を尊重して祖先の霊をなぐさめ、祭礼をめで、「風流」の趣向を賞玩し、酒たばこを愛好し、紅粧と脂粉に惹かれることは、ごく自然な振舞であった。

世々の物知り人、また今の世に学問する人なども皆、住家は里遠くしづかなる山林(やまはやし)を、住(すみ)よく好ましくするさまにのみいふなるを、われはいかなるにか、さらにさはおぼえず。たゞ人気(ひとげ)しげく賑はゝしきところの好ましくて、さる世ばなれたるところなどは、さびしくて、心もしをるゝやうにぞおぼゆる、さるはまれ〳〵に物して、一夜旅寝したるなどこそは、めづらかなるかたに、おかしくも覚ゆれ、さるところに常に住まほしくは更に覚えずなむ、人の心はさま〴〵なれば、人うとく静かならむところを、住みよくおぼえむもさることにて、まことにさ思はむ人も、世には多かりぬべけれど、また例の作りとの、漢(から)ぶりの人まねに、さ言ひなして、なべての世の人の心と殊(こと)なるさまに、もてなすたぐひも、中には有りぬべくや、かく疑はるゝも、おのが俗情(さとびごころ)のならひにこそ。

文中の「俗情」は、さらに具体的に展開すると、すぐこれにつづく条り「おのが京のやどりの事」という文章になる。

のりなが、享和のはじめのとし、京にのぼりて在りしほど、やどれりしところは、四条ノ大路の南づらの、烏丸の東なる所にぞ有けるを、家はやゝ奥まりてなむ有ければ、物の気配うとかりけれど、朝のほど夕ぐれなどには、門に立ち出でつゝ見るに、道もひろくはれぐ〳〵しきに、ゆきかふ人しげく、いとにぎはゝしきは、ゐなかに住みなれたる目映し、こよなくて、目さむるこゝちなむしける、京といへど、なべてはかくしもあらぬを、この四条ノ大路などは、殊ににぎはゝしくなむありける、天の下三ところの大都の中に、江戸大坂は、あまり人のゆきゝ多く、らうがはしきを、よきほどのにぎはひにて、よろづの社々寺々など、古へのよしある多く、思ひなし尊く、すべて物きよらに、よろづの事みやびたるなど、天ノ下に、すままほしき里は、さはいへど京をおきて、外にはなかりけり。

おのれにおける最晩年の神仏信心のありようを打明けたこの一文よりすれば、宣長が『うひ山ぶみ』でくりかえし説いたような「やまとだましひ」というものが、肩肘張った、付合いにくい厄介なものではなく、いっこうに構えたところがなくて至極ゆったりとして、身動きを軽くするような心の持ち方だったのがよく分かる。こういう「やまとだましひ」なら、誰を害することもない、和気靄々たるものであり、武士の身の証しになるものでもなければ、神道家、国学者の気付け薬でもないのは、いうまでもないことだ。例えば、伴蒿蹊の『近世畸人伝』巻三に出ている金蘭斎という儒者、また森鷗外によって洗いざらい搦め取られたあの渋江抽斎という人にも、なごやかな「やまとだましひ」は、たしかに彼らの体内に巣をかけ、折りあるごとに巣から出て、空中を遊行したようである。

金蘭斎は、老荘者という呼び方がぴったりの人だ、と嵩蹊はいう。貧も、他人の思わくも、なりふりも、いっさい意中にない。せっかく皆で衣服一式をととのえて贈ってみてもすぐに売って米代にかえてしまう金蘭斎という師に手こずった門弟が、背に白く、大きく金蘭斎と染めぬいた着物を呈上したところ、それを平気で着て町を歩いた。あるとき、講義のさなかに、代神楽が笛を吹き、太鼓を鳴らして通りすぎる気配がした。金蘭斎は門弟にも謝せず、ただちに走り出て、近所の子どもたちとともに代神楽のしりについて歩いていった。

『渋江抽斎』の「その二十三」に、この金蘭斎とまったく同じことを抽斎がした、という話が出ている。抽斎に観劇の趣味を目ざめさせ、加えて文芸の勘どころを教えた戯作者、真志屋五郎作に触れて、喜多村筠庭の五郎作批判に対して鷗外が語気するどく反論している部分に、その話はさし添えられている。

> 筠庭は五郎作に文筆の才が無いと思つたらしく、歌など少しは詠みしかど、文を書くには漢文を読むやうなる仮名書して終れりと云つてゐるが、此の如きは決して公論ではない。筠庭は素（もと）漫罵の癖がある。五郎作と同年に歿した喜多静廬を評して、性質風流なく、祭礼などの繁華なるを見ることを好めり、と云つてゐる。風流をどんなことと心得てゐたか。わたくしは強いて静廬を回護するに意があるのではないが、これを読んで、トルストイの藝術論に詩的といふ語の悪解釈を挙げて、口を極めて嘲罵してゐるのを想ひ起した。わたくしの敬愛するところの抽斎は、角兵衛獅子を観ることを好んで、奈何（いか）なる用事をも擱いて玄関へ見に出たさうである。これが風流である。詩的である。

代神楽あるいは角兵衛獅子ですでにそうなら、金蘭斎や抽斎が、京都の祇園会になじむことのできる場所柄に生まれ育っていたら、どうしただろう、どうなっただろうと想像するごとに、私は笑いを抑えかねる。

そしてこの文中の「風流」「詩的」という語の用法そのものが、鷗外の郷里、津和野の弥栄神社にいまも伝わる鷺舞という舞のことを想い起こさせ、もう一度私を破顔させる。

津和野の鷺舞は、もと京都の祇園会に古く応仁の乱以前には、たしかにあった笠鷺（鵲）鉾という、これも綾傘鉾と同趣好の花傘に附随していた風流の舞である。その舞が、周防山口に京都の祇園会が勧請されてのち、その祭礼に京都から採り入れられ、さらに津和野の祇園社の祭礼に移されたのは、天文十一年（一五四二年）のことで、その後、すたれたのを寛永二十年（一六四三年）に再興した。このときは京都まで人をやって鷺舞を習わせたことが記録にみえるそうで、京都の笠鷺鉾は当時すでにまったく消滅していたが、鷺舞だけはなお伝わっていたらしい。津和野の鷺舞は、寛永再興以来、特にこの行事のために組まれた「座」によって継承され、いまにいたっている。鷗外は、幼少時代に、この鷺舞をかならず見たことだろう。いまに伝わる舞の歌ことばは、極めてみやびな、室町時代の京風の趣きをそなえていて美しい。

橋の上におりた　鳥は何どり
かわささぎの　かわささぎの
や　かわささぎ
さぎが橋を渡いた
さぎが橋を渡いた
しぐれの雨に
ぬれとほり　とほり

京都ではいつしかすっかり絶えていたこの鷺舞は、祇園会の風流というものに特に思い入れのある人びとの手で、昭和三十一年、津和野から逆にこちらに移され、山鉾の巡行とは別にこの舞の祇園社前奉納と御輿渡しの折りの供奉が、毎年見られるようになった。

私はいま、思い入れという言い方を使ったが、京都の祇園会には、そういう思い入れを、人にうながさずにおかないところがある。だから、この祇園会あるがために「風流」であり「詩的」であるような人は、じつにおびただしい数にのぼるのである。祇園会祭礼の地域に長く住む人、ひさしく住んだことのある人ばかりではなく、この祭礼のどこか一端に、たとえ傘、提灯の張替え修理にせよ、山鉾の土蔵出し入れの手伝い方にせよ、手仕事を介してその一端につながっている人びと、また、あるときこの祭礼に目を見張り、耳を魅せられ、心をうばわれるという経験をしてしまった人びとのうちには、「鉾キチ」「山キチ」「祭キチ」を自称する人が、他のどんな祭にも例がないほど、大勢実在してきたし、いまも実在する。キチは気ちがいという意味である。祇園会の風流に気もそぞろ、ほかの仕事には手がつかず、そういう気分のうちで苦と楽の見定めもつかなくなっているのを自覚している人が、みずから気ちがいを名のって、軽妙に自嘲するのである。「風流」「詩的」のおびただしい生き見本にもかかわらず、祇園会における「風流」「詩的」のいわば値引き大安売、安直な再生産と品質低下を食いとめてきたのは、そういう覚めた心が、熱気のかげに隠れひそんでいて、観察と計算にもとづいた考案工夫に打ち興じたからである。

五　スサノヲ信仰と技芸

ところで鷗外は、上に引用した『渋江抽斎』の一節で「風流」といったあと、直ちに語を換えて「詩的」という表現をきっぱり打ち出したが、それがいかにこの語の本来的な語義、「魔的」というにひとしい含蓄において使われたにしても、「詩的」という言葉をこうは正面切って使えない気持のほうに人を傾ける力を秘匿しているものとして、私は祇園会の「風流」というものを考える。「詩的」「魔的」なものを目に見えるものの世界、耳に届くものの世界に、否応なくせき立てる技芸の原理が「風流」、つまりは着想の競合、工夫の粋というものでなければならない。

祇園社の祭神スサノヲノミコトは、早く平安初期に、天竺の祇園精舎の守護神牛頭天王と習合、融解しているが、祇園会の起こりを御霊会として説明する案内記などは、スサノヲをおそるべき疫神として扱っているのがつねである。だが、スサノヲが疫神にすぎないのなら、こうまで祇園会の山鉾の「風流」を促進することはなかっただろう、その点はどうなのかというのが、私のいつも抱いている疑問である。けれども、雅俗いずれの案内記にも、日本の芸能史専門家の著作にも、これまでのところ、私の疑問に答えてくれたものには出会っていない。

祇園会の山鉾のあの驚くべき多様な趣向は、何がなし疫神をなだめ、よろこばせ、こちらの味方にして悪疫を追い払うためのはからいとするには、あまりに念が入っているし、凝りすぎて、細緻の限りを尽しすぎている。海内海外の染織工のみならず、土佐、狩野、円山四条派の画師、金工師、木彫細工師、刀剣甲冑職、指物師、宮大工、さらには金剛流の能楽師、雅楽師にまたがる諸種の技芸者が、それぞれの持ち場において、いずれも江戸寛永以来の文明のほとんど飽和点とみえるような高い密度で精妙の限りをつくした成果を、祇園会の山鉾装飾にむかって集中し、しかもそういうさまざまな技芸が、ここで互いに対立離反のそぶりも見せずに均衡し、総合的な調和を実現しているのは、それがまさになだめられた疫神スサノヲの霊験というものなのか。それとも、もはや疫神もくそもなく、神を離れての技芸の独行であり、京都の上層町衆の経済的な余力が、じつはこの装飾的意志にとってのまことの神であったということなのか。

かつて林屋辰三郎氏は、いまからもう四半世紀まえ、昭和二十七年当時には、祇園会の山鉾と八坂神社の神事とのつながりというものを智謀をつくして断ち切ることに、歴史家の使命を感じておられたかにみえる

（同氏著『歴史・京都・芸能』昭和四十四年、朝日新聞社刊に収録の長文「祇園祭について」を参照。これは昭和二十七年の執筆であり、民主主義科学者協会京都支部歴史部会の製作した紙芝居「祇園祭」の前書きとして、昭和二十八年七月、台本とともに公刊された）。その頃の林屋説をつきつめると、祇園会のまことの神は疫神スサノヲ＝牛頭天王でなければ、町衆の町組制度のなかに営巣した経済的実力ということになるだろう。

だが、こういう説は、神信心というものが世にあることを傍観した人の、おそらく偏見であって、スサノヲノミコトが単に疫神にはとどまらず、和歌の神、考案工夫の神、運だめしの神、眩暈の神でもあったことを、林屋さんは見落としていたのか、見て見ぬふりをしたにちがいない。「人の心はさま〴〵なれば」と宣長の口まねをして、笑って過ぎるのがおとなの行き方だろうとは思うのだが、年来、私には賛じがたい説にみえてきたのだから仕方がない。この林屋説は世に流布し、世を啓蒙したが、啓蒙しながら同時に、祇園祭の観光事業化への転換にとって恰好の、援護理論となったものである。後年、林屋氏はきらきらしくて、しかもうす汚れたものに化した山鉾巡行を慨嘆しておられるが、大つぶの種子は自分がおまきになったのをご承知だろうか。あるいは、これは一層無礼な言い方だが、林屋説は種子ではなくて発芽促進剤だったのかもしれない。それなら罪は軽くなるのかならぬのか、私には分からない。

いそいで言い加えると、私のいう神信心とは、神の狂信ではない。日本の神はすべて、里を去りゆくうしろ姿に愁いの影をみせる、さびしい、かすかな人格である。スサノヲノミコトもその例外ではない。そういう神を狂信することを私はいさぎよしとはしない。そして、そういう神に対してなら、林屋さんも無論、神信心をお持ちにちがいない。

スサノヲが和歌の神でもあったことは、紀貫之の「古今集序」のあらましをおぼえている人が大勢いた時代の京都では、教養などというもことごとしいほどの常識であり、生活感覚とまでいってもいいほどのものであった。そして祇園会の山鉾の「風流」というものは、この程度のさまざまな常識を、いかようにしておもしろく人の目に映し出し、すがすがしく、はなやかに、あざやかに型どるかという工夫ひとつにかかっていた。また『古事記』のしるすスサノヲノミコトの行状は、この神が智謀によって八岐大蛇を退治し、蛇の屍から草なぎの剣をとり出し、おろちに食われる定めにあったクシナダヒメと結婚した神であり、粗暴な荒びの振舞によってアマテラスの怒りを招き、天の岩戸隠れの因ともなった神であり、考案工夫、運だめし、眩暈を愛好する性格を、歌好みに兼備している神なのも、むかしは誰でも知っていた。

祇園会の山鉾には、ここに詳しく見る余裕はなくなったが、現存の二十九基いずれを例にとっても、こういうスサノヲの性格を反映していないものはない。しかも、スサノヲはつねに反映として、影の存在として、この「風流」を統御しているところに、祇園会山鉾の極めて大きな特色がみとめられる。山鉾のうちには、この八坂の祭神の行状を型どり、スサノヲを立役者にした「風流」の作り物は存在しない。もしも仮に「スサノヲ鉾」「スサノヲ山」というものがあったら、その鉾や山は、他の山鉾からきびしく区別され、ここに山鉾のあいだに身分差とでもいうべきものが生じ、「風流」における競合では是非とも避けねばならないあの特例が、介入するにいたるだろう。こういう特例は、「風流」のおもしろさを一挙に味気なさに、興ざめに、おとしめるだろう。山鉾におけるスサノヲの非在と遍在の同時性というものに、スサノヲ信仰が町びとにあたえた智謀の極致を、私は見るおもいがする。

（「中央公論」一九七六年八月号）

宗達経験

ベルリン色紙

宗達について書く機会を得たのなら、この二人とない画人をめぐって、何か耳新しいこと、いまだ人の触れず語らずの何事かを提示する用意がなくてはならない。それが物書きの第一義であるべきだろう。私の事情はいま、この第一義に充分に応え得るかどうか。二の足を踏む。

宗達経験とでも言うほかない忘れがたい感化が、三十年、四十年を経て猶きのうのことのように甦る瞬刻がある。そのために、私にとっては耳新しく、いわば世慣れのしない宗達はどこをさぐってみてもこの胸襟の中には見つからない。何をそとに洩らしても、それは百遍二百遍、私が自分に言い聞かせてきたことばかりである。たとえばピアニストがバッハ、ベートーヴェンを人びとの前で弾くに先立って百遍二百遍、同じ曲を自室で弾いているのに似ていないこともないだろう。言い聞かされている私と言い聞かせている私、ふたりきりの世間だから、いかにもこの世間に鬼はいない。代りに仏もいない。お互いの面が宗達の風神と雷神になっているのだから、こんなに天下泰平な世間はなかろう。

しかし傍からは正気の沙汰とは見えないとみえて、こんなことを言う人がある。

「あんた方、風神雷神になった気でいるようだが、ためしに屏風のそとに出てごらん。ふたりばらばらに墜落してゆく先にはネ、美術史という学問に日も暮れず、夜も明けず、雨は降りやまず、日照りは収まらない人たちが控えていて、雲から落ちた風神の白い袋も、雷神の車太鼓も、待ってましたとばかり、忽ち破り裂かれてしまうこと請け合いだよ。」

分かり切ったことを言うものではない。山根有三という学問の人の宗達研究はあらかた再三再四読み返して、美術史学の方法論の徹底振りとその美果に敬服し、かつ、この人の直観に敬愛の念を寄せていることを告白しておく。宗達が絵屋俵屋を経営しながらみずからは絵師として精励し、鷹揚に徒弟を養い、貼交(はりまぜ)屏風の金銀泥の扇面や色紙には、うまく育った徒弟三、四人に絵筆を委せたこと(伊年印の許容範囲)、大がかりな屏風絵のうちにも同様な一任処置を講じたものがあり、たとえば伊年印《蔦の細道図》屏風(相国寺承天閣美術館)は宗達筆とは認め難いこと、光悦書の和歌巻下絵には版木を用いて同じ形象を反覆したり、重ねかけたり、あるいは版木の一部分を掩蔽したりの工夫が施されていること、宗達は光悦書の色紙、和歌巻の下絵描きに甘んずることなく、共同作から脱け出たのちに画境を深め画域を広げたこと、金銀泥が姿を消したのちに彩色面と没骨(もっこつ)の妙がいっそう生彩を放つこと、扇面絵の最高作は《田家早春図》、屏風の最高作は《風神雷神図》であること……。いま思い浮かぶままに不備を承知の上で挙げた山根有三の発見、確認を私は抵抗なく受け容れることができた——美的判断において抵抗なくということだが。それはそうとしても、私が美術史学の門外漢にすぎないのは断るまでもない。

ついては、のちまで私に感化を及ぼした宗達経験の一、二をまず振り返ることを許されたい。

その経験から得た着想に「植物的なもの」という感応(sensation)、あるいは感受(sensibilité)のカテゴリーがあった(「植物的なもの」は、これを「フローラ系」(série flora)と呼称したほうが適切だったのだが、いずれお分かりのように今更改めようもない)。

一九六六年五月のことだが、「植物的なもの——文学と文様」と題する試論を書いた。六〇年五月以来、参

宗達《風神雷神図屏風》　建仁寺

宗達《田家早春図》　醍醐寺三宝院

加していた京都大学人文科学研究所の「文学理論の研究」班での私の報告なのだが、冒頭部分で草花文様図案を取り上げ、「植物的なもの」というカテゴリーと宗達との接点をめぐって一つの論を組み立てた（全文は共同研究報告『文学理論の研究』桑原武夫編、岩波書店、一九六七年十二月刊に所収）。

ここからあと暫くはその冒頭部分を自己添削し文脈をととのえて、新しい読者の供覧に呈してみようと思う。そうまでするのは、いまなおこの小文に対して些かの惻隠の情をみずからに禁じ得ないからで、未練がましいことである。

*

私たちの身辺には極めて多種類の文様図柄がある。物の外見に表象的な個別性または種別性を与えている文様図柄は、私たちのほうでこのことに気づいていてもいなくても、日常的な生のリズムを絶え間なく誘起し更新する作用をそなえている。生活空間の意匠として、また服飾の意匠として目にとまる文様図柄の様式的な区別にこだわるなら、そこには、収拾のつきそうもない雑多な様式の意匠が流行し出没している。そのなかで私たちにもっとも馴染み深い意匠は何か。疑いもなくそれは草花文様と呼ばれる種類の意匠である。生のリズム、もう少し適切に言い換えれば、感情のこの論理的部分が、ある決まった構造の形象に触れるごとに所定の進路をとり、感情の整合に到達するとき、私たちとその構造的外在物との関係は親しみ深さという語によって示される。

そういう親しみ深い文様図柄、私たちが心を許している文様図柄は、私たちの感情生活のイコノグラフィ（肖像）として、これを扱うことができるはずである。したがって、草花文様のイコノグラフィックな機能に依拠するなら、心という捕らえ難い不可思議なものの形態をうかがう望みを失わずに済むかと思われる。草花文様が私たちに呼び起こし得る効果を包摂するものとして、発信と受信の対応系を想定し、この系をいま仮に「植物的なもの」と呼ぶことにする。

一九六五年十月のことだが(もはや四十九年前にもなる)、大和文華館が光悦展を開いた。多数の光悦および宗達に光琳も少しまじえての出品中には、明治四十一年に国外に流出しベルリン東洋美術館(現ベルリン国立アジア美術館)の所蔵に帰した色紙群、いわゆる「ベルリン色紙」があった。宗達およびその工房の職人の手になる下絵に三十六首いずれも『新古今和歌集』中の四季の歌を光悦が散らし書きした三十六枚一組の色紙である。

我が国の祭儀的な含みをもった言い慣わしによれば、松籟(しょうらい)の聞かれる日、よくととのえた琴一面を軒端に立てかけておくと、弦は風に和して妙音を発するという。「ベルリン色紙」には、めぐまれた時間のあいだ共鳴し、即興の快楽を分かち合うかのように文字と彩画が幸運に偶合していた。しかも色紙三十六枚はいずれも仕上っているという印象を強く与えた。好意的な自然の価値に合致した一つの作為がもう一つの作為のきっかけになっていると、一方からの強制もない代りに他方の拒否も成り立たない。そこには受容の立場の完全な互換性が成立する。光悦にとって、宗達とその工房の金銀泥下絵は、好意的な自然と等価ということになる。絵というものがいかなる表象を用いてこれほど好意的な受容態度を示すのか、まことに興味深いものがある。

「ベルリン色紙」三十六枚のうち四枚を別として、他の三十二枚に共通な表象は植物である。的確に鮮やかに、いわば有りのままに描かれているか、さもなければ文様化の兆しによっていくらか翳りを帯びている植物。そうではない四枚に描かれているのは、望(もち)の月(日輪とする説には従わない)、上弦の十日月、川波、そして水上を低く飛翔する群鶴である。三十二枚について補足すれば、その自然空間には水流、渦、波紋、漣、さまざまな水の形象があるかと見れば、淀む大気、しずかな大気の流れがある。そしてこの空間に脈打つシンコペーションを伴うリズムが、植物の生育繁茂、開花に好適な、しめった空間に揺れを与えているので、色紙下絵の湿性は倍加し、植物の生命が宿る髄は二重に保護され、温存されている。

だれしもこの色紙を前にしていると、真と見かけ、実在と非在、夢とうつつという対（つい）概念が対比点をほぐされ、限界を失い、対概念なのにそうは思えなくなる数刻を経験する。すべての対立関係がしめっている場は、夢幻能の演技者が男であって男ではなく、女であって女ではなく、彼または彼女ではなく、中性化しているのとアナロジックに想定できる世界に私たちを誘い入れる。だが、中性化は死んでいることではない。それはファウナ（動物的存在）が本源的に蔵している衝迫も、また私たちの準行動としての計画的意志も消えている世界、そして残された予兆だけが生き生きしているフローラ（植物界）の様態である。

はじめに触れた草花文様に対しておぼえる親しみ深さは、いうまでもなく慣れがあってのことである。けれども、宗達から光琳へ、友禅へと継承されたすえは、明治初期に西陣の織匠広瀬治助らによる染色技術の改革を経て、現代のプリント地に摂受（しょうじゅ）された意匠の系列ではあるが、草花文様の親しみ深さを量産服地の普及に帰してしまっては、もとより一面的である。圧倒的多数の日本人には、縄文土器を見馴れることが親しみ深さに通じることはない（岡本太郎の孤独を想起すれば）。縄文土器の表面裏面を隈（くま）なく埋めている文様の感触は、未分化な表象間の激しい分裂と衝突から生まれている。それに較べて、ラスコー、アルタミラの洞窟壁画に躍動する狩猟祭儀のシンボルには、私たちはずっとよく馴れている。あの造形的な野獣の形象と接触するに先立って、二十世紀の前衛絵画、彫刻の試み、そしてとりわけ《ゲルニカ》の大画面を通して、あの野獣たちの形象に親しむ機会をすでに私たちは重ねている。だが、馴染み切れるというものではない。水牛は依然として抵抗する対象の域にあり、したがって意識することに、この対象と自己との格闘をどう処理するか、緊張を強いられる。ラスコー、アルタミラにも《ゲルニカ》にも、なだめる作用はない。

ところが、北九州の装飾古墳群のうち、六、七世紀の構築と推定される竹原古墳の壁画には、赤い舌、赤い爪、体軀には赤斑をちりばめた怪獣が一頭おどり立っているにもかかわらず、なじませる気配が漂っている。画面の左右を劃して垂直に立てられた一対の刺羽が構図を安定させる。埴輪にみるのと同じ服装をした一人物が馬をひき、刺羽の中間にゆったりと立ち停っている。馬は春駒人形に見るような柔らかな姿勢でこの人物に鼻づらを向けている。画面の底辺には、羊歯の若芽が四本、様式化された波頭のように伸び出ているが、この図柄には波ではなく蕨手文様をみとめる説もあれば唐草忍冬文を想定する説もある。研究者の一致した見解では、画中の怪獣には大陸騎馬民族の呪術的信仰が投影しているようであり、馬をひく人物の身振りには北魏の画像石との類縁が指摘可能のようだが、私たちがこの画中の人物に同化することはさして難しくない。この壁画には、なだめる文化の曙光が射している。

伊勢神宮外宮の建築造形の縄文性を論じたなかで川添登は桂離宮を「もっとも弥生的なもの」と規定したことがある。次のような見解がこの規定の前提であった、「一般に、視覚芸術が社会的イマジネーションとしてもち得た伝統は、祭儀にかかっていたといえよう。日本には、矛盾のはげしい闘争もなく、また祭典もなく、ただ見事に統一された儀礼があっただけである」(「伝統論の出発と帰結」『文学』一九五九年七月号)。草花文様のそなえているなだめる作用が、私のいう「植物的なもの」の示標である。この示標が、慶長、元和、寛永の世に絵師として活動した宗達の多用した文様図柄の効果を包摂するものであり、光悦にとっては墨筆を揮う色紙、和歌巻の下絵として、また嵯峨本の表紙や題簽の意匠として、宗達の草花文様図柄が好適であったとすると、ふたりに共通した心性、ふたりの応和の様態には「弥生的なもの」が想定される。桂離宮を創建した八条宮智仁(一五七九—一六二九年)がかれらの同時代人であったことが想起される。

一方、いましばらく草花文様をさし措いて振り返ると、桃山時代から次期にわたってのハイカラな時代感覚がかれらに作用していたことも見のがせない。総じて光悦の色紙は、「ベルリン色紙」と並ぶ他の諸例を見ても、渋くて、しかもはんなりしてはいても、けっして派手でもあでやかでもない。そして光悦の書跡がつねに下絵から手前に、見る私たちの顔のほうへ浮き出てみえるところが、じつにハイカラである。そのもたげようは、鉛を含んだ厚ガラスを文字の並ぶ紙に当てると、屈折現象がずれを誘起するのに似ている。レンズ、プリズム、六分儀、羅針盤が地上の事象、天上の事象への新しい手がかりを知らしめた時代、オランダ更紗、印度・中近東の緞通の渡来が、深まる色彩と遠ざかる形象の効果を教えた時代の恩沢は、光悦、宗達の共同作にあらわれた斬新な美質につながっている。

宗達の画法は、また一方、大和絵の伝統なしにはあり得なかった。だが、たとえば《北野天神縁起絵巻》（承久本）と宗達下絵の草花文様図案を見較べたときに気付かれる相違点、輪郭取りの細緻な線描と境界の鮮明な彩りにとって代った没骨描法のたっぷりした色面の広がり、その色面に微妙な濃淡をつけている金銀泥のムラムラが文様図案の植物に、かつてない生命形態を与えたことを看過するわけにはいかない。

絵画に一セットのめざましい技法が加わり、感情のシンボル転換に新しい回路が設けられたことが、いまとりわけ注目に値する。『伊勢物語』『源氏物語』が藤原末期から鎌倉にかけて多くの冊子絵の、次いでは絵巻の主題となり、『法華経品』を彩る下絵の主題にもなったことをあらためて言う必要はないだろう。注目したいのは、物語の筋書あるいはエピソードの絵解きとして、男女の遭遇、交情、離別のありさまを刻明にえがいている絵巻には、物語のひそかな文脈として流通し、画面の意味付けを支配している感情そのものが描写の対象になったことはない。私が言いたいのは『古今和歌集』の修辞技法によって、言葉の面ではすでに充分に分節され、充分に形を帯びていた感情のことである。そして宗達が草花文様図柄という含蓄豊かな視覚言語によって形象化したのは、まさにこの影の作用、古今的感情であった。

『古今和歌集』中の歌に盛り込まれている頭韻、中韻（頭韻以外のひびき合う音）のレトリックには、絵筆が余白を縫って進みつ滞りつする面白さ、あちこちで筆の穂が重なりにじむ思いがけなさと同じ趣がある。宗達が草花文様図案に用いた没骨描法と重ね塗りの効果とこれとは、美的に同質である。

いま、『古今集』からわずか三首だけ抜いて吟味に呈したいが、『古今集』の歌はすべて濁点を付けない仮名文字書きの姿でながめ、よみ、口ずさむのが本来である。そうしなければ、にじむ趣はすっかり消えてしまう。

ほとゝきす　なくやさつきの　あやめくさ　あやめもしらぬ　こひもするかな

たちわかれ　いなはのやまの　みねにおふる　まつとしきかは　いまかへりこむ

あまのかる　もにすむむしの　われからと　ねをこそなかめ　よをはうらみし

『古今集』の特色は対象と言語とのあいだに隔てが設けられ、歌にあそび(透き間)が入っていることである。宮廷歌人たちは、歌うべき物、事柄を部立てをもとにこれと決めたあとは、節(ふし)をそなえ調音された語の配置によって物、事柄に形をほどこす。節と調音のこの先行、形の先行は、思わぬ比喩を招きもするが、その一方では、喩えるものと喩えられるものの関係に置かれた一対の対象(名詞)は、まず口調が好くなくてはならないので、口調の合う間柄で喩えの関係が固定し、慣用化する。しかし、節のそなえている心理作用を蒙って名詞の概念性はうすめられ、喩えはこうして多義的な感情シンボルを形成する。それは継承され、お手本となって、集団の感情構造の深いところに決定的な痕跡を残すような言語体系を仕上げていく。『古今集』はこうして言語のままで文様と化した文芸である。

《松島図屏風》

「ベルリン色紙」の宗達経験よりもずっとのちに、ワシントン・フリーア美術館蔵、法橋宗達《松島図屏風》の図版を見ながら、長いあいだ夢想に耽ったことがある。

有名なこの六曲一双の屏風は、フリーア美術館創設者の遺志によって門外不出の扱いを受けていて、まだ日本に里帰りしたことがない。私はこの屏風を実見していない。『琳派』第三巻「風月・鳥獣」(紫紅社、一九九一年)の巻頭を飾る図版を見ているにすぎないが、あえてこれを経験としてしるすこととする。

《松島図屏風》は、これを見て早速にもおもしろいと思えるような屏風ではない。意表を衝き、はぐらかし、じらせる。揶揄されているのではないかとさえ思わせる。

これは屏風の曲者(くせもの)。

六曲一双の右隻の端一扇、二扇にかけて大船のようにのし出ている小島は、伊勢二見の岩に似て、鼻二つの大岩をつなぐ岩床が波間にあらわれている。切り立った岩の頂きには松が二本、左の岩鼻のとがった先には松七本。その手前には、何かしら宇治川の激流に呑まれようとする源平の武者の冑の鉢と錣(しころ)のような岩のかけらが海中に落ちている。と思っていると、とんがり岩の波に洗われた斜体の腹を彩る茶と緑の平面が武者の楯のようにも見えてくる。

二見の岩の周辺には、口をあけている白いお化けのあたまと手と首か、と見える白波が躍り狂っている。右隻の四扇、五扇を占めるもう一つの小島。何よりも奇異なのはこの島の頂きと交錯している梵字を横倒しにしたような黒い曲折した帯(銀泥が酸化して黒い)。たしかにそれは小島より遠くにある。小島がそれを中断させているから。だが、見ているうちに黒い帯は小島の向こう側の崖に生えている手が、空中にさっと振

右隻

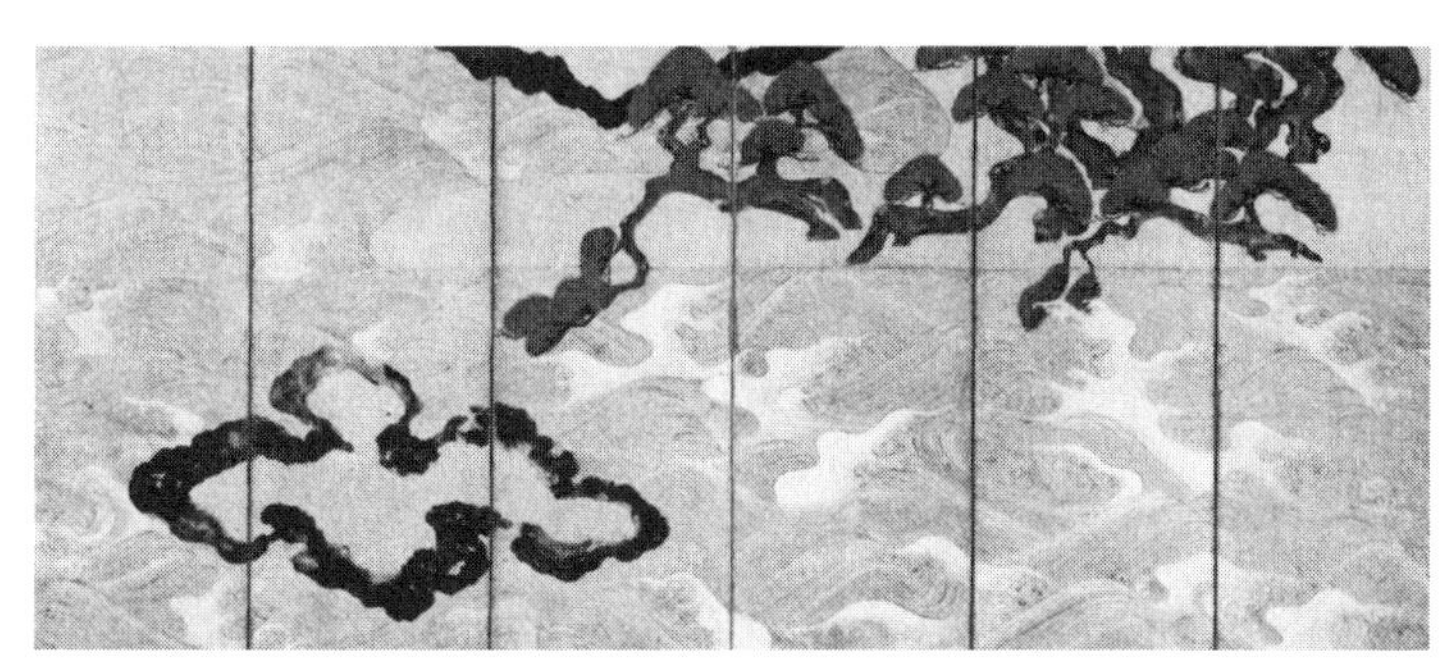

宗達《松島図屏風》　フリーア美術館　左隻

宗達《松図襖》　養源院

りなびかせた細い幡のように見えてきて、遠近感が消える。私たちの悟性は、この帯の先端がやや下方に折れている形状からして、この帯は海岸線に砂浜を生成して海に流入する川を表わすものと受けとめるが、それは絵を見ている視覚の現実と相容れない。

このことが一つの操作を促すことになる。

島と黒帯は、元来かさなり合う位置にはないと考えて、仮に島と黒帯を引き離して画面を見直す。そこで、黒帯(川)、陸地、松林を左の方向へ横滑りに移して位置を百八十度転回させる。すなわち黒帯と陸地と松林を屏風の左隻の五扇まで、裏返しにして移してみる。言い換えれば、いま私は松林のなかに立ったのち、この屏風の右隻の二つの島を手前から向うに見ている。島二つの位置は変らない。それらは向うを向いた松林の浜から、ほぼ等しい距離の沖に並んで見える。

この転回の想定は、ただ身勝手な空想によるわけではない。それを指示し促すものが、左隻の左端に位置するまことに不思議な形の浮洲浜である。頭と尾あるいは頭と頭を近寄せあった五頭の無気味な蛇にも似た洲浜の周縁は、あきらかに時計の針と逆方向の動きを示しているから(上方の撓みと右下の切れ目の形状)、それに従うのである。浮洲浜という大きなネジを左にぐいとまわす。ネジと一緒に、向うの陸もまわるという寸法だ。

さてこうして出入りの著しい、向う側の大きな陸を取り払えば、前方には白波の立つ海原が広がり、波に洗われる島が浮かんでいる。

この一連の操作を経たのち初めて《松島図屏風》は、私にとって、おもしろい図柄に見えてくる。躍る白い波頭が白い鳥となって羽ばたき、空中に振動を呼び起し、画面全体に生き物の気脈がかよい始めるのもこのときである。私は松林のなかに立ち、これまで向こう岸に見ていた松林を裏側から見上げ、松林を透かして沖をながめ、二つの島と浮洲浜をながめる。下を見ると、風に伏した松の波に洗われた根が地を這っている。

と見、こう見するうち、私には『伊勢物語』の第百十六段が甦る。

むかし、をとこ、すゞろに陸奥の国までまどひいにけり、京に思ふ人にいひやる。

波間より　見ゆる小島の　はまびさし　久しくなりぬ　君にあひ見で

「何事も、みなよくなりにけり」となむいひやりける。

未練がましいさそいかけの便りの歌に、女は「あなたがいらっしゃらなくなって以来、京では、万事うまく運んでおります」と返事した。いま目の前では、二つの島が、この応答をしている男女をまねている。大きい島が小さい島に首をのばして歌を口ずさむ。小さい島は背中を見せて、ぷいとあちらを向いている。先に『古今和歌集』は言語のままで文様と化した文芸であると私はしるした。次の歌一首をごらん願いたい。『古今和歌集』巻第十三「恋歌三」のうち、巻尾近く、忍ぶ恋がついそとにあらわれ、人の噂に上ることを嘆いていたり、いっそそれをよろこんでいたりする心のさまを歌う歌のつらなるなかに、次の一首がみえる。濁点を加えて写せば、

かぜふけば　なみうつきしの　まつなれや　ねにあらはれて　なきぬべらなり　よみ人しらず

風が吹くにつれ打ち寄せる波をかぶる岸の松だろうか、ただ待つつらさに根が剝き出しになり、思わず泣いてしまったとでも言ったがよかろうか。それで忍ぶ恋も世の知るところとなった、と。

仮にこう言い換えても、まだこれでは言い足りないものが、この歌にはこめられている。「なみうつきし」

（波打つ岸）には、うつつに来し、ほんとに来てくれたか、と思って「まつ」（松、待つ）がむなしかった。しかも「ねにあらはれて」（噂が立ち）泣き寝入りするばかり、という心が、この歌の言葉の磁場に働いている。岸も、松も、根も、歌の中では文様となり、単義ではなく多義のもの、見る人の心次第でことなったものを見せる物となっている。

法橋宗達は『古今和歌集』中のまさにこの歌「かぜふけば（風吹けば）……」を六曲一双の大画面に変換してみせたのである。

「根」を波に洗われた一群の松のあわれにもうろたえている姿を宗達は諧謔の筆致を弄して描き出している。歌の自嘲の気味は、浮洲浜の不思議な輪、ナンジャモンジャの木の切株とでも言うべきおかしみも併せ持つ形状に、いわば不定形な結晶をとげているとも見える。

岸の赤松にもう少し注目すると、およそ十本のうち、第一列の四本はいずれも浜風に耐えず、へいつくばっているが、その恰好はまるで尺取虫に近い。枝先の緑の松葉を波に洗われている二本にいたっては、もう堪忍してくれと言わんばかり、大弱りの態である。もっとも右の松など、尺取虫というより逆立ちした赤鬼が手旗を波にうばわれそうになり、もう一方の手でとなりの赤鬼に掴まっている。第二列の松どもは、根こそ洗われているがまだ立っているだけの余裕を示しながらも、足許の乱れは隠せず、最右翼の二本は赤鬼が二匹ふざけあっているように見える。その足の恰好はのちに《舞楽図屏風》の左上端に再出する。

こういう松の姿態をえがく宗達は、よほど興が乗っている。海を沸かせる白波もまた、岸の赤松の姿にわが威力を目の当りにして欣喜雀躍、大口をあけ手足を跳ね、竜の落し子の白いお化けのように振舞っている。ここには天地有情の場で万物が生き物となったときの様態が諧謔を促すのである。のちに法橋宗達はこの諧謔を最大限に増幅させたとき、あの《風神雷神図屏風》を描くだろう。

《松島図屏風》には先例があるだろうか。

養源院の《松図襖》は「白象」「獅子」とともにまだ法橋の叙位に浴してない宗達の描いた大掛りな画面として知られる。中心にある老松一樹は、筋骨隆々とした一人の怪力士が前屈みになって両腕に松の大枝を支え持っているように見える。大地に身を伏せんばかりのこの巨松は《松島図屛風》の這い松ごときとは規模がちがっている。一方が赤松ならこちらは黒松。太い根方(ねかた)が地表に露出しているところは変らない。松と松を見較べている限り、二つの画面は相寄るところがない。類似はいかにも外見だけの現象である。似ていることに、一体何の意味があるのかと人は反論するかもしれないが、類似がここでは筆致、筆癖、筆力に係わっている。養源院のこの巨松と《松島図屛風》の浮洲浜の縁辺は類似している。宗達はこのとき、みずからを模倣し再現している。一方の主題は狩野永徳の障壁画の大立者たる松ならそれは名誉心、権力、制度を滋養にすくすくと育ち、官服を着、冠を正した松であり、万年長寿、悠久緑青の象徴たる松であるが、養源院の宗達の松は、狩野の松が背負わされた一切の名利、権限をこれから放り投げに歩み出している怪力士の松である。その勢いが《松島図屛風》の浮洲浜に乗り移っている。宗達がひそかに洩らすことばが聞こえる――「わたしの松はこのように頼りない赤松です。養源院に描いた黒松の力をあんな松に貸すわけにはゆかないが、別に貸していい相手がこの浮洲浜ですよ。というよりも、貸せる相手をわたしは探し出したかった。浮洲浜は私の発明でした」と。

養源院の《松図襖》にもう少しこだわりたい。先ほどからこだわっているあの怪力士の松だが、どこかの禅刹の庭、たとえば十四世紀に創建された相国寺の庭に、あんなにも風雪に耐え、あるいは強い浜風に耐え、ただならぬ屈折を蒙った松があったかどうか。これが京都盆地の懐深いところに、おのずとあんな恰好に育ち老いた松であろうか。この盆地は風の吹かない所である。

宗達は、歳月をかけて作り上げた盆栽の黒松を写生したのではないだろうか。それならこの怪異な幹、幾重にも段をなして並ぶ枝の先の茂りも不思議ではない。不自然な人工の果ての自然。剪定(せんてい)と括(くく)り付けによる不自然が作り出したその姿。

差渡し一尺五寸の青磁の平鉢に植えこまれた盆栽松を金箔の襖一面を埋める巨松に写し改めるのは一つの冒険である。白象の巨体を杉戸に収まるように縮小するのと逆の作業が想定される。宗達は養源院でこの相反するエネルギーの躍動をためしにかけたと想像するのは不自然だろうか。諧謔は白象の杉戸絵にあらわれたように、金箔の襖四面の左方の石組にあらわれている。三尊石というには高低の著しいその石組は、右から迫りくる松の枝に辟易して身をかわす一匹の河鹿(かじか)に変身しているからである。

かように宗達は機略縦横の人である。だが、重要なのは機略によって沁み出る諧謔の気味があり、さらに重要なのは、このときの諧謔があからさまでも朗らかでもなく、何かしら憂鬱の仄暗いヴェールをまとっていることである。この翳(かげ)は、いったい何か。

これを確かめる前に、先ほどより頻繁に用いている諧謔という語について多少立ち入った説明を加えねばならない。たとえば『広辞苑』(四版)でこの語を引くと「おもしろみのある戯言。おどけ。しゃれ。ユーモア」とある。だが私はここに挙げられた四種の言い換えのいずれともちがった意においてこの語を用いてきた。諧謔は、どうかすると笑いに通じる機嫌のことである。笑いは感染する。上機嫌な人の笑いは人の微笑をさそうだろう。必ずさそうとは言わないまでも、さそい易いだろう。一方、不機嫌な人が、ある一語を思い付き(口に出すか出さないかは別として)その一語のためにふと笑いを洩らすことがある。宗達はご機嫌のときにみずから洩らす笑いで人を笑いにさそうばかりではなく、不機嫌なときに洩らす笑い(苦笑いもその一つ)を契機として、気分の一変するような気質をそなえていた人のように私には見える。この人は普段ににこにこ顔をしてはいなかった。概して不機嫌な人だが、人付き合いの悪い、扱いにくい人柄ではない。仕事のことがいつもあたまを占めていて、人の声を聞き洩らしたり聞きちがえて周囲からおかしがられているが、変人扱いされているわけではない。独りぼっちが苦にならないだけである。いずれ仕事にかかれば独りであり、沈んだ気分が晴れてゆくのはわかっている。機略が目ざめるのはそのときである。我ながら思わぬ事の成りゆきに、心に弾みがつく。この弾みこそ諧謔である。晴れ切ることのない気分が翳を添えてはいるが、いまは心のどこにも躊躇(ためら)うものがない。描く絵が一気に進捗する。

手放しに上機嫌な絵というものは、宗達には描けなかった。だが仕上げた絵に不機嫌な絵もまた一つもなかった。どの絵にも一種均衡した機嫌が諧謔という支点の上で揺れている。それが宗達の絵の尽きぬ味わいに通じている。

これと同質の他の経験がなかったか。井戸底をのぞくように内に目を向けていると、目には見えない物陰から聞こえてくるものがある。ローベルト・シューマンのピアノ曲『フモレスケHumoreske』(作品番号二〇)。認識の粒子が満遍なく一様に充ちて均質化し、微熱を帯びた小宇宙が、音楽によって生成されていた。草が風に揺れている一隅がある。川蟬が飛び立つ。軽い羽ばたきが乾いた地に伝わり、藪蘭の蒼い小さな実がころげる。これをきっかけに小宇宙の全体が耳となり、物の気配を敏感に捕える。しかし小宇宙は憂鬱な霧に包まれている。時の経過につれて物の気配は遠近を充たし、ついに卵殻を破るように霧を破砕する。その音が小宇宙に遠雷のように反響し、驚く物たちを一つの方向に流してゆく。「フモレスケ」とは良くも悪くも変る機嫌のことである。

長調と短調、連続と不連続、強弱、高低、リズムとその踏み外し……音楽は対照(コントラスト)を強力な不可欠の手段とする。絵画もまた形、色調の対照を欠けば単調を免れない。宗達という絵師は、対照に意想外な新しさを与えた。醍醐寺の《舞楽図屏風》はこれをみごとに示す一例である。

もう一例を「ベルリン色紙」から抜くなら、三十六枚中の第二十七番がもっとも見易い例である。光悦の筆がこの色紙にしたためたのは「秋風のいたりいたらぬ袖はあらじただ我からのつゆのゆふぐれ」(『新古今和歌集』、鴨長明)。

宗達の下絵と歌とのあいだに対応はないが、大書された「秋風」はたしかに絵のなかに吹き渡っている。画中に対照は幾つか見られる。草色の色紙の五分の四を占める金泥による稲田と畦道、残る五分の一は紫紺色の水に与えられるが、この色彩の鮮やかな対照。前後左右に広がる稲田に画面の左下方から突っ込んでくる水面の対照。水面に銀で描かれた波紋と穂を垂れた稲の逆さ帚木(ははきぎ)の対照。幅広い金泥の直線三本で示された畦道の食い違いによる対照。また絵の右下にわずかにのぞく刈り取り後の稲田と刈り取り前の稲田との対照もある。

ただ一枚の色紙に盛り込まれたこういう対照が、吹く秋風にそれぞれの色に染まり、それぞれに異なる音色を立てるはずなのを考え合わせるなら、宗達のこの下絵は譜面として受け取ることが可能である。変動し、変異しながら瞬時にして流れすぎる「フモレスケ」をここで「目で聴く」ことが可能である。けっしてあかるすぎず、暗すぎず、均衡する気分を秋風の寂寥に委ねているこの色紙もまた、紛れもない宗達の画域のうちに収まっている。

(「聚美」二〇一三年四月~二〇一四年七月、青月社)

《洛中洛外図屏風》の金雲

これは洛中洛外図屏風にかぎったことではないし、屏風、扇面、絵巻物にもかぎらない。掛軸、茶碗、大鉢小鉢、向付、皿、壺、花生、文房具、装身具、小袖、能衣装、その他その他、いまは美術館、博物館、資料館に収められている品々も、もとはすべて生活の用に供されていた品々である。日常の時間のなかで朝、昼の光がそれを照らし、かげる夕日がそれを半ば薄闇に埋め、灯かげがまた昼間とはちがった趣をそれにあたえたところの品もあれば、季のめぐりにつれて、あるいは正月、あるいは夏のきまった一日に取り出されるほかは暗所に隠されていて、年中行事が人と品とのあいだを隔てることがあるだけ、限られた短い時間に、近ぢかとながめたり手に触れたりできる品々もあった。そういう特定の品には、格別に印象ぶかい、いわば儀礼の表情がそのときあらわれ、人につねならぬ心持を抱かせただろう。かような品々を厳重な監視下に展示し、理想的と信じられている保存条件をととのえ、外的な条件を排除した一種の標本室に幽閉し、ガラス越しに見させるというのは、明治この方、われわれが西洋にまなんだ行為のうちで最もつまらない行為にかぞえることができる。

いかにも器物にはおかげで永続的な現状維持が保証され、安全な保管も約束されるだろう。ガラス越しにせよ、ながめる人のまなざしから生気を吸い取って、器物はかすかな命脈を保っているかもしれない。けれども、たとえ五体健全な状態にあっても、美術館入りした器物は不備不足を生じているといわざるを得ない。「静物のこころは怒り、そのうはべは哀しむ」(萩原朔太郎)。ガラスの向うの品が美しければ美しいほど、この詩句の言い表わすところは真に迫る。美術が好きでたまらないばかりに美術館にいって、幽閉の品々と対面することをあえてするほどの人は、心に痛みをおぼえて、痛み越しに、いわば二重のガラス越しに、展示の品を見ている。そういう人は、ヨーロッパ各地の美術館でしばしば蘇生の思いをすることがある。われわれが手本にしたはずの西洋なのに、美をガラス越しではなくて裸の状態で見ることのできる美術館が西洋には沢山存在しているし、ガラス越しにしても展示、照明の方法にずいぶん工夫をこらしているのが大方の傾向である。このことだけで西洋に興奮してしまう人を咎めることはできない。手本は依然として手本でありつづけている。ところが、事情がこうなっていることについて、日本の美術館の内部には、応々にして理解のない人がある。照明が展示の品の表面に反射したり、ガラスが鏡面となって見たくもない、また見てはならないこちらの顔が展示の品にダブったり、そういう不都合に対する無理解は、私設の、財団法人による美術館よりもなお一層公設の美術館において甚だしいのが、また感慨をさそう。

つい近頃も、ある県立美術館まで特別展を見に出かけた。浅井忠の最晩年の油彩画を掛けつらねた一郭は、天井の高い、横長なガラスケース内の上下の照明螢光燈が、額ぶちに嵌められたガラスに――したがってガラスは二重になる――うまく反映するように、一様に額ぶちを前傾させて掛けつらねてあった。画面をよく見るには、上体を前に折り、ひざを屈して、あたかも蹲踞の姿勢のまま、首だけ突き出すときに、ようやく反映している照明に妨げられないで画面を望見できる。こんな姿勢は十秒とつづかない。はるばる房総の地まで見にいった私は絶句するしかなかった。ジャン゠ジャックのように、意図的な妨害ではないかと邪推したくなったとて、だれも私を狂人とは思わないだろう。

しかし、物には意外な余慶があるものである。かような妨害のおかげで、これまで私にはよく分からなかった一篇の詩に、私の理解が届いたから。これは伊東静雄の詩である。

孔雀の悲しみ　　動物園にて

蝶はわが睡眠の周囲を舞ふ
くるはしく旋回の輪はちぢまり音もなく
はや清涼剤をわれはねがはず
深く約せしこと有れば

かくて衣光りわれは睡りつつ歩む
散らばれる反射をくぐり……
玻璃なる空はみづから堪へずして
聴け！　われを呼ぶ

浅井忠の描いた若い婦人の肖像が二重のガラスに封じこめられて、処遇を悲しんでいるように、詩中の孔雀＝われは、天井の高いシャーレのなかにいる。これが分かれば、詩の意は通じる。日本の美術館内に、ガラスの遮断面の向うに収められている品々は、この孔雀の叫びを発しているのではないか——「玻璃なる空はみづから堪へずして　聴け！　われを呼ぶ」。非情のガラスの空が孔雀＝われに感応し、このガラスを突きやぶれとうながす。

屏風は大きいだけに、ひときわこの叫びが耳を打つ。国立京都博物館の一室で、宗達の《風神雷神図》（建仁寺蔵）が、おれたちに外気を返してくれ、風に向けて開けてくれ、そして雷鳴のとどろく夕立のさなかにおれたちを見てくれ、と絶叫していた日のことを私は忘れ得ない。宗達に呪術師を見るのは、おそらく出過ぎた振舞である。しかし、絵画はすべて、肖像として働くためにわれわれの精神にまでその働きが届くのだ。対象は肖像となった限りで対象なのである。見ている私の肖像であるところの風神雷神が、私と同様にそとに出たいと念願するのも、肖像である限りで風神雷神となった対象が肖像たることに反抗し、純粋状態の対象に、つまりは四大元素の混沌のなかに、もう一度まぎれたいと念願するのも、これは同じことである。宗達という町絵師には、呪術師と隣り合って住み、壁ごしに隣人の仕事の秘密を盗んでいたようなところがある。彼はだれも真似手のない絵師の技法を用いて物に形をあたえ、形として呪縛しておきながら、同時に、呪術が蘇生させる生命の息を絵のなかに吹きこんでいるのだから。

あまた現存する《洛中洛外図屏風》の最古の作品は、町田家旧蔵本と称されるもので、いまは国立歴史民俗博物館の蔵品、大永年間、およそ一五二〇年代に描かれたと推定される。次いで古いのは上杉謙信が織田信長より贈られた、いわゆる上杉本で、三十年ばかり新しい。しかし、このふたつの屏風があたえる感興はまるでちがっている。

昨年（一九八三年）十一月、京都府立総合資料館の「洛中洛外図の世界」という展覧会で、いずれの屏風にもガラス越しで向い合ったのだが、町田家旧蔵本がいわば「孔雀の悲しみ」を《風神雷神図》と分かち合って私に訴えるところがあったのに対して、上杉本は、これとてガラスの向うに閉じこめられているのは気の毒千万、幽閉の身分に大いに同情はしたけれど、あなたのような金ピカ趣味のお方には、しばらく憂き目をかこつのもお為になりましょうとでも、ちょっと皮肉をこめて、言ってやりたくなって困った。

町田家旧蔵本を見ていると、王維が十五歳のときに作ったという詩が思い出される。

題友人雲母障子

君家雲母障　君が家の雲母の屏風を
持向野庭開　持ちきて野庭にむかって開けば
自有山泉入　おのずから山泉の入る有り
非因彩画来　彩画によって来れるには非ず

（小林太市郎訳）

応仁の乱後およそ五十年を経た洛中洛外は、清涼殿、公方屋敷、武家屋敷、大小の社寺はさすがに復興いちじるしく、また下京には折りしも祇園会の神輿渡御と山鉾の曳きまわしがおこなわれ、町家は切妻の石置き板葺き屋根はなお頼り無げながらも、なかには二階建ちも下京は四条に上京は立売（たちうり）の町筋にちらほら見え隠れして、卯建（うだち）をあげている家も町並みにまじっている。そういう洛中の上京、すなわち六曲一双の左隻に、小川（当時はコカワと称した）という名の小川がまっすぐ南下して鉤の手に曲折し、右隻の第三扇にいたって堀川に流下している。それより少し南には、また一筋に西洞院川が南下をはじめている。屏風のうえでは真横、水平に左から右へとながれているこの二筋の川の形態によって、町田家旧蔵本の《洛中洛外図屏風》は、実にふしぎな感興を引き起こす。この感興を言い表わすものがあるとすれば、王維の詩にいう「おのずから山泉の入る有り、彩画によって来れるには非ず」という表現をもってするしかないような気がする。

きらきらしくもなく、けばけばしくもなく、薄刷きに金泥を刷いたこの屏風には、鏡に映したがごとくに洛中洛外が写し出されているわけでないのは勿論である。だが、一目見渡したとき、これが鏡面に映える実景であるかに思わせる玄妙の描法。その秘密の少なくとも一端は、小川、西洞院川の画中の位置および形態にあり、また、川の色の良ろしさにある。まったく、その藍の川は、この屏風の金泥の濃さというよりも淡さのなかをつらぬいて、但し決して一様の濃さではなくてニュアンスを変えながら、ひたすら左から右へとながれているとき、川は地表に設けられた条溝の面貌をあらわにし、これが自然の流れを巧みに操作した人為の川であることをあざやかに印象づける。あるがまま、自然そのままの風景ごときに、人は感動するわけではない。自然のなかの人為の痕跡が、われわれに自己の力を自覚させ——なぜなら、われわれもまたそれぞれに人であるから——われわれは感動するのだ。町田家旧蔵本は、この人為を断ち割った竹のようにきっぱりと写し出している。しかも六曲一双の大屏風の画面の最も重要な契機としてこの人為の跡を活用し、それに上首尾を収めているために、二筋の川はいよいよ真に迫って見えるのである。心の波動は屏風の全体におよぶ。そこで、街区を行き交う人々の風俗、仕草をながめ楽しむわれわれの目がいきいきとしてくる。この屏風では、一切はつねに斜め左上から俯瞰して捉えられているが、のぞき見られている屋敷うちの豆粒ほどの老若男女、貴賤さまざまな人物たちの立居に伴う物音も、音声も、この独得の遠近法をとおして、しずかな洛中の二、三十間向ぅから、われわれの耳にまで届いてくる。

ここまで付き合っていると、ガラス越しを理由に、そんな物音も音声も聞こえないなどと言ってもはじまらなくなるが、私がガラスにくっつけた鼻のあぶらは、あとから来た人には屏風の曇りとなって目の妨げを招くだろう。ガラスには、いつまでも祟られる。

町田家旧蔵本に私が殊に魅惑されるのは、この屏風に神護寺の《山水図屏風》とかよい合う気分をおぼえるという、もうひとつのわけもある。あの《山水図屏風》は大和絵ふうにふっくらと、やわらかく仕上っているのに対して、この《洛中洛外図屛風》のほうは、それよりもはるかに唐絵ふうで、描線は硬いし、竹やぶ、松が枝の描きようには峻なところもある。左隻の一扇二扇にまたがる双ヶ丘、衣笠山などはいちじるしく唐絵じみている。にもかかわらず、これと上杉本の隔たりは、これと神護寺《山水図屛風》のあいだよりもはるかに大きいと思える。一方は山居のありさまであるから、画面にひろびろとした無人の山野があるのは当然ながら、町田家旧蔵本は、洛中を描いてなお同様の寛闊なところを残そうとして残し得ているし、洛外を散策する人の姿には、神護寺《山水図屛風》の閑寂の趣をとどめている。また、俯瞰の方向が、神護寺のほうはつねに右上方からで、町田家旧蔵本のつねに左上方からと正反対をなしながらも、四角なものにあらわれる稜角の大きさは一致している。その角度は急ならず緩ならずして微妙な角度をたもっている。おそらく視線に快い角度なのである。

町田家旧蔵本は金泥霞引きに藍、緑青、濃からぬ茶、水色、胡粉の白が彩りをつけるなかに、ところどころに点々と、赤い色が人物たちの服装にまじり、朱の鳥居が立つ。そういう配色もまた抑制が利いている。右隻の五扇六扇にいたって、夏の景として祇園会をえがき、三基の神輿のなか、長刀鉾、函谷鉾、月鉾、琴割山の懸装(かけそう)、随行の絃召(つるめそ)の鎧に、落ちついた朱を配し、鴨川を越えた東岸には、八坂の塔、子安の塔、地主権現社、三十三間堂にもそれぞれ朱をかさねながら洛中洛外の掉尾をかざっているのが、心の機微をよく承知した色の用い方で憎いばかりである。

先にもちょっと触れたように、私は《洛中洛外図屛風》のあの金雲を好まない。ただ一点、町田家旧蔵本には、金色(こんじき)の霞は棚引いていても、金雲はない(右隻五扇のまんなかに大きな茶の雲がかぶさっているのは無論、後世の心ない補修のあとである)。左隻には、小川に平行して、それより上方、屛風のちょうど中ほどに、少しずつ右あがりに、一筋の霞が棚引いている。そしてこれが洛中と洛外の境界線をなしているのだ。小川の東岸に寺々が鷹揚につらなるあいだに風呂屋があり、町家の軒がそろっているのは、洛中の景として東西南北に狂いはないが、霞を境いに、第一扇の上半分には、いきなり横合いから洛西郊外の景がすべりこんでくる。桂川が右から左にながれ、渡月橋を折りしも筏がくぐっている。左上端に松尾の社がある。画面は右方に移るにつれて、しばらく洛西の名所をつらねて、北野の社には初春の木立ちに梅を配し、平野の社には、棟にも松林にも淡雪を頂かせ、愛宕から北山にかけて胡粉の雪を降りつませている。鹿苑寺、石不動また雪中の景である。舟岡山のふもとは桜が咲いているが、さらに右に移ると、洛北上賀茂の社はふたたび雪景を呈している。

これより右隻につづく。第一扇の横川、比叡に雪はなく、季はすでに夏とおぼしい。洛東の名所を山ぞいに南にたどるうち、いつしか霞にかわる鴨の流れが、屏風を上下に二分している。藍色ふかぶかとした鴨川は、ところどころの中洲で分岐し、岸の随処には巨石が露出し、橋は四条、五条のほかは三条に粗末な仮橋がかかっているばかり。東の河原は荒涼として人の気もないが、西の河畔には田んぼがあり、田植えに精を出す人々の姿がある。というふうに移ったすえには、六月七日の祇園会祭礼が描かれていることは先に触れたとおりで、洛中洛外の場移り、季移りに抜かりはない。言い忘れたが、左隻の第一扇、屏風のはじまりには洛西部に稲穂が黄に熟れて伏しなびいている。

三十年のちの上杉本《洛中洛外図屏風》は、すでに洛内外にもうもうたる金雲が捲きあがり、金雲の切れ目にのぞかれる景は、はるかににぎやかとなり、微に入り細を穿つがごとき描写は、見れば見るほどにあきれるばかりである。細密画の名手といえばジャン・ビュッセル、ジャック・カロしか知らない西洋画の愛好者には、ふたりを問題なく抜いている細密画の名手としてこの屏風の絵師、狩野永徳を知らせてあげなくてはならない。

だが、くどいけれども、私にはこれよりも町田家旧蔵本のほうがはるかに好ましい。《洛中洛外図屏風》に一意専心するつもりはないのだから、好き嫌いにしたがって、好きなものを見尽すのが、あるいは先に開けるものがある見方だろうと思う。

上杉本《洛中洛外図屛風》が、昨年、岡見正雄、佐竹昭広両氏によって、いわば屛風読解の手がかり画集とでもいうべき書物に収まり、折込まれ、部分拡大され、画中の景物一切に対応する文芸、古文書、地誌類が「標注」という体裁で集記されたのは、便利至極な試みであった。ひねくりまわして賞玩するには書物が大きすぎるのは不便であるが、どうしてこうもおもしろいのか、われながら合点のゆかぬままに、佐竹氏苦心の「標注」を私はたのしんだし、知らぬことを沢山教えてもらった。だが、白状すると、「テクストの読解」というのは、絵と文芸あるいは文字の対応を追跡することとは別な話ではなかろうか。私にとっては、《洛中洛外図屛風》というテクストを読むとは、あの小川の条溝が、私のなかのどういう幼児期の心の傷痕に対応しているかをさぐり当てることであり、金雲がきらいで金泥霞引きなら何故、私にとって許容できるかということから、私を借りて露頭している文化の価値系に対して私がいかに対応するか(行為として)を、《洛中洛外図屛風》の様式の盛衰カーヴの注記として書きこむことであり、金雲の切れ目の形態をただ不定形として見すごさずに、洛中洛外図をコラージュ方式で出来上ったものと想定したときに決まる定形として扱い、金雲の切れ目から見えるものを言葉に置き換えるという試みをすることであり、要するに、露見と隠蔽の意図を私のエロスの問題として受けとめることである。もうひとつ付け足すなら、京都という町が現今かように良い加減な町になってしまったのは、金雲という卓抜な悪い術をわれわれがおぼえてしまって、いつまでも名所旧蹟のみを金雲のそとにながめ、金雲に隠れている生活空間の熟視を怠りつづけた罰ではなかろうか。かような疑惑もまた《洛中洛外図屛風》というテクストの読解を促す。

しかし、大きな、欠かせぬ前提として、私にその屛風が好ましく、ながめるのが快楽でなければ、屛風はテクストにならない。金雲にあらずして金泥霞引きの屛風、それが私には好ましいのだから、あとは霞がかりの絵画を広く洛の内外にもとめて、上方にも下方にも、テクストの読解を試みるしかないだろう。

(『文学』一九八四年三月号)

東方趣味——浅井忠の図案

空想と実際がちがっていたということは、人生のあらゆる場合に、あらゆる局面で私たちが経験することで、実際に接しての驚きが、自覚、覚醒のきっかけになったとき、私たちはそれを人に語って、良い経験をしましたなどと言っている。そういう良い経験としてわが身におぼえのあるものを特にひとつだけ挙げてみよといわれたら、それはフランスで出会った日本のおもかげである、と私は答えるだろう。

十六、七年もの歳月がながれ去ったから、ずいぶん前のことになるのに、一年間をパリですごしていたあいだに処々方々で思いがけず遭遇した日本ものが私にあたえた感銘は、なお心のうちに残響を留めているので、いまも思い出すことがある。

例えば、パリの西南郊、サン・クルー橋畔、アルベール・カーンの庭というところに入ると、紛れもない日本庭園の設けのために狭からぬ土地が当てられ、日本の庭樹にかこまれた池に面して数奇屋造りの一棟があり、飛び石伝いに汀をたどると、なだらかな円弧をえがく石橋あり、平らな板橋あり、卑しからぬ燈籠も数基、樹間に見え隠れするありさまで、これがまがいものではなく、一通りも二通りも日本をわきまえた庭の作りなのにには驚かざるを得なかった。日本人の大工、庭師が傭われ、長期にわたって立ち働いただろう。アルベール・カーンは銀行家として産をなした人で、この日本庭園は、カーンの旧邸内に隣り合って作られたイギリス庭園、フランス庭園とともに、一八九八年から一九一〇年にかけて造営されたものである。

別にまた、トロカデロのシャイヨー宮の庭にも、ボードレールの詩句を借りるなら「岩に身をこする多情のせせらぎ」が、柳影を映しながら日本式の小橋をくぐり、ちいさな滝をなして脚下に没する部分があり、すぐ目のまえに天を衝いてそびえるエッフェル塔と奇異な対照をなしていた。しかも、この日本風の一小景にもまた、取って付けたようなにわか作りの趣は見られず、むしろ分明な趣味の発露を思わせるところがあった。そうでなくて何故、私が感慨を催し得ただろうか。

このほかにも、パリの市立オートゥイユの温室庭園で秋ごとに開かれる菊花展は、偉観と形容したくなるほどの規模をそなえていたのが、いまに忘れがたい。漱石によって『三四郎』にえがかれた明治四十年頃の団子坂の菊人形、それよりもずっと新しい時代にはじまった枚方の菊人形には、歌舞伎くずれの悪趣味が付き物だが、そんなものとは全く無縁の菊花展だった。フランス人は菊の香りを陰惨だといってきらいながら、会場に当てられた巨大なドーム型の温室内には、床いちめんに吸臭剤として上質の無煙炭を敷きつめ、そういう準備をととのえたのち、菊花の色彩と形態の賞美に並々ならぬ熱意を示していた。

東方趣味は、元来、博物学的な関心を包摂している。西洋が東方に求めたものは、遠い旧約の代の昔から、薬草、香料、珍鳥奇獣、宝玉、染料、布帛であった。求める品が珍奇で高価なものであればあるほど、その品に関する知識に正確が要求されるのは自然の理である。そして性状、形態にかかわる知識が次第に整合され、組織化されるところに博物学が生まれるという順序になる。もはや遠来の品が対象とはかぎらない段階にいたって、もっとも身近な、ありふれた野外の草花を観察の対象とした植物学が、着実な歩みをしるした。十八世紀という時代には、そういう植物学によって絵画の新分野が開拓されたということがあるのを見のがしてはならない。即ち植物写生図である。例えば、植物学者トゥールヌフォール(一六五六―一七〇八年)と採集行をともにしたクロード・オーブリエ（一六六五—一七四二年）の植物図は美しい。精密であるから美しいというよりも、美しいから精密であるというほうがおそらく正しいような、そういう植物図をえがく画工が、この頃より相次いであらわれる。そして生彩ある植物図と美しい図案とが、いつでも欲するときに同時に成り立つような方式を求め、そういう方式に絵画の更新を賭けた人々が、十九世紀の後半のフランスに輩出する。かれらによって斬新、目を奪うような図案が、食器、家具、衣服、装身具、書物の装幀に適用されるとき、東方趣味はかれらに助力して形態のメタモルフォーズを容易ならしめた。もともと東方趣味が形態に対する強い関心を養うものだったから、東方趣味をあらたに刺激するべく日本より渡来した江戸期の画軸、屏風、木版画、根付、櫛笄(こうがい)は、またふたたび形態への関心を呼びさまし、日本のおもかげは、西洋の東方趣味によって形態の若返りに浴することになった。

一九〇〇年のパリ万国博覧会をつぶさに見たひとりの日本人画家は、アール・ヌーヴォーの図案のうちに、そういう若返った日本のおもかげを容易に見抜いた。このときの博覧会のために、はるばる日本から送られていた日本の工芸品よりも、アール・ヌーヴォーの工芸品のほうが、はるかにすぐれて日本的だったのだ。形態の純化に衝撃を受けたこの日本人画家、浅井忠は、三年後に帰国すると、東京美術学校洋画科の教授職を辞し、ただちに京都に移住する。滞仏中にすでに手は打ってあった。新設の京都高等工芸学校に迎えられた浅井忠は、染織科のデッサン、図案を担当した。一九〇七年、京都で五十二歳で急逝するまで四年余りのうちに、浅井忠は西洋の東方趣味をその精神において継承し、家具、食器のデザイン下図、装幀用図案に創意をふるった。浅井はパリ滞在中に頻繁に出入りしたサミュエル・ビングの店（日本の骨董およびアール・ヌーヴォーの工芸品の専門店）にならって、京都に九雲堂と称する店を開き、自作図案による新しい工芸品の普及をはかったが、死によってこの計画はなかばにしてむなしくなった。

油彩画および水彩画の分野で浅井忠の画業を継いだ人々の数は十指にあまっている。だが、彼の図案家の一面を継ぐ精神は、ついに絶えて、あらわれることがなかった。東方趣味のアール・ヌーヴォーが日本において可能かどうかを問うことが、浅井忠にとっては、日本に芸術は可能かどうかを問うにひとしかったのだが、卑しい図案の分野に、そんな大きな問いがこめられていることまで、人は察知しなかった。現在にいたっても、日常身辺のありふれた図案、例えば商標、包装紙、ポスターの図案、ネクタイについて、西洋のものと我国のものとを見くらべるとき、多くの場合に私たちが味わうのは深い失望である。そうはならない上首尾の図案は例外であり、いまもこの国には西洋図案の盗用が頻々として発生している。浅井忠が直面した図案・芸術・文化の自立自活という問題は、まだ少しもおわっていないのだ。なま煮えのまま盛りつけられた皿が味気ない思いを強いる食卓に、私たちは依然として坐りつづけているように思われる。

（「服飾研究」、一九八四年春号）

空似空耳

一九六七年の七月初めから翌年の六月末まで、私は京都にいなかった。パリに下宿を定めて学校にかよい、また、しばしば旅に出た。人々の計らいで実現したこのヨーロッパ生活の一年間は、私にとって京都の町に長期不在した最初の経験になった。

ヨーロッパですごした日々が私にあたえたものは何だったのか。

これはそう手ばやくはつかめない。たしかなのは、一年間のこの京都不在がパリを見る目の底にはたらいていたことであり、そして帰国してからの私が見ている京都には、このときのパリ暮らしによって左右されている部分が少なくないことだ。

たとえば、固い燧石をうめこんだパリの舗道を歩きやすいと思うようになってから、歩き方が変ってしまったらしく、京都のセメント瓦の人道やアスファルト道が手ごたえというべきか足ごたえというべきか・抵抗にとぼしく、いまもって歩きにくい。身体の動作にまで食いこんでいるこんな変化まで考えあわせると、事態はかなり深刻なのかもしれない。

しかし、京都は、帰国してから、私に対して変ったのだろうか。そうではない。たしかに一年のあいだ、私はこの町にいなかった。だがこのことは京都がなかったことを意味しない。むしろ京都は、私に対して、たしかに京都にいる今よりずっと濃密に現存していた。濃密だったので、私の京都は一種の結晶部分を生じて、むらのある不均一な形象となり、すでに追想のうちで変質していたにちがいない。

人はいうかもしれない、郷愁のために故郷が美化されるのは当り前さ、と。しかし事情はもうすこしこみいっているように私には思える。なぜなら、美化された追想のなかでの京都に、私はパリの町でも、のちにはフィレンツェの町でも、しばしば出会っていたからである。まだ京都を離れず、日本を離れず、ヨーロッパを知らないとき、京都にいながら追想していた京都に、あそこで、はじめてめぐりあうことができた。どうやら、そこのところが少々厄介な仕組みになっている。

こんなふうにいうと、郷愁が湧かなかったように聞こえるかもしれないが、勿論そんな不自然な話はない。郷愁のために眠られぬ夜がやってきて、疲労の朝を迎えねばならないことも何度かあった。それはたとえばこんなときだった。つめたい雨の降る初冬の午後に、下宿の主人であるフランス人の老人から理窟のとおらぬ小言をくらった日。人の微笑というものにうまくめぐりあえぬ日が二、三日つづいた疲労の夜。町をさまよい歩いていて、ふと入った古本家のおやじに、買わぬならさっさと出てゆけ、とどなられたそのあと、気晴らしを求めて立ち寄ったガラス細工の店で、オーバーの袖口がわずかに銀燭台に触れたというので店番の若い娘から、

——オオー! アッタンシォン、ムシュー!(いい加減にして下さいよ)

などと意地悪くあしらわれた夕ぐれ。

いま思い出すと、他愛もない日常茶飯の出来事のなかで、たのしからぬことを味わったとき、私は強い郷愁に駆られた。

こういう出来事にはいずれも、相手が何かの加減で不機嫌で、こちらもまた不興だったという共通性があ

る。いってしまえば不運だったのだ。だから、きわめてわずかのあいだ滞在してどこかに立ち去る観光旅行者が、こうした快からぬ経験から、ひとつの都市や国についての印象を決定されてしまうのは、よくあることだ。

私は勤め先の学校からの在外研修員であった。講義や会議のいっさいを免除され、はたらくためというよりむしろ、はたらかないためにパリで暮らしていた私には、あのあわただしい観光旅行者にはいわば初手から奪われている一種のゆとりがあった。結局のところ、私も長期の旅行者にすぎなかったのだが、行きたいときに行きたいところへ行くことで、パリという都市と付き合うことが許されていた。

このあとの二つの断想は、京都とパリのあいだで、私が何度も、帰国後も、くり返してきた彷徨を示している。これを彷徨の地図というのは矛盾している。地図が地図であったら道に迷いはしないだろう。けれども、たしかにこれは私の地図にちがいない。ただし、磁石の針がしっかりしていないとすれば、やっぱり私は彷徨していることになる。二兎(二都)を追うものは一兎をも得ずという俚諺が、ちらとあたまをかすめる。

夏——タピスリーと祭

パリに到着した盛夏から初秋にかけて、私はクリュニー美術館によく入った。

リュクサンブール公園のほうから、なだらかに傾斜しながらセーヌ川にむかって下り坂になっているサン・ミシェル通りを歩くのは快かった。のちには、左の道をまがってオデオン座のほうに逸(そ)れたり、右手の、パンテオンが視野いっぱいにみえる広い坂をいったりしたが、それでもサン・ミシェル通りをそんなふうにして離れてしまうのに心残りをおぼえなかったことは一度もない。そのままセーヌ川まで下ってしまうと、バスや自動車が喧騒をきわめるサン・ミシェル広場があり、ノートル・ダム大聖堂がまぢかに眺められるのだが、あの美しい聖堂の全体を、町かどに庇を張っているカフェやサン・ミシェル橋にぎっしりつまった車といっしょに視界にとりこむのは、私の本意ではなかった。セーヌの川岸に抜けているせまい小路のむこうに、あの一対の、ひっくりかえった仔象の前足のような、城砦のなごりの鐘楼だけが両側の建物のあいだに切り取られて見えたり、ムラサキツユクサの染色髄の一片を白い石板に刻みつけたようなあの途方もなく大きな薔薇窓と、軽快なリズムで空をかけのぼってゆく花粉まみれの蜜蜂の触角のようにふるえている尖塔と、骨ばった長い指の群れのような飛梁の並列や青さびた甲冑のような後陣の屋根、こういうものだけがうまく切り取られて見えはじめるように、ゆっくりと一部分から近寄って、せまい抜け道の先で一気に全容に触れたとき、ノートル・ダムはいちばん感動的だった。

　だから、聖堂を見ようと決めたとき、私はサン・ジェルマンの交叉点まで坂をくだって、このときは未練気なしにサン・ミシェル通りと別れ、サン・ジェルマン通りを東にすすみ、頃を見計らってセーヌ川への抜け小路を左に折れてしまえばいいのだった。

　クリュニー美術館は、いま書いたふたつの大通りのちょうど交叉点にある。ひどく丈の高い、すこしいかめしすぎる鉄格子ごしに、マロニエ、槐（えんじゅ）の巨樹、そのほか雑木のこんもりしげった庭をもつクリュニーの館がよく見える。サン・ミシェル通りの、ときおり鉄格子沿いに縁日の屋台の並ぶあたりからは、クリュニーの一郭を占めるローマ時代のテルム（公共浴場）の遺構が露呈している。赤味をおびて、泡立った、脆そうな切石の柱列は、不意に、この活気のある大通りのすぐそばに、死が、悪ふざけに、考古学的な舌を出しているようなものだった。あの石の赤さに、私はいつもぞっとした。のちにローマに行って、あの有名なテルムをながめたときもそうだった。奴隷の膚から噴き出た血の色、曳きずる鉄鎖に砕かれた岩の屑、鞭の音が私をおびやかす。

　だが、幸いにも、クリュニー美術館の入口は、ソムナール通りという湾曲する細い裏通りに面している。

かまどの煤をかぶった歳徳神のようにまっ黒にすすけた雨水落としの怪獣の口の下で、館の石門をくぐるのだ。舗石をしきつめた中庭のマロニエの木かげに、六角形の古井戸が残っている。水はもうずっと遠くに落ちこんではいるが、まだ涸れていなかった。つるべの滴にたちまち乱される移ろいやすい絵姿が、この井戸底にはどれくらい沈んでいるだろう。

なかに見たくてたまらないものがあるとわかっているとき、美術館の成立ちや建物の案内記のたぐいをよむために、玄関で時を費やす人はいないだろう。クリュニーの館の住人だった領主や大僧正のことは、私にも、まあどうでもよかった。タピスリーと古裂（ふるぎれ）を見るたのしみがクリュニーの値打ちなのだ。

ここへくるとき、私はいつも独りになってきた。いっしょに食事をし、談笑し、旅をした親しい友人たちさえ、私がそんなにしばしばクリュニーにしのびこんだとは知らないはずだ。『マルテの手記』のなかで、リルケが《一角獣と貴婦人》のタピスリーを語った数頁は、それをはじめてよんだ二十年むかしから、私のパリの色調を決定していたようにも思われる。だから、二階に設けられた特別の一室に入り、円形の部屋をいっぱいにふさいでいるあの六枚一連の綴織（つづれ）のまんなかに佇立し、それから円弧にそって歩きはじめたとき、私は予期しなかった一種の頼りなさをおぼえて、まったく戸惑った。実物は、私がいま実物のまえにいるために実物ではなくなってしまい、壁にかかっているのは実物の手がかり、いわば実物への旅の出発点にすぎないように思われた。

六枚のタピスリーは、褪色の度合いがそれぞれにちがっている。こういう褪色を生み出したのは、いま天井の乳白ガラスに濾過され、綿雲のような柔らかさで降っているこんな光線ではなかったはずだ。中部フランス、ペリゴール地方の小さな町ブサックの小高い丘にそびえている城館から持ち出されてしまうまで《一角獣と貴婦人》が飾られていたのは、おそらく四季のめぐりにつれて陽射しの変る大広間だったにちがいない。織りあげられたこの緑の島の楽園風景は、城館のまわりの現実の風景にいつも先んじて、春の内奥を告げていたのに、落日の色に次第に感化されるようになって、秋の山野のように不揃いに褪色してゆき、それでも、はためく旗幟の三日月の文様だけは盛時の名ごりをとどめて、もとの金色をはなちながら、ブサックの池沼から立ちこめる冬の濃い霧のうちに、城館の一族もろとも没落していったのかもしれない。

たしかに、だれも《一角獣と貴婦人》のこの没落のときを見た人はいないらしいし、かつてブサックの館の一室を飾っていたときのありさまを伝えてくれる人もなければ記録もない。だからこそ、褪色したこの綴錦の名品は、没落のとき以上に鮮明にはなり得ないのだ。

それなら、世の称賛をあびてきたこの《一角獣と貴婦人》は、一体、何の残影なのだろう。織布の色糸から抜け出て消えうせた色が、どこかにあるはずの実物のうえで、ふたたび合流し、綴織の工房がこの巨大な織物を巨大な吊台からはずして注文主に荷造りしたときの色どりがその実物にかえっているのなら、それはたしかに実物に相違ないが、こんな空想はばかげた空想であろう。しかもいま、うつつに見ている実物が、私にはやっぱりこんなに頼りなく、おぼつかないものにしか見えないのは、褪色によってすこしも影響されない《一角獣と貴婦人》が、私にはたしかに見えるし、この綴織の正体が、私には感じられるからなのだ。手ごたえは、たしかに正体のものだ。けれども、正体は、つき破れない鏡のなかの映像として、実物とは別に、私をあいだに挟んで、実物から引きはなされ、私の前と後に位置している。幸いにも、映像について褪色を問題にすることは意味がない。褪色している実物も、この鏡のなかの映像にとっては褪色ではなくて、そのままもとの色なのだった。

クリュニーのもうひとつの連作タピスリー《領主の生活》を階下の一室でながめたときも、事情はおなじだった。

私にはこちらのほうが《一角獣と貴婦人》に立ちまさって見える時期が、このときからあとずっと長くつづいたにしても、実物と正体との関係はおなじであった。

けれども「正体」とは、いったい何のことか。

《一角獣と貴婦人》のまえを離れることができずに、ぐるぐると室内を歩きまわっていたあいだ、正体とは、いわば緊張している心の方向性に対して、やむを得ずに私があたえた仮称にとどまっていた。その先のほうには正体があるにちがいないという確信のほかに、じつは正体はなかったのだ。《領主の生活》のまえにきて、私は正体が何だったかに気がついた(もっとも、どこまで追いつめていっても、鏡のなかから追い出すことはできないような正体なのだが)。このタピスリーには、《一角獣と貴婦人》のあの人を悩ます謎がなかった。あそこでは、一角獣も、ライオンも、草花のなかにいる兎たちも、草花そのものも、奇妙な長い柄のついた三日月文様の旗や貴婦人の身ぶりの謎に染まり、すべては意味ありげに、見る目のはたらきを拘束していた。ところが《領主の生活》では、草花は率直に私たちの目にこたえるのだ。ランボーの散文詩の一節を借りていえば、「草花はその名を私に告げ」てくれる。ここでは、糸車を操っている貴婦人が夢みているものを、くっきりした大柄な草の葉の形や感じやすい花のうてながが、私たちにそのまま翻訳している。

くつろいだ気分がこうして呼びさまされたとき、私は《領主の生活》の綴織の投影のなかに、はっきりと別の綴織をたどっていた。

それはパリではなく京都にある。

いま、それは、ほかの仲間たちとともに、追いすがる無数の視線をあび、雑沓する四条通りを、緋の縁どりによって長大な画面を強調しながら、七月の強い陽光にけば立ち、ふくらみ、波打ち、大きな木製の軋る車にのっかって動いてゆく。高い心棒の鉾(ほこ)先に小さく三角の枠におさまった円鏡が金色にひかっている。心棒のなかほどに、はためく旗幟のひとすじの白波。紡錘形の緋のゆったりした幕屋の裾をふまえている鉾の屋上の人影。その頭上に、陽に灼けて黒ずんでいる榊(さかき)の枝の横むすびの大きな束。ちまきがとぶ。音頭とりの扇がひるがえり、脛までむき出しにした浅黄のお仕着せの曳き手のむれが、かけ声もろとも綱をひく。鉦打つ囃し手たちの手首から長く垂れた紫の房紐の先がいっせいに小躍（こおど）りして、鉾の胴を華やかな色彩のアラベスクで充たしているペルシアの綴錦とたわむれている。菜種油を吸いこんで黒褐色のつやを放っている車の幅（や）に切り刻まれ、はね返された光が、螺旋状の線をえがいて都大路にのたうちころげている。そしてとうとう私のまえに一枚のタピスリーが全貌をあらわす。十六世紀末、ベルギーの工房が織りあげた、コリオラーヌスの戦勝帰館の図柄とおぼしい「見送り」に、私の視線を引きつけたまま、鶏鉾（にわとりぼこ）はしだいに遠ざかってゆく。

　五枚つづきの《領主の生活》のとぎれ目の窓から、クリュニーの庭に視線をはなって、私はこんな情景を茫然として追っかけていた（「見送り」というのは、京都祇園会（ぎおんえ）の祭礼山鉾の背面をかざる綴帳のように大きな装飾用織布のことである）。私は七月のパリから、祇園祭のまっただなかへ追放されていた。この追放はなんと快く、甘美だったことか。そしてこのときから私は、パリの町に祇園祭の山鉾をならべ担ぎ曳きしてめぐる情景を考えるようになった。

　あきれるほど軒並み不揃いな、とどのわぬ町になってしまった古（ふる）京の大路小路の有様、観光という当世日本のあやしい護符によって俗悪に変質してしまった祭のさまを思い出すと、祇園御霊会（ごりょうえ）の祭礼行列は、パリの町にそっくり移しながめてみるほうがずっと見映えがするだろう、と私は思わざるを得なかった。第一に、山鉾の入念でしかもあでやかなあの装飾性は、けばけばしい町、外観に無神経な町、看板に汚染された町、思いつきだけの町をきらう。第二に、ひとつの尺度、つまり鯨尺で完全に統一されているあの木作りの「山（やま）」「鉾（ほこ）」と呼ばれている構造体は、たとえ単位はちがっていても、ひとつの尺度で統一されていて量塊となった都市の家並みによく収まり、はじめてそこで安定し、生気をとり戻し、よみがえる。この理由からすると、ヨーロッパの町ではなくて、イスタンブールであっても、北京であってもかまわないのだ。しかし、通りに面した家の窓は広く気前よく開かれていなければならない。そして緑あるいは白に、一色にぬった鎧戸は、あけ放たれたとき、壁を清潔にかざり、無地のさっぱりしたカーテンが少女の額の垂れ髪のように左右に分かれて窓をいたわり、窓々の張出しには、唐草や矢絣の文様を浮かせた腕もたせの、華奢な黒塗りの鉄柵が、ひとつひとつ丹念にとり付けられているなら、その町は祇園祭ととてもしっくり合うはずだ。人びとは、山鉾をかざっているヨーロッパ産の綴錦、ペルシア、コーカサス、インドの緞通、日本の能衣装、小袖、繍花鳥文綴れ、支那明清朝の竜文綴れ、朝鮮李朝のふしぎな染め裂れ、こういう品々をまのあたりにすると、彼らの家の窓々にさっそく客間の華やかなカーペットや毛皮、凝ったレース編みの卓布をかけるだろう。むかしの夜会服、祖母たちの古風な衣装をひっぱり出す女もあるだろう。きのう仕立て上がった花嫁衣装をバルコンに打ちかける若い娘がいるかもしれない。真夏というのに毛皮の豪華なオーバーがお目見えすることだってあるかもしれない。

だが、どの着想も、シンフォニーのなかで音程をとりちがえた楽器の調子はずれのなさけなさに類することにはならないだろう。人びとは同質的な数世紀のあいだ、中断されることなしにきた日常の色彩訓練によって祭の色調をすばやく見抜くと、その色調を重んじながら、彼らめいめいの思いつきをたのしみ、興がるだろうから。

私は名も知らぬ通りを歩きまわった。午後五時、クリュニーの閉館時間がきても、そとはまだ昼間のあかるさだった。パリは樺太の北知床岬と同緯度を占める。だから七月十日頃、日没が七時半であってもおどろくにはあたらず、五時がまだ昼間であってもふしぎではないが、しかし屋外のこのまったく意外なあかるさのために、あかるい響きを立てて、私から疲れのかげが崩れ去った。

日が沈んでも夜はまだなかなかこない。長い夕ぐれがはじまる。地上のすべての物から光沢を消しながら、水族館の水槽のようなあかるさが、昼と夜のあいだに、青い半球となって静止し、すこしずつ青みをましてゆく。十時をすぎてようやく夜になる。けれどもその夜空は、いいようのない深い藍色だ。まさにそれこそ、十四世紀初めのフィレンツェの画家たちが高価な碧玉を焼き、乳鉢ですりつぶして顔料にまぜ、それで塗ったあの群青の天空の色だ。パリの夜空に闇がひろがるときは、夏の終わりなのだ。青い夕ぐれが音もなく群青のほうにと深まってゆくにつれて、まるで水道の蛇口を離れたばかりの水滴の恰好をして、まばゆい光の葡萄房のように、金星が西空低くかがやきはじめる。いまにもぽたりと地平線に落ちそうだ。

とあるカフェで一休みする。お客が席を立つまで、コーヒー茶碗が何時間からっぽのままであろうと、その茶碗を引いてしまったりしないパリのカフェの流儀が私は大好きだ。いつも便箋と絵はがきの束をポケットに入れて歩くようになったのは、カフェに坐ればただいっぱいのコーヒーで何枚かの短信や長い手紙が書けるからだった。ムードミュージックが鳴っていないことも、まったく居心地がよかった。日本では、ほとんどすべての喫茶店ばかりか食堂にさえ、なんらかの音楽が鳴っていた。あれはサービスのつもりなのか、それともそれが文化的と思いこんでいるからか。ムードは文化的なのか。日本の聞こえる音楽は、たとえどんなに静かなものであっても、すべて強制的で、無遠慮で、押しつけがましいものだ。日本のサービス業のあの押しつけがましさが、ここではまったく逆だ。ここにはまったく見当らない。日本では音楽が鳴っていない喫茶店が特殊例外だが、ここではまったく逆だ。いまの私の身のまわりには、音楽の強制がない。そのかわりに、人びとの話し声と、あけっぱなしのドアから入る町の騒音が聞こえる。だが、早口のフランス語は、手紙を書いている私には羽虫の音と異なるところがない。恋人たちが日本語で話していたら耳にとまらずには済まないような言葉も、ここではまずほとんど、私の耳には意味のない音韻の撒布にとどまっている。

こんなことを書いた便りをポストに投げこみ、モンジュ通りの坂を降りきって、私はビエーヴルの小路をセーヌのほうに歩いていった。

祇園祭のことはいつしか忘れていたのに、ノートル・ダムの尖塔が夕空に突き出しているのをながめるうちに、私はまたパリ追放を味わった。軒のそろった家並みのむこうに、鉾の先がすっきりと抜き出ていたむかしの宵山の新町室町の心景が、ごく自然な音楽的移調のように私の目にうかんできた。これはいけない。ノートル・ダムに、うんと近づけばいいだろう。尖塔が見えないところに逃げこめばいい。橋をわたり、聖堂の入口に並んでいる石像の聖者たちのまえをとおって、北側の小路を折れる。

急にあたりが薄暗くなる。横手の狭い入口から二重の木戸を押して、堂宇のなかにふみこんだ。

アナトール・フランスの『赤い百合』は私の好みの小説なのだが、あの女主人公も、日の落ちたのち、この堂宇にそっとふみ入って、さびしい闇のなかで献燈の火にほのめく亡霊のような僧侶の影に出会い、ぞくっと身ぶるいしたはずだ。聖堂には、いまも大小の蠟燭があちこちの壁龕(へきがん)に燃えている。この巨大な石造建築に照りつけたきょう一日の陽光が、かすかに聖堂内の空気をあたためたのだろうか、この前、雨ふりの午後に入ったときには感じなかった匂いを私は嗅いだ。それは燭台にも石の床にも染みついたお燈明の菜種油の匂いだった。それは小学校の帰り道で鉾のそばをすり抜ける少年の鼻をくすぐった、あの匂いだった。車軸に塗りつけられ、黒い練り羊羹のように固まった菜種油が、梅雨明けのじりじり照りつける太陽に溶け出して、鉾のかげにしたたり落ちるとき、私の京都はノートル・ダムの堂宇のように匂いはじめた。

冬――春迎えの木

十一月からかよっていた音声学の教室も、ノエル(降誕節)の休みに入っていた。週に三回、きまった曜日の午後が教室のなかでフランス語の詩の暗誦と小説の音読の練習に消えるのは惜しいような気がしたが、ある夜、北風が吹きすぎて、きのうまでの秋の街路樹が一日じゅう晴れない霧のなかの裸木の列となり、まだ四時というのに、長い冬の夜闇のなかに没してしまうのをたしかめたとき、私は学校通いをしていてよかったと思った。太陽といっしょに、人びとの陽気も雲のむこうに失踪してしまったようだった。愛想のいい笑顔で釣り銭をくれたタバコ屋の若いおかみも、下宿の門番女のようにとがった受け応えをするのだ。心をたのしませるものは何も目に映らぬと決めているかのように、うつむいて急ぎ足に歩いている若い人たちが多くなった。これは内省の季節なのだろうか。たしかに、青年や娘や壮年にとっては、中枢に熱を押しこめて、むだな放散をさける季節なのだ。街路樹のマロニエが、彼らにお手本を示しているのかもしれない。「落ちころげた実を蹴ったり踏みつけたりするのは、気まぐれな人のすることだ。私はもう、今年の花も、実も、葉も、予定どおりに仕上げた。しばらくよそごとは考えず、花の微笑、葉の手ぶり、熟れた実の高笑いが人びとの気晴らしになることは考えずに、冬を気ままに、自分のことだけに集中してすごそう。」マロニエはそんなことを告げているのかもしれない。霧深い午前のリュクサンブール公園を、近道をする人びとが足早に横切る。それは、きれいに拭かれたあと、なにも書かれていない休暇中の黒板のように、はてしもなくひろがり休止している空間だ。リュクサンブールがあんなに鬱蒼として、都市のまん中にはみ出た大樹林の様相を呈していた夏、秋のことを思うと、これがおなじ樹木だろうかとうたがいたくなるほど身をちぢめ、とりつく島もないような、きびしい孤立の集合にすぎない樹木の並行並立。そのあいだを人影が縫ってゆく。そして、わずかに陽の射すような休日の午前には、子供を連れた若夫婦や中年の婦人があらわれて、編物をしたり、片手に栞をもったまま、じっと本をよんだりしている。この人たちの心のなかには、樹木のあの呟きが影を投じていないと、だれがいえるだろう。冬枯れの木が、すでにそれだけの重さをもって人びとの内面に落ちているとしたら、春になっていっせいに芽吹く葉や花のつぼみからは、途方もないざわめきが泡立ち、人びとをくすぐり、おもわず羽ばたきでもせずにはおられぬような軽さをこのおなじ木がさそわぬと、だれにいえるだろう。

けれども、公園のベンチには、こんな寒い冬の朝にも、おそい午後にも、身じろぎひとつせず、端正に坐っている黒衣の老婆がいる。いつまでも顔をあげずに両脚を銃叉のように組み合わせ、雨傘の柄をしっかりにぎっている孤独な老人がいる。石像が無理にしているようなもどかしい身ぶり歩きぶりをするパリのあの老人たちにとっては、春の樹木の誘いはどうなるのか。彼らは春の日だまりのベンチに坐り、むらがる鳩や雀にパン屑をあたえることで、小鳥たちに重い心を委ね、自分にかわって羽ばたいてもらうのだろうか。幾度も前もって聞かされていたことだったが、冬のパリは目にとまる孤独な老人の姿があるごとに、人を暗い物思いに沈ませるというのは本当だ。

降誕節が間近になると町はひっそりしてきた。にぎやかなサン・ジェルマン・デ・プレの広場やモンパルナスのあたりさえ、いつもよりさびしい感じだ。南仏、イタリアに太陽をもとめて遠出をするのがパリのブルジョワの好みなのだそうだ。私が教室で知りあった学生たちも、ヨーロッパ大陸の地つづきの国々からきているものは故郷に帰ってしまったから、パリに若い人たちがとぼしくなったのもたしかだった。しかし、市民たちの多くは、めいめいの室内にひっこんでいるのだ。家族とその仲間の小さな集いが家々の客間をにぎやかにしているのにちがいない。

ある夜、友人の車に乗って音楽会に出かけたとき、めったに通らぬ並木道に出た。すぐ近くに大きな百貨店がある町かどで、私たちはノエルのためのイリュミネーションに出あった。それはパリでその冬に見た、いちばん豪華な飾燈だった。とそういえば、大きな縦の木に延々とうねっている金のモールと大小さまざまな銀の星が、無数の赤や青や黄の点滅につれて、まばゆく光っているイリュミネーションを人は想像するだろうか。だが、それは日本の都会の歳末セールの飾りものだろう。

並木のプラタナスの巨樹に、たくさんの電球がともっている、開いた一瞬の花火のように、こんもりとした感じで。それは冬の裸木の枝に、どうしたわけか収穫し忘れた、光る実のようにみえた。色電球はまったくまじっていなくて、ただの白電球ばかりのこの単独のイリュミネーションで、大がかりな、高価な宣伝ネオンのないパリの夜空は充分にあかるく、そのあかるさは、不自然さから遠いものだった。

プラタナスの枝にコードが巻きつけてあるのだ、と私は思った。けれども、近づくにつれて、そうではないのがわかってきた。並木のあいだに立てられた高い鉄の足場が、裸木そっくりに多くの枝を突き出しているのだった。もしも並木にコードを巻きつけたとしたら、いうまでもなく仕事はたやすいが、そのかわりに、樹木はかならず傷むだろう。枝には春の芽が、まだよく見えないくらいの大きさだが、もうすっかりそろっているはずだ。裸木は枯れ木ではない。これくらい大切に扱うのでなければ、街路樹は決してこんなにみごとに育ちはしないな、と私たちは感嘆とともにつぶやく。しかし、パリの市民は、ただ当り前のことをしているのさ、と私たちに応ずるだろう。

この豪華なイリュミネーションを見た夜、私がパリの冬を耐えやすいと考え直したとしても、人は笑わないだろう。ガス水道工事で掘りかえされた歩道の瓦石が並木の根もとに乱暴に積みあげられている。この石の山がくずれないのは並木がささえているからだ。立て看板が針金で並木に頑丈にしばりつけてある。ポスターを貼りつけた押しピンが、ちぎれた紙のきれはしといっしょに並木の肌に拷問具のように食いこんでいる。そんな日本の情景が、私によみがえる。これは何と奇妙な郷愁だろう。

京都の町なかに住む私がしばしば散歩の道すがら立ち寄っていた六角堂の境内には、縁結びの柳というものがあった。おみくじを結び文にして、良縁かけてこの柳のしだれた枝さきにゆわえつける習俗がある。柳は強い木だが、あの六角堂の柳のように、びっしりいちめんに結び文の貝殻虫をかぶってはたまらないだろう。北野神社の境内には、結び文のためにちぢかんでしまった梅があり榊があり梛(なぎ)があった。樹木に物干しの用をさせたり、ことの序でに生ま木に釘を打ったりするのは、私たちの古い習俗とつながっている心性によるのか、それとも単に粗暴ということなのか。あるいは、われもわれもと同じことをしなければ気持の収まりようのない性向、好奇心の強い社会学者たちが日本人の好奇心と呼んでいる、あの活気の原動力が、こんなあらわれ方をするのか。だが、ほんとうにあれは活気というものだろうか。粉飾と虚数にすぎないのではないだろうか。冬の裸木の活気は、それがひそんでいて目に見えないからといって、形而上学の妄想同然にあざわらっていいものだろうか。

冬至の日、ひょっこり太陽が顔を出した。二、三日、零下五度の寒い天気がつづいたあとで、凍てが溶けた町はなごやかさをとり戻した。私はブーローニュの森に出かけてみた。ポケットに物指しを入れていたのはどんな偶然だったのか。森のはずれのアカシアの並木道で、正午の影の長さを私は計った。折りたたんで二十センチの長さにした物指しを立ててみる。だが、影の先のほうはすっかりぼやけて、微小な砂粒のもっているコロッサルな影と区別がつかないのだ。とにかく影は六十センチあたりまでで、あとはうっすらと消えていた。物体の三倍以上の影。京都の冬至の正午の影は、一倍半にも伸びはしないはずだ。パリはまったく北寄りの都市なんだな。低い太陽は、直視しても目が痛まぬほど、鈍く白濁した球体にすぎない。

ひっそりした柏の林をぬけて大池のほうに歩いてゆく。くるぶしまで埋まる落葉の原は、透きとおるようにあかるく、途方もなく広い。柏の幹が若い女の脚のようなすべっこさ、しなやかさで、私をどきりとさせる。林の奥の乗馬道が落ちくぼみになり、低い堤のように両側の盛りあがっている一帯には、おそらくためしに植えられたのに心外なほど根を張ってしまったのだろう、東洋産の熊笹がわさわさはびこっているので、京都の北山でも歩いているような感じがしてくる。笹原がひときわ高く、丘のようになったところで、木の株に坐った。

うえには、すけた枝の網目以外に何もないはずだった。葉はすべて私の足もとにあったから。ところが、見上げる柏の枝には、青々としたみどりが鳥の巣のようにまるく固まって、ここにもあそこにも、かぞえ切れないほど繋っているのだった。手のとどきそうなところにも、特別大きな塊りがあった。宿り木は冬のいま、一年中で最も繁茂するのだ。

フランスの樹木にこの寄生植物が多いのに気づいたのは、八月、ブルターニュに行ったときだった。林檎の木の宿り木が汽車の窓からよくながめられた。注意していると、ポプラにも寄生している。やわらかく、すなおな曲線をえがいているポプラの繁みに、そこだけ風の流れが停滞しているような、目ざわりな、いびつな塊りが宿り木なのだった。

私のトランクの底にはフレイザーの『金枝篇』がつめこまれていた。ドルイドの宿り木信仰というものに関心があったので、いずれ帰国までに、ローマの南方にあるネミの湖には是非いってみたい、と私は思っていた。ネミの森の王の位をめぐる闘争と宿り木信仰とのつながりを想定することから、フレイザーはあの大部な『金枝篇』を書きおこしているのだった。だから、風景のなかに宿り木が見つかることに、私は胸がはずんだものだが、パリのブーローニュの森がこんなにみごとな宿り木の群生地とは、つい今まで気づかなかった。

手がとどきそうでどうしてもとどかぬ宿り木には未練をおぼえたが、別にひとつの楽しい発見をしたことに満足して、冬の森から下宿に帰った。宿り木には、大きさも色つやも真珠にそっくりな、うっすら黄をおびた粒々の実が、伸び出た細い分枝の股に、二枚ずつの葉に抱かれて熟しているのだった。

冬至の翌日、私は再度ブルターニュに出かけた。旧友と約束していた旅行だ。ブルターニュの冬は、咲きのこりのハリエニシダの花、なま温かい霧、苔むした教会堂と聖泉、蟹や魚の料理、ポンタヴェンの村のレストランの美しい給仕娘との再会、カンペルレの町を流れるせせらぎ、メンヒルの林立するカルナックの原野、あたたかい冬の雨と大洪水の牧草地、ナントの町で折よく遭遇した大がかりなデューラーの銅版画展で私をたのしませた。かつてドルイド教の栄えた地ブルターニュにいるあいだ、私は冬の樹上に宿り木のかげをさぐった覚えがない。

パリに帰りついたのは、もう年の暮れの二十八日であった。こうして、小旅行からもどると、パリは私をほっとさせる。コスモポリットなこの都市では、田舎の町でのように私たちに目をとめる人はいない。それに、あてもなく歩くのに、パリほどうまくできている町はない。孤独にうちひしがれている人があんなにいる町なのだから、孤独になりたいなら、いつまでもそうしていることもできる。通過する人間として、私を冷ややかにながめている窓やテラスの人物を、私のほうからも同じように、通過する人間としてながめかえすことができる。そして人の好意と微笑がほしくなったら、どこでもいい、行きあたりばったりに、しかし、大通りの店は避けて、レストランの扉を押せばいいのだ。小路にぽつんと一軒だけあるようなレストランなら、いちばんいい。料理店ばかりが軒をならべているような街ではけっして行きあたらぬような(これは京都もパリも同じことだ)、気の利いた食堂と心得た味加減の料理、そして親切な給仕人にめぐり会えるだろう。パリのレストランには、お皿にまだ食べたいものが残してあるのに、ものもいわず邪険に皿を引いてしまうような給仕人はいないだろう。ふちのところにべたべたと指のあとがついている皿を運んできたり、私はこんなつまらない仕事に就きたくはなかったのよ、といったふうな不親切でお生憎さまね、といったふうな不機嫌な顔つきの給仕女も、まず絶対にいないだろう。そして、おなじお客として、となりの卓にいるフランス人たちはお行儀のいい姿勢で食べているので、いつもこちらが恥ずかしくなるだろう。パリでは、食事というものが、いまの日本のどこの都会におけるよりも、儀式的な面をうしなっていない。京都の料理屋には、きわめてわずかの店に、パリの名もないほどのレストランと辛うじて競える程度に、給仕の作法とお客の作法との、両方の儀式が残っている。だが、それが文化というものではないのか。日進月歩などしないものが文化であり、人の来たり人の去ったあとに、形式だけがもとのまま生き残っていることが文化ではないのだろうか。サービス料で給仕人の微笑を買うこと、そしてこの微笑を作り笑いにすぎぬなどとは考えずに、この微笑を微笑のままで受け取ること――私はそんなふうにして空腹をみたすと同時にいささかの情愛の渇きを癒し、レストランから午後の町に出る。

花屋のまえを通ったとき、数歩そのまま行きすぎて、ふと、いまの店先には何か見おぼえのあるもの、たとえば私自身のマフラーとか上着のように、あるいは使いなれた茶碗のように、薄明りのなかでも見分けのつくほど私に似てしまった何かがあったような気がした。引きかえして店をのぞくと、温室咲きの花を並べた棚のはしに、二、三本ずつ束にした宿り木の小枝がおびただしく散乱しているのだった。

「年の暮れに、宿り木を売るのはいつものことですよ」と花屋のあるじはいうのだ、「この枝を戸口にかざしておくのです。暖炉の上なりと、ベッドの枕もとなりと、どこでも。魔除けになりますから。」

私は、何十本もの小枝がとれそうな巨大な宿り木を五フランで買った。柏の枝ごと切りとった、ふさふさした、根つきの宿り木であり、ブーローニュの森で手がとどかなかったあの株とおなじくらいにみごとだ。宿り木のお化けのようなこんな買物をかかえてメトロに乗る勇気はなかったので、枝を肩に担いで、下宿までの長い道をどんどん歩いた。ミラボー橋をわたり、オートゥイユの教会堂のそばまでくると、郊外の農家の子供が路上に立って、宿り木を売っていた。姉らしい女の子が小枝の束をひとつずつ、弟の手から受けとっては通行人にさし出している。前掛けのポケットは小銭でふくらんでいた。すっかりさばけるにちがいない。

下宿に帰った私は、年越しの大枝を陶製の水差しに活けた。『金枝篇』をひっぱり出して、いそいで調べる。この春迎えのドルイド的な行事が、パリの都会人のなかに生き延びていることについては、フレイザーはまったく触れていない。がっかりしながら机の上に掩いかぶさるような宿り木をながめていると、中心からはじき出されたように放射状をなして鉄の枝にとまっていた、あの夜の、白電球だけのイリュミネーションが、宿り木の実の枝つきによく似ていたのに気がついた。つまり、春迎えの木の飾り方として、そこには連続が感じられるのだ。そして宿り木の葉は、つくばねのように小気味よく反りかえった舟型の細葉だが、椿の葉のような濃いみどりのつやをそなえていて、厚みがあった。この葉の形質と光沢は、日本人の私には、なにか春らしい気分を、いかにも誘いやすくできているのだった。

来年の年越しには、京都でこの宿り木を飾ってみたいものだが、しかし、京都近郊で採取するのは容易ではない。相楽郡木津の、あるお寺の境内に、壮観といっていいような宿り木の群生をもった榎の老木があるはずだが、問題はあの榎がまだ枯れずに残っているかどうか、伐られずに生きているかどうかだ。日本に帰ったら、手近なところに見あたる春の木、椿を、年迎えの飾りにすることにしよう。けれども、年の暮れに白椿の花はまだ咲かない。むかしの京都で、白玉と呼びならわしている白椿の一、二輪を春の花としたのは、旧暦の正月近い頃のことだ。

私は光悦の手紙をおぼえていた。

一、白玉
一、梅
一、餅
一、肴
一、双瓶
右送り給ひ御芳意至極に候　以上
　十二月十一日　　　　　光悦
土田孫兵衛殿

春の待たれる大寒の京都で、親しい知人が、毎年、このそっけない手紙の軸仕立てを部屋にかけてよろこんでいたものだ。パリの宿り木は、私の年越しにとって、まさに「御芳意至極」であった。

私のパリの春の予習は、これでおわった。しかし、この予習は楽しすぎたので、ほんとうの春に対して、かえって負い目ができたようにも思われた。ほんとうの春になったら、復活祭の前後をイタリアに行って、予習なしの春をすごそうと私は決めていた。

（「ヴァイキング」第二六一号、一九七二年九月）

イタリア周遊

フィレンツェ

春秋の彼岸の頃になると、フィレンツェですごした日々が思い出される。追憶がだれにとってもそういうものであるように、何でもない小さなきっかけから、私は過去のほうへ階段を降りてゆく。足もとは暗いが、先のほうに点っている小さな明かりを心頼みにしているのか、本当は過去にむかっているのか未来にむかっているのか、私にもよくわかっていない。

大通りの四つ辻で、わずかに高くなった歩道のふちに、この季節に特有の金泥を含んだ落日が当っている。それがふと目にとまると、現にその場所では決して見渡せるはずもない家々の屋根瓦に、おなじ落日の光が斜めに差し、そのため瓦の波が熟したざくろの外皮の色に染まっているのを私は感じる。そんなに目ざましい甍（いらか）の波も、普段はごくありふれた粘土製の、日本古来の桟瓦（さんがわら）の拡がりにすぎず、重々しい黒灰色の、扁平な拡がりは、空よりもはるかに地面に恋着している屋根を示しているだけなのだ。ところが、彼岸前後の晴れた日の夕暮れにかぎって、そんな屋根が金泥の光に感化され、薄い箔か雲母のように、微温の大気中でそよぎはじめる。浮揚する屋根は、白亜の、あるいはセメント塗りの、堂々とした最新建築の鈍重をあざ笑いながら、空のほうにと持ちあがり、至上天の光芒を浴びて、軽やかに舞踏する。

束の間の勝利にせよ、この天与の一瞬にあずかる屋根のまぼろしが、私をフィレンツェの町に運んでゆく。サンタ・マリア・デル・フィオーレ大聖堂の大きな屋根を掩った朱金の瓦と調子の合わないような瓦は一枚も葺いていないあの町のすがたが、これはまぼろしではなくて追憶として、私によみがえる。そしてゲーテが『イタリア紀行』に書きとめたフィレンツェとトスカーナ地方に関する判断が、同時に思い出されてくる。「いたるところに、いきいきした注意深さがある」(一七八六年十月二十三日の日記)。ゲーテは、当時の時代趣味によって、ひたすらローマに思いを馳せていたので、フィレンツェにはわずか半日だけ、行きずりに立ち寄った。しかし、フィレンツェ所見の頁は、読むたびに、正確さによって私を圧倒する。

彼岸の頃のくるめいて沈む日輪は、フィレンツェの町の北の一郭にあるサンティシマ・アンヌンツィアータ教会の追憶に私をさそう。それは受胎告知を受けた聖マリアの小さな祠を内蔵する伽藍であった。フィレンツェの人びとが中世以来、最も鑽仰したのは、巨大な華やかな堂宇となってそびえているサンタ・マリア・デル・フィオーレ大聖堂よりもむしろ、このひっそりした、つつましやかな小堂のほうである。このことは、聖母の受胎の日、三月二十五日を一年の初日と定めたフィレンツェ暦というものが、十三世紀から十九世紀半ばまで、フィレンツェの民間において守られてきたことが示している。またそれは今も、いつお堂にきてみても、数百の献灯の蠟燭がしずかに星のように燃えていて、祭壇のまわりの小暗い床には、ぬかずく幾つもの人影の絶えることがなく、そして婚礼の日に花嫁たちによって献じられる白百合の花束が祭壇の手摺に美しく結びつけられている有様によって、最もよく示されていることかもしれない。

この祭壇の奥にまつられているのは、十五世紀初め、無名の画家によって描かれた受胎告知の古雅なフレスコである。その画像をほのかな燭の火のむこうにながめるとき、私は山越阿弥陀の図像を思い起こすのが常だった。盆と彼岸にだけ、やたら賑わう日本のお寺ではかつて覚えたことのない感動によって、フィレンツェの聖マリアの小堂で、私は自分のこころが信仰心にほぼ近いのを感じた。(「京都新聞」一九七三年九月二二日)

アッシジ

アッシジの聖フランチェスコのことは、少年の頃になにかの本でよんで以来、いつも心のどこかにあったようだ。

私の祖母は花を作るのが好きな人だったので、何かと木草のことを私は教えてもらったが、せっかくの庭に、はこべ、どくだみ、うまのあしがた、かやつり草が生えると、祖母はいかにも邪険に引き抜いてしまうので、それとておなじ草でないか、いのちではないか、と祖母の指さきに根を垂れている雑草に同情をおぼえた昔のことなどが、いま思い出される。雑草というものが乏しく、またいかにもおとなしいヨーロッパの風土にあって草花をいとしみ、小鳥をいつくしんだアッシジのフランシスコ聖人がこの日本の風土の聖人だったとしたら、あの盛んな雑草をどう説いたであろうか。

今年も、私の庭には白いリラが咲いたが、それは二十数年前に祖母の手が植えつけたリラである。よく育って、幹はずいぶん太い。その下枝のかげに、裏庭のしけくさいところに根を張っているどくだみが、物置小屋の床下をくぐり抜けて芽を出した。きょう、その芽を摘んだ。

去年の四月二十七日の朝、私はペルージャから鉄道でアッシジにむかって発った。一時間たらずの短い車中で、フランシスコ派の老托鉢僧と乗りあわせた。もうひとり、別にイタリアの青年もいた。私はまずその青年とおぼつかない会話をとりかわした。裾長の、茶色い僧衣に縄の帯をしめた托鉢僧は、コンパクトのような容器から嗅ぎたばこの粉をつまみとり、大きな鼻の穴にひとひねりしてつめこみながら、しばらく私たちの話を聞いていたが、やがて私の目を見つめてこういった、「それはようこそ。しかし、国々によって言葉がちがうのは不便なことで。小鳥も動物も、草や木も、みな同じ言葉を使うのに、われわれ人間だけが、どうしてこんなに厄介な！」

フランチェスコ派らしいこの考え方に微笑をさそわれているうちに、早くも高いスパジオ山が姿をあらわし、砦のようなサン・フランチェスコ聖堂が山の端に切り立ち、浅い薔薇色のいらかの町、アッシジが、山の中腹に浮かび出るように目に映じた。ローマに行く青年、次の駅までという托鉢僧に別れを告げて、私はアッシジ駅に降り立った。

それからの一日は、私のヨーロッパ生活のうちでも特別楽しい時間であった。涼しい山風に頬や唇を愛撫されて入市し、アウグストゥス時代のミネルヴァの神殿の遺構のすぐそば、四本の坂道が押しつぶしたアンドレアス十字の形に交叉する広場の奥に、恰好の、見晴らしのいい宿もとれた。その午後、私はたっぷり四時間かけて、テヴェレ川の上流の谷川ぞいに、アッシジの山野をひとり散策してすごしたのだった。アッシジの生あるすべては、いまも聖フランチェスコの余沢に包まれていた。この散策のあいだに私が出会った人影といえば、サン・フランチェスコ聖堂の中庭で石を割っていた二人の石工（いしく）の下山する姿と、真っ白い、世にも美しい牡牛を御してゆく農夫と、ひっそりと百姓家の庭で編みものをしている老婆、ただそれだけであった。夕暮れ、むこうの鐘楼のまわりにとび交う数も知れない燕たちの声に耳をかたむけ、はてしのない平和にむかって波立っている家々のいらかの色を眺めつつ、宿の窓辺に坐り、私は深い恍惚にひたたった。

（「日本小説を読む会」会報百号、一九六九年六月）

サン・ジミニャーノ

フィレンツェに滞在しているうちに知り合った風景画家から、サン・ジミニャーノが一見に値するところだと教えられた。ごく小さな町なのに——今も人口一万足らず——古い石造りの望楼が幾つも天にむかってそそり立っている。時代ばなれのしたものがお好きなように見受けるから、いっぺん行ってごらんなさい。親切な人で、序でにバスの乗り場と時間も教えてくれた。フィレンツェから南西にむかって一時間、午後の便を利用してゆっくり日帰りで戻れる距離だった。

一九六八年四月二十一日、日曜日である。バス待ちの時を消すべく、サンタ・マリア・ノヴェッラ教会に入って日曜ミサをのぞき、同教会内の《スペイン人の礼拝堂》に黙坐しているうちに正午の鐘を聞いた。

この礼拝堂の三方の壁を埋めている巨大なフレスコは、聖トマス教会の教義を絵解きにした十四世紀半ばの作なのだが、修道会士と天使の色とりどりの服が第一におもしろく、そして天使たちによる華やかな天上の奏楽と僧たちによる謹直な地上の説教ぶりをまざまざと耳に届かせる構図の対照の妙がまたおもしろく、つい顎がだるくなるまで、画面の高いところを見上げていたくなる。教会の天井をささえている強健なアーチ型の柱と梁を隈(くま)もなく埋めている帯状文様のいろどりは、いつ来てながめてもお能の鬘帯(かつらおび)を思い出させるのだった。こういう鬘帯がアクセントをつけている小面(こおもて)があれば、それがフィレンツェという町の十四世紀の顔なのかもしれない。

というふうに、目前の西洋の文物を機縁にして日本の文物を心のなかで追っかけていると、時はどれほどあっても足りない。バスにおくれぬうちに日本から目を離す必要がある。回廊を出口のほうにいそぐ途中で、ルカ・デッラ・ロッビアの陶製聖母のような美しいひととすれちがった。まさしくフィレンツェの顔。親しげな、物問いたげな眼差し、口もとが、私をあわてさせた。われ知らず足が速くなる。おかげでバスに間に合った。

サン・ジミニャーノのことを思い出すために、ミシュランの案内書イタリア編の埃を払った。町の地図が一面、挿しそえてある。自動車道路の明示を主目的にしているこの偏平な地図には、いかなる突起もないのは勿論だが、等高線も記されていない。サン・ジミニャーノの町がトスカーナ平野のまっ只中に盛りあがった小さな丘上に設けられていることも、この地図ではわからない。そして、すべて十三をかぞえる物見櫓の石塔は、この単なる紙の上では、いっさいの形跡をうしなっている。

城壁にかこまれた、この長細くて不定形な町は、縦が九百五十メートル、横幅は広いところで五百メートルにすぎない。しかも、かつてはこの狭苦しいなかに石の望楼が七十二も、高さをきそって突っ立っていたそうである。いま残っているのが十三。最も高いものから次々に崩落したと考えていいだろう。

この奇妙な町をあたまのなかで思いうかべると、カブトガニのような形象があらわれてくる。前代の遺物めいたこの町の望楼は、いわば甲羅に生えている突起物だ。

その突起のいちばん長いパラッツォ・デル・ポポロの望楼に登った。獄屋のような内部には、幾折れにも木ばしごがかかっていた。最上層の壁にうがたれている狭間(はざま)から、私は下方の家並みを見据え、別の望楼をうかがい、ここから鉄砲を撃っている私を空想した。家々の淡紅色の屋根瓦が、いっせいに波立った。

遠くに目を放つと、夕陽を浴びた樺の林がはるばると広がって見えた。フィレンツェ派の絵画に、ときめくような春の予兆をあたえているのは、つやを押し殺した、しかも金色の伏在を感じさせる一種独特なみどりの色調である。それはトスカーナ地方によく見かける樺の林に、こんなふうに春の夕陽が斜めに射すときにあらわれる色なのだった。サン・ジミニャーノの望楼によって、フィレンツェ派の魅惑の根源をあらたにひとつ教えられたのだから、はるばる来た甲斐があった。

（「産経新聞」一九七七年九月一一日）

私のヴェネツィア

一九六八年四月三十日、私は逗留をかさねていたフィレンツェからヴェネツィアに直行した。鉄道駅前のスカルツィ橋を渡り、入り組んだ路地を幾折れして、ごく狭い運河の分流の小橋をひとつ渡り、ちいさな空き地に出ると、目のまえに大運河（カナレ・グランデ）の水があった。フィレンツェに住む老画家に教わったのは、その空き地の片隅のロカンダ・サン・シメオーネという目立たぬホテルであった。

いかにも古ぼけていた。一夜明けてのち、空き地に出て船着場の突端から二階の私の窓を見上げたとき、この建物を画面に収めたカナレットの絵があったように思った。いつしか私には、旅の先々で手当り次第に絵葉書を買う習慣がついていたが、前夜、駅前でさっそくポケットに収めた絵葉書を取り出して見くらべた。思い違いだった。カナレットの絵には、対岸の彼方にサン・マルコが見えている。大小の建築の基盤、つまり水ぎわは、ゆるやかな弧をえがいてサン・マルコのかげにいったん引っこみ、はるか彼方で空と水の境界に沿って、右手のほうにつづいているようだったし、こちら岸の軒並みには青銅のドームがひとつ、半ば覗いていた。サン・マルコが、いまの私の位置から見えるわけはなかった。

それにしても、石畳を敷きつめた、ちいさな空き地の形も、水中に打ちこまれた繫船用の棒杭も、そしてホテルの淡紅色の屋根瓦も、一階の高窓の鉄格子も、カナレットの絵に酷似していた。荷揚げの便宜から大運河の処々に設けられているこういう狭い空き地に一方の壁を向けている建物には、似たような外観が生まれるのだろう。カナルの風景画家カナレットが死んだのは一七六八年、まさに二世紀前である。旧態をとどめている町の古ぼけたホテルでは、水垢で細くなった洗面台の水道は、糸のような水しか与えてくれない。湯水をもらうには、すり減った木の階段に用心しながら、大きな琺瑯引きの水差しを抱きかかえて階下に赴かざるを得ないにしても、私はこの宿が気に入った。流れの悪い洗面所。そんなことは一向に構わぬ。

窓をあければ水しかない。水は水に投げ棄てれば事足りる。荷船も、ゴンドラも、心得ていて、めったに窓の直下をとおることはない。私の使い水が、羽根を水面に打ちつけた鳥のような音を立てる。窓ぎわまで抱きかかえていった洗面盤を木製の台架に戻すほんの短いあいだに、ヴェネツィアの水は、もう何気ない様子に戻っている。朝日を浴びている向う岸の石の建物が、水のなかにひそんで、未練気な、歪んだ、長くなったつめたい舌を、底深く沈んでしまった昔の栄光の名残に引っぱられている。痛くはないのだろうか。しかし、居並んで象牙色の繻子のドレスのすそを、波の歯にゆだねているヴェネツィアの石化した貴婦人たちから、ちいさな叫びのひとつも洩れることはない。真黒な西瓜の皮が、波の歯の贋金冠に、つるつるした裏底をこすりながら流れていく。ここでは霊柩車もまた、水のうえを行く船なのだ。喪服の女が舵取り人の前に突立っている。黒いヴェールがなびく。私の窓の下の石段が、しばらくして淫らな音を立てる。船の余波が繻子のドレスのすそを軽く二、三度持ちあげるが、それきり豹紋、蛇紋に掩われた特別仕立ての織り柄をかき乱す出来事は起こらない。

いかにも「水がおとなしすぎる」。ヴェネツィアを扱ったサルトルの散文（「ヴェネツィア——私の窓から」『シチュアシオン』第四巻所収）の冒頭がよみがえり、私をゆさぶる。

水がおとなしすぎる。水の声が聞こえない。ひょっとすると、という気がして、私はのぞきこむ。ああ、やっぱり。空が水のなかに落ちこんでいるのだった。

手応えのないところで飽くことない生成に、惰性から巻きぞえにされている水。私は窓を離れ、戸外に出ていく——あの過敏な認識者と同様に。しかし、水が取り囲んでいるこの町、守られている水に浸蝕されているこの町は、どこに行ってみても、私が窓から見たものを私に忘れさせることはない。ここでは、忘れることが思い出すことに、思い出すことが忘れることにかさなる。

のちになって気づいてみると、ヴェネツィアを宿にしたあいだに、水以外のもので私がまともにながめたのは、リアルト橋から対岸に渡り、いくつもの路地を抜けて、最初の目当てとして見にいったコレオーニ将軍騎馬像ひとつにすぎなかった。狭い運河にかかった、とある太鼓橋の欄干に肘をついて、水に映る自分の顔を見おろしながら黒死病のことを考えているのに驚き、身を引き起こして橋をおりたのと入れ違いに、画学生らしい日本人が太鼓橋の階段をのぼっていった。サン・ジョヴァンニ・エ・パオロ広場に出て、レオナルドの師匠だったヴェロッキオが馬に苦心をかさねたコレオーニ騎馬像を、私は見上げた。天正遣欧少年使節の一行、千々岩（ちぢわ）ミゲル、伊東マンショ、原マルチノ、中浦ジュリアンもまた、この騎馬像を見上げていた日があっただろうか。

馬の胴には幾すじも、雨水の腐蝕縞が目立っていた。空が、こういう形で落ちかかっていることもある。雨水は溝から運河にながれこむだろう。水が水に加勢し、水がいのちのヴェネツィアを、いずれは水が浸蝕し尽すのだろうか。

（「チャイム銀座」一九八七年五月号）

シモーネッタ

ローマで二日がすぎたとき、わたしはもううんざりしていた。

ここで古跡めぐりなどやり始めたら切りがない。そのとおりだが、わたしがうんざりしたのは、ローマの名物が圧政とつかのまの栄え、そしてはてしもない盗掘、掠奪の証跡ばかりだったから。ローマ。なんという埒もない都市なのだろう。後生大事にこわさず残した城壁と城門が道路を紛糾させ、むなしい迂路を強いる。たぶんヨーロッパ世界の考古学世論といったものが残そうと決めるまで、十数世紀のあいだ、こわされ盗まれるに委ねられていたローマ時代の記念物が、ある時期から絶対にこわされてはならないものに変った。しかし、自然力による破壊すら、もはや不埒なものになったとき、ローマは廃墟と月光のロマンティックをうしなった。自然的な崩壊の防止という人工が、ある種の無作法、つまり人工的な破壊と結びついて、風景の魂とでもいうべきものを圧殺してしまったのではないか。わたしはいらいらした。日本のことをいやでも考えざるをえなかったから。ローマみたいになった京都を空想すると、わたしは雨にぬれた野獣のように、からだをゆさぶりたくなるのだった。

ボルゲーゼ美術館から帰るとき、人かげのない常緑の森のなかで、ロマの一群に遭遇した。三月三日。ローマは桃の花ざかりであった。女たちはくせのある黒光りの髪をなびかせて、急ぎ足にやってきた。わたしは十分の警戒心から道をあけて歩いていった。女たちは皆はだしで、耳たぶに穴をあけ、金の輪をとおしていた。赤ん坊を抱いたひとりが、鋭い目をこちらに向けた。ぞっとした。その目が官能的だったからではなく、わたしが日本人であることをその目が通告していたからである。年間何千組とやってくる観光団の日本人がロマにいい顔をする習いになっていることを、女たちの目の色がわからせたからである。赤ん坊を抱いた女は、だまって手を出した。わたしは「ノン」といって通りすぎた。思わず背中に注意がまわった。しかし女たちのおしゃべりは同じ調子でつづき、聞こえなくなり、前方には、あかるい道が、突きあたりの城門まで、まっすぐ下り坂でつづいていた。

三日目の朝、ローマまでいっしょにきた旅行者の知人がもうホテルを引き払い、日本にむかって帰ったあとで目がさめた。ローマの町よりもローマの郊外に、何としても見たいものが、わたしにはひとつだけあるのだ。

それはネミの湖であった。

前年の十二月、パリは暖冬で、初旬に二、三度うっすら雪がつもったが、前後はあたたかだった。ブーローニュの森の池に氷が張りつめたのもしばらくのことで、下宿のまえの並木通りを手にスケート靴をぶらさげた子供たちが池の方ににぎやかに出かける姿を二、三日見かけると、突然あたたかになった。氷上を歩いていた野鴨も白鳥も、また遊泳をはじめた。

「そらまた例のごとしさ。雪がふる、スキーだと世間は勇み立つ。ところが、きっと天気が一変して雪が消える」と下宿の老主人がいった。

「あなたもスキーを、若い頃には。」

「もちろん。この脚がよかった頃には。」

老人はリューマチで少しびっこを引いている。わたしはまずいことをたずねてしまった。

新聞には天気図が出ている。しかしその趣は、日本の天気図とは似もつかないものである。気圧配置はよほど単純だ。「大西洋高気圧は、ポルトガル北岸にゆっくり接近しつつある。この高気圧はあたたかい洋上の空気を大量にはこびながら、本日水曜日の午前零時現在、英仏海峡のフランス側に達している。」十二月十四日の『ル・モンド』紙の気象報知は、こんな書き方である。大西洋の暖気流は、ワルツを踊る女のスカートから生まれる空気の波のように、ふわりふわりとやってくる。ワルツが一曲おわると、スカンジナヴィア沖の低気圧の婆さんがやってきて、邪険にドアを開き、冷たい外気を送りこむ。

十二月十七日、前日には低く地上を這っていた霧が消えてなくなり、ひさしぶりの快晴、小春日がさした。昼めしをいそいで食べたわたしは、光のあるうちに森に入った。冬至のま近い日の太陽は、午後三時には地平線にかかってしまう。あきらめ切ったような、弱気なアポロンには、こちらが舌打ちしたいほどだ。夏から秋にかけて、いつ来てもくさりを解かれた飼犬が走りまわっていたり、小学生が先生といっしょにあそんでいた柏の森をとおり抜けた。高さも太さもそろった、見渡す限りの柏の木がふり落とした朽葉の床をふむ感覚は、少し前からわたしには親しいものになっていた。

この日の森の中はあかるかった。上天がはだかの枝だったばかりでなく、柏のすべての幹が、根もとから数メートル上まで、いっせいに青々とした薄い苔に掩われていた。なまあたたかいきのうの霧より先に、数日以前の寒さが抽き出した地下の水分が、地表から幹にと這いあがったのだろう。ずっと昔、おそらくセーヌ川が蛇行しつつ次第に北に退行して残した堆積洲だったこの森には、湿潤な本性がなお生きているらしい。わたしには少し地勢学の趣味があるが、今日の散歩には別にひとつの目あてがある。苔のついた柏の幹を見たのは拾い物で、わたしの目あては冬枯れの梢のほうにあった。

宿り木はいまが最盛期だ。森のはずれに、騎乗散歩道にそって、土が盛りあがったり、そぎ取られたようにくぼんだりする、狩猟場をおもわせる一帯があって、山査子、リラのこんもり繁っていた夏には、シャルドンヌの小説のように恋人たちがそのへんによくひそんでいた——さも当然らしく人間的に、むつまじく可憐に、そして麝香鹿の匂いによって事もなげに一切を裏切りながら。いまは誰もいない。駒鳥はキリキリと日時計を捲き、というふうに竹内勝太郎が歌った季節がやって来たら、わたしはあの娘とここにくることにしてもいい。見上げる梢に、わたしの気をそらす宿り木も、その頃には親木の若葉の勢いに圧倒され、見つかりにくくなっているにちがいない。だが、いまは柏の森というよりも宿り木の巣といったあんばいだ。アポロンさえ、よろめいて空を這い、陰萎の少年のようにベッドにもぐりこむとき、森に生殖のかげもないとき、宿り木が高い梢に濃緑にもえ立ち、すんなりした枝を四方八方に垂れてふさふさと球形をなし、生あるもののように繁茂しているのは、にわかに察しもつきかねる眺めである。

彼らは長い夜のあいだ、互いに性別しながら、枝をはなれて地上にすべり下り、またかけ上り、植物らしくもなく振舞うのだろうか。わたしが苔と思ったのは、まっ白くて肉汁の多い根を爪立てた宿り木たちが、柏の幹に塗りつけておいた緑色の精液だったのだろうか。彼らの振舞が、それだけの仲間の密会に終始するならいいが、彼らは人間の多産豊饒の願望をよいことに、こちらに干渉し、巻きぞえにし、からみついて嘆声をもらさせる暴挙に出るものなのだろうか。

だが、わたしのこの臆測には、前後転倒のあやまりがある。樹木霊、外魂、いずれにしても、あの梢の上の生命は、かならずそれがよみがえる春の前兆として受け取られる心性を抜きにしては、それ自体の生だの交わりだの、そんな神秘は思いもよらないのである。

わたしは、いちばん盛りあがりの目立った地上に立って、むなしく幾度も目測の腕を空にむかってさしのべたが、宿り木はつねに手のとどかぬ高さに繁殖し、無風のなまぬるい夕暮れのあじさい色と灰色のまじった光のなかに、しだいに溶解していった。

クリスマスが近づくと、パリはにぎやかになるどころか、日一日とさびれ始めた。休暇をとった連中は、南仏ニースへ遮光めがね代わりの貝殻を瞼と胸の上にのせるために出発したり、シャモニへ雪滑りにいったり、イタリアへ逃避したりするので、行きつけのレストランもがらんとしている。わたしは少しあわてた。都会のクリスマスがにぎやかだと思いこんでいるのは、われわれ日本人の特権なのだ(百貨店文化を批判せよ)。パリ人、この信仰なきやからは、日曜ミサに行きつけの教会を尻目に、よその土地へ去ってしまう(ジェジュイット文化を批判せよ)。わたしも去ろう。このパリを見限ろう。パリの文明の底曳網にかかったあの甲殻類、ゴーギャンにゆかりのブルターニュに行こう。

二十三日パリを発ち、わたしはブルターニュの西南海岸を放浪した。暮れの二十八日、ふたたびパリに戻ったわたしを待っていたのは、またしても宿り木であった。そして、このことがわたしには意想外であり、かつて書物にこのことを読んだ記憶も、人から聞いたおぼえもないことのほうが、まだもっと意外に思われた。まったく、パリに戻った甲斐がある。

旅行まえの習慣にしたがって、わたしは翌日の午後一時に下宿を出て、昼めしの場所へむかった。アパルトマンのまわりを取りまいている黒い鉄製の、幾何学的に正確な、高さ二メートルあまりの長い一列の柵が、ゆるい坂道の歩行につれて、軽快に、わたしの視覚にいつわりのまばたきを誘起しはじめる。わたしの心理寒暖計は、今日は外温をうんと上まわっている。パリを離れるたのしみの一つは、戻ってから郵便物の束を見つけることにある。京都では、何ごとも順調にはこんでいる。ある手紙によれば、南太平洋の真夏のクリスマスの海岸では、鱝がしきりに人をおそい、龍舌蘭の花がわめいている。「サラン将軍万歳。ＯＡＳ永久なれ。」ときどき、浮浪者が寝ころんでいるコの字型の地下道の最も薄暗い部分の壁に大書されているこの落書きが、「龍舌蘭万歳。眠る鱝よ、とこしなえに」というおそらくわたしの歩行から派生したナンセンスに接合する。地上に出ると、パリ外郭環状道路のトラックの騒音と鉄くさい埃が一瞬、わたしを戸惑わせる。今日もアラブの労働者が、道路わきの清掃水栓をねじっている。噴出した水は車道の敷石に青海波の模様をえがいて、溝穴に勢いよく流れこむ。

そのとき、十数メートルだけ取り残された昔のパリの城壁を土台にしている国鉄支線終着駅の突端から、年金生活者の老夫婦がゆっくりあらわれた。わたしは瞠目した。

彼らは、どうしてあれを手に入れたのだろう。

身なりのいい老人の片手には(もう一方の手で彼は老妻にとりすがっている)、宿り木の大きな枝があった。腕白な少年にでも頼んで、あの森の柏の枝から折り取らせたのだろうか。

行きちがいざま、わたしはその宿り木が真珠のような実をいくつとなく葉のあいだに挟んでいるのをたしかめた。みごとな枝ぶり。おれの欲しいあの枝を、こんなじいさんがちゃんと所有しているのは許せない。

アパルトマンの老主人に、わたしはこうたずねたことがある。パリの名門校、鉱山学校出の老人は博学で、七十三歳とも思えないしっかりしたあたまをそなえ、独身仲間の老人たちを客間に集めて雑談するとき、一座を牛耳るのはいつもこの人である。

「あなたはジェームズ・フレイザーの『金枝篇』をご存じでしょう。」

「知らんな。フレイザー。何者かね。」

「知らんと仰しゃいますか。あの『金枝篇』の著者を。あなたはイタリアをよくご存じですが、ローマの近郊に、ネミという湖があり、そのすぐそばにアリキアという町がありますね。今は昔、ネミの湖をとりまく森にまつられていたディアーナと、聖森の王とされたアリキアの祭司職の宿り木信仰とのつながりをたしかめることから、フレイザーの仕事ははじまり、それが途方もない大問題に発展していって『金枝篇』という十三巻の大著になるのです。金枝というのは、ウェルギリウスが歌ったアエネイスの死の国への旅立ちのところに出ている柏の樹上の宿り木の枝のことです。アエネイスは巫女の命令どおりに、二羽の鳩に教えられた柏の木から、宿り木の金色にかがやく枝を折りとると、それをにぎって、死の国へ降って行きます。」

「フレイザー、フレイザー。知らん、知らん。君は妙なことを知ってるな。」

わたしは老人を大英百科辞典の書棚のまえに連れてきた。それはわたしが間借りしている一室の備品であった。老人はわたしの使っている木製のベッドのはしにどしんと坐って、「フレイザー」「金枝」および「アエネイス」の項目を手早く開いてよみ耽った。ニューヨークに五年くらしたことのあるこの人は英語をよく解する。

「なるほど、そうか。こうして人は賢くなるのさ。」

巨体の老人は、リューマチの両膝にてのひらを当て、肩と肘に力をこめてふんばり、よいこらさ、と立ちあがる。「ホップ!」

わたしはそのまま部屋に残り、あらためて検索した。大英百科辞典のフレイザーの項目は、彼を現代民俗学の開拓者として称揚しながら、その学説には、はっきりと保留をつけている。老人は何をよみ取っただろうか。この点では、わたしは気まずさを拭いきれない。しかし一方、科学というよりも詩法というべきフレイザーの方法からあまりにかけちがってしまった最新の民俗学に対しても、気まずい気持でいるわたしは、「キリスト教の優勢になってきた頃の偶像教の司祭」の種族に、わたしが属することを自認せざるをえない。この喩えは『アルマンス』の主人公に自己反省させたスタンダールの表現なのだが。

老人のベッドの枕もとには、銀製のキリスト降架の像がつねに置かれていた。屠殺された若い男が、オリーヴの葉に包まれ、苦悶によってねじられた腹筋を無残に隆起させ、陥没させ、のけぞって横たわっている。その像はたぶん老人の父祖の遺品だった。

「わたしはあの仏陀のほうが、ほんとは好きだ。」

あるとき老人は大きな仕事机に家長然として坐り、机の片すみの白磁製の布袋像をゆびさして、こうわたしに打ち明けた。布袋は大口をあけ、便々たる腹を突き出して笑っていた。パリの支那趣味(シノワズリ)のつねとして、この趣味はわたしのほうから願い下げしなければ、わたしの日本も、わたしの支那も、立つ瀬がなかった。

「ムッシュー。あなたの支那は、ルイ王朝の支那です。バロックの支那です。わたしの支那は水墨の支那です。それはいわば画中にあり、かつあらざる形の王国です。」

老人は別のことをいった。

「なぜわしが仏陀を好むのかというと、自然に生から死にいたる推移の仕方、円満具足を、キリストの残酷な死よりも好むからだ。」

わたしは大昔、ネミの聖森の王の殺害が、フレイザーにしたがえば、それに起因してむごたらしく繰り返された柏の宿り木に心を引かれている。しかも画中の真だか何だかわからぬものを老人に主張した。わたしの支那は水墨の支那ではないのだ。それはしつこくて食傷しかねまじく、しかも楊貴妃の殊遇に浴した茘枝(れいし)を数顆、食後のたのしみとしてついばむのを当り前と心得ている支那料理の支那である。

年金生活者の老夫婦が所持し、わたしを興奮させた宿り木は、その直後にあっけなくわたしの手に入った。パリ近在の農家の女たちが、町に宿り木を売りに出ていたからだ。小枝を数本、針金でたばねたのが二フラン、柏の太い枝つきで、五十センチもしだれた株ごとの宿り木が十フラン。子供づれの農婦が、銀行まえの日だまりで立売りしていた。見れば花屋にも売っているではないか。わたしは、底の抜けたような、気落ちに似た満足とともに、一たばの小枝を買い、レストランにむかって歩いた。

三日のちの大晦日の午後、わたしはフィレンツェ生まれの娘シモーネッタと会う約束をしていた。雪降りの夕暮れとなり、風が膚を刺すように吹きまさってきたとき、シモーネッタの髪になんの飾りもないのを惜しむ気持も強くなった。いぶし銀珊瑚の南天かんざしを挿してやれなかったのは、異郷の境遇として仕方もないことだったので、カフェに少憩してから、わたしは彼女を待たせておいて、近くの花屋へ走っていった。そこには、柏の枝ごとの宿り木が売れ残っていた。

夕食のあと、コメディー・フランセーズまで、モリエールの『ドン・ジュアン』を観にゆこうというわたしたちにとって、この枝は荷厄介であった。劇場のオーバー預りの老嬢は、大げさにおどろき「宿り木の怪物を預るのは、これがはじめて」といってこの奇妙な男へまわりの注視をうながした。奇妙なのは、わたしだけではなかった。シモーネッタはわたしの着想を興がり、捲き上げた髪束に宿り木の小枝をかざし、その単純さが大胆な、緑と白のチェックの服の胸もとにも、鞣革の帯にも、小枝をたばさんでいた。

だが、注視が気おくれをうみ出すのは、秘密が容易に露呈し、謎がそうではなくなるときである。解けるものかと鷹揚にかまえている謎は、意外な盲点を露呈しながら、視線を巧みにはぐらかすものである。シモーネッタの奇術師のような沈着さが、淡いブロンドの色調とうまくとけ合った髪飾りの効果を増し、霊力を秘めた小枝に上釉の層膜をほどこし、玉虫色の光沢をあたえてしまった。シモーネッタはそのことをよく心得ていた。彼女は廊下の鏡のなかから、わたしを夢中にさせる眼差しでわたしにほほえみかけた。

神の権威も父権も死の脅かしも、一切を嘲笑したドン・ジュアンが石像の騎士の固い握手のなかで呻きを上げ、雷鳴と稲妻に包まれ、地下に呑まれたとき、わたしの隣席にいた常連らしい、身なりのいい老婦人が、「万事窮す。ドン・ジュアンよ、さらば。また来年」とさも満足げに独り言をいった。彼女は石像の騎士が、ぎこちなく大股で舞台の奥から歩み出たときには、「オー、ラ、ラ。この騎士はリューマチのようだ」と、隣席の見知らぬ青年に同意を求めた。

「おれの給金、給金」とスガナレルが嗚咽しつつひざまずき、声をふりしぼる最後の茶番には、この老いた観客は「よろしい、よろしい、上出来さ」とつぶやいて席を立った。

「シモーネッタ、君はドン・ジュアンが否定しなかったものを知っているだろう。」

「現世。それともスガナレルの二心のある忠心。そうでしょう。」

「ぼくにはドン・ジュアンの勇気といってカミュがほめるものにも、あの確固たる自己信頼にも、精神の劇にも、まだ底があって、結局のところ、底にはドルイドがあるような気がするよ。」

「ドルイド。あなたはドン・ジュアンを味方にしようというわけなの。いやな方。」

シモーネッタはわたしの膝を強く打った。

「あの男は、アエネイスみたいに金枝をにぎっていたから、堂々と死の国へ堕ちる気になったのだ。そうではないかなあ。」

「あらほんとに。あたしの金枝がなくなってるわ。ドン・ジュアンが盗んだのだ。幕間にスガナレルをよこして盗ませたのかもしれないわ。あたしの髪飾り、髪飾り。」

わたしたちは声をあわせて笑った。


こうしてパリの年越しはおわった。翌日も雪が降った。元日ながら、わたしは朝から山のようにたまった下着を洗濯した。いつでも台所の栓をひねれば熱湯が出るから、洗濯も苦にはならない。室温はつねに二十二、三度。はたらけば汗が出る。中性洗剤に「天才(ジェニー)」という商品名がついているのは笑わせる。いや、それは誤訳だ。「ご家庭の守り神」と訳さねばおかしいぞ。その名は天才である。雲は天才である。洗剤は天才である。さあ、おわった。

台所、つまり室内に、つるべ仕掛けの干し物台がある。電気コタツの台の格子を横割りだけにしたような木組みの枠が、天井から水平にぶら下げられている。強くて幅のある紐の一端が枠にとりつけた丸棒に巻きつけてあり、たれさがった他の端には数個の穴が打ち抜かれている。壁の釘に適当な穴をひっかけると、干し物台は安定する。釘からはずせば、台はするすると手もとへ下降する。しずくの落ちる見当のタイルに、床ふき用の布切れをひろげておく。その薄汚れた赤い斜めの縞のある布の上に、湿り気がひろがってゆくのを眺めるともなしにながめて、丁字の実をかみつつ、甘いコワントローを飲み、わたしは独り元日を祝う。

下宿の老人は年末から南仏へ出かけてしまった。夕食を誘ってきた経済学者の日本人との約束の時間まで、わたしには手持ち無沙汰な時間がある。きのうの宿り木を相手に、問わず語りをする時間がある。柏の枝ごとの宿り木は、ブルターニュで買った磁器の水差しに活け、オーバーのポケットから出し忘れていた柊の枝をこれに添えた。

さて、こうして眺めると、淡い黄色をおびた真珠のような小粒のたねを、つくばね型の二枚の反り身の葉のあいだに、きちんと挟んでいる宿り木は、あのなつかしい餅花繭玉に、なんとよく似ていることだろう。この年木（としき）にパリの歳徳神が依りますものなら、故郷の年神もここに参集してくれはしないか——もしも年神がまだ生きているならば。だが、そんな心配はいらない。年神は決して来ない。誘惑者の蛇をだれももう見たことがないのと同様に、杖をついて吉方の方角から門口に近づいてくる年神は、霜月の夜にも初春にも、もはや決してあらわれない。寓意としてよみがえる見込みもない。あわれな年神よ。米粒のなかに蓄積される水銀を、だれが年神にしようぞ。年神は、どこにさがせばよいのだろう、もしも失くしたことが惜しければ。

四人の弦楽奏者がバルトークを演奏したある冬の夜、わたしは年神の幻をみたように思う。

信号系の宇宙に明滅しはじめ、匂い立ち、渦動し、最後に（それともそれが最初だったかもしれないが）傾けられた合金製の、摩擦を最小限に制御した、多角形の盆の上にまかれた鉄砂に吸いこまれる磁性の光となって、その宇宙からのがれ去った音楽が、マジャールの農耕儀礼の祭司たちを、最後に（こんどこそ最後に）、孤独に取り残した。四人の祭司は、花やいだパリの上流婦人の居ならぶバルコンに辱しめられたように黙礼を返し、そそくさと舞台から退いた。彼らの時間はおわったのだ。彼らは退散した。苗字に九匹の鬼を含んでいて九年間パリにいた日本の哲学者の生家では、「鬼は内、福は内」とよばわる習わしがあったそうだ。わたしにとって、内にのがれ外にのがれてゆく鬼の創造があるとしたら、あの夜のバルトークの音楽がその例として浮かんでくる。

一番鶏に驚愕してのがれるように、彼らは退散した。年神が夜明けとともに去るように、鬼が

事実、ウェルギリウスは、金枝は葉ばかりか幹まで金色だと言っている。おそらくこの名は、宿り木の枝を切って数カ月のあいだ保存しておくときに、はっきりあらわれる金色に近い黄色にもとづくのであろう。その輝かしい彩りは、葉のみならず枝にまで及び、こうして枝全体が文字どおり〈金枝〉の観を呈するのだ。ブルターニュの農家では、宿り木の大枝を家のまえにかけておく。すると六月頃、その大枝は、あざやかな金色に照る葉のむらがりによって、ひときわ目立ってくる。ブルターニュのある地方、とくにモルビアンあたりでは、牛馬をおそらく魔物から守ってやるために、馬小屋、牛小屋の出入口に宿り木の枝を吊り下げておく。」

がなぜ〈金枝〉と呼ばれたか――いまや残る問題はそれだけである」とフレイザーは大著の末尾にすぐ近い一節に書いている。「宿り木の実のほとんど乳白に近い黄色は、その名を説明するにはきわめて不十分である。

パリに戻ろう。現代のパリのいたるところに、宿り木が年木として売られ、それを買い求めて魔よけに部屋の戸口にかざる習俗が生きているのに、フレイザーの『金枝篇』は、パリのこの習俗について、どこに一言も触れていない。なぜ、彼は書いていないのだろう。それはたとえば日本の民俗学者、柳田國男が、東北岩手や信濃甲斐の年迎えの若木のかざりを詳しく報じても、東京の門松のことには、いわば回避そのものによって触れているのを想起させる。しかし、たとえば門松にみられるように、古習俗が華美をきそったり、時代に呼応して意匠をあらたにする、あの都会化の現象を知らないところに、おそらくパリの宿り木と東京の

門松との大きな相違があり、それが、フレイザーにはパリについての記述をなんのためらいもなしに省かせ、一方の柳田國男には苦心の回避を強制したのではないだろうか。柳田によると、門松は年棚や大黒柱、臼杵、床の間にかざった若木が都市の生活によって他人に目のつきやすく変ったしろものにすぎないから、あんなものは古くもなく、廃止しても惜しくない旧弊にすぎない（戦後三、四年たって門松廃止運動がおこると、柳田はそれにこう応えたのだった）。一方、パリの宿り木は、都市生活者においてなお命脈を保っているドルイドの樹木霊崇拝と春復活の典礼の残留であり、それは生物学的な盛衰の勢いに委ねられたまま、補強も修正潤色もされない自然現象というべきものである。

パリでいま宿り木を買い求める人たちは、いったい何者か。

下宿の老人は、この習俗に対して、はなはだ冷淡なひとりだった。老人の祖父はグルノーブル近辺出身の地主階級で、のちパリに出た人であり、その息子は十九世紀後半のパリで一、二のトランプ・カード屋を営み、当時の富裕階級の住居街だったモンソー公園付近に邸宅を購って住んだ。トランプ・カードの需要が激減した今世紀はじめ、老人の父はすばやく廃業することで資産が減るのを防止すると、息子を独立させた。出来のよかった息子は、高等教育を受けて技術者となり、鉱山会社の重役となり、海外出張から帰ると、わたしの下宿しているアパルトマンに独身のまま、老母とともに定住した。それはモンソー公園の住居街が次第にさびれ、ブーローニュの東側に金持が移住した時期に一致する。

一月なかば、パリに戻った老人に、わたしはさっそくたずねた。

「宿り木をお飾りになりましたか。」

「いやいや。あれは百姓の習慣だ。わしには縁がないね。」

「しかしドルイドの心性は、まだパリに生きているではありませんか。多くの人が宿り木を買っていましたよ、凱旋門でも、オートゥイユでも、オルレアン見付でも。」

「わしが年末をパリですごすなど、ここ何十年もないことだ。そうかね、宿り木をね。」

「思い出して下さいませんか。あなたの子供の頃、あの習俗があなたの生家や親類にあったか、なかったか。」

「わしの記憶には何も残っておらん。」

老人はうるさそうにした。旅の疲れがみえる。こういうとき、老人は台所で自炊するので、わたしのほうが外食に出る。今夜もレタスのサラダを大きな木鉢のなかでかきまぜ、牛の尻尾の缶づめスープをあたため、「くもの巣」と呼ばれる繊維質の多くて脂肪の少ない牛肉の一片を焼いているだろう。わたしの宿り木は、台所の大きな木机の上に、まだ水差しに活けたままだ。真珠のようだった無数の実は皺ばみ、褐色に変じ、葉もひからびてぱらぱらこぼれるのを、わたしは捨てかねていた。清潔好きな老人のことを考え、その夜帰ると、止宿人のわたしは、宿り木を思い切ってごみ捨ての穴に投げこんだ。

その頃、パリは異常な暖冬となった。一月十日は昼間も氷点下四度だったのに、毎日ぐんぐん気温が上昇し、十四日は正午に十度、十五日も十六日もついに十五度まで高騰した。セーヌ川が急激に増水しはじめた。右岸の堤防直下、川のすぐそばを走る自動車道路はたちまち水面下に没した。ケネディ大統領通りの巨大なプラタナスの並木も、波が根を洗い、傾く樹木もあらわれはじめた。

ビラケム橋の中央、川上にむかって張り出されているバルコンに、わたしたちは立っていた。圧倒的な水流と、それに加勢された風の勢いに抗するのは骨が折れる。眩暈に対する好みから、石の手摺りにもたれて川をのぞく。しかし橋脚の頑丈さが軽い失望をあたえる。ローマ以来の築城術が組み上げたその橋脚は悪魔的に強固であった。七メートルの増水くらいではびくともしないのだ、こいつは。怒濤は難なく左右に割れ、うねりを加えて橋をくぐってゆく。むしろ、ずっと川上のほう、鉛色をした、彎曲している水の背中に隆起する筋肉瘤が、ぶつかり合い、汗ばみ、たがいに相手の下にもぐりこもうとしていがみ合い、あらそって何か重要な弛緩にむけて分秒を競うのを眺めていると、君は目まいにおそわれ、組み敷かれてしまうのだ、シモーネッタ。一九六六年十一月三日の夜、ポンテ・ヴェッキオの橋上に立って、アルノ川の大増水を見ていたシモーネッタ。そのとき、君のくびれた胴に腕を巻いていた国立美術館員の男は、アルノ川にうんと懲らしめられたその夜のことを忘れずにいるだろう。翌日の彼は、大洪水の泥と流出したガソリンの海から、ルネサンスの大量の古文書を救出しなければならなかった。アルノ川の決壊は見せしめだ。それは、シモーネッタ、あいつがサンタ・マリア・デル・フィオーレのドゥオーモの頂きに、鮮紅色のコルセットをつけた乳房に、唾液を垂らした見せしめだ。それにしても、シモーネッタ、君のもう片方の乳房はどこにあるのだろう。モンマルトルの丘、サクレ・クールのドーム。いや、とんでもないことだ。鉄とマホガニーと錫と黒檀と紅色斑岩の五重の棺に封じこめられたあのジョゼフィーヌの亭主、ナポリ王の弟が、その下に横臥しているレ・ザンヴァリッドのドーム。いや、それもお門ちがいというものだ。君のもう一方の乳房はあんな青錆色ではない。栄光の鋳型のような恰好もしていない。

「パリにさがしてもむだだわ。」

接吻のあいだにささやくシモーネッタは、途方もなく大きな皺曲状の地勢となった鼻梁と頬でわたしに触れている。そうだ、この触感を忘れずにいなければ。そこにシモーネッタが奥行きをなくして、油彩パネルの表面となって存在している。

「パリではない。フィレンツェに。」

「そうよ、むろんだわ。」

「わかってるよ、察しはつくんだ。」

「では、どこ。ね、教えて。」

シモーネッタに奥行きを返そう。油彩パネルをもとの距離にもどして、離れて眺めよう。

「フィレンツェの信仰のかまど、サンティッシマ・アンヌンツィアータ、お告げのマリア寺の祭壇に、君のもう一方の乳房を。」

「そら、こんなにときめいてるわ。あなたはこれを拝むのね、お燈明をあげるのね、跪くのね。子安神のマリアさまに、フィレンツェの婚礼のしきたりどおり、白い百合の花束を献呈して下さるの。」

「そうだ。地母神に、アフロディテの前身に、供犠をささげよう。ふたりして、アドニスの園に花を摘もう。」

わたしは、こうした効果的な言い方のために母国語以外の文脈を利用し、雄弁でありすぎたことを白状しよう。

シモーネッタは、こうしてセーヌの増水期が早く来すぎた一月なかば、カルティエ・ラタンのトゥアン街の下宿に、はじめてわたしをみちびいた。

そこは前世紀初期のパリの名残りをとどめている古い建物の櫛比するところだった。靴屋と文房具屋のあいだに、歳月のぼうぼうとした髭のかげに開いた暗い入口が、わたしを不安にした。

「何が何だか、さっぱり見えない。」

「気を付けてちょうだい。四階よ。」

路面とおなじようにすり減った、食パンのあたまを並べたような敷石が、低い天井の階下に入口から奥まで敷きつめられているらしい。急にシモーネッタが左のほうにわたしの手を引っぱった。階段がある。階下は抜け路地のように、そのまま狭い中庭に通じているらしく、わずかな光線が階段のすそをむこうから照らしているので、わたしは三角形の板張りの第一段にどうにか気がついた。急角度に折れて二段目にかかる。並んでは通れない狭い階段である。軋る音と靴音が、屋うちに反響しておそろしい。第一階の床にやっと達した。敷物もない、はだかの床は、やっぱり足音を無残なまでに大きくする。それに廊下には一つも窓がない。ドアがいくつか、ドアの数だけの下宿部屋がいくつか、並んでいるらしい。彼らは手さぐりの廊下で、きっとマッチをするのだ。

「こわがってるの。」

「暗すぎるよ、シモーネッタ。」

「こうしたものよ。あなたの下宿はりっぱすぎるの。」

そうだ、たしかにりっぱすぎる。毎朝九時、郵便物をとどける門番女が、白い顔をしたあの意地悪い寡婦が、単純なねずみ捕り箱型のエレベーターにのって、第三階のわたしの下宿している階まであがってくるとき、電流の接続装置がかならず不規則なリズムで、鈍重な音と軽快な音を交互に発信する。その音はエレベーターをとり巻いている吹き抜けの螺旋階段に大きく反響し、わたしの枕もとの壁面がモーターの震動でびりびりふるえ、わたしは目がさめる。

シモーネッタの部屋の窓は、一階分だけ低い隣家の屋根に面しているので、冬の午後の生気のない光さえ、室内を格別あかるく思わせた。しかし樹木は一本も見えない。植木鉢を伏せたような煙突の群は、かすかな明色を発揮する素焼きの肌によって、この窓の唯一の色彩といってもよかった。

わたしは横たわっているシモーネッタのむこうに、フィレンツェをながめていた。ベノッツォ・ゴッツォリの描いた絵巻物ふうのフレスコ《三王礼拝》の複製が、寝台横の壁に、シモーネッタの身のたけよりも少し短く懸っていたから。白馬にまたがる少年ロレンゾ・メディチ、ほんとは世にまたとない醜男でもあれば、智謀にたけた精悍な目付きの大領主であったロレンゾが、きらびやかな金繍をほどこした純白の絹陣羽織を肩にかけ、白い天蓋型の帽子をかぶり、艶にやさしい表情で、離れてみるシモーネッタの口もとと頰の線がつくる輪郭そのままの細面で、オレンジ色の長靴下を着けた足をのばして白馬のあぶみを踏み、群臣をしたがえつつ春の野外をすすんでゆく。新緑をそろえたばかりのポプラの林が馬上行列の行く手を示して、おなじ方向に、ゆっくりと梢を傾ける。ロレンゾの視線が画面のうちと画面のそとを仕切っている臙脂色の空気の幕を切り裂いて、わたしのほうにまっすぐ届いてくる。一本のオリーヴがロレンゾの肩のむこうに枝をひろげて、この少年とも若い娘とも区別しにくい人物の寛闊な散策を見守り、支援し、受け渡しを約束しているトネリコの木とウマゴヤシの草むらに、枝の先でサインをしている。

ロレンゾの三馬身まえをゆくビザンチン帝パレオローグもまた白馬に騎乗し、これはひたむきに前方に眼を据えて槍兵をしたがえる。道のむこう側に、こちら向きに、道と直角に馬首を保ち、ひとりは槍をにぎり、もうひとりは香炉を捧げて、気持よく上体をのばしている二人の馬上の娘はロレンゾの姉たちだ。そよぐポプラ林を背にする位置に控えた彼女たちは、弟よりもずっと肉付きはよく、広すぎるくらいに肩幅もあって、翳りのない表情をしている。前面に大写しに描き出された主要人物たちの行列にしたがう徒歩の馬子、雑兵の数人が、わずかながら小さく描かれているかにみえるのは、位階の遠近法がどうやら間接的にはたらいているからだ。フレスコの全体が大きな球形の表面をおもわせる外膨らみにみえるのは、ゆったり張りめぐらされた花見の幔幕を四月の風がふくらませているのとおなじだ。風はここでは画面の左の奥のほう、灰白色の断崖のかなたに重畳しているトスカーナの山々から吹いている。ロレンゾの陣羽織の色調を創案したのは、あの銀灰のもやに包まれた山間部にただよっている陽光をしっかりとらえた画家の手柄とすべきだろう。

しかし、この画面の背景には、いくつかの異なった処理が共存している。左から右に移るにつれてあらわれるのは、タピスリーの世界だ。散髪屋の白布のように、画面の膝下に垂れかかる草も木もない襞の傾斜を、いましも駆けあがる二頭の猟犬とひとりの騎馬の男は、のがれる野兎を追いつめている。前触れもなしにはじまるこの狩猟の物語は、ポプラの林のかげにまたたく間に吸いこまれ、右手には、山ふところに孤立したローマ風の別荘に行列の王たちを誘導するべく、さかんな魅惑を生み出してしずまりかえった田園の道が、稲妻型に曲折しているばかりだ。

シモーネッタによってなだらかに仕切られていた壁上の画面が消え去った。窓の残光が絶えてしまった室内は、戸棚のなかの卵殻の内部のように暗くなっていた。

フィレンツェの夜の記憶が、反対にあかるくなる。歩き疲れたわたしは、夕方グイッチャルディーニ街の旅宿の清潔な独房といった趣の屋根裏部屋にもどると、午後八時の夕食開始の時間まで、寝台にひっくり返って、そのまま仮睡に陥る。

「夕食に早く。セニョール。」

ガラスのドアを叩いて、宿の主人が呼ぶ声でとび起き、あわてて階下の食堂へかけつける日が三週間つづいた。彼は写真顔で知っているユダヤ系の数学者ノーバート・ウィーナーにそっくりの、ひげの濃い、小柄だが頑丈な、五十歳くらいの男であった。ジュリオという名は、彼の女房がそう呼びかけるのを聞いて知った。前屈みに、猫背で、活発に歩く彼は、わたしに対する好意の表示にも、話題の作り方にも、やはり前屈みに、猫背で、活発なところを示すのだった。熟した柘榴の皮の深紅色をしたタイルが、ジュリオの自慢だった。タイルは全部の床を一様に寄木細工の正確さで埋めていた——わたしの部屋も、食堂も、サロンも。ある十六世紀の建物のなかで、わたしはまったく同じタイルを見た。そしてフィレンツェ人の好みが、油で拭きこまれたときのこのタイルの色感にあることを、そのとき確かめたように思った。

シモーネッタは、ある日の午後、昼食をすませたわたしが宿のドアから一歩踏み出そうとしたとき、出会いがしらに入ってきた。のちに知ったのだが、彼女は、フィレンツェに来たはずのパリの友人をさがし廻っていたのだった。余儀ない譲歩の言葉を交わしたことが、わたしにはイタリア語がしゃべれず、余儀ないフランス語なら唇から洩れることを彼女に知らせた。偶然がその日のうちに、シモーネッタをもう一度わたしの前に出現させた。ピッティ宮の後方、ボーボリの庭園で、秋の陽だまりに坐っていたわたしは、自動シャッターでわたし自身を写すことを思い着いた。適当な高さの台が石段の途中に見つかった。そのとき、シモーネッタがかけ降りてきた。

ジュリオの宿には、夜十一時になると、兵営の消灯ラッパがよく聞こえた。ドとファの音をつなぐ息の長い吹奏音ではじまるその音楽は、わたしを寂しい感動にさそうのだった。「それは何かの追憶に似ていた。しかしそれはいまだかつて経験したことのない何ものかの追憶であった。」これはわたしの記憶のなかで、わたし自身の言葉になってしまったトルストイの表現だった。

いま何時だろうか。パンテオン裏の聖ジュヌヴィエーヴ教会堂の鐘が、二点鐘をくり返している。シモーネッタはわたしを、このパリからフィレンツェにと牽引する。それは今夜にはじまったことではない。大晦日の観劇にはじまったことでもない。始まりはいつのこととも判別がつかない。だが、そんなことは、もはやどうでもいいことだ。主権争奪の陰謀、黒死病の流行、ドミニカン僧の狂言、絞首刑と火刑の反復、都市の失墜、大洪水が、フィレンツェ人の魂の最も深くにマリア信仰の火を点じた以上、フィレンツェの羅紗商人の娘シモーネッタの欲望は、その放埒な純潔によってわたしを焦がしてしまう。百合の雌しべに濡れた「プリマヴェラ」の素足が、矢車草、すみれ、ひなげしの花を踏み、音階の森を抜けて樹木崇拝の祭儀にいそぐ以上、シモーネッタの愛撫には、鎌を研ぐ聖森の王の指の力がこもっていて、わたしを毛皮にくるまった狩猟者に変えてしまう。


三月四日の昼すぎ、ローマのホテルから半日傭いでかけ合ったタクシーを駆って、ネミにむかった。目的地はアッピア街道をまっすぐ南東に三十キロの地点にある。

吐き気を催させる円形競技場の威嚇的な、おぞましい外形と汚れた血の色の煉瓦壁がうしろに遠ざかり、パラティーノの丘の無残な廃墟のシルエットが見えなくなると、わたしはもう安心といったふうに座席におちつき、精神のシリンダーが円滑にうごきはじめる満足にひたたった。

わたしのローマぎらいは、プレイヤード派の詩人ジョワシャン・デュ・ベレーのソネによって、あらかじめ用意されていた形跡がある。秋から冬のあいだ、パリでかよっていた音声学院の、塗料が質のわるいポマードのように拭いきれない匂いをみたす教室で、日本びいきの老嬢の先生は、わたしにベレーのソネの暗誦を命じた。公務をおびてローマに五年住むうちに、ベレーは威丈高なローマの邸宅群をきらい、硬い大理石の建物にロワール川ぞいの故郷の繊細な瓦ぶきの家をくらべ、パラティーノの丘に故郷のリレの丘をくらべて、望郷と失意の詩を書いた。冬のパリで、わたしはベレーの望郷に同感したが、春のローマで、わたしはベレーの嫌悪にはげしい同感をおぼえていた。あす、わたしはシモーネッタの町、フィレンツェに、二度目の滞在のために出発する。ネミへの疾駆は、ただ一日の長い忍耐にとって、快適な慰撫の役割をはたすはずであった。

だが、それにしても、タクシーの運転手はあまりにも疾駆しすぎた。彼はローマにわたしを送りかえす時間を気にしていた。もちろん女と約束があるからだ。彼は若い。学校を出たてで、目前に迫った兵役が気になる。除隊後にしか結婚できないので、女の変心を考えると気が気でなくなる。日本には兵役がないと知ったとき、彼は嘆声と同時にハンドルから放した手を振りあげたので、わたしのほうも気が気ではない。馬車にすれば、値高いにはちがいないが、安心できただろうし、現にアッピア街道には市外電車の軌道があるのだから、よく時間を調べて電車にすればよかったのだ。自動車はわたしを散漫にし、観光客にし、あせらせるばかりではないか。手段は目的地をすりかえてしまう。なぜ、そのことを早く悟っておかなかったか。

畠のなかにローマ時代の水道橋がある。またしても残骸である。わたしは舌打ちした。街道わきに、捨てざりのごみの山、ブリキの堆積がいくつもある。日本の郊外によく似てきたこの目ざわりな景物も、わたしを舌打ちさせる。だが、きたないところも見ておこう。たとえば文化住宅のおしめの行列を見ないなら、日本の風景を見たことにはならないから。

そのうちに、ありがたいことに、道は次第に坂を増し、雲間を洩れる金色の陽光が、カンパーニャの野をつき切って、アルバの山肌を照らした。カステル・ガンドルフォの村に入ったとき、眼下に、湖水が不意に出現した。

「さあ、ネミにきた」と運転手がいう。

わたしは苦笑する。

「ちがう。これはネミではない。アルバーノ湖だ。君は、はじめてなのか。頼りないな。地図をよく見てごらんよ。」

彼はわたしをせいぜい二十三歳だと思いこんでいる。日本人は若くみられる。それはまず買いたたかれることを意味する。一転してつぎは買いかぶられる。

車からとび降りて崖ぶちに立つ。二百メートル直下に、アルバーノ湖があった。それは絶景だった。恐怖は湖面を掩っている無数のさざ波の不動から起こった。雲の低い天候は、火口湖のなかに空を切り落としていた。わたしは視線を水平に保持しようとつとめながら、地平線がどうしてもたわみ、鍾乳石のように垂れ、ずり落ち、逆に湖面が傾きつつ隆起しはじめるのに抵抗した。

アルバーノ湖が時間をうしなわせたので、ネミまでの一里の行程を運転手は文字どおり走り抜けた。背の低い、しかし密生した雑木の林を通過し、つづら折りの坂道を猛進したところで、今度こそネミが、今度もまたまったく不意にあらわれた。

ネミの村を通過した。わたしはここで小休止を命じたいが、若い牡牛のような運転手に気おされてしまった。一気に湖面近くにと、彼は急降下をつづける。馬車の轍が何百年かのあいだに刻みつけた二本のくぼみが、車一台の幅しかない村道のすきまもなく敷きつめられた切石の上に伸びてゆく。俄か雨の水たまりが敷石のくぼみに残っている曲がりかどをいくつも通る。それはわたしの見たことのある人間の痕跡のうちで最も美しいものであった。銀糸のこよりのような、形となった光のような、オリーヴの葉が、道の両がわを縫いとりで修飾している。枝の分かれは若い娘の腕に、幹のねじれはレスラーの頸に似たオリーヴの樹林の騒然とした黙送が、やがておわった。

ネミ湖は、アルバーノ湖の三分の一の広さしかない。しかしこの「ディアーナの鏡」は、ほぼ完全な円形である。ネミの村が位置する北岸が最も高く険しい崖となり、南岸が最も低い稜線を切るが、四面の湖畔に平らな棚をそなえた火口湖であるのは、アルバーノ湖とおなじだ。

わたしは水ぎわから湖を一望し、畔道をぶらついた。琵琶湖の北には、どこかにこんな眺めがあったように思う。異様な、時代ばなれのした、十七世紀フランスの文人が描写した百姓を思わせるぼろ衣の農夫が、畠のなかにうずくまり、木製の鍬をあやつっている。ネミの名をイタリアで有名にしているのは苺である。苺畠の手入れをしているのだ。白っぽいビニールの温床が農夫のぼろ衣と対照的に、畠のあちこちに鈍い反射をひろげている。

笠松というのか、常緑の梢にアクセントを集中して横ざまにしげっている松が数本、ならんでそびえている畔道から、そのとき、ひとりの男が歩いてきた。男は農夫ではない。彼は上下そろった黒の背広を着て、ネクタイまでしている。

「ボン・ジョルノ。」

わたしは男の視線にこたえて、さしあたりこう挨拶したが、彼が何といったかはもう理解できない。運転手が引きとって通弁に立った。

「博物館を見るか、といっている。彼は案内人だ。」

博物館はタクシーをとめた畔道のはずれにあった。

「ネミ古代博物館。ただし修理中につき無期限に休館。」

白ペンキ塗りの入口の柵に、木札がしばりつけてあった。

わたしは案内人と並んで柵から建物のほうへとむかった。この男は、いったい何をして暮らしているのだろう。博物館は無期休館というし、それにネミを訪れる物好きはあんまりいそうにない。よれよれの背広を着こんだこの案内人は、なんという退屈した顔をしていることか。初老という年恰好だが。

「おまえは日本人かね。」

「そうです。この博物館には日本人が来ますか。」

「来ないな。いつか、ローマに住んでいる日本人で、学者だというのが来たが、はて、何とかいったか、名も忘れたよ。」

「中には何があるのかな。」

「中には焼跡があるよ。修理がはかどらんので、ナチの奴が焼いたままさ。戦争の終わるちょっと前にな。うさ晴らしに、石油を撒いて放火した。船も、祭壇も燃えたよ。ああん、船というのはカリグラ帝時代の船。祭壇はディアーナの祭壇……お鳥目(ちょうもく)を下さらんか。三百リラ。」

わたしはポケットをさぐり、百リラ硬貨を三枚、男の手のひらに押しつけた。

「ありがとさんよ。」

男はさもつまらなそうに、前を向いたままで三百リラを背広のポケットに落とし、そのまま手をポケットにつっこんで歩いた。砂利の白っぽい、じけじけした庭にはいくらかの植えこみもあるが、前方の博物館の建物は、ローマにあったどんな博物館にも似ていない。それは雨天体操場のような、平べったくて、屋根が水禽の背中にたたまれた羽のように傾いた、鉄骨にコンクリートを塗りつけた建物であった。湖まですぐだ。水辺には丈の高い灌木が、葉を落とした冬のすがたで群がり、幹から枝にかかる境い目に、ちょうど湖水の向こう岸の線がかさなり、雨もよいの空に斜線をつけている梢には、宿り木はまったく見られない。ネミだからどこにも宿り木がある――そういう公文書式の考え方に、わたしはいつしか侵されていたらしい。宿り木は、いずれ思いもかけぬところで、どこかで、わたしを驚かすだろう。

博物館の内部は、はたして巨大な屋内プールの空虚にすぎなかった。床を左右に二分して中央をつらぬいているのは、プールサイドのような通路だった。右半分――石油の焔になめつくされた偏平な黒い地面のあちこちに溝穴が掘りつけられている右半分は、これは穴居住居跡といわれても承知できただろう。天井にも壁にも、うねりくねって立ちのぼった油煙は、それからあとまったく不死の状態で、そのまま消えずにうねりくねっている。だが、この無残な面積がディアーナの祭壇あとだった。左半分には、カリグラ帝時代の船の五倍大のチューブ製の骨格模型が鯨骨の標本のように、たよりなく、重量を欠いて、中空に空虚をむなしく固定しながら、力みかえっている。その下には縮尺二分の一の複元船体が横たわっていた。透明ガラスの立て札に説明文が書きこまれ、まわりの壁に幾組か、焼失した船の化粧タイルの残欠がならべてあった。

案内人は時折りわたしのそばに立つが、説明するわけではない。わたしも説明してもらいたくない。彼は咳をする。咳をするためにわたしを必要としているかのように、そばに来ては咳をする。ハンカチをそのたびにポケットから引き出し、またねじこむ。咳は屋内に反響し、先のほうでは金属性の残響をともなって、雨もりのある天井から、咳はそとへ抜けてゆく。ネミの湖上を、案内人の咳は、鉄柱打ちのポンプの煙のように断続する輪をえがいて、とんでゆく。つぎの咳を出やすくするために、前の咳はいそいでいる。

「二階もあるが、何もない。見るかね。」

「いや、もう沢山。あんたはフレイザーという名を知ってるだろうか。」

「知らんな。」

案内人は、それっきり鯨骨のあちらへ、思いがけない敏活な足つきで歩いていった。

「あん畜生。またこんなところへ、ほっときやがる」

蹴とばされた空気の抜けたフットボールが、床をこすって三角のままずっとび、鈍い音で壁にあたった。彼はまた大きく咳をした。

「出るか。これで全部さ。いつ日本へ帰るのかね。」

わたしは黙っていた。聞きたいことがあったが、いわなかった。こう聞きたかったのだ。

「あんたは、何を待っているのかね、こんなところで。」

彼はたぶん、いつか、むこうの道からやってきて、ぬっとあらわれ、彼を引っさらってゆく怪物を待っているのだろう。神か、死か、わたしにはわからないが、彼はいまでもあの焼けただれた博物館の内を外を、歩きまわり、咳こみ、出がけにわたしがちらと見た玄関横の部屋の食卓に坐り、ポケットにたまりもしないお鳥目をかちかちいわせて、永遠に退屈な、ディアーナも聖森の王もいないネミの湖畔を抱いてかえった瓶から、安酒をのんでいる。あのとき、食卓上の、空瓶には花が活けてあったが、それはひしゃげたフットボールを蹴って遊ぶ息子の母親が活けたのだろうか。しかし、ネミを呪うのさえ面倒がりそうに思えるほど、退屈な咳をくり返したあの男に、花など活けてやる手があるものか。

空瓶はからっぽだったのだ。

翌朝早く、わたしはフィレンツェにむかったが、黄銅色の光の粒子が青い朝の大気のなかにみなぎっているカンパーニャのまっただ中で、広い沼ぞいの耕地の畔で急に徐行をはじめた汽車のま近に立っていた若い女の、そこだけくっきりとわたしの記憶に残っている鳶色の唇をゆるめてうかべた微笑の記憶が、あの玄関につづく小部屋の窓を枠にして切り取られたネミの湖のなかに収まった案内人の卓上の空瓶を、わたしの記憶のなかでいろどり、フィレンツェ駅にわたしを待っているシモーネッタの声のひびきによって震わせ、灰白色の無地の壁面をやぶってむらがり出た深紅と藍の舞踏の輪のなかに、ネミの案内人を、空瓶を、捲き込み、ひきずりこんでしまうのだった。


（「ヴァイキング」第二二〇号、一九六九年四月）

コロー・ミレー・ピサネロ

コロー

コローの風景画を、記憶のなかでよみがえらせ、いわば追憶として思いうかべてみると、青をうすく溶かした銀灰の大きな拡がりがまずあらわれ、そのまわりからしずかに流れこむ少量の華やいだ紅殻(べんがら)色が、この拡がりの全体に、うっすらとかさなりはじめる。

私は固唾をのんでその次の瞬間を待つ。いま私が想起していて、多少は発明をまじえているこの画面に対して、モチーフとしてはたらき、画面に対していわば見ごたえをあたえるものが、必ず次にあらわれねばならない。

樹木、当然そうでなければならない。しかしその樹木は、一切の形容を枝払いされた樹木なのか、それとも、耐えかねるほどのことばの繁みに掩われた樹木なのか、一体どちらなのだろう。コローの画面に見いだされる樹木は、ヴァレリーが指摘したことがあるように、いつでもありうるかぎりの恵まれた生育条件のそなわった土地または風光のさなかに根を張り、繁っている。こうして、コローの樹木は、樹木以外のどんなものも含まず、可能なかぎりで樹木そのものに近づいた樹木になる。けれども、樹木をこのようにとらえ、このように描く画家の心のありさまを想像しようとすれば、ことばの森の繁茂をうながすおそらく最も根ぶかい原因を、つまり恋愛を、想像してみたくなる。コローの樹木は、押し殺された独り言のなかに養分を摂り、画面の下から天にむかって伸びはじめる。つまり、私の想起する画面のなかで、コローの画は樹木を熱愛している画家の誓文のような性質を帯びはじめる。

私はコローの風景画を、スタンダールの描いた二、三の場面の最良の挿画のように思ってながめていることがある。『恋愛論』の付録になっている習作風のごく短い物語『エルネスチーヌ』は、恋愛の七つの段階の例証という見かけの下から、スタンダールのもっていた樹木崇拝の心性を、不謹慎なまでに露呈させている。あの近代人の典型に、ドルイド的とさえ呼びたくなるような聖別された自然との同一化の欲望があったのは、私には大へん興味ぶかい。

「春の夕ぐれ、一日のおわりも真近い時刻、エルネスチーヌは自室の窓ぎわにいて、小さな湖と、そのむこうの森をながめていた。彼女が暗い夢想のとりこになったのには、おそらくこのじつに美しい風景が作用したのだろう。不意に、数日前にも見かけたあの若い猟人の姿が、彼女の目にとまった。今日も、湖をへだてたむこうの小さな森にいる。手には、しっかりと花束をにぎっている。佇立したのは、なんだかあたしのほうをじっと見るためみたいだ、と思っていると、花束にキスをしたあと、情のこもった、うやうやしい物腰で、その花束を湖畔の樫の巨木の洞(うろ)へ収めるのが、彼女には見えた。」

エルネスチーヌの窓から見える樫の木、森、湖、若い猟人とその手の花束を、コローの風景画につねに見られるように、かなりの遠景に置かれることによって単純化されている対象物として想像してみれば、コローの《モルトフォンテーヌの憶い出》(*Souvenir de Mortefontaine*)と題されたルーヴル所蔵の風景画などは、微細な描写をきらったスタンダールの作品に不似合な挿画ではないだろう。

『パルムの僧院』にも、他のどんな風景画家——たとえばプッサン、コンスタブル、テオドール・ルソー、モネ、ピサロ、セザンヌではまったく釣合わないのに、コローなら、ふしぎによく似合う一節がある。ナポレオン軍に参加する直前のファブリスが、コモ湖畔のグリアンタの館から記念のマロニエをたしかめに行くところだ。彼は叔母のジーナ・ピエトラネーラにいう。「ぼくの生まれた年の冬、母が自分の手で植えたマロニエのことを、知ってるでしょう、ここから二里ばかり離れた自家の森の大きな泉の岸に。ぼくはなによりもまずあの木を見に行きたかった。まだ春も浅い。よし、あのぼくの木に葉が出ていたら、それが一つの前兆なのだ……」(上巻、第二章)。

前兆とは意味ぶかいことばだが、あの若々しいファブリスにさえ、ジェームズ・フレイザーが『金枝篇』で描き出したような、手に宿り木の金枝をにぎり、森の王の位をうかがうネミ湖畔の蒼古とした若者の姿が、まぼろしのように付きまとっている。ここには、描いた森の一切に個体化した神格をあたえ、木立ちのなかに神々の息や足音を感じさせる風景画家コローが、スタンダールと共有している自然の感じ方がある。一口にいってしまえば、この感じ方は異教的であり、反都会的であり、近代に対するアンチテーゼとして意識されたときから、これは文明批評の方法となりうる。

しかし、コローが文明批評の一活動として風景画をかいた、などということはない。彼は文明のさなかにいて、描いた画の示している感じ方によって、文明がのがれたがっているものの所在を示したばかりである。つまり、損傷をこうむらず、均質によって調和を保っているような、西ヨーロッパの自然を、コローはその風景画において再構成したわけだ――ある樹木は数十年老いさせ、ある坂道はその片側に並木を回復させ、ある林間の空地をもう十メートル拡げあるいは狭くし、柏と樫とを交代させることで。だから《ボーボリの庭から見たフィレンツェ》(ルーヴル所蔵)はすばらしい画面だが、どこかに魔術的な変形が感じられる。前面のボーボリの木立ちは、サンタ・マリア・デル・フィオーレ大聖堂の美しい円屋根を、いっそうよく感じさせるべく、自然のために遠慮している。近代の風景画で、あるがままの自然とあるべき自然とを区別することなど、じつは些末のことであって、「自然」という観念には、ジャン゠ジャック・ルソーのことを思い出せばよく分るように、驚きと喜悦とが、はじめに混入している。

コローは、こうして自然を構成し直したのだが、しかし彼の描いている樹木の姿は、画家の勝手な発明ではない。この点は、コローにかぎった話ではなく、画家が物を描き分けていた時代には、一地方の松柏の枝ぶりと隣りの地方の同種の木の枝ぶりとを、画かきはきちんと描き分けていたものだ。私はフィレンツェのサンティシマ・アンヌンツィアータ教会のアンドレア・デル・サルトのフレスコ連作中の一枚に、この世のものとも思えぬほど繊細な、やさしい枝ぶりの楡の若木が描かれているのを見たとき、その前日に、トスカーナの野で同じ姿の木を見て茫然としていなかったとしたら、あんなにやさしい木は画家の空想にすぎないと思ったかもしれない。ウンブリアには、もはやフィレンツェで見た樹相はなかったが、ウンブリア画派の作品には、その地方の樹相がきちんと描き分けられているのだった。わが国に例をとるなら、長谷川等伯の墨画《松林図》(六曲一双屏風、東京国立博物館蔵)の松の枝ぶりは、京都東山の妙法院、智積院の裏山一帯にしか見当らないもので、芦屋の浜、三保の松原はおろか、洛西にさえ、また別の枝ぶりの松しかない。おそらくこういう実地検分の心覚えが、とくに敬して知識(science)という名で呼ばれた時代が、ヨーロッパにも、日本にもあった。江戸近世の随筆類から、この種の記載を省いたら、値打ちは大はばに落ちてしまうだろう。コローは、ヨーロッパで、そういう時代のさいごに位置していた人だ。彼が大へんな旅行家だったことは周知のことである。《シャルトル大聖堂》の路傍の木は、パリ近郊にはたしかにあっても、ほかには見られぬ姿をしている。

コローの風景画には、通俗的なところがない。通俗とは何か。ケネス・クラークは「明暗および色彩の異常に甲高いコントラストによって、怠惰な人、無関心な人の目を突然に惹きつける仕組み」をもっている風景画は、通俗的だといっている(『風景画論』佐々木英也訳、岩崎美術社、一三六ページ)。クラークによると、こういう通俗はクールベの風景画の通弊である。正当にも、私たちは、風景画をながめてしばらく心を放とうとするとき、クールベを採らず、コローを選ぶだろう。ヨーロッパの人々も、同じ心にちがいない。ただ、この上なく残念なことに、コローの再構成した自然は、画中から出てヨーロッパの人々の都市生活の内外に、巧まざる人為の綾をなしてひろがっていて、その表われ方には、かつての日本にあった侘び、さび、しおりに近いものがあるのに、いまの私たちの日本は、人々が争って樹木をおろそかにする貧しい国である。

（「ふらんす」白水社、一九七一年九月号）

ミレー

パリの近郊には多くの森があり、いずれも一度見たら忘れがたい詩情をそなえている。フォンテーヌブローの森もそのひとつで、パリ北東のコンピエーニュの森とちょうど相称的に、パリの南東、セーヌ川の上流域に位置している。バルビゾンは、フォンテーヌブローの森の北隅、パリから約五十キロの距離にある小さな村だ。

ミレーとバルビゾンとのつながりは、一八四九年にはじまる。当時、バルビゾンには、テオドール・ルソー、ディヤズ、アリニーが——つまりミレーをこれに加え、さらにコロー、デュプレ、ドービニー等をかぞえ入れて「バルビゾン派」と呼ばれるようになった画家たちのうちの幾人かが、すでに住みついていた。今も人口千人あまりにすぎぬこの村は、当時は郵便局も学校も、墓地も教会堂も、雑貨店もなければ宿屋もない、ごく小さな集落であった。一軒の宿屋もない村——これはフランスではそこが村の資格に欠けることを意味する。貧しいきこり、貧しい農民。そしてこのバルビゾンをわざわざ訪ねてくるのは、無名の貧しい画家たちだけであった。

はじめてバルビゾンを訪れたとき、ミレーは二、三週間パリをのがれて滞在するだけのつもりだった。だが、この滞在はついに二十七年間もつづく。つまり彼はそのままバルビゾンに定住し、一八七五年、六十歳で、百姓家を改造した質素な住居で生涯を閉じる。ミレーに先立ってバルビゾンに住みついていたテオドール・ルソーは、一八六七年、ここで貧困の生涯を閉じるが、その臨終を見守ったのはミレーだけであった。

画家とひとつの土地とのこういう緊密な結びつきには、つねに運命的なものがある、と考える傾向をわれわれはもっている。運命的なものは、画家の作品からわれわれが感受する精神性だとわれわれは思っているが、じつはそれは、悲劇性へのわれわれの嗜好が画面に付加した二次的な何物かに対応しているのが普通である。そのことの良し悪しは、いま問題にしない。

ミレーとバルビゾンとの結びつきには、われわれの悲劇好みを満足させるようなところは何もない。ここにあるのは、自然と人事とに対する沈着な観照と、つねに制作によってためされ、修正されつつ反復された絵画的可能性の探究、そして『聖書』の知恵とその実行である。ミレー夫婦とその九人の子供たちの家庭生活は、明るく単純で、平穏であった。ミレーの伝記には、貧困とのつらい闘いのほか、ドラマというべきものは何も見当らない。最初の妻との出会いと死別、二度目の妻との出会いとその生活にも、愛というよりも信のドラマがあるだけだ。

ミレーには早くから画家の天稟は自覚されていたのに、二十二歳でようやく本格的な画家修業のために出郷し、パリへむかうまで、彼にはノルマンディーの生家を離れえない事情があった。彼の父は、村の教会の合唱指揮者をつとめていた。そしてミレーの親子十人と祖母とを養う糧は、所有耕作地の収穫物だった。この大家族の長男だったミレーの青春は、営々たる農耕の仕事と弟たちの世話とについやされた。しかし、ミレーはこの青春をまったく悔いることのない魂を所有している人であった。そういう魂の力の秘密は、彼が無教養どころか、二十歳の頃すでに、知識という徳性をしっかり身につけていたことから説明できる。

ノルマンディーの古い田舎には、おどろくべき教養の蓄積が高貴な心情とともに保持され、伝統の基盤を形成している家庭がある。ミレーの生家は、その一例であって、彼は労働の日々のひまを盗んでは生家のみごとな蔵書を耽読した。フランス十六、七世紀の古典、聖者行伝、ウェルギリウス、そしてラテン語の『聖書』が、少年時代のミレーの知識欲を練りあげてくれた。のちに彼はホメーロス、テオクリトスを愛読し、同時代のロマン派の作家たち、ユゴー、ラマルティーヌ、ミュッセ、さらにバイロン、ウォルター・スコット、ゲーテをよむ。手当り次第に——だが、彼はさほどたやすくは影響を受けない。彼はいつも『聖書』とウェルギリウスへ戻ってゆく。

ミレーという画家が、生涯を通じてひとりの練達の読書人であり、ディレッタントからほど遠い明識とゆるがぬ均衡とをそなえていた人物であったことは、ミレーの絵を見るとき、思い出す必要がある。ミレーの絵に、われわれは強烈な何物か、危うい何物かを求めてもむだだし、小器用さ、腕の冴え、軽快で陽気な何物かを求めても、やはりむだである。ミレーの絵には、浮き浮きした、楽しいはずみをおぼえている心にとっては不快な何物かがある。《晩鐘》《夕べの祈り》は、だれ知らぬ人もない作品だが、つねに明日を控えた農耕者の労働の苛酷さを、ミレーは苛酷そのものの姿では示さずに、あのお祈りという休息の姿勢で表現しているから、これもまた、立ちどまり情念のざわめきを抑止しつつ、いわば表象を解読するゆとりをもって眺めなければ、カレンダーや教科書の挿絵であまりにも見なれた画面にすぎなくなる。ミレーの画面の地平線の高さ、奥行きの取り方に、オランダ画派、とりわけロイスダールの影響を見るのは容易である。しかし、彼の絵が、写実的とみえながら、場面を表象のほうへ一押し押し返している点で、中世の彩色挿絵師の精神を継いでいることのほうが、注目に値する。有名な《種まく人》(一八五〇年)も、陽光の降りそそぎ、働くにも快適そうな春の午後のことのように受け取ってしまいかねないほど、われわれは自然から疎遠となり、自然との格闘に無知になりつつある。同時にまた自然の循環が人間にあたえた象徴体系の意味にも無知になりつつある。「種まく人」は、冬二月の夜の明けきらぬ先、上弦の月が空にかかっているうちに働いているのだ。

ミレーの油彩画は八十点余り現存するようであるが、すでに名を出した作品は、あまりにも複製になりすぎてしまったので、われわれは、不幸なことに、たとえ原画を前にしていても、どこかの事務所や下宿の壁や、女学生の勉強部屋でみた複製のほうを思い出す始末だ。つまり、複製の雰囲気を思い出す。原画のミレーに較べれば、たしかに複製の雰囲気のほうが現代的であるだろう。一方、ミレーのデッサンは、すぐれたデッサンがいつでもそうであるように、馴れ親しみ溶けこもうとするわれわれの眼差しをきびしく拒絶し、形に対する曇りのない判断の美しさを証明している。デッサンには、時間を超えた性質がある。ファン・ゴッホが、ミレーのデッサンをお手本にしたのは周知のとおりである。

バルビゾン住まいのもうひとりの画家テオドール・ルソーの作風は、英国の風景画家コンスタブルの影響なしには考えられない。樹木を忘我的に愛したコンスタブルの精神と視覚の形式は、そのままルソーに移植された。そしてルソーが、またコローがえがいたバルビゾンの木立ち、フォンテーヌブローの森が、フランス人の自然把握の仕方に、ひとつの転機をもたらすようになる。バルビゾン派のまえには、フランス人の自然把握のゆるがぬ模範としてプッサン、クロード・ロランがあった。この古典派のえがいた森の風景は、知性によって整合された森であり、さやぐ木の葉や風にしなう枝の動きは、いわば知性のそなえている感性の表象であったのに対して、バルビゾン派の森は、逆に、感性の光にゆらめいている森であり、感性のそなえている知性の表象というべきものである。

しかし、ルソーは、もっとも成功したばあいにも、なお自然への忘我的な自己投入を、コンスタブル直伝の信条ほどには実現しえなかった。ルソーがフランス風景画のアカデミスムの標準的作風となったのは、じつはこの不徹底さのためである。

コローはちがっていた。彼について、その美質を正しく評価した最初の一人は、ウジェーヌ・フロマンタンである。フロマンタンはその著『昔日の巨匠たち』(*Les Maîtres d'autrefois*)の一章「フランス風景画に対するオランダの影響」中に、イタリアから帰国後一八三〇年代にバルビゾン付近を画題にするコローにふれて、次のように書いた。

「……コローはそれ以前にもまして抒情的となったが、前のとおり田園を好み、そして前ほど森を描くことはなくなった。彼が森を、また水を愛したことに変りはないが、描き方がちがってきた。彼はひとつのスタイルを打ち出した。物象の見方には、前ほどの正確さはなくなった代りに、物象から取り出すべきもの、物象から解き放たれた印象のとらえ方には、細心さが増した。こうして、あのコロー独得の神話、あの巧妙なまでに自然な異教があらわれる。これはいくらかぼかしの利いた形をおびながら、物象の精髄そのものの個体化が実現したことを意味する。」

バルビゾン派は、それぞれの個性を単独に活かし切った画家たちの集合体である。かれらに共通しているのは、人間を人間たらしめる自然の発見への情熱であろう。おそらくそこに、バルビゾン派の倫理性がある。それは人生の改良を意図する者の倫理性とはちがって、自己をとりまく一切に自己を委ねつつ、自己の変容をすべて承認する者の倫理性である。だが、これなくして、画家とはいったい何者か。

（「ふらんす」一九七〇年一〇月号）

ピサネロ

いま私が思い出しているのは、ヴェローナに残っているピサネロの作品である。一九六八年の四月末から五月にかけてヴェネツィアに逗留したとき、着いた翌日にヴェローナまで出向いてピサネロを見たことが、私の予定をすっかり狂わせてしまった。ヴェネツィアでは春の日光を浴びながらサン・マルコ広場で時を消し、ティントレット、ヴェロネーゼによって目の放蕩をたのしみ、まねごとには、ラスキンの石の素描をお手本にすれば、もう十分だろうというのが私の心算だった。けれども、そうはならなかった。二日目から、私は朝の汽車でヴェローナに行き、夕ぐれにまたヴェネツィアに帰ることをくり返した。せまい入り組んだ路地と広場の二、三、大運河の延金細工のような波に映る朝夕の空の色のほか、あの水の喪服をまとった浮き島の国について、私はほとんど思い出すところがない。ヴェネツィアは仮り寝の宿場にすぎなかった。夜ふけの寝ざめに聞いた船頭の高吟も、窓の下の蠟色の石階を夜どおし舐めている波のひそかな喘ぎの声さえ、ヴェネツィアよりもヴェローナに、私の記憶のゴンドラを繋ぎとめる。

ピサネロの伝記は、きわめて不十分にしか分かっていない。かれは十四世紀のおわり、おそらく一三九五年にピサで生まれた。青年時代にヴェローナにきてステファーノ・ダ・ヴェローナに画技をまなび、やがて一四一五年か二〇年頃に、ヴェネツィアの総督宮に兄弟子のジェンチーレ・ダ・ファブリアーノとともにフレスコ連作を描いた。しかし、ヴェネツィアはピサネロを好まなかった。この作品は早くに破壊されて跡方もない。その後、一四二七年に、ローマにいってジェンチーレが完成しきらずに死んだラテラノ大聖堂のフレスコ制作を引き継いだ。これも今は残っていない。ピサネロのフレスコで現存するのは二点のみで、いずれもヴェローナにある。サン・フェルモ教会堂の《聖告》(一四二三―二四年頃)とサンタナスタジア教会堂の《聖ゲオルギウスと王女》(一四三七―三八年頃)である。

十五世紀の前半はヴェネツィア共和国の最盛期であった。ヴィツェンツァ、パドヴァ、ベルガモ等の北イタリア諸都市と同様に、ヴェローナもヴェネツィアに侵攻され、その統轄下に服した。ピサネロはヴェローナから追放され、北イタリアを転々と移りながら、諸侯の賓客友人となって、かれらのために肖像メダル、素描、油彩画を多数制作した。なかでも肖像メダルは当時から高い声価を得た。油彩画のうち最も重要なのは、ロンドンのナショナル・ギャラリーにある二点《聖エウスタキウスの幻視》および《聖母子と聖アントニオと聖ジョルジィオ》、ルーヴル美術館の《エステ家の姫君》、そしてヴェローナの絵画館にある《うずらのいる聖母》である。ピサネロは十五世紀の半ば、一四五〇年から五五年のあいだに死んだが、どこが終焉の地なのかは分からない。

一九六八年当時、サン・フェルモ聖堂の《聖告》は大修理のさなかで、向って右手の聖母は足場と垂れ布でほとんど隠されていたが、幸いにも左半分のお告げの天使のほうはよく見えた。

これは早朝なのだろう。たった今しがた羽化したばかりのみずみずしい青い蛾を思わせるつばさが、前屈みに体をまるめてひざまずいた天使の背中にたたまれている。鯨骨の内張りをした繻子のマントのように見なれない、奇異なつばさだ。つばさは天使の腰のあたりにくると次第に体の輪郭から離れて軽快な反りをみせ、先端は天使の息のはずみにこまかくふるえている。青衣の長いすそにすっぽり包まれている天使の左足の裏返った足先からふくらはぎ、尻にながれる輪郭線に沿って、草花が点々と、シルエットで浮き立っている。それはつばさのマントの裏地にえがかれていた文様が、つばさのこまかなふるえのために剝離してこぼれ落ちたようにみえる。この左足のひざの折れ目にできたゆるいV字型の、草花の落ちだまりになっている切れこみの形態は、画面の上の方、天使の背をこえたむこうの、倉庫のつらなりに似た三つの連丘が空をうしろに浮かび立たせているV字型の切れこみと、相似形をなして照応し合っている。こういう照応は、自然そのもののなかには決して見いだされないものであり、画家の発明に属する。ピサネロの画面をながめていて、形態的配慮のもとに設けられたこの種の照応が一つ目にとまると、それを契機に、われわれの目は次々に照応関係に気がつき、われわれの心は形態的な論理の法則に抗うことができなくなる。

もう一つの実例、そしておそらくこの画面の発芽点になったらしい照応の実例は、天使のつばさの全縁辺にぴったり沿って、まるでつばさのふるえを押しとどめ、天使のこのひざまずいて首うなだれた姿勢が天然宇宙の神秘に対する敬虔の姿勢であることを強調するかのように、右上方から左下方にむかって、延々と重たく垂れかかっている赤い崖が、天使の耳の形とのあいだに作り出している照応である。真横よりも少しだけ背後から描かれたこの天使の横顔では、耳はひどく目立つものになっている、ただの一挙止で、すばやく聖母のまえにひざまずき、同時に首を垂れた動作のために空中にひるがえった金髪が、耳をあらわにしてみせたのだ。ピサネロの工夫は、この耳をどこまで形態的処理によって目立ちにくくするかにあったようだ。しかもこの耳は、目を伏せている天使が聖母の反応をとらえるために行使することのできる唯一の感覚なのだから、目立ちにくくて且つ目立つものでなければならない。つまり、見る目がこの耳に吸い寄せられなければいけない。赤い崖は、天使の背を厚くくま取りすることで、天使の全形態と耳の形態とを照応させるために発明されたのだ。

天使の右腕の上膊部、ひじのすぐ上に、鉄の輪金をはめこんだようにみえる見なれないアクセサリーもまた、耳との関連からとりつけられたのであろうか。耳から注意を逸らせる仕掛け、そして画面の右上方、赤い崖の上に立つ城塔と照応し合うことで、人体の丸みを示す効果も兼ねているかもしれない。さらにまた、天使の膝まえに垂れかかった布と、腰まわりの幅広な帯と、右横にうしろに引くように垂れた帯の結び余りと、この三つの形態の集合点に当っているこの腕輪は、うつ向きに咲いた大きな百合の花の萼底を連想させる。これは画家の形態的関心のためにに変容をこうむった自然の、思いがけない反抗である。花は、どういう見方で再現されようとも、花であることをやめないからだ。しかし、この反抗は、ピサネロが確保しようとした人体の領界線の守りを、刺激することでいっそう固めるのに役立つにすぎない。

《聖告》にみるこうした特性は《聖ゲオルギウスと王女》(縦二二三センチ、横四三〇センチ)において、もっと徹底した、複雑な展開のもとに示されている。このフレスコを私が実際に見たのは、サンタナスタジア教会堂の内陣ではなくて、近くのパラツィオ・フォルチの階上の一室であった。補修のために移され、なおしばらくそのまま壁上に低く掛けられていたのだ。もともとあるべき教会堂のなかでは、あれほど明るくはなく、位置も内陣の横戸の鴨居の上だから、高すぎて見にくかっただろう。今はどうだろうか。仮の置き場には、三日のあいだにアメリカ人が二十人訪れただけで、私はほとんどいつも独りきりでこの作品をながめ、疲れるとヴェローナの町を歩き、スカリジェロの墓廟や、ジュリエット(いうまでもなくロメオの恋人)の家、彼女の石棺などという観光場にも歩いていった。

ピサネロのフレスコ、とりわけ《聖ゲオルギウスと王女》は、私の印象の世界では、ランボーの作品、とりわけ『イリュミナシオン』の諸編と、いわば両手に持って近づけた二本の大きな磁石棒のように惹きつけ合う。「この世にやってくるのが遅すぎた」のは、ラ・ブリュイエールにかぎらない。だれしも想像の宇宙では、自己にとって最も生き甲斐のありそうな時代、外的なものと自己との幸福な対立と一致、めぐまれた均衡が望見されるような時代を、過去に見いだすものである。

ランボーは、かれが視覚的に「定着」したあの映え出す画面の断続『イリュミナシオン』によって、生きたかった時代、創造的想像力によって現に生きている時代をわれわれに打明ける。それは、絵画が透視的遠近法という空間のあの合理的な整地法と人体の豊かな表現とのあいだで苦闘するよりも以前、そしてフランドルのタピスリーが物語の遠近法、いいかえると位階の遠近法と時間の遠近法との同時的な行使によって豊かな心情の世界を包みながら、しかも人体の痩せた、扁平な表現がその世界と奇妙に不調和なことに悩みはじめて以後、つまり、物語を活かす人体と人体を活かす空間とが危うい均衡をたもって維持されつつ画面に実現された時代である。ヤン・ファン・エイクとピサネロが、殊にこの時代の画家として、前後に類を見ない宇宙的な厚みを表現する。

《聖ゲオルギウスと王女》の物語の間隙を埋めつくしている挿話のうちには、『イリュミナシオン』に見いだされるいくつかの質量の大きい素材があらわれる。絞首刑に処せられた男、そのむこうの虹、エメラルドの空、「火の井戸」から噴き出したような赤い禿山、オリーヴの林が鉢巻のように締めつけている海ぎわの山、巻貝の帆を立てて「蒼い深淵」に舫(もや)っている船、猟犬、武具と金の鎖の馬具、螺旋状の丘、そして林立する鐘楼とドーム。

しかも、画面の右を占めるこの蒼い愛欲の物語は、画面の左を占める奇怪な、だが現実的な古生層の露出によって、物語の仮構を一瞬にして裁かれる（フレスコの亀裂は、この裁きをいっそう強調しているかにみえる）。この思い切りの良さ、忍耐強い手間仕事を否定し、突き返すもう一つの忍耐もまた、私にはランボーを想起させる。

ランボーはピサネロほど装飾的ではないという人があるかもしれない。だが、それはおそらく取りちがえである。ランボーによって剔出された存在物がつねに帯びている一種のかがやきは、ピサネロの先駆けだったジェンチーレの代表作《東方三賢王の礼拝》（ウフィツィ蔵）の裾画（プレデルラ）三面の中央を占めているあの「エジプト脱出」におそるべき強さで光る金色の天球のように、物がみずから発するかがやきである。あらゆる存在物がこういうかがやきを発するには、形態のヴァリエーションのうちで物の表面がそのまま実体に変ってしまうほど装飾の意志が宇宙を支配していなければならない。ランボーの「ことばの錬金術」とは、ピサネロの芸術と同様に、物をあばき出す装飾の秘術をいうのかもしれない。

（「ふらんす」一九七四年九月号）

ルーベンスの趣

いま十七世紀のフランドル絵画を百点あまり取り寄せて公開している東京富士美術館は、八王子に所在する。京都からそれを見に出かけた。

八王子というところには一度も行ったことがなかった。まだ見ぬ土地をおとずれる好機があるなら、逃すべきではない。こんにちの便利な交通事情は、わずか三時間半のうちに京都から八王子まで人を運んでくれる。億劫がるにはおよばない。

しかし、八王子というところは、昔でいえば武蔵国南多摩郡のおそろしく辺鄙な地に所在し、近世このかた、そこだけが例外的に開けた甲州街道筋の町である。縞八丈や糸入木綿、博多帯地や銘仙の産地として名を知られていた織物の町。東京へ十二里、川越へ九里、青梅へ四里二十町、甲府へ二十三里二十七町、と古い地誌はしるしている。武蔵野の果てに丘また丘がつらなり、丘のふもとには池や沼が隠れて点在し、雑木林の浅いみどりにかすむ梢が水にさかしまに映っているようなら、そういう土地の一隅に建つ美術館まで、はるばるルーベンスに会いに行くのは、私の趣味にかなっている。いや、はるばるなどと形容するのは当たらないだろう。京都から八王子に行くのは、いまは小旅行、半日の遠出の域を出ない。それでも心理的には、遠くはるばる武蔵野の尽きるあたりまでという気分は生きている。

十三年前の三月、パリを離れてベルギーへ旅立ち、ブリュッセル、ガン、ブリュージュにおもむいて、ルーベンス、ヴァン・ダイクの絵の在り処を歴訪したことがある。遠い日の旅を追懐しながら、それこそはるばると八王子まで、ベルギー各地から借り出されてきた絵を見ていると、生まれた土地を離れて何もかもちがっている国に運ばれた絵もまた、あるいはもとの生国に早く戻りたくて、さびしがっているかも知れないという気がしてくる。すると、目のまえの絵が、にわかに親しみぶかいものに見えはじめるのは不思議なことである。

フランドルの絵画は、われわれにとってかならずしも親しみやすく、なじみやすいものではない。ルーベンス(一五七七―一六四〇年)は十七世紀ヨーロッパの傑出した大画人であり、名声は遠く国外におよんだが、しかもフランドルの気風、感覚、精神の特質を絵筆によって表現し、画面に定着させた人だった。フランドルはルーベンスによって普遍性を得た。けれども、他の何物をもっても代えがたいルーベンスの大手腕が、フランドルの普遍化に限定を加えたということもある。われわれにはルーベンスのあぶらっこさ、演劇的な仰々しさ、一点のかげりもない陽気さ、過剰なまでの華麗には、どうしてもなじめないところがある。そして、同時代の画家ならフランドルのルーベンスよりもオランダのレンブラント(一六〇六―六九年)のほうがずっと好ましく親しみやすいと思う人は大勢いるだろう。

けれども、われわれはルーベンスをよく見たといえるだろうか。いま、我国の美術館には、海外から絵画を購入する風潮はかつてないほど盛んだが、ルーベンスを特にねらって買入れたという話は聞かないし、公立私立いずれにせよ、戦前から多くの西洋絵画を所蔵する美術館にルーベンスが見られることもまた極めて例が少ない。ルーベンスの真作ならほんの小品でも、昔からばかばかしいほど値が高いという事情がここには働いているが、同じこの事情は、ヨーロッパの絵画としてルーベンスが欧米ではいかにまともに重んじられているかを、また示しているだろう。

ルーベンスは縦横の機略を用いて物のすがたを活写した。鏡のように正確に物を映す目。そういう目がとらえた物のすがたをほとんど質量のないほど軽やかな、うすい絵具の層に迅速かつ的確に置き換える手。画家なら当然だれしも身にそなえたいと思うはずのこの目と手の申し分ないお手本は、ルーベンスにある。そのうえ、ルーベンスはどういう主題のもとに描いても、そこにあらわれる人間たちのすがたを、主題にしたがって忽ちのうちに変奏し、場を作る物にも、その場に動く人間にも、同じ熱度にまで高められた音楽の魂をあたえるので、色彩が感情を語り、形態がその感情を歌うようになる。ルーベンスの指揮棒が機敏に動くにつれて、歌はポリフォニックな合唱となって、どんなスケッチふうの小品にもひびきわたっている(例えば《アウローラとケファァロス》や《アントニウスの娘ユセビ》にも)。

だが、せっかくの音楽なのに、むなしくひびきわたっていてはつまらない。十点ばかりの、それぞれに全く趣を異にした多様なルーベンスが八王子の丘に集って、日夜、聞く耳を待っている。

(「聖教新聞」一九八八年五月三日)

絵画と記憶

《聖ペトルス暗殺》

ロンドン便りをありがとう。滞在三日のうち二日までナショナル・ギャラリーだけでつぶしてしまったというのは、いかにも君らしい話だね。大英博物館にはあえて入らずじまいにしたのは賢明でしたよ。墓地見物というものを多少とも不謹慎に思うような人間なら、陳列品の名札をよむだけの暇もなく博物館を駈け抜けると、あと味の悪い思いが必ず残るものだ。ヴィクトリア・アンド・アルバート美術館に残りの一日、いや半日しか振り当てられなかったのは、心残りなことだと思うが、やむを得ないでしょう。いずれ近く、再度ロンドンに寄る機会がありそうな様子だから、ウィリアム・モリスのあの「緑の正餐室」には、そのとき、また入って、思いを新たにすればいいでしょう。あの部屋にいるとき、ぼくも少年時代に戻ったような気になった。だれでもそうではないだろうか。

ナショナル・ギャラリーに君がそんなふうにして行ったのなら、ついでに確かめてほしい画があった。もう忘れているかもしれないが、その画のことは、二、三年まえ、メーテルリンクの『ペレアスとメリザンド』がぼくらの話題になったときに、ちょっと君にいったことがある。あの戯曲をまるっきり面白がらない君が、ぼくの話をおぼえていないのは無理もないことだが、ぼくのほうは、あの戯曲を世紀末芸術のいわば標準作として、相応に買っているし、そういう話をあのときもしたはずだ。

　画というのは、ジョヴァンニ・ベッリーニの作に帰せられているもので、《聖ペトルス暗殺》という題名。思い出してくれましたか。駄目か。京都弁でいえば、コロッと忘れているとは、ちと君らしくもない。

　何故、君に思い出せと強いたり、確かめてほしかったのにと口惜しがったりするかというと、《聖ペトルス暗殺》という画は、手もとのいろんな画集をひっくり返して探しても、その複製が全然見あたらない。むかし買っておいたナショナル・ギャラリー所蔵の『初期イタリア派カタログ』は、図版一枚入っていないものだが、画のそれぞれに対する考証、解説のおわりに、その画を収めている図録が指示してあるのは親切だ。《聖ペトルス暗殺》は、この美術館発行の図録一九三七年版、一九五三年版には収められている。しかじかの図書館あるいは美術史の先生のところにはあるだろうけれど、是が非にも尋ね当てようという気が、ぼくにはない。こういうことを面倒がっているのは、いけないかな。しかし、複製が手近なところで見つかるのでなければ、見つからないで少しも構わない。どころか、それでかえって仕合せみたいなところがある。これぞと思う人に、例えば君に、原画をあらためて見てくれと頼む機会があるまで、ただ一度見たきりのあの原画を、ぼくは忘れることはないだろう。いやに思い入れをするものだ、自分で確かめに、もう一度ロンドンに行けば済む話じゃないか、と君は言いたそうにしているね。そうにちがいないのだが、わざわざ、これぞと思う人の目に托して確かめてもらいたがっているところを、どうか分かってもらいたい。要するに、あれこれ策を弄して問題を紛糾させ、ややこしい話にするのが、ぼくの好みに合っている。原画までたどり着く間(ま)の長さ、そのあいだの障碍が、ぼくのあたまの中にしかない絵が絵らしくなるに必要な手ごたえを切実なものにしてくれる。そういう仕組みになっているように思う。

　《聖ペトルス暗殺》がジョヴァンニ・ベッリーニの真筆かどうかは、よく分からないようだ。それだから、いつも画集からは外されてしまうのだろう。この画家の真筆は、ナショナル・ギャラリーには何枚もあったけれども、ぼくの記憶では、あの絵は、ほかの作品といっこうに似かよったところのない画面だった。しかも、ジョヴァンニ真筆の他の作品の印象が薄れてしまったあとまで、容易に消えない感銘となって残っている。

ぼくが『ペレアスとメリザンド』を読んだのは、なにを隠そう、フランス語の教科書版が日本で出たからで、五年ほど前のことだが、ペレアスが斬殺される場面を読んだとき、さらにそれよりも五年前に見た《聖ペトルス暗殺》の画面がまざまざとよみがえった。ペレアスの惨劇は、月光のもとで起こるし、ジョヴァンニの描いた画面は、陽春の晴れた昼下りの惨劇だ。いま、惨劇といったが、そういう言葉がもっとも似合わぬような、何か自然の運行の一コマのように刺殺の場面が提示されているところが、ふたつの共通項だろうか。

聖ペトルスというのは、十三世紀に実在したヴェローナ生まれのドミニコ会士なのだが、カタリ派の敵意を煽り、コモ湖からミラノに向う途上で刺客に襲われたという。ジョヴァンニの画面は、その刺殺の瞬間を描いているのに、聖ペトルスは、まるで草花が踏みつけられて折れるように、雑木林の中に倒れようとしている。あたりの田野は実にしずかで、おだやかだ。この惨劇に気付いている人はどこにもいない。ペレアスの死も、メリザンドが目撃してはいるが、戯曲中では、何だか人間の死とはみえない。喩えるとすれば、流星のような死、あるいは三日月鎌でひと薙ぎにされたムラサキツユクサのような死である。

君もそういう印象を、あの絵から受けるだろうか。それが知りたかった。ほんとにぼくの記憶しているような画面で、画題とのあいだに生じている一種の齟齬（そご）から、いうにいえぬ悲しみが伝わってくるような絵であったかどうか。確かめてほしかった。次の機会には、是非お頼み申しそろ。

きょうは、ローマに飛んでいるのだろう。ローマでは、もうマロニエが咲き初めていると思うよ。この手紙はパリの下宿あてに出すしかないが、一箇月後に君が下宿に戻ってきたら、今度はパリのマロニエが咲き初めているだろう。

そうだった、もうひとつ。まだ頼みたいことがある。これまたパリではなくて、ロンドンで確かめてもらいたいことなのだから、話が後手後手になって相済まない。テート・ギャラリーに、ターナーの《金枝》という画があるはず。これはまちがいなくターナーの真筆だから、《金枝》のスライド複製でも、絵はがきでも、もしも売っていたら、買っといてください。慾をいえば《金枝》が色刷りで入っているターナー画集があったら頼みますよ。実はこう書きながら、そんな画集があるかどうか、心もとない話だと思っている。《聖ペトルス暗殺》といい《金枝》といい、ぼくに確たる根拠があって、複製を持っていたほうがよさそうな絵にかぎって、画集には見つからない。《金枝》もずいぶん探した。但し、これのほうは、黒白の写真なら、いまも目のまえにあります。フレイザーの『金枝篇』、永橋卓介訳によるあの本の、昭和十八年に出た生活社版上巻には、ターナーの画が、鮮明を欠く写真ながら、巻頭に添えてあるから。『金枝篇』にみちびかれて、わざわざローマの郊外まで、ネミ湖を見にいったほどなのに、ロンドンではテート・ギャラリーを見ずじまい。ターナーの《金枝》のことを、それこそコロッと忘れていた。

君がネミ湖に行ったかどうか。ローマでうまく恋人と落ち合えたとすれば、ネミも遠い話になっただろうね。ボルゲーゼ美術館の三階だったかな、ティツィアーノの例の《聖愛と俗愛》のまえで、こころの中の兎を追っかけている君を想像すると、目もさめるように美しいというイタリア娘の恋人が、兎狩りの成敗をつけて、君を勝者にしてくれたことを信じてあげたい。ご機嫌よう。一九七八年三月七日、京都にて

牛肉とあけび

きのう一通、きょう一通、相次いでローマ便りを受け取った。ありがとう。そっちでは、もう春が成熟しているようだ。こっちの春はもどかしく、行きつ戻りつ、ためらいがち。椿が咲いている。落ち椿が美しい。

李賀の「十二月楽辞」という連作、その四月の結尾そっくりの風情。落ちた真紅の花びらと干からびた萼片が、人目を憚るように乱れ散っている。堕紅残萼暗参差。

快晴の午前の陽光が地にとどくとき、その陽光は、青空から降ってきたあたたかい金粉に変っている、と君は書いているが、そういう印象は、カンパニアの春に特有なのだろうか。ダナエの腿のあいだに金貨となってなだれ落ちたジュピターの話は、好色家の奸智のほどを知らしめる教訓的神話かと思っていたが、あれは奸智というほど大層なものではなく、うら若い娘がめぐりきた春に恍惚として、日なたぼっこをしていたということを、ローマ人がおもしろく空想したら、あのジュピター変身譚になったのかもしれない。こんなことをいうのは、君の便りをよんでいて、カンパニアの春をなつかしく思い出したその証拠を見せたいだけのこと。すべての神話には、また別に、神話そのものの思い出が、つまりは思い出される神話の昔というものがあるだろう。ダナエには、きっとぼくの知らない前世があるだろう。

ヨーロッパの建築ならびに彫刻の歴史に人並み以上の弁(わきま)えのある君が、ローマを称賛し、古代の廃墟に対して熱い眼差しをそそぐのはよくわかる。五日間の旅程は到底、君の渇を医すには足りないだろう。ローマの古代に全く無知なぼくが、おなじ五日の旅程をさえ持てあましてフィレンツェに逃げたのとは、ずいぶん事情がちがっているね。

君にさぞ軽蔑されるだろうが、ぼくはローマという都市には、いっこうになじめなかった。古代の遺跡、キリスト教世界の遺構、あれもこれも観光客並みに歩きまわったけれど、いつも鼻先に血の匂いがこびりついているようで、人智の壮大というものよりも人智のあさましさに、つくづく気が滅入ってしまった。古代ローマを構築した人間たちの智謀ときそい合っているのは、宮殿、大邸宅、寺院、墓廟を破壊、盗掘して掠取の限りをつくした人間たちの智謀というものではなかっただろうか。そして目のまえの無残な廃墟からは、往古の奴隷たちが鞭の下で流した血と、仲間割れした盗賊たちの刃からしたたり落ちた血が、春の通り雨のすぎたのちなど、赤紫に腐った牛肉のような色の瓦礫の堆積から、いまだに匂ってくるので、吐き気がして困ったということを打明けておこうか。

悪いことには、それに輪をかけて、例えば次のようなことがかさなった。いまでも相変らず売っているにちがいないが、あれはカラカラ浴場を見物しているときだったかな、卑猥な日本語をあやつる、うろんな男が寄りそってきて、駅弁売りのように首から吊った箱から、写真、絵はがき、案内書を取り出しては押しつけようとする。そのなかに「ローマ今昔見くらべ帖」とでもいうふうな一冊があった。今のパンテオンの極端にあくどいカラー写真のうえに、復元した昔のパンテオンの絵を、これも色刷りにした薄紙でかさねてある、というふうな代物だ。

「あほくさ」と京都弁で反応を示したら、物売りの男はまさしく日本語で「このけちんぼ」という捨て台詞を残すと、よその客のほうへ歩み去った。

ローマの印象はますます悪くなる一方だった。一日も早くローマを離れることによって、せめてこの「永遠の都」に対する敬意を表するということしか、もうぼくには思いつけなかった。

そんなわけだから、君のローマ便りを受け取りでもしなかったら、ローマを自発的に思い出すようなことはなかったろう。はじめに、なつかしいと書いたのは、ローマ郊外の春、先便にもいったネミ湖のあたり、カステル・ガンドルフォ、アルバーノ湖、あの辺の春景がなつかしいのだ。

そこで画集をひっぱり出す。コローがまさにあのあたりを描いた幾枚かの風景画を、しばらく振りにながめた。すると、過去のなつかしいものに向けられていた眼差しが、一転して、現在そのものに向い合っている眼差しに変ってきた。そのままで放心していたら、なつかしいのは実は追憶された風景ではなくて、コロー風に物を見る見方そのものが、ぼくにはなつかしいのだということが分かってきた。風景のうちに異教的神話が、自然に、自発的に、樫に絡まるきづたのように生育し、風景中のあらゆる物象が、その神話の精髄を分有することによって、活き活きとざわめく——コローがそういう風景画を描いて、生まれ変ったように面目一新した画家に変ったその場所にいって、コロー風にその風景を見ることのできた経験が、いましめを解かれ、屈伸自在になったという自覚を、ぼくにあたえてくれた。ローマ郊外のあのわずか半日の小旅行の翌日、汽車でフィレンツェにむかったとき、ぼくはずいぶん若返っていたはずだ。若返った矢先に、フィレンツェに出会ったことが、ぼくの好運というものだった。

　また十年昔のことを蒸し返しているとて、笑い給うな。その十年という歳月が、ぼくにはどうしても実感できない。ついきのうのことのようだという気持だけが、実感という言い方をするなら、そういえるものとして、いまだにつづいているのは、一体、どうなってるのでしょう。恋のようなものかもしれないね。

　君のローマ便りは、ここまでのところ、ぼくにはありがたい便りで、おかげで十年来のぼくの内情の一斑が、わが目にも、これまで以上に判然としたような気がする。

　そういったすぐあとでこんなことをいうのは、前後撞着しているが、君の便りに接して以来、なにかしら不快なものが、内部の、また別の階梯で、今もってつづいているのに気がついた。忘れたいものを強いられて思い出す破目になったときの不快になぞらえてもよさそうだ。こういう気分があんまり長くつづくと、性的不能に陥る恐れがある。君も、身に覚えなきにしもあらずだろう。早く荒療治をしておくに限る。

　ローマの町が快くなかったということに較べると、ローマの町を描き出したグラフィックな作品が快くなかったという経験は、はるかに始末が悪い。前のほうのは、いわば生まの経験として処理すればいいようなものだけれども、後のほうのは、形の世界で起こった不慮の事故のようなものだ。事故のために、いわば車内から車外へ、フロントグラスを突き破って、形の世界からほうり出されたぼくは、今度はもっと忘れにくい手痛さで、生まの経験を思い出さねばならなくなる。快美な夢をあたえるものとして案出されたばかりか、なお悪いことに、たしかにその通りの夢を人びとにあたえ、一時代の趣味さえ決定したほどの作品から、その現実の情景がぼくには少しも快美ではなかった世界を、もう一度のぞき直すことを余儀なくされる。芸術家の精神にそなわっている整合性と静寂と、そして贅を尽したとでもいうべき精緻な彼の技法がもたらすところの、その限りでは快美な快楽をともなっている作品が、あのいとわしい風景を猶更にいとわしいものとして、しかも紛れもない形の経験として、ぼくに差し出すということが、この経験の延長上で、突発的に起こったとして見給え。

例によって、もってまわった言い方だな、何の話かね、と君は言いたそうにしている。気を持たせたのは相済まんことであった。察しという点では、君が少々鈍重な人であってこそ、おしゃべりを長びかせて君をじらすという楽しみが、ぼくのほうにはあるのだから、まあそう気色ばんではくださるな。君はきのうの読書で得た新知識をほとんど省略なしに、そのままぼくに伝えてくれるが、こちらはそれをあすの知識として活用するという恩恵に浴している身分でもあって、大いに君を徳としているよ。だから、これからも今まで通りに、何でも教えて下さい。だまって聞いていることでは、この相手は我慢強いほうだと思ってくれ給え。

ピラネージですよ。あいつの銅版画展が、去年の秋、奈良の県立美術館で開かれていた。奈良、大阪、いずれも遠いところだと思うような出不精者が、その展覧会には大いそぎで駆けつけたのに、見てがっかりした。ぼくの大きらいなローマの廃墟ばかりを、よくも、ああまで念入りな銅版画の大作で、彫りかさねたものだ。名高い《牢獄》連作も、そのうちの二、三葉を見たが、これはもうローマというものに対する思い入れの深浅が、月とすっぽんほどにも違っているという次第で、嫌悪と感嘆のまじり合った、その限りでは実に絶妙の気分をおぼえた。足が棒になるまで立ちつくしていたのは、殺人犯が屍体のまえを去りがたいようなものだろうか。十八世紀の後半に、ピラネージのローマ連作が、あんなに世に迎えられ、ローマ熱というものを煽動したのは、どういうわけなのか。とくと知りたい題目だが、ピラネージには、他殺死体の公開というショッキングなことを堂々とやってのけたことで一世の名声を博した検事のようなところが、ありはしないだろうか。彼は幻想の版画師というよりも考古学者、歴史家、そして建築設計技師と一心同体の版画師、したがって冷徹を生き甲斐としている職人の面貌いちじるしい人、というのがぼくの印象だった。

ローマの遺構である巨大なサンタンジェロ橋を、土台の底の底まで、その石組みの秘密をあばき出し、それをまた正確無比な、刻明な銅版画に彫り刻み、序でに土木工事の道具類、機械類の一、一まで、後世のファーブルが膜翅目の昆虫の棍毛に対して、あるいはセンチコガネの前肢に対してしたような丹念な写生図を、これもまた銅版画に刻みつけているあの異常な精力と、飽くことを知らぬような好奇心には、ほとほと降参した。しかも、結局は降参できなかったのだ。

鋼鉄と銅板と腐蝕液、そういうものが協同して醸成している英雄的なまでに酸鼻をきわめた銅版画工房の雰囲気が、古代ローマの遺跡の盗掘のあとを完膚なきまでに明示している銅版画作品の雰囲気と、ふしぎにうまく均衡しているのを確かめているうちに、吐き気と目まいに襲われた。牛肉をどれほど食えば、あれだけの活力の持続維持が可能だろうか。意地でも、これからビフテキを食ってやろうと思いつつ、ふらふらしながら——まだ昼食をとっていなかった——奈良坂を歩いていった。

その路傍に、あけびの実を竹竿に吊るして売っていた。ああ、その熟れた果実の外皮の色が、こころに染みるようだった。ピラネージなら、腐爛した牛の腸の色と見るかもしれぬ、と思った。紫のゆかりの世界から溶け出したようなあけびの色が、ぼくの眼底の銅版画の黒白世界をにじませながら次第に広がるにつれて、ぼくには生色がよみがえってきた。このあけびは、春日の奥山か、柳生の里か、それとも奈良南郊、下市の林の中で摘み取られたのだろう。その実の一括りを竹竿からはずして買ったとき、ぼくにはもうビフテキを食う気はなかった。

思えばピラネージは、ぼくの敬愛しているフォシヨンが、一再ならず熱情こめて語った作家だった。フォシヨンには『北斎』という本もある。正直いって、あの『北斎』は上乗の作品ではない。ピラネージについては、全作品目録という地味な仕事のほかに、大部な研究書も、同じ著者のものとして、つとに知られているが、ぼくはあの本をそう感心しないままで読みとばした。つまり、こういうことかもしれない——フォションが牛肉を食った秋の日に、日本の貧書生はあけびを食べた、と。

どうやら好みの問題に行きついたようだ。話は行きどまりの袋小路に入ったようだ。ピラネージを生まの経験という蓋で地獄穴に封じこめることができる今の君に、ぼくの羨望を卵に書きつけて、今年の復活祭のプレゼントにしよう。きょうがその日だから。一九七八年三月二十六日、京都にて

ウッチェロの夢

春以来のご無沙汰になりました。夏至から一箇月ばかりがパリの盛夏だったという記憶があるために、そちらも今頃はずいぶん暑かろうと思っていたら、ひとびとは寒くて困っているそうだね。日本はわれわれから夏まで取り上げるのかという非難がましい冗談を、フランス人から聞かされたと君は書いているが、こちらの熱気と湿気を送ったりすると、輸出の黒字がふえるだろうから、それはやめておく代りに、風神を派遣することにしようか。つめたい空気を袋づめにしておすそ分けしてくれないか。

むかし、荷風の日記をよんでいて、七月の極まり文句みたいに目についたのは、溽暑という表現だった。今年のような夏に使えば、あれはぴったりだろうという気がする。陽射しはいかにも強いが、日かげはひんやりと涼しく、汗がながれることはなかったパリの夏をたぐり寄せ、溽暑を忘れようとしてみるが——夏にも毛皮のオーバーを着ているパリの老婦人方に、はるかなあいさつを送ろう——そうしているうちに、ほら、また汗が手首ににじみ出て、インクの忍ぶ文字摺りが便箋に摺りあがっている。

ポンピドゥー・センターのまえに立っている君の写真、拝見。「パリは変る」というボードレールの詩句を、

いまさらのように振りかえった。一九七五年の春、ほんのしばらくそちらにいったとき、あの建物は着工したばかりだった。年老いたパリの顔貌にきざまれた深い皺のようなマレー地区の小路をたどっているうちに、あちこちで老朽化した家の取壊し跡を見た。消えうせた家は、こわされずに残った隣家の側壁に、暖炉の煙出し（けむだし）の縦みぞの痕跡を、かたみのようにとどめていた。日本では決して見られない風景だった。屈曲しながら、いくすじも平行して、上ほど細くなっている痕跡が、かつてその場にいとなまれていた生活のほうに心を向わせる趣で、現前しないものが現前するものよりも優勢になったときに陥る心的状態に、しばしの陶酔をおぼえたものだった。

そうするうちに工事に行き当ったのだ。騒音と埃、色彩および形態に生じている混乱、足場によって縦横に仕切られたうつろな空間と、そのなかに封じこめられていながら活発にうごく人影、路上にぶちまけられている白々とした砂の山。そういうものがたちまち陶酔をやぶった。あたりの気配を了察するような体勢を我知らずととのえて歩調を速め、工事の一劃からとおざかったが、一種のうしろめたさが、心をかげらせてしまった。

さて仕上ったポンピドゥー・センターについては、ほめことばというものをまだ聞かない。よほど奇抜な造作とみえるね。君の便りには、一通り見歩くのも大仕事とあるばかりだが、ミュゼとしての機能面には、新工夫がいろいろほどこされているのだろうね。古くは帝室博物館と称されていたような我が国のあちこちのミュゼは、管理のほうにばかり気が走っていて、見る者のことを親切にかんがえてくれはしなかったが、それがいまも旧態依然たる建物のまま放置されているのを概嘆する身には、新しい大規模なミュゼの実現というだけで、甚だうらやむに足りるものがある。人の評判は人の心とおなじものだから、いずれ変ってゆくだろう。ポンピドゥー・センターを早く見る機会をもちたいものだ。それは、なぜか悪評とはちがって、すごい建物のような気がする。

もっとも、聞けばイエーナ通りのパリ近代美術館は、そっくりポンピドゥーのほうに吸収されてしまったそうだね。名ごり惜しいことだ。幾度、あそこには好んでいったことか。意気銷沈しているとき、あのミュゼはいわばダヴィデの竪琴のように励ましと慰撫をあたえてくれた。内からの促しによるあたらしい試みだけが、人間を全的に解放するものだ。ペヴスナーの室、ブランクーシの室で、いつも思ったことである。あれらの彫刻家たちの室は、ポンピドゥーではどう扱われているのだろう。そして、デュシャン=ヴィヨンのあの《馬》の彫刻が、平土間の真中あたりから柱のかげにちらと見えるとき、その映像は、いつも信号系に生じた美しい異変のようだった。目の世界で、乾いた音のはじけ散るのが聞こえるのだ。

いま、そう書いて思い出したが、これと同質の経験を、ぼくはバルトークの弦楽曲によって得たことがあった。フランス国営放送局の小ホールで、ハンガリーからやってきた四人の弦楽奏者が、連続演奏会を開いたときのことだ。バルトークの音楽は、信号系の宇宙に明滅し、匂い立ち、渦動し、さいごには磁性を帯びた光となって、その宇宙からのがれ去った。あかるい舞台に、マジャールの農耕儀礼の祭司たちが——四人の奏者はそのときぼくにはそう見えた——花やいだパリの婦人たちの居並ぶ客席に恥かしそうに黙礼し、そそくさと舞台から退いた。ああ、思えば音楽会というものも、パリでは熱度の高い孤独にぼくを置いてくれる機会になることが多かった。

話が逸れた。ねがわくば、ポンピドゥー・センターが、全体としても、分割可能な細部としても、旧にして新なるものの表象となっていることを。ぼくのいう旧とは、断るまでもなく、新なるものをうみ出す心根のことだ。フランスの文明がぼくに美しくみえるのは、そういう旧なるものにささえられた新奇なものが、透明な厚みをそなえているからである。こんなことを君にわざわざ書くいわれはないのだが。

……暑い一日がおわった。夕食後、町を散歩してきた。すこし風が出て、二階の書斎も昼日なかとは、だいぶちがう。京都の夏は、夜風(よかぜ)の立つことが割合に多いので、ようやく息がつける。今夜もこういう風が吹くからには、北山のほうに夕立があったのだろう。昨夜ときたら、そよとの風もない、むし暑い夜だったが、ひとつ変ったことがあった。梟(ふくろう)が近くの空で鳴いた。知恩院、円山公園のあたりで、あの鳥の鳴声を耳にすることはめずらしくないから、動物には感知できる風向きのせいか、それとも、ただの気まぐれなのか、東山から二キロばかりの遠出をして里歩きにきた梟がいたのだろう。少年の頃、町内にある観音堂の境内にそびえる大銀杏には、梟が住んでいた。さびしげな鳴声がよく聞こえたものだが、それは遠い昔のこと。ゆうべ、おなじ鳴声を屋の内にいながら耳にして、旧知にも会ったようななつかしさをおぼえた。少年の日には、まさかおのれがのちに夜ふかしの鳥の仲間に入り、深更にいたって呼び声を立てることになるとは、無論思いもしなかった。

話が鳥のことになったから、鳥という名の画家を持ち出して、きょうの便りを締めくくろうかな。

ヴァザーリの『美術家列伝』に出ていることだが、パオロ・ウッチェロは、本名をパオロ・ディ・ドーノといった。鳥を描くのに執心したので、ウッチェロ即ち鳥という渾名(あだな)が通り名になったのだそうだ。フラ・アンジェリコが、天使を描く坊さんであったのと同様で、画工たるもの、こういう渾名がついたらそれをほまれと思わなくてはいけないだろう。フィレンツェという町の口さがない住民たちの面目も、こういう渾名におのずとあらわれているような気がしないこともない。あの町のサンタ・マリア・ノヴェッラ教会の「緑の回廊」にウッチェロの描いたフレスコ《ノアの犠牲》には、いろんな鳥が見当るそうだし、画中の父なる神は、空中を鳥のように天翔けているそうだ。いまは「緑の回廊」から剥離されて同教会の食堂に移されているそのフレスコを、ぼくはとうとう見ずじまいだった。そういえば、ウルビーノにも、行きたかったのに行けずじまいにおわったから、アンドレ・ブルトンの『ナジャ』に出てくる《聖体パンの冒瀆》も見ていない。

フィレンツェ、パリ、ロンドンで見たかぎりのウッチェロの作品で、最も印象の強かったのは、ジャックマール=アンドレ美術館の所蔵する《聖ゲオルギウスと竜》だった。

ブールヴァール・オスマン一五八番地に所在するあのミュゼを訪れたとき、入口の車馬門につづく屋敷の外まわりの、舗石のすりへった内庭が、古いパリをしのばせ、さも由ありげで快かった。内庭をとおって、オスマン通りの反対側に位置する玄関から館内に入るのだが、いつ、どこで、ウッチェロのあの絵に出会うのかという期待とともに、部屋をいくつか通り抜けていった。いつまでも出会わなければいいという期待とともに――そういったほうが、あるいは正確だったかもしれない。複製画集で見知っているあの絵は、ぼくの解読能力では歯も立たぬところばかりで、それだからこそ憑きもののように意識の底にわだかまっている絵だった。

しかし、それは一階のさいごの部屋に飾られていた。果して、絵のまえに立つと息づまるような気分になり、ほんの数分しか見なかったという記憶がある。画面の一切から生気というものを抜き去ることに、ウッチェロの苦心はあったのだろうか。聖ゲオルギウスは、全身一分の隙もなく青光りのする甲冑に包まれている。素肌のあらわれている唯一の部分は横顔だけだが、それも動きを封じられた人形のような横顔である。彼がまたがっている白馬は、白ペンキを塗りこめた木馬のようで、お尻が奇妙にまんまるくて、白いひょうたんのようだ。聖ゲオルギウスの長槍が刺しつらぬいている竜の下顎からは、垂直に、赤い血がひとすじ糸を引いて、したたり落ちている。地面には、その血の最初の一滴がとどいたとおぼしく、ひとで型に血が散っている。青銅製の、カメレオンと駱駝の合成物のような胴体をそなえた竜は、その背中に、突風にあおられて裏返ったこうもり傘のような、まことらしからぬ翼を生やしている。片足を前に蹴り立て、怒り狂っているはずの、こいつの傷口からは、あんなに垂直に血が滴下するものだろうか。大蛸の足のような尻尾が、輪を三度描いたすえに、画面の奥のほうにむけて、尾の先端をうっちゃっている。

フィレンツェ十五世紀半ばの綾絹の緋の服を、当時の流行どおりにまとっているお姫さまは、竜の真うしろに、すっくと、しずかに立ち、ほのかに紅をさした白い細い指を伸ばして、両手を合わせている。合掌のお祈りをしているようにみえる。まじめな横顔だ。あるいは姫は、この次の瞬間には、この手で顔を掩うつもりなのか。よくは分からない。姫の腕のところに、メディチ家のあの丸薬の家紋に似た飾りが、白く光っているのはいいとしても、姫の背に、鋭い三日月型の傷口のような真黒いものが、しかも美しくくっついているのは、何のためなのか。

前景のこの三人――聖ゲオルギウス、竜、姫は、一直線上に並んでいるところを真横から見たふうに描かれている。それに対して、背景の城と広い道――三人の人物、おそらく王と王妃と僧が、道の彼方に小さく見えている――そして道の左右に広がる農地は、どういう視点から描かれているのだろう。ウッチェロは、空中を滑翔している鳥の目にうつるかもしれない風景、つまりは鳥瞰図に近いもののように思える。空中を滑翔している鳥の目にうつるかもしれない風景、つまりは鳥瞰図に近いもののように思える。ウッチェロは、文字通り鳥になりたかったのかもしれない。この背景全体の尺度も、前景の三人物とは全く別だし、渋紙の張り子かとみえる岩窟の山となると、またそれもちがった尺度で計られている。竜の足と姫の腰がその一部を隠している草地の描法が、はるか後世のルネ・マグリットの絵にしばしば見かけるデルタの毛叢のような仕組みなのも、なんだか曰くありげでいら立たしい。要するに、この画面には、まじめに取っていいのやら、冗談なのやら、こちらが態度を決めかねるようなところがある。それでも文句なく美しいと思ったのは、画の上端に横幅いっぱいに広がっている紺碧の空と姫の衣装の緋の色の対照だった。

この絵は『黄金伝説』の聖ゲオルギウスの説話にもとづく図柄らしいが、そうならばこのうら若い青年騎士は、竜退治のときに姫と初見参をしたことになる。だが、いま複製を見ていてぼくの空想するところでは、ふたりはこのときすでに相識っている仲である。怪獣は、姫の心のうちにわだかまっていて聖ゲオルギウスとの愛の遂行をさまたげている性意識を象徴している。彼女は性を醜怪だと思っている。聖ゲオルギウスは、姫のその意識に戦いをいどみ、打破しようとして突進する。姫は、実のところ加害者どころか守護者だった竜がいなくなったら、そのあとどうなるのか、わが身のことをいまだ深くは悟り得ないので、聖ゲオルギウスの求愛を他人事のように、うそうそとした気持を拭いきれないで見ている。姫の性意識がこの竜のような姿をとったのは、彼女が幼い日に、父かあるいは母の不倫の情景を目にしたせいかもしれない。姫のその両親は、竜退治の結末を、遠くから眺めている。そんな人たちが、どうして頼りになるだろう。この期におよんで、姫はただ孤独に耐えるしかない。普段のしつけが、彼女に崩れぬ姿勢をとらせているにすぎない。

ウッチェロ《聖ゲオルギウスと竜》　ジャックマール＝アンドレ美術館

無理な解読をしているうちに、もう夜が更けた。ジャックマール=アンドレ美術館でこの絵の実物のまえにいたあいだ、ぼくはいくら叩いても熱くならない心をもてあましていたから、空想に耽るどころではなかった。

そのときのこととして、いまもよくおぼえているのは、ウッチェロの室からそのまま階上に人をみちびく階段から受けた印象だ。それは、まぎれもなく画中の竜の尻尾を模倣した螺旋階段なのだった。色もまた青かったという記憶がある。ウッチェロのあの絵がまずあって、そののちに、あの階段は設計されたにちがいない。もっとも、少しもわざとらしいところはないので、大抵の人は、何気なくこの階段に足をかけることだろう。画中の事物と、室内にうつつに見ることのできる事物との、このひそかな照応は、かつてこの館に住み、無数の美術品を収集したエドゥアール・アンドレとその妻ネリー・ジャックマールが、ウッチェロの作品を格別に愛蔵していたことを打明けているように思われた。

では、ウッチェロを見にいってくれ給え。お元気で。一九七八年七月二十八日

三年後

この夏、押入を片づけているうちに、物かげの一並びの本にまじって、ジョヴァンニ・ベッリーニの画集があらわれた。ロンドン、ニューンズ社の美術叢書の一冊。ニューンズ社というのは、十九世紀末に「ティト・ビッツ」紙の発行で産をなした新聞社である。この画集に刊行年はまったくしるされていないが、多分、一九一〇年代に出ていて、大正時代には丸善経由でよく入っていたのだろう。紫だったらしい表紙は黄ばんでいるうえによごれがかかり、クリーム色だったらしい背表紙は渋茶に変色し、GIOVANNI BELLINIの背文字のなかばは油虫になめられて消えている。イヴラード・メイネルという人の序文、主要作品の年代順リスト

につづいて図版六十五枚、すべて色なしの写真版である。

なかに《聖ペトルス暗殺》があった。

記憶のなかに生きているこの絵のことを『ペレアスとメリザンド』に結びつけて書いて以来、図版があればたしかめたいと思いつつ、ほったらかしにしていた。どこよりも近いところ、屋の内でそれが見つかったのはよかったといって、自慢できる話ではなさそうだ。

つもるほこりを払ったこの画集、たしかにおぼえがある。大学院にかよっていた時期のことだから、二十数年の昔、百万遍から東にいって農学部の石垣にかかるすこし手前、コーヒー店進々堂の西どなりに今もある古本屋で見つけた。そのときから古本の古本といったふうな、よごれきったしろもの。申し分なく廉価だ

ベッリーニ《聖ペトルス暗殺》 ナショナル・ギャラリー

ベッリーニ《聖ペトルス暗殺》 コートールド美術研究所

ったにきまっている。あの古本屋は、昔も今も看板を上げていない変った店だから、屋号は知らない。あるいは屋号などはないのかも知れない。毛糸編みの丸なべ帽をかぶった丸顔の主人が、うすぐらい奥の窓がまちの向うに控えていて、声をかけるとその丸顔があらわれる。本ではなくて植木鉢の置いてある店先の日当りのいいウィンドーに、デッサン教室の貼紙をよく見た。二階にはそういう部屋があるらしかった。習いに行こうかと思ったりしたので、こんなことまでおぼえている。

ベッリーニを買ったときだったか、または別の日のことだったか、棚に大小いくつか並べてある壺をひとつ、手にとった。二階のデッサン教室の小道具のようだった。これを分けてくださいというと、主人はちょっと真顔になり、売り物とはちがうけれども、ほしければ、といって値をつけてくれた。若い日には、さびしさをまぎらすのに、花瓶、茶碗、灰皿のたぐいを、ふと出来こころから買うことが多かった。その壺は掘出し物でもなんでもない、ありふれた日本製の洋式耳付の花瓶で、あかるい水色の釉がダンダラにかかっている。ともかくいやみがない。ベッリーニの画集とはちがって、これのほうは春ごとに庭の白いリラを投げさしにするとき、戸棚から出して使うことがあるので、置き捨て忘れっぱなしの仕打を受けているわけではない。

たしかめた《聖ペトルス暗殺》がどういう画面だったか。図版を見せて済むなら話は簡単だが、どこがどのように記憶のなかの画面とちがっていたか、一通りのことはことばで説きあかさなければ気が済まないので、そう簡単な話にはなってくれない。

この画面をペレアスが殺される場面に対応するものとして、こころのなかで見返していた次第については、すでにいっぺん、いや二度も、かさねて書いたことだから、もう繰返したくない。いま、図版を見て、およその印象には見当違いがなかったと自分で判定したとしても、そんな判定に重きを置いてはいけないことは、図版がただちに諭している。デッサンではなくて、充分に描きこまれている本格の油彩画というものは、バルザックの小説と同様に、細部を見とどけていないうちは読み取ったことになってくれない。詰め物というものがないからだ。詰め物と思っていても、熟視する目に会うと、それはたちまち目のまえにせり出して、独り立ちの存在物になる。たとえば、シルヴァン・ポンスのあのあごの上まではみ出ているネクタイのようなものだ、ゴプセックが訪問先の敷物に残す泥靴のあとのようなものだ……などといえば、バルザックにさも通じているかに聞こえるかもしれないが、そんな買いかぶりをしてくれなくていい。ただ、ベッリーニの一枚の図版が十五世紀イタリアの絵画と十九世紀の厚ぼったく脂っこく、目のつんだ散文との共通性について、事あたらしく考えさせる糸口になったことだけを、ここではわかってくれればいい。

林は楡でも楊柳でもなく、樫の林だった。記憶の画面では、その林中のあちこちに散って、斧をかまえ、あるいは鉈をふるっているいくたりかの木こりの姿は完全に消されていた。聖ペトルスの暗殺は、林間の空地ではなくて路上でおこなわれていて、もうひとりの修道士が刺客の手をのがれようとしているのも、おなじ路上のことだった。木こりのほかに、林のなかには驟馬が一頭、木がくれにつながれているし、牧人の親子、羊の親子、一匹の番犬が、路傍にいる。林中の切り落とされた枝の股には、振分けにして驟馬の背に積んできた木こりの弁当袋がぶらさげてある。手前の柵には野鳥が一羽、羽根をやすめていて、その柵にひっかかった紙きれに、画家の署名がしるされている。田を犂いていると思っていた牛は、牧野に放たれていた。それも、うしろ半分しか画面に出ていない。林のむこうの井戸のそばには、ひどく背の高いふたりの牧人が、それぞれに長い杖を手にして立ち、あちらに歩いてゆく牛のむれを見守っている。遠景には、教会堂ではなくて、いかめしく且つ華やかな城があり、その望楼が三つ四つ二つ、そびえ立ち、丘にくねる道が白くつづいて、かなたにつらなる山のかげに没している。林の下枝ごしに、あかるい道がすけている。その道が右手でひとくねりして遠回りに林を縫って、手前の暗殺の現場につながっているようにみえる。

聖ペトルスの胸に短刀を突き立てている刺客は、前立てのような羽毛飾りのついたピカピカ光るヘルメットをかぶっているために、大きな熊蜂をおもわせる。うつ伏せではなくて仰向きに、すでに瞑目して倒れている殉教者の無抵抗な姿勢は、これが人間よりも草木の精の変化（へんげ）の姿をおもわせるところ、そのあたりの印象がもっとも鮮明にのこっていて、私の記憶のなかの画面をつくったらしい。

だが、もとの画面は、絵画としてきちんと計算の立っている画面である。それに照らして見返すと、記憶の画面のほうは、単純化されているのではなくて、ただ混濁しているにすぎない。なぜなら、林のなかで斧を振りかぶっている木こりの形態と、聖者の道連れを追いつめながら短刀を振りかざしている刺客の形態と、このふたつのあきらかな対応に気づいたそのときにはじまる興趣は、絵画だけがわれわれにあたえることのできる種類のもので、こういう興趣は、秩序の感覚と、それなしには生じない運動の感覚と、この双方のかけ合いから湧き出てくる。大斧を振り上げている木こりは、一体どの木を目当てに斧を打ちおろそうとしているのだろう。前方の木では、あきらかに遠すぎるばかりか、木こりの向きがずれている。斧は空（くう）を切るにちがいない。だが、まさにそうであるために、この木こりの形態は、刺客の形態のあと押しをして、いわば力学的な影のちからとなって働きかける。そして刺客のちからが、鉈を振るもうひとりの、右方の木こりに加勢する。おそらく短刀は一突きで相手の胸を刺しつらぬくだろう。木こりの鉈は、一撃のもとに若木の幹を両断するだろう。木の悲鳴が、殉教者の呻きをかき消すだろう。それとも、殉教者の末期の祈りが、木に代って天地に悲嘆を伝えるだろう。樫の林の交錯する枝のたわむれが、いわば目に聞こえるカノンの小楽曲として、人と樹木のいのちの平行関係を画面上に記譜する役目を受け持っているようにみえてくる。

以上が、図版を前にひろげながら画面を検討するうちに気づいたことだ。記憶の画面というもののおぼつかなさがよくわかっただろう、という哲学者の声が聞こえる。それは宿無しの想像力がとぼしい才覚でこね上げた、まがいものの画面にすぎない。その画面の混濁は、体液の動きを精神の働きと取りちがえてはならないことを教えているわけだ。模写という手仕事は、当てにならない記憶に戸を立ててそれを締め出し、戸のうちがわで物質として原画を扱うという仕事を意味する。精神抜きの模写が精神をきたえる。それとは反対に、いくらかの分量の精神とまぜ合わされている空想というものは、拠りどころを難なくかぎつけて、もっともらしい外観をこさえ上げる。こういうメカニズムには気をつけねばいけない。そして、手仕事を知らない者の嘆きをよそに、声はとぎれた。

おしまいに、もう一つ、二つ、付け加えたいことがある。ナショナル・ギャラリーのカタログ『初期イタリア画派』をひさしぶりに本棚から抜き出した。マーチン・デイヴィス著、一九六一年の改訂版、六百ページの大冊ながら、これに図版がまったく入っていないことはすでに書いた。この『カタログ』は、一、一の作品について丁寧な記述をつらねているが、殊に作者の真偽にうたがいの存する作品については、画面の現状を述べ、X光線による調査結果を報告し、おなじ作者による他の作品との比較を論じているので、大いに参考になる。《聖ペトルス暗殺》の扱いも、その一例である。あらためて図版を見ながら、その記述をよむ。柵にひっかかっている紙きれの署名は偽筆らしい。ほとんど消えかかっているうえに、修正の筆が加わっていて、スペルは明瞭によみとれないという(手もとの図版では、そこまでのことはわからない)。そしてこの画面には随処に大幅な描きなおしのあることが、X光線に照らすと判明するそうだ。たとえば、聖ペトルスの耳の近くの草の小さな三角は、もとはナイフの先端だったらしい(手もとの図版では、ルーペでさがしてみたが、どの草の葉のことか、見当がつかない)。殉教者ペトルスをあらわす図像では、ほとんどつねにナイフが頭部に打ちこまれているそうで、げんにこの手もとの画集に、おなじくナショナル・ギャラリー所蔵の《殉教者聖ペトルス》という肖像画の図版、但し『カタログ』のほうでは《聖ペトルスの象徴物を伴うドミニコ会士像》という題名になっているが、その図版を見ると、聖者の左胸を刺しとおしている長剣に加えて、あたかも西瓜を割るときのように頭頂に打ちこまれたナイフが描かれている。手斧のように頑丈な刃物である。そしてX光線があばく手直し以前の《暗殺》の画面では、刺客はペトルス聖者のあたまにナイフをすでに打ちこみ、さらに胸をねらって、とどめの一刺しをあたえんとする態に描かれているそうだ。したがって、刺客はもっと突っ立った姿勢を示して、聖者から三十センチばかり離れたところに短剣を擬している。また、刺客はそのとき無帽に描かれていたそうだ。

この刺客、名はカリヌスという。ペトルス殺害を果したのちに、カリヌスは深く悔悟するところがあったので、郷党は彼を聖者として遇したことを『アナレクタ・ボランディアナ』の記述にもとづいて『カタログ』はしるしている。その意味は、もとの画のままでは、カリヌスの所業にあまりの冒瀆をおぼえる人びとがあって、画面の修正を絵師に命じたのかもしれない、ということだろう(その絵師はおそらくそもそもの画を描いた絵師とは別人であると考えるのが自然だ)。修正後の、いま、図版にも見るとおりの画面では、カリヌスは、ヘルメットを目深にかぶった上に、おもてを伏せていて、その容貌を見定めがたい。

『カタログ』はこの修正にpentimenti(悔悛)という字を当てて、修正がかえって下絵のオリジナルなことを暗示するに足りるとしている。そしてこの作者は、署名が真筆ならベッリーニもしくはベッリーニ工房の作になるが、偽署とおもわれるから、独り立ちした弟子の作品の可能性が高いと踏む。

ベッリーニの他の作品との比較では、おなじくナショナル・ギャラリー所蔵の《牧場のマドンナ》の背景に《暗殺》の背景は類似していること、殊に画面の左に尻だけを見せている牛に酷似した牛が《牧場のマドンナ》に全身を描かれていること、しかし画の現状から察するかぎり、画技は《暗殺》のほうがはるかに劣っていることを指摘し、画中の人物たちがまったくベッリーニらしくないことに言いおよんでいる。ベッリーニがこういう劇的情景を得意とする画家ではなかったことも、一考に価するという。『カタログ』の記述は、美術史家たちの見解を手みじかに紹介しておわっているが、この一点の絵画をめぐって、グロナウ、ベレンソン、リヒター、ヤコブセンに、それぞれの所見があり、ベッリーニ真筆か否かをめぐる問題はなお未解決なのがわかる。リヒターには、ジョルジョーネの筆がここに加わっているとする「奇見」があるそうだ。

ところで、『カタログ』の記述には、註が八つ付いている。註6は、この作品のヴァリアントに関するもので、コートールド美術研究所蔵のリー卿蒐集品中に見られる一作に触れて、次のように報告している。

リー卿蒐集品中の作品、および八一二番(これがナショナル・ギャラリーの《聖ペトルス暗殺》の登録番号)の背景には、木こりたちの姿がある。この暗殺の物語に木こりは登場しないのが一般のようである。ボランディストたちの『聖者列伝』(四月二十九日、七〇六ページ)は、暗殺が深い聖森の奥で(in nemore denso)おこなわれたことだけを記録している。しかし、芸術の用に供される木材を伐り出す木こりに縁のある何らかの伝承が存したもののようにおもわれる。

註は、このあとに、おなじ題材で木こりが背景にあらわれている作例として、モレットォの作例、ヴェローナのサンタナスタジア教会堂の正面リリーフの作例、アルツァーノ・ロンバルドのサンタ・マリア・デラ・パーチェ教会堂のロレンツォ・ロットの作例を挙げている。煩を避けてこまかくは写さないが、各作例についてはしかじかのカタログ、画集、研究書の何ページを見よという指示がしるしてある。カタログなら当然かもしれない。けれども、こういう専門的なこまかい註のほうに私のような読者をおのずと引き入れてゆく書き方の工夫が、どんなカタログにも見られるわけではないだろう。

木こり仲間の伝承がいかなるものだったのか。これは興味ぶかい話題だが、ボランディストたちの記録にも記載がないというのだから、手がかりはなさそうだ。念のために『黄金伝説』の聖ペトルスの章を、ラテン語のよく読める鹿島絹さんに調べてもらったが、木こりに関することは一行も見当らないそうだ。ついでながら、『黄金伝説』を著わしたウォラギネというドミニコ会草創期のお坊さまは、ヴェローナのペトルス、すなわちいま話題のこのペトルス聖者と深いつながりをもっている人だ。ペトルスの殉教は、ウォラギネのドミニコ会入会八年目の一二五二年、四月二十九日のことだったが、身近な、同信の説教修道士のこの殉教は、当時すでに『黄金伝説』の執筆にかかっていたらしいウォラギネに決定的な感化をおよぼした。詳しくは、人文書院から刊行中の邦訳『黄金伝説』第一巻（前田敬作、今村孝訳、一九七九年刊）の前田氏による解説にしるされている。そのウォラギネがこころをこめて書きとめた聖ペトルスの章にも、木こりの一件は出ていないのだから、私の脳裡にうたかたのようにうかぶ民俗学的空想を書くのはやめておこう。

ただ『聖ペトルス暗殺』という画面に長年のあいだ、ひそかにこだわりつづけていた者として、この画面が絵画の特権的な方法、いわば形態力学という方法を用いて、殉教のペトルスと木こりのつながりをあきらかに表現しているのを図版でたしかめ得たことに、多少の満足をおぼえるのみである。いや、満足というよりも悦楽というほうがいい。そして、メーテルリンクの戯曲中のメリザンドが水の精の変化（へんげ）であるのに対して、ペレアスのほうは木の精の変化であり、そうであればこそメリザンドとよく一対をなすのだという一「奇見」をさいごにしるして、あの戯曲と《聖ペトルス暗殺》のひそかな親近性に依然としてこだわっているありていをお目にかけ、これで便りをおわるとしよう。

ほぼ三年を経たいま、君がどこにどうしているのか、その所在がおぼつかないのは困ったことだよ。一九八〇年十月二十三日、京都にて

（『見る喜び』、中央公論新社、二〇一四年九月）

金髪と黒髪

詩や小説で色に出会うことは、かならず頻繁に起きているはずなのだが、思い当ってまざまざと色がよみがえり、目にうかんでみえるということが、私にはめったにない。

これはどうしたことか。

色に出会ったら、そこで一度本をとじて、その色を想像してみる、そういう丁寧なよみ方をつねづね怠ってきた罰なのか、たしかに、それもあるらしい。

反証として、たとえば次の芭蕉の俳句については、かつて大学院の授業で——サルトルの『文学とは何か』をテクストに使っての演習の時間に——先生の桑原武夫が、この花の色は白がいいか紫がいいか、考えてごらん、といって一刻の猶予を私たちにあたえたことがあるので、私はいまもこの俳句からすぐさま紫を引き出すのである。

くたぶれて宿かるころや藤の花

ラファイエット夫人の『クレーヴの奥方』をよみ返してみて気がついたが、あの小説では宮廷の雅びの色合せが小味を利かしているというのに、クレーヴの奥方の好きな色が黄色であり、ヌムール公が野試合の日に黄色のリボンをつけることで傍目にそれと悟られずに恋心を通じる、というところなど、私はまるでおぼえていないのだった。迂闊な話で罰当りなことである。

クレーヴの奥方の好みの色が黄色だというのは、別のもう一つの色との関連さえ理解していたら、なんでもなしに記憶しておれるはずだったのだ。彼女は、練絹のようにきめのこまかな肌をしていて、目のさめるようなブロンドだった、と作者は書いている。ブロンド、金髪というのは、ほとんど黄髪にひとしく、髪の色のうちでもっとも明るいものだ。彼女は黄色が好きなのだが、髪の色との取合せをおもうと、好きな色なのに身につけるわけにゆかなくて、とヌムール公にかこったことがある。男のほうは、それを肝に銘記していて、うまく活用するのである。私もまた、今後、クレーヴの奥方が黄色を好んだということを忘れることはあるまい。

ところで『クレーヴの奥方』にはさも当りまえのことのように書かれているが、髪の色が服飾の色を支配するということは、私たちには大いに驚いて然るべきことかもしれない。西欧では、生まれつきの髪の色、まあおそらくは目玉の色が、趣味判断の養分となっていて「似合い」というひとつの世界を育成しているらしいのだ。印象派の外光とか色彩の解放といった理論とはまったく別に、色が人体の持ち前によってあらかじめ取捨選択され、寄りつかぬ色とはね返される色がある反面、まつわりついて離れぬ色と吸いつくされてはてしのない色が、髪の色ひとつで決まっていて、この色には室内も戸外もなく、ただ社会という場だけが、色のはたらきに余地を残しているような世界が、ここにひろがっている。だから、クレーヴの奥方の髪がぬばたまの黒髪であったらという仮定は、髪の色でけじめを食わされている世界のロマネスクを根底からくつがえしてしまう。

髪の黒い女たちばかりの世の中では、しるしの絹のリボンはぜひその色でありたいのに、まさにその色が使えない、などということは起こらない。たしかに日本にはかつて禁色というものがあり、そちらのほうからの制約が力をもっていた階層と時代とがあった。しかし、その禁色さえ、仮にこんどは逆にフランスの宮廷社会に禁色を移しかえてみれば、髪の色で決まる衣裳の色の制約のほうが、きっと打ち勝っただろう。そこでは雅びという似合いの価値のほうが重大だからである。女性にとって髪の色が雅びを思うときにそれほど由々しい問題だったとすれば、男の身にも、これはけっして軽々しく扱えないことだったはずで、男もまた自分の髪の色と服の色との釣合に心を砕かずにはいなかっただろう。ただ男には、位階や身分に応じ公式に定められている服装があり、服の色もおのずと定まっていた。髪の色をどうするか。宮廷社会が男のかつらを発明したのはもっともである。また法衣、軍服が、帽子によって、それをまとう男の髪から色のちがいを消し去ったのも、もっともなことである。女もまた、決まった色の晴着をまとうとき、背に垂れ下る円錐帽や、お皿のように頭上に頂く白布で、毛髪の色の差異を目立たなくしたものだ。『クレーヴの奥方』とはもう関係のない話として考えても、ブロンドというものが、おそらくきらめく光の矢とのアナロジーから、あるいは緻密でしかも軽やかな非物質性への夢から、西欧、ことにフランスで、最上の髪の色とされてきた以上、この髪によく似合う色が尊重され、追求されたのは当然である。

紫と黄との間柄は、主従というよりもむしろ相愛の仲にたとえることができる。古くエジプトの昔から、紫の染料を提供する地中海産の巻貝が高価な物産であったことはよく知られている。赤と青緑は、金髪の文明のなかで、長期にわたって互いに他を引き立てながら、唯一者であるブロンド色に仕えてきた輝かしい一対の補色であった。また、青藍と黄とは、いま目のまえに見ているほうの色がいつでももう一方の色を目に浮かばせるほど、実によく似ている二色であり、赤と青緑とがそうであるように、互いに補色をなしながらも、青藍は金色の王位を簒奪する機会をうかがっている油断のならない双生児である。だから人びとは、ブロンドを尊重するとき、どうしても青藍を無視するわけにはゆかなかった。十九世紀もおわりに近く、人造藍が発見されるまで、人びとは青藍のとれるインディゴフェラという植物を、とおくオリエントに仰いできたほどである。

ところで、金色をとりまき、対峙し、金色との融解点を求めているこれらの色は、染織の技術が追求してやまなかった色なのは勿論だが、絵画もまた、あの白チョークの粉末が舞いのぼり充満しているような、一種悩ましくもどかしいフレスコの色調から離脱して、光沢のゆきわたった、そして額ぶちによってきっぱり区画された油彩画の空間、依然として悩ましくはあっても、もどかしくはない空間にふみこんで以来、金色の処理の仕方に対して、直接わたり合ってか、または間接に紫、赤、青緑、青藍、黒とわたり合ってか、いずれにしてもますます熱中するようになる。レオナルドは、渦動する形状に異常な関心を抱いていたが、毛髪も水流も空気の流れも、渦動のはてに金色を発して、深紅の反映や藍色の深みを、暗くて神秘な宇宙に喚起するようなぐあいに、油絵具を頤使(いし)している。フィレンツェ派の画面よりも、一見はるかに明るいヴェネツィア派の画面は、金色の基調によって、逆に落日の西空の無限な悲苦を喚起し、ジョルジョーネの《嵐》にいたって、金色の苦悩は早くも限度をこえてしまう。

フランスの絵画は、ジョルジョーネからクロード・ロランに継承された金色の苦悩をまともに受けとめ、度しがたいこの苦悩をなだめる方法に精通しているような画家たちによって、とくにきわ立っている。クロード・ロラン、プッサンを経たあと、ターナー、ボニントン、コンスタブルの干渉によって、この傾向がいっそう激化したとき、金色をあらそう深紅と藍と緑、そして黒がもつれ合い、とぐろを巻き、息をひそめ、爆発するあのドラクロワの交響的な大画面があらわれる。

金色との対照と金色との融和が、解決すべき色彩処理の切実な問題であった時期は、ドラクロワのあとも、ずっとつづいている。モネの画面には、ゆたかな束を解かれ、微細な金波となって空中に漂うことによって、金髪は遍在している。ルノワールもドガも、依然として金髪の文明下にあるが、セザンヌから様子がおかしくなる。森、海、空、林檎や水差の色と、人間の色とのあいだに、離反が起こりはじめる。そしてセザンヌはひとつの立場を明確にするのだが、いうまでもなく、自然の側に味方することが、彼のえらんだ立場であった。プロヴァンスの緑樹や海の色や百姓家の壁の色は、意外にも、日本の南岸の緑樹や海の色や百姓家の壁の色とのあいだの親近性をあきらかにした。セザンヌの風景画には、大正時代の画学生たちの群をフランスに惹きつけたほど、私たちの目に馴れやすい自然の彩りがあり、神話からの自由があり、主題の一般性がある。もはや私たちは自分の髪の毛の黒さを気にかける必要がない。

このセザンヌの金色支配に対する反抗というべきものは、ゴーギャンにいたって、もっと徹底するだろう。心をそそのかせて無限への熱誠をかき立てる金色にとって代るのは、ずっと重みを減らされ、淡白となった黄色である。それはなぐさめの色であり、弛んだ色なのだ。ティントレット、ジョルジョーネ、ターナー、ドラクロワにとっては、苦悩の代償として、はるかな天上の裂け目から落ちてきた、あの非物質的なものの、たとえようもない価値の表徴であった金色が、ゴーギャンの画面からは、にべもなく追放される。けれども、この追放によってゴーギャンを襲ったのは、それまでのフランスの画家がだれも知らなかったような種類の苦悩だったようである。あらゆる色が、彼の画中では、ためらって色になることを拒みはじめるのだ。ヨーロッパの色調からの離反の方向ははっきりしているのに、ゴーギャンの画には、どこか不安定な色調がつきまとっている。そのために、日本の浮世絵やウィリアム・モリス風の装飾的な画とゴーギャンの画を同列に並べることは、とてもできない。彼の画の色はフランス的ではない代りに、支那的でも日本的でもなく、かといって南洋的でもない。これは痛ましいことである。

ひるがえって、日本の絵画をながめるとき、金色をめぐるこれほどの苦闘の様相は、ここでは持ちあがったことがない。金色が圧倒的な広がりをみせているあの伊年印をもった《四季草花図屏風》の部類に、内的な暗闘の表出をおぼえるような人はいないだろう。むしろそこには、移ろいの感情が、祭儀的な表情をあたえられ、おもはゆく、晴れがましく、含羞をおびて露呈しているばかりである。

だが、あれほどの金色の過剰は、初期フィレンツェ派の宗教画を別にすれば、西欧には見あたらない。金色白体の多感性が色彩処理を複雑にし、困難にすることに気づいて以来、西欧の絵画は、金色の表面化を警戒する方向ですすんできたからだ。桃山時代の装飾絵師あるいは扇絵師が、紅毛碧眼の国の色をひときわ鮮明にする金色に着眼し、これを採りこんだのは目ざとい仕業であったが、金色の厄介さにまでは、目がとどかなかった。たとえば、金の色紙に字を書けば、下手も上手に、あるいは上手はいっそう上手に見えるぐらいのことは、だれでもおぼえがあることだ。そして私たちは金色をもっぱら装飾的な色として見なれているので、宗達の《風神雷神図》を絢爛豪華などと形容しているが、あの有名な屏風には、西陣織の色柄と梅原龍三郎の油絵を予言しているようなところがある。黒髪の女のうつし身をぐるぐる巻いてしばる高価な綴織の、配色の元祖——そう考えると《風神雷神図》の気味悪さも納得がゆく。

（「Energy」第三三号、エッソスタンダード石油、一九七二年七月）

アール・ヌーヴォーの宿り木

ただ一語「森」といえば、パリの言慣わしではブーローニュの森のことである。旧城郭のすぐ外、西北郊の一帯に、いまも九百ヘクタールにわたって、柏(かしわ)、くぬぎ樫(がし)、マロニエがいずれ劣らぬ大樹となって群生しているので、「森」の呼称はいかにも似つかわしい。

パリとその近辺の地図をながめて、セーヌ川の蛇行ぶりに一驚しなかった人があるだろうか。この町を上下に分断するかのように南東から流れ入ったセーヌ川は、町のなかばを流れすぎると、にわかに一うねりして方向を南に転じている。しかし、パリの町を南に出はずれると、またも大あわての態で旋回し、次は北流をはじめる。フランシス・カルコは、この蛇行ぶりを評して、セーヌはパリと離れがたくて身もだえているのだといった。このあとも、セーヌは北東にむかって流れ、パリの輪郭をなぞりながら、しばらくそのまま北進するが、また一転して南西に向きを変え、以下同様のうねりを繰り返す行く手には、ルーアンの町が控えている。

こういう蛇行によって、セーヌがパリの西郊につくったのは、三方を川に取り囲まれた一種の袋地だった。セーヌのパリ恋着のなごりのようなこの一帯はもともと肥沃な堆積土なのだから、樹木の繁殖は天然の約束というに近かった。その昔、ブーローニュの森は、いまの四倍もの広さを有していた。

「森」がこんにち見られるような規模になったのは、第二帝政期のことである。ナポレオン三世の命を受けたオスマンが、ロンドンのハイド・パークをモデルに計画した「森」の公園化にしたがって、大小の人工池、滝、洞窟の趣向が配され、競馬場、料亭、キヨスク、騎馬用の散歩道、馬車道、人の道がととのった。それまでは圧倒的な柏の森だったが、マロニエ、楓、アカシアが混ぜ植えられ、樹相に多少の変化が生じた。だが、こういう人工的な変化を加えられている部分は、いまも容易に見分けがつく。そして「森」らしいのは昔ながらの柏の森である。

そういう森まで、よく散歩にいった。こずえがはるばると見透かされる冬の「森」には、もしも天が晴れているなら、柏のベージュの落葉のつもっている広い地上に見えるのは、陽を浴びた裸木の立ちつらなっている景観のはずである。それは彩りもあかるい冬景色になるだろう。けれども、パリの冬空が晴れることは少ないうえに、雲の切れ目から、まれに陽射しの洩れることがあっても、ちからの衰えた太陽はよろめきながら、低く、地平線のすぐそばを徘徊しているような有様では、この森があかるい冬景色を呈することは望めない。裸形に羞恥をおぼえているのだろうか、樹木の眼差しはただみずからの内がわにむかっている。そんな樹木が数かぎりもなく群れなして距離をたもち、黙々と立ちつくしている。葉がしげっているなら、互いに触れあって歓語を取り交わしそうな木々が、三叉の分岐をかさねて虚空に枝を突っぱり、触れあえば機能の狂うアンテナのように、触れあわぬ互いの用心のうえで、実は交信の期待にこわばっているかにみえる。

「森」の冬景色がこれだけで尽きるものとすれば、「森」が私をそれほど誘惑することはなかっただろう。しかし、この古い「森」に、少々の悪だくみの用意がなかったら、そのほうが不自然で、むしろおかしいくらいなものだ。

冬至が近づき、きびしい凍てがつづいた。そのあと、急に気温があがって雨が降り、なまぬるい霧が、昼すぎまで立ちこめていた日のことだった。しばらく振りに「森」に入っていった。こんなところに、どうして東洋産の熊笹がわさわさとはびこっているのだろう。小高い両側から、その熊笹がかぶさっている騎馬用の小道が一筋、柏の森の下かげに切りとおされていて、たどってゆくと、小さな丘に着く。そこもまた柏の森で、夏は鬱蒼たる繁りざまが山中の趣を呈するような場所である。

　この日の「森」には、全体に、普段の冬景色とはちがっているところがあった。しめりを帯びた柏の樹幹が、どれもこれもうっすらと、青色に染まっている。根元に近いほど、その青が色を増している。

　苔の仕業なのだった。沼沢の表面を掩っている青みどろのような薄い苔が、暖気と湿気にうながされて、またたく間に柏の幹に広がったものとみえる。この「森」には、いまも猶、セーヌが潜在して、堆積土を伝わってセーヌの水が滲出したことを苔は語っているようだった。異様ななまめかしさを感じた。水につかった青い女の脚が林立している。少しうろたえ気味の目が、この脚を上のほうに逃げてゆく。すると、倒立した脚のくるぶしの見当に、大きなくす玉のような青い塊りが、あそこにもここにも、次から次と、かぞえ切れないほど目にとまる。鳥の巣ではない。宿り木である。満目蕭条たる冬の柏の森に、きょうのように青苔が樹幹を染めていない日には、この青々とした生きものが格別目に触れ、何やらこころを騒がしくするのだが、きょうは樹幹の苔と、はるかな枝先の宿り木とが、一種の相乗作用を呈して、森は常ならぬ妖(あやか)しに充ちているかとみえた。

　騎馬用の小道の果てに控えている小丘上の柏の森には、宿り木が殊におびただしく着生繁茂していた。最も低い枝に着いた株でさえ、手もとどかぬ高さではあったが、葉の股に熟している宿り木の果実がよくながめられた。象牙色の、真珠ほどの、美しい実である。

　その宿り木の大群落を見上げながら、人気もない森に立っていると、ひとつの妄想が湧いた。ゆうべのように暖かな雨のふる冬夜、寄生している樹木の幹が、こんなふうにぬるぬるした青苔に掩われるのを待ちかねた宿り木たちが、それぞれに嬉々として樹幹をすべりおりて地に足をつけ、ひたひたと水を踏みながら別の柏にしのび寄ると、こんどはその樹をくすぐりながら上のほうによじ登り、こうして互いの寄り主を代えあう情景であった。この寄り主取代えの戯れによって、宿り木のあたらしい寄り主は、もとの寄り主の樹液を宿り木から注入される。あたらしい寄り主に対して、その樹液は精液として、活性液として働く仕掛けになっているので、宿り木の深夜の活動は、この孤独な冬の柏の森を密会のしのび音（ね）に似た欷歔（ききょ）の声でいっぱいにする……

　われながら、妄想のみだらさに愕然とした。しかも、この妄想には、私の欲望あるいは夢よりも、宿り木そのものの欲望あるいは夢のほうが猶よく投影しているという、さらにもうひとつの妄想を拭いさることができない。

「森」のなかを歩きまわった。植物精気という言葉を何気なしにつぶやいていた。

つぶやいてから気がついた。動物精気という言葉なら、厳として存在する。なぜなら、それはデカルトの人間＝機械論の中心に設けられている古風で、しかも大胆な仮説と分かちがたい用語だから。動物精気は、蠟燭から出る焔に含まれていると同様な、敏速に動く極微体であり、血液に混入して脳室に流入し、そこで特別に目のこまかな気孔の篩（ふるい）にかけられたのち、動物精気だけが血液を離れて神経に送られ、神経から筋肉にと送りこまれると、さまざまな度合いの衝撃波によって筋肉の収縮をひき起こし、身体の運動を決定する、というふうにデカルトは考えた。

　だが、植物精気とは……また荒唐無稽なことを思い着いたものだ。おれのあたまの中では、どういうふうに動物精気が篩にかけられたのか。

　植物精気は、植物のあらゆる部分に万遍なく行きわたっている一種の極微な物質であって、発芽、生育、繁茂、開花、結実、枝葉の新旧交代は、この精気による刺激によって、植物の種類ごとに異なる周期のもとにおこなわれる。最も純粋な植物精気は、直接に土壌との接触を避けながら生きている植物、すなわち寄生木のうちに発見される。寄り主の木が仮眠状態に陥っている冬期に、寄生木がみどりの葉をしげらせ、結実を果たし、旺盛な活気を示すのは、まさにこの時期に植物精気が寄生木に集中し、その体内で新陳代謝を授け、古くなった精気はとり除かれ、最も上質のもののみが寄生木の体内を充たすからである……

譫妄(せんもう)状態に陥った私のあたまは、その正しさを請合うものが動物精気という考え方であるかのように、動物精気をなぞりながら植物精気についての推論を立てめぐらしていた。そしてこれ以後、宿り木は、私にとってひとつの固定観念となり、宿り木に結びつけ、宿り木にひっかけて考え出すとき、考えの対象がこちらの問いかけに臨機応変、機敏に答えてくれるように思うまでになった。

しかし、時がながれ、私の宿り木病は、ちょうどインフルエンザの流行のように、師走の空が怪しくかげり、パリの空を思い出させる時候になると再発することはあっても、当時のように、明け暮れこの病気が私を元気にするということはなくなった。それでも猶、何かのきっかけが、目のまえに宿り木を差し出すことがあると、植物精気がやっぱり気になる。また、はじめのきっかけに宿り木は少しも関与していないのに、植物精気という言葉をよみがえらせるような作品に触れることがあると、宿り木が、いたずらっぽく顔を出す——舞台回しの道化のように。

このいずれかの場合について、近頃の例の二、三を話題にしてみたい。

アール・ヌーヴォー関係の本を少しまとめて読む気になり、本屋を覗き歩いていたら、フィリップ・ガーナーという人の書いた『蒐集家のためのアール・ヌーヴォー』という小冊が目にとまった(Philippe Garner, *Art Nouveau for Collectors*)。ハムリン・オールカラー・ペーパーバックスのうちなので、はなはだ廉価なのが第一にうれしい。一九七四年刊行。しかも内容は充実したもので、記述のまとまりの良さ、手引きの親切、いずれも類書を圧しているように思われる。

蒐集家とひと言でいっても、あるとき、ふと惹かれた小さなランプ、指輪、食器類から病みつきになって、にわかに同種の趣のある品をさらに二つ、三つ集めたくなったような人も、コレクターのはしくれには違いないのだ。その人は手はじめの品が、ある特定の様式の名のもとに一括される部類に属していることさえ、まだ弁えていないかもしれない。ガーナーは、その辺のことまでよく心に留めて説明をはじめる。アール・ヌーヴォー様式がヌーヴォーすなわち「新」を称えながらも、別の既存の様式の部品あるいは別の文化から摂受したモチーフを、その作例に多数含むことを最初の頁で指摘しているのは、親切というものだろう。スコットランドあるいはオーストリアのアール・ヌーヴォーが明快な直線構成をそなえた作品をもっているのに対して、フランスのアール・ヌーヴォーには、洗練の極に達しているようなうねりくねった曲線の連続がみられる、しかもこのいずれもアール・ヌーヴォー様式だというのは、一見はなはだ明瞭を欠いているというふうに、これも初めの頁に説いている。ガーナーはこのあと、ラスキン、モリスから話を起こしてアール・ヌーヴォーの盛衰を素描し、ジャンル別の各論に入ってゆくが、アール・ヌーヴォーのなかで浮き沈みした多数の作者を列記して作風を云々することはせずに、国別に書き分ける方法を採る。しかも結果的には、一八九五年から一九〇五年までのアール・ヌーヴォーの緊迫した十年間の活動家たちに洩れなく触れているのはあざやかな手ぎわで、巻末の人名索引にならぶ人数の多さに驚かされる。

われわれは子供ではなくておとなだから、何に限らず入門書におわっているような入門書には、すぐに飽きる。そういう飽きをおぼえさせないということもまた、ガーナーのこの小冊の美点にかぞえていいように思われる。たとえば、彫刻の章で、ラファエル前派、ギュスターヴ・モロー、クノップフなどがそれぞれに描いた女からアール・ヌーヴォーの彫刻された女まで、その類縁をたどったのちに、ガーナーは次のようにいう――「現実逃避の根源に、まだくすぶっているにすぎないけれども判然と存しているあの抜きがたい性的不能、頽廃的なアール・ヌーヴォーのあの温室めいた性格は、病んでいまにも死にそうなオフィーリアを称美するということに、いわば屍姦の満足をおぼえた。あるいは、そういうオフィーリアに対して、男のこころを完全にうばう、どこか神秘な〈一九〇〇年タイプの女〉に対する拝跪的な傾倒をおぼえるにいたった」。これはたんに絵画、彫刻の分野にかぎらず、他のジャンルにも適用可能な指摘なので、われわれの想起の能力が快く目ざめる。そしてメーテルリンクの詩集『温室』をふり返るうちに、ドビュッシーの音楽もまた耳によみがえってくる。

様式というものには、かならず主位にたつ技法があって、他の技法を圧服し先導するというのは、フォシヨンの定式であった。アール・ヌーヴォー様式において、他の芸術よりも優位にたち、主導的な力をもったのは彫刻だといえるように思う。この様式の盛時には、小型の家庭向きサイズの女性彫像がしきりにつくられ、アール・ヌーヴォー的な偏愛の一般浸透がそれによって助長され、小型の女性彫像の需要がさらに高まるということがあった。ガーナーが、やはり彫刻の章に、次のようにいうのは、アール・ヌーヴォー様式におけるる彫刻主位という考え方があってのことだろう――「アール・ヌーヴォー時代を通じて認められるものに、いわば役割変換というべきものがある。ギマールは家具を伝統的な彫刻の域まで高めたが、一方、この時代の彫刻家たちは、彫刻作品をそのまま室内装飾品に変えるというふうである」。この見方をもう一押しすすめるとき、アール・ヌーヴォーというのは、伝統的なジャンルのあいだの限界を意識的に取り払うこと、限界を溶かすことによって、芸術の諸ジャンルが相互にぼかしの美に到達することを理想として技芸の枠をきそったときに出現した、異様な熱気の別称である、といえないだろうか。

技法を駆使するにせよ、技法に仕えるにせよ、われわれは技法なしには自己の夢に形態をあたえ得ないばかりでなく、刻々に技法の感化を受けている夢の形態的実現というものは、はじめの夢からみれば、まったく思いがけない形態の実現にいたらずしては終結しない。もともと異なった技法のあいだの相互融解を意図し、いわば絶望を唯一の足場として、この意図の大胆不敵な実現をこころみたアール・ヌーヴォーの芸術家たちは、彼らの形態的感覚そのものに、融解しあった技法の照り返しを浴びざるを得なかった。不能の恐れを根底に秘めているような人種の夢が、性的合一の道を閉ざされている植物の幸福に夢の符節を合わせながら、多＝一となった技法によったとき、人間の形態は、植物の形態と融解しあうにいたった。一見、アール・ヌーヴォーの装飾的部品として不可欠にみえる植物は、部品ではなくて実は装置そのものだったことになる。

植物精気の精髄をただ一身に集めている——と、かつて私の妄想した——宿り木が、アール・ヌーヴォーの作例中に一再ならず見あたるのは、私にとって好都合といえないことはない。『蒐集家のためのアール・ヌーヴォー』には、アンリ・ヴェヴェールの作になる宿り木の笄(こうがい)が、一葉の写真となって収められている。材質は飴色の角(つの)である。宿り木の熟した実は、樹上の真珠そのままだが、この笄には、まさに真珠の粒がそのまま実となって熟している。柏の木にとりついている宿り木の形態をよくとらえた、無駄のない意匠に私は見惚れる。

アンリ・ヴェヴェールは、弟のポールとともに宝石細工師として聞こえた人だが、パリのギメ東洋美術館、その階上の日本室には、この人の寄贈した北斎の《自画像》が飾ってあることから察しがつくとおり、財にまかせて浮世絵、時代屏風、その他日本の工芸品を広く蒐集した人である。おなじその室には、大名、武家の家から出たとおぼしい化粧道具一式、ことに笄、梳き櫛、簪(かんざし)がぎっしりと陳列されていたが、それもまたヴェヴェールの蒐集だったかもしれない。いま写真で見ているこの宿り木の笄には、さも日本風な控え目、おだやかさがあって、目つぶてのようなグロテスク、流し目のようなロココ趣味というアール・ヌーヴォーの通弊をよく免れている。アルフォンス・ミュシャの意匠、ジョルジュ・フーケの制作になる装身具を身につけたとき、サラ・ベルナールはさぞや神秘に、冷ややかに美しかっただろう。しかし、凝りすぎたフーケの作品よりも、ヴェヴェールのつくったこの宿り木の笄ただひとつを飾りとして、黒外套に身を包んでいるサラ・ベルナールを想像すると、思わずぞくっとする。

アール・ヌーヴォーの宿り木の別の実例は、写真ではなくて実物がいま手もとにある。金色に鈍く光るそのブローチは、横の長さ三・五センチ、小さなものだが、互生している葉を二対(つい)そなえている宿り木の小枝である。真珠の小粒が、一対の葉の股に一粒ずつ、したがって二粒、これにも熟した実として使ってある。宿り木の葉は、わが国の梛(なぎ)の葉に似て、やや肉質、縦に葉脈が走っているのがおもしろいが、このブローチは、葉のそういう特徴をよく写している。

裏面にFIXという銘刻がある。フィックス＝マッソーの作。『蒐集家のためのアール・ヌーヴォー』には、この人が一八九七年に制作した《秘密》と題されたブロンズ金めっきの小さな女性の彫像が、アール・ヌーヴォー彫刻の一典型として挙げてある。フィックス＝マッソーの代表作には、ほかに《オフィーリア》があり、その官能性、神秘性においてモーリス・ブーヴァルの《オフィーリア》と好一対の作だというふうにガーナーは評価している。手もとのブローチは、一九〇〇年前後の作として多分まちがっていないと思う。打明けると、これは昨年の夏、パリにいった姪が骨董屋のショーウインドーを覗いていて、見つけてきた。値段は百十フランだったそうだから七千円見当。

宿り木の話を私からよく聞かされている姪は、いつしか軽微な宿り木病にかかっていたのだ。さもなければ、大小のアクセサリーを窓いっぱいに並べているパリの骨董屋で、こんな小さな宿り木を目ざとく見つけることはむつかしかっただろう。いっしょに行った仲間に「へえ、あんた、こんなもの、どこがいいの。物好きねえ」と笑われました。そういって彼女は得意がっている。

『赤い百合』という小説がある。アナトール・フランスが、一八九四年に書いた中編小説だが、その第四章に、女主人公テレーズ・マルタン＝ベレーム伯爵夫人が、川獺(かわうそ)のトック帽に宿り木の小枝を挿すというくだりがある。

この日、テレーズは、以前からの恋人ロベール・ル・メニルが狩猟の誘いに応じて小旅行に出ることをなじったことから、ル・メニルと小さないさかいをする。二人はいつもの密会の家から、別々に町に出る。テレーズはひとりで歩いて帰る。その途中、ギメ東洋美術館のまえで、知り合ったばかりのドシャルトルという彫刻家とばったり出会う。この男とほどなくフィレンツェで再会することから、テレーズの恋の相手はロベールからこちらに、恋の舞台のほうもパリからフィレンツェにと転回するのだから、このときの遭遇は小説のひとつのかなめである。彼らはイタリアのことを話題にしながら、しばらく肩を並べて歩く。「……あたまのなかの緩急に応じて、ドシャルトルの歩調はゆるくなったり、早くなったりした。ベレーム夫人のほうが歩調を変えずにいるので、つい彼より先になりがちだ。そういう夫人を横合いからながめて、しなやかで、しかもしっかりしたその歩みぶりは自分の好みにぴったりくると彼は思った。夫人がときどきわざと首を動かすごとに、トック帽に挿した宿り木の小枝がわずかに揺れるのに彼は気づいていた。」

『赤い百合』は、当時よく読まれた小説である。当時はまさにアール・ヌーヴォーの前夜に当っている。女主人公の容姿、服装、作中の家具調度、舞台の仕組み、いずれにもラファエル前派の好みが細部にまで浸透しているこの小説は、テレーズの思いつきとして描き出されたこの宿り木の小枝というアクセサリーによって、すでにアール・ヌーヴォーの美的陶酔の世界に踏み入っている。アナトール・フランスのこの感覚的な冴えは私に猶さまざまの推理をさそうが、それについてはまた別の機会に立ち入って書きたいと思う。

（「アール・ヴィヴァン」第三号、一九七八年五月）

石榴塾瑣事

綾傘繕太郎が時間まぎわになって教室に走りこんだとき、席は最前列の左翼に、ひとつ空いているだけだった。ある東京の女子大学の社会学の生徒が、教室での着席の位置と成績の関係を調べたところ、もっとも自信のある勉強家は、教壇にむかって左の前列に坐るのが判明したそうだ。今から二十年近くも昔の大学では、こんな賢こそうな調査をやる学生などいなかった。しかし、そういうはなしを繕太郎が酒田醇から聞いて、あながち当っていないこともない気がするのは、左翼の最前列に陣取ったことなど、大学時代の繕太郎にはいっぺんもなかったことを思い出し、また思い出すと山戸祈や鉈川久第などは、いつも左翼の最前列に陣取り、文法の質問をしては講読演習の助教授たちをひやりとさせていたのを思い出すからである。山戸祈が『赤と黒』の誤訳を指摘するために生島さんを訪問したのは、大学二回生のときだったが、その頃、綾傘繕太郎は『悪の花』の訳詩の二、三篇を同人雑誌「季節」にのせ、大理石を家具と誤訳して、山戸にいじめられているていたらくであった。

繕太郎がはじめて左翼最前列に坐ったのは、桑原さんの講義「文学」の時間だった。その日に簡単なテストがあることは前週に予告してあったにちがいない。床が抜け落ちそうにたるんでいる平家造りの第一講義室は、めずらしく満員だ。繕太郎は祖母からもらって愛用していたインド更紗の風呂敷包みを解くと、小林秀雄の『文芸評論』正、続、続々三冊を机の上にそろえて積んだ。

そこへ、正面左手のドアを一気に開いて、桑原さんが入ってきた。大判三冊揃い、骨董屋の青山二郎が装幀した本は目につきやすく、桑原さんはつかつかと歩み寄ると、だまって一冊を手にとり、ページを繰ってみて、すぐもとに戻した。見上げた繕太郎には、桑原さんがにやりと笑ったように思えた。彼はけがされたように、大切な小林秀雄をもう一ぺんそろえ直した。


出町大橋の中ほどにきたとき、それまで吉田普烈や山戸祈と肩をならべたり前後したりして歩いていた鉈川久第が、かれら三人にしたがって、あとから歩いていた綾傘繕太郎の横に並んで、不意にこう切り出した。

「ね、君、どうして日本にあんなえらい男があらわれたんだろう。じつにふしぎだな。ああいうふうに批評を書ける男が、突然あらわれたのはなぜか。いまぼくのもっとも知りたいのは、そのことだ。君は『Xへの手紙』を読んだろ。あれはすごいもんだぜ。」

「読んだ。小林秀雄の文章はええな。こう、きゅうとしてて、鋼みたいで。」

繕太郎は、そう応酬しながら「鋼みたいで」といったのにこだわった。それは小林秀雄が引用したクローデルのランボー論にあった形容だと気付いたからだ。鉈川はすぐ応じた。

「まったくだな、ランボー論、ああ、どうしてあんなすごいものが書けたんだろうな。」

伏字の発見を介してお互いの心事をたしかめ合うのは、気のある男女のあいだのことに限らない。東京弁の鉈川と京都弁の綾傘は、こうしてお互いが小林秀雄に心酔し、ひとつの世界のこまかい地図に通じていることを確認しあうと、急速にしたしくなった。

「おれんとこに来ないか、これから。」

鉈川は三人をさそった。戦争中に東京から京都に一家で移住し、妙心寺近くに住んでいる鉈川は、吉田普烈と中学以来のなかだったので、吉田は気軽にこのさそいに応じた。縉太郎にとって、三人とはそもそも今日はじめて口を利いた仲であった。

「あの、ほら、髪の毛がエトヴァスの先みたいな恰好してるやつ、綾傘いうらしいけどね、あいつも仏文科志望だよ。」

伊吹武彦教授のフランス語文法の合併授業のあと、校庭に出たところで山戸祈が鉈川久第にそういったのだ。

「ああ、おるおる。そうか。あのエトヴァスなら吉田普烈と同じ文三のクラスだ。」

と鉈川がいって、声をかけようということになり、山戸が生協の喫茶室でだべらないかと、綾傘をさそったのだ。山戸と鉈川は同級生の情報通だった。長髪をばらりと顔半分に垂れている若衆みたいな宇多川恒之丞をいつも引率しているご家人みたいな香月徹生は堀辰雄を信奉し、いずれ彼も仏文科に入るはずだし、美男の折田良平も、童顔の酒田醇も、フランス語の授業だけは欠席していない。

縉太郎はその日、鉈川が母親に「かあさま」と呼びかけるのを聞いて、びっくりした。彼は十八にもなってまだ「おかあちゃん」としか母を呼べなかった。「おかあさん」に改めようとしてもできないのに、こいつは「かあさま」と呼ぶ。縉太郎はエジプトの香油を塗ったようにつやのある色黒の鉈川の顔を、あらためて熟視した。

「かあさま」という鉈川の呼び方は、意外にも、少しも気障にはひびかなかった。そればかりか、そこには柔美な、傷つきやすい心が感じられるのだった。「かあさま」と呼ぶことにいつか鉈川自身が耐えられなくなりそうなほど、その呼び声は甘美だった。しかも鉈川は口を開くと、一気呵成に仮定から結論にと、思いきって抽象的な用語をつかって東京弁でつっ走る。彼の母が配していった紅茶茶碗を両手のてのひらで暖めるような具合に持ちながら、鉈川はいま夢中になって花田清輝と小林秀雄とドストエフスキーを論じている。鉈川の紅茶が波立っているのを繕太郎は気にする。

山戸祈が同人雑誌をやろうといい出したのは、それから数カ月あとだ。山戸、鉈川、吉田、鹿津三太に繕太郎を加えた五人が、やがて四号でつぶれる「季節」創刊号を出したのは一九五〇年十二月であった。

教壇上に立ってテスト用紙が生徒にゆきわたるのを待っている桑原武夫について、綾傘繕太郎はそのとき何を知っていただろうか。「第二芸術——現代俳句について」を彼は読んでいなかったし、『フランス印象記』も、それが吉田普烈の本箱にあるのは知っていたが、彼は手にとってみようともしなかった。彼が知っている桑原武夫は、『小林秀雄対話録』といって、黄色っぽい表紙にレンブラントの素描した乞食の絵が意匠に用いられている本に収まった「近代について」という対話で、小林秀雄に毒のあるからかいを投げ、いなされている桑原武夫だった。

「小林さんのお書きになるものは、それ自体が大へん芸術的でしょう。」

「どういたしまして。」

この「対話」の桑原武夫は、反省者の立場をとっていた。一方、小林秀雄によれば、賢こいやつはたんと反省すればよいが、反省で明らかになる過去の姿には、死んだ子供を追慕する母親の目のしめりが欠けている。繕太郎のような怠惰で感情的な青年は、こういう思想にうっとりするのだ。

その日のテストには、『赤と黒』の一節「ジュリアンは巨岩の上につっ立って、八月の太陽に灼かれた野をながめた」ではじまる一節について、二百字以内で感想を書けという問題があった。繕太郎はいったい何を書いたか。二十歳の青年のあたまには、熱狂と無知と無策と自負があっても、冷静はなかなか住みつかない。たぶん繕太郎は教室から出たとき、何を書いてきたかをもう明瞭には思い出せなかったにちがいない。

その次の週に、桑原武夫はテストの結果を評してこういった。

「皆さんの作文には、自然という字に大をくっつけて大自然と書いてあるのが大へん多い。大自然の美しさ、というようなことばかり書いていますね。ジュリアン・ソレルの緊張していて澄み切った野心が自然をとらえている、そこのとこの美しさを指摘している人は一人もなかった。」

これ以後の大学時代をどんなにさぐっても、繕太郎には卒業論文の試問の日まで、桑原武夫にかかわる記憶は見あたらない。彼は相生警司や吉田普烈と張り合って、あけても暮れてもヴァレリーを気にしていた。ジュール・ラフォルグの『ハムレット異聞』の陰鬱限りもない、沼地のような入海の情景、その入海の奥でいつまでもオフィーリアに恋着して身をよじり、精神をよじって独白しているあのラフォルグのハムレットが、繕太郎をあわれにも感動させた。彼が相生、吉田と三人でマラルメのソネ「エドガー・ポーの墓」を音符にあらため、註解をほどこした連名のレポートを伊吹教授に提出し、レポートの合作は前代未聞、不届き千万と叱られ、三人とも六十点をもらったのは、三回生のときだった。依然として沼だ。沼、それはジッドの『パリュード』のテーマだ。繕太郎は小林秀雄訳の『パリュード』を耽読し、十九世紀末フランスのサンボリストの文学青年の生き方をいちばんえらいと思いこんでいた。

とうとう恐れていたときがきた。卒業論文の提出期限が迫った。悲惨と無力のなかで、繕太郎は「ヴァレリー論」を三十枚書いた、しかも鉛筆で。

試問の数日前、彼は伊吹武彦主任教授の呼出しを受け、仏文研究室に通じるコンクリートの長廊をすすんだ。監獄内のようにひびく自分の靴音をどんなに消したく思っても、それはむなしい願いであった。室内には激怒した教授がいた。

自分の字体に対する無限の嫌悪から、繕太郎はインクを使って書くことができなくなっていた。鉛筆で書いたあちこちを消しては書きかえ、字体をなぞってはいっそう絶望するという状態——この錯乱を弁明することは教授の激怒を強めるにすぎないことを、彼はからくも計算した。

試問の日も、とうとうきた。文学部図書室の真下にあたる演習室には、ダルマストーブをかこんで、三人の審査教授が待ちうけていた。

「わたしの言いたいことは、もう先に言ってありますから、大山君から、何か。」

と伊吹教授は手帳を繰りつつドイツ文学の主任、大山定一教授をうながした。腕組みをした大山さんは、

「ドガースというのは、なんだろう。これはドイツの作家にデガスというのがいるが、ぼくはそれのフランス読みかと思った。」

といって笑った。

「いいえ、それは普通ドガと書いてます。Sを発音するのが正しいという説を辰野さんの随筆でみたので、そう書きました。」

「そりゃ、やはりドガで……。」

大山さんはそれきり黙ってしまった。

「では桑原君、何か。」

と伊吹教授が催促した。おだやかに、ゆっくり桑原さんは言った。

「あなたの、読みました。読みましたけど、おもしろなかった。鉛筆で書いたということ、まあそれは、よろし。おもしろかったらそんなこと忘れて読んだでしょう。それと、もう一つ、君はこれのさいごに《説明することは簡単である》と書いてますね。狩野直喜先生は、これくらいある(と指で一寸くらいの厚さを示して)本を書いてね、説明だけなら簡単なことだとおしまいに書いてられる。けど、君のん、たった三十枚や。

こんなこと、いうたらあきまへん。」

渇き、そして水。繕太郎は、もはや孤独ではなかった。彼は、まったく予期しなかったことに、試問場を出たとき、大学生活のほとんどすべてがいまおわろうとしていることに、痛みと愛惜をおぼえて、はっとした。錆びついた天秤のかなめが、不意の注油によってうるおい、二つの皿がかすかに、快く、金属性の響きを発して上下にゆれはじめるように、彼の内部には、軽信、無力、過誤、盲目、暴力の錆びをおとし、動き出そうとする思考の針がめざめていた。その針の動きは、まだきわめて微弱にすぎなかった。せいぜいそれは零と五グラムの範囲をゆれ動くにすぎない。しかし少くとも第一動で、針は自身に可能な限りとび跳ね、みずからそのことに驚き、あわてて元にもどった、というふうに思われた。繕太郎は教室の並ぶ薄暗い廊下を折れて、文学部本部玄関の柱列をすり抜けた。中庭をとりかこむ建物の庇によって、偏平な三角形に区切られた灰色の空が、中庭のヒマラヤ杉の梢を少し明かるくいろどっていた。彼は地下の学生控室に降りた。そこには相生警司と吉田普烈が彼を待っているはずだった。控室のドアに「仏文科追い出しコンパ」の案内が貼られていた。彼は目をそらした。いまさら精神をもう一度凍えさせるために、そんなコンパに出る気はしなかった。

まったく何の目鼻もついていない未来をにぎりしめて、繕太郎は大学を卒業した。無残にねじれた自己をほぐし、荒廃から脱出しようとする彼がおかげを蒙った本には、児島喜久雄の『西洋美術館めぐり』二巻、『伊東静雄詩集』、柳田國男の『一つ目小僧その他』、その他、アランのプロポ集、ピアノの楽譜、そして桑原さんの『人間素描』があった。彼は二、三軒の家庭教師をして家人の非難をかろうじて封じながら、大判の『美術館めぐり』に入っていたレオナルドの衣装の習作デッサン、ルーベンスの《バトセバの浴み》、アンジェーリカ・カウフマンの《巫女》などを丹念に模写し、児島喜久雄の解説文に近親な個性を見つけてそれを愛読した。彼が大学を出た昭和二十八年の七月、創元選書版の『伊東静雄詩集』が出た。繕太郎は、それまで伊東静雄をまったく知らなかった。彼が本屋でこの詩集を手にとったのは、あの卒業論文の試問のときに、彼がむさぼるように飲んだ慈愛の言をかけてくれた(と彼の信じた)桑原武夫の名が、編者にあったからである。立ち読みした『わがひとに與ふる哀歌』の数篇に、彼はたちまち感染した。桑原さんが「解説」で『わがひと』を絶讃しているのを読むか読まぬかのうちに、一種の交信が彼と詩とのあいだに成立していた。

繕太郎は、聖母女学院の高校生にフランス語の初等文法を教えながら、彼自身の初等文法の知識を、やっと身につけつつあった。家庭教師だけでは納得してくれない家人を安心させるために、彼は日仏会館にもかよいはじめた。

日仏会館は、シャルル・グロボワ館長の代になっていた。彼は館長の美術史の講義を聞いたが、フランス語の聞きとりは完全にだめで、ただこわい顔をして館長の顔を穴のあくほど見つめていたにすぎない。グロボワはアンリ四世校時代のアランの弟子であった。繕太郎は苦心してアランを読み、次第にヴァレリー、ラフォルグ、小林秀雄が演じた暗い喜劇を忘れた。

グロボワの講義には、ひとりの彫刻家が熱心に出席していた。常連は四人にすぎず、近頃になって海馬峻という名で政治評論を書いている山崎俊三、美大出身の細腰の美人で、のちにグロボワの情人となった塩野義フミ、彫刻家の本山洛二、それに繕太郎である。

あるとき、ロシア女の館長夫人が館長につかみかかるのを目撃したのが、繕太郎の見た西洋人の夫婦喧嘩の最初であった。グロボワ館長は任期満了後フランスに帰ったが、繕太郎は去年のこと、パリの本屋の飾り窓に、シャルル・グロボワ著『枕絵』(大きな漢字でそう印刷されている)の大冊をしばしば見かけ、追懐の情がこみあげると同時に、あのときの夫婦喧嘩と、ヴェルダンの激戦に加わって右腕をうしなったグロボワ館長の義腕にすがりつき、京都の郊外を散歩していたあの日本娘、館長を追うようにして渡仏したあのフミのことを、いつも思い出した。

繕太郎が大学を卒業してすでに一年半がすぎていた。彼は彫刻家本山洛二としたしくなり、真如堂のそばの彫刻家のアトリエに、八月の一カ月間、三日にあげずかよって、モデルをつとめた。そのときの本山の作品、テラコッタの頭像は、繕太郎の書棚のすみに、いまも保存してある。

「季節」の同人たち、山戸祈、鉈川久第はどうしているのか。大阪の夜間高校の英語の教師となって、大阪の東のはずれに下宿している吉田普烈、卒業の直前から結核となり、府立病院に入院して長い療養生活に沈湎している鹿津三太、兵庫県の港町に帰省して、ギリシア語でプラトンを読み、アランを師として雑貨業の手伝いをしている相生謦司、この三人との付合いのほか、当時の繕太郎は、かつての仏文科の仲間からすっかりはなれて暮らした。

彫刻家はブールデルが好きだった。あるとき、モデルの椅子に裸婦を坐らせ、繕太郎には画集をみせておいて、彫刻台に固定された粘土のかたまりを相手に、奇妙な体操をしているようにみえる製作中の本山が、息の荒い声で切れぎれにいった。

「桑原さんが、ブールデルの、いいオリジナルを、持ってる、そうですな。いっぺん、見せてほしいし、あなた、いっしょに、行きませんか。」

繕太郎はすぐに賛成した。しかし、桑原さんには、あの試問のとき以来、いちども会ったことがなかった。すでに二年と数カ月がすぎていた。

その年の春、彼は吉田普烈といっしょに大学院を受験し、普烈は合格したが、繕太郎は失敗したのだ。発表の日、伊吹武彦教授は、彼をふたたび研究室に呼んだ。

「綾傘君、英語むつかしかった？　どうしても総点が足りない。」

かつて憤激のあまり椅子をふるわせて叱りつけた同じ生徒に対して、伊吹教授は温顔できわめて平静に話した。繕太郎は感謝した。彼が手痛い失敗に赤面しながら、もはや体裁などかまわずに勉強をつづける気になったのは、次第に見晴らしの利くようになったつもりでいたフランス語をだめだといわれなかったことに励まされたからであった。

彼は普烈にたのんで、所蔵のブールデルを見せてほしいという希望を、桑原さんに通じてもらうことにした。普烈は大学院で桑原さんのフランス近代詩の演習に出ていた。

都合がよいと桑原さんから指定された日、それは秋の十月中旬だった。

もう夜になっていた。彫刻家と繕太郎は、寺町の果物屋でかご一杯、柿を買った。指定の午後八時には少し早いが、ふたりはまっすぐ塔ノ段の桑原さんのところへむかった。目指す家は、黒塀の家だ。

「桑原さんの家は、どんなうちですか。」

繕太郎が多賀路太郎にむかってたずねたことがある。それは新京極の飲み屋「藤八」でのことだ。

「黒塀の家です。この頃、綾傘繕太郎は何をしてるんや。あい変らずピアノとちっとるか。」

と多賀路太郎は、答えにつづけてこうたたみかけた。大学院をやめて人文科学研究所の助手になっていた山戸祈が繕太郎を多賀に紹介したのも「藤八」でのことだったが、多賀路太郎はそのとき、

「こいつが綾傘繕太郎か。」

とつぶやいて、割箸の先で歯くそを掘った。それには、こんないきさつがあった。

『赤と黒』の一節でテストをした桑原さんは、講義のさいごに「文学は人生にとって必要か」という題でレポートを提出するように命じた。大量のレポートの採点に協力した多賀路太郎が、奈良女子大へ出講する途中、車中で採点した一山のレポート中に、繕太郎の書いたのもまじっていた。

「最近、多賀路太郎という男が『文芸』に『実証主義の旗のもとに』というエッセイを書いているのを私はよんだ。彼は飲み屋のおかみを相手に実証主義の効能を弁じ立て、ふんどしまでまくってみせる。ふんどしも

また実証主義のスフ混りの旗を裂いて作ったものである。」これを読んだ多賀路太郎は、奈良電のバネのはずれた座席の上で躍りあがって大笑し、となりに坐らせていた可憐な女子大生といっしょにころがり落ち、憤慨して六十点と評点を下した。「常識的、平凡な考え方です。こんなあほがもうさっそく出てきよったとは、情けないです」と彼は桑原さんに報告した。

「黒い塀の家ですよ。」

繕太郎は彫刻家にそうくり返した。幼稚園の横手の、急に狭まった道をしばらく行くと、黒い塀の家があった。うす暗い街灯には、門札を照らす力がない。彼は玄関のベルを押した。十歳ばかりの女の子がドアをあけた。

「先生はもうお帰りですか。」

「まだ。」

彫刻家が、この柿、いま渡しましょう、といって、コンクリート造りの段を一歩あがり、女の子に手渡した。

「ああおもたあ。」

と女の子はいって、にこっと笑った。

ふたりは相国寺の東門のそばにミルクホールを見つけ、いつでもミルクしかのまない彫刻家は満足し、繕太郎は仕方なしにミルクをのみ、電話を借りて桑原さんにかけた。

「さっき帰りました。いつでもいらっしゃい」と桑原さんが出て応答した。「さきほどいっぺん伺ったのですが」と繕太郎がいったのに「あ、そうか」と答えた桑原さんの声が、彼を不安にした。あれは赤の他人の家だったのではないか。しまった、柿はとられた。

彼らはまた引き返し、今度はマッチをすって門札を照らしてみると、似もつかぬ姓字が読みとれた。

「しもうたことした。あの女の子の顔、桑原さんに、ちょっとだけ似てたんですが。」

「は、は、はあ。失敗でしたな。」

と本山洛二はおかしがった。

桑原武夫の門札のあがった家は、ずっと北の方に見つかった。繕太郎は、それ以後なんどもぐるぐることになった黒い大門に穿たれた潜り戸を押した。


和服を着た桑原さんは、座敷の廊下の籐椅子に坐っていたが、さっそく地袋の上から、ブロンズの高さ一尺ばかりの彫刻を片手でにぎって運び、卓上に立てた。

「これ、ブールデルです。彫刻家のあなたは御承知でしょう、オリジナルを二つとって、あと鋳型をつぶしてしまうから、もう一つ、世界中にこれと同じのが、どっかにあります。」

この作品は滞仏の終りに近い日に、ブールデルの未亡人から買ったのだ、と桑原さんは説明した。まず本山洛二が彫像を手にとり、膝にのせて撫でまわし、繕太郎に渡した。それは粗い樹皮をまとい、葉を繁らせた、一本のカシワの木に変身しようとする若い女の像であった。脆弱な部分、空洞の部分をいっさい排除したブールデルの典型的な作例であった。きびきびした、反都会的な彫刻家の精神がみなぎっている作品であった。目を閉じた若い娘の小さな顔には、変身の一瞬の痛苦と歓喜が、底ぶかい黒い光となって結晶している。

「これはオリジナルではないが、出来のいい複製です。」

と桑原さんは前置きして、マイヨールの浴女のブロンズも見せた。

彫刻家は無口なひとである。繕太郎もまた口下手である。けれども、かしこまっていても仕方がないので、繕太郎は、

「先生、伊東静雄と柳田國男について、何かお話しください。」

といった。桑原さんは快く応じた。

「伊東さんは、お酒をのみましたか。」

「あんまりつよなかったが、のみました。いつだったかなあ、伊東とふたりで大阪でのんで、いっしょに地下鉄に乗ってた、戦争中のことですがね。満員の電車のなかで、伊東がにわかに《はるかに皇居を拝し奉り、最敬礼！》とどなって、あのときは困りましたね。あいつ、その晩酔いすぎて歩けんようになって、三国が丘の駅から家まで、匍匐前進で帰りよったんです、だいぶ距離ありまっせ。詩人いうのは、折口信夫……釈迢空やね……あの人でもそうでしょう、世の中全体がかっとなって、感情的に均質になってる時代には、高揚した気分が持続する。詩が書けやすい。それはそういうもんですからね。伊東君の戦争詩いうもんも、ちょっとも恥ずかしがらんでもええ。これ、伊東は聞き入れなかったけれどね。創元選書の詩集をまとめる話のときに、だいぶてこずった。」

桑原さんはちょっと沈黙してから、別のエピソードに移った。

「伊東君が『夏花』を出したときだったかなあ、大山定一とぼくと富士正晴君と、北野茶寮いうとこで、伊東を呼んでお祝いしたことありました。伊東が大山さんに《あなたのゲーテの訳詩はだめだ》とからんで、大山君がしょげてね。伊東はドイツ語がよく出来たし、語感も、そりゃ、たしかな人ですから。あんまり伊東がえらそうにしよるので、ちょっといじめたろ、思ってね、『夏花』の中のどの詩だったか忘れましたが、ぼくがそれをさのさ節で芸妓に三味線ひかして歌うたんです。うまいこと、節にのるのですよ。そしたらこんどは伊東がしょげてしもて……あのときはおもしろかったなあ。」

繕太郎は、そういうからかい方もあるのかと、ただ感じ入って謹聴したが、桑原さんがさのさ節を知っていて、芸妓のいるところで酒をのんだということに、どきりとした。彼はまだお茶屋も知らねば、芸妓に酌をさせたこともまったくなかったから。

「柳田さんという人は、初対面の人にはかならず《あなたのお国は?》とたずねる。相手が何々県なんとか村、と答えますね。そしたら柳田さんは《ああ、あそこの鎮守のお社の何とかの森の、こういったところに道祖神が立ってましたが、まだございますか》などと聞き返す。じつに正確なんです。相手はそんなこと、もうおぼえていない。あるいはそんなもんがあったことも知らない。まずこれで一本取られる。そういう手順にきまってましたよ。去年、久しぶりに柳田さんが京都にみえて、お目にかかった。《これからあなたのお国の方へ行く》とおっしゃるので《何かございますか》と聞いたら、いきなり《おどろいたなあ、あれをご存知ない?》叱られましたよ。柳田さんは、そりゃエゴセントリックな人ですからね。そして教えてもらったけれども、敦賀から少しいったとこに、日本中でそこだけ、まだお正月をお盆にやってる村があるんです。これは大へん古いフォークロワなんです。その村いうのは、ちょうどその時分、うちにいた女中の里でした。うちに帰って女中に聞いたら、事実なんです。けど、近頃は村の人が恥ずかしがって、だんだんお正月はお正月にやるように変ってる、いうんですね。恥ずかしがって……これ日本的なことや思うなあ。もう二、三年あとやったら、調べにいっても何にもありまへんやろな。」

繕太郎は桑原さんのたのしそうなおしゃべりに時を忘れた。彫刻家が置時計を見た。十時半になっていた。辞去するとき、少し窮屈になった靴をはくのに手間取りながら、繕太郎はうつむいたあたまの中で、夜闇に石榴の実がいくつも熟している光景を見た。

「先生、石榴の花、それから実も、お好きですか。」

「好きです。なんでや。」

「別に、なんでもありません。」

玄関に素足でつっ立った桑原さんは、お辞儀をするふたりに、

「またいらっしゃい、えっ、えっ。」
といってあっちに向き、屏風のかげに入ってしまった。

（「日本小説を読む会」会報百号、一九六九年六月）

『徒然草』

⦿歌と随筆

何事にもあれ、とにかく書きとめておく。自分だけの備忘、身辺の人のためをかんがえての心覚え、いずれにしても、のちの日に役立つこともあろうかと、字を書きつらねた帳面あるいは手近の紙きれを後生大事にしまっておく。随筆というものの基本は、そういうところにある。元来が筆まかせなのだから、箇条書きであってもよし、名辞だけを羅列しておくもよし、また、くどくどと忠告、注文、苦言のたぐいをしるしておいてもよし。そんなふうな心覚えにまじって、人が日記にむかってするように自分を相手に日頃の思いを書きとめたというふうな文章が挟まったところで、だれの咎めを蒙るいわれもない。本を読んでいて同感できるところ、異見のあるところに出会えば、それもまた抜書きにして、ときどき読み返すのに役立てる。人からの消息文に対する返事の下書きも、こういう書溜めの文反故（ふみほご）のなかにまぎれていることがある。そして、かような文反故をいくぶんなりとも整理し、書きあらためることもして綴じ込みを作ったとすれば、それは一巻の随筆集というものである。

しかしながら、のちになって、何年何十年先のことかは誰にも分からないことだが、のちの人の目に触れることがあって、知己でも縁者でもない人の目にも、おもしろく映るかどうかは、また全く別の話である。

よく出来た随筆集には、赤の他人が読んで興趣をおぼえるところが必ずなければならない。門外にほうり出されても、いつしかよそさまの門のなかに入り、いつしか玄関から上にあがりこんで歓待されている。そういう上出来の随筆集として『徒然草』の右に出るものは、過去六百年のあいだに、ついに一冊も見出されなかった。何を持ってきてくらべてみても、この片々たる随筆集に敵うものはない。『枕草子』、『方丈記』、いずれもはるかに手応え弱く、器量とぼしく、一方は綺羅をかざって乙に取り澄ましている才女振りが鼻につくと面を掩いたくなるし、もう一方は幾十幾日も洗っていない下帯のむさくるしく匂って、吐く息の抹香くさく、それに口臭さえ入りまじっているところ、なんともまた耐えがたい。時代を一気に下げて江戸時代のおびただしい随筆のうちに『徒然草』の好敵手が見当るかどうか。新井白石の『折たく柴の記』をしばらく随筆に加えるならば、ここに初めてひとり、文の切れ味、書き手の器量、いずれの点でも端倪すべからざる人物が姿を見せる。そのほかには、灰屋紹益の『にぎはひ草』、江戸もずっと末になって安政の世に板行された菅茶山の『筆のすさび』、慶応の世にしるされた喜多村香城の『五月雨草紙』などが、私には随筆の秀逸と思われる。だが、いずれもいずれも陰に陽にお手本として書かれたところの『徒然草』には、いかにしても及ばないという感慨また禁ずる能わずといわなくてはならない。

『徒然草』は、兼好の没後に、兼好の弟子の命松丸（みょうまつまる）という歌よみと今川了俊が、かつて兼好の住していた吉田感神院の壁に貼られていた反故および写経の裏に書きつけられていたものを集め揃えて草子二冊としたということが、室町時代の歌人、三条西実枝（にしざねき）（一五一一―七九年）の『崑玉集（こんぎょくしゅう）』なるものにしるされているそうである。「つれづれ草」という書名もまた了俊のあたえるところだという。

兼好は、いまだに生没年の確定を見ていない趣ながら、弘安六年（一二八三年）前後に生まれ、文和元年（一三五二年）よりものち数年のうちに七十歳前後で没したようである。今川了俊は、足利二代三代に仕えた武将で且つ冷泉家の歌風に立つ歌よみとして聞こえたが、嘉暦元年（一三二六年）に生まれ、応永年間にかなり高齢で没しているようだから、兼好の没したのは了俊三十歳頃に当っている。三条西実枝は、了俊没後九十年余を経て出生した人ながら、歌道のすじにはわけのある言伝えがひそかに受け継がれているのがつねだったから、『徒然草』が人目に触れるにいたったいきさつは、『崑玉集』そのままではずいぶん頼りない話になるにしても、しばらく言伝えにしたがっておいたうえで、こういう言伝えが何を掩蔽(えんぺい)しているかということを当分は気にかけているしかないだろう。兼好は二条家の歌よみであり、了俊のほうは二条流をきらって冷泉の流れに就いた人である。兼好の侍童だった命松丸のことは、了俊の歌書『落書露顕』に「二条家の門弟兼好法師が弟子命松丸とて童形の侍りしかば、歌読みにて侍りしが、出家ののちに、愚老がもとに扶持したりしが」云々と出ている。『徒然草』の草稿は、たとえそっくり揃っていずこかに秘蔵されていたにしても、壁に貼られた反故、写経の裏書きという体裁で見つかったことにしなければ具合の悪い事情があったのかも知れない。

われわれはいま、『徒然草』に随筆のお手本を見、ここに収められている人事百般にわたる兼好の記述に、筆致の絶妙の冴えを見届ける。春をいえば次いでは直ちに秋を、人の才ゆえの愚かさをいえば次いでは才の尊さを、好色のうれしさをいえば次いではそのわずらわしさを、右を打てば直ちに左を、仰ぎ見たもののあとでは直ちに見おろすものを、あからさまに目に見えることを言い出したあとには目にもとまらぬ微小のことに触れ、というふうに両極端を抑える兼好の目くばり、あたまの働きに、われわれはパスカルといずれを甲乙つけがたいモラリストの存在を感取して、ここに人ありの思いを強くする。

だが、『徒然草』は、ながらく歌書として読まれていた。現存する最も古い写本は今川了俊の門弟、正徹の奥書を有する写本であり、松永貞徳には、みずからの所持する写本『徒然草』に付した注釈『なぐさみ草』があり、貞徳の弟子、加藤磐斎に注釈『徒然草抄』があり、『徒然草』本文を序一段のあと二百四十三段に分かったのは北村季吟の『徒然草文段抄』がはじめであった。歌よみのじょうずがしるしたものでなければ歌書に値打がないのは当然であるが、兼好は正徹が『徹書記物語』に次のように書きとめたおかげで「随分の歌仙」としてとおっていた。

花はさかりに月はくまなきをのみ見る物かはと、兼好が書きたるやうなる心ねをもちたるものは、世間にただ一人ならではなきなり。このこころは生得にてあるなり。久我(こが)か徳大寺かの諸大夫にてありしなり。官が滝口にてありければ、内裏のとのゐにまゐりて、つねに玉体を拝したてまつりけるなり。後宇多院崩御なりしによりて、遁世しけるなり。やさしき発心の因縁なり。随分の歌仙にて、頓阿、慶運、浄弁、兼好とて、そのころの四天王にてありしなり。つれづれ草は、清少納言が枕草子のやうなり。

文中、兼好の伝に係わるところ、その当否はいま問わないことにする。断るまでもないが、おわりの言い草は、われわれには極めて物足りない。兼好が随処にちりばめておいた剣呑な反時代的考察、危険を孕んだ人物評の章節は、歌人連歌師の目のまえを難なく通過して、読みすごしにされていたのだろうか。とはいっても、『徒然草』には歌書として、いわば一芸に秀でたる者のしるした技芸の書の一種として、指南の役割を果たすだけのものはそなわっていた。第一に、連歌をよくしようとするには、目に触れ耳に入る一切万事に敏感でなくてはならない道理だが、そういう心掛けは『徒然草』によって十分に養われて然るべきであった。和歌十体などといって、いろいろにやかましい歌の姿も、心と言葉の双方かけてつねづね気を配り、心から見る物、言葉から見える物、まともに見て言葉にするにふさわしい物、横ざまからながめてこそおもしろい姿を見せる物、ふたつの物の取り合わせがあって、はじめて言葉に働きが出るような物など、よく区分して取り捌く習練がなくては、せっかくの十体も成り立たないと思われる。そして、かような心と言葉のありようは、『徒然草』の多様な文体からまなぶことができる方面に属しているだろう。

『去来抄』に、

去来曰く、俳諧の集の模様は、やはり俳諧の集の内にて作(な)すべし。「後あら野集」献立を見て、先師も我を折り給ひき。かの徒然草はあつめ書の部になりて、歌書の内にいらずとかや。思ふべし。

とある。この時代にいたって、『徒然草』は部立抜きのあつめ書、即ち随筆の部類に鞍替えするようである。連俳は蕉門によって乗り越えられ俳諧の世界がひらけてきたとき、了俊以来の連歌との縁は切れ、『徒然草』は随筆のほうに解放されたということになるだろう。そうなるとかえって『徒然草』章段のつらなり方のうちに「うつり」「響き」「匂ひ」「位」の付け句の様態に似かよう趣が見えてくる。

『徒然草』は、しばらく間を置いて読み返すたびに、それまではつい気付かなかった事柄に気付かせる。切れ味の良い文章が、こちらの心のなかに、ときどきによってまた違った角度で切り込まれ、心の暗がりに光が射すためだろう。その一例ながら、ついきのうも、大田垣蓮月の歌のうちに、まさしく『徒然草』に依拠しているものがあるのに気が付いた。

第二十段

なにがしとかやいひし世捨人の、「この世のほだし持たらぬ身に、ただ空の名残のみぞ惜しき」と言ひしこそ、誠にさも覚えぬべけれ。

第二百十二段

秋の月は、限りなくめでたきものなり。いつとても月はかくこそあれとて、思ひ分かざらん人は、無下に心うかるべき事なり。

大きく隔てを置いて見つかるこのふたつの文から、蓮月はこんな歌を詠じて『徒然草』の読者たるの証しを立てているのだった。

ながむればこれしもやがてほだしなり見じや浮世の秋の夜の月

透明な結晶。『徒然草』という随筆が、この結晶によって歌という本源にまた還ってゆく。そう思って口ずさむと、この歌はいよいよ冴え冴えと心の空にかかり、私のこの世のほだしとなる。題名をつらねておいた他の随筆集から、このような経験はいまだ得たことがない。

⦿色好み

色好みということを主題のひとつとして提示することがなかったら、『徒然草』は「玉の巵(さかづき)の当(そこ)なきここち」のする随筆集になっただろう。有名なこの比喩のあらわれる第三段は、読者の心を忽ちのうちにやわらげ、隔てのない、心やすい相手として兼好を遇したくさせる。

万にいみじくとも、色このまざらん男(をとこ)は、いとさうざうしく、玉の巵(さかづき)の当(そこ)なきここちぞすべき。露霜にしほたれて、所さだめずまどひありき、親のいさめ、世の謗(そし)りをつつむに心のいとまなく、あふさきるさに思ひみだれ、さるは独寝(ひとりね)がちに、まどろむ夜なきこそをかしけれ。

さりとて、ひたすらたはれたる方にはあらで、女にたやすからず思はれんこそ、あらまほしかるべきわざなれ。

•何もかも揃っていて非の打ちどころがないのに、恋というものの味わいを解するところがない男があったとしよう。これはもう手のほどこしようもないくらいに話が通じぬ相手であって、喩えれば、特上の盃なのに底がなかった、というような感じをこの男はあたえるにちがいない。
露に濡れようが、霜に打たれようが、まるでお構いなしに夜どおしでも、やみくもにさまよい歩く。親のいさめ、世間のそしりを憚って、心の休まるいとまもない。折りにつけ、心はただ乱れるばかり。こんなふうであるからには、逢瀬も叶わぬ独り寝となる夜が多いが、さて臥しても容易に眠りはおとずれない。だが、かようなのが恋の味わいというもの。捨てがたいのである。
それはそうとして、首尾よく逢瀬をかさねるときは、一途にのめりこむことはせずに、この方は自分というものをしっかりお持ちだ、なかなか言いなりになってはくださらぬ、と女が思うように振舞う。そうありたいものだね。

第三段を読んで、我が意を得たりとつぶやいたとき、生まれつきによって人にけじめを喰わせるあの第一段の、どこか疳にさわる、小面憎い物言いさえ、人は許す気になっている。第一段は、

いでや、この世に生れては、願はしかるべき事こそ多かめれ。

という嘆声によってはじまり、

御門（みかど）の御位はいともかしこし。竹の園生（そのふ）の末葉（すゑば）まで、人間の種ならぬぞやんごとなき。

として神の子の系統をたたえたのち、やがて人界に言い及び、位人臣を極めた摂関家に生まれついた人は、落ちぶれても品がよろしいという。それよりも劣る家門の出身では、栄達を極めるほどに「したり顔」、見苦しいばかりでつまらない。その人界で何よりつまらぬ身分は僧侶であり、人並みの扱いも受けられず、しかも一方、僧の身で世間に大いに持てはやされるようになっては、み仏の教えにたがうことになるだろうから、いっそ「ひたふるの世すて人は、なかなかあらまほしきかたもありなん」、ひたすら遁世に徹しているほうが、まだ見ていられるかも知れぬ、という。だが、僧、俗、いずれにしても、ただの人が人界を離れることの難しさを嘆いたのち、

人は、かたち、ありさまのすぐれたらんこそ、あらまほしかるべけれ。

と天の賜物たる生来の美貌、姿の良い男をあらためて賞揚する。第一段の文脈には、一貫して光源氏をうらやましくも美しく、良しとする思想がながれていると私には受けとれる。「かたち、ありさま」「しな、かたち」のすぐれている上に、対座して話していると、言葉数は多くないが、やさしい心根がよく伝わり、いつまでも話していたくなる「心ざまよき人」ならば、さらに結構なのだが、そういう人も生まれつき「才」がないということになっては見るに耐えない始末になる、と兼好はいう。「才」とは、学問ならびに技芸の才である。これに恵まれていないと、下品な、顔つき卑しい連中と交わることになり、しかもそういう相手にさえあっけなく気合負けするとはじつに情けないという理窟になっては、人たるもの「かたち、ありさま」「しな、か

たち」「心ざま」が生まれつき不十分であってはならず、さらに光源氏のように学才、技芸の才も並みはずれにそなわっていなくてはならないことになってくる。これにひとつでも欠けるところがあって生き恥をさらすくらいなら、いっそ若死をしたがまし。それとて人の運命である。こうなっては、光源氏そっくりに生まれなかった人は身のつたなさをひたすら嘆くしかないだろう。

第一段は、次の一節で結ばれる。

> ありたき事は、まことしき文(ふみ)の道(四書五経の道、経学)、作文(漢詩を作る)、和歌、管絃の道、また有職(いうそく)に公事(くじ)の方(かた)、人の鏡ならんこそいみじかるべけれ。手など拙(つたな)からず走りかき、声をかしくて拍子とり、いたましうするものから(酒をすすめられると、一通り辞退することはしながらも)、下戸(げこ)ならぬこそをのこはよけれ。

生まれつきのつたなさを嘆いて鬱々としているくらいなら、酒をたしなむほうがいい。酒は鬱を散じてくれる。結局、兼好はそれが言いたいらしい。それなら、光源氏ではないわれわれに同情のある見方といえるだろう。

「下戸ならぬこそをのこはよけれ」——第一段のこの結尾は、第三段に底の欠けた上等の盃という比喩があらわれる伏線として働いている。位人臣を極め、政治にたずさわる人の陥りがちな傲(おご)りと栄耀を批判する第二段をあいだに挟んで、第一段と第三段が、こうして比喩によってつながっているのは注目に値する。感じながら同時に考えること。即ち、比喩で考えること。兼好はそういう考え方を駆使するすべを心得ている。したがって、少しくどいが繰返せば、「下戸ならぬ」男なら、すすめられた盃をひとまずは辞退しても、やがて盃をくちびるに近づけるだろう。そのとき、盃に底がないとわかったら、これはもうお手あげ、策のほどこしようがなく、なんとも味気ない思いがするにちがいない。「下戸ならぬ」ばかりか、美貌で、立居振舞もりっぱで、心の品質もすぐれている上に、経学、漢詩、和歌、管絃、有職故実の道、なんでもござれという人であっても、即ち「万にいみじくとも」、もしもその人が「色このまざらん男」であっては、「下戸ならぬ」人が底の欠けた盃を手に受けて感じるのと同じことをそういう男には感じて、ああ仕様がない、なんと味気ないやつかと思うのが当然ではあるまいか。第一段から第三段におよぶ文意を汲めば、兼好はそう言っていることになる。「万にいみじ」いばかりか色好む男というもののお手本は、いうまでもなく光源氏である。

北村季吟は、この段の注釈中に、逍遊軒と号した師の松永貞徳の説を書きとどめている。逍遊軒は、女色をすすめるにあたって用いられた玉の盃の比喩が人を驚かせ、不埒の言と受け取られるおそれなきにしもあらずとして、兼好のために弁じて、

ここが兼好のあたらしき作文なり。かやうにまづ恋路をほめて、のちによくいましめんためなり。源氏物語一部の趣向、この段にあり。

と説く。たしかに色欲、愛著（あいじゃく）の道をいましめるかに見える第八段、第九段がいずれ目に触れる仕組みになってはいるが、果たして『源氏物語』がいましめのための趣向のお手本として兼好のあたまにあったかどうかは疑わしい。光源氏が遠く及ぶべくもない理念として、向うのほうに光っていることは、先にしるしたように確かなことに思える。

また季吟によれば、貞徳は、藤原俊成の歌、

恋せずば人は心もなからましもののあはれもこれよりぞ知る

を引いて「この段はこの歌をもつて知るべし」と言っていた。季吟は「露霜にしほたれて」とはじまる節のおわり、「をかしけれ」について「色好む人のありさまの露霜といふより以下の体を愛しいへる詞なり」と親切な注を付けたあと、先の貞徳の説に『古今集』仮名序のおもかげをさし添えながら、こんなふうに説く。

和歌の道には、春夏秋冬恋雑と六つの道を立ててもてあそぶ中に、人のこころをやはらげ、もののあはれを知らしむる事も恋路に如くはなし。誠に貴賤老少鳥獣の上までも生あるものの心には馴れぬわざなれば、四季の次に必ずこの題を出してよみくちずさび侍る事、外の道にはいまだきこえざれば、和国の道の奇特なるべし。兼好も歌人にてありければ、かやうに書けるにて侍らん。かの俊成卿の歌をもちてこの段をことはられたる師説も面白く捨てがたき事なるべし。

いかにも色好み、「もののあはれ」、和歌、この三つは切っても切れぬ関係にある。色好まぬ人の歌、歌詠むすべを知らぬ色好みの人、いずれも肝心かなめなものに欠ける。欠けているのは「もののあはれ」というものである。あるいは本居宣長にならっていえば、「もののあはれ」を知っているということが欠けている。断るまでもないことかも知れないが、「もののあはれ」とは、悲しいという心の動きによって生じるだけのものではない。うれしいこと、悲しいこと、たのしいこと、さびしいこと、おそろしいこと、憎らしいこと、恋しいこと、いとわしいこと、願わしいこと、はかないこと、すべて心が動いたときに感じられる心持を「もののあはれ」という。恋が最もよく「もののあはれ」のさまざまを、強くも弱くも、濃くも淡くもおぼえさせることは、だれでも身におぼえがある。そして心の動きにつれて思うことが、うれしいことであるか、悲しいことであるか、たのしいことであるか、さびしいことであるか、わきまえ知るのが「もののあはれ」を知るということである。このわきまえから、事柄に沿った言葉が思いあまったすえに出てくると、それが歌になるということは、宣長が『石上私淑言（いそのかみのささめごと）』にも『源氏物語玉の小櫛』にも展開してみせた「もののあはれ」論の勝手口のようなものだが、『徒然草』を読むわれわれはこの勝手口からときどき出入りすればいい。貞徳が『徒然草』第三段の言うところは「この歌をもつて知るべし」とした俊成の歌が、宣長によれば、『源氏物語』の「本意によくあたりける」歌として引かれているから（『玉の小櫛』二の巻）、合鍵はこちらの手中にゆだねられている。

もしも万物が恒常不変であったら、もしも一様に均質な時間のなかに万物が不動であったとしたら、われわれの心は物に感じ、ゆるがされることもない。移ろう物に応じて、われわれの心は動揺し、はかなさを感じるにつけても、この世を頼りにせず、ゆるがぬものを求めたくなる一方で、移り失せるものの一時の姿を、せめて和歌に詠じて、言葉の綾でからめ取り、引きとどめたいと思う。またあるいは、移り失せるものを無理に引きとどめることはせずに、波立つ心もいずれは移り失せるものであることを思って、しずかに移ろいを見守り、ただそのことで心をなぐさめる。このふたつの態度、いずれも「もののあはれ」から発して「もののあはれ」を遇する遇し方のちがいである。そして『徒然草』第四段、第五段が、このふたつの態度に対応する。第四段全文——

後の世の事、心に忘れず、仏の道うとからぬ、こころにくし。

極めて短く、張りのあるこの一文は、およそ次のように補い訳すことができようか。

- いずれは往生する。これほど確かなことはない。「もののあはれ」に促されて和歌を詠むなどしていても、そのほか何事に興じていても、念仏申して後世（ごせ）を願うことをつねづね心得ている人は、奥ゆかしい。

無常の世を惜しと思わず、出家遁世の末、ひたすら一途に仏道に精進する人のほうが、名僧などと呼ばれて世に持てはやされている僧よりもずっと見やすい。第一段には、かように読める一節があった。この第四段の短文が語るのは、またもうひとつの、無常の世の処し方とおぼしい。「もののあはれ」をすべて、ありのままに感じ取りながら、もう一まわり大きい「もののあはれ」のなかに生きること。確かなもののひとつもないこの世であればこそ、移ろうものの色、変るものの形が心に染みる。仏の道を忘れないことが色好みの心をいっそう深く、「もののあはれ」を感じることを一そう痛切にする。少し先のほうの第三十九段、私の好きな一段と思い合わせて、第四段の短文を私はこのように読みとる。第三十九段の全文――

或人、法然上人に、「念仏の時、睡(ねぶり)にをかされて行(ぎやう)を怠り侍る事、いかがしてこの障(さは)りを止(や)め侍らん」と申しければ、「目の醒めたらんほど、念仏し給へ」と答へられたりける、いと尊とかりけり。また、「往生は、一定(いちぢやう)と思へば一定、不定(ふぢやう)と思へば不定なり」と言はれけり。これも尊とし。

また、「疑ひながらも念仏すれば、往生す」とも言はれけり。これも、また尊とし。

これを読んだのち、あらためて第四段に戻ると、第三十九段と同じ主題が第四段に聞こえる。そして第四段から第五段に、いきなり目を移したときに、そうは思えなかったのに、第五段もまた同じ主題のヴァリエーションなのがわかってくる。第五段の全文――

不幸に愁(うれへ)に沈める人の、頭(かしら)おろしなど、ふつつかに思ひとりたるにはあらで、あるかなきかに門(かど)さしこめて、待つこともなく明し暮したる、さるかたにあらまほし。
顕基中納言(あきもとの)のいひけん、配所の月、罪なくて見ん事、さも覚えぬべし。

• 妻子、主君、親、師におくれて愁いに沈んでいる人が、俄か発心からあたまを丸坊主にしたりするのはよくあることだが、そうはせずに、ひっそり家を閉ざして、心しずかに日々をすごしている、というようなのがいいな。

顕基中納言の言葉だというが、「配所の月、罪なくて見ん」(罪を得て配所の月を見るのではなく、罪のない身のままで、配所の月さながらの、物さびしい秋の月を見たいものだ)と。いかにも。

私はかように口訳して納得しているのだが、田辺爵『徒然草諸注集成』(右文書院、昭和三十七年刊)によれば、この段は第一に、文脈に問題があるという。冒頭の「不幸に愁に沈める人の」という主語は、以下、五つに分かたれている文のどれどれを述語とするのか(一「頭おろしなど」、二「ふつつかに思ひとりたるにはあらで」、三「あるかなきかに門さしこめて」、四「待つこともなく明し暮したる」、五「さるかたにあらまほし」)。諸注を整理すると三説あり、文法上いずれを不可ともしがたいという。その上、「不幸に愁に沈める人」の解には四説あり、「不幸によつて」とする説、不幸と愁とをふたつに見る説、また正徹本には「ふかう愁に沈める人」とあるので、それを採れば「深う愁に沈める人」と読めるが、貧乏を「ふがう」といったから貧のために「愁に沈める人」とも読める。「ふつつかに」の解釈も諸説紛々として定めがたいという。「あるかなきかに」というのも「ある」を世暮らしの意に解すれば、困窮しきったありさまをいうように読める。「待つこともなく」も、何を待つことなくか、わかりにくい。顕基中納言の言というのも、諸注に幾通りかの解が見られるが、それというのも前節とのつながりがわかりにくいためである。顕基の言というのは、田辺爵によれば「その世にいいふらされたことぐさ(話題)なので」、出典は十種にも上るという。『今昔物語』十九の十六(但し本文欠)、『江談抄』第三、雑事、『袋草子』三、『宝物集』七、『発心集』五、『撰集抄』四、『古事談』一、『十訓抄』六、『古今著聞集』五ノ三十一、『平家物語』巻三、大臣流罪の事。

顕基については岩波文庫旧版(西尾実校注)脚注に「権中納言源顕基。後一条天皇の近習。天皇の崩御を悲しみ出家した。一〇四七年没、四十八歳」とある。

私にとって『徒然草諸注集成』は、これを見て疑問を晴らす書物というものにはならない。去年の落葉のようにつもっている疑問の量をうかがうのに役立つ書物である。蟻がつみかさなった木の葉の下をかいくぐって餌のほうに這い寄るように、私は私の触角をたよりに、あるべき本意のほうに近付くしかない。

私は逐一、段を追って書くことにしているわけではないが、いましばらくは一段ずつ追い上げる書き方をする。

第六段は「わが身のやんごとなからんにも、まして数ならざらんにも、子といふものなくてありなん(子というものは無いままがいい)」という。子をなしながら子孫断絶を願った人々を挙げたおわりに、聖徳太子のことをしるして——

御墓をかねて築(つ)かせ給ひける時も、「ここをきれ、かしこを断て。子孫あらせじと思ふなり」と侍りけるとかや。

語気に何かしら殺伐な、投げやりなものがある。どうしてかような一段がここに挟まれたのか。聖徳太子の挿話も只事でない。「もののあはれ」を感じること深く、鋭きにすぎた人は、子によって知らされる情のしがらみ、人の世の頼みがたさに耐えがたくて、むしろ子無きを願ったことが言いたいのだろうか。「いでや、この世に生れては、願はしかるべき事こそ多かめれ」。その多い「願はしかるべき事」をかぞえるうちに筆先から、「子といふものなくてありなん」がしたたり落ちたような趣がある。墨汁一滴。紙の上には忽ちむら雲がひろがる。

第六段は、つづく第七段の引き立て役として、はめこまれたということかも知れない。『新古今』の時代、百首歌を作った歌人は、ところどころに地歌をさし挟むことをした。自信のある秀逸をきわ立たせる背景となるような作が地歌である。第六段は、これをここに置いた心意気において地歌に類するのかも知れない。但し、前段から受け継いで読めば、文脈断絶しているが、第七段から見返せば、子が無ければ、年老いてますます「もののあはれ」を知ること深くなるゆえに、子は無きにしかずという理窟が立つようには出来ている。

幸いにも第七段には、わざわざ間のびのした口語訳をつける必要はない。全文ほとんど平明である。

あだし野の露きゆる時なく、鳥部山の烟立ちさらでのみ住みはつる習ひならば、いかに、もののあはれもなからん。世はさだめなきこそ、いみじけれ。

命あるものを見るに、人ばかり久しきはなし。かげろふの夕(ゆふべ)を待ち、夏の蟬の春秋(はるあき)をしらぬもあるぞかし。つくづくと一年をくらすほどだにも、こよなうのどけしや。飽かず、惜しと思はば、千年(ちとせ)を過(すぐ)すとも、一夜(ひとよ)の夢の心ちこそせめ。住み果てぬ世に、みにくき姿を待ちえて何かはせん。命長ければ辱(はぢ)多し。長くとも、四十(よそぢ)にたらぬほどにて死なんこそ、めやすかるべけれ。そのほど過ぎぬれば、かたちを恥づる心もなく、人に出でまじはらん事を思ひ、夕(ゆふべ)の陽に子孫を愛して、さかゆく末を見んまでの命をあらまし、ひたすら世をむさぼる心のみふかく、もののあはれも知らずなりゆくなん、浅ましき。

老いてもなお残るものに色欲がある。第七段にはあえてこれには触れず、次の段に単独にこれのみを摘出する。

世の人の心まどはす事、色欲にはしかず。人の心は愚かなるものかな。
匂ひなどは仮のものなるに、しばらく衣裳に薫物すと知りながら、えならぬ匂ひには、必ず心ときめきするものなり。久米の仙人の、物あらふ女の脛の白きを見て、通を失ひけんは、誠に、手足、はだへなどのきよらに肥えあぶらづきたらんは、外の色ならねば、さもあらんかし。

「外の色ならねば」について『文段抄』は「かりの色ならぬ真の色を云ふなり。たき物などのかりの色にさへまどふ人の心なれば、まして真の色には仙人もまよひたる事も尤もなるべしとの心なり」と説く。

「世の人の心まどはす事、色欲にはしかず」とすれば、色欲ほど不思議な、おもしろいものはない。「もののあはれ」という心のまどいも、人の心が愚かにできていなければ、あり得ようわけがない。愚かなればこそ、不思議とすべきこともここより生起するのがおもしろいのである。だから、「人の心は愚かなるものかな」という詠嘆を戒めの言として、まじめに受けとるのは愚かなことである。兼好には、この詠嘆をまじめにとりそうな人を少々からかうつもりがある。なかなか人が悪い。そして、こういう人の悪さは、つづく第九段でもっと増幅される。『文段抄』以来、「外の色ならねば、さもあらんかし」までを第八段とし、ここで区切りをつけるのが習わしになっているが、『文段抄』よりも古い林羅山の『徒然草野槌』は、段切りをつけずに一つらなりのものと見て「女は髪のめでたからんこそ、人の目たつべかめれ」にすぐつづけて読む。「外の色」、仮の色ではない「真の色」の実例として、美しく脂肪づいた女の手足、肌につづけて、女の長い髪をかぞえているのだから、『野槌』のようにつづけて読むほうが好ましい。

久米の仙人の話は、ほかならぬ『徒然草』のおかげで世に知れ渡った。慶長九年（一六〇四年）に板行を見た最も古い『徒然草』注釈書、秦宗巴著『徒然草寿命院抄』には、『元亨釈書』の記事を引いて出典としていて、『野槌』『文段抄』いずれもこれに従っている。それによれば、久米の仙人は和州上郡の人。深山に仙法を学んだ。松葉を食らい、薜茘を服ていた。いったん空にのぼって飛んで過ぎる術を身につけた。たまたま、女が足で衣を踏み洗うのを上から見た。「脛甚ダ白シ。忽チ染心ヲ生ジ、即時ニ墜落ス」。

『徒然草』の典故をめぐる微に入り細を穿つ態の詮索は、『寿命院抄』にすでにいちじるしく、つづく『野槌』にいたって、羅山は博引旁証の限りを尽して和漢の史書、歌集、詩集、随筆集、儒、仏、老荘の教典に一々の典故をもとめ、『徒然草』を典故の星くずにした観がある。久米の仙人の出典も『元亨釈書』のほかに『今昔物語』『扶桑略記』『私聚百因縁集』などを、のちの諸注は出典にかぞえる。田辺爵は『徒然草諸注集成』に「兼好は俗伝のままを伝えたのであって、出典としては今昔物語を引くべきではあるまい」と言う（同書四四頁）。そして『発心集』に見える「久米の仙人は、通を得て空を飛びありきけれども、下衆女の物洗ひけるはぎの白かりけるに欲を発して、仙を退して、ただ人となりにけり」とあるによっているとすべきだろうと言うのは、いかにもと思われる。

滝沢馬琴は『玄同放言』（文政三年（一八二〇年）刊）巻三「人事の部」二に『徒然草』から「久米の仙」および「仁和寺の児法師」を取り上げて、出典考証癖のおもむくままに「放言」をほしいままにしている。「仁和寺の児法師」というのは、第五十三段、かぶった鼎が抜けなくなる、例の稚児法師の話である。馬琴は『僧祇律』に出典ありとして、バラモン僧の狐退治の話を引く。あるところに、日が暮れると野干（狐）がむらがり、僧が旅人のために掘った井戸の水を飲みにくる。大将狐は陶製のつるべに首を突込み、飲みおわるとそのまま首を高く挙げ、つるべを地面に叩きつけて割っては逃げる。僧が一計を案じ、木製のつるべを仕掛けると、大将狐はつるべに首を突込んだまま捕えられ、叩き殺される。馬琴はこういう話を『僧祇律』などという世人には縁遠い戒律集にさぐり当てると、野干を仁和寺の法師に、つるべを鼎にすげ替えたのが『徒然草』の話だとして、「徒然草の抄（注釈書のこと）作りしもの多かれども、いまだこれを引きたるを見ざれば、しるしおくのみ。これ皆、比丘の憍逸自恣にして、遂に徳瓶を失却するの誡なり」という。考証癖の誡めをしるした律文があれば、こんな馬琴に読ませたい。

久米の仙人についても、馬琴は『扶桑略記』醍醐天皇の巻を引き、『元亨釈書』巻十八「神仙」五を引き（以上はすでに古注にある）、やがて『万葉集』の久米禅師と石川郎女の応答歌五首を引き、久米の仙人のもとはこれだと断じたのち、『大唐西域記』に見える仙人堕落の話が、横合いからこれに関与すると説く。さらに『穆天子伝』の西王母の伝説、橘南谿が『西遊記』（寛政七年（一七九五年）刊）にしるす山谷中の山婦の話、馬琴みずから録したという大和十津川の樵夫の話をかさねて、神仙などいうのは皆作り話だというお説教で考証を締めくくっている。出典考証というものは、それをしていると一かどの学者になった気分に人を誘う。落し穴である。第九段のおわりに「みづからいましめて、恐るべく慎しむべきは、この惑ひなり」とある。兼好が指すのは色欲の惑いであるが、『寿命院抄』『野槌』はもとより、新古の諸注をのぞけばのぞくほど、出典考証癖も「恐るべく慎しむべき」惑いのうちにかぞえたくなってくる。

第九段の全文——

女は髪のめでたからんこそ、人の目たつべかめれ。人のほど、心ばへなどは、もの言ひたるけはひにこそ、物越しにも知らるれ。
ことにふれて、うちあるさまにも人の心をまどはし、すべて女の、うちとけたる寝も寝ず、身を惜しとも思ひたらず、堪ふべくもあらぬわざにもよく堪へしのぶは、ただ色を思ふがゆゑなり。

まことに、愛著の道、その根ふかく、源とほし。六塵の楽欲おほしといへども、皆厭離しつべし。その中に、ただ、かの惑ひのひとつ止めがたきのみぞ、老いたるも若きも、智あるも愚かなるも、かはる所なしとみゆる。

されば、女の髪すぢをよれる綱には、大象もよくつながれ、女のはける足駄にて作れる笛には、秋の鹿、必ず寄るとぞ言ひつたへ侍る。みづからいましめて、恐るべく慎しむべきは、この惑ひなり。


•髪の美しい女であるとき、女はいちばんよく人の目を引くだろう。人柄、気立てはどうかといえば、それは女が何かを話しているときの感じさえつかめたら、几帳、屏風、襖をへだてて聞いていても察しがつく。

　折りにつけ、事につけてする何気ない仕草、物言いにも、女は男の心をまどわすところがあるものだが、そもそも女が、寝相で愛想づかしされるのを恐れてぐっすり眠りこけることをせず、思われつづけたい一心から、どんな苦労も物ともせずに、出来そうもないような我慢をし通すのは、ただ女としての好もしさを保ちたいからである。

　今さら言うまでもないが、男女の愛欲は根が深く、発する源も遠いものだ。六根、即ち目、耳、鼻、舌、身、意に根ざし、浄身を汚す六塵のいろんな欲望は、すべて何とか捨ててしまうことができるかも知れない。しかし、色欲というあの惑いだけは抑止できない。この点だけは、老若の別にも、賢愚の別にも関係がないとおぼしい。

　というわけで、女の長い髪を縒ってこさえた綱には、大きな象もしっかりつなぎとめられるし、女のはいた足駄を用いた鹿笛には、妻を恋う秋の牡鹿がかならず寄ってくるという話がある。ただに人間ばかりか、けだものさえ、色にはまどわされる。よほど用心して恐れ慎しまねばならんのはこの惑いである。

兼好がいかに楽しげにこの惑いの諸相を描いているか。とって付けたようなおわりの自戒他戒にまどわされることはない。ここに働いているのは、均衡感覚および装飾意志というべきものであり、書きあらわされた文辞が示しているのは、言葉のあやである。

女の髪で大象をつなぐ話については、『文段抄』に典故として『大威徳陀羅尼経』というものの第十九に「あるいは女人の髪をもつて綱維を作さば、香象も能くつながる。況や丈夫の輩をや」とあるのを用いているが、閑寿の『集説』には、当の経巻にこれに一致する文句は見当らないという。田辺爵によれば、織田得能『仏教大辞林』には「この文なし」とあり、さらに『五苦章句経』というものに、無双の大力を有する大白象の脚を髪でつなぐと象は足なえて動けなくなる、とある一節が指摘されているという。

『徒然草』のこの章句から、ふと思い出したことがある。

東本願寺の大師堂の軒下、太い柱々の根もとに、とぐろ巻きにした太綱が金あみで囲ってあるのを、少年のときに見た。綱は髪の毛で綯われ、ちぎれた髪がささくれ立ち、綱はもじゃもじゃと輪郭がくずれていた。いま、あの綱はどうなっているだろう。私は長らく東本願寺に入っていない。女の黒髪ばかりで綯った、埃まみれの太綱は、子供心にも異様な、なんとも怪しいものに映じて、背筋がぞっとしたので、記憶の底に生き残っていたとみえ、不意にそれがよみがえった。

たしか、あの髪の綱というのは、維新の禁門の変によって発生し、京の町なかを焼き払った大火(俗に鉄砲焼けという)に焼失した東本願寺の伽藍再建がおこなわれたときに、全国の女の信徒が大師堂の巨大な柱を引く綱にしてくださいと寄進した、山なす髪で綯われたのである。髪は女のいのち。そのいのちの黒髪をばっさり切り落とした女たちの怨みが凝って出来た信心の太綱ほど不気味なものはない。あんなものが軒にとぐろを巻いているお堂を日夜、勤行の場とする坊さんに、女犯の欲念がむらむらと燃えあがっても不思議はないだろう。

女の足駄で鹿笛を作る話については、『野槌』に林羅山が書きとめた聞書きがおもしろい。こういうところから見ると、羅山という儒学者には、はるか後世にいたって『後狩詞記』『遠野物語』という聞書き集を作った柳田國男、『三州横山話』『猪・鹿・狸』に郷里三河の南設楽郡横山（長篠村）の猟師の話を書きとめた早川孝太郎に先駆する一面があったように思われ、にわかに『野槌』がおもしろくなる。句読点、漢字仮名の配分を適宜改めて引くと——

ある人の申されしは、近き代、参河国安部の山人、都にのぼり、名ある遊女のはける屐（あしだ）をとりて帰り、笛につくりて阿辺山中に入り、これを吹くに鹿の多く寄ること常の足駄にて作れる笛よりもまさりて証（しる）しあり、と語り伝へる。鹿笛の作り様あまたあり。鹿の腹ごもりの皮を用うるもあり、また鹿の耳のうちの皮を用うるも良し。笛乾けば鳴らず、吹くとき口にて濡らすなり。

羅山は鹿笛の図をここに挿んでいる。

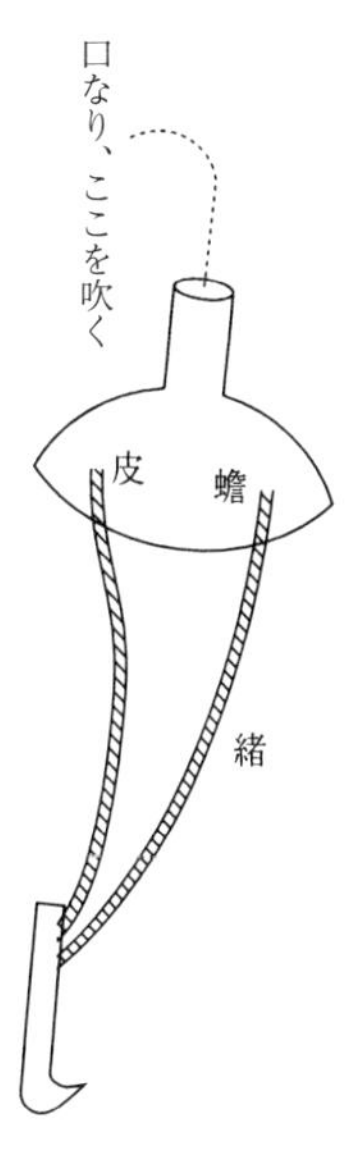

図より察すると、ひきがえるの皮を漏斗状に張り、吹き口に筒形の木を用いる。女の足駄をこの笛に使うとすれば、この吹き口なのだろう。大正十五年に出た早川孝太郎の『猪・鹿・狸』に掲げてある著者による鹿笛のスケッチを見ると、鹿笛の形態は、羅山の図に見る江戸初期のものと何ら変っていない。序でのことに『三州横山話』(大正十年刊)から「鹿笛」という短文を引用しておく。女の足駄の話は出ていないが、羅山の図に見る蟾(ひき)皮製の鹿笛は、これまた古くから大正の世におよんでいることがわかる。ただそのことがおもしろい。

猟師が持つ鹿笛を造るのについて、こんな話があります。それは蟇(がま)の皮が最もいいと云つて、まづ最初になるべく大きな蟇を見つけて、その皮を剝いで逃がしてやると云ひます。そして一年経つてから、また同じ蟇を見出して二度目の皮を剝ぐと云ひます。かくして皮を剝ぎ剝ぎ、同じことを六年繰り返して、七年目に出来た薄い皮を剝いで、その皮で造つた鹿笛を吹けば、如何に狡猾な鹿でも、その音に誘はれて来ると謂ひます。皮を剝がれる蟇の方でも心得たもので、皮を剝がれ出して、三年目頃からは、皮を剝がれるべく、剝がれた場所へ、自分から出かけて待つてゐるなど謂ひます。

つづく第十段は色好みを離れる。話題は住居のことである——「家居のつきづきしく、あらまほしきこそ、仮の宿りとは思へど、興あるものなれ」。そして以下二十段あまりにわたって色好みという主題が表立ってあらわれることはない。一見したところ、第三十二段まで、色好む心が「もののあはれ」に通じているありさまを伝える文章はない。本当はそうではないのだが、この間の事情についてはのちに触れることにして、一まず第三十二段を読む。冒頭の九月二十日は、言うまでもなく陰暦の九月二十日。すでに晩秋。満月後五日をすぎた月の出はおそい。

九月廿日の比、ある人にさそはれたてまつりて、明くるまで月見ありく事侍りしに、おぼしいづる所ありて、案内せさせて入り給ひぬ。荒れたる庭の露しげきに、わざとならぬ匂ひ、しめやかにうち薫りて、しのびたるけはひ、いとものあはれなり。

よきほどにて出で給ひぬれど、なほ事ざまの優におぼえて、物のかくれよりしばし見ゐたるに、妻戸を今すこしおしあけて、月見るけしきなり。やがてかけこもらましかば、くちをしからまし。跡まで見る人ありとは、いかでか知らん。かやうの事は、ただ朝夕の心づかひによるべし。その人、ほどなく失せにけりと聞き侍りし。

•頃は九月二十日、あるお方の誘いを受け、夜のあけるまで月を見つつ歩きどおしたことがあった。誘ってくださったお方のなじみの女が住むあたりに来かかると、供の者に取次を請わせて、なかへお入りになった。荒れ庭は露しとど。にわかに焚いたのではない香の匂いがひそやかに漂っている。いかにも人目に立たぬように住みなしている気配。風情ひとかたならぬものがあった。

やがて、長からず短かからずの時が経ってのちに出ていらっしゃったが、かような成行きがそうざらにあるものとは思えず、なおも物かげに隠れてしばらく様子を見ていると、訪れた人の立ち去ったのちの妻戸(外から内へと押し開く戸)のすきをさらに開いて、女は月をながめているようだった。すぐさま戸に掛け金をして内にこもってしまったのなら、さぞ味気ない気がしただろう。訪れた人の去ったあとの様子まで見られているとは、知るよしもなかったはずだが、かような立居振舞は朝夕の心づかい、つねの心の持ちようによるとしなければなるまい。この女は、ほどなく亡くなってしまったと聞いている。

「明くるまで月見ありく事」に誘われたとするのは、おそらく仮構(うそ)である。月冴える真夜中の妻問いをしたのは、立ち去ったと見せかけて女の様子を垣間見にたしかめた兼好自身のように思われる。だが、こういう虚構は俄か仕込みのものではなく、これもただ「朝夕の心づかひ」によるだろう。色好みのかずかずをすべてただ「昔、男」にあったことにして、在原業平にかこつけて歌物語にするのは『伊勢物語』にはじまる文芸の常道である。何もかも自分のことにしてしまうのは浅はかな振舞として、昔の人はこれを嫌った。

文芸、和歌の道にしたがって、同じ「心づかひ」を仕馴れている兼好は、第三十二段には前半にかような虚構を用いたが、後半には虚構を引っこめる。あとには盗み見の兼好というものが残ってしまったが、これは仕方がないことである。盗み見のひそかな快楽を自分から簡単に手放すような色好みがあるだろうか。頃は大正十三年、ウィーンの寒夜、路上の男女の接吻を盗み見しつづけた斎藤茂吉という歌よみ、頃はたしか昭和五十四年、東京の夏の夜、アパートの窓に食らい付き、盗み見していてつかまった寺山修司という歌よみ、いずれの例も兼好の末につながるれっきとした色好みにちがいない。

これはずっと先のほう、『徒然草』のまたもうひとつの主題をなしている有職故実に係わる挿話をいくつかつらね、第百三段になぞかけの挿話をひとつ挟んだあと、第百四段には、第三十二段と同じたねから生えたとおぼしい話があらわれる。話の全部が、そのとき主人に同行していた供の者の傍(はた)語りという体裁をとっていて、盗み見する男の姿は見当らない。と思っていると、つづく第百五段に、盗み見の男が単独で忽然、姿を見せ、盗み見、盗み聴き、盗み嗅ぎをして、いたく興奮の態だが、第三十二段とはちがって、かような振舞におよぶ男が、実を言えば、見られ、聴かれ、嗅がれている男女のカップルの男自身であって、喩えれば、自分の出演している映画を見て楽しんでいる俳優のように、この男はみずから実演したことを傍観の擬態を介して言語化し、外在化することで、二重の快楽に耽っている。こういう快楽、人間だけの特権というべき悦楽をつぶさに、精妙の域において楽しむには、精妙の域に達した言葉の技芸を要する。

第百五段
北の屋陰に消え残りたる雪の、いたう凍りたるに、さし寄せたる車の轅(ながえ)も、霜いたくきらめきて、有明の月さやかなれども、隈(くま)なくはあらぬに、人離れなる御堂の廊に、なみなみにはあらずと見ゆる男、女となげしに尻かけて、物語するさまこそ、何事にかあらん、尽きすまじけれ。かぶし、かたちなど、いとよしと見えて、えもいはぬ匂ひの、さと薫りたるこそ、をかしけれ。けはひなど、はづれはづれ聞えたるも、ゆかし。

一段戻って第百四段は、先の第三十二段「九月廿日の比、云々」にくらべても、第百五段にくらべても、言葉の技芸は大いに見劣りがする。『源氏』の「花散里」を手本にした兼好の物語習作と諸注に説く。いかにもそういう感じがする。『兼好家集』三百二十三番に、詞書を伴う次の一首がある。

秋の夜とりの鳴くまで人と物語りしてかへりて、
ありあけの月ぞ夜深きわかれつるゆふつけどりや空音なりけむ

第百四段はこの詞書ならびに歌を詳しく書きひろげた趣を呈している。一段前、第百三段は、先にちょっと触れたように、なぞかけの挿話である。五、七、七音で出されたなぞなぞが、五音の一語に収斂するのをおもしろいと思って読めば、第百四段は逆に、歌が物語に拡散しているのがおもしろいと読める。但し、もとの歌は兼好の胸のうちだけにあり、この場に種あかしを伴うわけではない。長い第百四段を引用するのはやめて、短い第百三段を取り出し、兼好がひそかに対比の妙を狙っていたらしいのをおもしろがるにとどめよう。

第百三段
大覚寺殿にて、近習の人ども、なぞなぞを作りて解かれける処へ、医師(くすし)忠守参りたりけるに、侍従大納言公明卿(きんあきらのきやう)、「我が朝の者とも見えぬ忠守かな」と、なぞなぞにせられにけるを、「唐瓶子(からへいし)」と解きて笑ひ合はれければ、腹立ちて退(まか)り出でにけり。

このなぞなぞと解答の次第を納得するには、ふたつのことを心得ている必要がある。ひとつは忠守の家筋、ひとつは「唐瓶子」の拠りどころの『平家物語』。医師忠守、姓は丹波氏、典薬頭、宮内卿となり、出家して舜阿と号した。『源氏物語』に詳しく、後醍醐帝治世のはじめ、しばしば『源氏』に関する秘説を奏上したという。丹波忠守の祖先は、『姓氏録(しょうじろく)』によると後漢の霊帝の末裔とされている。即ち帰化人である。「唐瓶子」という答えの半分の含みはこれにもとづく。そして『平家物語』巻一に、平清盛の父忠盛が「伊勢瓶子はすがめなり」とからかわれる(斜視と素焼の瓶とをかける)のを踏まえて、忠盛と忠守の音通から「唐瓶子」という答えがみちびかれる。唐瓶子が、からっぽの徳利という連想を呼ぶのは断るまでもないだろう。

田辺爵『徒然草諸注集成』三二八頁に、忠守を『増鏡』の作者に擬している荒木良雄の説をあげたのち、「一般に、徒然草注釈家の間では、忠守が、かくの如き源氏学者であったことは忘れ去られている」とある。第百三段につづく第百四段が、先に触れたように『源氏』の「花散里」を粉本とする擬古文練習だったとすれば、直前に忠守に係わる挿話を置いているのは、かすかに見え隠れする糸でこの二段をとじ合わせる才覚が兼好に働いていたことになるだろう。

色好みの主題は第九段でいったん途切れ、第三十二段まで表向きあらわれないが、本当は途切れているのでないと先に言った。もうお分かりのように、「もののあはれ」という場から見返せば、色好みはいわば武蔵野の逃げ水のように第十段からのちもたしかに流れていながら、まともに近づくと見えなくなるのである。
第十段まで引返してみよう。冒頭はこうしるされていた――「家居のつきづきしく、あらまほしきこそ、仮の宿りとは思へど、興あるものなれ」。住んでいる人にいかにもしっくり合っていて、且つ見るからに良い感じのする住居というものには、それとて無常の世の仮の宿りにすぎぬとは思っても、心を惹かれるものがある、と。つづいて――

よき人の、のどやかに住みなしたる所は、さし入りたる月の色も、一きはしみじみと見ゆるぞかし。今めかしくきららかならねど、木だちものふりて、わざとならぬ庭の草も心あるさまに、簀子（すのこ）、透垣（すいがい）のたよりをかしく、うちある調度も昔覚えてやすらかなるこそ、心にくしと見ゆれ。

かような住居は、第三十二段のあの「しのびたるけはひ、いとものあはれ」な住まいを包摂している。ここに住むにふさわしい人は「よき人」、即ち身に学問技芸のそなわった貴紳のみとは限らない。「のどやかに」またしめやかに女人が住みなすならば、その人は色好みにとって尽きぬ魅惑の泉となるだろう。見るからに好ましい「仮の宿り」に、うつろう色の「あはれ」を知るにまさる色好みの快楽があるだろうか。そして好ましい「仮の宿り」を取り巻いている森羅万象、生きとし生けるものの一切が、折りにつけて「もののあはれ」をさそうとき、この限界のない感情はいつしか愛憐の情に似かよっている。第十段後半の挿話が告げているのはそのことである――

後徳大寺大臣の寝殿に、鳶（とび）ゐさせじとて縄をはられたりけるを、西行が見て、「鳶のゐたらんは、何かは苦しかるべき。この殿の御心、さばかりにこそ」とて、そののちは参らざりけると聞き侍るに、綾小路宮のおはします小坂殿の棟に、いつぞや縄をひかれたりしかば、かの例（ためし）思ひ出でられ侍りしに、誠や、「烏の群れゐて池の蛙をとりければ、御覧じかなしませ給ひてなん」と人の語りしこそ、さてはいみじくこそと覚えしか。

徳大寺にもいかなる故か侍りけん。

つづく第十一段は、形態的に第十段と相似の趣を呈している。言い換えれば、同一主題のヴァリエーションである。栗栖野（くるすの）の山里で見かけた隠遁者の庵の侘びたる風情をしるしたのちにいう――

かくてもあられけるよと、あはれに見るほどに、かなたの庭に大きなる柑子（かうじ）の木の、枝もたわわになりたるが、まはりをきびしく囲ひたりしこそ、少しことさめて、この木なからましかばと覚えしか。

兼好は、柑子の実を盗まれまいとして垣を厳重にほどこした庵の主に興ざめしたのではない。そんなにまで柑子の実を大切に守っている庵の主に愛憐の情をおぼえ、こんなときにおぼえる愛憐の情に、われながら興ざめしたがために、わざわざこれをしるしたのである。

浜千代清『つれづれ草甲子抄』（東風社、昭和六十年十一月刊）に、真如親王の例を引いて、柑子の実が仏道の苦行を支える食べ物として、重い象徴性を帯びていたことに注目し、柑子の実の秘めている意味を知らぬ人たちからこの実を守ろうとした庵の主の気苦労を察して、兼好は第十段後半をしるしたと説く。私は浜千代説に同感を禁じ得ない。池の蛙が鴉に食われるのを憐れんだ綾小路宮は、東山妙法院の御殿の棟に、風情をそこなう鴉避けの縄を張らせた。柑子の実を守るための念入りな垣もまた「心細く住みなしたる庵」の趣をそこなっているが、柑子の実には、庵の主がそれほどまでして守るに値するものがあった。柑子は「もののあはれ」の彼方遠くに、厭離穢土、欣求浄土の象徴としてまばゆく照り映えている果実だったからである。

　こうして第十一段は第十段とかさなり合う。

真如親王というのは平城天皇の第三皇子、高丘親王のこと。弘法大師の弟子となり、名を真如と改める。大師入定ののち、親王は入唐求法を志して貞観四年（八六二年）唐に渡り、良師を求めて印度へと旅立った。そのとき真如は旅中の糧として大きな柑子の実三つをたずさえたが、虎に襲われて亡くなったという。この大きな柑子の実三つのことは、承久四年（一二二二年）に慶政という人が編しおえた仏教説話集『閑居友』に録されている真如親王御一代を述べる説話に出ている。浜千代清によれば、『閑居友』を味読していた兼好は、真如親王を思い出さずに柑子の実を見ることはなかっただろうという。序でながら、第十一段の読点は大抵の版本に「大きなる柑子の木の、枝もたわわに」とある。これにしたがえば「大きな柑子の木」と読むしかないが、「大きなる」は柑子の実であって、木の丈のことではないように思われる。田辺爵もそういう疑いを挟んでいる（『諸注集成』六一頁）。とすれば「大きなる柑子の、木の枝もたわわに」と読点を打ち改めたほうが文意なだらかに通じる。

　このあと、『徒然草』は段を追うにつれ、話題が変るにつれて、「もののあはれ」の深まる契機が数を増して点々とつらなり、やがて点からにじみ広がる「もののあはれ」が読者の心をすっかり領するにいたる仕組みになっている。そういう心のありさまを季の移ろいにかこつけてさそい出すのが「折節の移りかはるこそ、もののごとにあはれなれ」にはじまる有名な第十九段であるが、ここにいたる階梯を設けるのに兼好は相当の苦心を払ったと思われる。「同じ心ならん人」「まめやかの心の友」を見いだすことの不可能を説いた（第十二段）

のちに、書物によって「見ぬ世の人を友とする」ことで限りなく慰められる孤独を語り(第十三段)、今にくらべて「いにしへ」の和歌ならびに歌謡の「あはれ」深いことを嘆じ(第十四段)、次いでは都を離れる旅の興趣、山寺の隠り居の趣に言いおよび(第十五段)、一転して神楽のなまめかしさ、おもしろさ、身に染みる楽器の音色に触れ(第十六段)、もう一度、山寺の隠り居に触れて念仏三昧のうちにすごす心の清らかな趣を言い(第十七段)、つづいては許由、孫晨という清貧の例を中華にもとめて無執着、無一物の人の涼しい心を良しとする(第十八段)。

第十九段の全文を延々と引用するのは控えておこう。春夏秋冬、いずれの季節に「もののあはれ」が最も身に染みると兼好は言いたいのか、などという埒もない詮索に時をついやすのはやめておこう。諸注を見ると、第十九段はいたるところに典故を秘めているることになるが、それも今は問わないことにして、文章の動勢にすなおにしたがいつつ、全文をあらためて読み返す。すると、「もののあはれ」を感じる心が、過ぎゆくもの、過ぎ去ったもの、はかないもの、すさまじくわびしいもの、そして亡びゆくものに敏感に反応し、移ろうものの予兆を的確に捉えるありさまがよく伝わってくる。季のめぐりにつれて「もののあはれ」が事ごとに心を染めるが、心を染める色もまた、年ごとにちがっている。心の色もまた移ろうのである。そして一年という月日が過ぎ、またあらたに同じ季がめぐれば、過ぎ去った色がふたたび心を染める。だが、同じと見えても、その色は前の年に心を染めた色と紛らわしいばかりに似てはいても、同じということはない。一年のあいだに経験された「もののあはれ」が、「もののあはれ」をちがったものにしてしまったからである。去年、ともに花をめで、ともに月をながめ明かした人がもう亡き人になっているとき、あるいは遠国に暮らしているとき、花も月も同じものには決して映じない。

変化の相は、ただに人の身のうえにあらわれるばかりではない。世のしきたりもまた変遷をまぬがれない。あの世に去った人の魂をなぐさめる行事にすら、都の風は今と昔ではちがっている。大晦日の夜を、亡き人のくる夜とて魂まつるわざは、この比都にはなきを、東のかたには、なほする事にてありしこそ、あはれなりしか。

魂祭はいわば「もののあはれ」という流れに架された輪廻の水車である。その水車さえ、こわれてしまえば「もののあはれ」という流れにうかぶうたかたにすぎなくなる。「もののあはれ」はここに極まる。

だが、移ろうものが目にとまり、心を「もののあはれ」で染めるには、一方に、移ろうことのないもの、不変値が、準尺として設けられていなければならない。準尺は月の満ち欠け、潮の干満、花期、鳥の渡りであり、一定の自然現象に求められる。そして、もうひとつ、不変値として働くものに宮廷の年中行事がある。四季折り折りの「もののあはれ」を語る兼好の筆が、年の暮れにいたって不意にこの不変値におよぶ——

御仏名、荷前の使立つなどぞ、哀やんごとなき。公事ども繁く、春の急ぎにとり重ねて催し行はるるさまぞ、いみじきや。追儺より四方拝につづくこそ、面白けれ。

正確を期すなら、この不変値は不変という信仰によって不変なのにすぎないだろう。もしも暦法が変れば、自然現象と宮廷の年中行事とのあいだに設けられている対応は崩れるはずである。暦法が変らず、宮廷が崩壊することもないなら、おそらく不変値は十分にその働きを持続するだろう。不変値に支えられ、これと呼応して呼びさまされる「もののあはれ」に敏感な人が不変値の現象的側面というべき有職故実にこだわるのは当然である。こうして『徒然草』には、やがて見るように随処に有職故実に関する覚書きが挟まることになる。第十九段の閉じ目には、「もののあはれ」というもの無しには起こりようもない色好みが、意想外な形で露呈している――

かくて明けゆく空の気色、昨日にかはりたりとは見えねど、ひきかへめづらしき心地ぞする。大路のさま、松立てわたして、花やかにうれしげなるこそ、またあはれなれ。

『徒然草』はこのあと、すでに見た第三十二段(「九月廿日の比……」)までのあいだに、長い第十九段で取り出した「もののあはれ」を催す契機をさらにこまかく数えあげ、描き出してゆく。「折にふれば、何かはあはれならざらん」と第二十一段に見えるが、兼好は、先ほど触れた「もののあはれ」の契機となり準尺となるものの両面、即ち四季の自然現象と宮廷の年中行事にこもごも筆をおよぼすが、そうするうちに、ひとつの色調がくっきりと目立ってくる。その色調は、無常と名づけることができる。第二十五段の冒頭は有名である――

飛鳥川の淵瀬常ならぬ世にしあれば、時うつり、事さり、楽しび、悲しびゆきかひて、花やかなりしあたりも人すまぬ野らとなり、変らぬ住家は人あらたまりぬ。桃李ものいはねば、誰とともにか昔を語らん。まして、見ぬいにしへのやん事なかりけん跡のみぞ、いとはかなき。

つづく第二十六段は全文を写しておきたい。

風も吹きあへずうつろふ人の心の花に、なれにし年月を思へば、あはれと聞きしことの葉ごとに忘れぬものから、我が世の外になりゆくならひこそ、亡き人のわかれよりもまさりてかなしきものなれ。
されば、白き糸の染まん事を悲しび、路のちまたのわかれん事をなげく人もありけんかし。堀川院の百首の歌の中に、

むかし見し妹（いも）が墻根（かきね）は荒れにけりつばなまじりの菫（すみれ）のみして

さびしきけしき、さる事侍りけん。

次いで第二十七段には、宮廷の最も重要な行事のひとつ、譲位の節会（せちえ）にさいして新院花園上皇のもとにあいさつに参上する人がいなかったのを嘆き、第二十八段は諒闇の年の「あはれ」の趣を語り、第二十九段から三十、三十一と三段かけて亡き人をしのぶときに「もののあはれ」の深まさるさまを述べる。いずれの「亡き人」も、かつて深く契ったことのある女を指す。第二十九段の全文――

しづかに思へば、よろづに過ぎにしかたの恋しさのみぞせんかたなき。
人静まりて後、長き夜のすさびに、なにとなき具足とりしたため、残しおかじと思ふ反古など破（や）りすつる中に、亡き人の手ならひ、絵かきすさびたる見出でたるこそ、ただその折の心地すれ。この比（ごろ）ある人の文だに、久しく成りて、いかなる折、いつの年なりけんと思ふは、あはれなるぞかし。手なれし具足なども、心もなくて変らず久しき、いと悲し。

また、第三十段の結尾――

思ひ出でてしのぶ人あらんほどこそあらめ、そもまたほどなくうせて、聞きつたふるばかりの末々は、哀（あはれ）とやは思ふ。さるは、跡とふわざも絶えぬれば、いづれの人と名をだに知らず、年々の春の草のみぞ、心あらん人はあはれと見るべきを、はては、嵐にむせびし松も千年をまたで薪にくだかれ、古き墳（つか）はすかれて田となりぬ。その形だになくなりぬるぞ悲しき。

そして第三十一段の全文——

雪のおもしろう降りたりし朝、人のがり言ふべき事ありて文をやるとて、雪のこと何ともいはざりし返事（かへりごと）に、「この雪いかが見ると、一筆のたまはせぬほどの、ひがひがしからん人のおほせらるる事、聞きいるべきかは。返々（かへすがへす）口をしき御心（みこころ）なり」と言ひたりしこそ、をかしかりしか。
今は亡き人なれば、かばかりの事も忘れがたし。

・良い雪景色となった朝、頼みたいことがあって女のもとへ手紙を持たせたとき、雪のことには全く触れずにいたら、返事に「君はこの雪をどう思う、とほんの一言たずねもしないような無趣味なお方の頼みなど、だれが聞いてあげるものですか。ほんとにほんとに、つまんない方ね」と書いてあったのには参った。
もう死んでしまった女（ひと）なので、こんなこともつい忘れがたい。

段にしたがって順次に読みすすめると、これの次にくるのが、あの色好みの盗み見をしるした第三十二段である。無常の色濃く染みわたった数段のあとであればこそ、第三十二段の色好みは、読む者の腸に染みとおる。兼好はその手応えをたしかめるかのように、こう結んでいた——「その人、ほどなく失せにけりと聞き侍りし」。

『徒然草』は、烏丸光広本を踏襲して二百四十三段に分かち、第百三十六段までを上巻、以下を下巻として前後二巻に大きく分かつのが普通である。いま見てきた三十二段あたりまでで、段のつなぎ方の骨法は分かるが、下巻も末にいたると、段の配列に無造作な、投げやりなところが目立ってくる。私は『徒然草』の最も大事な主題に色好みというものがあることを強調する形になった。かけ離れた第二百四十段にいたって忽然、この主題が表面に浮上している。あとは三段を余すのみである。文章としての良し悪しを言うなら縁語、掛け言葉、係り結びが頻出するところなど、肩にちからが入りすぎていて、花と実がそううまく結びついていない。おそらく若書きの一段であろうが、この章の結尾を飾るにはふさわしくないこともない。

もっとも、ずっと後の世に、近松門左衛門が『兼好法師物見車』という浄瑠璃を作ったとき、近松が調子の手本にしたのはおそらくこの第二百四十段であろう。まことにえずくろしい文章だが、そうであればこそ、調子ばかりか色好みという内容まで、近松にまんまと利用され、挙句の果ては、凝りに凝った引用の織布に色道指南の達人兼好法師というものがくるみこまれた。

つれづれなるままに日くらし硯にむかひて、心にうつり行くよしなしごとの手ならひよ、人にいふべき思ひならねば神の御願にことよせて、毎日の御詣で、貴船、吉田、大原野、松の尾、平野、梅の宮、祭すぎてもけふは又、のちの葵の下すだれ〳〵賀茂の河原を、とゞろかす、御車の五緒は極むる位のみならず、かたじけなくも後宇多の院第八の姫御子、卿の宮と申奉る、品かたちより心ばへ、げに人間のたねならぬ、竹の園生の篠竹の、その忍びねのうき節も、色香に染めるみ心ゆへ、男えらみの寝屋の中、すでに十九の月雪も、ひとりの友とながめ捨て、お腰元よりお茶の間のあやしの下女にいたるまで、容貌は次でも男なく小いたづらなを選り立てて作文和歌管絃の道、好色にいき方の、手なんどつたなからず走り書き、声おかしくて拍子取りいたましうする物から、下戸ならぬこそ女子よけれ、御形の森に酒宴の幕、瀬見の小川に暮れかけて、ほたる拾ふて涼かぜに提灯なしの還御ぞや、誰か有る北面達近ふ参つて、名所名所の風景を、御物語申されよと御車をこそ立てられけれ、ここに大職冠十九代、卜部の兼顕が三男吉田の兼好、其時は左兵衛ノ佐にて候ひしが、出しぎぬの褄近々とすすみ出ければ、すだれ押しやり姫宮も榻にこぼれおり給ひ、折ふしのうつりかはれば名どころの、野山の色も立ち変る、教へてたもと諸共に語りつ〽問はせ給ひけり。

元禄宝永の世からすれば、南北朝の乱世は遠いものになっていた。「もののあはれ」と無常の深いつながりは、浄瑠璃の節に乗りつつ、やがて時ならぬ夏の作り花に霞む音羽の滝のかげに隠れた。

第二百四十段の全文は左の通りである。

しのぶの浦の蜑の見るめも所せく、くらぶの山も守る人しげからんに、わりなく通はん心の色こそ、浅からず哀と思ふふしぶしの、忘れがたきことも多からめ。親、はらからゆるして、ひたふるにむかへ据ゑたらん、いとまばゆかりぬべし。

世にあり侘ぶる女の、似げなき老法師、あやしの吾妻人なりとも、賑はしきにつきて、「誘ふ水あらば」など云ふを、仲人、何方も心にくきさまに言ひなして、知られず、知らぬ人をむかへもて来たらんあいなさよ。何事をか打ちいづる言の葉にせん。年月のつらさをも、「分けこし葉山の」などもあひかたらはんこそ、尽きせぬ言の葉にてもあらめ。

すべて、余所の人の取りまかなひたらん、うたて、心づきなき事多かるべし。よき女ならんにつけても、品くだり、見にくく、年も長けなん男は、かくあやしき身のために、あたら身をいたづらになさんやはと、人も心おとりせられ、我が身は、むかひゐたらんも、影はづかしく覚えなん。いとこそ、あいなからめ。
梅の花かうばしき夜の朧月に佇み、みかきが原の露分け出でん在明の空も、我が身さまにしのばるべくもなからん人は、ただ色このまざらんにはしかじ。

(『徒然草』を読む、講談社文芸文庫、二〇〇八年七月)

語り物としての『平家』

じつは、私は『平家物語』というものを専門家として研究したわけではなくて、ただ一人の読者として、ゆっくりと、七年かかって読んだ証拠の連載をまとめて『平家物語』という本にしました（講談社、一九九六年）。『平家物語』というのは皆さん、よくご存じだと思いますが、だれがつくったのか、作者の問題がひじょうにやっかいで、いまだにわからないのです。定説がないといったほうがいい。ただ、『徒然草』の中に、兼好法師が『平家』の作者について書いている一節がありまして、それが定説のように長く扱われてきたのですが、それによれば、作者は、行長という人です。

> 後鳥羽院の御時、信濃前司行長、稽古の誉ありけるが、楽府の御論義の番にめされて、七徳の舞を二つ忘れたりければ、五徳の冠者と異名をつきにけるを、心憂き事にして、学問を捨てて遁世したりけるを、慈鎮和尚（慈円僧正）、一芸あるものをば下部までも召し置きて、不便にせさせ給ひければ、この信濃入道を扶持し給ひけり。
>
> この行長入道、平家物語を作りて、生仏といひける盲目に教へて語らせけり。さて、山門（比叡山）の

ことを、ことにゆゆしく書けり。九郎判官の事はくはしく知りて書き載せたり。蒲冠者（義経の兄）の事は、よく知らざりけるにや、多くのことどもを記しもらせり。武士の事・弓馬のわざは、生仏、東国のものにて、武士に問ひ聞きて書かせけり。かの生仏が生れつきの声を、今の琵琶法師は学びたるなり

（『徒然草』第二百二十六段）。

（日本古典文学全集『徒然草』、小学館）

つまり、信濃前司行長という人が、ただ一人でこれを書いた、そして書いたものを生仏という盲目の人に語らせたということです。

しかし、その後、明治以後、今日にいたる間に、行長説以外にさまざまな作者説が提出されて、今では一人の作者ではなく、むしろ不特定多数の人の作だということに落ち着いています。それは数名の集団であるということなんですが、それならば、そういう複数の作者たちがどこにいたのかということが問題になります。これもまたいろんな説がありまして、現在は定説がないといったほうがいいでしょう。ある説では京都の醍醐寺がいわば『平家物語』編集局のあった場所だといいますし、また高野山の僧坊の中にそういう編集局があったという説もあります。私はまた別の説を考えているのですけれども、憶測にすぎないのでここではふれないことにします。いずれにしましても、作者はわからないのが現状です。

さきほど『三国志演義』のお話の中で話題になったことと関連しますが、やはり『平家物語』の場合も歴史と物語の関係が問題になってきます。昔、森鷗外が「歴史其儘と歴史離れ」という短いエッセイを書いていますが、『高瀬舟』のできぐあいについて「私はあの作品を書くときに、もう少し歴史離れして書けばよかった」と、不満を述べている。『平家』はそういう意味でいいますと、歴史離れがはたせていない。といってしかし、歴史につきすぎているというわけでもない。たとえば飛行機が低空飛行しながらある地形に沿って、山があれば少し高く飛び、海にくれば低く飛び、岡もまた岡沿いに低く飛ぶような飛行をしているとしますと、とき

どきこの『平家』という飛行機は宙返りをするんです。ときにはアクロバットのような飛行ぶりを見せる、つまり、すっかり歴史から離れてしまう。

たとえば、『方丈記』という有名なエッセイの中に、安元という年の京都の大火事のことが書かれていますが、同時に、つじ風、つまりつむじ風のことが出てきます。このつじ風のことは、『平家物語』では、実際に起こった年より一年遅く起こったことになっているんです。実際の歴史的な出来事を一年ずらしてつじ風を吹かせている。これは『方丈記』のほうが正しいわけです。これは一例ですが、このように『平家物語』の中には『方丈記』の記事を十分活用している節が明らかに見えるのです。これは、この世の無常のあかしの一つとして火事を効果的に使ったり、実際の時とずらして書いてあったり、『平家』には、そうした歴史離れをした点がいくつか見られます。

また『平家物語』はたいへんやっかいなことに、作者がわからないと同時に、たくさんの異本があります。異本それぞれについて、また作者が考えられる。またそういう異本相互の関係もある。どれが先立つものであるか、どれとどれとが、いつ、どこで、こういうふうに離れたテクストになってしまったのか、というようなことを問題をはらんでおります。同時に『平家』のいちばん最初のテクスト、「原平家」というものがあったはずだという考え方が当然起こってきて、「原平家」が、もしあるとすれば、それは語り物というかたちだったのか、それとも語り物から離れて、ある人が書いたものなのか、あるいはある人々が集団として書き上げたものなのか、というように、やっかいな問題が付随して、これも諸説紛々で、『平家』の専門の研究者たちはそのあたりの解決に苦労されているようですが、容易に決着をみないのです。

このように語り物としての『平家』について考えると、たいへんにやっかいな問題がいろいろあるのですが、そもそも語り物とはどういうものか、柳田國男が『物語と語り物』(角川書店、一九四六年)という本の「自序」

で、うまく書いているので紹介します。

「耳の文芸」といふ標題を最初には考へて居たが、それを説明するやうな文章が、この書の中には無いので、誤解を気づかつて今の名と替へることにした。

茲に排列して見た幾つかの物語は、結局は眼で視る文芸に化して、皆さんの前に現はれたのだが、もとは久しい間耳で受取り、口で引継ぐといふ相続をくり返して居た。さういふ中には目の見えぬ者も多くまじり、記憶は又口移しとちがふので、殆ど毎回の改版ともいふべき愉快な変化が行はれて来たらしい痕跡がある。それが今日と比べるとずつと単純で素朴な人たちの所業であつた故に、その数多い変化を綜合して行けば、逆に斯くあらしめた歴代の生活事情、殊に信仰と社会観の移行を、推測し得られる興味があるのである。

「耳の文芸」という標題にしたかったというこの『物語と語り物』の中に、「有王と俊寛僧都」の物語が採られています。俊寛というのは平家にたいして謀叛を企てたというので、平清盛によって、遠い鬼界ヶ島へ流され、そこで非業の死を遂げたとされる人です。有王はその家来で、都に一人残された娘の手紙を携えて鬼界ヶ島まで主人をたずねていくわけですが、有王に出会い都のことを聞いた俊寛は、ようやく仏にすがる心となり、食を絶って息絶えたという。有王は主人を荼毘に付し、白骨を抱いて都に帰り、ことの次第を語り伝えるわけです。

ところが、この俊寛のお墓は、日本中にずいぶんたくさん、二十数箇所ぐらいあって、また有王の塚が何十となくある。これはどういうことかということを柳田國男は問題にしているのです。つまり「たった一つしか有り得ない」墓がたくさんあるということは、有王という名を名乗る遊行僧というか、語り部がいたと考えざるをえないという。語り歩いていったその土地ごとに、いかにもここで俊寛が死んだような感じを与えて、その土地との関連のもとに俊寛の物語を物語ったので、それを聞いた人々が、俊寛はぜひここで死んだことにしたいという気持から墓をつくった。それで俊寛の墓がほうぼうにできたのだ、と。

また、有王という名前も不思議な名前で、有王の「アリ」は、神霊が現われる「アレマス」の「アレ」からきている。またミアレ（御阿礼）という言葉の「アレ」に関係がある名前であるという。語っているその人が、聞いている者にとっては俊寛その人のように錯覚することもある。また、有王丸その人がいま現前にいるかに錯覚する、と。こうして有王の塚というものがまた、有王という語り部の通ったあとにつぎつぎに残されていったと、柳田はそういうふうに推理しているのです。

ですから『平家物語』の中のある部分については、それが京都という、当時の中央の都市の中でだれかがつくっただけの物語でなくて、琵琶を弾きながら琵琶法師が語り歩いた、その琵琶法師の一群の中に有王丸と名乗る人がいて、その人が語り歩いたことの証拠だ、と。だから、単一の作者などについて国文学者たちがいろいろ詮索しているのは問題があり、まちがっている。そんなことに精力をつかわなくてもいいんじゃないかと皮肉をこめて、また別のところで柳田が書いています。

もう少し、例をあげてみます。斎藤別当実盛といって、『平家物語』の中で、これまた哀れな最期を遂げる人があります。七十歳を超えながら老骨にむち打って戦にでる。そして北陸の海岸に近いところで討ちとられます。そのとき、自分が老武者だとあなどられるのはくやしいと、髪の毛を真っ黒に染めていた。またそのときの実盛の出で立ちについて『平家』は次のように語っています。

> 赤地の錦の直垂（ひたたれ）に、もよぎおどし（萌黄縅）の鎧（よろい）きて、くはがた（鍬形）うつたる甲（かぶと）の緒をしめ、金（こがね）作りの太刀（たち）をはき、きりう（切斑）の矢おひ、滋藤（しげとう）の弓もつて、連銭葦毛（れんぜんあしげ）なる馬に、きぶくりん（金覆輪）の鞍お

ひてぞ乗つたりける。

（日本古典文学大系『平家物語』、岩波書店、以下同）

この赤地の錦の直垂をはじめ、これらの装束武具というのは、一軍の若大将しか着用できないものなんですけれども、一介の老武者にすぎない実盛は、こうした盛装で身を固めて、討死を覚悟で戦にのぞんだわけです。それはなぜかというと、実盛の故郷はもともと越前国だったので、故郷で討死することを覚悟して、都で平宗盛という平家の総大将に暇乞いをしたとき、「故郷へは錦をきて帰れといふ事の候。錦の直垂御ゆるし候へ」と願い出て許されたというのです。『平家』は会稽山の故事などを引きながら実盛の出で立ちを語っているわけですが、こうして故郷に錦を飾った実盛の名は後の世まで伝えられていきます。

じつは実盛は後世、サネモリという虫の神に変化するのです。「サネモリ」とは何か。柳田國男によりますと、享保十七年（一七三二年）に、西国一円、つまり関西から西一帯にひじょうな飢饉が起こった。そのときにサネモリという名前の虫の神様、つまりイナゴだとかウンカなどの稲の害虫を司る神が祭られるようになって、サネモリが虫退治の大将になったという。

なぜ実盛が、この「サネモリ」に変身したのかということを柳田國男は「毛坊主考」という一連の論文で書いています。毛坊主というのは念仏供養をする半僧半俗の伝道者のことですが、彼らはことに飛驒地方、それから滋賀県、北陸一帯にかけて生息しておりまして、彼らによって実盛の物語が広められて、サネモリ信仰が伝播していったという。つまり無残な最期を遂げた実盛の怨霊をなだめるというか、それと来世の無事を祈るようなかたちで、阿弥陀の信仰と抱き込みになって、実盛の物語がいろいろ伝わっていった。その実盛が、どうしてサネモリという虫退治の呪術神としてあらわれることになるかというと、サネモリとよく似た言葉が日本にあったというんです。それはサナブリとかサノボリという言葉で、サナブリは「早苗降（さなぶり）」のことだと。ようするに「サ」というのは早乙女や五月雨などの「サ」で田植に関すること、また「ノボリ」はやはり「登り」で神に近い者のことをさすという。ですからサナブリというのは稲の神と関連のある名前であるというわけです。言葉が意味をしだいにかえていって、サナブリと実盛が一体化している。そこに一つの民間信仰が発生し、それを支えるものとして毛坊主という人々がいたというようなことを柳田は「毛坊主考」で書いているのです。こういうところに『平家物語』と語り物との不思議な関係が示されているように思います。

ですから『平家物語』の語りがどういうものであったかということよりも、むしろ近世になって、語り物と『平家』の関連が生まれる、そこがたいへんおもしろいところだと思うんです。つまり、『平家物語』の活字本ができて、世の中に広がって、人々が実盛の物語を聞く、あるいは読みながら知るようになってから、サネモリ信仰との融合が起こった。そう考えると、「原平家」の中に語り物がどうあるかということより、『平家物語』という物語が、また一つの語り物の中へなんとか形を変えて伏在するというようなことのほうがかえっておもしろい問題を含んでいると思えるのです。

『平家』がひじょうにたくさん印刷されて、世に流布するようになりましたのは、だいたい元和九年(一六二三年)で、京都と江戸と大坂の三つの町で出版者が、連合で木版本をつくり出して、これがひじょうによく売れた。現在、私どもが『平家物語』としてふつうに読む本は、おおかたこの元和九年の木版本によっているか、あるいはそれに近い版本によっています。

いずれにしましても、私の浅い知識では、語り物としての『平家物語』については、いま申しあげたような柳田國男の論説との関連で紹介することぐらいです。

あと少し、『平家物語』の特徴について、お話ししようと思います。『平家物語』は全部で十二巻あるんですが、巻第一の書き出しのところを見てください。ここに『平家物語』の語りというか、書き方の特徴がよく出ています。

祇園精舎の鐘の声、諸行無常の響あり。娑羅双樹の花の色、盛者必衰のことはりをあらはす。おごれる人も久しからず、只春の夜の夢のごとし。たけき者も遂にはほろびぬ、偏に風の前の塵に同じ。遠く異朝をとぶらへば、秦の趙高、漢の王莽、梁の朱异、唐の禄山、是等は皆旧主先皇の政にもしたがはず、楽しみをきはめ、諫をもおもひいれず、天下のみだれむ事をさとらずして、民間の愁る所をしらざりしかば、久しからずして、亡じにし者どもなり。近く本朝をうかゞふに、承平の将門、天慶の純友、康和の義親、平治の信頼、おごれる心もたけき事も、皆とり〴〵にこそありしかども、まぢかくは、六波羅の入道前太政大臣平朝臣清盛公と申し人のありさま、伝承るこそ心も詞も及ばれね。

よく知られている有名な一節ですが、ここで特徴というのは、まず最初に「遠く異朝をとぶらへば」というふうに、中国の話をここに出している。中国では、秦の趙高、漢の王莽等々の反逆の先例がある。みな楽しみを極め、諫めを入れず、天下が乱れることも悟らずに、ついに久しからずして亡びた、そう書いて次に、「近く本朝をうかゞふに」、こんどは近く、つまり、この身近な日本のことを振り返ってみれば、平将門、純友、義親、信頼、といった人たちも然りといい、そして、そのあとに、「まぢかくは、六波羅の入道前太政大臣平朝臣清盛公」にふれて、ここから清盛の略伝に移ります。

『平家』を読んでいきますと、次から次へこの最初のところにあるように、いわば物語の格を高めるというか、できるだけ話の柄を大きく見せようとするときに必ず「遠く異朝をとぶらへば」と中国の故事が語られます。その特徴がすでにこの最初のところによく出ているわけですが、中国の話、歴史をもちだすと、それに比べて日本の話がいかにも小さい。なにか話を誇張するというか、ものごとを大きく見せようとするひとつの語りのテクニックが見られるのです。

たとえば、『平家物語』巻二です。天台座主——比叡山延暦寺のいちばん偉いお坊さんを座主といいますが、その天台座主に明雲という人がいて、この明雲座主が後白河法皇の怒りにふれて流刑に処せられる「座主流」の話です。事の起こり(巻一)は説明するとずっと長くなりますから、簡単に紹介しますと、加賀国(石川県)に白山というひじょうに奥深い名山があります。この白山の鵜川というところに延暦寺の末寺があって、そこで一つの争いが起こった。白山の一帯は温泉地帯ですから、鵜川の寺にもお湯が湧き出ている。そのお寺の、いつもお坊さんたちが身を清める温泉に、京都から赴任してきた目代(代官)が馬と一緒に入って馬の体を洗った。それで寺側が怒って反乱を起こすのですが、役人の方は寺に火を放ったりして、結局その争いは白山から比叡山へと飛んでいく。というのは、比叡山の末寺が白山のお寺という関係があるので、白山の清らかな温泉を汚された坊さんたちが比叡山に直訴をした。そうすると比叡山の坊さんたちは、その目代を派遣した京都の朝廷にたいして、処分せよ、流罪にせよと、また直訴する。そんなことで争いが広がっていった。じつは、このとき白山の衆徒は、白山の御輿を比叡山の末社に持ち出し、強訴のたびに、都に振りおろさんと構えていたのです。もともと御輿というのは強力な霊威をもったもので、時には武具ともなる。実際に日吉の御輿が洛中にあばれ出た先例もあって、朝廷にすれば、彼らの訴えを聞き入れざるをえなかった。そこで、争いもひとまず決着したのですが、その後、讒言する者があって、結局、明雲座主が京の都に御輿を振りおろした張本人という科で伊豆へ流刑と決まった。

いよいよ都を追われた明雲座主の輿が、警備の役人たちに囲まれて大津の石山のほうへと逢坂の関を越えて行く。ところが、この石山に待ちかまえていた比叡山の僧兵たちが、たちまちのうちに天台座主明雲を略奪して、意気揚々と比叡山に引き上げていくんです。

この『平家』の「座主流」の章には、明雲座主奪還の話のあと、唐突なかたちで唐の一行阿闍梨という高僧のたとえ話が出てきます。この一行阿闍梨という人は、天文学者としても卓抜な功績を上げた人のようです。山田慶児さんによると、一行阿闍梨の発見した天文の運行の法則は現代でも通用するということですが、この一行阿闍梨は、玄宗皇帝の妃、かの有名な楊貴妃と密通したという疑いをかけられて流刑に処せられる。この一行阿闍梨は絵がたいへんうまくて、あるとき、玄宗皇帝の前で楊貴妃の裸を描けと命ぜられた。ところが、しかたなく描いたときに、ぽんと筆を落とすんです。それが描いている楊貴妃のお腹のあたりに落ちて、そこにほくろが一つつく。じつは実際に楊貴妃のお腹の同じところにほくろがあったので、玄宗は、これはただごとではない、ということで疑いを抱き、ついに不義密通を働いたとして流される。それも遠く、西域の果羅という国まで何千里の流罪の旅をします。『平家』はそういう何千里もの、ほんとうに難行苦行の流罪の旅と、京から石山まで、わずか三里の明雲座主の流罪の旅と引き比べて書いている。滑稽といいますか、寄りかかりもいいところで、そういう例がたくさん出てくるのです。

こういうところを読んでいますと、『平家物語』というのは、読んでいる人が『平家』を読みながら、中国の歴史について、なにがしかの教養を身につけることができるように意図した、そういう教養の書という一面があるように思います。

もっと、いろいろな例がありますが、もう一例だけ挙げておきます。巻一に「二代后(にだいのきさき)」という章があります。主人公は藤原多子という藤原の摂関家出身の絶世の美女で、この人が近衛天皇の妃になる。ところが近衛天皇が十七歳の若さで亡くなってしまう。次に帝位につくのが近衛天皇の兄の後白河天皇、その子が二条天皇なんですが、二条天皇は未亡人になった先帝の后に恋をして、これを強引に自分の后にしてしまう。そのため、彼女は二代の妃という汚名をこうむるのです。

二条天皇の横恋慕にあわてた公卿たちは、いそぎ公卿僉議をやるわけですが、そこに、唐の則天武后の例をもち出してくる。唐の太宗の后、則天武后は太宗の子、高宗の継母なんですが、太宗没後に高宗の后になる。中国にはこういう先例があった。しかし、わが国には神武以来、先例がないから、こういう二代の天皇の皇后になるというようなことは許されないといって、強く反対したのですが、二条天皇は強引に実行してしまうんです。

事実はともかく、このように先例をまず中国に求めて、物語の展開をはかるという傾向が『平家』にははっきりあらわれております。

それと『平家物語』のもう一つの特徴について、冒頭の部分をもう一度ゆっくり読みながら考えてみましょう。「祇園精舎の鐘の声、諸行無常の響あり。娑羅双樹の花の色、盛者必衰のことはりをあらはす。おごれる人も久しからず、只春の夜の夢のごとし」。仏教説話によると、釈迦が入滅したときに沙羅の木のすべて、葉も幹も白変した、真っ白になったといわれています。それで、釈迦入滅の地を白い鶴にたとえて鶴林というわけですけれど、そういう沙羅双樹の色もあっという間に変わるぐらい、すべて生あるものも、いのちの果てで白く色あせてしまうことから、「盛者必衰のことはり」をいい、「おごれる人も久しからず」と語ります。

問題は次です。「只春の夜の夢のごとし」。この続きが僕には不思議でしかたがない。「おごれる人も久しからず」の次に、なぜ「春の夜の夢」という文句がくるのか。このあとは、「たけき者も遂にはほろびぬ」、どんなに勇ましく、権威を持った人もついには滅びると、それはまるで風の前の塵のようだと続く。この仏教的なたとえはそれなりにわかるけれど、「春の夜の夢のごとし」というものと、「おごれる人も久しからず」とが、どうしてこうつながっているのか。

じつは『平家物語』という本を書いたときには、僕はこのことにぜんぜん気がつかずに、この間読み返しているときにはっと気がついたんです。当時、つまり『平家物語』の舞台になった時代といいますと、後の勅撰歌集では『後撰集』、それから『新古今和歌集』『千載集』につながる時代です。これらの歌集にとられた和歌の

中には、「春の夜の夢」という、この文句はいくらでも出てきます。いくつか挙げてみますと、有名なのに、

春の夜の夢ばかりなる手枕にかひなくたたむ名こそ惜しけれ

周防内侍(『千載集』)

という和歌がありますが、また、

寝られぬをしいて我が寝る春の夜の夢をうつつになすよしもがな

読み人知らず(『後撰集』)

寝られないのを強いて寝ようとしている春の夜の夢を、なんとか実際のものにするすべがあったらなあ。まあ、これなど、しようもない和歌ですね。

それからまた、これはたいへん美しい和歌ですけども、

風かよふ寝覚めの袖の花の香にかをる枕の春の夜の夢

皇太后大夫俊成女(『新古今集』)

これは藤原俊成の娘の和歌です。春の夜の少し暖かい夜に、窓を開けて寝ている。もちろん添い寝をしている人があるわけです。ふと風のかおりに目が覚める。そして目が覚めて後、春の夜の夢を見た、というわ

けですから、またそこで枕を交わしたという感じがします。

また、ひじょうに露骨なエロチックな和歌ですが、

枕だにしらねばいはじ見しままに君かたるなよ春の夜の夢
和泉式部（『新古今集』）

つまり枕さえ知らない、知っているのはあなただけなんだから、今夜のこの春の夜の夢を人に語ってはいけないという。枕もないところで共臥している。

このほか、とりわけ有名なのは、

春の夜の夢の浮橋とだえして嶺にわかるる横雲の空
藤原定家朝臣（『新古今集』）

これは春歌として出ています。

こういうふうに、「春の夜の夢」という言葉は、当時の宮廷歌人たちの間ではすぐ頭に浮かんでくる言葉の一つなんです。春の情、恋にかかわるひとつの決まり文句です。春の夜の夢のようにはかない契りという意味合いがこめられている。

とすれば、『平家物語』のそもそもの冒頭に、なぜ「春の夜の夢のごとし」という言葉が出てくるかというと、これから語る平家の物語の中には、「奢れる」人々の栄枯盛衰の話とともに「春の夜の夢」を見た人たちの身の上話も出てくるということを、予告しているのではないか。『平家物語』の中には幾人もの女人の身の上を語

る段がありますが、すべて「春の夜の夢」を見た女人たちの身の上です。祇王祇女をはじめ、小督、横笛など、最後の建礼門院の物語にいたるまで、すべてそういう女人の身の上を語るところには「春の夜の夢」がついてまわる。『平家』の色好みの文芸の一面がうかがわれます。

最後に『平家』は、巻十二が終わった後に、「灌頂巻」を置きます。これは建礼門院がめでたく成仏する物語です。大原の寂光院のかたわらに方丈の庵を結び、ひたすら念仏三昧の日々をおくる女院。そして、ここでは『妙法蓮華経』第十二品提婆達多品に説かれる「女人往生」が語られます。女性は穢れが深いので、成仏できないとされているのですが、『法華経』には、そういう女性さえ成仏できるということが説かれ、法華経信仰は広く女人の心をとらえていたのです。こうして女院もめでたく仏の御許へと迎えられたというふうに物語は終わる。

そういう意味でいいますと、『平家物語』をひとつの仏教文学として見る見方も、当然出てくると思います。このほか、いろんなところにそういう仏教的な救い、来世への願いをうかがわせる節があるからです。

そんなことで、語り物としての『平家物語』を、こうしてまた今日のような春の日に、私がここで語るということは、なんとなくつじつまがあっているような感じがします。

（「創造の世界」一九九八年夏号、小学館、一九九八年八月）

『伊東静雄』

按ずるに、すべて生あるものは発展と萎縮、離巣と回帰をくり返すほかなしとすれば、人の心また然りといえない道理があるだろうか。

ヘルダーリン『ヒュペーリオン』

⊙含羞を秘めている詩人

長いためらいのあいだにむなしく試みられた一再ならずの出発準備が、ある日、ついに本当の出発によって、うそのように過去のものとなる。そういう日の晴ればれとした気分を知らない人があるだろうか。いま私はその気分を味わっていると言いたいが、まだ早すぎる。これが本当の出発になるかどうか分からないいま、一歩を踏み出したにすぎない。気重(きおも)な、暗い道に、読者をさそいこみそうな気がする。曇天、悪天よりも、快活で自在な、見通しのよく利く晴天を好まぬ人はない。それをのちの大きな楽しみとして、しばらく我慢してくれる人が読者であってほしいと思う。

伊東静雄のことを考えるというのは、私には、彼が書いた詩を彼みずからまとめた詩集のなかで考えるということにひとしい。当然ではないか。だが、あえて言うなら、伝記家、書誌家の手によって伊東静雄は撫でまわされて黒光りしているが、彼の詩そのものは白い状態のまま取り残されている。これを詩人の幸福と称することができるかどうか。彼の詩は、そとまわりの夜警番が鉱物学者か何かのまねごとに銃尾で突っついた城壁のように、ところどころ剝がされ、崩れて、穴をあけられている。けれども、テクストはそのために傷つけられたり湮滅したりしているわけではない。手近な文庫本が一冊あれば、だれの手にも彼の詩はもとの状態で渡る。だれの目にも、余白に囲まれたテクストの天守閣はもとのままそびえているだろう。それなら、詩人の幸福もまた守られているということができる。読者の幸福また然り。われわれにはお城入りする楽しみ、攻略し発見する快楽が残されているわけだ。

だが、相手は慎しみ深い詩人である。つねに一貫して含羞を秘めている詩人。そのために不遜の外見を装うことのある詩人。語らないことで語り、歌わないことで歌うこの詩人の流儀に馴れないあいだは、彼が煙幕使い（ミスティフィカトゥール）のように見える恐れなしとしない。

耀かしかつた短い日のことを
ひとびとは歌ふ
ひとびとの思ひ出の中（なか）で
それらの日は狡（ずる）く
いい時と場所とをえらんだのだ
ただ一つの沼が世界ぢゆうにひろごり
ひとの目を囚（とら）へるいづれもの沼は
それでちつぽけですんだのだ
私はうたはない
短かかつた耀かしい日のことを
寧ろ彼らが私のけふの日を歌ふ

さいごの一行をそのまま表題とするこの詩を、彼はかような言い方で閉じる。狭い席取り競争をする余地のない満席のなかに、すべての席にいる「短かかつた耀かしい」日々のうたう歌が「沼」にかわって宇宙にひろがるとき、どうして「私」が「彼ら」を、それらの日々を、詩にする必要があるだろう。「私」は詩の扉口に立って、歌に耳を傾けさえすればいいのだ。「けふの日」を体験した「私」に聞こえるものはただ「私」をうたってくれる「彼ら」の歌である。「私」の体験無しにはあり得ないはずの「彼ら」の歌。「私」の「沼」の体験無しにもまたあり得なかったその歌。

右の詩から私が感じ、私が考えることとは、これで尽きているわけでは決してない。冒頭の一行「耀かしかつた短い日」が、おわりに再度あらわれるときには語句の逆転によって「短かかつた耀かしい日」と変って実現している音韻の変化(カ行の後退と抵抗)およびリズムの変化の妙によって私がみちびかれる方向には、音楽が私にあたえるのと同質の経験領域がひらける。詩句の伝える意味とは別に、意味上の諒解が完了したのちにも猶、依然として残存し、揺曳しているものがある。それはこの詩が展開の仕方によって創出した形式(フォルム)、したがっていつでもこの詩によって確実によみがえる形式が私にあたえる充実と解放につながっている。いまいう充実も解放も、適切に言い表わされた意味からくるのではなくて、ある状況のもとで事物の示す姿、事物の面貌に対して、われわれがとり得る適切な態度、身の処し方が、詩によって伝えられることから生じた充実と解放である。私がこの詩によってあらたに知ったのは、言語の一組織体、ひとつのシステムになった一篇の詩による、ひとつの定義というべきものだ。それは論理的な定義とは別のものであり、他の芸術(音楽、彫刻、絵画、建築、舞踏、祭式)に伍して、詩が、それ自体によって実現した事物の定義である。時間のなかを刻々に動いてゆくこの定義を、時間に沿う私の身体が、然るべき姿勢をたもつことで支え、定義を体験する。ここに詩は、新しい体験というものになる――読者にとっても、詩人自身にとっても。

其れで遊んだことのない
おれの玩具の單調な音がする
そして　おれの冒険ののち
名前ない體驗のなり止まぬのはなぜだらう

（「田舎道にて」）

鳴りやまない「名前ない体験」に名前をあたえるのがこの詩人の詩作であった。言語の始源にあり、言語とともに古い隠喩が復活し、物の通常の呼び名を放逐すると、物の世界にあるとみえた秩序がけしとぶ。未開の自然が出現して詩人を驚かせ、おびやかし、われわれを驚かせ、おびやかす時代がよみがえる。絶対言語が、雲母に掩われた岩盤のように、詩人の精神から放たれる光に照らされて、在り処をあかす。詩人の語る言葉は、物そのものと同様に見透せないものとなり、なぞめいた言回しが、物のまわりにまつわり付く。そういう言回しを手がかりに、われわれは物のまわりをめぐり、手でさわれる物を相手にするかのように詩人の言葉にさわり、堅さ、重さを計り、へこむかへこまぬか、平滑かザラザラしているかをたしかめる。遠くのほうに稲妻がきらめくと、一瞬、雲がうかび出る。下方には海、森林、泉、水流、草むらが光り、都会の横顔が、また地平の闇に沈む。吹く風を追うように、詩人は隠喩のあとを追う。

田舎を逃げた私が都會よ
どうしてお前に敢て安んじよう

詩作を覺えた私が行爲よ
どうしてお前に憧れないことがあらう

（「歸郷者反歌」）

狂暴な、黙示録的な隠喩の世界に耐えようとして、苦しさのあまりに叫ぶ詩人の声は、いのち綱をたぐり寄せようとする難破船客の声のように痛々しい。だが、絶望を知らないあいだの希望とは何だろうか。

私が愛し
そのため私につらいひとに
太陽が幸福にする
未知の野の彼方を信ぜしめよ
そして
眞白い花を私の憩ひに咲かしめよ
昔のひとの堪へ難く
望郷の歌であゆみすぎた
荒々しい冷めたいこの岩石の
場所にこそ

（「冷めたい場所で」）

「名前ない体験」に名前をあたえるこの試みは、危険な孤独のなかでくり返され、詩人を狂気に近づけるのではないか。われわれは成行きをこわごわ見守る。けれども、人間は、かように大胆不敵な詩作をひとりの相手もなしに孤独にくり返すようには出来ていない。詩人は「私が愛し／そのため私につらいひと」と言っている。この人影は何者か。悪魔は心をとろかす美女の姿をとって荒野の修道士をしばしば誘惑することがあった。われわれの詩人は、彼もまた、誘惑者を相手に持つがゆえによく孤独から免れているのだろうか。だが、聖アントニウスの同類を彼にみとめるのは、おそらく見当違いだろう。詩集『わがひとに與ふる哀歌』も、詩集中の同題の詩も、「わがひと」を女性と受け取らなくてはならないような措辞を注意深く回避していることに対して、人は少しも注意しなかった。伝記家の思い込みが広まったのだ――「ただ一つの沼」のように。「わがひと」は、「私」の分身、ドッペルゲンガーとしてあらわれているのだと私には思われる。もうひとりの「私」＝「半身」を愛している「私」のドラマが、物に新たな名を付けるという古くして新しい行為、ほとんど暴行に似た行為に専念し、隠喩の猛吹雪のなかに身を曝すことになったおかげで年齢を欠き、血の気も失せたひとりの呪術師に変貌して自分の顔をうしなっているこの詩人に、人間の苦悩と悦びをよみがえらせる。悦びはただちに忍苦の諦念に似た、氷の炎の色に染まるにしても――

あゝ　わがひと
輝くこの日光の中に忍びこんでゐる
音なき空虚を
歴然と見わくる目の發明の
何にならう
如かない　人氣(ひとけ)ない山に上(のぼ)り
切に希はれた太陽をして

殆ど死した湖の一面に遍照さするのに

（「わがひとに與ふる哀歌」）

この日本のヒュペーリオンには、影の形に添うごとく「私」に随伴している「私」の分身、ひとりのベラルミンは、どうにか存在したように思われる。だが、ついにディオティーマは見出されない。彼女は影であってはならない。恋愛の対象が、男のほうからも、女のほうからも、最も高揚したイデアの実現に一致するようなことは、事を載せ、道(思想)を載せて運ぶ言語がそれを可能にしなければ成り立たない。この可能は、われわれの日本語が今も昔もよくなし得ることではなかった。ディオティーマ、即ちズゼッテ・ゴンタルトがヘルダーリンにあてた十数通の手紙の邦訳は、日本語で書かれた手紙というものではない。隠喩がよく用いられるわけでもなく、論理学の演習があるわけでもない平明な文章。だが、情を尽し、理非曲直を分かって、ああいう手紙が、魂から魂に向けて日本語で書けないなら、われわれはディオティーマの手紙をまえに黙坐し、口惜し涙に暮れるほかはない。伊東静雄は『ヒュペーリオン』にしばしば霊感を仰いだ。霊感は待つすべを知っている人にやってくる。彼は時と場所を周到にととのえ用意して、ヘルダーリンの表現がまれびとのように収まるのを待った詩人である。もとはドイツ語育ちの語、語句、隠喩は、収まるべき文脈において伊東静雄の詩中に収まり、更紗の捺染のように織布と和解し、ひとつに融合した。われわれはやがてそういう実例を見るだろう。しかし、恋愛にかかわる表現は別である。待つことから書かれた相手の手紙に対して、収まるべき文脈のととのうのを待ってのちに返事をしたためるような恋文などというものは、あそびの恋の手紙である。まともに真率な恋文ならば．それはいつでもディオティーマの恋文のように、盗んだかりそめの暇に全身全霊を打ち込んで書かれるだろう。そのとき翻訳が何の役に立つか。翻訳といったのは嵌め込みというほどの意味である。要するに、「わがひと」が女性のうちに紛れていたのは、かえって女性に対する侮蔑のあらわれであった。無理なことをこの方面では試みない分別を伊東静雄に認めておくのが、詩人に対する礼節である。

前置きはこれまで。『わがひとに與ふる哀歌』に収める二十八篇の詩を——二十八篇というのは「歸郷者」を締め括る「反歌」も一篇とかぞえた数である——逐一、配列順に註解すること。これはだれかがとっくの昔にやっていてもよかった仕事なのに、と私は思っている。

詩集『わがひとに與ふる哀歌』は、まず巻頭「晴れた日に」にはじまり、つづいて「曠野の歌」を置く。このはじめの二篇は、一見無きがごとくにみえるほど用心深く隠された連繫をそなえている。詩人の用心というべきである。詩人をためしにかけ、自分の好みにしたがって判定をくだす読者に対して、詩人のほうから先手を打ち、詩人が読者をためしにかけているのだ。読者のほうにもまた用意がなくてはならない。私には、読者に用心を説くくぐもりがちな詩人の声が聞こえる。「この詩集を、世のつねの詩集と同様なものと思ってはくれるな」とその声はいう、「書き溜めた詩を適宜に配列した詩の集と混同してもらっては困る。作った年代順の配列を採る詩人がある。新しいものほど前に、逆年代順に配置する詩人もある。自信のある作品、あるいは詩集の特徴をよく示すものを巻初に配し、あとはおよその見積りで盛りあがる気分をねらったり、対照の妙によって曲をつけたり。世上、極く普通に見かけるのはこれだろうね。糊はどのように使うことだってできるものさ。外的な秩序によって詩集を編む方法をすべて排除すること、専ら内的な秩序にしたがうこと、これが私の方法だ。詩から詩に移るあいだに起こったことを見届け、それを頼りに詩の配列を決定する。これが私の採った方法だった。めぐる四季、運行する日月星辰、暦のままに営まれる私の生活、出来事に応じて起伏をくり返す私の感情、外的秩序を肯定受容する私の理性、そういうものと私の詩集の編み方とは全く無関係なのだ。ここには私が命じて内在させた秩序があるのみだ。読者は気付いてくれるだろうか。〈古き師と少なき友に献ず〉とあえて扉にしるしたのは、私にも理解者がいなければならないからだ。新しい読者には、少なき友のうちにみずから加わる意志があるだろうか。」

詩人が危ぶんだのも無理はない。彼がこころみたのは前例のない詩集の実現だった。日本の詩人たちの名を列記し、明治、大正、昭和に世に出た評判の詩集をつらねるにもおよばないだろう。この前例のない詩集のなかでは、ひとつの詩が他の詩に問いかけ、問いかけられた詩がまた別の詩に問いかけている。問われているということを知らない詩はひとつとして存在していないが、問いかけに対してすなおに答えを返しているような詩もまたひとつとして見当たらない。詩がそれぞれに窓をそなえながらも、向かい合った窓によって接合することがないのは、あたかもライプニッツの単子を思わせる。窓から窓に信号が送られるかにみえるが、信号は通達でもなければ、応答というものでもない。空き家に開かれたままの窓ではないこと、窓が生きていることを知らせるだけの窓の群れが、ある部分には濃密に集合し、ある部分には稀薄に分散し、全体としてひとつの系を形成している。もしも完全に整序が行きわたり、尺度が支配し、デーモンが鎮められたとすれば、この系はよく調律されたピアノとして具現したかもしれない。だが、あるがままの系は、デーモンに引っかきまわされて随処で断ち切れた弦がもつれたまま放置され、響板もまた何らかの外圧のために歪んでいるピアノを思わせる。これの修復は、ただ詩人の理念のうちにある。ピタゴラスの星空が詩人の頭上にきらめき、永遠の楽音を降らせるが、詩人はそれに聴き入りながら、暗く、荒々しい地上の持ち場で、修復の身振りをつづける。ずっと後年、戦後にいたって、彼は『わがひとに與ふる哀歌』の時代の理念をはじめて外部の風景としてながめ、回想の現在として、耳に聞きとる一瞬を体験する。美しい瞬間。詩による詩の証明。たまゆらのいのちがみずからの尾を咬み、円環をとざす——

室内樂はピタリとやんだ
終曲のつよい熱情とやさしみの殘響

いつの間(ま)にか
おれは聽き入つてゐたらしい
だいぶして
樂器を取り片づけるかすかな物音
何かに絃(げん)のふれる音
そして少女の影が三四(さんし)大きくゆれて
ゆつくり一つ一つ窓をおろし
それらの姿は窓のうちに
しばらくは動いてゐるのが見える
と不意に燈(ひ)が一度に消える
あとは身にしみるやうに靜かな
ただくらい學園の一角
あゝ無邪氣な浄福よ
目には消えていまは一層あかるくなつた窓の影繪に
そつとおれは呼びかける
おやすみ

（「夜の停留所で」）

浄福よ、おやすみ。『わがひとに與ふる哀歌』の入口まで、冥府降(くだ)りの端緒まで、われわれはひき返さなくてはならない。冥府。なぜなら、この詩集には詩人の影が、亡霊が、幾重にもかさなって出没するのだから。

⦿「わがひとに與ふる哀歌」

太陽は美しく輝き
あるひは　太陽の美しく輝くことを希ひ
手をかたくくみあはせ
しづかに私たちは歩いて行つた
かく誘ふものの何であらうとも
私たちの內(うち)の
誘はるる清らかさを私は信ずる
無緣のひとはたとへ
鳥々は恆(つね)に變らず鳴き
草木の囁きは時をわかたずとするとも
いま私たちは聽く
私たちの意志の姿勢で
それらの無邊な廣大の讃歌を
あゝ　わがひと
輝くこの日光の中に忍びこんでゐる
音なき空虛を
歷然と見わくる目の發明の

何にならう
如かない　人氣(ひとけ)ない山に上(のぼ)り
切に希はれた太陽をして
殆ど死した湖の一面に遍照さするのに

これを最後とする「半身」の祈り。詩集と同題のこの詩のあと、もう二度と詩集中に祈りの詩はあらわれない。以後、「半身」は悲苦に彩られた孤独の歌をくり返すだろう。「私」もまた、わが意に反して、自負に反して、追想まじりの嘆きを洩らすだろう。いま「半身」は、祈りの通じないことは百も承知のうえで、ただひとりの希求、聞き入れる相手でないことの分かっている相手への希求を歌わなくてはならない。歌わなくては、空しい希求すら空しくなってはくれない。歌われていることが少しも歌われていないことになるような歌。歌が熱烈で、しかも空虚な形骸になっている歌。あとに空蟬の、もぬけの殼の歌が残るだろう。いや、それ以外のものが残ってはならない。熱烈、空虚な形骸が主題であり内容そのものであるような歌。

詩の第一行は、すぐさま第一行を打消す第二行につづく——

太陽は美しく輝き
あるひは　太陽の美しく輝くことを希(こひねが)ひ

太陽は美しく輝いているのではない。だが、美しく輝いていてほしいという希求の手応えにとって、あるいは手応えのある希求にとって、いま美しく輝いていない太陽というものはない。「半身」はすでに「冷めたい場所で」祈っていたではないか——

私が愛し
そのため私につらいひとに
太陽が幸福にする
未知の野の彼方を信ぜしめよ

「半身」は同じ「つらいひと」、「半身」からすればみずからの「半身」たる存在、即ち「私」を伴って「未知の野の彼方」に「私」をみちびき、案内してきたのだ(という希求)。いま美しく輝いていない太陽の、なんという裏切り。それでも「半身」の手は「私」の手と固く組み合わされている(という希求)。

手をかたくくみあはせ
しづかに私たちは歩いて行つた

あくまで「しづかに」歩かなくては。蜘蛛が音ひとつ立てずにつくる巣のように、いま希求がひろがっていく。気付かずにいる術をまなばなくては――

かく誘(さそ)ふものの何であらうとも
私たちの内(うち)の
誘(さそ)はるる清らかさを私は信ずる

「わがひと」、「半身」の第一原因たる「私」に、果たして「半身」の希求し「信ずる」ような「清らかさ」があるかどうか。「私」の作った詩を六篇――「晴れた日に」「新世界のキィノー」「田舎道にて」「帰郷者」と「反歌」「海水浴」――ここまでに見てきたわれわれは、にわかにこれを信じがたいという気がする。しかし、すでにここは信の領分に入っている。「半身」が信ずるというなら、傍から何もいうことはない。「半身」には、美しく輝いていない美しく輝く太陽が取り憑(つ)いている。憑依(ひょうい)の人が、錯落たる倒置の語法をこのあと頻用したとて驚くには当たらない。次行、「無縁のひとはたとへ」は「たとえ、どうであろうと」の意。無縁のひとは聴こうとしないだろうが、「いま私たちは聴く」というつながり方になる。何を聴くかは、倒置されて二行先にしるされている。

無縁のひとはたとへ
鳥々は恒(つね)に變らず鳴き
草木の囁きは時をわかたずとするとも
いま私たちは聴く
私たちの意志の姿勢で
それらの無邊な廣大の讃歌を

鳥獣虫魚と人間は意志の有る無しによって峻別されている。「半身」の希求は勝手放題の空想を産出するわけではない。希求は意志につながる。「半身」は自分と同じ「意志の姿勢」を「わがひと」＝「私」も選び取っていることを希求する。おそらく「わがひと」のほうは、例によって、かような希求をにべもなく撥ねつけると思われる。しかし、いま「半身」には、そういう予想は邪念でしかない。意志なきものたちの声、鳥の鳴き声、草木の囁きに「半身」と「私」のふたりは「意志の姿勢」で「無邊な廣大の讃歌」を「聴く」と「半身」は言い放つ（あるいは「聴く」という希求を言い放つ）。

詩はここにいたって、全く意想外な転回を開始する。「半身」はここまでの歌をあくまで希求の歌として、希求に即して、希求そのものとして、一気に、思い邪まなしといったふうに歌ってきた。だが、それはここまでの十三行で打ち切られる。「半身」は「わがひと」＝「私」を見捨てるのだ。

あゝ　わがひと
輝くこの日光の中に忍びこんでゐる
音なき空虚を
歴然と見わくる目の發明の
何にならう
如かない　人氣(ひとけ)ない山に上(のぼ)り
切に希はれた太陽をして
殆ど死した湖の一面に遍照さするのに

ああ、わがひとよ、あなたはこれでも、私に唱和して下さらないのですね。宇宙にみなぎっている無辺、広大な讃歌、鳥たちの声も、草木の囁きも、ふたりが意志の姿勢で聴くならば、いまこの時の讃歌となってくれるものを、あなたはやっぱり、意志の姿勢を私と共にしては下さらないのですね。そして例によって「音なき空虚」を小賢しく見分けようとなさるのですね。そんなことをして何になるのです。だが、もうあなたには何を言ってみても無駄です。私はひとりで登高し、山間にひっそりとしずまっている湖面に、私がわれわれふたりのためにあんなに切実に希求した太陽を遍照させましょう。私は悲しいのです。これがあなたへの最後の願い、最後の祈りであり、しかも願いも祈りも、かように哀歌として、エレジーとしておわるしかないとは。

詩のおわり八行を散文的に書きかえれば、こういう意味になる。「あゝ　わがひと」以下五行は「わがひと」に対する「半身」の咎め立てであり、残りの三行は「半身」がみずからに言い聞かせる諦めの独白なのだ。かようにこの詩を三分割し、それぞれの叙法を見分けて解釈すれば、詩の意はびっくりするほどよく通じてくれる。私は謎解きのうまくいった満足の念をみずから禁じ得ないことを告白する。

さてしかし、それにしても、冒頭のあの二行、衝突し、齟齬し、矛盾するあの表現には、何やらただならぬものがひそんでいる気がすることに変りはない。隠れた原理というべきものが働いていないだろうか。「半身」と「私」をいずれも盲目の人と考えてみてはどうか。ふたりは盲目なのだ。ふたりは意志して盲目となった——もっとも「私」を勝手に盲目にしたのは「半身」である。冒頭の二行、絶対矛盾の自己同一とでもいうほかはないようなあの二行を、もう一度振り返ってみなくてはならない。

太陽は美しく輝き
あるひは　太陽の美しく輝くことを希ひ

希求というものは盲目状態に似ている。第二行と同時に、「半身」は希求のために盲目となっている自己を自覚し、みずから盲目を招き、意志的に盲目となることによって、希求に支配されるままになる愚かしさを免れる。「鳥々」は自然のままに、常住不断に鳴きさえずる。「草木」は自然のままに、吹く風にみずからを委ねて「時をわかたず」囁きを洩らす。だが、「半身」は「私」を巻添えにしながら「意志の姿勢で」「私たちは聴く」

という。聴くことに全身全霊を集中する「私たち」は、そのことによって鳥とも草木とも峻別される人間の立場を固守する。聴くことに、聴かんとするのあまり、ついに盲目の人たることを選んだのである。あの第二行が言い出された瞬間に、聴く人は、「半身」は「私」といっしょに盲目の人となったのである。太陽は美しく輝いているのだ。しかも太陽は、いわば内部に密封されている状態にある盲目の人に、直接そのまま光を送ることはない。暗黒の内部からの希求として、太陽は美しく輝いている。かように解すれば、第三、第四行がまたちがった趣を帯びる。

手をかたくくみあはせ
しづかに私たちは歩いて行つた

並び立つ盲人ふたりが、こうして手を固く組み合わせて歩いていく。光と熱の送られてくる方向を盲人が直観的に把握し、そちらに誘われるようにすすんでいく。先をかさねて引用すれば、

かく誘ふものの何であらうとも
私たちの内(うち)の
誘はるる清らかさを私は信ずる

と「半身」がいうとき、この「清らかさ」とは盲人の直観を指していると解することができるだろう。こうして、「太陽の美しく輝くこと」への希求に促され、意志して盲目の人となった「半身」には、日光が輝いていることについて、なんら疑点をさし挟む余地もなくなる。そして日光が輝いていることは、宇宙に音が讃歌となっ

て充ち溢れているにひとしい。

あゝ　わがひと
輝くこの日光の中に忍びこんでゐる
音なき空虚を
歴然と見わくる目の發明の
何にならう

という詩句のあって然るべき所以である。「目の發明」とは、さかしらな目の働きをいう。意志して盲目となった盲目の人「半身」は、「わがひと」＝「私」が同調して盲目の人となることを承知せず、目あきの受動的な目の働きを「目の發明」と思っていることを非難し、嗟嘆するのだ。それはまた盲人たるすべを知らなかったあいだの自分自身に対する憫笑である。

詩は意志的盲目の状態を契点としてみれば当然というほかないような独白の調子をとっておわりとなる。さいごに敢行された倒置の語法が、ひときわいちじるしい。

如かない　人氣（ひとげ）ない山に上り（のぼ）
切に希（こひねが）はれた太陽をして
殆ど死した湖の一面に遍照さするのに

「殆ど死した湖」は、おそらくこの盲目の人のまぶたの隠喩である。裏がわが表てになっているまぶたの隠喩。もしも盲目を意志することがいま少しおそかったなら、すっかり死んだ湖になったかも知れないのに、かろうじてそうなることを免れた湖が、この意志的盲人のまぶたを領有している。湖面は見おろすべき位置から見上げるべき位置に転回し、盲目の人と「切に希はれた太陽」とのあいだに皮膜となって懸っている。湖面のかような位置転回を示すような語は、詩のなかに何ひとつとして見当たらない。だが、この転回に応じているのは、いかなる語でもなく、それは語法であり、果敢な倒置の語法なのだ。振り返ってみると、目あきのままでいたがる「わがひと」=「私」が如才なく小賢しい目の働きのためにかえって盲目であるといえる条件が、そのまま盲目の人を直観と洞見にみちびき、見る人が聴く人となり、聴く人がまたそのまま見る人に変ることを示していたのも、表て向きの意味を伝達するいかなる語の存在でもなく、それは倒置の語法だった。意志という転回軸が有効に働いていることは、意志的に通則から逸脱した果敢な倒置の語法が、そのことを示していた。

「わがひとに與ふる哀歌」という詩は、これをわれわれと同様な目あきの経験の歌と思って読む限り、統辞関係に見通しの立たない言語的産物、奇怪な、チグハグな言表に掩われている作品である。ところが、この「哀歌」を意志的盲目の人のうたう経験の歌として読めば、統辞関係に破綻は起きず、それと同時に範列関係に目ざましい活性化があらわれ、この言語的産物は連鎖の緊張によって物語的な起伏を示し、時間の流れを回復し、方向性を帯び、終局にむかって一回的な、修正の利かない運動を起こす。だが、この歌を意志的盲目の人の歌として読むわれわれを支えているのは、語と対象とのいかなる指示関係でもなく、意志を示して頻出する意志的な倒置の語法であり、そしてこの語法のみなのだ。

ここから「わがひとに與ふる哀歌」を見直すもうひとつの視点が得られる。即ち、倒置語法という制度を布告し、且つこれを運営することからはじまる言語的世界を実験してみせた作品として。われわれが「哀歌」を読みつつ盲目状態からただわずかに逸れるごとに、「哀歌」はたちまち凝固し、そして破綻する。あとにひとつだけ、ぽつんと鮮明に残る印象は、倒置語法の躍動感である。おそらく「哀歌」の難解に出会って首をひねりながらも、この印象を忘れなかった萩原朔太郎は、詩集『わがひとに與ふる哀歌』出版直後に書いた一文中に、伊東静雄の詩を「石を破りぬいて出る強い変貌の歪力詩」と評した。「歪力詩」とは言い得て妙である。鋭いこの評は熱烈な讃辞の文脈中にあらわれる――「今日以後に有り得べき詩は、リリシズムの純一精神を心に持して、あらゆる現実的世相の地下から、石を破りぬいて出る強い変貌の歪力詩である。即ち正に有るべきところの善き抒情詩は、伊東静雄君等(この等はおそらく田中克己を念頭に置いてのこと)によって表象されてゐるところの、この種の『傷ついた浪曼派』の正統である」(「わがひとに與ふる哀歌――伊東静雄君の詩について」「コギト」第四四号、昭和十一年一月刊)。

萩原朔太郎とともに、いち早く伊東静雄の詩を承認した保田與重郎は、『わがひとに與ふる哀歌』出版時と符節を合わせて雑誌「四季」昭和十年十一月号に掲げたこの詩集の広告文に、次のようにしるした――「観念は茫漠とした空虚に純化され、ひたすらの雰囲気のみが映し出される」と。ここにも鋭い指摘がある。印象批評か。いや、むしろ詩という美しい形に先導され、真なるものに追いすがっていく批評というべきだろう。私は萩原朔太郎および保田與重郎の言いたかったこととして私の受け取ったところを、別の言い方でこころみたにすぎない。伊東静雄の詩に対して、ふたりとおなじ対し方をえらびながらも、意志的盲人という隠れた原理というべきものに着目すれば、ここにしるした読み方が成り立つように私には思われたのである。

先に「曠野の歌」について少々詳しく見たとき、あの詩には物語的な筋書、プロットがあること、そしてプロットの設定にはセガンティーニの油彩画《帰郷》および《アルプスの春》の二点が活用されていることを指摘した。《帰郷》の画面からは、馬に曳かれて故郷なるアルプス山中の曠野を運ばれる柩が採られ、メーリケの寓意詩がこれに傍らから干渉していた。《アルプスの春》の画面からは、ひとりの種まく人が採られ、これと馬に曳かれる柩が巧みに連繫しあったとき、「曠野の歌」のプロットが仕上ったと私は解釈しておいた。また、これも繰返しになるが、「曠野の歌」のあかるいがゆえに悲愴といってもいい雰囲気は、セガンティーニのふたつの画面のうち《帰郷》には似ず、《アルプスの春》のほうと相通じるものをそなえていた。

「わがひとに與ふる哀歌」もまた、セガンティーニの絵からプロットを編み出している。そして、ここでもまた活用されたのは一枚の絵ではなく、二枚の絵だと思われる。以下、この点に触れるとしよう。

《いのちの泉のほとりの愛》(L'amore alla fonte della vita)と題された油彩画がある(縦七〇センチ、横九八センチ、一八九六年作。ミラノ現代美術画廊蔵)。先にも引用した『セガンティーニ総作品目録』には五九三番として挙がっているが、やや横長のこの作品は、一八九九年に四十一歳で没した画家晩年の代表作に属している。一九一三年、ミュンヒェンで出版された大判の『ジョヴァンニ・セガンティーニ画集』が、いま手許にある(ミュンヒェン写真組合刊)。息子ゴッタルド・セガンティーニによる「序文」中に十点を挿入し、画集として五十二点を取捨選択したこの書冊に《帰郷》《アルプスの春》は、いずれもモノクロームの複製で収められているのに、《いのちの泉のほとりの愛》は多色刷りで入っている。

ふしぎな画面。黒い影というものを全く追放した、あかるい外光派の画面が、ひなげしの赤く咲き乱れる高地の平野を提示している。しかし、全体をこまかな色斑によって隈なく埋める描法はスーラ、シニャックの系統につながっているし、人物を描く様式はモーリス・ドニを思わせる。

人物は三人いる。ひとりは、氷のように蒼い白鳥のつばさを背にまとった天使である。だが、二枚のつばさは、生きている白鳥のつばさとは思えない。剝製にされた白鳥から乱暴にむしり取ってきたつばさのように左右にだらしなく開かれ、ほとんど裏返っている。つばさの先はささくれ立ち、不自然に彎曲硬化している。天使は若い娘か少年か、いずれとも決めにくい容貌と姿態を示して、白い紗のドレスをまとい、肩から取りはずして脱ぎ捨てたといったふうに裏返しになった白鳥の双翼のあいだに坐っている。つばさの片方のかげに、泉の湧き口がのぞき、ほとばしる水が青草のなかのくぼみに流れ落ちて、ちいさな水溜りを作っている。つばさの先が水溜りに届きそうだ。天使は、この水溜りをつばさで半ば隠そうとしているのか。いや、むしろ故意に隠そうというわけではなく、つばさがそういう位置に来ていることにも気づかず、放心したようにこの泉のほとりに羽を、死んでいる羽を、休めている。

画面の中央に、茶色の道が一本、まっすぐこちらに通じている。道は手前で泉の水溜りに突き当っている。いま、その道のむこうから、ふたりの人物が、いずれも天使とおなじ白い薄衣をまとって、天使と同様に素足のまま、寄り添って肩を触れあい、顔を近づけあい、同じ歩調でこちらに歩いてくる。背後には、いまは夏、岩肌の露呈した連嶺がつらなり、三すじ四すじ、白雲がほそくたなびく青空が広がっている。泉に近いところに松が一本、ひなげしの咲くなかに突っ立っている。深い雪のために倒れたのか、枯れ松が別に一株、さらに泉の水溜りに近く横たわり、魚の骨のような形をしている。

こうして言葉でなぞっていると、これはきりがないような絵なので困る。「氷れる谷間」の細部すら、ふたたびよみがえり、あの詩もまたここに由来するのかという疑念が私をとらえる――

脆い夏は響き去り……
にほひを途方にまごつかす
紅(くれなゐ)の花花は
(かくも氣儘に!)
幽暗の底の縞目よ
わが　小兒の趾(あし)に
この歩行は心地よし

逃げ後れつつ逆しまに
氷りし魚のうす青い
きんきんとした刺は
痛し！　寧ろうつくし！

「仮病をつかってはならぬこと」と題された一章で、モンテーニュはセネカを引用したすぐあとでいう、「おかげで本筋から逸(そ)れたけれども、その代り得(とく)をした」と(『エセー』第二巻、第二十五章、原二郎訳)。この言い振りをここでまねてみたい気分を私は抑えかねる。

《いのちの泉のほとりの愛》のための鉛筆習作が、ミュンヒェン写真組合版の画集に見える(『総作品目録』では五九四番)。互いに片方の腕を相手の肩にかけて並び立っている男女の裸体デッサン。だが、習作のこの男女は、いま話題にしている油彩画では、天使の性別が曖昧にされているのとおそらく同じ心理的傾斜に沿って、男と女の区別が稀薄にされている。ブロンドのほうはたしかに紛れもなく女だが、もうひとりの黒い頭髪の人物には、確たる男性的な形姿が消失し、ふたりは女のふたり連れとして描かれていると見えないことはない。レスビエンヌなのか、それとも女と紛らわしいほうの人物はアンドロギュノス(両性具有)なのか。この曖昧さは重要である。セガンティーニが世紀末サンボリスムの気雰に敏感な反応を示していたことが、またここにも、よくあらわれている。画中の天使は、天使というよりも霊の化身といったほうがよかったかも知れない。ふたり連れは、泉のほとりに休息し放心している霊の化身の夢のまぼろしとして、願望の滲出として、描き出されているのだろう。霊の化身は、もつれあうふたり連れに、霊にいのちをあたえる肉、肉にいのちをあたえる霊の、連れ立つ姿を見ているのだろう。

「わがひとに與ふる哀歌」は「半身」の作品である。「わがひと」と呼ばれているのは「半身」の大事なひと、

「私」である。「半身」からすれば、「半身」自身は魂あるいはプシケであり、「私」は魂あるいはエロスという割り振りになる。このふたり連れが、セガンティーニの画中のあのふたり連れに、かげろうの立つ夏の危うさのなかでかさなりあったとしても、何らふしぎなことはない。

　活用されたもう一枚の絵は、《夜のサン゠モーリッツ》(Saint-Moritz di notte)と題された、パステルと鉛筆による素描。『総作品目録』六一九番。ミュンヒェン写真組合版の画集にも収められている。素描とはいいながら、縦八〇センチ、横一五〇センチの大きさをもつ。描かれたのは一八九八年であった。

　セガンティーニは一九〇〇年に開催されるパリ万国博覧会に出品を依頼され、これを承諾し、「自然」という総題のもとに、祭壇画の様式を踏襲した三連作(トリプティック)を構想し、着々と用意をととのえていた。一八九九年の死は、この野心的な作品を実現させなかった。しかし、全体にわたる綿密な下絵の素描のほかに、嵌めこまれる予定の油彩画三点が残された。素描《夜のサン゠モーリッツ》は、三連作「自然」の中央上段に、半月形の枠にかこまれて収まるはずの画面に対応している。三連作全体を示す下絵には、一八九八年に描かれた右の素描をもとにして描きあらためられた素描が見えている。見くらべると、だいぶ違ったところがあり、もとの素描のほうが数等すぐれているように思われる。

　画面は、氷に閉ざされたサン゠モーリッツ湖を、西がわの小高いところから俯瞰して描く。北の湖畔に一塊りの集落が見え、西畔、丘のふもとには、ホテルとおぼしい建物がただひとつ見えるほか、あたりに人の住む気配はない(いまでは冬季オリンピックの開催地になったりするサン゠モーリッツも、この頃はスイス・アルプス山中の一寒村に過ぎなかったのである)。ちょうど真向いに、山々のうえにわだかまる黒雲をようやく離れた満月が、冴えざえと照っている。月の光が氷結した湖面に反射している。折りしも一台の屋根付きのそりが、手前の丘の雪にうもれた道をとおっている。体軀に厚い防寒衣を着せられた一頭の驟馬が、狭い御者台に背を丸めている男の手綱にしたがって、そりを曳いている。月光はそりの屋根にも反射し、凍てついた丘の雪面にも反射している。

画面の左右のはしには、近景として描かれた冬枯れの縦の巨木が立つ。左手の二本の縦の木が、右がわの一本の縦のほうに、交信を求めるかのように枝をさし出している。右がわの縦は、ちぢかんだ指先のような枝を左のほうにさし出しているが、どちらからの枝先も仲間までは到底とどかない。そして左右の縦が、やや上すぼまりの額ぶちのように画面を縁取っている。

セガンティーニは、ここではターナーふうに自然をとらえている。私にはターナーの描いたネミ湖の画面がこれとかさなって見え、ジェームズ・フレイザーの『金枝篇』に心を奪われたあまりに、ローマの南東二〇キロに位置するネミ湖まで、疾駆した遠い日のことが、にわかにあざやかである。一九六八年三月四日……だが、話をそんなところに逸らしているわけにはゆかない。

いま言いたいことは、《夜のサン=モーリッツ》の画中の月を太陽に見変えるならば、この風景は「わがひとに与ふる哀歌」のおわりに対応することだ。

> 如かない　人氣(ひとけ)ない山に上(のぼ)り
> 切に希はれた太陽をして
> 殆ど死した湖の一面に遍照さするのに

月の夜景を太陽の昼景にまで変容させるのは意志的想像の力である。目あきの見、聴く宇宙の形相(けいそう)から盲人の見、聴く宇宙の形相へ踏みこむにもまた意志的想像の力を要するだろう。いずれの場合も、仮構を仮構として希求することに事の成否はかかっている。そんなにまで希求される仮構、それほどにも意志的想像の力をかき立てる仮構とは一体、何だったのか。それは「半身」からすればついに仮構でしかあり得ない「私」と

「半身」との全的な合致、理想的な場所で、ふたりがともに分かちあう時間の実現というものだった。だが、「私」のほうは、「半身」がいつまで待っていても、いくたび呼応を期待しても、「半身」に対して辛辣なイロニーをついに捨てようとはせず、「半身」の詩を否定してかかるばかりなのだ。はじめに言ったように、「半身」はこれを最後として、もう二度と祈りをしるすことはなく、以後は悲苦に彩られた孤独の歌をくり返すだろう。詩集『わがひとに與ふる哀歌』は、実のところ、ここまでが上り坂、表題と同題の詩を峠の頂きとして、あとは下り坂にむかう。「私」と「半身」のあいだに働いていたダイナミックな二項対立のドラマは消散し、したがって詩集としての構成に破綻をまぬがれない。

詩集『わがひとに與ふる哀歌』がコギト発行所からの自費出版として刊行を見たのは昭和十年十月であるが、雑誌「コギト」は同年十二月号に伊東静雄の詩を一篇掲載している。題して「拒絶」。「コギト」は翌十一年一月号を『わがひとに與ふる哀歌』出版記念号として、先に一部分を引用した萩原朔太郎の称賛をはじめ、保田與重郎による、これまた激賞の一文ほか、合わせて八篇の感想、批評を掲載した。「拒絶」は、こういう特集に対して先手を打つ。われは不感無覚の人、かつての歌はすべて過去の所業、好意ある称賛も、意地の悪い批評も、ともにいまのわれに係わらない、と詩はいう。

拒絶

荒れにし寺井のほとり
白き石の上に坐り
多くの時をわれは消しぬ

意味ありげなる雲浮び
草は莖高く默し……
またも夏の來れるさまを見たり
わが胸を通らずなりしのち
しかく尙わが目にうつり
四季のめぐり至るは何ゆゑぞ
萬物よはやわれに關はるなかれ
隱井の井水はあへて
汝らを歌ふことはあらじ

伊東静雄はこの詩をもっていわば棺の蓋としたのではなかっただろうか。棺のなかに横たわっているのは『わがひとに與ふる哀歌』という詩集である。この亡き人の心臓に当るものは詩集と同題の詩である。鼓動をやめるまでこの心臓に寄り添っていた人影が、閉ざされる棺のそばで往時を回想し、いまよりのちを予感している。「拒絶」はこの人影、即ち「半身」の痛ましい声をひびかせる。その声は「半身」が「私」即ち「わがひと」にむかってではなく「半身」みずからにむかって、さいごに歌う「哀歌」のように私には聞かれる。詩は「寺井のほとり」といい、「隱井の井水」という。景はおのずから日本の山中の古寺の井戸のほとりの趣を呈する。だが、この景は場の挿し替えという詩人の発明のように思われる。セガンティーニの《いのちの泉のほとりの愛》が、この発明の向うに透かし絵となって見えるから。「わがひとに與ふる哀歌」をうたったのちも「半身」は、あの霊の化身が白鳥のつばさを脱ぎ捨ててじっと坐りこんでいた同じその場所に、いくたびもやってきては坐り、黙想に時をついやす。そして、

またも夏の來れるさまを見たり

「わがひと」の応答が絶えてすでにひさしい。以来、「いのちの泉」は孤独を囁くのみだった。「半身」は変り果てた夏を悟ると、霊の化身がそこから生まれ出た泉のなかに、霊の化身のもとの住みかに、自分も隠れる。泉から洩れる声がいう、

萬物よはやわれに關(かゝ)はるなかれ
隠井(こもりゐ)の井水(ゐみづ)はあへて
汝らを歌ふことはあらじ

先に触れた「コギト」の特集号に掲載されている保田與重郎「伊東静雄の詩のこと」によれば、『わがひとに与ふる哀歌』に次いで出すべき詩集には『拒絶』と名づけたいと伊東静雄は語ったという。「拒絶」という詩はこのときすでに書かれていただろう。けれども、四年半を経てあらわれた第二の詩集は『夏花』と題された（子文書房、昭和十五年三月刊）。そして「拒絶」は収められていない。以後の詩集にもこの詩は収められなかった。『わがひとに與ふる哀歌』の棺を掩う蓋は宙に浮いたままになった。死屍は夏花の滋養となり、朝顔が咲く。思惟する存在が思惟する存在として内に秘めていた悲しみが、「哀歌」のなかには見当らない淡白な形に昇華をとげ、うつつの朝顔の花とのあいだに照応を作りつつ篇中に咲き出ている。照応もまた控え目で、いかにも淡白な照応である。淡白なものを歌う詩を作り、その詩と淡白なものとの関係もまた淡白に仕上げるのは、なかなか淡白な苦心どころではない。これは詩人の純熟である。精神と技法のいずれ劣らぬ成熟なし

にはむつかしい。こうして歌われた『夏花』中の「朝顔」という詩には、『わがひとに與ふる哀歌』という詩集にむかっての詩人の哀歌が聞こえてくる。あの詩集は、夢ではなかった夢であった。夢のなかで夢を見ていることに気づいている人の夢のように、たしかな夢であった。詩人が噴水の断えざるざわめきとリズムに干渉されながら覚めたまま見ていた夢の朝顔は、朝顔の見つづけている覚めざる夢の花に紛れる。いずれを首尾とも定めがたく、ふたつの花が円環を閉じてつらなる。

朝顔　辻野久憲氏に

去年の夏、その頃住んでゐた、市中の一日中陽差しの落ちて來ないわが家の庭に、一莖の朝顔が生ひ出でたが、その花は、夕の來るまで凋むことを知らず咲きつづけて、私を悲しませた。その時の歌、

そこと知られぬ吹上の
終夜せはしき聲ありて
この明け方に見出でしは
つひに覺めゐしわが夢の
朝顔の花咲けるさま

さあれみ空に眞晝過ぎ
人の耳には消えにしを
かのふきあげの魅惑に

己が時逝きて朝顔の
なほ頼みゐる花のゆめ

「朝顔」は、自己の詩についてほとんど語ることをしなかったこの詩人が、みずからの詩をいかなる散文にもよらず、詩によって批評した作品である。フォルム（形体）をフォルムによって限定、定義し、限定、定義するフォルムが、限定、定義されるフォルムを包摂しているようにフォルムを作り出すこと。伊東静雄はそういう困難な試み、職人と芸術家の格闘のすえ、ついに芸術家のほうが職人に打ち勝つときにようやく端緒につくような試みに手をつけ、これを仕遂げることをしている。詩集『わがひとに與ふる哀歌』は同題の詩によって頂点に達したあとは下り坂にむかうとはいっても、一身に「私」と「半身」とを兼ねることから生じたこの詩人の夢は、ながくのちまで消えなかった。のちの詩集『夏花』中の「朝顔」は、ここで「わがひとに與ふる哀歌」という詩を書かなくてはならなかった人にしか書けない詩である。みだりにこの詩人後年の低落をいうことには意味がない。

『わがひとに與ふる哀歌』は、日本で出版されたドイツ歌曲の楽譜とつながっているとする説がある。一九八二年三月十日付の「毎日新聞」夕刊に掲載された小川和佑「伊東静雄の新資料――竹久夢二装画の楽譜『モールゲン』」は、セノオ音楽出版から「セノオ楽譜」の一冊として大正十二年五月刊行されたリヒャルト・シュトラウスの歌曲「Morgen（あした）」を挙げ、歌詞ジョン・ヘンリー・マッケイの詩および楽譜の表紙絵となっている竹久夢二の装幀と『わがひとに與ふる哀歌』の関連の密なることを説く。「昭和文学研究」第五号（一九八二年七月刊）に掲載された『わがひとに與ふる哀歌』の新資料」はこれの再説であり、小川和佑『伊東静雄論考』（叢文社、一九八三年三月刊）に収録されている。私は小川和佑の説を十分に承知のうえでここにしるしたような註解をこころみたので、同説に触れておく義務がある。

リヒャルト・シュトラウスのこの歌曲および楽譜がどうして問題になるかといえば、伊東静雄の一書簡が「モルゲン」に触れているからである。昭和十年十二月二十日付、酒井百合子あての手紙にいう、

お手紙有難う、病気なのですか。大切にして下さい。近頃は私はめつたに病気もしません。詩よんで下さつて本望です。雑誌送ればいいのですが、ちよつと気はづかしくなつてやめるのです。店頭で立ちよみしたり、又は買つたりして下さるのを想像するのが、私の流儀です。（中略）この前お逢ひしたとき私の哀歌はモルゲンに似てゐる。又拒絶といふ題は独逸のリートに似てゐるといはれましたが、あれは私の詩の今迄の批評の内で一番正しいものです。身近かな人はやはり正しいと感心し、満足しました。『コギト』の一月号に私の詩集の評がかなりのります、まちがつたところをさがし出して私に教へて下さい。方々で私の評が近頃のりますが、まちがひが多いと思つてゐます。（後略）（『全集』書簡番号九七）

もう一通、同じ宛名の手紙を引用しなければならない。詩集『わがひとに與ふる哀歌』を贈られた酒井百合子からの礼状に答えた手紙で、これのほうが先のよりも一箇月余り早い。日付は十一月二日。

お手紙有難うございました。ご住所お移りなのですね、知らなかつたものですから、昨日奥村さんの方に、「お礼の催促」を出して置いたところでした。あなたこそ、私の第一番に送らねばならぬひとです。私の詩はいろんな事実をかくして書いてをりますので、他人はよみにくいと存じますが、百合子さんはよみにくくない筈です。あなたにもわからなかつたら、もう私の詩もおしまひです。家島のことや姫路のことや本明川のことがどつさり歌つてある筈です。（中略）来年の六月頃またポケットには入るほどの

詩集を出すつもりでゐます。拒絶といふ題です。（後略）　（『全集』書簡番号九六）

こういう私信をあやまらずに読みとり、論の根拠に用いるのは大変むつかしい。媚態がまじっているが、どこまでが媚態か、よくは分からないような書き方によって、媚態はさらに陰影を加えている。しかも、自負が媚態と鼻突き合わせて対坐しているから、ますます厄介である。

右の書簡二通の宛名人、酒井百合子は、小高根二郎によって『わがひとに與ふる哀歌』の「わがひと」と同定された（『詩人、その生涯と運命』）。小高根説は世に流布しているが、妄説である。この説にもとづいて、あるいはこだわって『わがひとに與ふる哀歌』という詩を読み解こうとしていると、ついにこちらまで妄語に誘われるから。あれは結局、意味の解けない、謎めいた難解の詩、作者にも収拾のつかないほど「わがひと」への恋着がひどかったのだと、気休めの解釈をくだす羽目に陥る。しかし、小高根説をしりぞけて然るべく読み直せば、『わがひとに與ふる哀歌』に曖昧なところは少しもなく、意味不通の詩というものではなくなる。このことは私のこころみてきた註解が示していると思いたい。

曖昧なのは私信のほうである。私信というものには、私信をとり交わす当人同士だけはすぐに埋めることのできる穴があちこちにあいている。先に引用した二通の手紙にも、穴がいくつも見つかる。「モルゲン」も穴なら、三つの地名、家島、姫路、本明川もまた三つの穴である。そのほか、ここには宛名の女性に対する書き手の心情が媚態に傾いていることから生じた沼さえひろがっている。「私の詩はいろんな事実をかくして書いてをりますので、他人はよみにくいと存じますが、百合子さんはよみにくくない筈です。」文中の「事実」に傍点を振ったのは手紙の書き手である。「いろんな事実」とは何か。こんなのはまさに沼というしかないだろう。踏みこめば危険な沼。そして沼のなかに穴がある——「あなたにもわからなかつたら、もう私の詩もおしまひです。家島のことや姫路のことや本明川のことがどつさり歌つてある筈です。」

詩には隠してある「いろんな事実」は、手紙の文脈では地名のことと読むのが自然に思える。しかし、媚態の沼がそのほかの穴を隠していないとは断定できないから、いかにも厄介である。

とりあえず地名の穴三つを埋めてみる。

家島（えしま）は瀬戸内海、明石海峡の西、小豆島の東北十数マイルに散在する家島群島に属する島。あたりの風光が陸前の松島に似ているので、古くから島めぐりの舟行をたのしむ風がある。『わがひとに與ふる哀歌』中の「漂泊」という一篇は、あるいは家島舟行を隠れた「事実」としているかも知れない。だが、「漂泊」は、作中の島を家島と心得れば分かりやすくなる詩というものではない――百合子さんにとっても。

本明川は、伊東静雄の故郷、諫早の町を貫流する川であり、酒井百合子もまた姫路に移住するまで、諫早に育っていた。詩集中の「河辺の歌」はあるいは本明川の川辺かも知れないが、この「事実」が百合子さんにもあの詩を分かりやすくするわけでないのは「漂泊」と同様である。

姫路には、大正十五年以来、酒井小太郎がいた。百合子はその次女、伊東静雄より四歳年少、同志社女子専門学校英文科卒。伊東静雄は京都帝国大学国文学科入学以来、京都、諫早の往復の途次、姫路の酒井家にしばしば立ち寄ったということがある。酒井小太郎は諫早の人、東京帝国大学英文学科出身。伊東静雄が佐賀高等学校文科乙類在学中の大正十三年、諫早高等女学校から佐賀高等学校教授に転じ、一年後、姫路高等学校に転任、英語英文学を担当した。果たして姫路のことが詩集『わがひとに與ふる哀歌』中に家島や本明川のことと合わせて「どつさり歌つてある」かどうか。「行つて　お前のその憂愁の深さのほどに」の冒頭、「大いなる鶴夜のみ空を翔り（かけり）／あるひはわが微睡む（まどろむ）家の暗き屋根を／月光のなかに踏みとどろかすなり」という詩句に、白鷺城の異名をもつ姫路のお城の連想をさそうところがあるとすれば、この詩句ばかりは姫路に無縁ではない。だが、いま私のあたまのなかに働いた連想が、百合子さんにも働いたかどうかは、だれにも分からない。三つの穴、かならずしも百合子さんが詩を解く鍵を隠しているわけではない。伊東静雄は何を言いたかったのか。言葉は媚態の身振りを示していたとしておくのが、おそらく賢明である。

残っている穴は「モルゲン」ということになる。

ここに川副国基「詩人伊東静雄の報われぬ愛」という一文がある(『近代文学の風景』桜楓社、昭和五十一年六月刊所収。『現代詩読本10　伊東静雄』思潮社、昭和五十四年八月刊に再録)。川副は「わがひと」=酒井百合子説をそのまま鵜呑みにしたうえで、小高根二郎の『詩人、その生涯と運命』の伝記的細部を補正し、殊に酒井百合子のほうから見た伊東静雄について記述するところがあった。川副はこれを「わがひと」に送って感想を求める。手紙が返ってくる。川副が「追記」としてこの返信の一部を引用しているなかに、次のようなくだりがある。「わがひとに與ふる哀歌」の「手をかたくくみあはせ」という詩句に関連して「モルゲン」に触れ、酒井百合子はいう、

「手をかたくくみあはせ」というのはひところ伊東さんが音楽に熱心な時、私が卒業して姫路にいたころ、まだあの人が「コギト」に出ず「呂」などに拠ってた時ではなかったかと思いますが、私がシュトラウスの『モールゲン』という歌のレコードを聞かせようとしたとき、竹久夢二の幻想的な絵のついた楽譜の日本語の歌詞を読みながら意味がよくわからぬといい、ドイツ語の方の意味もわからぬといいながらいつまでも見ていましたが、その表紙の絵が若い男女が手を組み合せて海の方へ行っているものでしたし詩の内容は「わがひと」のもそれをとったと思われる位で、「わがひと」にはその絵が頭にあったせいと思います。詩はJ・H・マッケイの由です。

小川和佑は、先に引用した伊東静雄の手紙(書簡番号九七)と酒井百合子の川副国基あてのこの返信とをにらみ合わせて、リヒャルト・シュトラウスの「モルゲン」の竹久夢二装幀の楽譜を『わがひとに與ふる哀歌』の

「成立と主題に関わる重要な資料として」「その所在を長く追究してきた」という。そして、ついに一九八一年九月、楽譜に見参する。この年の五月に開設されたばかりの竹久夢二伊香保記念館に展示されていたのだ。夢二の表紙絵にかざられた「モルゲン」(セノオ楽譜二八一番)には、裏表紙に柴田柴庵による原詩の訳解と妹尾幸陽の解説が印刷されていた。

マッケイの詩および柴田柴庵による訳解を小川和佑の引用のまま、ここに転記する。但し、私の手許の楽譜(国際音楽協会、一九六一年刊、ニューヨーク)には、譜面にも、別に記載されている詩にも、第四、第八行の末尾に中断符(……)がある。これが省略を意味するかどうか、いま詳らかにしない。ジョン・ヘンリー・マッケイ(John Henry Mackay)は英語名だが、詩はもともとドイツ語で書かれている。マッケイは一八六四年、スコットランドに生まれたが、二歳以後ドイツに育った。一九一一年、詩、劇、小説、評伝を含む著作集八巻を刊行。詩集に『あらし』(一八八八年)がある。代表作は小説『泳ぐ人』(一九一一年)。他に小説『アナーキスト』(一八九一年)、評伝『マックス・シュティルナー』(一八九八年)等がある。一九三三年、ベルリンで没。リヒャルト・シュトラウスはマッケイと同年の生まれである。両者は相識だったのかも知れない。歌曲「モルゲン」はシュトラウスが一八九三年から翌年にかけて作曲した歌曲集『四つの歌』(作品二七)中の一曲。他にヘンケル、ハルトの詩を歌詞として用いる。

あした

明日もまた太陽が輝くだらう
そして私の行く路の上で
幸福者(しあはせもの)の彼女は私達と一緒になるだらう

この日光を吸ふ大地の真ん中で。
そして広々とした涛(なみ)の蒼い海岸に
私達は静かに緩々(ゆるゆる)と降りて行くだらう
その時、私達の上には沈黙の幸福が
降りかゝつて来る。

柴庵訳には第三行および最終行に不正確なところがあり、また第七行に該当する訳文を欠いている。試みに訳せば、

そしてあす、太陽はふたたび輝くだろう、
そして私が辿るだろう道のうえで、
私たちを幸福なふたりとして、ふたたびひとつにするだろう、
太陽を呼吸しているこの大地のまっ只中で。
そして青く波立っている広々とした海辺まで、
ふたりはしずかに、ゆっくりとくだってゆこうね、
だまって、お互いの目を見つめ合おうね、
するとふたりのうえには、幸福の無言の静寂が沈んでくることだろう。

小川和佑は別に西野茂雄の日本語訳歌詞を引用している(エリーザベト・シューマン歌唱「今世紀最大の録音集」付録)。

さて　あした　陽はふたたび輝き
わが行く道の道すがらに
さちみてるわれらをふたたび結ばん
この光あまねき大地のさなかに。
さて　波青くひろがるなぎさに
われら歩みいそがずくだりゆきつつ
言（こと）もなくかたみに瞳見かわせば
そのさちみてる沈黙われらを満たさん。

この引用につづけて、小川和佑は次のようにいう、

当然この西野訳は初期讃美歌以来の外国曲の歌詞の翻訳と同様に所謂「嵌め込み」の手法による意訳であろう。

しかし、その文語訳歌詞を読んでいくと、柴田柴庵意訳よりも、いっそう静雄の詩を連想させるものがある。これは西野訳が意識的に静雄詩に近づけて訳出したということではないであろう。――今回、発見した「セノオ楽譜二八一番・モールゲン」を詳細に検討すれば、「わがひとに與ふる哀歌」の主題と発想は明らかにこの楽譜によって全面的に触発されているといえる。

用心深い言葉づかいである。マッケイの詩とはいわずに「セノオ楽譜二八一番・モールゲン」といい、「主題

と発想」といい「触発」という。マッケイの原詩のほかに夢二の表紙絵、加えてシュトラウスの歌曲そのものが、伊東静雄に「わがひとに與ふる哀歌」の「主題と発想」を「全面的に触発」したと小川和佑は主張しているのである。

この説の小川和佑自身による自己検証を逐一引用する煩に私は耐えない。以下は私の批判である。何よりもまず、「わがひとに與ふる哀歌」を着実に読み解いたうえで、マッケイの詩との関係を十分に説明してもらいたかった。第一行と第二行とのあの矛盾の解き方、「あゝ　わがひと」以下おわり八行のつながり方、いずれも全く示されていない。

竹久夢二の表紙絵は、幸いにも小川和佑の著書『伊東静雄論考』の口絵に鮮明な写真が収められているから、われわれはそれをながめることができる。だが、セガンティーニの作品二点《いのちの泉のほとりの愛》《夜のサン＝モーリッツ》をながめあかした目には、夢二の絵は何ひとつ訴えかけるところがない。セガンティーニの精神性から、これほど遠い絵はない。こんなに低俗な絵が、どうして伊東静雄の「詩的形象」と相通じるかは、私の理解を絶している。竹久夢二には、大正十二年の「セノオ楽譜二八一番・モールゲン」の表紙絵よりものちに、山野楽器店が昭和二年以来「中山晋平民謡曲」シリーズを続々と出版したとき、このシリーズ全部の装幀を一任されて物した楽譜の表紙および裏表紙のための一連の木版画がある。いずれも「モルゲン」よりもはるかに佳良な、粒のそろった出来映えである。だが、伊東静雄の好みが夢二の作風と相容れないのを咄嗟に見抜けないでいながら、伊東静雄の書き残した散文、日記、書簡に、夢二についての言及が全くないのを慨嘆するのは滑稽である。小川和佑は論説の末尾に「静雄と夢二」という一項さえ設けて、このふたりにつながりをつけようとしている。無理な算段である。もしもこれが三好達治なら話は分かる。三好は夢二が大好きだったから。

もうひとつ、音楽に関連して、私の批判を付け加える。あらゆる音楽は、意味深さ(significance)というものによって分節言語の意味を消してしまう。リヒャルト・シュトラウスの音楽は「わがひとに與ふる哀歌」の小川和佑には意味不通の箇所に好便に働きかけ、「モルゲン」伏在の証拠として使われる。音楽を都合次第で味方につけても、音楽はだまっている。それを良いことに都合の良い理屈を立てるのは、音楽の寛容を解していないのである。

川副国基あての酒井百合子の返信は、「わがひとに與ふる哀歌」がいちばん分かっていて然るべきこのひとに、当の詩が少しも読み解けていないのを証明している。あんな手紙にこだわることはつまらないことである。

けれども、詩集が出版されて間もなく、このひとが伊東静雄に伝えた感想、「哀歌」は「モルゲン」に似ているという感想のほうは、舌足らずなのは言うまでもないが、なお考慮の余地を残す。「哀歌」につづくはずの次の詩集名『拒絶』という題はドイツ・リートに似ていると酒井百合子が言った。伊東静雄がこの言葉を尊重している点を考え合わせるなら——もっとも、すべては媚態においてのことだが——伊東静雄のほうでは、酒井百合子の言葉を次のような意味に受けとめて「満足しました」ということになったと思えないことはない。即ち、「わがひとに與ふる哀歌」を読むと、この詩を歌詞とするドイツ・リートが聞こえてくるようです、と。「哀歌」がマッケイの詩「モルゲン」とどんなにちがっているか、誰よりもよく分かっていたのは伊東静雄なのだから。だが、小川和佑は酒井百合子に伊東静雄と同じくらいの理解と分別をあたえたがる。川副国基あての返信、あの当てにならない文面を引用して、次のようにいうのだから。

この書簡は、「わがひとに與ふる哀歌」の形成、あるいは発想に関わる貴重な発言である。つまり、前記の静雄の書簡にある「いろんな事実」とは、この楽譜『モルゲン』との接点を指したのであった。

「接点」という語は苦心の用語にちがいない。しかし、伊東静雄の手紙にいう「いろんな事実」が「モルゲン」に果たしてかかわるかどうかは、にわかに判じがたい。すでにしるしたように、手紙の文脈では、まずは地名にかかわることとするのが自然なことに思われる。仮に「いろんな事実」を広げてゆけば、伊東静雄の視野にいつも入っていたセガンティーニ、ヘルダーリン、ゲーテ、リルケ、『古今和歌集』、『伊勢物語』、芭蕉、蕪村、いずれも「モルゲン」と同じ資格で「事実」の仲間入りをするだろう。散歩も昼寝も、学校も、帽子も靴下も、伊東静雄の生活上の一切のモーメントが同じ仲間のうちである。どの「事実」も、「事実」が隠れることによって、伊東静雄の詩作という行為にかかわってくる。けだし、詩とは経験であり、経験の詩が詩というものなのだから。精神ならびに肉体のそれぞれのなかを、精神と肉体との一体性においてくぐらせたとき、「事実」は隠れる。そして、まさに「事実」がそういう経路を介して隠れるかどうかに、詩集『わがひとに與ふる哀歌』の仕掛けの成否がかかっていた。精神を割り振られている「半身」、それゆえに「痛き夢」を追求する「半身」、肉体を割り振られている「私」、それゆえに体液の動きに応じて気ままに、気分のままにイロニーをふり回す「私」、いずれの詩もよく経験の詩となっていなければ、この詩集の仕掛けはメカニズムにすぎなくなる。だが一方で、個々の詩が経験の詩となり、「事実」が隠れたのは、まさにこの詩集の仕掛けが利いたからである。この二面の緊迫した同時進行のかげに「モルゲン」は隠れた。セガンティーニについてもまた同じことがいえるのを、私は忘れているわけではない。降りた幕のかげから、なまものを引っぱり出したことが、自慢になる話だろうか。

「モルゲン」は果たして鬼の首だったか。鬼は桃太郎に討ち取られた鬼のように無邪気な鬼ばかりとは限らない。メデューサという鬼女もある。この鬼の目ににらまれたら、あたまも石になってしまう。心しなければならない。

(『幻城　杉本秀太郎文粋5』、筑摩書房、一九九六年七月)

『悪の花』という台本

この二箇月ばかり、ボードレールの詩集『悪の花』(Les Fleurs du Mal)のうちから、好みにまかせて抜き出した五十篇余りの邦訳をこころみる日が多かった。いま「花」という字を書いたが、「花」ではなくて「華」という字を当てて、この詩集の邦訳題は『悪の華』と表記するのが従来のしきたりになっている。ダンテの『神曲』と同じくらいに謎めいていて、そのために魅惑をおびて映る邦訳題のうちである。

フランス語の題名そのものが、じつは多義的で謎めいている。「悪」という語義をもっている語"le mal"には「病気」という語義があって、病気、不快、不調を指して、日常的にこの語はよく使われる。そちらのほうを採れば「病気の花」。ただし「花」という語も原題は複数なので「病んでいる花々」ということになる。その上、「花」というフランス語には、葡萄酒の白黴(しろかび)を指す用法があり、黴毒疹(ばいどくしん)にも、婦人の白帯下(こしけ)にも、隠語として使われることがある。この含みを持たせている「花」ならば、かつてフランス病と別称された黴毒がこの詩集の題名の仄めかすところとなる。ボードレールがこの詩集のエピグラフに使うつもりで書いて結局は使わなかった詩には、「これは悪ふざけの詩集ですよ」としるしてある。

しかし、逆に考えると、悪ふざけは真意を隠すためのものだったかも知れない。それならば「悪」という語ている。花々の多くは、楽屋から取り出された「悪」を温床として咲き出た花々という意味が、深いところで生きている。

義が重々しく擡頭し、「悪の花々」すなわち「悪」を温床として咲き出た花々という意味が、深いところで生きていることになる。「悪」とは、人間種族の犯した「原罪」から不可避に生じる一切の結果であり、人間の所業はすべて「悪」というカテゴリーによって取り抑えられる。何をしようと、どういう人生であろうと、それが「悪」であることを初めから定められているなら、この世に生まれたことは災難である。フランス語の「悪」という語にはまた「災難」という語義もある。一挙手一投足すべてに「悪」の烙印が初めから押されているのなら、この八方塞がりの状態は災難というものである。「悪の花々」は「災難の花々」とかさなり、詩集題名の多義性はふとる。「悪」という存在の様態、生まれつきの災難からのがれ、救われるには、もう一まわり、詩る赦しを待つほかはない。「悪」は救いを祈るべく人間を追いつめるために「神」の仕掛けた罠。「悪の花々」は「神」によるこの罠のかりそめの、誘惑的な姿。かように解釈すれば、『悪の花』という詩集は深刻、由々しい事柄にかかわる書物になる。

大正期この方、出版された『悪の華』の邦訳者と邦訳書の数は十人十種をこえる。今さら新訳でもないだろう。あえてこころみたのは、『悪の花』を芝居の台本として読めば、どういう調子の邦訳になるかをためしてみたかったからであった。

この詩集のすべての詩は、芝居の掛小屋を想定して書かれたものとして、あるいは役者が演じつつ唱える独白の台詞、あるいは舞台回しの道化役者が観客だけに告げる傍白の台詞、あるいは座付き詩人が音吐朗々と物語れば、役者がそれに合わせてパントマイムを演じるための台詞、あるいは役者同士、ときには役者と道化が掛け合いでいう台詞……そのように考えて『悪の花』全篇にこの考えをおよぼせば、邦訳『悪の華』には見えなかったものが見えてくる。そこで、これまでの邦訳本の常套的な訳語、語調、曲節を離れて、芝居小屋の見物衆が聞いて退屈をおぼえないような台本集を作ってみる。

いまのところ、一八六一年出版の『悪の花』第二版所収の百三十篇すべてを試訳するには遠いが、私の好みにまかせて訳したうちの四十六篇は、この五月、彌生書房の「世界の詩」シリーズの一冊となるだろう。

私たちはだれしも、思い込みから誤りを犯すことがある。思い込みは先入見に起因することが多い。邦訳『悪の華』のどの刊本を開いても、判で押したように同じ訳語が当てられていて、しかもそれが読み違いという、私の気付いた一例を、有名な作中から拾ってみる。

「敵（かたき）」と題されたソネ形式の詩のカトラン（四行詩聯）は、私の試訳では次のようになる。

私の青春は不可解な雷雨の一時（ひととき）にすぎなかった。
さなかにも、ここかしこにきらきらと陽が射していた。
この荒天に叩きのめされ、ごくわずかしか残っていない、
私の果樹園に照り映える果実ごときは。

こうして私が触れたのは、あたまのなかにあるだけの秋だった。
だからシャベル、熊手を使って水の下から
土をあらためて掘り起さなくてはならない。
あたりは雨水のおかげで、墓穴のように大きな窪（くぼ）がいくつもできている。

「あたまのなかにあるだけの秋」（l'automne des idées）は、「思想の秋」あるいは「思念の秋」と訳されてきた箇所である。そして「私」は自己の思想の凋落期にかかっているという宣言として、この詩句は解釈され、はてしなく原義を逸脱してゆく。ボードレールあるいはこの「敵」という詩を語る「私」は、凋落悲愁の秋ではなく、収穫の秋、みのりの秋を話題にしている——私の果樹園の収穫は、ただあたまのなかだけに鮮明に残った、

と。そう解けば何でもないのに、思い込みによる謎作りが「思想の秋」というむつかしい神話を連綿として引き継いで、「敵」という詩の敵となり、平易な解を阻んできたのであった。

（「一冊の本」朝日新聞社、一九九八年四月号）

ボードレール「読者に」の位置

芝居のすばらしい側面、魔法とロマネスクなものを忘れないこと(「火箭」)

1　邦訳の拘束

『悪の花』は普通、私たちの文学的な夜明けあるいは早春に、まず大体は十六、七歳という時期に、邦訳『悪の華』として私たちのまえにあらわれる。この本が地獄の門かどうか、少年の誰が知ろう。フランス語をすこしも知らない先に読んでしまった『悪の華』に引かれて、私たちはフランス文学のほうへ歩み寄ったのだが、こういう経路は、今は知らず一昔まえには、意外に多かったように思われる。少なくとも私の場合はたしかにそうであった。昭和二十二年六月白樺書房刊の黄ばんだ仙花紙に刷られた矢野文夫訳『悪の華』といううすっぺらな小冊子が、ある日、中学生の財布に当時五十円の出費をうながした。それよりもっと先に、早熟の一友人から、戦時中に出た河出版全集の第一巻を借りたことがあって、私もまた自分の本として『悪の華』を持ちたかったので、抄訳本にせよ矢野訳の邦訳本を見つけたときは大へんうれしかったのを今におぼえている。

その後、じつに幾種類の邦訳『悪の華』を読んだだろう。新しい訳本が出ると、原文とつき合わして訳者の新しい苦心がどこにあるかを一とおり推量したのは、いずれ私も邦訳を作ろうというありふれた野心がはたらいていた証拠であるが、しかし、——こういう読み方をしているかぎり、私の読む『悪の花』はついにさいごまであの最初のもの、つまり邦訳『悪の華』の拘束を脱しえないと気付くまでに、私はずいぶん手間取った。

気付いてみれば当然のことなのだ。こんな言い方が私の不敏を不当に弁解するかに取られなければいいが、邦訳『悪の華』の拘束性には、それほど強い粘りがあった。

いまから四年前、私はある大学の二回生のフランス語講読テクストに『悪の花』をはじめて使った。日本で出ている教科書版だが、児島喜久雄の飾り絵が私の好みに合っていた。解釈を求めると、学生たちは手近な文庫版や文学全集版の訳本をほとんど棒よみするにすぎなかったが、おかげで私はいくつかの邦訳を、いわばかさね合わせて同時に読むことができた。そして原文の『悪の花』がすべての邦訳とどこでちがっているのか、しだいに心付くようになった。ことわるまでもなく、いまいうのは文法や語義の面でのとりちがえとは全然別のことである。いかにも正解なのにまるで正解ではないというあの感じは、たとえていえば、月光のために明るいのではなくて電灯のために明るく、そしてそれでも結構なのに、どうしても月光のために明るいのが明るいということだと主張している気持に近い。要するに、原文の正解によって成立している日本語の文脈が、原文の文脈を塗抹していることを私はあちこちで感じた。

2　つや　パロディ　ふり

かすかに歪んだところがないようなものは間が抜けてみえる。そこで、次のようにいえる――思いがけないこと、どきっとさせること、つまりは規則通りではないことが、美の本質的な一部であり、美の特性である
（「火箭」）

たとえば、ここにふたつの三十一文字の詩がある。

雲間にはまだ有明の月くさに咲まじりたる朝がほのはな　大田垣蓮月

しろがねの一艘の舟しのび出で行きもどりすれ秋のこころに　与謝野晶子

読みくらべたとき、私には蓮月の作品がもとの『悪の花』の文脈と融和し、晶子の作品は邦訳『悪の華』に平行しているように思えてくる。この蓮月の歌にみられるような修辞の意識が、独立した動きを示してことばの反転をうながし、意味から遊離された響きそのもののうちに、新たな展開のきっかけをなすべく新たに加入される意味をひびかせ、纏綿として垣根を伝うあさがおの織りなすリズムを、響きからも形象からも再現しているそのありさまに、ボードレールの修辞の形態と同質のものを私はおぼえる。一方、与謝野晶子の歌には、修辞の意識は「しろがね」の「シ」「一艘の舟」の「ソウ」「しのび出で」の「シ」というサ行音において、銀白の砕波を暗示しているにしても、この目に著い（しる）サ行の音は、いわば舟の形象ただひとつの進行の余波にすぎず、ここでは歌全体は「銀色の舟」という形象の斬新さによって斬新にひびくにすぎない。「秋のこころに」という結句は、大胆奔放といえばそれまでだが、響きの連続性に対する配慮は劣勢にある。

もしも私たちがこの晶子に近代を感じ、蓮月に対しては月並な近世を見いだすなら、ボードレールの『悪の花』にも月並な近世を見てしかるべきだったのに、じつはそうはなっていない。桂園派につながる蓮月に、一種さりげないあでやかさがあるように、『悪の花』にも、孤絶した一個人の集中力をもってしては、たとえそれがどんなに悪魔的な集中力であっても決して可能ではなくて、なんらかの総体的でしかも均質な文明が個人を包摂しているときに、表現上の禁欲あるいは度はずれに対する警戒と抑止への同意をともなった集中力が、この文明のなかで、緊縛を苦痛とせずむしろ快楽に合致させるような仕方で生動するとき、おそらくそのときだけ可能となるような、一種のつやがあらわれている。

日本語が邦訳『悪の華』からこのつやを消してしまったことについて、私はそれを残念がっているのではない。つやは、だれにとっても、もとのフランス文で感じる以外にないのだから。けれども、いま指摘したつやは、たとえば老梅の痩枝が癬苔を生じ、にわとこの朽ちた幹が木耳を生ずるような自然の変化をおもわせる一面を有しながらも、他面では、詩という人為の作品がいま具体的な場所なのだから、このつやは作者の精神に映し出され、対象として価値を計られ、効果として検討され、結果として諸否の判断のもとに置かれることを避けがたい。つまり、詩の作り手がこのつやに対して、かならず同調的とは限っていない。

ボードレールは、もしもそうする必要があるときには、このつやを消した。

彼はそこで、三つの方法を採ったように思われる。

ひとつの方法は、全篇厳格な韻文詩である『悪の花』のうちの少なくとも十篇の詩を、なんらかの銅版または石版画、油彩画、あるいは彫刻によってすでに視覚化されたグロテスクな主題にもとづき構成するという方法であり、別のひとつは、散文によって詩の等価物を発明するという方法である。いうまでもなく、この第二の方法によって『パリの憂鬱』が書かれたが、五十篇の散文詩は、グロテスクまたは静かな物さわがしさを処方として、つやを消し、抽象の内奥をさらに見通しやすくすることに成功した作品である。このふたつの方法については、作品に即して詳しく見る機会が別にあるだろう。

残るもうひとつの方法は、パロディの使用である。パロディが問題になるときには、パロディは共通項としての技法の遍在を前提にしなければあり得ないのだから、技法ではなくて技法に対する態度として、パロディを考えなければならない。

いま、ボードレールにとって、パロディで応ずるに足りる技法があるとすれば、それはアレクサンドランの韻律に依拠した作詩法そのものであろう。なぜなら、アレクサンドランはフランスの詩法中の王者であり、フランス語の韻律の最も重要な尺度であり、文明の共通項に該当するからだ。しかし、パロディという態度にとって必要なのは、この文明が最盛期をを通過し、デカダンスの時期にさしかかっていること、つまり下降線を描きはじめているという認識である。いやむしろパロディはこの認識を打出すために策動する、というべきかもしれない。『悪の花』がアレクサンドランの未曾有の大家ヴィクトル・ユゴーから「新しい戦慄の創出」という讃辞を受取ったのは、ユゴーがこの詩集にパロディのおどろくべき成功を、つまり文明の堕降の明証を見たためではなかっただろうか。ユゴーの讃辞には、しばしばそう解されているほどの好意的な称揚があるわけではなくて、嫌悪をまじえた是認、苦渋と好意との混淆が隠されている。

『悪の花』は初版以来、序詩というべき巻頭の位置に「読者に」と題されたアレクサンドラン形式、四行一連を十連つらねた詩を掲げる。荘重なアレクサンドランのこの詩の各所にあらわれる比喩の軽佻さが、私には長らく気がかりであった。この由々しい食違いに、なんらかの根拠がないならば、解しがたい作品とみなす以外に、この序詩をあつかう方途はないようにみえた。だが、この重要な位置を占める目ざわりな詩を、いわば申し訳の立っている作品として受取るには、これをパロディとして読んでみればよかったのである。

ボードレールはいま、大まじめを装い、神学の語彙を点綴させながら、目尻で笑っている。古典的な韻律の典型を玩弄し、まさにその行為によって'le mal'という語のもうひとつの語義を、つまり「悪」というよりもむしろ「病気」を手なずけているのであって、「悪」を告発することはおろか、私たちの良心に覚醒の曙光を当てようとする気さえ、ボードレールはつゆほども抱いてはいない。この序詩を、神学を孕んだ詩、あるいは形而上学に通じる詩、またはダンテへの真剣な追随のように思いこむと、七種の獣類の列挙に七大罪の寓意をながめるところまでゆかねば収まりがつかなくなる。手際のよい整理を詩そのものに代え、無感覚に口実をあたえるつもりがないなら、好んでこういう窮境に甘んじ、ひがごとに興じるいわれは少しもないはずである。一方、ボードレールは『悪の花』第二版(一八六一年)のための未定稿の序文に、次のように述べている(彼は出版社の希望で散文の序をやむなく書いたが、散文を巻頭に置くのをきらって結局発表しなかった)――「ある人びとは私にむかって、こういう詩篇は実害を流すといった。私がそのことを喜んでいたわけではないのに。また他の人びと、美しき魂の所有者たちは、逆に、善をもたらす詩篇だといったが、こう聞いたとて私は概歎したわけではない。一方の危惧も、他方の期待も、同様に私をおどろかせ、今世紀が文学に関するあらゆる古典的概念を喪失してしまったことを、いま一度あらためて私が確認するのに役立ったのみである。遊戯であって逃避ではなく、慰藉であって倨傲ではなく、心のままに技巧的であって技巧に心を合わせたのではない文芸が存在すること、そして『悪の花』もそういう文芸の一例であることを、ボードレールはこんな述べ方で告白したのであろう。

いま試みに、原詩の行数、韻律、語の響きにはまったくこだわらずに、但し意味の響き合いには気を配りながら、戯詩という面を示す目的で、この詩を訳してみると次のようになる。

読者に

浅はかな考え、散慢な注意力、うしろめたさ、しみったれた勘定高さ――こういうものが、あんたやわしの心のうちには、ぎっしりつまっていて、わたしらの肉体は、おかげで要らぬ苦労をしていますのさ。
そしてわたしらは、くよくよする気持ばかりを大事に大事にいつくしみ、ふところに守り育てているが、
さあそれはまあ、たとえてみれば、乞食がのみしらみをよう殺さずに、自分の血で大切そうに飼育して、
自分の孤独の分有者としているようなものであるわい。

くさぐさの罪のおそろしさは、わたしらの骨にまでしみこんでいるのに、わたしらの改心の念はというと、これはまことにたるみきっていることである。教会に出かけて告解をしたそのお駄賃のつもりで、さっぱりした気分を存分にもらい受けると、わたしらはあの勘定高い涙で心のしみをきれいに洗い落したように思い、またもとの、はねのあがる泥んこ道に、晴ればれいそいそと戻ってゆくことであるわい。

悪の寝床にやってきて同衾するのは、トリスメジストという名の悪党ですわな。このどえらい魔物は、ただださえ魔法にかけられて霞んでいるわたしらの精神を、じんわり時間をかけてあやしてくれて、甘い睡りにさそってしまう。このしたたかものの錬金術師は、元来なら気体から黄金を造るはずが、意欲というわたしらの大事の貴金属を、あっさり気化させてくれる御仁なのさ。

わたしらを息つくひまもないくらいに引きずり廻す糸を、悪魔め、しっかりにぎっているわい。鼻をつままないではおれないほどのくさい物に、わたしらはたまらないほどのいい匂いを嗅ぎ当て、罠とも知らずさそい寄せられ、日ごとに一歩一歩「地獄」をさしてゆくわいの。異臭ただならぬ幾層もの暗黒界をよぎりつつ——なんと、のんきな話ではあるまいか。

老妓のしなびてだらりとした乳房に口を押しつけ、しゃぶりついている懐(ふところ)さみしい女郎買いのように、わたしらは人にはいえぬ内緒の快楽を、地獄降りの途すがらつまみ食いし、くさって甘酸っぱくなったオレンジを、てのひらいっぱい精いっぱい絞るようにして、そんなうしろめたい快楽を盗むというわけなのさ。

ものすごい数の蛆虫みたいに、悪魔の大群は、わたしらの脳味噌のなかにひしめきあい、雑沓し、なんぞに酔っぱらったがごとくさわぎ立てていることであるわい。さて一方、わたしらが息をするにつれ、肺のなかには「死」が、目にこそ見えね、大河をなして、にぶい歎きの音を立て、流れ落ちているわいの。

婦女暴行、毒殺、暗殺、放火――こういう悪行が、傍目(はため)にもおもしろいその図柄で、わたしらの暮しのこのとりとめもないカンヴァスに味付けをしていないのは、それはつまり、わたしらの魂に遺憾ながら大胆不敵なところが不足しているだけのことさ。

金狼、豹、牝狼、猿、さそり、夜鷹、うわばみ、などという怪物どもが、短くまた長く吼えたけり、這いずりまわっているわたしらの悪徳の飼育園、その鼻をつく悪臭の檻箱のなかには、

こいつらにまじって、いちばん意地ぎたなく、腹黒く、また不衛生な怪物が一匹まじっているわ。そいつは、目に立つほどの身振りはせず、大げさに吼えもしない、とはいうものの、そいつさえその気になろうなら、地球は瓦礫の山になるかもしれぬ。また、そいつが大きななまあくびをすると、宇宙もそっくり丸呑みにされてしまうかもしれぬわいの。

そいつが「倦怠」さ。長いきせるをくゆらしながら、麻薬にうるんだ目をして、死罪に価する非行をあれやこれや、じっと、いつまでも空想だけしている奴さ。あんたも身におぼえがあるはず、読者よ、この厄介な、扱いにくい化け物のことさ。とぼけなさるな。わしと同じ出来具合で、わしと血のつながっているあんたであろうがの。

「読者に」は、こうして形式の期待させる荘重を裏切ることによって、うしなった荘重の代りに、別のものを表出する詩となる。あらたに得られたもの、それは親密という性質である。さいごの一連にいたって、ボードレールは古典の格調のかげから、読者に目くばせを送り、パロディが破り去ったつやに代えて、パロディがあらたにうながした一種の動きというべきもの、ふりを、詩の全体に投与している。つやが、価値としての静的なものであるとすれば、ふりは、つやからはその動的な性質によって逸脱しているが、可能なかぎり静的なものに近接したところに設定され得るような、動的なものの静的な価値、といえるであろう。「読者に」は、詩中に叙述された倦怠の習性と同じように、大げさな身振りをするのではなくて、ただわずかに、ふりというものをすることで、単に戯詩にすぎぬものに堕しおわらず、アレクサンドランの古典の岸に繋留されている。

この序詩にはじまる『悪の花』が偉容をふりかざして圧倒する詩集でないのは、もはやほとんどいうを俟(ま)たない。「親密ということ、しかしそれで結構ではないか」——一九二〇年前後、この詩集をかたわらの友に読み聞かせていたジッドが、その友に訴えたことがある。ひとりの読者として、私はようやく充分にこの打明けの真意を解し、同感できるような気がする。

3　前口上

役者にちやんとした野郎が一匹ゐると云ふのは、とにかく一廉(かど)の利方(りかた)だと、わたくしには思はれます。

…………

取巻は理性に悟性に感覚に熱情、なんでも結構でさあ。

だが、おどけと云ふ奴を忘れては行けませんぜ。
(『ファウスト』第一部「劇場にての前戯」森林太郎訳)

ボードレールは当初から意図した構成法にもとづいて『悪の花』全体を統括し、ひとつの構築された宇宙と釣合うような詩集をたくらんで詩の配列、組合せ、詩の群分けを実施した、というふうに私たちはいい聞かされている。しかし、この考え方が形而上学の予断を含んでいることを心得ておくのは、私たちの用心というものである。構築された宇宙はカトリックの大伽藍とのアナロジーによって理解されやすいことを知っておくのも、同様な用意につながるだろう。いま見てきたような詩を序詩としてそなえているとするなら、『悪の花』を読むのに、それくらいの用心と、あわせて多少の気楽さを保有していてもいいはずだ。

『悪の花』には、前置きとしてもうひとつ別に「禁書のためのエピグラフ」という名目で書かれた韻文がある。エピグラフという以上、これは一八六一年の再版『悪の花』の扉にしるされる予定だったにちがいないが、そうはならず、同年九月十五日号「ヨーロッパ評論」誌で公表された。

それはこんな詩だ。

田園牧歌のふさわしい　のどかな暮らしをしている読者
つましくて純真な善人の読者
投げ捨てなさい　これはふさぎの虫にとりつかれ
悪ふざけをしてはメランコリックになっている本ですから
もしもおまえさんが　長老の弁護士さんよ

サタンのところで修辞学を修めたのでなかったら
投げ捨てなされ　おまえさんが読んで　何がわかろうぞ
私をヒステリー扱いするが落ちさ

しかしあるいは　おまえさんの目玉が霞みっぱなしになってるほど阿呆でなく
奈落をのぞきこむ度量のあるお目玉だったら
私を読んだ上で　私をいつくしむにはどうすればいいか汲んでください

悩みをもっていて　それなりの天国を
さぐりにくる物好きなお方は
私をあわれんでやってください……　さもなけりゃ化けて出てやるぞ

この露骨な悪ふざけの調子に注目すべきである。ここでは、「読者に」とはまさに反対に、悪謔を包みかくすものはどこにもない（原詩は八音綴、形式はソネだが、第一連と第二連はまったく同型の押韻をもっていて、脚韻語は耳ざわりに、滑稽に響く）。破目をはずした陽気が過ぎて、そのあと気鬱に落ちこむのは、詩集『悪の花』自体を擬人化した「私」だが、この人物の手ばやくえがかれたこの肖像は、序詩「読者に」の語り手の肖像としても受取ることができる。サタンに修辞学をまなんだというこの「私」が、サタンの手にしっかりにぎられている操り糸の機微に通じていて、あたまのなかにひしめき合ってばか騒ぎのパーティにふけっている悪魔の群れに、悠々と一瞥をくれていても、怪しむには当らないからだ。

パリの場末の祭日を思いえがいてみよう。

天幕張りの掛小屋に、お客とおなじ出入口から入れかわり立ちかわり、あらわれてはひっこむのは、役者、軽業師、道化方、小娘や年増の踊り子女優に座長の家族、そして物見高い見物衆をあつめるには欠かせない珍獣怪物の檻箱が、掛小屋のうしろに積み上げられている。「金狼、豹、牝狼、猿、さそり、夜鷹、うわばみ」は、いずれ貴重な見世物にちがいない。お客を呼びこんでいるのは座長か、さもなければ口達者な軽業師か、あるいは気分の音階を自由自在に上下する声色が自慢の道化方だ。いま呼びこみが最大の見世物として売りこんでいる当座の怪物、——それが「倦怠」であることは、もはやことわるまでもない。

ボードレールは、詩集『悪の花』を編み出すにあたって、特にある時期以後、一連の仮構によってふくらませ、くり展げたファンタジーを次々と詩にまとめ上げていったように、私には見えるのだ。彼は『悪の花』のために、ひとつの劇場を仮構している。『火箭』の次の一節がよみがえってくる——「魂がほとんど超自然な状態に陥っているようなとき、人生の深淵が、げんに見ているお芝居のなかに、それがたとえどんなに月並なお芝居であっても、あますところなく露呈するものだ。お芝居が人生の深淵の象徴となってしまうのは、そんなときだ。」

小さな、見すぼらしい、しかしながらそれとて、まぎれもないひとつの劇場であるような掛小屋という場を、ボードレールはまず設定し、次いで、この場の活動家たち、つまり見世物芝居の一座同衆の役者をこの場に配置する。そして、ここが一連の仮構のうちで最も大事な点だが、この劇場の舞台に登場する人物のうちに、随時随意に劇の傍観者でもあり得るような人物を設定する。道化役者が似つかわしいその人物は、『悪の花』にしばしば暗喩として用いられるあの松明(flambeau)に照らされ、書割の空、クールベの画面の空のようにまことしやかで、澄みとおった緑やばら色の空の下で、一人二役を演じて活躍し、場面が移ればひっこんだ舞台裏から、冷やかに、他の俳優の演技をながめる。祭日の掛小屋から、もうすこしまともな芝居小屋に出る日には、暗い奈落の穴から、頭上の舞台に出ている情婦の踊り子を——「踊る蛇」のような、または「美しい船」のようなその女を、高くに、上眼遣いに見上げる(「踊る蛇」「美しい船」の女が、いつも見上げる位置からながめられた女であることに注意)。

『悪の花』のうちでおそらく最も深くて見とおしの利かない内容を孕んでいるという定説に飾られたあの「われとわが身を罰する男」を、一人二役の道化の仕草によって、ボードレールに教唆したのも、まさにこの道化役者にちがいないのだ。道化は、恋人を打擲しては、涙をながす恋人になり変って身もだえし、涙を唇で拭う男になり変っては、さらに打たれる恋人になり変り、しだいに物狂いを昂じてゆく——男も女も、このただひとりの道化の身のうちで同分量に、釣合いつつ狂乱してゆく。

神々しい交響楽のまっ最中に聞こえた
調子はずれの和音が　おれではあるまいか
それも　おれをけしかけ　おれを嚙む
あの業腹なイロニーのせいだ

金切声をあげている女が　おれの声のなかにいる
あのまっ黒な冷たい血　それがおれの血だ
おれは死をさそう鏡
復讐の女神がすがたを映す鏡だ

と道化は二役を演じつつ、心のなかで叫ぶ。これにつづく有名な四行、そしてすぐそのあとにつづく結尾の四行ほど、道化の仕草を正確に抽出し、道化の誇りと悲しみの全一性を的確に衝いた文学は見当たらないだろう。

おれは傷であり　かつナイフ
おれは平手打であり　かつほっぺた
おれは車責めにされてる体で　かつ刑具の車
処刑の身であり　かつ死刑執行人

おれは自分で自分の血を吸って生きる吸血鬼
——永遠の笑いの刑に処せられて
あの刑場に打ち捨てられた重刑罪人
しかも顔がこわばって　もう笑えもしない

一方、この道化方の出入りする劇場では、舞台上で演じられる演し物と並行して、舞台裏にも、男女俳優の恋のドラマが進行しているはずである。こういう同時進行の動きが、なんらかの景観の構成要素に含まれているとき、ボードレールは感動におそわれやすくなり、ファンタジーをかき立てられたようである。『火箭』第十五節の、動いている船をながめる魅惑についての考察は、たとえば「告白」の次の部分に、内部構造として組みこまれている。そしてこの数行は『悪の花』のうちでも、とりわけ味わいぶかく、心にしみるような趣の詩句なのだ。

もう夜ふけでした　まるで新しいメダルのような

望(もち)の月が上天にかかっていました
そして深い夜が　川のように
　寝入っているパリの上にながれていました

家並みの軒を　車門(くるま)を　伝い走りに行く
　猫のすがたが　またしても見えかくれして
耳をそば立て　さてはなつかしい影のするように
　あなたと私の行くほうに　ひっそり付いてくるのでした

道化役者が連れているのは、一座の美人女優。道化のひそかな思慕を知っているのか知らないのか、不意に心を割ると、古典劇の女主人公のように澄明な、しかもにがい告白を道化に聞かせる。だが、この告白は、はたしてうつつの思い出なのか、それとも道化の夢が織った架空の告白か、私たちはうたがってみることができる。「心の告解室でささやかれたこのおそろしい打明け話」と、道化はさいごに付け加えている。もしもすべてが夢物語だとすれば、「告白」は、さらにひとつ、大きな平行線をその構造のうちにとりこむことになるが、それとともに詩の感動の容量は一挙に倍加するだろうと思われる。頭上をながれる川のような夜と平行しているのは、詩には少しもあらわれないセーヌ川であり、忍び歩きの男女には忍び歩きの猫が平行して動き、そしてこの道化の心のうちには「憂鬱と理想」(spleen et ideal)が平行しつつ応答しあい、劇場外の、芝居のはねた夜ふけのこの告白劇は、劇中劇の雰囲気にひたひたと寄りそってくりひろげられる。こうして道化とともに、「心の告解室」は寝しずまったパリの上にながれる深い夜のように、はてしない拡散をとげ、一方、パリの夜空は、動きのない告解室の、せまい、息苦しい空間にむかって凝縮をとげる。つまりここで、道化は、E・A・ポーが設定したあの「詩の原理」として、はたらいていることがわかる。

この道化役者の楽屋には、どこかの古物市で、だれかが安価に買ってきた版画の数枚が、物好きな道化の手で板戸に貼りつけられていて、それが奇妙に室内と似合っているかもしれない。ヘンドリック・ホルツィウス、ジャック・カロ、ピーテル・ブリューゲルの版画は、こうして「憂鬱と理想」「パリ情景」中の数篇の視覚的原型として、さも当然らしく現前する。

雨の日の掛小屋、冬の夜の楽屋の侘しさをのがれて、役者がパリの町に出る。「パリ情景」は、劇場のそとまでいってわざわざ拾ってこなくてもよかったような、まださらに侘しく憂鬱な風景ばかりだが、しかしだれをうらむことができるだろう。「酒」のドラマなら、劇場のそとのいたるところにころがっているし、時には劇場の舞台上に、そんな場面を俳優が演じることもあるはずだ。掛小屋の天幕の破れ目から、一座のなかにいる「レスボスの女たち」、あの『悪の花』の一族を、偶然目撃することも、役者稼業には珍しいことではないかもしれない。「死」は、いずれ貧相な掛小屋の芝居にも、重要な登場人物としてあらわれてくれるだろうし、道化役者が片恋をしている女優が、ほかの男と「愛しあうふたりの死」を演じるところを、道化役者は幕のかげから見守り、やがて「天使」になって、死んだふたりをそっとゆさぶる役を引受けねばならないこともある。そんな「一日の終り」は、

おれは仰向きにひっくりかえろう
夜よ　おまえの帳のなかを転げまわろうか
おお　無限の生気を送ってくれるまっくらな夜天

というふうな独りごとを伴うにちがいない。そして、こんな役者稼業の身に「旅」がいかにねがわしく、また

「死」という旅の願いの、いかにはかないことだろう。役者は舞台上でみごとに幕切れの死を演じながら、いったん降りた幕があがると、せっかくの死からひき離されねばならない。そういう役者の気持になって、ボードレールが作った詩、——それは再版『悪の花』の「死」の章のさいごの長詩「旅」の直前に位置するソネ「好奇心の強い男の夢」である。

「好奇心の強い男」(un curieux)は、いかにも「物見高い見物人」というふうにも読める。けれども、この詩の男は、見物席ではなくて、舞台の上にいると私は考えざるをえない。相手方の俳優の演じる骸骨(死神)の手ににぎられた砂時計がからっぽになったと同時に、たったいま死んだばかりの男を演じつつ、自分の死を物見高く、冷やかに見ている俳優が、作中の「私」だと解するときに、はじめて整合的な情景がうかぶ、これは屈折した奇妙な作品である。

わたしと同様に、君もあの味わい深い苦悩を知っているね、
そして君も、こんなふうに思わず人にいわせる男だな「へえ、君は変ってるな」と。
——わたしはもうちょっとで死ねたのさ。恋わずらいをしていて、
恐怖と欲望のまじり合ってるようなわたしの魂にしてみたら、それは独特の痛みだったよ。

苦悶とはげしい希望こそあれ、逆らう気など起きなかった。
死を告げる砂時計がからっぽになるにつれ
わたしの責苦はいよいよ痛くかつ快適になるばかり。
わたしの心はおなじみの世から、なんとかきれいさっぱり離れたがっていた。

わたしは見世物に夢中になっている子供みたいに、
目の妨げになるものを憎むようにして緞帳を憎んでいた……
とうとう冷厳なる真理がすがたを見せてくれた。

わたしはさも当然というように死んでいた、そしておそろしい夜明けの光が
わたしを包んでいた——なあんだ、たったこれしきのことか。
幕があがっているのに、わたしはまだ待っていた。

死の到来と同時に降ろされた幕は、この俳優が死によって見物席という世間から、たしかに離脱できたかどうかを見とどけるのを妨げているのだ。俳優は、客席からすれば見世物だが、客席は俳優からすれば、また同様に見世物である。ここには、ダンディスムの完成が道化のちからを借りてもなお達成し得ない歎きが聞こえる。死の予習は『悪の花』の演劇的仮構の全体をもってしても、なお失敗におわり、「新しいもの」は死という未知なものと同時にでなければ、決して手に入らず、死を演じてみせた道化というこのダンディは、未完了な生の岸辺に立ちつくして死を望見することで、ダンディスムの完成を望見するだけに甘んじなければならない。

「文学的交響曲」と題されたマラルメの散文中に、『悪の花』のこの流謫の風景を喚起している次のような一節がある——「つまりこれは落日だ。なんという思いがけなさ。じつにふしぎな赤だが、その赤をとりまいて、振りほどかれた毛髪のあやかしの匂いがひろがり、赤は黒くかげった空から滝のように落下している。これは香りとして罪をもっている悪い薔薇の雪崩(なだれ)だろうか。それとも頬紅か。それとも血だろうか。なんと奇妙な落日の風景だろう。いや、それともこれは、滝のうらにまわった軽業師のサタン(saltimbanque Satan)

が、ベンガル花火を焚いて緋の色に染めている涙の滝ではないのか。耳をすませば聞こえるが、それはみだらな接吻の高ひびきを立てて流れ落ちている……。とうとう、まっくら闇が、すべてを掩ってしまった。聞こえるのは、罪、悔恨、そして死が、こうもりのようにひらひら飛びかう音だけになった。そこで私はおもわず顔を手で掩う。すると、この悪夢を見たためよりもむしろ、祖国からの追放ということで受けたにがい感動のためによびさまされた嗚咽が、まっ暗なしじまに染みとおってゆく。しかし、いったい祖国とは何か。」

祖国はいつまでも彼方にあるばかりか、はじめから彼方にあった何ものかにちがいないが、ダンディスムの理性と心情がひとしく肯定し、全的に受容するような価値の体系も、また同様である。「憂鬱」と「理想」とのあいだをサタンのように自在な上下運動で往復する人物が「読者に」という名目の前口上によって予告した『悪の花』は、こうして気晴らしの悪ふざけで充たされてしまう。ただ、とりちがえてはいけないのだが、このさい悪ふざけは、祖国のあの申し分のない価値の体系のほうへの逸脱であって、それからの逸脱ではない。この追放された一族——『悪の花』芝居の一座同衆が、「祖国」の整序された体系への遠い追憶を介して、いかに形式に気むずかしくこだわり、不完全に対して敏感に拒否反応を示すかは『悪の花』の読者がもう充分に心得ていることである。だから、よくととのった形式美と悪ふざけとの同時成立が、『悪の花』の首尾一貫した特性ということになる。

背後に、この悪ふざけのサタンと祖国から追放されている道化のダンディとの背後に、いわば「祖国」の日常の模型として、カトリックの典礼がひろがっている。日課となったお祈りと祈禱室、時鐘と身振り、日暦と聖像画の、なごんだ、しかも快美な緊張の空間。追放の土地にしばしば聞こえるあの祈りの唱えごとは、たとえそれが「フランキスカの君に捧げる鑽仰歌」のように、依然として悪ふざけの調子をおびていても、追放の生活がそんなにまで日常儀式化されていることを告げるために、私たちの胸を打つのである。

一方、この儀式のそと、つまり、サタンの許しを得て道化のする夕ぐれの独り歩きの時間は、悪ふざけの必要なしと道化の自認できる唯一の時間であり、彼は自分の心に語りかけるときだけとりもどす嗚咽を抑えたあの低声でつぶやく。ほとんどこごえた指先の感覚のように生きのびているまじめなしんみり口調は、「ほっとした時」(Recueillement)と題された詩にみられるとおりのものである。これは一八六一年、再版『悪の花』出版から数箇月のちに雑誌に発表された詩である。

おとなしくするんだよ、わたしの苦悩よ、さ、もっとしずかにして。
あんたは夕暮をあんなに待ってたね、それが上から降りてきたんだ、そら、もうそこにいるんだよ。
かわたれどきが町を包んでくれた。おかげで
心丈夫な連中もあるだろう、落着かぬ連中もあるだろう。

さもしい人たちが大ぜいいるよ、
快楽というあの情け知らずの笞刑(ちけい)役人の笞をかいくぐっても
奴隷の縁日にはやってきて、悔いのたねを漁ろうという人たちさ。
わたしの苦悩よ、さ、手をにぎって、いっしょに歩こう、こっちだよ。

あんな連中のいないところへ行こう。夕空の露台には、古びてくたびれた衣裳をつけて
昔の歳月が下をのぞいているから、それでも見ようか。
川の面(も)には未練が笑みをたたえて泛んでいるから、それでも見ようか。
アーチ橋の下を透かして見ると、死の府の太陽が川の向うで寝入るところも見えるよ。

そして東の方から、長い経帷子でも引きずるようにして、
ね、わたしのいとしい苦悩よ、やさしい夜の歩いてくる衣摺れが、聞こえるね。

けれども、この孤独な散歩のあいだにも、演技はまったく消えているわけではない。道化役者はこんなときにも、なお身振りを忘れず、相手あっての仕草を心のうちでまねながら、大文字（訳文では太字）で示されている相手方との密約によって、いちばん内奥の劇場に登場し、そこでまた演劇の原罪に、約束事に、くり返ししたがうことだろう。

付記　第三節で道化役者、軽業師の役割をかんがえるに当って、私はスタロバンスキーの次の一文から最も教わるところがあった——Jean Starobinski, *Sur quelques répondants allégoriques du poète*, Revue de l'Histoire littéraire de la France, 1967, n°2.
『悪の花』全体を芝居に関連づけるという私の見方は、第二節に述べた内容をスタロバンスキーに加担しながら押していった結果である。また第二節は、「人文論叢」第二十号（京都女子大学人文学会発行、一九七一年九月）に掲載した『「悪の花」小註』の一部であるが、数箇所辞句を訂正してここに用いた。この第二節を書くのに私がいちばん教わったのは、長年愛読してきたミドルトン・マリの『近代文学の意味』（山室静訳、改造文庫、昭和十五年）に入っている『ボオドレエル』であった。

（『エロスの図柄　杉本秀太郎文粋1』、一九九六年三月）

ボードレール「照応」隠し絵

詩集『悪の花』のうち、「照応」は最も頻繁に研究あるいは詮議の対象となってきた。『悪の花』初版、再版いずれを見ても、この詩の直前にあって詩集の構成上、なかなか意味ぶかい位置を占めている詩に「高翔」がある。また再版『悪の花』では、「高翔」のすぐ前に初版『悪の花』にはなかった「阿呆鳥」が加わる。いま、この三篇を読みくらべてみると、「阿呆鳥」がいちばん見劣りがする。ロマン派好みの詩人＝流謫者という図式が、かなりくだくだしい描写を伴った阿呆鳥という平板な比喩のかげに透けて見え、それが目ざわりになる。最後の連に詩人は歌う、

詩人は雲上のこの貴公子のようなもの。
嵐の空にも自在に往来し、弓引く人を思うさま翻弄もするのに、
地上に追い落とされ、野次馬の罵声に取り巻かれると、
大きなつばさが邪魔になり、歩くにさえ難儀をおぼえる。

「高翔」にも、鳥はあらわれる。それは翼長二メートルにもおよぶ阿呆鳥ではなくて、可憐なひばりである。ここにはわれわれのよく知っているひばりそのままに朝ごと、高い空にむかって一息に、晴れやかに、飛び立ってゆくものの姿がある――

ひばりたちのように、想念が朝ごと、
空にむかって、屈託のない飛翔を果たす人は幸なるかな。

この比喩は平板ではなくて平明というべきだろう。そしてこの平明には、十九世紀初期の英国の詩人たちのそなえている平明が感じられる。

一方、「照応」には、比喩が次々に出現し、聴覚、視覚、触覚、嗅覚、味覚を糾合し、官能を倒錯させ、五感の網目を緻密に編み出してゆく。こうして仕上った「照応」の世界には、オペラ舞台の書割のような程の良い夢幻性、どこか細工の過ぎた、ひっこみのつかない展開、塗り絵にみるような扱いやすく整理されすぎた空白が生じている。ここでの比喩は、平明ではなくて克明というべきだろう。そして詩が、そのために恩恵に浴しているかといえば、逆に窮屈な目に遭っているように思える。

「照応」という詩は、評家も研究家も一致して認めてきたほど重要な詩、いやそれどころか『悪の花』のなかで最も重要な詩なのだろうか。この詩にボードレールは照応の理論を揚言し、詩法をあかしているのだという一致した出発点は、果たしてたしかなのだろうか。序詩「読者に」がそうであったように、この詩にもボードレールは二重の言語を用いている。しかも、粛々たるソネの形態をあたえられている全体のうちで殊に意味のとらえにくい第一連では、ことさらに古典的アレクサンドランの等拍の間合いを守っているために、二重性はさらに隠微となって、一見、照応の理論の申し分のない詩的転位にみえる。

照応の理論(コレスポンダンス)というのは、いま『ロベール大辞典』の語釈を借りると、次のように説明される――「この理論によれば、宇宙は互いに相似(analogue)のいくつかの領界より成り、この宇宙内ではどの要素ひとつをみても、その要素の所属するのとは別の領界に属している要素のどれかと対応しあっているので、対応しあっている要素は互いに他の象徴となることが可能になる。」言うまでもなく、この理論はボードレールの発明ではない。照応の理論はスタール夫人を介してシェリングのドイツからロマン主義下のフランスに流入し、ユゴー、サント=ブーヴ、バルザックにとって親しい思考となった。ボードレールの身近な仲間のうち、とくにエスキロスの持論となり、一八四一年刊行の詩集『歌の集』所収の詩中で、エスキロスが森を「大きな教会堂」にたとえ、そこでは「木々が詩人の魂に語りかける」と書いたのは、照応の理論のあからさまな詩的転位であった。また、同じくボードレールの仲間で後年『神秘哲学大全』をエリファス・レヴィの筆名で公刊するアルフォンス・コンスタンが、一八四五年に発表した「照応」と題する詩には、宇宙は「目に見える言葉で綴られている」神の夢想と化した、とある。いずれの例も、ボードレールの詩「照応」に含まれている詩句と相似の関係にあるのは見のがせない。

ボードレールがE・T・A・ホフマンを仏訳で愛読していたのはよく知られている。『悪の花』中の「照応」の第三連の内実を論じるとき、つねに引用されるのは『クライスレリアーナ』中の次の一節である。そしてこの一節は「一八四六年サロン評」にボードレール自身も引用したことがある。

ただに夢のうち、また眠りに先立つ軽微な錯乱のうちばかりではなく、目がさめているときにも、音楽を聴いていると、色彩、音楽、匂いのあいだに一種の相似、一種の内密な緊縛を私はおぼえる。こうしたもの全部がただ一本の光束から発出したかに思われ、すばらしい演奏のうちにひとつに合体してしまわねば済まないような気がしてくる。茶色く、また赤い、気がかりな事柄かずかずのそなえている匂いが、私の人格に対して魔術的な効果を発揮する。私は深い夢想にひたる。すると、どこか遠くのほうで、オーボエの低くて深い音が聞こえはじめる。

ソネの第一テルセにあらわれる「緑の音」については、テオフィル・ゴーティエの『ハシッシュ吸引者倶楽部』(一八四六年)の一節が、前例として引証される習わしである――「私には色彩のざわめきが聞こえてくる。緑の音、青の音、黄の音が、はっきり区別のつく音波で私に届く。」バルザックの『マッシミルラ・ドニ』も、われわれの追憶、よく訪れる心像には、それぞれに好みの音程、好みの彩りがあることを語っている。

ソネの第二テルセにあらわれる「膨張」という語に関しては、ボードレールの知悉していたド・クインシー『阿片常用者の告白』(一八二二年)中の用例、ゴーティエの『アヴァタール』(一八五七年)中の用例が、対応圏を等しくしている前例として指摘される。香料の列挙には、先例としてペトリュス・ボレルの小説集『悖徳物語』(一八三三年)中の『美しいユダヤ娘ディナ』に、こんな一節がある――「彼女は匂いの特に強烈な花々を身につけていたし、シリンジア、ジャスミン、くまつづら、薔薇、百合、オランダ水仙などをいっぱいに活けた花瓶を身のまわりに並べ、沈香、安息香を香炉に焚かせていた。彼女のそばにゆくと、竜涎香、肉桂、蘇合香、麝香が、肌から匂い立つのだった。」

「照応」というボードレールの詩そのものはどこにいったのかという疑問が迫ってくるのもやむえない。題名にふさわしく、この詩はボードレールの同時代人たちの偏執のうちに拡散され、多くの光点と対応しあっているらしい。照応の理論がボードレールに先行する大家たち、ユゴー、サント=ブーヴ、ゴーティエはもとよりのこと、わずかに生前、ボードレールの注目を得たのちシュルレアリストに発掘されるまで無名にひとしかったペトリュス・ボレル、さらに阿片流行とともに流行したド・クインシーを含む茫漠たる文芸世界の黒板に、ほとんど白チョークで記されたような共通項であったのなら、一八五五年あるいは五六年にいたって、この理論を一篇のソネに盛りこむのは奇妙に陳腐な着想であり、奇妙に控え目すぎる試み、あるいは奇妙に目立ちすぎる試みではなかろうか。

いかにも、このソネの重点は、たとえば福永武彦の指摘(「詩人としてのボードレール」人文書院版『ボードレール全集』第一巻所収、一九六三年)、さらに近年ではF・W・リーキーの指摘(『ボードレールと自然』)のように、第一テルセから第二テルセにまたがる腐敗した匂いの部分かも知れない。「物の腐った匂い、尽きざる、そして他の匂いを圧倒する匂い」は、序詩「読者に」の罠に仕掛けられた釣り餌の匂いと通じあい、「悪」に固有の匂いとして倦怠の温床、滋養となり「精神と五感の忘我的な交流を歌い出す」匂いでありうる。けれども、この腐敗した匂いの部分を強調すればするほど、この詩は全体としての均衡を失って前後に分断され、一篇のソネとしての内的な流れの筋をせきとめられてしまう。それでもなお「照応」が詩集中の最も重要な詩であっていいのだろうか。

ボードレールはこの詩にも、裏の意味をこめていた。序詩「読者に」には、道化役者によるパロディのかげに詩人の声がなまなましい血を噴いていた。だが、ここではパロディではなくて謎解き絵ことばの方法で、詩人はもうひとつの文脈を封じこめた。

冒頭の大文字の女性名詞「自然」は、自然としての女性であり、崇拝の対象になりうるとはいえ、ギリシア神殿の大理石柱を思わせる冷やかさをそなえていて、決してあちらから感動または熱情をもって反応することはなく、ただこちらの感動あるいは熱情に応じて姿を変じ、こちらの発明の熱意に対応する影像として現前するにすぎないような女である。それはこの詩の少しあとに置かれているソネ「美」における「石の夢のように美しい」女と等価である。だが、この神殿はまことの大理石製ではなくて血のかよった柱のむれを、つまりは四肢、首、胴、そして手足の指をそなえていて、時おり混乱した、わけのわからぬ譫言(うわごと)がこの柱の集合体から洩れる。男はこの神殿に住みつくこともできず、ただ行きずりの人として、この神殿のなかを通りすぎる。冷やかな目付きでそういう男をじっと見ているこの冷感症の女のうえには、男の理智が意味を解読あるいは発明するしかないような象徴の森がひろがっている。これがソネ「照応」第一連の裏の意味である。表の意味は次のように読める。

自然はひとつの神殿。生命のかよう柱のむれが、
時おり、あいまいな言葉を洩らしている。
人間は象徴の森を通ってこの神殿をすぎ、
森は親しいまなざしで人間を見守っている。

第二連は見とおしの利かない暗闇での深い合一を主題とする。夜のように限界のないのは女であり、光のように限界のないのは男のほうである。匂いと色彩と音が互いに応答しあうとき、遠くから、もう混ざりあって届いてくる長いいくつかのこだまが、この合一の瞬間に伴っているが、そのこだまもまた匂いに、色彩に変じ、一方、匂いも色彩も、このこだまをあらたに長びかせる働きをする。第二連の表の意味は次のように読める。

夜のように、光のように果てしなく、
暗くかつ深い合一状態を、遠くで溶けまざりあって
形成する長いこだまのように、
香りと色彩と音が、互いに応えあっている。

残る六行、即ちソネのテルセ二連が伝えようとする真意は、次のように読める。子供の肌のような手触りをそなえている女の腿の新鮮な匂い、オーボエのように甘美な体臭、牧草地の緑をしているデルタ叢の匂いが、「自然」＝女に伴っている。いや、それどころか、「自然」＝女には、執拗に匂って他の匂いを圧倒するような腐敗臭もそなわっている。それは動物の体液から精製される竜涎香、麝香、また植物から作られる安息香のように、いつまでも匂いつづける。「自然」＝女のあの強烈な匂いに侵されると、精神と五感がそれぞれに領界を拡げつつ恍惚と溶けあって、音楽的陶酔へと男をうながし、みちびく。表の意味は次のようである。

子供の肉のように新鮮な匂いもあれば、
オーボエのように甘い香り、牧草地のように緑の香りもある。
——そしてまた別に、物の腐った匂い、尽きざる、そして他の匂いを圧倒する匂いもある。

それは無限な物たちの膨張力をそなえ、
竜涎香、麝香、安息香、薫香のように、
精神と五感の忘我的な交流を歌いだす。

「自然」＝女は、ただ一方的に愛の対象となり、ただ自然の態において男性の官能を持続させる役割を果たしさえすればいいのだ、とボードレールは隠し絵によって訴えているようである。かように解してみると、「照応」という題名は、たしかに照応の理論を気取りながら「自然」＝女と、これを嗜虐的に愛好することしかできないような種類の男＝ボードレールとの応答の諸形態をひそかに意味していると思われる。

だが、こんな不謹慎な意味を「照応」に読み取ることに対しては、激しい反論が予想される。私は次のことを言い添えておこう。こういう読み方をする前に、同じく「自然」を主題としながら、ボードレールとは全く反対に、「自然」のほうにも「自然」に対して働きかける人間＝男の示す熱狂と全的な反応を期待し、それが可能なものとして「自然」をとらえたランボーをよく示している作品「夜明け」を解読するという経験が、私には必要であった。『イリュミナシオン』中のこの有名な散文詩を、私の読み取ったままに訳すと次のようになる。

「わたしは夏の夜明けを抱いたことがある。(中略)町の通りをのぼりつめ、月桂樹の茂みのそばにきたとき、わたしはまるめて抱きかかえていた彼女のヴェールですっぽり彼女をくるみこんでやったが、そのとき彼女のばかでっかい躰に少しさわったようだ。夜明けと少年は、月桂樹の茂みのかげに、いっしょにどっと転んだ。目がさめたら、まっ昼間だった」(「夜明け」)。

「夜明け」のランボーにとって、「自然」は遭遇した「自然」そのままで少しの不足もなかった。対照的に、「照応」のボードレールにとって、「自然」の名に値する自然は、危害を加える暴力を全く欠いた、つねに庇護し、つねに要求を聞き届けてくれるようなものとしてあらかじめ吟味され、厳選された自然に限られる。ボードレールがそういう「自然」と交情するありさまは、ちょうど蛾の幼虫が蛹になるときのようで、温度も、湿度も、光の強さも、風当りも、最も適当な自然を選んで蛹化し、擬態によって自然にまぎれ、自然から保護だけを期待するのとよく似ている。

再版『悪の花』では「照応」の直前に置かれることになった「高翔」が、蛹から羽化し、飛翔をわがこととして実現し、飛翔をわがこととして称揚している詩人を果たして示しているかどうか。これは興味深い問題である。

(『エロスの図柄　杉本秀太郎文粋1』、一九九六年三月)

ボードレール 「異郷の香り」 詩と音楽のあいだ

異郷の香り

秋というのにあたたかな、とある夕暮、目をとじたまま
君の熱い乳房の匂いにおぼれていると、
単調な陽光にまばゆく照らされて
快い汀の延びゆくさまが、まぶたにうかぶ。

物憂げによこたわるひとつの島。自然の恵みは
めずらしい木々、味の好いくだもの、
精悍な、痩せた体軀の男たち、
あけっぴろげな目で、どきりとさせる女たち。

君の匂いにさそわれて、魅惑の風土に近づくと、
海の波に疲れきっている船の

帆、マストおびただしい港が見える。

みどりなすタマリンドの花の香は
風に乗ってめぐり、私の小鼻をふくらませ、
いつしか胸の奥深く、水夫の唄とまじり合っている。

詩の題名に含まれている“exotique”(異郷の)は、いうまでもなく西欧世界のそとを指していうことば。そとは東方である。しかしここでは、アフリカ、エジプト、アラビア、インドよりも、さらにはるかに東、南洋の風土に求められていて、西欧からはきわめて遠い。

風土を限定する唯一の物名としてあらわれるのはタマリンドという植物である。一属一種の喬木、熱帯産、マメ科に配されている。南洋では街路樹にも庭木にもよく用いられて、豆果を結ぶ。さやは多肉で水気を多く含み、酸味に富んでいるので、しぼって清涼飲料に供される。タマリンドの花は淡黄色、少数個ずつ総状につくというが、手もとには匂いのことまで教えてくれる記述が見当らない。しかし、同じマメ科の熱帯産の喬木、アカシアからその匂いを想像するなら、それはけっして淡白な匂いではないように思われる。

だが、タマリンド(tamarinier)については注目すべきことが別にある。脚韻語として「水夫」(marinier)と合韻していること。おそらく前例のない合韻。ボードレールが脚韻の名人ヴィクトル・ユゴーと功を競うべく、ひそかに自負した上首尾の踏韻をもたらしたにちがいない。エクゾティスム(東方趣味)が、ユゴーにとって斬新な、望外の韻語の発見にきわめて好都合であったことを想起するなら、東方は、このさい、ボードレールにも幸したことになる。けれども、詩の構造そのものに観点を移せば、タマリンドというただ一語がこの詩にあたえている風土限定の効果が大きいだけに、合韻語でありかつ詩の結尾の一語でもある「水夫」は、タ

マリンドと拮抗して譲らぬ程度の意味の充塡を必要としている。

冒頭の《en un soir chaud d’automne》(秋というのにあたたかな)は「秋の日の暑い夕暮」でないのはいうまでもないが、かといって「秋のあたたかい夕暮」でもない。‘chaud’は、ここではもう少し平俗に、京ことばでいえば「ぬくとい、あったかい」というほどの語感をもっている。たとえば洋品店の売り子が《Ce vêtement est très chaud.》(このお召物はとってもあったこうございますよ)などというときの言回しを思い出せばいい。秋はパリの初秋ではなくて、すでに街路樹の葉の散りつくしたほどの秋、十月の下旬と思えばいい。毎年オートゥイユのパリ市立温室庭園で菊の展覧会のあるこの時期、万霊節(十一月二日)も近い頃に、私は美しい晴れの日の午後、膚のゆるむようにあたたかな秋に出会ったおぼえがある。そして、そんな日の空気の感触が、北緯四十八度五十分のパリに迫っている冬へのおびえをかき立てるのだ。《en un soir chaud d’automne》という表現にはやや奇を衒った面がたしかにある。だが、それによってありもしないことを言い出したわけではなく、この詩句は季節の移ろいの微妙な混乱と、それに気付いた心の受ける驚きとを正確に言い当てているのである。

第三行の《des rivages heureux》(どこかの国の波打ちぎわが、快い曲線をなして)は、「幸福な岸辺」と解したのでは「幸福な結婚」というのと同様に曖昧であって、これでは不明瞭な映像がわれわれをとまどわせるだけである。詩だから不明瞭であっていいというのはおそるべき誤解で、詩は不明瞭であってはならない。‘heureux’という語は、時宜しきを得てうまくあらわれてくれたような、思いがけないと同時にこちらの都合にぴったりなあらわれ方をした人物、人事、事象、事物を形容するのに用いるのだから、この岸辺は、いまちょうど折り良くあらわれてくれた、そして今このときにふさわしい形をしている岸辺である。ジョルジョーネの描いた《眠れるヴィーナス》のあの背景の山野やヴィーナスのしとねの衣襞は‘heureux’と形容できる輪郭、起伏、色調、陰影をあたえられている。ここでは、岸辺が、いま「私」とともにいるひとのなだらかな曲線をそのまま引き写したような形をして、「私」の閉じたまぶたの裏にうかび出ているのだ。

　第四行の《les feux d'un soleil monotone》(単調に降りそそぐ陽光にも似た光)という詩句がうったえているのは、内面の風景のうちに遍在している一種の明るさであって、いわば快楽につづく疲労の炎のことだ。してみると「あったかい秋の夕暮」の「秋」は、白熱の「夏」を思い出として持っていたことになる。同じ第四行の'éblouir'(かき乱す)という動詞は、かげろうが道のむこうをゆらめかせるように、想像のなかに攪乱を生じさせるはたらきをいうのだから、恋人の体軀の輪郭とうまく重なりそうな岸辺の線が、ともすると、ゆらめき乱されるさまをいっている。しかもなお、渚の線は、ほとんど自動的に、先に先にと延びつづける'se dérouler'と詩句はつづく。目をとじている「私」には、恋人の輪郭も、すでに視覚的には追想のうちにしかなく、想像力をささえ、あるいは想像力を着実にする具体世界は、おそらく愛撫する手の触知に一任されているだろう。

　第二連の冒頭《Une île paresseuse》(なだらかな形の島)は、もはや説明するまでもなく、ようやく渚の線がはっきりした像を結んで「なだらかな形の島かげ」になったことを示すのである。この詩はいわゆるジャンヌ・デュヴァル詩篇に属している。「めずらしい木」には、混血女ジャンヌの肢体の形象が含まれているようにも思われる。その木は、すでに触れたタマリンドにつながり、その葉はジャンヌの毛髪のように茂り、花香はジャンヌの毛髪のように鼻を撲つのかもしれない。しかし、特定の女のかげを探す必要は、いま少しもない。「木」「果実」を隠喩として感じることがあれば、それで充分だろう。

　やがて、このぽっかりと波のまにまに漂うかのように浮かんだ「なだらかな浮き島」に、木ばかりでなく住民の姿が見えはじめる。島の形状を告げるだけのこの'paresseuse'(なだらかな)を島の暮しの形容と受取って「無為の島」と解釈した人は、この島の男たちが痩身で、しかも筋肉の緊った体つきをしていることに困惑しなかっただろうか。

　ボードレールがこの島に託しているのは逃避の願望ではない。彼は「無為の島」での努力の放棄をエクゾティックな夢想につなぎ、無責任にも南洋の風土に怠惰の夢を織り上げているのではない。彼は「あけっぴろげな目で、どきりとさせる女たち」と、あの敏捷で精気にみちた男たちとの結合が、島の形状と同様、なだらかに作為を待たずに成り立つような、そのまま自然な結合であればいいという願望を語っているのだ。この願望は、逃避の願望にはないものを含んでいる。そこまで行ったとしても、そこで自分が作り出さねばならない環境の認識を、それは含んでいる。だから、「照応」ですでに見たように、ここでも自然を「保護してくれる自然」として期待するボードレール自身の願望に忠実に応じるような自然を仕上げてみせるために、彼は慎重に夢想の進路をあやつらねばならない。

第三連にいたって、苦心の操作は報いられる。恋人の匂いだけが、うまく彼をみちびいてゆく。だが、こうしてたどり着いた「魅惑の風土」(de charmants chimats)は、逃げ場所というものではなくて、行き着いたおわりの、逃げ場のない場所というべきものである。そこが魅惑的であればあるだけ、もう身の隠しようがないということは、はたして幸福なことだろうか。魅惑の風土は、ここにいたるまでの苦心に、ほんとうに報いてくれるものかどうか。

とある港の風景がまざまざと、まぶたにうかんでくる。長い航海をしてきた帆船が疲れをいやしきれず、入江のおだやかな波にもてあそばれるまま、帆や檣(ほばしら)をゆらゆらさせて、おびただしく投錨している。これらの船は「私」だ、しかし「私」は、船よりもまだもう少し幸福であるか、あるいはもう少し不幸であるか、いずれかに傾いて、船と等価でありつづけることができない。タマリンドの花の香が誘惑するのは船ではなくて「私」であり、そればかりでなく、船もまたタマリンドに加担し、船乗りたちの唄によって「私の魂」に対して音楽の誘惑を仕かけてくる。顫えるヴィオラの低弦のような波の音にささえられた水夫の声は、「私」が耳を当てている恋人の胸のなかから心臓の鼓動のリズムを盗み、血流のざわめきから音韻を拾い上げて、くり返しの多い民謡あるいは恋唄を緩徐調で歌いつづける。こうして、音楽は持続しつつ、窓をとざした空間を芳香がまんべんなく充たすように、目をとじている「私」の内部を緻密な共鳴空間に変えてゆく。そのとき、この空間は他の空間から独立し、タマリンドの香気の密封された空間として同時に完成するので、「私」の内部は、どんなに微小な単位で分割しても、音楽と匂いの双方に対して同じ程度に敏感な、均質化された空間に変質している。

先にとりあげた「照応」に欠けていたもの、それは、くり返せば、作品の円滑な展開であった。われわれは詩のうながしによって、こちらの心に生じた感興のおもむくまま、一篇のソネを構成する四連のあいだに横たわっている三つの深淵を——すぐれたソネにはかならずこの三つの深淵があるものだが——なめらかに通過し、詩のなかの帆船をいつしか模倣した恰好になって、入江の奥に眠る港に、つまり結尾の三行連まで、いつしかみちびかれている。振りかえってながめると、「異郷の香り」は、予期せざる展開と意想外な大胆さを随処で示しているのだが、オパール色の薄闇を吐き出すこの盲目の世界は、音楽の陶酔によってわれわれが経験する世界に近似した、もうひとつの宇宙を、効果的にあたえることに成功している。

ボードレールは、一八六一年三月十三日、ヴァーグナーの『タンホイザー』のパリ初演をオペラ座で聞き、三月十八日の日付を文末にもっている長文の音楽評論「リヒャルト・ヴァーグナーと『タンホイザー』パリ公演」を書いた。この評論の第一章には、フランツ・リストが一八五一年に公刊した『ローエングリンとタンホイザー』からの引用がある。ボードレールは、ヴァーグナーの音楽が同時代の精神にあたえた感動がいかに同質的な言語表現となって露呈したかを証明するつもりで、三つの例文を引用するのだが、リストの文章はそのうちの一例として挙げられたものである。三例の第一は、一八六〇年一月から二月にかけて三回にわたって、パリのイタリア座で開かれたヴァーグナー自身の指揮による自作オペラ抜粋曲の演奏会プログラムに印刷されていた無署名の解説文、次がリストの一文、さいごにボードレール自身の一文。

ここで問題にしたいのは、引用されたリストの文中の次のような一節である。「この導入部は、『タンホイザー』全曲につねに現存しつつ、しかもつねに隠されている神秘的要素を内包し、かつあらわにしている……。あの秘密のもっている異様な威力をわれわれに知らしめんがために、ヴァーグナーはまずはじめに神殿のえもいえぬ美しさをわれわれに示すのだが、この神殿には、圧制に苦しむ者たちのために復讐し、ひたすら愛と信だけを要求する神が住まっている。ヴァーグナーがわれわれに授けるのは聖杯グラールの秘儀なのだが、われわれの目の前には、けっして腐らぬ木材で建てられた、まばゆいばかりの神殿があらわれる。香を塗りこめた壁、黄金の扉、石綿の梁、オパールの円柱、金緑玉（シモファース）の仕切り壁が目に映る。この神殿の壮麗な柱廊には、高尚な心と純潔な手を持っている者しか近づくことができない。ヴァーグナーは、この神殿の重々しくのしかかるような現実の構造をわれわれに知覚させるわけではけっしてなくて、われわれの微力な感覚をいわば巧みに誘導しながら、なにかしらまっ青な波に映っている神殿、あるいはなにかしら虹色の雲がさながら映し出しているかのような神殿を、まずわれわれに見せつけるのだ」（傍点原文）。

ボードレールのリスト引用は、さらにもう一節つづくが、彼は延々たる引用を弁明するかのように「真の音楽は、異った脳髄のうちに類似の観念を暗示するということを証明するのがいまさし当たっての目標なのは、読者にも分かっているはずである」と書き、そのあとすぐに、こんどは自身の感動表白をつらねる弁明を次のようにつづける――「それに、かんがえてみれば、ここで分析にも比較にも頼らず、ア・プリオリに推論してみるのも無意味ではあるまい。じっさい、楽音には色彩を暗示することが不可能であり、色彩にはいかなる旋律を暗示することも不可能であり、楽音も色彩も、観念の世界を表出するには不適当であるなどということになれば、それこそまさに驚くべきことであろう。なぜなら、神がこの宇宙を称して、複合的で細分不可能な全一体であると、ぬけぬけと仰せられたからには、それ以来、事物は、いわば相互的なアナロジーによって互いを表現しあってきたのだから。」

この一文のおわりには、ボードレールのよく用いるポレミックが策動していて、「神がぬけぬけと仰せられた」(Dieu a proféré)というのは修辞的奇語である。そしてこの奇語は、上の文章にすぐつづく自作ソネ「照応」の引用にかかわっているのだ。ここで引用されているのは、はじめの二連だけである。

「自然」と「神殿」との連繫の唐突さをいくらかでもやわらげるために、ボードレールは創造主の宣旨なるものをこの詩の引用に先行させているように思われる(『悪の花』では自然は大文字〝Nature〟であらわれるが、自作引用では小文字)。だが特に注目すべきは、「照応」が音楽の感動を表出する「ア・プリオリな推論」の例証として、ここでボードレール自身の手で起用されたことである。つまり、この推論が音楽に起因していること、またこの推論の広がりは音楽のあたえる観念の広がりに一致し、しかも同時にそれは香りのあたえる観念の広がりおよび色彩のあたえる観念の広がりと相互に応答し、相似によって三つの広がりは深さを獲得することをボードレールは註記していることになる。

もうひとつ別に「照応」の引用の仕方そのものから明らかになるのは、リストの文章にみられるあの神殿の形象とボードレール自身の「神殿」がじつによく似かよっていることに対する驚き、あるいは不審の念がボードレールにも動いていることだ。断るまでもなく、私がいいたいのは、ボードレールがリストの著書をよく知っていて「照応」を書いたなどということではない。ゴーティエが「モニトゥール」紙上に、ドイツ旅行で初めて聞いた『タンホイザー』の魅惑を伝えた一八五七年九月よりも前に「照応」が仕上っていたのは疑いのないことであり(『悪の花』初版は同じ一八五七年六月発行)、ボードレールがヴァーグナーの存在を知るのはドイツ旅行から帰った友人ゴーティエを通じてなのも、ほぼ間違いのないことである。それは一八五七年九月より前にはさかのぼらない。リストがヴァーグナーを語った文章は、神秘的信仰の観念、神殿の形象、そして光、色、香りの交錯する幻覚を含み、ボードレールの「照応」の「ア・プリオリな推論」と偶合することによって、一八五〇年代のヨーロッパの美的経験に浸透していた超自然的な感覚の高揚を例証する文例としてなかなかに忘れにくい文章である。だが、この種の例証なら他にいくらも存在する。いま重要なのは、ボードレールがげんに一八六一年に、このリストのヴァーグナー論を前にして偶合に気づいて驚き、ほとんどあわてているることである。「照応」が、ヴァーグナーの音楽によって現実にあたえられたかもしれない観念の広がりをすでに前もって測地していたことに、ボードレールは当惑しているかにさえ思われる。

けれども、リストの一文のあとでは、「照応」がどうやらあまりに舌足らずな、熱度においてリストに及ばず、比喩、形象の量的な圧倒においては、はるかに劣勢の文学的代置物にみえるのをいかんともしがたい。ボードレールは劣勢を挽回するかのように「照応」の引用を二連までで打ち切り、散文によるヴァーグナー的宇宙の代置を試みはじめる。そしてこの試みはみごとな成果をあげる。

思い出してみると、私は曲がはじまるとすぐさま、想像力をもっている人ならほとんど例外なしに一度は味わったことのあるはずの、あの幸先のよい予感に見舞われた。私は重力の繫縛から解き放たれたように思った。そして、高い上天には、つねならぬ悦楽が流通しているのだったなと思い当たった。これに次いで、なにか絶対の孤独、ただし目路の限り遮るものとてない空とゆったりとあたりに散乱している光をそなえた孤独、いわば無限そのもの以外の装飾を全くもたない無限というべき境地なのだが、そういう境地で途方もない夢想のとりこになっているひとりの男の快適な心持を私は思いえがいた。やがてほどなく私は、あたりがますます明るくなってゆくという感覚をおぼえた。急速に刻一刻と明るさは強まり、熱と白光の絶え間なしに再生されつつ倍化されてゆくこのありさまを的確に表現しようにも、辞書の色彩語ではまったく不足に思われた。このとき私は、どこかじつに明るい場のなかで、歓楽と認識との両面からくる恍惚のために反転している魂というものを切に思いえがいたのだった。

この文章のあとで「照応」を音楽との関連で見直すなら、「照応」という詩は、ロマン派の音楽の帰結であり絶頂でもあるヴァーグナー的宇宙のかなりに力の弱い粗描にすぎず、そしてこれは詩が効果的に弱い場合にしか起こらないことだが、理論的な要約だとさえいえるだろう。要約であるかぎり、たしかにあの詩はロマン派の共有財である照応の理論の帰結あるいは確認とかんがえてもいいのである。象徴派の美学的な特性はどうか。それはいま引いたボードレールの散文のうちに、またリストの散文のうちに、「照応」におけるよりもはるかに明確にあらわれている。リスト、ベルリオーズ、さらにはヴァーグナーの散文の引用に充ちている「リヒャルト・ヴァーグナーと『タンホイザー』パリ公演」全文に、それはあらわれている——過剰なほどに。

ところで、音楽を考慮に入れてみると、「異郷の香り」には、「照応」とちょうど逆のはたらきがみられる。一方が音楽に誘われ、音楽に追随し、音楽を鑽仰して書かれたなら、もう一方は音楽を誘い、音楽をしたがえ、音楽からの鑽仰を受ける作品である。「照応」を詩に投じられた音楽の影とすれば、「異郷の香り」には音楽の光が落ちこんでいる。そしてこの詩は、うかび出るそれみずからの影によって、微妙な夢幻の相を示している。

ボードレールが詩の世界の新しさを切り拓いたのは「照応」によってではなくて「異郷の香り」によってである、ということが私のいいたいことである。付け加えれば、切り拓かれたその新しさは、詩ばかりではなく、必然に音楽の領域に作用する。事実、「異郷の香り」は、ふたつのまちがいのない——フランス語でいえば‘authentique’というべき——継承作品をもっている。ひとつはマラルメの「海の微風」、もうひとつは、まさしく音楽。ドビュッシーのピアノ曲集「前奏曲・第一集」中の二番目の曲、譜面のさいごに「帆」と添え書きされている作品。

(『エロスの図柄　杉本秀太郎文粋1』、一九九六年三月)

ドビュッシー

1　『鶉衣』

散歩の寄り道というほどの気軽さで、勤め先の付属図書館に、月に一、二度、立ち寄ることがある。それは坂の上に建っている。

玄関の扉を排してふみ入ったところは閲覧カードの箱ばかりならんでいる細長い病室のような部屋だ。いっさい窓がなく、時刻を問わず螢光灯がともっている。開架式の閲覧室がこの四階建の最上階にあるので、カード箱のあいだをすり抜けてエレベーターに乗る。

めずらしいことに、調べるべきさし迫った事柄が脳裡に去来しているような日も、このあとの成り行きは、もう予想がついている。私はきょうも、せっかく入った閲覧室で、書架を渡り漁りはしないだろう。一望のもとに京都の町を見ることのできる窓にむかって、ただ坐っているにおわるだろう。町をとりかこんでいる遠近さまざまな山々をながめ、移ろう光につれていちじるしく変り映えのする山襞の色や形に見とれてしまうだろう。よく晴れた秋の午後などは．殊に三時すぎから日没までの見飽きることのない風景が、この閲覧室にはまちがいなくひらけている。

結構だが、どうも始末が悪い。

閲覧室というものは、北向きの高窓が広くとられていて、安定した自然な光が高い天井から降下していて然るべきだが、机に坐っている人の視線に対しては、そとの景色を遮断するだけの高さをそなえた壁によって、すっぽり包まれていることもまた、閲覧室のきわめて大切な条件である。そういう広間のなかに坐っていて、美しい眺めが約束されている場所に身を置きながら、その風景をうばわれ、いわば奴隷として本をよんでいる口惜しさというものがある。読書に弾みをつけるのは、こういう口惜しさだと私には思われるのだ。ところが、こんなに景色のいい閲覧室は日本中どこをさがしてもありませんなどと坂の上の図書館を着想した人びとは誇り顔に吹聴しているというから訳がわからない。これはだいぶ始末が悪い。

むかし、横井也有という人がいた。

尾州藩の重臣として、也有は名古屋に住み暮らし、のち、城市の辰巳の方、すなわち東南郊の前津に隠棲したが、ながめのいい書斎の窓は、よくよく我慢して締めていたそうだ(この話は、たしか『落合太郎著作集』〔筑摩書房、全一巻〕のどこかの頁でよんだ)。思い出すと、旧制高校の受験が近づいた冬の日に、国語の勉強によんでいた也有の『鶉衣(うずらごろも)』の俳文は、たのしみの乏しい日々の息抜きであった。閑窓を締めきって筆まかせの俳文をしたためた也有が、文章の中では、窓をすっかりあけ放っていたからであろう。

私がその窓から見たのは、たとえば次のような風景である。

むくつけきふくべもひさごといへば伏猪(ふすゐ)のやさしみあり、花はまして夕がほの人めきてよそへるを、このもののへつらはずうき世をへちまと名のりけるより、源氏の御目もとどまらず、まして歌よみはこの名にもてあつかひて、こちの料理にはつかはれずとて、ほたらかし捨てたるを、やがて俳諧師のひろひとりて己が垣ねには這はせたるなり、その味ひの美ならねば鴉もぬすまず、蟻もせせらず、鉢坊主もみかへらねば、隣の人をもうたがはず、

草刈のそしるをきけば糸瓜かな

久しぶりにこの一文をよみ、引き写すにつれておぼえた感興は、これをどう言えばいいだろう。右の文章を口語体に移すようなことをしても、感興の実状そのものを転写することとは、これは程とおい操作におわるだろう。感興というものを、われわれの内部に誘起された何かしら快美な、無目的な運動だとすれば、たまたま文章によって誘起された感興に対応して、音楽が、追想のなかで聞こえる音楽という程度の正確さで――つまりは保証のかぎりでない正確さで――よみがえることがあっても、べつに怪しむには当らないだろう。よみがえった音楽が、秘密な快楽の後味のように感興を引きのばしているという場合なら、一致があったからこそ快い余燼が尾をひくように、それはふたつが符節を合わせた、ゆるがぬ証拠ではないだろうか。

そこで突然なことをいうようだが、引用した『鶉衣』の一節は、私にドビュッシーを想起させる。伝習の規矩をやぶることが動機となって展開する動きのうちで、破砕された規矩の形骸が、一種辛辣な諧謔の光条を浴び、雲母のように光っているところ、それはたとえば『前奏曲・第一集』に含まれている「さえぎられたセレナーデ」の趣を、和文でたどりかえしているようなおもしろさだ。也有は「へちま」ということばのみやびと俗における語感の正負の関係をひっくり返す手ぎわそのものによって、俳諧の妙味をわれわれにあかしている。市井の出来事には、無論、その出来事のうちにことばも含めて、いかほど敏くあってもありすぎはしないはずの俳諧師が、へちまという紛れもない形体によって目のまえにころがり出たのに、われわれは驚く。「なあんだ、へちまか」と草刈りのわれわれが足で蹴ちらすそのことばまで、このへちまは聴いている。一方、「さえぎられたセレナーデ」のドビュッシーは、やつした男がギターでかき鳴らすセレナーデの甘い節まわしを、堂々たるオペラや可憐なリートからではなくて、曲馬団の興行テントが風にはためいているような都会の一隅で拾ってくる。そして義理にもほめられないようなへたくそなそのセレナーデを充分にからかいながら、さいごには、へたなセレナーデでも爪弾きしないではおれない男の歩み去るしょんぼりした後姿を、まるで家出をする弟を見送るようなまなざしで見つめている……。

ここには、時と所こそはるかに異なれ、目ざめているふたりの市井のアルチストがいる。一方は、雅語、俗語の別を問わず、世の中のことばによって目ざめている。もう一方は、雅なるものも俗なるものもひとしく区別せずに、いっさいの律動と音によって目ざめている。あるいは、もしかすると彼は、打たれていない律動、聞こえていない音によって、なおいっそう目ざめている。

先ほどから、これを書いているあたまの中に泛んだままの、気になる文章がある。武満徹の『音、沈黙と測りあえるほどに』（新潮社、昭和四十六年刊）の一二八頁にあるこんな短文だ——「二つの似たものをへだてる距離は、異なる二つのものの間の距離よりもはるかに遠い。」私はいま也有とドビュッシーが私にとって「二つの似たもの」なのか、それとも「異なる二つのもの」なのか、にわかに弁別しがたくて困っている。

2 印象派

数箇月前のことになるが、ヴュイエルモーズ著、米谷四郎訳『ドビュッシー』（音楽之友社、昭和五十年八月刊）をよんだ。この邦訳には、もとの本にはない副題が付けられていて「自然からの霊感」とある。原著は一九五七年の刊行である。

我国の出版社は、類書からきわ立たせる必要に迫られると、こうした副題の考案を翻訳者に求めたり、出版社のほうで考案した副題に対して翻訳者の同意を求めたりすることが少なくない。ドビュッシーに関する書物には、ジャン・バラケ『ドビュッシー』（平島正郎訳、白水社）、平島正郎『ドビュッシー』（音楽之友社）、アントワーヌ・ゴレア『ドビュッシー』（店村新次訳、音楽之友社）が、すでに我国で出版されている。もう一冊の新しい『ドビュッシー』に付けられた副題が、出版社の意向か、翻訳者の発案か、果してどちらであったかは知らない。おそらく前の場合かと思われるが、「自然からの霊感」という副題には、何かにつけて「大自然」と言いたがるわれわれの心情に媚びるところ、つまりは営業的な偏向というべきものが働いているような気がする。

しかし、こういう不足を唱えると、今の場合、また困ったことになる。なぜかといえば、ヴュイエルモーズの主張をスローガン風に要約したものとすれば、この副題はうまく出来ているからだ。営業的な偏向が――もっともそれは少し見方を変えれば営業的良心ということになるのだが――本質直観と姦通して産みおとしたこの副題は、なかなかの傑作かも知れないのだ。

問題は、ドビュッシーの名前と結びつけられている「自然からの霊感」という副題が、ある種の人びとには、ただちに嫌悪と反撥をおぼえさせ、せっかくヴュイエルモーズ(この批評家は、ドビュッシーの同時代人であり、ドビュッシーと面識があった)の記述から何かをまなび取ろうとして伸ばした腕を引っこめさせはしないか、という点にある。「今になって、何をいっているのだろう」とつぶやくかも知れない人種が、相当な数にのぼると思われるのに、その点が悠長にも見すごされてしまったようだ。しかも、彼らがドビュッシーの音楽に関する啓蒙を当てにしている初心者どころではなく、すでにピアノの技法を通じてドビュッシーの内がわにまわり込み、内から見たドビュッシー的風景の構造上の機微までよく心得ているという種類の人たちだとすれば、ヴュイエルモーズの邦訳は、たしかな手応えも得ないまま、出版世界のはかない現象となって流れすぎてしまう恐れがある。

それでも構わないかも知れない。初心者への啓蒙書としてかんがえても、「自然からの霊感」という副題、というよりもこの思想は、はげますよりも途方に暮れさせ、見通しよりも混乱をあたえる。だれにせよ、「自然」ということばにつまずいたら、スコラ学の復習も、宣長(のりなが)学の演習も辞さぬほどの決心が、次には要求される。音楽の初心者もそんな高級な話には無関係だと思うほど、彼らを軽く見てはならないだろう。では、だれにむかって、この本をよめとすすめればいいのか。

邦訳本の副題ばかりにこだわっているのは、第一に訳者に対して礼を失している――無論それはそうなのだが、困ったことに、正直なところ、この本は翻訳の労に価するような内容をもっていただろうかという疑問が私の心からいまだに消えないのである。ピアニストの米谷氏が非常な苦心を払われたにちがいないこの翻訳は、ヴュイエルモーズの墓に対してではなく、ドビュッシーの墓に対しての献花というべきものにちがいない。しかし、この花束は、いったんヴュイエルモーズの手に渡されねばならなかった。これは少々くやしい話ではなかろうか。

ヴュイエルモーズは、ドビュッシーを印象派の画面の中に、どうしてももう一度、連れ戻したがっている。またしても、クロード・モネの《睡蓮》、ルーアン大聖堂の連作、《ラ・グルヌィエールの水浴》、テームズ川の連作、等々がドビュッシーの音楽の印象的等価物、絵画的注釈としてえらばれ、『映像』の六曲を映す完全な鏡の役割をあたえられ、埃をはらって取り出されてくる。しかしながら、印象派の絵画に対する自己の嗜好を強調するフランス人に出会ったら、最も無難な政治的立場の傍証として、その言い分を聞いておく必要がある。何といっても印象派は「近代的」絵画であるから、どんなに保守的に後退しようとも、印象派を好む以上、近代より古くさくはなれないという安心もまた、そのときその言い分には、まざり合っているはずである。

パリのマルモッタン美術館の一隅を異様な荒々しさと暗さで埋めているモネ晩年の作品群、ジヴェルニーの庭のあの渦動的な木立ちの連作は、いま別にしよう。それらはフランス人一般にはきわめて不評な作品である。それ以外の、人気の集まるモネの風景画を、少し冷やかな目で見かえすなら、穏当で微温的な一種の風俗画が見えてきて、気落ちをおぼえずにはいられないだろう。そしてずっと早くにゴーギャンがくだした裁決が思い出される――「印象派の画家連中には、夢の風景は存在しない……完全に物質的で、たんに媚態のみで成り立っている芸術、思想の住んでいない芸術」。そういうモネの画面からドビュッシーを聴き出すことは、われわれにはもう出来かねる。反対に、ヴュイエルモーズが『ドビュッシー』中であからさまな忌避を示し、嘲弄しているシュルレアリストの作品――ただ一例を挙げれば、名高い絵だが、マルセル・デュシャンの《階段をおりる裸女》連作(一九一一―一六年)をとりあげても、モネの画面には聴かれないドビュッシー、たとえば『映像』中の「運動」のような曲が、ここには聞こえてくる。なぜ、もう一度、モネまで引き返さねばならないだろう。

3 世紀末絵画

一九一八年に五十五歳で死んだドビュッシーにとって、シュルレアリスムは、彼が立ち会った同時代の芸術運動だったことを仮に忘れておくにしても、それより少しだけ前の時期、つまりは世紀末に、ドビュッシーがパリにも、ロンドンにも、ブリュッセルにも、同様な濃密さで、すぐ身近に見いだすことのできたアール・ヌーヴォーの気雰に対して、一顧だにあたえていないドビュッシー評伝というものは、思えば奇妙なものである。

それぞれに内面生活の理念を担った一群のシンボルが頻出するデカダンス――世紀末の絵画作品は、モネの画面には決してなかった幻想的な感情生活をプロットとして孕んでいて、そのためにきわめて内密な小説的性格をそなえている。野外にせよ、建造物の内部にせよ、わずかな人体の一部、あるいはただひとつの小さな女の顔でもまぎれ込んでいると、この人間的な要素は、デカダンスの画家たちの目には、自然の語ることばとの混同のあり得ないような調子をおびた、形態の言語が、そこから洩れている斑紋であった。伝説劇、史劇、また新聞の三面記事にのっている惨劇、劇場やナイト・ホールの広告ポスターに予告されている見世物、日常生活のありふれた一場景、カフェのテーブルでの小さな揉め事やアムール、いずれを問わず、形態の言語を時の流れのうちに投入し、メタモルフォーズのたわむれにゆだねるためのプロットとして、彼らはあらゆる種類のドラマを活用した。自然の声を転記することなどに心を労しているのではなく、どれほど装飾的な作品を発明しても、自然の声とは似もつかぬ人間形態に特有の声が、作品から聞こえてくることを彼らはいつも狙っていた——ナビ派のボナール、ヴュイヤール、ドニ、アマンジャン等々も、ロセッティ、モリス、ビアズリー、クノップフ、クリムト、ムンク、クリンガー、そしてユジェーヌ・グラッセのようなカレンダー絵描きにいたるまで。

世紀末の絵画のこういう性格は、ドビュッシーの音楽に執拗につきまとっている起伏ただならぬプロットを秘めたあの物語性を、かなりよく説明してくれはしないだろうか。そしてドビュッシーが一九〇一年の春以来、世紀末芸術の総合雑誌「ルヴュ・ブランシュ」に、一連の音楽評論を寄稿したことも、ここで思い出しておこう。「ルヴュ・ブランシュ」は一九〇三年に廃刊となるが、この雑誌(月二回発行)の編集者ナタンソン兄弟は、ナビ派の画家たちの強力な支持者であった。

アール・ヌーヴォーのガラス工芸家ルイ・コンフォール・ティファニー(一八四八—一九三三)の作った花瓶を、私はパリで見たことがある。ユリとトリカブトの異種交媒の産物のようなエロティックな形態をしたその花瓶には、形態の植物性にもかかわらず、自然の声、花の洩らすことばなどは、聞こえてこなかった。「私はひとりの女ですよ、あなたを愛することになるかもしれず、あなたが愛することになるかもしれないような……」そういう誘惑の声が、謎めいた花瓶から洩れるばかりであった。ドビュッシーの音楽は、このティファニーのガラス細工に対しては、その空洞内に共鳴を惹き起こすことのできる等価物であるように思われる。また逆に、ティファニーからドビュッシーに、形態と色彩、感触と刺戟、理念と象徴は、容易に転位するだろう。

ベルギー人メーテルリンクの戯曲『ペレアスとメリザンド』は、舞台の枠がいまにも解きほぐれて愛欲の断片的独白集に早変りしそうな、劇としてはまことに脆弱な作品である。ドビュッシーがこの戯曲をあんなに気に入ってしまったのは、「ものごとを半分まで言って、彼の夢に私の夢を接木(つぎき)してくれるような詩人」をメーテルリンクにみとめたからばかりではない。どうやらこれは、ドビュッシーがかかげた表向きの理由にすぎず、ほんとうは『ペレアスとメリザンド』に滲透している言うべからざるデカダンな気雰、アール・ヌーヴォーそのままの気雰が、彼を内臓によって捉えてしまったためではなかろうか。

ヴュイエルモーズは、そういう考え方を採らない、いやそればかりか排斥する人のようだ。だが、本心はどうなのだろう。「万物の霊長であると自任している人間と同じくらい声高に、自然や自然力に語らせて、宇宙の尺度ではかった場合、お前はとるに足らないものだと、人間に思い起こさせる」ような「最初の叙情的な作品」(訳書、一四二―四三頁)を、ヴュイエルモーズは本当にオペラ『ペレアスとメリザンド』に聴いたのだろうか。ドビュッシーの音楽が、海、森、西風……のことばを語りこそすれ、人間の官能をして語らしめるなどということはあり得ぬことだというのだろうか。そんなことは思うだけでも「犯す」にひとしい、と。ああ、恐ろしい。

ヴュイエルモーズの評伝が『前奏曲集』二巻の内容については、詳細な検討をしないままおわっているのは残念である。「この曲集の二十四曲は、いずれも深く研究する価値があろうが、本書では紙数のために割愛しなければならない」(訳書一六六頁)。そうは言いつつ、わずかに示されている見解は「われわれはこの『二十四曲』中に、ドビュッシーの性格のあらゆる特徴や、彼に親しいあらゆる霊感のテーマをすぐに見つけることができる。まず第一に、彼の自然に対する信仰――それはヴェルテルの信仰と同じくらい熱烈なものだ――が前奏曲の題名の大部分を占めている」というふうにつづく。やはり「自然からの霊感」なのだ。

4　ドビュッシーの自然

もうこれでくり返すのはやめるが、ドビュッシーは芸術によって変容をとげている自然から、つまりは対象化された芸術から、それと精密に照応するような自然を発明したのであって、月光、風、さざ波……を自然から敬虔に拝借したわけではない。そしてこの点については、すでに一九三〇年に出たアルフレッド・コルトー『フランスのピアノ音楽』(上巻、安川定男、安川加寿子訳、音楽之友社、昭和二十七年刊)に収められている「ドビュッシー」の章に、『前奏曲、第二集』に触れて、次のような表現での指摘がみられる。少し分かりにくい文章だが、訳書をそのまま引用すると、

> 一九一三年に刊行された第二集の十二の『前奏曲』は、第一集と同じだが恐らくはもう少しきちんとし且つ様式化された性格の印象に霊感を受けてゐる。更に、これらの中のいくつかの曲の構成は、好響性(ソノリテ)が表出する感覚自体によるよりは寧ろ先づ最初に好響性のコンビネーションの誘惑を受け、ついでこのコンビネーションに主題を当てはめるといふ方法によつて決定されてゐる様に思はれる。(前掲訳書、三六―三七頁、傍点筆者)。

晩年のモネが、夜のランプの下、「そらで」睡蓮の池を描いていたとき、モネが採った方法はおそらくここでコルトーのいっているドビュッシーの方法と異なるものではなかっただろう。「自然」が沈黙したとき、モネとドビュッシーは、芸術の深処において同一点に立っている。この帰結点は、また出発点であり、これより以後の歩みにおいては、自然が人為に従ってくれるのであろう。

ドビュッシーを語ったコルトーの文章は、あらためて見返すと、そこここに鋭利な指摘が散らばっており、技芸の力というものを思わせる。ただ、文中に挿入されている『前奏曲集』への詩的注釈とでもいうべきノートは、それだけが独行して有名になりすぎた。このあと、コルトーの解釈を金科玉条のように信じてうたがわない人たちが陸続としてあとを絶たず、なお今におよんでいる。「印象主義者ドビュッシー」という見方も、もとを辿ればピアノの大家コルトーのノートに行きつくほかはないようで、これは厄介なことである。

ドビュッシーの『前奏曲集』二巻の二十四曲には、それぞれの譜面の末尾に、いわば面白半分、連想的に、ドビュッシーが書き添えたらしい単語もしくは短文が置かれている。どの曲の場合も、譜面のおわりと添え書のことばのあいだに中断符(……)が挿入されているのは、いま終結したばかりの音楽とこの付け足しのことばのあいだに横たわっている距離を指示するつもりだったのかと思われる。だが、いかにも詩的な添え書は、ほんとうにドビュッシー自身が着想したことばなのか、それとも、彼と最も親しい誰か、たとえば大悶着のすえに再婚してドビュッシー夫人となったエンマ・バルダックのような教養にも才気にも、そして金銭にも欠けるところのない女性の知恵か、あるいは夫婦の合作なのか、これは大いに興味のある問題だと私は思うのに、こんな疑問の浮ぶ余裕もないほどのまじめさで、多くの評家が添え書のことばに拘泥してきたようである。そして譜面末尾の詩的なことばをさらに詩的に拡大したコルトーの暫定的なノートは、おそらくコルトーの意に反して、絶対視されてしまった。

代表的な一例として『前奏曲・第一集』の第二曲、即ち末尾に(……Voiles)とある曲に対するコルトーの解釈を引用すると、こんなふうである。

「帆」(Voiles)明るく輝く港に休息してゐる幾艘かの小舟。その帆が柔かにはためき、帆をはらませる微風に導かれて、小舟は白い翼をひろげて、愛撫するかの様な海上を日の沈む水平線の方へと遁走する

（前掲訳書、三四頁）。

この解釈をほとんどこのまま踏襲している解説を見つけるには、何の苦労もいらないほどである。戦後の我国に限って、それも私の嘱目の限りで列挙してみると、

・『世界大音楽全集・器楽篇・第五十三巻　ドビュッシー　ピアノ曲集Ｉ』（音楽之友社、昭和三十四年五月刊）の大木正興氏の解説（二一一頁）。

・ギーゼキング演奏「ドビュッシー　ピアノ音楽全集」（エンジェルAB 9495–F）に付せられている三浦淳史氏の楽曲解説。

・安川加寿子校訂・解説「ドビュッシー　ピアノ曲集」（音楽之友社）の第七巻「プレリュードＩ・II」（昭和四十四年刊）の安川氏の解説。

右の三種の解説には、いずれの解説者もきわめて断定的な調子で「海に浮ぶ白帆」の印象主義的画面を強調している。

5　ボードレール

私の見た唯一の例外は、ごく最近気がついたのだが、ミッシェル・ベロフの演奏による『プレリュードＩ・II』のレコード（エンジェルEAA–80076–7）に付せられた柴田南雄氏の解説のみである。なお、このレコードには、ジャケットのどこにも何の日付もない。旧知のレコード屋さんに調べてもらったら、日本版発売は昭和四十七年十一月であった。

柴田氏によれば、'Voiles'を「帆」と解さずに「ヴェール」の意味にとっている解説が、同じレコードの英国版

のスコット・ゴダートの解説文およびドイツのレクラム文庫『ピアノ音楽の手引』(上下二巻、一九六七年刊)の下巻五九〇頁にあったという。それらとは無関係に、柴田氏は、早く十数年前'Voiles'というこのフランス語の単語を、女性名詞の「帆」ではなくて男性名詞「ヴェール」の複数として、次のように解いてみたという。

面紗で顔をおおったアラビアの女たち、彼女らの行き交う姿や会話、中間部の五音音階はそこの土地の風物か、そこにちん入した一人の少年像ともとれる。そのほうがヨットの帆や、それを揺らすそよ風よりもはるかに曲想に合う。しかしまた、こうも考えた。ヴェールは調性へのヴェール、つまり調子の明瞭さを覆い、曇らせる意味で純音楽的に選ばれた題ではあるまいか。また、そういう音楽を生み出した作曲者の心的状況を説明するのではあるまいか。

柴田氏はさらに末尾の添え書きよりも譜面中に見いだされる演奏指示語のうち、最初の楽想(第九小節)の'trées doux'(はなはだ甘美に)、第二十二小節の'trées souple'(はなはだ柔かな身のこなしで)という指示、および曲の冒頭にしるされている'Dans un rythme sans rigueur et caressant'(固くるしくない、愛撫するようなリズムで)という指示に注目し、「ひどく人間的な、女性の肢体をさえ連想させる言葉づかいである」と書いている。白状すると、この解説をよんだとき、私はうれしさに胸がおどった。かねてひそかに考案していたこの曲の自己流の解法が、どうやら見当違いではなさそうな気がしたからである。『前奏曲・第一集』の第二曲は、私にはボードレールの詩「異郷の香り」に対するドビュッシーの音楽的註釈であるように思える。いま「異郷の香り」を阿部良雄氏の訳で引用する。

秋の日の熱い夕暮れどき、両の目を閉じて、熱のこもったきみの乳房の匂いを吸うと、私の目の前には、

いつも変わらぬ太陽の火の
まぶしく照らす、幸せな岸辺がくりひろげられる。

自然が、珍しい樹木を生いしげらせ、風味ゆたかな果物を生らせる、怠惰な島。男たちの体は、ほっそりとして、力づよく、
女たちの目は、おどろくばかり、大胆率直に人を射る。

こころよい風土の方へと、きみの匂いにみちびかれて、
私は見る、海原の波に揺られて今もなお
疲れ心地の帆や帆柱に、みたされた港を。

すると、緑のタマリンドの香りが、
空中にただよい、私の鼻孔をふくらませては、
私の魂のなかで、水夫たちの歌声にまじり合う。

この詩は、恋人との濃密な交情のあと、胸の動悸をしずめるべくうつ伏せにまろび伏している「私」によって歌われる体裁をとった艶詩であり、中国の詩でいえば、「楊柳枝」というジャンルに属するような作品である。『前奏曲・第一集』の十二曲中には、「四つの眼のあいだ」でしか弾くべきではない曲が含まれている、とドビュッシーは人に語ったことがあるそうだが(ジャン・バラケ前掲書、五二頁)、その曲の少なくとも一つは、第二曲にちがいない。これは男性的でしかあり得ない音楽、つまりファウヌスの情炎の挿話、本質的に男性

的な欲望充足の物語である。

曲の動機をなしている旋律には、東洋的なひびきと同時に、あのぽっかりと浮かんだ「怠惰な島」のなだらかな形状も感じられる(第一—五小節)。全体を通じて執拗に(♪♪𝄾♪)のリズムをきざむ変ロ音のスタッカートの低音は、忠実に胸の鼓動にしたがい、曲の進行につれて、徐々に切迫し、ファウヌスの抑えがたい昂奮の瞬間をととのえる。極点はフォルテの指示をもっている第四十三小節にあるが、この瞬間を通過したあと、同じ変ロの低音は、なだめられたリズム(𝄾♪𝄾♪)をきざみつつ(♩.♪)のリズムに移り、ほどなく、さらに安定したリズム(♩♩)をきざむ。それにつれて、曲のはじめに、第九—十一小節で、バスの音域に聞こえた欲情の旋律が、高く、くっきりとよみがえるとき、それは「水夫たちの歌声」に変貌をとげた旋律となっている。ドビュッシーはボードレールが「異郷の香り」に包含させているよりも前の時間からはじめて、交情の極点、愛撫の帰結までを辿り、おわりの「水夫たちの歌声」を長びかせつつ、タマリンドの香りをはこんでくる微風の循環を、すばやく上行するリズミカルな装飾音の八回を数えるくり返しで暗示し、音と匂いの融合をおわりの四小節間で旋律とリズムの両面処理によって、あざやかに、音楽的に、転位させている。

譜面末尾の(……Voiles)は、たしかに「帆」ではなく、身をやつし、本性を隠すための「ヴェール」であった。ドビュッシーはこの曲のあまりの放埒さに我ながらあきれ、たしなみというものを思い出して、これにヴェールをかけた。しかも幸運なことに、「異郷の香り」は、このソネの第三聯の二行目(Je vois un port rempli de voiles et de mâts)に、まさに「帆」という語を含んでいるではないか。掩蔽は、じつにうまくいったのである。

それでもドビュッシーは、柴田氏の注目したあの冒頭の演奏上の指示によって、わずかに本心を見すかされるままに残しておいた。このすき間からの風景があたえる衝撃は、当然ながら『前奏曲集』の他の曲にも波及する。ドビュッシーを聴く楽しみ、というよりも彼とわれわれとのあいだをつなぐ楽しみは、ようやくはじまったばかりという気がする。

(『知の考古学』社会思想社、一九七六年一、二月号)

ハイドンの午後

私どもの日常には、予期せぬ悪いこと、つらいことのかさなる日がある一方で、思いがけず良いこと、うれしいことのかさなる日がある。昨年、一九九七年十二月二十一日、伏見まで宿り木を採りにいったことを先にしるしたが、同じ日の午後、私は小さな音楽会に行くことにしていた――演奏曲目も知らないまま。宿り木採りの日取りをきめたあとになって、その音楽会のことを知ったので、いったんは帰宅するべく、遠出を午前のうちに切り上げることにしたのだった。

午後三時開演におくれぬよう、私は早目に出かけた。手帳に書きつけた会場は、まだ一度も行ったことのない、またついぞ耳にしたこともない名ではあったが、京都の東山区粟田口三条坊町に所在する。その辺まで行けば、すぐ見つかるだろう。会場の名はパビリオン・コート。念のために、電話で場所をたしかめておこうと、番号案内に問い合わせた。ところが、そういう名のホールは登録されていないという。なんだか心許なくなって市内地図帳を開き、三条坊町の範囲を調べると、青蓮院の北側の狭い一郭である。それより東の奥のほうには粟田神社があり、町名は鍛冶町と変わる。むかし、三条小鍛冶という刀鍛冶はそのあたりに住んでいたらしい。鍛冶町の東は九条山の山麓、行きどまりの袋小路だったのを私はふと思い出した。と同時に、三条坊町なら、ときどき会合の席につらなるべく出向くことのある粟田山荘という料理屋がある一帯だということに思いあたった。それなら簡単にわかるとここで決めこんだのが、あとで思い返すと早合点だった。

旧知の料理屋の近辺には、大きな屋敷、そのあいだに挟まれた小家、銀行の社員寮などがあるばかりで、音楽会の開かれそうな建物はちっとも見あたらない。パビリオン・コート。まさか金あみごしに見えているテニス・コートではなかろう。歩きまわったすえ、粟田山荘の前にまた出たとき、客を見送っている仲居を見かけた。たずねたが、そんなホールは聞いたこともないという。音楽会のことは京都新聞の記事で知ったから、新聞社に電話をかけてもらって、ようやく在処が腑に落ちた。青蓮院の門前、坂道を隔てた西側も三条坊町のうちなのだった。目あてのコートは、戦前、美術品輸出入を業として繁栄した山中商会の建物の一翼に見つかった。少し肌寒い天気になっていたが、私は汗をかいていた。三時にはそれでも十分ばかり間があった。

しっかりした木造の大構えな建物の一階は土産物屋。階上へ螺旋階段をのぼると、意外に広いホールがあった。床は一面の寄せ木張り。高い天井の中央は乳白ガラス張りのドームをなしていて、霧のような光が満遍なく降ってくる。舞踏会用に贅を尽した大広間。明治の匂いがする。いまは六十ばかりの椅子が並べられていて、ほぼ満席。正面にグランド・ピアノ。

階段に話し声がして、やがて姿を見せた人に、私は手を差し出した。

——ノーウィックさん、ひさしぶりです。

相手は私をすぐに見分けた。

——これだから音楽会はうれしい。むかしの友だちに会えるから。

この人、ヴァルター・ノーウィックはすでに七十二歳。しかし、そんな老齢にはみえない。全体、顔も体形もむかしとちっとも変っていない。彼が三十歳、私が二十四歳のとき、私たちは知り合った。ジュリアード音楽院出身のノーウィックさんは、相国寺塔頭の春光院に下宿して禅の修行をしながらピアノを勉強していた。沖縄攻撃に海兵隊員として参加、敗戦直後の本土に来て広島の惨状をつぶさに見たこの人、戦後四年目の日本に再び来て以後十六年間、アメリカに帰らなかった。知り合ったとき、彼がピアノを、私がフランス語を互いに教えるという約束をしたのだったが、どちらも私のほうの力不足から空約束におわり、私はもっぱら彼のピアノの聴き役になった。そしてピアノという楽器についても、音楽というものについても、沢山のことを教わった。

ノーウィックさんは演奏家として身を立てる野心をきっぱりと振り捨て、音楽で暮らすのではなく、ピアノを無上の友として、いのちを生きる道を求めている人であった。十六年間の日本生活を打ち切るにあたって、彼はハイドンのソナタ全曲演奏会をおこなった――ペータース社版ハイドン・ソナタ集四巻に収録されている四十三曲を、二週間ごとに五、六曲ずつ、合計たしか八回にわたって。場所は京都の成安女子短期大学の講堂。

それ以来、ハイドンのピアノ・ソナタは、ハイドン三十歳台の一、二曲を除けば、ほとんど全曲が私には最も親密な音楽となった。小林秀雄のことが想起される。有名な『モオツアルト』のなかに、ハイドンとモーツアルトを聞きくらべて、ハイドンには「何かしら大切なものが欠けた人間を感ずる。外的な虚飾を平気で楽しんでゐる空虚な人の好さと言つたものを感ずる」というくだりがある(第十章)。私がそれは逆ではないかと思うようになり、あの抜かりなく言い逃れを用意することに長けた批評家の己惚れ鏡に気付くようになったのは、ノーウィックさんのおかげである。モーツァルトには「ハイドンの繊細ささへ外的に聞える程の驚くべき繊細さが確かにある。心が耳と化して聞き入らねば、ついて行けぬやうなニュアンスの細やかさがある」と小林秀雄はいう。つねづね自分の弾いている音を一心不乱に聞き糺しているピアニストには、これは何とえらそうな、空虚な言い分に聞こえることだろう。

この日の音楽会はこう題されていた――「ハイドンの午後」。ノーウィックさんはハ短調(Hob XVI, 20)、変イ長調(Hob XVI, 43)の二曲のソナタを弾いた。またフルート二条伊都子、チェロ水田耕三とクラヴィーア三重奏曲を三曲、ソプラノ鳥井直子とクラヴィーア伴奏付き独唱歌曲を六曲。

若い日にさがしあてたハイドンを、きょうさがしあてた場所で、ハイドンにふさわしい人のピアノで聴く。めぐまれた冬の一日。

(「一冊の本」朝日新聞社、一九九八年三月)

『花ごよみ』

⦿椿　ツバキ

春はいたるところで花に出会う。年ごとに出会うべくして出会う花もあれば、思いがけないところで、ばったりと出会う花もある。春は愉快な季節である。

けれども、たしかに去年はあったのに跡形（あとかた）もなく、出会うべくして出会えない花もある。早すぎたり遅すぎたりで、すれ違ってしまう花もある。去年はその花といっしょに見た人がもう世を去っていたり、遠いところに行ったりして、同じ花だけは咲いているということもある。春は愁（うれ）いにも悲しみにも富む季節である。

花は桜とかぎったわけではない。目にも止まらぬちいさな路傍の雑草の花も、亭々（ていてい）たる大木の梢の花も、花に変りはない。しかし、いかなる花にせよ、花を見て花と思えば、それはたしかに花なのだが、花を愛し（いとおし）むわれわれの心はいつでも、花を愛しむわが心を愛しんでいるのであり、また、そういう心を宿して生きつづけているわが身をさらに愛しんでいるのにちがいない。花はいずれ短いいのちである。花のいのちにくらべれば、われわれは長いいのちを生きている。今年の花を見て、去年の花、あるいはずっと遠い日に見た花を思い出している。しかしながら、このいのちも、いずれ長かろうはずはない。鶴は千年、亀は万年、東方朔（とうぼうさく）は九千年、その長寿にあやかれといわれても無理な注文であることくらいは、だれでも承知している。

花に花どきがあるように、人生にも花どきがある。いかにもその通りだが、花どきなどという喩(たと)えが身に染(し)みて「あはれ」と感じられるようになったら、もうそれは花どきをすぎてしまった証拠であろう。草木の花どきは短いが、年が移り、季がめぐり、花どき到れば、いずれ草木は花をつける。かげろう、蟬にくらべれば、人のいのちは長いけれども、花どきは一生に一度、あとになって、あれが花どきだったのかと気づいたときにはもう花どきはすぎていた、という形でしかおとずれない。健康なときは健康を気にかけないように、花どきのさなかの人は、いまが花どきとは容易に気づかない。

椿を見ながら、こんなことを思っていた。兼好法師の言い振りを用いるなら「こころにうつりゆくよしなしごと」である。目には白い椿が映っている。白玉椿はつやつやした葉のかげに、うつ向き加減に咲いている。赤い椿はまだ一輪も目に映らない。三月も半ばをすぎないと、赤い山椿は咲き出さない。赤が咲けば、ビロードのような照りのある黒椿も、紅白が捩(ねじ)りにまじった遅咲きの侘助(わびすけ)椿も咲き出すだろう。

今年もまた椿という椿が数限りもなく咲いては落ち、くずれ朽ちた花びらのために、根もとの土が見えなくなるとき、桜はどんな山奥の桜もすでに散り尽して、もみじの枝に新しい葉が日ごと、てのひらを広げ、山吹の花が咲きはじめているだろう。

こうして椿の長い花どきがおわって春がすぎれば、世は卯(う)の花どきの初夏、いまが花どきの女人たちのうなじ、腕のまばゆさに目もくらむ季節に、またもめぐり合っていることだろう。

漱石と虚子が四句限りの連句をこころみて俳体詩と名づけたもののうちに「尼」と題する二十四連作がある。「ホトトギス」明治三十七年十一月、十二月号に発表。その第九に、

川上は平氏の裔(すゑ)の住みぬらん　　漱石
落ちて椿の遠く流るる　　虚子

花弁(はなびら)に昔ながらの恋燃えて　石
世を捨てたるに何の陽炎(かげろふ)　子

⊙桜草　サクラソウ

これは夏目漱石の英詩である。

I looked at her as she looked at me:
We looked and stood a moment,
Between Life and Dream.

We never met since:
Yet oft I stand
In the primrose path
Where Life meets Dream.

Oh that Life could
Melt into Dream,
Instead of Dream
Is constantly

Chased away by Life!

試みに訳せば、

あのひとを見つめた、あのひとも見つめた、
見つめあったまま、しばらく足を停めた、
「人生」と「夢」の境い目に。

その後、二度と出会わずじまい
けれども私は立ち尽す、
桜草の咲く小道に、
それは「人生」が「夢」と出会う場所。

おお、あのとき「人生」は
「夢」と合一できたのだった、
「夢」はいつでも「人生」によって遠く
追放されるというのに。

漱石のノートには十一篇の英詩が書き残されている。右の無題詩には、一九〇三年十一月二十七日の日付がある。英文学を勉強するからには、英詩の実作は義務という心得が、漱石にあったと思われる。漱石の俳

句は、いずれたびたび引用するとおりの出来映えであり、漢詩にいたっては、中国の碩学たちが称揚し、吉川幸次郎また絶賛してやまなかったほどの出来映えである。吉川先生は現代の「儒」をもってみずから任じておられただけに、普段は学問の鬼、微笑されても学問の食いしん坊、といった面貌をしておられた。吉川先生における漢詩実作には、あたかも漱石における英詩実作の趣があったが、漱石の英詩は、数においてはるかに漢詩におよばなかった。

けれども、右の英詩は、平明な言辞によって漱石の心の基層を露呈させている。漱石は、門下の森田草平あるいはのちの私小説作家たちのように「人生」を実践することはせず、小説を虚構することによって、言辞の精密な織布を透かして「人生」を夢見ることをした。だが、その「夢」はいつも決して幸福にいたる「夢」ではなかった。

'primrose path'は、字義通りなら「桜草の咲く小道」である。しかし、この熟字には典故がある。『ハムレット』第一幕、第三場、オフィーリアの兄レアティーズが妹とハムレット王子の仲が極めて接近していることを危ぶみ、「大事な操を許してはならぬ」といましめて「色恋のいくさは、せいぜい後手にまわって、危ない情欲の矢面に立たぬがよい」と諭すのにオフィーリアが答えて、あらまし次のようにいう、「結構な教訓をありがとう。けれども、人には天国にいたる茨の道をすすめながら、自分はふしだらな道楽もののまねをして、桜草の咲く小道を女とふざけて踏み歩いたりしちゃだめよ」。また『マクベス』（第二幕、第三場）にも、酔払っている門番の罵言のうちにこの熟字が出ている。いずれも男女痴戯の喩えである。プリムローズとは、もともと薔薇の初花であり、若い盛りの色のことであり、『春色梅暦』のあの「春色」というのと同じ心持をあらわす。

漱石はラファエル前派の絵を好んでいた。あの画派には共通して、満たされぬ夢によって一そう夢をかき立て、ついに不充足を唯一の快楽と思わせてしまう毒が含まれている。漱石にあの英詩を作らせたのはおそらく、ラファエル前派に唆かされ、ついに昇華して夢となった漱石の春色である。

◉桐 キリ

五月なかば、道を歩いていて桐の花香に出会うことがあれば、それはうれしい道、その日はうれしい一日といわなくてはならない。

桐の花香はけっして強烈ではない。さりとて、ほのぼのとした香りと形容するのも当らない。気づいておやと思う間に、たちまち全身を包み、皮膚に染みとおり、心のひだに流れこむ。何とも知れぬ遠い世に生まれ代ったような気持がわき起こってくる。

聖人の生れ代りか桐の花　　漱石

夏目漱石はおそらく香りからこの連想を得た。中国聖代の天子、尭、舜の治める世が、漱石の脳裡にまぼろしのように浮かんだのである。万物がそれぞれの持ち前をたもちつつ和楽に充ちていた世には、人も、鳥も獣も、桐の花香に包まれて生きていたのか。

この花の香気を手近な、卑近なものでたとえるとすれば、桜の葉に包んだ桜餅のような匂いといってもいい。柏の葉に包んだ柏餅にも、かすかながらに似た香りがする。

しかし、私がいちばん似ていると思うのはマロニエの花香である。パリの四月下旬から五月上旬にかけて、花咲くマロニエの街路樹の下で、私は日本の端午の節句をなつかしがったことがある。そのとき柏餅といっしょに樟脳の匂いも寄りそって、遠い異国の五月晴れの日の夕暮れに思い出す日本は、やっぱり遠い世の、あり得べからざる美しい国として脳裡によみがえっていた。

桐の花は紫色。その形状を別に求めれば、同じゴマノハグサ科のジギタリスが最もよく似た形状をしているのは、自然の摂理というものだろう。ジギタリスは和名を狐の手袋という。むらがって円錐（えんすい）形に咲く花のひとつを摘み取ってながめると、深い筒形の花冠の先が反りかえって、官能的な唇形をなしている。桐の木は高く育つ。花咲く桐の下をとおると、筒形の花々があたまの上のほうから、振り香炉のように香りをまき散らす。

漱石が桐の花を吟じたもう一句がある。

虚無僧に犬吠（ほ）えかかる桐の花

按摩（あんま）に吠えかかる犬は、大津絵の決まりの図柄のひとつである。盲人を虚無僧に置きかえて桐の花を配する。配合の妙。墨染の衣のそでがひるがえり、白無垢（しろむく）の着物のすそが、犬のきばに裂かれる。振りあげた尺八よりも数尺高く、桐の花が咲いている。

北原白秋に『桐の花』という歌集があるのはよく知られている。次の一首に見る白秋は、しめった雨の日の桐の花香に、饐（す）えた匂いをかぎ当てている。

桐の花ことにかはゆき半玉の泣かまほしさにあゆむ雨かな

京都の町なかに、わずか一町足らずの短い距離だが、街路樹に桐を植えた町すじがある。高瀬川ぞいに、五条を南に下（さが）ったところ。また、材木屋の立ちならぶ壬生（みぶ）の一劃（かく）には、高く育った桐の木があり、桐の花がある。

⊙百合　ユリ

睡蓮、イリスに劣らず、百合もまた世紀末の文芸に、また絵画に、暗躍する象徴物である。フイリップ・ジュリアン『世紀末の夢』（白水社、一九八二年）には、百合を歌った詩句がずらりと並ぶ。この本を翻訳したのは私なので、遠慮なく、あるいは臆面もなく、ここに孫引きにおよぶとしよう。

淫蕩の巣ごもっている重苦しいまなざしをして
彼女の指に握られて死にそうな一茎の百合の処女なる魂が燃えている

　　　　　　　　　　アルベール・サマン

赤い百合が真っ赤に燃えながら
闇のなかに大きな花を広げている

　　　　　　　　　　イヴァン・ジルキン

そしてお前たち　顔のあるマンドラゴラのしゃっきりした花
肉腫の花をつけた方尖塔状のサボテン
蠟燭の塊の森　ポリープ母体の森
鋼鉄の松脂の白珊瑚の柱

ヒステリックな微笑を浮かべる大理石質の百合

ジュール・ラフォルグ

次の文章は、永井荷風が明治四十四年十月号の『中央公論』に掲げた随筆『日本の庭』の「百合」全文である。

お前は死んでから、初めて誠の価値を知られた不幸な詩人の詩のやうだ。お前は梅や桜や松と同じやうに、いづれ劣らず古くから此の島国の土上に生えてゐたのであらう。然し梅や桜や松に対する如く、時代はお前の姿と匂ひとに心付かなかつた。お前の姿は功利的東洋道徳の象徴に使ふには不適当であつたからであらう。凡ての方面に渡つて特色ある固有の文明を造り出した江戸時代は、其の国土が生ずる有らゆる植物の形象を捉(とら)へ来つて、茲(ここ)にも亦固有なる装飾美術を完成さした中に、お前の姿ばかりには矢張り些少(いささか)の注意をも払つてゐないらしいのは、如何にも不審である。麻の葉のやうな極めて質素な植物からも、町娘が着る衣裳の模様が造り出されてゐるのに、お前の姿ばかりは、僅(わづか)に美人の「あるく姿」に譬へられた事があるばかり。嘗(かつ)て如何なる家族の紋所にも採用された事がないやうである。けれども意外な新しい時代が魔術のやうに現れて来た。お前に対する勝利と讃美の時代は、今やお前の目の前に開けつつある。

これを書いた荷風の脳裡には、フィレンツェの町の紋章の百合、フランス王家の紋章の百合が浮かんでいただろう。そして、ヨーロッパ世紀末の文芸、絵画にあらわれる百合の花に呼応して、与謝野晶子の歌集『みだれ髪』（明治三十四年）に強く匂い立つ白百合の花、上田敏の訳詩集『海潮音』（明治三十八年）のそこここに咲く百合の花香、北原白秋の詩集『邪宗門』（明治四十二年）に放埒(ほうらつ)に咲きくずれる百合の花もまた、「意外な新しい時代」の到来を告げる証拠として、荷風の想起するところだった。
『みだれ髪』から一、二抜き出せば、

今宵まくら神にゆづらぬやは手なりたがはせまさじ白百合の萼（がく）
百合の花わざと魔の手に折らせおきて拾ひてだかむ神のこころか

『海潮音』にはシェイクスピアの「花くらべ」、クリスティナ・ロセッティの「花の教」に百合が歌われる。
『邪宗門』から一例を取り出すなら、

薄暮（くれがた）の潤（うる）みにごれる室（むろ）の内、
甘くも腐る百合の蜜（みつ）、はた、靄（もや）ぼかし
色赤きいんくの罎（びん）のかたちして
ひそかに点（とも）る豆らんぷ息づみ曇る。
（「蜜の室」）

明治四十二年、「東京朝日」紙上に連載された夏目漱石の小説『それから』には、主人公代助と三千代の不倫の愛の重要な因数として、百合の花が用いられている。我国に姦通（かんつう）罪が施行されるにいたったのは、漱石が『それから』を書くまさに前年、明治四十一年のことであった。

⊙罌粟　ケシ

けしの花には西洋婦人の趣がある。もと東ヨーロッパに自生していたのが中国を経て我国にも咲くようになったと聞けば、腑に落ちるから妙である。唐の都、長安には、胡の国から来た美女が酒宴にはんべり、珍しい歌舞によって人々をたのしませた。けしの花びらは、練絹の肌にまといつく薄布のように悩ましい。

尼寺や芥子ほろほろと普門品　　漱石

という一句は、観音経を誦している尼たちの声に合わせて芥子の花が散っているという情景だが、オフィーリアのおもかげと亡びた平家の女房たちのおもかげがかさなっているように受け取れないこともない。ひなげしは虞美人草の異称をもつ。漱石にはこの名を採った有名な小説もある。同じケシ科とはいっても、けしとは別種である。五月のパリ近郊には、ひなげしが毒人参の白い花のなかにまじって点々と真紅に咲いている。モネのような画家が、あの風景を見のがすはずはなかった。

次の詩は、堀口大学の訳詩集『月下の一群』に収められているレーモン・ラディゲの詩。年少にして多情多恨の小説『肉体に魔が射して』〈肉体の悪魔〉を書いただけのことはある。

白百合のやうに清浄な少女よ
屏風のかげであなたは裸になる
このお行儀が私をかなしませるので
あなたはひなげしのやうに赤くなる

⦿紅葉　モミジ

秋になると、いや、秋にならなくても、秋という言葉が響くごとに、あたまにうかぶ詩歌を順序もなく並べてみよう。秋は万物に秋の風が吹きわたり、万物が秋の色に染まる。定めなき世の姿どおりに移ろいやすく、はかなく、さびしく、物狂おしいのは、そとの世界の秋ばかりではない。秋に感応したあたまには順序良く、まとまり良く、秋に係わることどもを思い出すのは容易なことではない。

深い山林に退いて
多くの舊い秋らに交つてゐる
今年の秋を
見分けるのに骨が折れる

作者は伊東静雄。詩集『わがひとに與ふる哀歌』(昭和十年刊)中の無題の一篇。同じ集中に「咏唱(えいしょう)」と題して、詩人はまたこんなことを歌っている。

秋のほの明い一隅に私はすぎなく
なつた
充溢(じゅういつ)であつた日のやうに
私の中に　私の憩ひに

鮮しい陰影になつて
朝顔は咲くことは出來なく
なつた

伊東静雄という人は、昭和の世に詩歌の道を踏み分けた人びとのうちではまったく例外的に『古今集』を偏愛していた。『万葉集』の直情素朴も『新古今集』の婉曲幽玄も、この人には気恥かしいものに思われたのである。『古今集』の「はにかみがちな譬喩的精神の表現」は「日本人にはさもあるべき方向」を示していると、この人は考えていた。同じ精神の表現がよその国で、同じ方向にむかったときに、例えばドイツではリートになって育ったとも、この人はいう。引用した「咏唱」は、伊東静雄によって実現された日本語によるリートである。そして、はじめに引用した四行詩のほうは、まぎれもなく古今的である。『古今集』の季のめぐりは、まず物に兆しとなってあらわれるが、季が定まれば、季は物ごとにつけて目にいちじるしくなってくる。だが、さて今年の秋のしるしは、と見定めようとして困ってしまうのは、秋のこころの色に昨今の区別がつかないからである。あの四行詩に『古今集』の巻首、「春歌・上」の冒頭に置かれている在原元方の年内立春の歌、

年の内に春はきにけりひととせをこぞとやいはんことしとやいはん

これのもじりを見る説がある。おそらく見当違いであって、『古今集』を言うのなら「秋歌・下」のさいごに置かれた凡河内躬恒の歌を思い合わせるほうがいい。

道しらばたづねもゆかんもみぢ葉をぬさとたむけて秋はいにけり

「ぬさ」は神に祈るときの捧げもの。木綿(ゆう)、麻を用いたのが、のちには布、帛(はく)、紙などを用いるときもあった。昔の人は旅立つにさいして、道祖神に「ぬさ」を捧げて加護を乞うた。一首の大意は——秋が旅立っていったあとがわかれば、たずねていきたいのに、秋は紅葉をあたり一面に手向けのぬさとしてまき散らしていったので、道もわからない。

伊東静雄はこの一首に沿いながら、さらに奥深くまで秋をもとめていった。すると、『古今集』の時代からつい去年にいたるまでの「多くの舊い秋ら」が、年ごとに人にはさびしさをあたえて去ったくせに、人跡も絶えたあたりに、にぎわしくつどっているではないか。秋よ、楽しそうにしている秋よ、わたしはこんなにさびしいのに、とつぶやいてみるが、さて殊のほかさびしい思いをあたえた今年の秋はどれだろう。秋の身勝手さに不平を言ってやりたいのに、どれが今年の秋やら、見分けもつかない。困ったなあ。

私はこの泣き笑いの四行詩が大好きである。もう一篇、別の泣き笑いの四行詩があたまにうかぶ。

園中莫ㇾ種ㇾ樹
種ㇾ樹四時愁
独睡南牀月
今秋似ニ去秋一

中唐の詩人、李賀の「莫種樹」。私の気分まかせにこれを訳せば、

庭があっても木など植えるものではない。

木を植えると四季に係らない愁いが生じる。
独り寝るには月の射す南窓のベッドがいい。
今年の秋、去年の秋、どこがちがっているだろう。

木がなければもっと厄介な愁いに閉ざされる、そういう人だからこそこんなことを言うのである。日の暮れるまで秋色ただならぬ気配に充ちていた窓外に、いまは月が照っている。庭に木があれば、殊に秋の愁いは深い。いっそ木など植えぬがいいのさ。しかし、月に照るなと言っても、月は照るだろう。今年の秋と去年の秋と、どこがちがうか。今年の秋はこの詩を書いたというところがちがっている。愁いも、私も、南牀(なんしょう)の月に眠るその枕辺に、新しい詩稿がある。では詩よ。おまえもおやすみ。

先づ黄なる百日紅に小雨かな　　漱石

⦿吾亦紅　ワレモコウ

奈良の南郊には、古市(ふるいち)、東市(とういち)、帯解(おびとけ)など、極めて古い集落がある。いま、帯解の山村の閑雅な林間にしずまり返っている円照寺は、ここに寺域を定めるまえは東市村にあった。古市の南の隣村、崇道天皇陵の東の山ふところに位置していたらしい。

だが、円照寺草創の場所は、この奈良郊外ではなくて、実は京都の修学院村である。修学院離宮は、人も知るように後水尾(ごみのお)上皇の経営になる別墅(べっしょ)。円照寺は上皇の第一皇女、梅の宮が寛永十七年(一六四〇年)二十二歳をもって得度なさったとき、このやんごとない尼君が修学院村に、父上皇の別墅近くに建立されたお寺なのである。その円照寺が東市に移り、やがて現在地に移ったのは寛文九年（一六六九年）のことだった。以来三百年と少しの歳月が、この名高い門跡尼寺を取り包んで過ぎた。開かれずの古い手文庫のように容易にそとに洩れない秘密の匂いが、この歳月の奥には立ちこめている。

梅の宮は野の草花を限りなくいつくしんだ。円照寺がそのなかにしずまり返っている山野には、とりわけて秋草が咲き乱れたので、尼君のこころが「もののあはれ」を感じることも一通りではなかった。

修学院から遠く東市に、次いで帯解に移った円照寺の尼君が、父なる上皇への毎年のプレゼントは、秋の大和の野辺にわびしく咲いた吾亦紅だったという。いま、京都の北郊、修学院離宮の御料地の畦（あぜ）道に吾亦紅の姿を見たら、人は梅の宮のこころを偲（しの）ばなくてはならない。

右の一文は『週刊新潮』一九七六年九月九日号から一年間連載された「大和風信帖」の第二十四回として円照寺が採りあげられたとき、グラヴィア写真とともに掲載されたもの。社内記事の体裁をとって筆者の名は記されずじまいだったが、依頼を受けた数人が交互に執筆していた。円照寺は私の番に当っていた。

吾亦紅はバラ科の多年生草本である。あるとき、まっ赤な薔薇を乾燥させてみた。暗紅色に変った色は、まさに吾亦紅の花の色だったので、なるほどと思ったことがある。

夏のおわりに極めて細い茎が伸びはじめ、分岐してさらに細くなった枝先にひとつずつ、子供の小指の先ほどの、桑の実に似た花をつける。その侘びたる風情は、何物にも代えがたい。

路岐（われ）れして何れか是（ぜ）なるわれもかう　　漱石

この一句は、山道のわかれ目に咲いていた吾亦紅に道をたずねたという意味より前に、吾亦紅の枝分かれのさまそのものを言い指したのだ。多義的なおもしろさ。漱石らしい。
四月、桜の散る頃、庭の片隅に、吾亦紅の可憐な赤い芽が、宿根から吹き出る。ああ、よかった。今年の秋もおまえに会えるね。

吾亦紅すすきかるかや秋くさのさびしききはみ君におくらむ　若山牧水

⦿八手　ヤツデ

思えばもう二十年にもなる。一九六七年夏から翌年夏まで一年間をパリにすごしたときのことなのに、冬が来ると、古い懐中時計のゼンマイを巻いたように、私のなかで動き出し、ちいさな音を刻みながら疼(うず)き出すものがある。

パリの空を掩(おお)う雲が重く、暗くなるにつれて、私の郵便病も重く、暗くなっていった。目がさめていの一番に私がすることは、自室のドアをそっと開き、首を伸ばして、廊下の突き当りの床をたしかめることだった。私の視線には病者の熱がこもっていた。もしもこのときの視線に悪意がこもっていたら鬼も三舎を避けただろう。私の一瞥(いちべつ)には、それほどの熱心がおのずと伴うのだった。

午前の郵便配達は八時半前後にきまっていた。アパルトマンの門番女が、郵便配達夫から一まとめに受け取ったものを仕分けして各戸に届けるのだが、門番女は、玄関の頑丈な扉と床のあいだのわずかな隙間から、封書や絵ハガキを内がわへすべりこませる。隙間に押しこめない厚いものがあったら、玄関のベルが一、二度、短く鳴る。便りがあれば、どんな便りでも私を深く安堵(あんど)させるに足りた。一通の便りもない日が三日もつづくと言い知れぬ不安に駆られ、あすもまたむなしく待つのだろうかという不安におびえた。郵便配達のない日曜、祭日、そして日本ならとび石連休のところをフランスでは架橋と称して一続きの連休にしてしまうのが習いで、そういう無配つづきの日々には、満ち足りぬ思いが上げ潮のように、朝から高まってくるのだった。これでは参ってしまう。私はかろうじて一策を案じた。トランクの底から筆と硯を取り出し、ひそかに手習いをすることで、うす暗いままの冬の午前、あるいは瞬く間に暮れてゆく冬の午後の一、二時間をやりすごす。

郵便病のじけじけした深い穴底から這い出る縄梯子として、このとき役立ってくれたのは、渡仏がきまったとき、ひとりの旧友からもらった智永千字文の法帖だった。餞別には何がいいか、望みの品を言いたまえ、と彼は言った。咄嗟に、千字文の法帖なら何でもいい、と私は答えたのだった。しかし、それがこんなに身を助けてくれようとは予想していなかった。

天地玄黄　宇宙洪荒　日月盈昃　辰宿列張　寒来暑往　秋収冬蔵　………

蠟引の航空便箋を法帖に当てがって、透けてみえる智永の書蹟をなぞり、ぬたくりながら、私は幾度となく千字文のこの冒頭をくり返した。郵便病の内がわから外をながめれば、まさに天は玄、はるかに涯しもなく、地は黄、ほのかに黄に映えて、パリに独居し学問の入口で右往左往している身には宇宙は洪荒、時空の目鼻立ちもまだ定かでなく、日は昃、たちまち一日の陽は西に傾き、月は盈、あれよあれよという間にまた望の月となり、星たちはおのおの宿りを定めて空に遍在していた。夏と秋の夜空の美しかったことよ。星たちの光の矢の、なんと鋭く、まばゆかったことよ。そして暑往き、寒来り、身も引きしまるごとくに気が天地に収斂する秋がすぎ、いまは冬、満目蕭条として、天地に気あるを見ない。ある日届いた母の便り——

こちらも冬です。庭の八つ手が花をつけました。生き残りの虻（あぶ）のよわよわしい羽音が、縁がわに立っているると聞こえます。残り柿が、きのうは五つ、あかあかと夕空に浮かんでいたのに、三つに減りました。さっきも鵯（ひよ）が突っついたあとに椋鳥（むくどり）のむれがやってきて、うれしそうについばんでいましたよ。

ああ、八つ手の花。目立たないが、よく見ると、精巧な電波受信装置のような花。八つ手は冬虻や冬の蝿（はえ）には香りを発信して彼らをおびき寄せて、まっ黒な、つぶつぶの実を結ぶ。八つ手という木は、八つ手を苗字とすれば、名は冬蔵というのにちがいない。八手冬蔵。どこかの質屋の番頭にでもありそうな名前の木が、軒深い日本の家の庭に、青白い花をつけている。日本は遠い。パリは花ひとつない暗い冬。

窓の外に白き八つ手の花咲きてこころ寂しき冬は来にけり　　島木赤彦

寺田寅彦、小宮豊隆、松根東洋城の三吟歌仙のうちに、次のような連句のつらなり。

ことづけのをかしかりける胴忘れ　　寅日子
八つ手の花に暮れのこる庭　　蓬里雨
北の風母屋は屋根を高う住み　　東洋城

（『花ごよみ』講談社学術文庫、一九九四年九月）

『大田垣蓮月』

第一章　二つの領界　歌と絵ごころ

三好達治が戦争の末期から戦後にかけて、北陸三国町の町はずれに隠棲独居の暮らしをしていたとき、その家の玄関わきの板壁には、大福帳がいつもぶら下げられていた。このことは、当時侘び住まいの起き伏し、海の音、松の声を聴くのみであった詩人のところへよく遊びに行ったという三国の青年少年の一人だった都留春雄氏が、『三好達治全集』第九巻（昭和四十年四月刊）の月報に寄せた追想記に出ている。

都留少年は、たまたま詩人がとじこみの縦長な帳面をこさえ上げるところに行き合わせた。

「さあ、できたぞ。都留君、何と書こうか」と、相談するでもなく、しないでもなく、いたずらっぽくそう言うと、とっさのことで応答しかねている少年の当惑をよそに、詩人はやおら筆を執り、たっぷり墨を含ませて「大福帳」と表紙に大書したという。商人でもないのに何故こんなものが、といぶかしがるが、やがて詩の下書き帳なのがわかった。

「詩人の大福帳である。いかにも先生らしいと思った」と都留氏は追想する。

なるほど三好達治らしい話だと、私もこれを読んで思った。しかし、この「大福帳」は、かならずしも三好達治の発明ではなかったようである。そのとき、いたずらっぽく少年をからかってみた三好達治のあたまには、蓮月の「大福帳」が浮かんでいた。私にはたしかにそう思える。

蓮月の晩年、西賀茂神光院（じんこういん）の茶所（ちゃじょ）に住んでいた尼の座辺には、埴（はに）細工や短冊の散らかっているなかに大福帳がころがしてあったということは、昭和二年に村上素道の編集、出版した『蓮月尼全集』の巻末、逸事の一項に見えている。帳には蓮月の手で墨黒々と「大福帳」としたためてあったそうだ。

この大福帳には、何が書きこまれていたのだろうか。

蓮月は求められるままに、手造りの「きびしょ」すなわち煎茶用の急須、徳利、盃、鉢、皿、茶碗、水指などに自詠の歌を彫りつけ、また乞われるままにおびただしい短冊を書いたが、この手仕事には、絶えず自詠旧作の歌をくり出す必要があった。大福帳の体裁は、手控えの歌引き帳として恰好のものに思える。大福帳という命名の手柄を三好達治から取りあげた代りに、大福帳の用法という点では、三好達治からかえって蓮月の手もとを望取することで、ここは棒づけ帳消しにしておこう。

三好達治はたしかに蓮月を好んでいた。「書といふもの」という随想がある。昭和二十九年の執筆、のち『全集』第十巻に収める。彼は世の良寛ばやりに対して、いささか癇性（かんしょう）に「釈風流――坊主の書はいつさい私は愛好しない傾向にある。良寛は、懐素を学んだといふから、後の釈風流に比べて、はるかに古意に富むといふものであらうか。ついでにいふと、私は世の良寛ばやりには、必ずしも熱心に同感しない側である。少しく美しすぎるやうな憾みがあるかに思へるから」と突きのけたあと、蓮月の書に触れて「蓮月尼は和様の誇張曲線派だが、これにも一抹漢意のほの見えるものがあつて面白い」という。蓮月の「一抹漢意」は、この文の少し前のほうで取りあげられている会津八一の仮名書きと共通のものとしての評価である。

> 書は漢意のあるのがいい。それの濃厚なだけそれだけいい。会津八一さんの仮名は漢字の草体を見るのと変りがないから、一々原字の原劃を彷彿するに耐へる、その点がたいそう面白い。

蓮月の書に「一抹漢意」を認め、そこを「面白い」と見たのは、三好達治の見識であろうか。いずれそれには追ってまた触れることにするが、この片々たる数行では、彼の蓮月好きを証するものとしてはなお不足の憾みがあるかもしれない。しかし、酒を酷愛したこの潔癖癇性の詩人が蓮月の徳利を用いたとあれば、もうまちがいはない。「某月某日」という短文がある。執筆は先の書についての随想からあまりへだたりのない昭和三十年秋、同じく『全集』第十巻に収めるが、身辺の淋しさをつい打ち明けてしまった、そういうときの羞恥を見せながら、筆は蓮月の徳利におよんでいる。全文を引くと――

終日雨、窓に楓のおほひかぶさつてゐるのは、新緑の頃には楽しく、夏はうるさく、さてこの日は朝からしきりに落葉、午後にはほとんど落ちつくしてしまつて空が透けて見える。さつぱりとしたといふよりも淋しい。たいへん淋しくてこの部屋の主はがつかりとしてゐるのである。紀南の田舎から遊びに来てゐた娘が昨日帰つていつた。そんなせゐもあつてか、裸木の裸の枝を見るのは眼に痛い。少し私も年をとつたかな。以前にはこんなことはなかつた。晩秋初冬の寂寥を愛したりなんぞ若気の至りであつた。近頃はおひおひ人間嫌ひになる。それに引かへ自然の寂寥には耐へがたい。蓮月尼手ひねりの小徳利に自ら酒を盛り自ら温めて独酌。久しぶりにお手習でもしてみようかと思ふ。頼まれものの色紙がさんざ溜つてゐる。拙を辞せず、頼まれごとは果したい志を誰が許してくれるだらうか。或は誰が許してくれないだらうか。

「久しぶりにお手習」以下は、わが身を蓮月尼になぞらえた言いぶりと受け取れる。しめくくりの問い重ねはさも三好達治らしい文章である。だが、少々くどいような気がする。

現代詩文の範囲から三好達治の蓮月好きを拾ったとき、頼もしい足場を得たように思ったが、蓮月と三好達治というこの組合わせは、ここまでのところ、私にはどうもしっくりした気分を伴ってこない。なぜ、この組合わせがしっくりしてくれないか。私もくどいようだがもう少し、蓮月との関連から、現代のこの詩人にこだわりたい。

先に引用した「書といふもの」より一年早い昭和二十八年に『日本画の流れ』展を看る」という展覧会評を三好達治は書いている。東京京橋の近代美術館で開かれた展覧会の感想であり、全集版で四頁足らずの短いものながら、三好達治が絵というものをどう見ていたかがよくわかる文章である。彼が絵のことを言うのは珍しいから、これは興味深い。

そう思って読んでみると、前半にはきわめて無愛想、不機嫌な調子で「日本画の流れ」展の印象を語り、後半には展覧会を全く離れた別の場所で見た日本画の所見に、話が移っている。別の場所が宮中の控えの間と食堂なのは意外だが、なるほど昭和二十八年の五月、彼は全詩業に対して芸術院賞を与えられ、宮中まで出向いている。二つの場所で彼の目に触れた絵はもちろんちがっているが、この前後をつないでいるのは円山四条派である。たまたまいずれの場所でも、彼は嫌いな円山四条派に出会った。展覧会のほうには、言うまでもなく時代を追ってくさぐさの流派が配列され、屏風もあれば軸物、扇面、額ぶち入りの画もあったわけで、これに反して宮中控えの間には、ただ円山四条派の大作二、三がかかっているにすぎなかった。

前半、展覧会の印象を述べるのに、彼はまず日本画というものに対する自分の好みが年とともにますます「一つ範囲」にこり固まって、その範囲外のものには「歓び」をおぼえることが全くなく、しかもこういう偏向を(と自認しつつ)「もう一度ゆるやかな考へ、感じ方、享受の方へ」引き戻せそうにないと前置きする。

「一つ範囲」とは文人画である。会場の実例では、浦上玉堂の小幅《山雨染衣図》と大雅、蕪村の「例の」《十便十宜図》にのみ、彼は「歓び」をおぼえ「結構であつた」という。他のいっさい合財は不興の専制法治のもと、にべもなく否定される。円山四条派はもとより、古径、栖鳳、大観、「鳥獣戯画」、雪舟、元信、宗達、光琳、そして会場に「南画的表現の展開」という分類（この呼称には三好達治も不足をおぼえている）のもとに並べられた芋銭、桂月、百穂、華岳、一政、浩一路などは、彼に「歓び」を与えぬ画家であり、一括して同罪である。

もっとも《黒き猫》の菱田春草、作品名は挙げられていないが小杉放庵の二人だけが、いわば預りの処置を受けている――「春草の《黒猫図》には何がしか惹かれるものを覚える如くであつたが、それは姑らく宿題としてここには触れない。」「放庵は、一概に興味なしとも言ひきれないものを示してゐたが、春草の場合と同じく、宿題としてここには触れない」という断り書きが付く。

「宿題」の答えは書かれずじまいにおわったようだが、この保留の扱いは、三好達治が年少の日以来、ずっと愛着をもち続けた竹久夢二、大下藤治郎と春草、放庵の間に、一脈相通じるものがあるところからの処置だと、私には受け取れる。共通するのは、万事に疲れたこころにもなお生息する旅の願望からこぼれる情緒である。それは遠くに放ったまなざしに対応している彼方の世界のひっそりとした、しかも限りなく物騒がしい気配、と言い換えることもできるだろう。そしてこういう気配は、三好達治のおびただしい量にのぼる詩のほとんどすべてが共有している。

このことは「一つ範囲」の文人画が、彼の絵画的嗜好の偏向を証明するかのように、詩中の景となって浮かび出ているような戦後の作品についても、同様に気付かれる点である。三好達治が文人画を偏愛するのは「煙霞の癖」のためであるが、それは彼が夢二の雑誌口絵によって、早く少年時代に得た痼疾であった。

　　水光微茫
堤遠く

水光ほのかなり
城ありてこれに臨めり
歳晩れて日の落つはやく
扁舟人を渡すもの一たび
艪のこゑしめやかに稜廓にしたがひ去りぬ
水ゆらぎ芦動き
水禽出づ
松老いて傾きたる
天低うしてその影黒くさしいでぬ
かくありて雲沈み
万象あまねく墨を溶いて
沈黙して語らざるのみ
我れは薄暮の客たまたまここに過(よぎ)るもの
問ふなかれ何の心と
かの一両鳧(ふ)羽うちて天にあがる……
叱叱(しつしつ)　しばらく人語を仮らざれとなり

詩集『駱駝の瘤にまたがつて』(昭和二十七年三月刊)に収めるこの戦後作の詩中の景は、いかにも文人画風である。作者はなんらかの山水画に画賛するような要領でこの詩を書いたのではないかと思いたくなる。そうでなくても、いま現に目にしている風景、あるいは追憶のうちに揺曳する風景を描いた詩であるとしても、風景をこのように組み上げることが出来るには、風景を文人画として捉えていなければならない。いつの場合にも、目に映じている世界がそのままありのまま、描写において再現されるなどということはけっしてない。われわれは自分の気に入っている流儀でしか目を使わない。ここでは、文人画にふさわしくないものは、あっても放擲され、その残余の世界の映像がこの詩の「詩中有画」を成り立たせている。

それにしても、この詩には、色彩というものがまことに乏しい憾みがある。その乏しさを補うように、物音はいくつも聞こえる。艪の音、芦の葉ずれ、水波の音、飛び立つ水鳥の羽音。詩はこうした物音や音の気配を契機とした展開を示していて、物の形は、詩のはじめに、いわば音の場を設営するために置かれ、そのあとはもっぱら音の影となって、音に付随するかのようである。

だが、こういう特徴は「水光微茫」に限ったことではない。たしかに三好達治の恋愛詩集『花筐』(昭和十九年六月刊)に収録されている多数の四行短詩は、花を歌う――もちろん花は恋人を受ける――のが主眼で、色彩がないわけではないが、配合、取合わせによって、色が思いがけない美しさで映発するということは、まず見当らない。まれに使われている二色三色の配合には、色褪せた夢二の雑誌口絵のようなおぼつかなさが認められる。口ごもって独り言をつぶやく色――そういう彩りの弱さ、色の働き振りのにぶさが、正直なところ、私には三好達治の詩の物足りなさである。

青くつめたき石のへに
春のゆく日をあそびける
われらが肩にこぼれしは
花ともあらぬ柿の花

(「青くつめたき」)

三好達治が、南画文人画の山水図という、墨色の妙と淡彩によって山容水色を感じさせるのを本来の趣とするような絵画だけを採って、その他の日本画の分野に背を向けたのは、持ち前の感性気質の必然によるのかもしれない。しかし、そういう個性の面とは別に、詩と絵画とがいつの間にか色彩の交流を断ち、袖たもとを触れ合うことさえ例外的な出来事になるほど互いに疎遠となり、背反さえしているという総体的な文明の脈絡、背景が近代の日本にあることを忘れてはならないだろう。

わが国の近代詩人たちは、新しい抒情詩人をもって自他ともに許すときにも、新しい色彩的効果には用意が乏しい。寄物陳思ということが古くから日本の抒情のいわば基本文法となって、その上に歌ごころというものがあり、それは物の色、色の匂い、匂いの響きにさとく心付くことをいうのであったが、物の色彩あるいは物と物との色彩的な出会いに対して意を用いなくても抒情詩が出来あがっていったのは、文明開化とともにただちに手本となった西欧の抒情詩が色彩的にいかに豊かでみずみずしいかを想起すれば、これはまことに奇異なことである。

もっとも、日本の内がわから見て、褪色現象が目立っている文明のうちに生息しながら、詩と絵画の融解点にむかって熱度を高めてゆくような詩人がいなかったわけではない。すぐに思い浮かぶ名を挙げれば、蒲原有明、竹内勝太郎、伊東静雄は、この例外者、列外者とすべき詩人たちであろう。この詩人たちに共通なのは、西欧の詩をいずれも独学して学びとる一方で、わが国の古文芸の修辞に語法のよりどころを求め続けたこと、そして色彩画家によって目に見えるものになった内面の世界を絶えず気にしていたことである。ラファエル前派の詩人であり画家でもあったダンテ・ガブリエル・ロセッティを愛した蒲原有明には、青木繁という友があったし、ヴァレリーに追尋した竹内勝太郎には、最も親しい仲間として榊原紫峰がいた。ヘルダーリン、リルケ、『古今和歌集』に範を採った伊東静雄には、歌をうたうことが目でものを見ることとの妨げになってはならないという自重が、詩作の最初に働いていたし、セガンティーニの画に詩のモチーフをさぐるような面もあった。そしてこの例外者たちは、いずれも詩人として不遇で、時代はかれらの苦心のあるところに対して同情にきわめて乏しかった。

いま一度、三好達治の『日本画の流れ』展を看る」の内容にかえると、文の後半、宮中の控えの間と食堂の壁を飾っている額ぶちに収められた日本画に、円山四条派の作品と福田平八郎の《鯉》を見たとき、彼は「あの日頃は私の気に入らない俗画も、装飾品として時にとって恰好のものであるのを知つた」として前半の激しい拒否をいくらか和らげ、罪一等を減ずる、とでもいった語調をとる。しかし、玉堂、大雅、蕪村の文人画ではないような近世日本画は依然として否定的に「装飾品」の扱いを受けるのである。

これが極端な見解であるのはいうまでもないにしても、本来、日本の家の床の間にかけられる軸物の画幅というものが、たんに装飾という以上の、多様で微妙な役割をもっていることには、この見解に対する反措定の意味でも、注意を払う必要があるだろう。それに、かけ替えの意図をもたない額ぶち入りの固定画幅は、季節につけ、事に応じてかけ替えられる床がけの画軸、短冊というものとはまた別種であって、展覧会場に並べられるとき、場所柄による変質をこうむる度合いは著しくちがうものである。

円山四条派の床がけの画幅は、私のいま思い付く限りで、次のような機能をもっている。季節の先がけという働き(予祝)、日常生活における事に応じての気分一新という働き(応事)、画題の文芸的機微によって見る人のこころに弾みを与えるという働き(気転)、同座の人びとに、家族間、主客間、客人間に、視線の快い溜り場を設けるという働き(契合)、あるいは視線の逃げ場を設けるという働き(間合い)。こうした機能のすべてを一括りにして、教養的和気というものが、円山四条派の床がけを支え、また床がけから生じるといえるかもしれない。そして、教養的和気からすれば、南画山水画は、人に沈黙を促すために、かえって騒がしい画、「うるさい画」ということになる。普段、床の間にぶら下げておく常がけの画には、文人画は向かないものである。

蓮月のことを私は忘れているわけではない。この人が生きたのは、三好達治のいうところの「装飾品」が、人びとの感情生活と密接な関連を保っていた時代である。また殊にその時代のわが国で、文芸と絵画とが同じ風土のもとでの共有の領界として、装飾的世界を所有し、装飾に固有の法則に従って成育する蔓草文様が、他の地方とはくらべものにならないほどの緻密さでこの領界に繁茂していた京都に、蓮月は生きた人である。円山四条派は、京都ではけっして「装飾品」ではなかった。言うならば装飾的実体であり、蓮月はこの実体に充たされた装飾空間に、和歌と書と画と陶器を送り出すことで装飾的実体をさらに付加し、装飾の密度をさらに強めた人である。

先に触れたように、三好達治は蓮月の書に「一抹漢意」を認め、その点を好ましいとした。「要するに漢意――儒者的教養――その人格的微粒子的律動、書道の美感の本源本筋はどうやらその辺のところにあるらしく私には考へられる」という結論的な一節を「書といふもの」から補足引用しておこう。私は三好達治の考え方、感じ方の強引に一貫しているところに感心するのであって、彼の蓮月の書の認め方は、日本画否定の仕方ときちんと表裏をなしていて、恐ろしくけじめがついている。

しかしながら、蓮月の書は、私には「一抹漢意」をうかがわせるよりもむしろ一抹絵ごころをうかがわせる。「人格的微粒子的律動」よりも、緩やかな、くつろいだ遊戯の律動をおぼえさせる。この律動感は、蓮月の次のような歌に私がおぼえるものと同質であって、絵ごころと歌ごころは、巧まず協和する形で、蓮月の文芸的人格のうちに住み着いているという感想が、私には切実である。

くもまにはまだあり明のつきくさに咲まじりたるあさがほの花

有明の月が雲間にのこる明け方のうすあかりの野に、低く沈みがちな藍を見せている月草に、つゆくさにまじって、咲いたばかりの朝顔が三輪、二輪と、そこここに、ほのかに浮かんで見える、という意味であろう。朝顔の花が複数で咲き出ていることを告げるような辞句はどこにも使われていないのに、われわれはこの歌にかならず数輪の花を見るような心地をさそわれる。こういう働きはもちろん、かけことばの効果によるのであるが、それはつまり修辞の意識が一箇独立したものとなって生動し、言葉の響き合いでものを描写するという一種の魔術を行なっていることによる。歌を書く手とは別に、その手が動くにつれて同時に動いている手が絵を描くのだ、といってもいいかもしれない。こうして、朝顔の数輪咲くさまが見えるにつれて、地を這い、野草の茎や垣根の一端にまつわりながら、蔓の先を上方に、あてもなく差しのべている朝顔の形態すら、この歌が模倣しているように感じられてくる。歌がここでは意味と響きをからませ合うことで、螺旋曲線のあの無終結な性状をみずから帯びている。

かけことばというものは、古今調の歌には通有の、ありふれた技法であり、また正岡子規、斎藤茂吉の批判を俟つまでもなく、すでに橘南谿(なんけい)の『北窓瑣談』にも「和歌の病」として、第一に理窟、第二に懸詞(かけことば)を挙げ、かけことばに頼ること、かけことばを濫用することを強くいましめる一節があった。

よき歌に懸けたる詞はなし。当座などに人に詠みおくれて、何ともあれ早く詠み出さんと思ひ、且つは大いなる詠み損じなきやうと思ふときには、引きかかる詞を取りて詠むべし。早く出来て、しかも歌の一体を得たるやうに聞こゆるなり。されどよき歌にはあらずと知るべし。(後編巻之一)

南谿は文化二年(一八〇五年)に歿しているから、蓮月が和歌を作る時代に一歩先んじて、こういう指摘が南谿という京都に住みついた教養人によってなされていることは、いま記憶に留めておいて然るべきである。過けれども、蓮月のこの歌などは、歌われた対象と歌の姿との間に、いわば幸福な一致をみた作例である。

剰な技巧という考えがそもそも成り立たないような領界に、この歌は成り立っている。

蓮月の歌は、淡白でいて、しかも一点あでやかさを見せるところに特徴がある。歌も絵も文明の表象であるから、蓮月によって感触可能のものになっている文明、この人がそのなかで生息した文明にも、淡白とあでやかさの両面があることは予想出来る。もっとも、別にこの淡白をもって非個性、このあでやかさをもって機智的遊戯性と解する立場があるのはよく知られていることで、この立場では、蓮月を包摂する文明もまた非個性、機智的遊戯性の刻印を担った文明ということになる。

斎藤茂吉は『明治大正短歌史概観』で、第一期として明治初年から明治十年前後を仮に区切ってこれに当て、宮中御歌所歌人の流派に属する人びとを略述し、三条実美、岩倉具視、八田知紀、井上文雄、大田垣蓮月について個別に短評を加えているが、蓮月の歌一首に触れて、彼は次のように言っている。

宿かさぬ人のつらさを情にておぼろ月夜の花の下臥（したぶし）

といふ歌は有名だが、この歌を私は感心しない。ただかういふ、尤もらしい、人心の機微をあらはしたものだなどと思はせるやうな歌が、当時有名になつたといふことは、当時の歌壇ないし一般の鑑賞者の気持が分かるのであつて、当時の歌壇風潮を知る一つの目安となるのである。

いうまでもなく、この歌を目安として茂吉によって窺知された当時の歌壇の風潮、さらにひろくとっていえば「一般の鑑賞者の気持」は、『概観』序論での表現を引けば「分かりよい古今集調に、気の利いた言ひまはしをなす」歌をたやすく受け容れる傾向を示していることになる。これは万葉振りの茂吉の立場としては、またもっともな解き方である。けれども、「宿かさぬ人のつらさを情」の歌は、「一般の鑑賞者」というよりも世間の人びとには、これが歌の道において独立した一人前の歌かどうかは問題ではなくて、ここに含まれている理窟、専門歌人から見ると目ざわりであるらしいところが、まさしくこの歌の良さだったのである。すでに理窟が先に立ってこの歌を品評し、そして、妙な言い方をするけれども、この歌が理窟にしては理窟っぽくないという点で、人びとの気に入ったのだ。つまり、理窟の立場から見ても、これは淡白、かつあでやかさをそなえた歌であるために、世評が高くなった。もっとはっきり言ってしまえば、蓮月はこの歌を石門心学の道歌を作るような心組みで歌ったのであり、人びともこれを道歌として味わい、道歌にしてはまことに口ざわりのさわやかなところを嘆賞したというふうに、私には受け取れるのである。

このことに関連して西村天囚、磯野秋渚共編の『近古歌話』というポケット型の、いまなら新書判というべき本から、蓮月の逸話を抜いておきたい。西村天囚は慶応元年(一八六五年)西海の種子島に生まれ、大正十三年(一九二四年)大阪で歿したジャーナリスト、また当時の大旅行家の一人にかぞえてもいい人である。明治二十三年以後歿年まで、つねに「大阪朝日新聞」に筆をふるった。磯野秋渚は文久二年(一八六二年)伊賀に生まれ、同地の儒、町井湾水にまなび、大阪に出て藤沢南岳、近藤南洲に就き、漢詩人として一家をなした。西村天囚のほか、内藤湖南、長尾雨山と交遊。昭和八年歿。『近古歌話』は、ひろく投稿をつのって近世の歌人に関する追想、逸話のたぐいを集めて「大阪朝日新聞」に掲載し、のちに編集したものである。次の一篇は宮島春斎という人の投稿ということになっている(前の巻・補八十一)。「編者曰く」以下は、天囚の追記のようである。

花の下臥

ある春の頃、某が岡崎なる蓮月尼の庵を訪ひしに、主はあらで、土鍋に炊きさしの粥焦げつかんとす、やがて鍋を卸して主の帰らんを待ちしに、久しうして影だに見えざりしかば、打困(こう)じて、立去りぬ、程経て再び尼を訪ひしに、こたびは、庵に在りて、何かと打談(かたら)ふ、その序(ついで)に前(さき)の日のことを打付に語れば、尼は微笑みつゝ、さなり、彼の時、粥の菜にせばやとて豆腐(おかべ)買に出でしに、偶(ふと)吉野の花を思出で、さながらにその方(かた)に趣きたるが、旅費もたぬ身の行暮れて、山家(やまが)に一夜の恵(めぐみ)を請ひしを許されずて、詮方なく、花の下に草枕かりて、思ふまま花を見たりとて、懐紙に、

宿かさぬ人のつらさを情にて朧月夜のはなの下ふし

と認めて示しきとぞ。

編者曰く、この歌いと噂高うなりて、今も人の口に噪(さわ)ぐなり、近藤芳樹のいふ様、いと優なる読(よみ)ぶりながらつらさを情とは、いひがたし、つらさも忘れけりとあらまほし、然あらば稍自然に近からむと評じたるぞ、をかしかりし、多勢(たね)が島の平山ゆふ子が、

手折られぬ高根の紅葉我が袖にちるはあらしの情なりけり

とよみしにぞ、実(げ)に情は切なりしか。

編者の付言に名の出ている近藤芳樹は、蓮月の家集『海人(あま)の刈藻(かるも)』の出版に、本意ならず主として立ち働く破目になった人で、もと本居大平の門人、村田春海にも学んだ。これだけでもわかるように芳樹の歌の筋は蓮月とはまるでちがうのだから、「人のつらさを情にて」を「人のつらさも忘れけり」と訂正すべしというのは、

芳樹としては当然そうあるべきところである。しかし、こういうふうに訂正されてしまえば、蓮月の歌は肝心の理窟を抹消されてしまうはずで、歌としての独立した調べや情趣はこの訂正でととのう代りに、まことに平板な歌になり、道歌としての面目をすっかり失うような仕儀に立ちいたる。また、引き合いに出されている平山ゆふ子の歌は、これは道歌でも何でもないわけで、そうなら、この歌は理窟っぽくてつまらない歌ということになる。蓮月には、さすがにこんなつまらぬ歌は一つもない。

先の「あさがほ」の歌とこちらの「花の下臥」の歌は、こう考えると、同じ文明の気圏から生い立った歌として、蓮月の振幅を測る目安になるだろう。振幅内には、香川景樹(かげき)の歌い振りのほかに、あるいはそれよりずっと重要な因子として、小沢芦庵の歌風を取り包んでいるし、画風としては松村景文、中島来章の四条派がこの歌の世界に親しく干渉してくるし、京焼の陶器の流儀も、かまどの煙、煤とともに入りこんでくる。なおそのほかに、心学の倫理も、騒々しくない朝市のにぎわいのように、この世界にざわめいている。ここで忘れず言い添えると、蓮月には勤皇の女流歌人という肩書が昔から付けられていて、やかましすぎる風鈴のように、耳ざわりな音をたてている。いずれこの勤皇風鈴は取りはずしたいと私は思っているが、風鈴の音が妨げになり、聞こえにくかった物音が聞こえよくなるならば、そうする方がいいだろうというほどの気持からである。序でながら、勤皇蓮月に対して、これが誇張にながれ、妄説に陥りやすい見方だという点に早くに警戒を発したのは相馬御風であった。御風の『貞心と千代と蓮月』は昭和五年に出ている。

蓮月について知るには、先に「大福帳」のことで書名を出した『蓮月尼全集』上、中、下三巻がいまも最もよくととのった好資料である。この全集は昭和二年に、当時、京都山科の永興寺の住職をしていた村上素道が編集し、頒布会を組織して世に弘めた。上巻「和歌編」の歌は『海人の刈藻』を収めた諸種の刊本が別にあるので差し措いても、中巻「消息編」に集められた二百六十通に追加五通合わせて二百六十五通の書簡、および下巻「伝記、逸事編」の考証の部分は、この全集出版をきっかけに蓮月に関する著作が次第にあらわれることが証するとおりに、貴重な手がかりに充ちている。蓮月の伝記には、その後において再考補正されるべき点がすくなくないにしても、この全集は依然として最も重要である。章を改めて伝記を辿るに先立ち、私もまた『蓮月尼全集』に負うところの多大なことを断っておきたい。しかし、このことが村上素道にそのまま追随することを意味しないのは言うまでもない。諸家の蓮月研究については、ときどきに触れるだろう。

第二章　生い立ち

一　寛政三年

蓮月は寛政三年(一七九一年)正月八日、京都の三本木に生まれ、誠と名付けられた。誠はのぶとよむので、あとはそのように仮名書きにする。父に当る人は故あって父を名乗らず、母に当る人も母を唱えることが出来ない事情にあった。のぶは生後十日余で大田垣伴左衛門光古(てるひさ)の養女となった。

大田垣光古は、宝暦五年(一七五五年)十一月八日、大田垣行輝を父として、鳥取に生まれた人であった。幼名鉄五郎、のち山根重次郎重起(しげおき)の猶子となり、十六歳元服後は次右衛門、のち更に、山崎久兵衛由敬(よしのり)の養子となり家督して常右衛門由虎と改名した。子細は詳らかでないが、天明三年(一七八三年)九月、二十九歳のとき、妻子を鳥取に置いたまま出郷し、京都にきた。天明六年六月になって、知恩院に勤めた。この間三年近い月日をどういう風に暮らしていたかは不明である。寛政元年二月、妻、すなわちのぶには養母となるべき人を鳥取から呼び寄せた。妻は五男仙之助および夫の姉とともに上京した。この夫婦には仙之助までに四人の男子があったが、すべて夭折していた。仙之助は父親が出郷した天明三年の十二月生まれであり、このとき七歳、妻は三十歳、常右衛門は三十五歳である。光古の妻は、村上素道の記述以来、縄という名になっている。しかし、これは土田衛氏の考証によると誤りで、光古の妻は縄四兵衛の養女となっていた中島平十郎の娘、名は判らない（土田衛『蓮月尼消息の新資料（研究編）』）。

寛政三年の正月、この一家は養女として、のぶを迎えることになるが、当時はたんに知恩院勤仕の、おそらく不安定な身分にすぎなかった常右衛門は、同じ寛政三年八月六日付で知恩院譜代というものを仰せつかり、門跡の坊官として、以後、世襲を許される身分保証を得た。坊官とは門跡に随侍して雑務をさばく奉公人であり、法体ながら腰に刀を帯び、肉食妻帯も自由な俗人である。当時の門跡は尊峰法親王といい、京極宮家仁親王の子であるが、桜町天皇を養父とする。

山崎常右衛門は寛政十年にいたって本姓に復し、大田垣伴左衛門光古を称する。

二　二人の父

のぶの実父については、これまで伊賀上野城主、藤堂金七郎とされてきた。ずっと後年、蓮月の埴細工を手伝い、やがて二代目蓮月を称えるのを許される黒田光良が筆写して秘匿していた文書に「大田垣蓮月履歴書」というものがあり、その一節に「父は伊勢国藤堂家分家藤堂某、庶女なり」とあること、また、生まれたばかりののぶに乳を分かった女性を母親にもったという京都の一老婦の信頼するに足りる追想に「伊賀の上野の御城主、藤堂金七郎様と申し上げるお殿様のお胤」と語られていること、また別に、京都には蓮月を藤堂大学頭の落胤とする巷説が早くからあることなどから、村上素道が推定したところである。彼は「金七郎はあるいは新七郎の誤聞か」とも記しているが、のぶの父に当る人は、津の藤堂本家とその別家久居に尋ねた限り見出せなかったとして、それ以上の追尋にはいたらなかった。

私には、蓮月の実父が誰であろうと、どうでもいいではないかという気持がある。蓮月がきわめて慎重に秘めたこと、蓮月から母のような慈愛を受け、蓮月を敬愛すること子のようであった富岡鉄斎が、蓮月に関して最もたしかな証言をなし得る立場にあったにもかかわらず、あえて語ることをしなかったことを白日のもとに曝すのは、破廉恥とさえいいたくなるような伝記的悪徳ではなかろうか。儒教の風土はとっくの昔に過ぎ去ったではないか、手柄の機会を逃すのは愚かしいことだ。だが、私の気持からすると、それはそう簡単にはゆかない。私は飛ばなくてもいいのに飛び方をおぼえてしまった家鴨のように、知らなくてもいいことまで知ってしまったようである。

藤堂金七郎というのは、たしかに誤聞で、のぶ、のちの蓮月の実父は伊賀上野城代(じょうだい)家老職、藤堂新七郎良聖(よしきよ)という人である。良聖は藤堂新七郎家の六代目に当り、明和四年(一七六七年)に生まれ、寛政十年(一七九八年)八月二日、三十二歳で病歿した。

新七郎家は、藤堂高虎の父虎高の弟、良政を祖とし、高虎の死後、良政の兄、良直を祖とする藤堂玄蕃家とともに上野城代を務めた家筋である。松尾芭蕉が藤堂新七郎家の家臣であったことはよく知られている。芭蕉の主君、良忠は北村季吟の弟子、俳号を蟬吟といった。

のぶの生まれた寛政三年、良聖は二十五歳、のぶの養父山崎常右衛門(すでに触れたように当時は本姓大田垣に復する以前)はこのとき三十七歳。常右衛門が良聖と近づきになり、囲碁の相手をつとめることになったのは、知恩院を介してだったと思われる。

知恩院と藤堂は高虎の時代から縁浅からぬものがあった。家康に対する徹底した臣従の範を垂れた高虎が家康によって厚遇された知恩院をおろそかにするはずはなかった。家康の知恩院庇護については、生母伝通院の菩提のために祇園社、青蓮院の土地を召し上げて知恩院の寺域を拡げ、前後七年をついやして諸堂をととのえ、知恩院の大檀那となったこと、また家康は、浄土宗統轄の首座を設けるために宮門跡を定めようという寺門の意向を受けたとして、後陽成天皇に皇子を奏請し、当時四歳にすぎない良輔親王を得度させ、良純法親王として知恩院門跡第一世に送りこみ、大徳、妙心、二勅願寺の勢力を抑止することを謀り、知恩院には門跡領千四十五石を下附したことなどを想起するに留めても、庇護のほどは充分に察しがつく。

高虎は家康の歿後ただちに知恩院第三十二世住職霊巌寂上人に謀って、京都の仏師宗貞に命じて作った家康の塑像を江戸上野の寛永寺内に祀り、いわば東照宮の下絵を描いた。主君歿後の忠誠振りとして、これはよほど心得たやり方である。

ところで、のぶの生まれる前年、寛政二年(一七九〇年)の十一月には、天明八年(一七八八年)の京の大火によって焼失した御所の造営が成った。

天明の大火は応仁の乱以来と言われるもので、その間数度の京中の火難の比ではなく、おおよそ下は六条、上は鞍馬口、東は鴨川、西は千本におよぶ京中ことごとく灰燼に帰した。禁裡も炎上し、光格天皇は妙法院に遷御になったが、やがて仮の御所は聖護院に移り、そのとき仙洞御所は青蓮院、女院御所は修学院竹内宮御殿、女一宮は妙法院にと、散り散りの遷移を余儀なくされた。幕府は御所の新規造営を関東の威光発現の好機として捉えた。老中松平定信は急ぎ江戸から京中視察に上洛したが、新築を機に古制にもとづいた平安京当時のままの御所を望む朝廷と倹約を旨とする幕府の意志が衝突し、定信は関白鷹司輔平らとの折衝に腐心した。

造営はやがて定信の江戸帰還ののち議定され、巨額の費用の算段も、島津、細川の二十万両の献金、五万石以上の諸侯に対する「御築地(ついじ)金」の割当によって、どうにか見通しが立ち、寛政元年の三月に、ようやく造営がはじまった。

焼け野原の京都には、諸藩の京屋敷の再建も急がれねばならなかったばかりか、幕制挙げての御造営が加重されたのだから、この時期、伊賀上野城代の藤堂良聖が公務を兼ねて上洛する機会は充分にあっただろう。藤堂藩邸は、堀川錦小路の北東かど、北は蛸薬師の空也堂に接し、東は油小路にいたる二千七百二十三坪の敷地を占めていた。藩邸（京屋敷）の再建が成ったのは寛政二年である。そのときまでの良聖の宿所は、類焼をまぬがれていた知恩院の塔頭諸寺のいずれかだったのかもしれない。

三　生母

のぶの生母となった女性は、果して村上素道が推定し、それ以後、すべての評家が踏襲しているように、三本木の妓楼にいた女であったかどうか。黒田光良の「大田垣蓮月履歴書」には「生母は誠の生後僅かにして丹波国亀岡藩某に嫁す」とあるが、芸妓であった女性が亀岡藩士の妻となるということは考えにくい。三本木には「町芸者」というものがあったことは、田中緑紅の「緑紅叢書」中の『亡くなった京の廓（上）』（昭和三十三年刊）に見えている。町芸者は人妻が内職にすることもあったというが、冠婚葬祭の手順に心得があるので、町家（まちや）ではこの芸者を家に招いて手伝わせ、商家は酒日（さかび）に町芸者が入ると段取りがいいので重宝がったらしい。町芸者はその呼び名の示すとおり、町中の図子（ずし）に居住まう芸達者な人を意味する。琴、三味線、歌謡の師匠になれるほどの技芸を身に付けている女性が折りにつけ内弟子を伴って酒席に侍り、座をにぎわせたのである。町芸者の女たちは「やとな」のように浮薄でないのは勿論だが、気位の高い芸者ともちがっていただろう。三本木には娼家はなく、町芸者の出入りする茶屋、料亭、置屋があった。

のぶの生母は、良聖の胤を宿したのちに、こういう特色をもつ三本木の花街にしばらく身をひそめ、さながら町芸者の境涯にあるもののような風をして出産する方法を採らざるを得なかった町方（まちかた）の女性ではなかろうか。

のぶの養父になる山崎常右衛門は、良聖よりも十二歳年長であり、このさい良聖の相談相手になったばかりでなく、生まれた女の子をもらい受ける面倒まで引き受けることになったようである。上に述べたように、のぶの養父が知恩院譜代という軽禄ながら扶持にあずかる身分になったことは、藤堂良聖の謝意の一端を示すのであろう。この点については、すでに村井康彦氏の指摘がある(『蓮月』講談社刊所収、一五六頁)。

のぶの生母が亀岡藩士に嫁いだということに関連して見のがせないのは、藤堂と亀岡城とのつながりである。

藤堂高虎は築城の名手として聞こえ高いが、慶長七年(一六〇二年)に高虎の修築した城に今治城がある。五層の天守をかまえる平城であったが、この天守は、のち移封のさい取り払われ、伊賀上野城の天守として移築する予定で大坂まで運ばれる。ところが、計画が変更され、明智光秀の築いておいた丹波亀山城(亀岡城)の天守に用いることになって、高虎の采配下、改めて亀山城の天守として、これは組み上げられた。この天守は江戸時代を通して健在し、明治におよび、やがて大本教に買い取られて大正八年以後、大本天恩郷と称されたが、昭和十年の大本教大弾圧のさいに破壊され、いまはただ石垣の遺構と大いちょうが、わずかに往時をしのばせるにすぎない。亀岡はもと丹波亀山といったが、伊勢亀山とまぎらわしいというので、明治二年に亀岡と改称された。丹波亀山には、のぶの実父のことを万々承知しながら、いや、それだからこそ、のぶの生母を妻にするくらい、藤堂家に忠義立てをする人があったのかと思われる。のちに、寛政十年(一七九八年)かその翌年、八、九歳になったのぶが御殿奉公に出て、ほぼ十年の月日を送るのも丹波亀山城である。当時、亀山城主は松平信直、石高は五万石であった。

四　伊賀上野　酔月楼

のぶの実父を藤堂新七郎良聖とした理由に触れねばならない。伊賀上野市中の山渓寺（臨済宗東福寺派）は新七郎家の菩提寺。その代々の墓所が境内墓地の北西の一郭を占めている。良聖（覚源院殿惟法以心大居士）の墓は樅の下かげに佇立している。

蓮月が再三にわたって、実父の展墓のために伊賀上野まで行ったということは、これまで聞いたことがなく、書かれているのを目にしたおぼえもない。だが、昨年（昭和四十八年）十一月某日、および今年の八月某日、私は伊賀上野市忍町に住む山本太郎氏を訪ねて、直接このことを聞いた。

山本氏はすでに九十四歳の老翁である。耳は遠いが言語明晰、挙止動作もそんな高齢には見えない。所蔵の品々には、蓮月の抹茶茶碗二つ、建水一つ、自画賛の軸一つ、短冊四葉があった。聞き洩らした点については手紙でお尋ねしたが、それに対する山本氏の返書と訪問のさいの話題をまとめると、次のようなことになる。

かつて上野の町の本通りとして最も富商の多かった農人町（のうにんまち）に、寛延年間あるいは宝暦のはじめより、江戸屋源八という人が蔬菜、乾物を商いして、大いに繁昌した。江戸屋源八、略して江戸源は山本姓、上野の北方、阿山郡川谷村馬田（ばた）の出身、山本金三郎といったが三代目から上野に住み、四代目以後、代々江戸屋源八を称した。五代目源八は、店の裏にあった空地に一棟を新たに建て、蔬菜、乾物の商いとは別に、料理接待の茶亭を経営し、これを酔月楼と名付けた。

酔月楼は、当時には珍しい三層の建物だった。おそらく藤堂家による特別許可があったにちがいない。上野の町そのものが小高い丘にひらけた城下町であり、軒の低い平屋が地を掩っているばかりだったから、酔月楼の楼上はきわめて眺望がよかった。藤堂家はここを集会、宴席の場としてよく用いた。江戸屋源八は宿泊の客を引き受けることがあったが、旅人宿あるいは道者宿（順礼宿）とは区別を立てて、誰でも泊めるということはなかった。

化政期には、月ヶ瀬、伊賀に遊ぶ詩家文客によって、酔月楼はにぎわった。江戸源は当時、五代目源八である。この五代目は、榊原温泉に神東館という温泉宿を創設してその経営にも実を挙げ、江戸源は五代、六代のときが最盛期であった。六代源八の歿年は明治二年である。山本太郎氏は九代目に当る。

七代目の源八は津の藤堂藩士野田家から婿養子として入った人で、六代目よりも早くに歿したが、安政六年（一八五九年）、女子が生まれた。千賀という。家付娘で、のちに養子を迎える。山本太郎氏の母堂がこの千賀という人である。

千賀の母、すなわち山本氏の祖母、千代は嘉永より文久にかけて数度、山渓寺に蓮月の墓参のお供をしたこと、また、山本氏の母堂は幼いときそれに付き従ったことが、山本氏まで伝わっている。

伊賀にきた蓮月は酔月楼を宿所にしていた。そして先に触れた山本氏所蔵の蓮月の作品は、折り折りの礼に、酔月楼主江戸屋源八に蓮月から与えられたものだという。蓮月は春秋の彼岸、盆、正月の掃苔、供花をひそかに源八に依頼していたかもしれない。そして数年のへだてを置いて、みずから墓参にきたとき、代りに参詣してくれた源八の家族に手造りの品々を贈ったものかと思われる。

山本氏の母堂は昭和五年七十二歳で亡くなった。氏は二十八歳以来、朝鮮京城の裁判所に書記として勤めた人で、母堂の晩年には話を聞く機会が自然乏しくなり、心残りだったと私に言われた。母堂は蓮月のことをしばしば日常話題にされたそうである。

大窪詩仏が文化七年（一八一〇年）正月に上梓した『詩聖堂詩集』初編十巻のうち、第九巻に「村景」と題する次のような叙景詩がある。

小径過橋南北分　橋をわたったところで　小道が左右に分かれている
夕陽影裏稲花薫　夕陽が斜めに　稲の穂花に射す
炊煙斉上孤邨晩　夕餉の煙がどの家からも立ちのぼる　さびしい村
結作山腰一帯雲　煙は雲となり山の腰になびいている

この作は『文政十七家集』にも詩仏の二十六篇のうちに入っているが、どこがどうというわけもない平明な叙景であり、さも日本の田野を歌った漢詩に似つかわしく、規模もささやかなものである。

大窪詩仏は明和四年（一七六七年）常陸の国に生まれ、天保八年（一八三七年）歿。名は行、字は天民、柳太郎と称し、詩仏、江山、痩梅、詩聖堂と号した。江戸に出て市河寛斎の門に学び、漢詩人として一家をなし、神田於玉が池のほとりに構えた居室に杜甫の像を安置したとき、詩聖堂と号した。著書は『詩聖堂詩集』初編、後編、『西遊詩草』二巻。文政のはじめには「天民とかけて、昔話のおやじと解く。その心はしばかり（柴刈、詩ばかり）」という洒落があったらしい。当時、江戸で並び称された詩人、菊池五山も詩仏大窪天民も、文化を過ぎて文政に入ると生活が窮迫したらしく、「五困天窮」などと言いはやす人があったことが森銑三氏の「朝川善庵」にみえる。

詩仏は草書に巧みで、また碁を得意とした。喜多村信節（のぶよ）は『嬉遊笑覧』巻五の上「宴会」の項に、詩仏、五山が書画会というものを絶えずあちこちの料理茶屋で催したことを嫌悪とともに記している。詩仏は西遊数度におよぶが、行く先々の書画会で自作詩を半折に書き、旅嚢をうるおしたのであろう。また、これは中村真一郎氏が指摘したように、当時の文人たちの旅行は「今日のように、一直線に目的地を目指すというより、友人たちを歴訪するのがその主目的であるかのような趣きさえ呈している」（『頼山陽とその時代』一六九頁）。

名古屋の南画家、山本梅逸、京の頼山陽、江戸の詩仏、この三者の親密な交流など、その好例かもしれない。

ところで、山本氏の座敷には、詩仏自身の書いたこの詩の軸がかかっていた。「村景」は、詩仏が酔月楼で賦した作品と伝えられる由。文政六年(一八二三年)初夏に上梓された詩仏の『西遊詩草』に「村景」は見られない。詩仏第一回西遊は文政元年のこととされているが、「村景」が文化七年(一八一〇年)刊の『詩聖堂詩集』にすでに収められていることをかんがえると、それ以前にも、西遊の経験があったことになるだろう。「村景」の「稲花」が示すように、月ヶ瀬の探梅という当時の文人間の流行とは別のことで、詩仏が伊賀に遊んだこともあったのであろう。

酔月楼という名前は、江戸後期の人には耳に入りやすい名前だったと思われる。たとえば、同じ頃、名古屋の前津に酔雪楼という料亭があり『尾張名所図会』にも出ているほどで、この酔雪楼は、詩仏が文政七年に名古屋に滞在したとき、かねて親交のあった山本梅逸とその仲間たちの招きで雪見をたのしんだ場所であった。『西遊詩草』には、津に立ち寄った夏、藤堂観瀾の別荘に涼を得たことを歌った詩がある。藤堂観瀾は、五千五百石、津の家老、高基のことで、文政七年冬、二十二歳で病歿しているが、『観瀾亭遺稿』の詩文集があり、槍術の達人でもあった。藤堂新七郎家とは密接につながっていなくても、同じ藤堂一族に関することなので、詩仏の伊賀行、酔月楼に触れた序でに記しておく。

さらにもう一つ、序でながら、明治の世に、京都東山にもまた、酔月楼という料亭が伊賀の酔月楼とは無関係に存在した。明治二十五年八月、谷干城が「観疏水工事」という七言絶句をこの東山酔月楼で賦したことが別府江邨『画人河田小龍』によって知られる(一三五頁)。谷干城は西南の役に熊本城を固守して功績あり、明治政府によって栄進をとげ、陸軍中将になった。河田小龍は、京都疏水工事の実景を記録した七冊の写生帖を明治二十二年に完成した人。狩野派にまなび、のち中林竹洞に京画を、さらに長崎の木下逸雲にしたがって清朝南画を修め、画技は当時、群を抜くものがあった。谷干城、小龍、ともに土佐高知の出身である。

雪、月、花を名にあしらって酔雪楼、酔月楼、酔花亭などと称した料亭は、こんなわけで明治におよぶまで、他にも各地にあっただろう。伊賀の酔月楼は、明治二十年前後に山本氏の手を離れ、当時の三層の建物は三階を取り除いて農人町から赤坂町に移築され、三田清(みたせ)という旅館経営の酔月楼として残存している。しかし、当時の建物は数年前に老朽してこぼたれ、いまはもう跡形もない。かつての江戸源の蔬菜、乾物店は、いま農人町の藤岡表具店の店構え、棟のさまに、かすかな名残りをとどめている。

五　展墓

私は山本太郎翁の話を信じるに足りると考えるので、一先ず、蓮月は実父、藤堂良聖の墓参に伊賀上野を訪れ、かつ酔月楼に宿りしたことが一度ならずあったとしておきたい。いくつかの難点があることは承知の上である。第一に、現存する蓮月の手紙に伊賀行を語っている箇所はまったくないし、和歌にもそれらしい歌は見当らない。第二に、嘉永から文久にかけてのこの展墓をしたのが蓮月老年に当ることで、おそらく単身だったと思われるこういう遠出が可能かどうかということがある。この第二の難点については、手紙でたどる限り、嘉永年間の蓮月には健康の心配はない。ことに嘉永五年(一八五二年)春、六十二歳のとき、村上忠順にあてた手紙(『全集』消息二二)には、

此比(このごろ)五六里ばかう、心みにあるき侍るに、いたくくるしくもおもひ侍らねば、とし比(ごろ)思ひわたる、ふじの山みに、あたゝかになり侍らば、あらゐの辺までまゐらばやとも、心ひとつにおもひ侍るなり。

とあり、浜名湖までの旅の可能性を疑っていないから、伊賀くらいの遠出なら実行しただろう。文久に入る

と、蓮月はすでに七十歳を越えている。文久二年(一八六二年、七十二歳)には、四月に目をわずらい、五月には病臥していることが村上忠順あての手紙(『全集』消息二五および三二)からうかがわれ、遠路は無理かとも見える。しかし、蓮月は明治八年、八十五歳まで、なお十数年を生き耐える生命力をそなえていたから、伊賀へ行くべしと思い立ったら、行っただろう。そういうことを充分にするのが蓮月という人だと私には思われる。

たしかに蓮月が伊賀に行ったという蓮月の自証はない。蓮月は、いわば黙秘権を行使している確信犯のようなものだ。動機は充分にあった。それは蓮月の倫理にかかわっている。ただこの動機の表出には、幾多の屈折が避けられなかった。親、先祖の墓参をすることを憚らねばならない人びとがある。その一方には、墓参という善を誰にも妨げられずに、それを当然、公然の善として行うことのできる世間一統というものがある。蓮月は、出生の初源からして、倫理が世間を証人とすることで世間並みというあの誇りを手に入れるような存在のあり方の埒外に位置していた。いずれ後述するように、蓮月は養父母に孝養をつくしたが、倫理の一斑、いや全斑が、この孝養によって明るい良心の心に照らされて、なんのかげりも帯びないものなら、蓮月の倫理は、世間一統の倫理と同じように、なんらの屈折もこうむらなかっただろう。蓮月は養母とは十三歳で死別しているが、その後、四十二歳まで、ともに寄り添うようにしていたわり合って暮らした養父、大田垣伴左衛門光古の生前には、実父について切に思いめぐらすことなど、この孝女はけっしてみずからに許さなかったにちがいない。

だが、光古の歿後、ときを経るにつれて、実父のことが蓮月のこころをよぎる日も自然ありがちになり、またそういうはるかな追想には、いずれも死の彼方に去った人であるなら、養父も実父もひとしなみに、なつかしい人格としてよみがえったであろう。それでもなお、蓮月の伊賀展墓ということは、世間並みの倫理からすれば、追想する人よりも追想される人の不面目になる。蓮月には、秘める以外に孝という道が立たず、しかも自己のまことに照らして絶対に秘めないことが、孝の道である。実父が藤堂の城代家老であってもなくても、蓮月は実父の展墓を行っただろう。士農工商の身分差によって道徳と礼式を露骨に支配されていた社会が蓮月の良心に干渉しなかったはずはない、と人はいうかもしれない。蓮月が士の上位にあるものの子孫なのを自覚し、武士の名誉心に処世の格律を見出していたことを私は否定するわけではない。だが、このことは、いわゆる落胤を自称する厚かましさとは全く別のことだ。

先に引用した嘉永五年(一八五二年)春の村上忠順あての手紙に出ている富士の山を見る旅は、ついに実現を見なかったらしい。

おそらく、文久元年(一八六一年)かその翌年の手紙と推定されるものに、瑞玉尼といって、蓮月が同居して歌を教えた若い尼僧の死後、瑞玉の母にあてたらしい手紙がある(『全集』消息一一二)。

恐ながら、御うけまで申上参らせ候。まことに先日は存じよらず御たちよりいたゞき、何の御あいさうもなく失礼のみいたし居候事、恐入参らせ候。そのせつも御みやげいたゞき、又今日もいろ〳〵けつかう成(なる)御しなぐ〳〵、みなぐ〳〵私好物のしなぐ〳〵いたゞき、御礼筆紙につくしがたく、有がたく存上参らせ候。又おしづ様よりも、いろ〳〵御心入の御品々いたゞき、山々ありがたく存上参らせ候。この二十五日比(ごろ)より、遠方へちよとまゐるつもりに御ざ候。いづれ何事も新門前中のはし北東づめ、松のや清平と申かたへ、御用も御ざ候はゞ、咄しくれと仰被遊、私よりもそれへ申付候て申上候。くはしき事はその内参上、御めどほりに申上候。御うけまであら〳〵申上候。めでたくかしく。御十ねんいただき候事、今にありがたく、山々存上参らせ候。時気そろひがたく、御自愛被遊候やうねんじ上参らせ候。以上。

三月十九日　蓮月

御隠居様　上

右の文中に「この二十五日比より、遠方へちよとまゐるつもりに御ざ候」とあるのは、一体、どこの遠方であったのか、私には気がかりである。これが瑞玉尼の母あての手紙なのがまちがいないとすれば（村上素道には、その点の註記がない）、瑞玉の死の翌年のことらしく、「御十ねん（念）いただき候事、今にありがたく」とあるのは、「御隠居様」がわが娘瑞玉の菩提をとむらう念仏ごとに、それと併せて蓮月の身近な死者に向けても念仏十遍を唱えてくれていることを感謝したものと思われる。そして蓮月の身近な死者は、蓮月が死別した子供たちであろう。というのは、瑞玉の死を知ったとき、蓮月はこころのこもった長文の手紙を瑞玉の母に書き、そのなかに、

世の中のならひながら、子の先だちしほどかなしき事はたとへんかたもなく、わたくしも女二人男一人みな〳〵先だゝし候へども、七八歳までにてわかれ申候、いまはやう（養）子にて相ぞくいたし居候、いかばかりなげき候てもかへらぬことはしりながら、今におき思ひいだしてはなみだをながしをり申候、ぜひなき事とはよく〳〵しりながら、まことにかなしきことに御ざ候、御さつし申上参らせ候。

と、わが身の上にも打明けた筆をおよぼしているのが、ひときわ目に付くからである。この筆致は、瑞玉の母を強く動かしただろう。そしてそれの反照として「御十念」が返ってきたとき、蓮月がこんどは強く動かされただろう。死を介しての、こういうこころの便りのなかにあらわれる「遠方」が気晴らしの気ままな旅を含蓄するようなことは、私には考えにくい。わけのある遠出。「みそかに」なされるというそのことに風流、物好きがあっても、死に対して覚めたこころがひた向きに見つめているような目的の仕組まれている遠出と受け取りたい。

判っている限り、蓮月の遠出は、大坂に行ったことは二、三の歌から知れるが、好きな琵琶湖の水のほとりを行くために、何べんも山を越えて近江に出かけているほかには、吉野に花の頃、旅をしたことがあったらしく、また信楽に滞在したことはまちがいない事実である。歌集『海人の刈藻』の「冬の部」に「信楽の里に冬ごもりして」と前書して、

夜あらしのつらさの果は雪となりておきて(起)榾(ほだ)たくしがらきの里

という一首が見える。蓮月には、信楽の砂まじりの土を用いた茶碗、鉢の作例もあり、また信楽特有のこまかな白土を用いた建水が山本太郎氏の所蔵のうちにあり、私はそれを手にとって見ることができた。蓮月の信楽冬ごもりがいつの年のことかは明らかでないが、蓮月がこのとき足をのばして伊賀まで行ったということは、充分に考えられる。

信楽から伊賀上野に行くには、笹ヶ岳(七三九メートル)の峠を越えるとあとは下り道、五里と少しの道のりである。御斎(おとき)峠を越えて西高倉、久米をとおる道、佐倉峠を越えて丸柱をとおる道と、古くからこの二筋で信楽は伊賀に結ばれている。

『海人の刈藻』「冬の部」に、「時雨」と題して、次のような一首が見える。

うらがるゝ浅茅(あさぢ)の末に尋(ひろ)ばかり日かげ残りてふる時雨かな

この歌をよむごとに、伊賀盆地を東から西によぎって上野の町の北方に広い川原をつくって流れる服部川の堤を私は思い描く。

どこにあってもいいような景趣でありながら、この歌のこころの動きは、覚めた気構え、自覚されている足取りを感じさせる。一尋ばかり、両手を横にひろげたほどの幅だけ、金色を帯びた秋のおそい午後の陽がつい行く手の、時雨する道のほとりの草原に消え残っている。十歩もあゆむうちには、その陽の帯はかき消えそうだ。頭巾や肩にあたる雨のかすかな衝撃が、うすれゆく日かげをせき立てる。

歌は、有名な虚子の句をふと思い出させる。

遠山に日のあたりたる枯野かな

虚子は、あるいはこの句をよむわれわれは、枯野のなかを、日のあたっている遠山を見すえつつ、いそぎ足に歩いているのであってもかまわない。だが、一句にはどこか不動の姿勢を強いるところがある。枯野に突立っているわれわれの前方に、われわれの視界のなかに、枯野に突立っている虚子が見える。それとはちがって、蓮月の歌は、どうしてもわれわれをいそがせる。道の時雨は避けがたく、衣は相当に濡れそぼつかもしれないが、日かげの残っている束の間をいそがないならば、この旅はこの歌から離れる。時雨のなかに、目当ての三層建ての旗亭を見すかしながら、蓮月は服部川のたらたら堤をおりて、酔月楼の所在する農人町に、すっかり日かげの消えた野ずえの道をいそぐ。

六　寛政十年

のぶの出生前後の事情を辿るうちに、話がずっと先の時代に飛んでしまった。のぶが知恩院で薙髪し、蓮月尼となるのは文政六年(一八二三年)、三十三歳の夏である。生い立ちに戻って、それまでのあらましを述べなくてはならない。

のぶを養女にもらった寛政三年(一七九一年)には、大田垣伴左衛門光古はまだそうは名乗らず、養子先の山崎姓で常右衛門由虎であったことは先に述べた。大田垣姓に復したのは寛政十年であった。のぶは八歳になる。そして同じこの年に、のぶの実父、藤堂新七郎六代目良聖は三十二歳の若さで病歿した。

のぶは良聖の死をおそらく知ることはなかっただろう。一方、良聖がひそかにのぶに会おうとしたという話が伝わっている。この逸話の語り手は、のぶの実父を「伊賀上野の城主、藤堂金七郎様と申し上げるお殿様」と伝えたのと同じ老婆である。繰り返せば、それはのぶの乳母として、のぶに乳を与えた女の娘に当る老婆である。

> 私もおのぶさまのおそばに長くお仕へ申してをりました。やつと後のことでありましたが、そのお殿様が「おのぶは今どうしてゐる。一度逢ひたい」とおつしやつて、お使ひが参りました。さうしましたら、おのぶさまは「自分の今の身を恥ぢ入る」とおつしやつて、どこへやら隠れておしまひなされました。
>
> (『全集』「伝記、逸事編」一八頁)

京ことばで「やつと後のこと」といえば、よほど後になって、という意味であり、また、この語り手は、話の少し前の部分に、その母親は姉を生んだときにのぶの乳母をつとめたと語っていることから推して、のぶよりいくつか年下であり、大田垣家に女中として仕えていた間の逸話であろうから、「おのぶに逢ひたい」といって使いを出したのは良聖ではなく、その子、新七郎七代目良弼(よしのり)であろう。良弼は、のぶとは異腹の兄妹に当る人だが、文政二年(一八一九年)に三十歳で病歿している。のぶはこのとき二十九歳、すなわち一歳だけちがっていた。こういう逸話のあったのが果してのぶの何歳の頃のことかは判らないが、のぶの最初の結婚に破綻が生じて夫と離別したのち、再婚までの間と見るのが自然なような気がする。そうとすれば、のぶ二十五歳、文化十二年(一八一五年)から二十九歳の文政二年の間であるが、文政二年は良弼の死の年ということになる。

寛政十年(一七九八年)には、別にもう一つ、記しておくべきことがあった。のぶはおそらくこの年のうちに、丹波亀山城(亀岡城)に御殿奉公に出る。

富岡鉄斎が蓮月の最晩年、八十四歳の尼から受け取った「履歴書」というものがある。すでに出した黒田光良の「大田垣蓮月履歴書」は写しであるのに対して、こちらは紛れもない蓮月の自筆。それには「誠(のぶ)成長し、まだ生母亀岡に在る縁故を以て、八、九歳の頃より亀岡城主に勤仕し、十七、八歳にして暇を乞ひ養家に帰る」とある。最も信ずるに足りる文書に「八、九歳の頃」とあるだけなのはおぼつかないが、現在のところ、これよりも正確に年齢を定める決め手がない。

のぶのこの奉公は、藤堂良聖の死の直後に、この死をきっかけにしてはじまるような気味がある。亀岡藩士の妻となったのぶの生母は、亀岡城の奥向きの職分に就いていたかもしれない。生き別れだった母と子が同じ城中に勤仕しても、いまは故人となったこの子の父の面目に、生き恥というものだけは付かずに済むだろう。

のぶの亀岡城奉公を実現させたのは養父大田垣光古のはからいであった。この人のものにとらわれぬ温かな心根が、私には感じられる。実の母娘の間柄にこんな言い方を用いてはおかしいのだが、光古は粋を利かせたのである。

奉公の足かけ十年の歳月には、のぶが当時の武士の子女としてのたしなみを身に付けるに不足のない時間のゆとりがある。のぶは生まれつき聡明であり、環境もまた好適だったのであろう、たしなみは多方面におよんだ。鉄斎が蓮月の死後二年あまりを経た明治十年三月に描いた「蓮月尼肖像」の自画賛に「幼にして聡慧、和歌を善くし、かたはら武技に及ぶ」と記したところから察すると、亀岡城勤仕の間に、のぶは詠歌に励み・何ほどかの上達を示した。この時期の歌の師匠が名のある歌人であった様子はない。いうまでもなく、のぶは古今調の歌を習ったであろう。彼女は舞踊、裁縫の手筋もよく、さらに武技として長刀、剣術、槍術、鎖鎌などを習得した。ことに長刀は免許を受得した腕前であったと、鉄斎が西村天囚に語ったことがある(『全集』「伝記、逸事編」三七頁)。

のぶは骨組みのしっかりとした、足腰のしぶとい、身ごなしの軽捷な少女に育ったにちがいない。いわゆる運動神経がよく発達していたであろう。美少女にそういう特徴がありがちな、少年のような目鼻立ちの、背も高いほうの、肩幅の意外に大きい少女を私は想像したくなる。こういう身体的資質は、内面の平衡感覚と結び付くことがあるものだ。そしてわれわれは、のぶの後年、蓮月時代の、あの陶器に釘彫りの字体ばかりではなく、短冊の筆のあとにも、いや、さらには蓮月の歌の体そのものにも、よく保持された平衡を感じ取るのである。

七 逸話

のぶの少女時代には、二、三の逸話が伝わっている。

その一つ。のぶが同じ年頃の娘たちと連れ立って清水寺に詣でたとき、道をさえぎってたわむれかかる一団の酔漢があった。のぶはその一人を投げ飛ばした。

もしも「侠婦伝」にこういう話を読むのであれば、私はあやしまないかもしれない。たとえば明治十四年、岡田霞舟なる人が著した『近世名婦百人撰』という絵入活版本に出ている次のような侠婦の逸話は、上州という土地柄から別にあやしまなくても済む話である。

野村沢尾（さわお）。上州熊ヶ谷駅の在に住める者なれど、その父母たるハ何者なるや明らかならず。沢尾ハ勇気胆力ともすぐれ、安政の頃、ある諸侯の奥勤めをせしが、故ありて辞し知己の者をたよつて上州にいたり手跡をもつて業となせり，ある日、鎮守の祭礼に、所の者口論よりつひに大喧嘩を生じ、東西に分れてたがひに死傷もありし時、沢尾ハむらがる只中へ三間梯子を打振りてこれをさへぎり、しかして後左右に周旋して無事に取計らひなせしより、その頃、女侠客と呼びしなり。こハ嘉永の初めのことなり。

前ののぶの逸話は、雑誌「中央史壇」の記事として村上素道が紹介したものであるが、描写は微細にわたり、それだけますます真実味から遠くなっているのは、けだし初めから作り話だったためである。酔漢にせよ、あの時代に京の町で男を「二、三間むかうに」まっ昼間の公道で投げ飛ばすなどという若い女の話が、本当であっていいだろうか。だが、それでも、こういう針小棒大の話になったもとの針ほどの話は実際に起こったにちがいない。のぶは、おそらく語気するどく酔漢を制したのである。それだけのことだった。また別に、のぶが朋輩の娘たちを驚かせるようなことを平気でしたことはあっただろう。相手は酔漢よりもまだもっと娘がいとうもの、大きな蛇であった。道に横たわっている青大将をのぶはわけなくつかんで路傍の藪に投げこんだ。そういう話ではあるまいか。あるいは、人びとが始末に困っているあばれ馬をのぶが巧みに制御したという場面があったのではあるまいか。これは酔漢を投げ飛ばすなどという話よりも、はるかにあり得ることであり、本当なら、充分に評判になったであろう。事実、のぶは亀山城勤仕のうちに馬術の心得も身に付けたらしい。後年のことになるが、神光院の茶所（ちゃじょ）に住んだ晩年のある日、京都鳩居堂主人の熊谷直孝が乗馬で来訪し、馬を桜の木につないでおいたのが逃げたとき、蓮月は、「ああ。やつぱり。さつきから馬がさびしがつて馬丁を呼んでるがな、と思うてた」と言った。よくものを観察していて、よく気の付く人だ。この馬の話は黒田天外の聞き書き『江湖快心録』続編に収められた神光院住職、和田智満訪問記に見える。

もう一つの逸話が『蓮月尼全集』下巻の「伝記、逸事編」に、村上素道によって書き留められた。蓮月が和田智満に語り、智満和上が同じ真言僧の中川秀峰に語ったものを村上素道が聞き書きしたという。話に尾鰭が付いているのはやむを得ないだろう。どこまでが元の話なのか、私の見当では、次のような形にまで単純に戻すときに、いちばんおもしろい話に聞こえる。『全集』「伝記、逸事編」には、おもしろおかしい話にしようとした意図によって、かえっておもしろくなくなった話が読み取れるから。

のぶは、あるとき、京の町中（まちなか）の道具屋の店先に、陶製の大きな達磨を見つけた。気に入ったので抱きかかえて帰ったが、歩いているうちに気おくれがしてきた。「お誠（のぶ）さん初めは気も付かなかつたが、おひく〲若い者が目引き袖引き騒ぐので、ソコではじめて気が着き、気が着いてみると娘心が出て、俄かに恥かしくなり、白い顔は一時に紅葉があがる。さうなると若者らはいよいよ囃し立てる」などと村上素道は書いている。そうではあるまい。のぶは道行く若い男たちの視線のために恥かしくなったのではなく、京の町家の格子のうちの視線にたじろぎ、気おくれに陥ったのだ。板倉所司代が京都人に植え付けた相互監視のこういうまなざしに敏感に反応したのぶは、もう充分に京都人として育っていたのだろう。急にいたたまらなくなったのぶは、通りがかりの見ず知らずの町家の格子戸をからからと開け、親類にでも入るようなふうをして内に入った。言いつくろって達磨を預かってもらい、のちほど女中に取りにこさせようというつもりだった。ところが、その家は、人が出払っているのか、奥のほうに引っこんで仕事をしているのか、呼べども応答がない。しばらく待ったが外から人の戻ってくる気配もない。のぶは土間の漆喰たたきに達磨を置き去りにして、そのまま帰った。「よそさまの物を盗んで逃げて帰つた人はあつても、物を置いて逃げて帰つたのは私だけかもしれん。」のちの思い出に、蓮月はこう言つて笑う。

八　かさなる死

達磨は父光古をびっくりさせようという下心あっての買物のように『全集』「伝記、逸事編」は記している。蓮月の話がそうだったのか、話の受け渡しの間の尾鰭なのか、判別することが出来ない。少女ののぶがこのとき十三歳を越えていたとすれば、彼女が折りにつけて父光古をなぐさめ、気を晴らしてあげようと努めたのは、疑う余地のないことである。それというのも、享和三年（一八〇三年）のうちに、光古は一子仙之助と妻とを相次いで失うからだ。のぶ十三歳、亀山城に女中奉公に出ている間の出来事である。

享和三年の三月二十四日、仙之助は二十一歳で病歿した。この人は十五歳の寛政九年（一七九七年）元服して賢古（かたひさ）と名のり、翌十年十一月から、父光古とともに知恩院に出仕する身になっていた。やがては光古の譜代職を継ぐはずであったが、生来病弱な人だったらしい。光古夫婦には、先に触れたことがあるように、郷里の鳥取出奔以前に夭死した四人の男の子があった。仙之助賢古は、最後の一人息子だった。その息子の死に遭って、光古の妻は病臥し、三月のちに他界した。

のぶが身近に死を知ったのは、このときが最初である。そして死はこのあと二十年の間に、のぶをもっとそばから、何度も執拗に攻めてかかるだろう。

光古は妻と仙之助の死後、郷里から母を呼び、ともに暮らしたようである。この人は文化四年（一八〇七年）に歿する。法名を貞立という。のぶの亀山城奉公も、同じ文化四年まで続く。

仙之助の死の翌年は享和四年（一八〇四年）、二月十一日改元して文化元年である。この年、大田垣光古は、但馬国城崎郡山本村の庄屋、岡（田結荘（たゆいのしょう））銀右衛門の四男天造を養子に迎えた。天造はこの後ほどなく元服して望古（もちひさ）と名のる。のぶと結婚させるつもりの養子縁組であったが、望古が何歳で元服したかは判らない。のぶは文化元年には十四歳であるが、望古はそれより一、二歳の年長だったと思われる。この岡家は、もと田結荘といったが、故あって岡を名のり、明治にいたって、もとの田結荘に復した。

望古とのぶが夫婦となった年月は、これも正確に判っていないが、文化五年(一八〇八年)の十月二十二日、長男鉄太郎が生まれたことから推して、その前年、文化四年のことであろう。のぶの亀山城勤めは、そのすこし前に打ち切られたはずだが、これまた正確な年月が判っていない。

望古との結婚は、のぶに三人の子をあたえ、その三人の子をいずれも童子、童女のまま、のぶの手からうばった。長男鉄太郎は十一月十七日まで、一箇月にも満たぬ短い寿命で病歿。秀詮童子という。長女は文化七年九月に生まれ、文化九年十二月二十日に病歿。端心童女という。次女は文化十二年六月十日に死。智専童女という。はしか、疫痢、そして天然痘。当時の幼児をおびただしく死亡させた流行病のことが考えられる。

このほかにもう一人、のぶには男の子が生まれたと考えていい根拠がある。文化十二年四月四日に出生したその男子は、望古の実兄で大坂の堂島中一丁目に医を開業していた儒者、田結荘天民の子として育ち、田結荘斎治と呼ばれる。この人は早死しなかった。それればかりか、のちには傑物になった。斎治のことは、後廻しにしよう。

次女が智専童女となった文化十二年には、この次女の死の二箇月あまりのちに、養子の望古が死亡する。しかも彼はこの死に先立って大田垣家から離縁され、兄の田結荘天民のもとに身を寄せ、そこで病歿したとされる。のぶは二十五歳である。

九　空々無涯居士

望古という養子がどういう理由から養家を離縁され、のぶとも絶縁したのか。村上素道編の『全集』「伝記、逸事編」には、望古は日夜酒びたりで遊楼に出没し、博奕を打ち、家をかえりみず、養父と口論し、妻をなぐりつける放蕩無頼を絵に描いたような人物として説かれている。そして望古無頼は、このあと定説のようになった。果してそのとおりだったかどうか、疑う余地は充分にある。

望古が大田垣家を「有委細離縁」ということは、大田垣家の現存する系図に記されていることだが、離縁を裏付ける唯一の根拠はこの系図のいま引いた五文字のみで、他はすべて想像によることである。

大田垣家の系図は、実物に当って細密にこれを調べた土田衛「蓮月尼消息の新資料(研究編)」(昭和三十七年)によると、巻子仕立ての末尾に「不明ニを(お)よび候故　書写卒　于時　慶応丙寅二暦初夏記之　大田垣謙之輔」とあり、花押がある。

謙之輔は、のぶが蓮月となってからのちに、大田垣家の相続人として、つまり世襲を許された知恩院譜代を継ぐものとして迎えた養子古敦(ひさあつ)の子であるが、実子ではなく、これまた古敦の養子であった。「有委細離縁」の五文字は、謙之輔が書き写した磨損して読みにくくなった原本の系図にも、すでにそう記されていたであろう。慶応二年(一八六六年)には、蓮月は七十六歳、その前年に西賀茂神光院に移り住んでいるが、まだ至極達者であるから、孫にあたる謙之輔によってあらたに書き写された大田垣家の系図は、西賀茂の蓮月のもとに持参され、蓮月はかならず目を通したであろう。しかし、「有委細離縁」の五文字にどういう委細がこめられているのか、いまとなってはうかがうすべがない。

一方、望古の実家、田結荘家の系図には、これも田結荘家において実物を調べた土田衛氏によると、望古のところには、

空々無涯居士　四男俗名天造　京都知恩院大田垣蓮月ノ養子トナリ文化十二年乙亥八月二十六日卒

と記されている。ここには離縁のことは出ていないが、「空々無涯居士」という望古の法号が離縁と短命を暗

に語っているように思われる。

村上素道は望古の法号を「覚先院空久無涯居士」と記しており、これは田結荘家の過去帖の記載によっている。彼はこの法号から望古を「急進空想の人」と想像し、「急進空想家の善に成功したのが幕末の志士で、天造の望古は悪に脱線したのであらう」という。にわかに従いにくい説である。

これは推測に過ぎないが、望古とのぶの間にすでに仕上っている緊密な愛情の網目のなかに割りこむことが出来なかった。望古とのぶの夫婦仲はけっしてまずくはなかったが、望古は光古の気に入らない養子だったのであろう（湯本喜作『大田垣蓮月研究』の「後編」第四章にも、同じような推測がある）。三人のうちの誰がいけないということはないために、かえってこじれてゆくこういう悲劇ほど始末の悪いものはない。

一〇　貞女の鑑

村上素道は望古が「悪に脱線した」有様を雑誌「中央史壇」の記事にもとづいて、大いに空想したらしい。その叙述は先に触れた蓮月の酔漢投げつけの逸話と同様に、きわめて通俗であり、通俗がつねにそうであるように道徳臭の濃厚なもので、私にはほとんど読むに耐えない。

望古の乱行のたびかさなるにおよんで、光古はのぶに再三離縁を勧めるが、のぶは容易に承知しなかった。しかしついに「父の怒りをなだめる言葉もなく、泣く〳〵父の意見に任せ、離縁を承諾したといふ。されど誠子（のぶ）は父に向ひ『かかる上は、父上の御意に任せて離縁しませう。が、さるかはり、私は仮にも女、二度の夫にはえまみえませせぬ。また放蕩無頼の夫といへども、一たん夫とした上は、夫は夫である。たとひ百里千里をへだてて住むとも、心は長く夫のそばを離れませぬ。これだけの誓言をお許し下されたい。』と陳べたといふ」云々。

私には、のぶのこの「誓言」ほどのぶにふさわしからぬ口上はないように思われる。なんという安出来のせりふであろう。材上素道はこの「誓言」の一件は「『中央史壇』にも出づ」と後記しているが、「中央史壇」の記事をさらに潤色したような気配がある。

「中央史壇」、すなわち、東京という新都の中央に諸地方の有名無名、各種の人びとの逸事を取り集め、読物風に書きあらためて世に流布しようとしたらしいこの雑誌の性格を察するにつけて、思い合わされるのは、これもすでに上州の俠婦の記事を引用した『近世名婦百人撰』のことである。明治十四年に東京の聚栄堂という書肆から出ているこの俗本には、嘉永から明治のはじめに至る名婦百人のうちに、蓮月もまた、幸か不幸か選ばれている。

のちに触れるつもりの林鶴梁の「記烈婦蓮月事」（林長孺『鶴梁文鈔』十巻、明治十三年刊所収）の誤りを衝いた中根香亭が気付いていたように、江戸、東京には、蓮月をめぐって荒唐無稽の風説が流布していたのであって、松崎慊堂(こうどう)門下の儒者、林鶴梁も巷間の妄説をそのまま断定的な文章に定着したほどである。おもしろおかしく人の身の上を曲げて語る、おぞましい一例として『近世名婦百人撰』を写しておく。

> 蓮月。西京の人にして加茂季鷹(すゑたか)の愛妾なり。季鷹歿せしより後、歌道に心を寄せ専ら風雅を好ミ居しに、まこと絶世の美人なれバ見る人毎に心を動かし、如何にもなして手に入れんと、浮かれ男のミ入り来るに、聊か猥りな挙動もなく、決して操ハ破らじと独り其身を慎しみ居たれど、他の風聞も兎や角と言ハれん前にと心を決し、自ら長(たけ)なす黒髪を切払ひ、花月を以て友となし風流閑雅を好まれしが、なほも言寄る族(うから)の在るを最(ごく)物憂しとや想ハれけん、前歯を自ら打欠きて其相貌を変ぜしといふ。

蓮月が加茂（賀茂）季鷹の愛妾などというのは、この記事以外のところでは絶えて見かけぬでたらめである。

季鷹はいうまでもなく歌人、宝暦四年（一七五四年）上賀茂神社の社家（しゃけ）に生まれ、天保十二年（一八四一年）八十八歳で歿した。季鷹の生年は、一説に宝暦二年とされているが、これは季鷹自身が晩年に年齢のさばを読み、九十の賀を二年早く祝わせたところから逆算した狂いのようである。この一事が示すように、その人柄には、どこか賀茂の神馬のまぐそ臭いところが付きまとっている。『嬉遊笑覧』の巻末「或問付録」の「当世名聞を貪ること」の項に「加茂季鷹江戸に下りてしばしありしほど、それが寓居に白木の台に絹の巻物包める三ツ四ツ座右に重ね置きて、諸侯よりの賜りもののごとく見せんとてのわざなり」とあるのは、季鷹の急所をついた記録であろう。この文中の江戸下りは、文政三年（一八二〇年）のことを指すが、季鷹はそれより三十年まえ、寛政元年（一七八九年）に生地の京都に帰るまで二十年間、江戸に暮らしていたから、江戸では京都の歌人として、ともかく名はよく通っていた。もっとも、こころある人びとは嘲笑していたようである。公卿や神官が名利を追うと、なにをするか見当がつかない。

一方、蓮月は桂園派の歌人、富田泰州（やすくに）の弟子となり、さらに縁あって泰州の妻となったとする説が古くからある。天保四年頃のこととされているが、これにも確たる根拠はなく、まずなかった話としておきたい。しかし、、京でも知る人は少ない富田泰州の名を加茂季鷹にすげ替えた話が、遠い江戸では一時ひろがったことがあるのかもしれない。あるいは季鷹自身が晩年におよんで、江戸からの来訪者にそのような作り話をして誇らし顔を見せたか。季鷹なら至極やりそうなことである。逸脱の序でに言い添えると、蓮月と同じく歌よみとして知られ、相識でもあった上田重子（ちかこ）の身の上が蓮月と紛糾して、妄説を生じたことも考えられる。上田重子はもと祇園の芸妓であったが、長沢伴雄（ともお）の門に入って歌を習った。一時は伴雄の内妻だったことがある。伴雄は本居大平の門下、紀伊の人だが、『鴨川集』の編者として知られる。『鴨川集』は嘉永元年（一八四八年）から五年までの類題和歌集で、蓮月の歌も数首、これに収載された。

「中央史壇」から村上素道に継承された離縁の実状では、のぶは望古との離婚をすすめる父に同意したとき、二夫にまみえぬ誓言を立てたが、『近世名婦百人撰』の蓮月も、よしたとえ相手が加茂季鷹にせよ、その死後には操を立てどおした。

どちらを見ても、われわれは貞婦の鑑(かがみ)に行きあたる。つまり、行きどまりである。なぜなら、貞婦に未来はないから。教訓的な物語のなかでは、彼女は自害するか尼になるしかないだろう。だが、のぶが尼となり蓮月を名のるのは、望古の死の四年後の文政二年(一八一九年)にもう一度婿養子を容れて再婚し、さらに一人の女子を生み、もう一度、夫と死別する文政六年のことである。

一一　薙下げの尼

文政二年の春、大田垣光古は彦根藩の家中石川広二光定の三男、重二郎を二度目の養子として入家させた。重二郎は同年九月、古肥(ひさとし)と名のり、光古とともに知恩院に出仕する。のぶはこの年の暮れに女子を出産した。先夫とのあいだに夭折した二人の女子があったから、のぶの三女である。名は判っていない。この女の子は、妙な言い方だが、当分のあいだは死なない。

仲のいい夫婦だったようである。のぶはこの夫と連れ立って、うららかな春を夫の実家まで、志賀山越えの遠出をしたことがあった。

志賀山やむかしの花の面影も朧にうかぶはるのよの月

志賀山や花のしら雪はら〳〵と古き都のはるぞくれゆく

たづねこしさくらは雪とふる郷の志賀山でらのはるの夕ぐれ

山王祭のかへさ志賀の山ごえにて

朝風にうばらかをりて時鳥なくや卯月の志賀の山越

志賀山を詠みこんだこれらの歌は、かけことばばかりで実感を欠いている月並な作と人の言いそうな歌であるが、かけことばや決まり文句の薄い被膜の向うに、一種こころよく充足したのぶの女ごころが、私には感じられてならない。のぶが尼になる以前、そして重二郎とともに暮らした時期の作例。私はそう受け取っ

《蓮月尼》(部分)　鉄斎画

ておく。
文政六年(一八二三年)六月二十九日、重二郎古肥は病死する。おそらく肺を病んでいたのである。夫の死の前日、のぶは黒髪を切った。かねてこころに決めていたことを実行したまでであった。『海人の刈藻』「拾遺の部」に「夫のみまかりし時よめる」として二首が見える。

たちのぼるけぶりの末もかきくれてするゑもするゑなきこゝちこそすれ(但し、第四句うたがはし、と『全集』に注あり)

ともに見しさくらは跡もなつやまのなげきのもとに立つぞかなしき

また「初七日の夜　山中五月雨　といふ題を」と前書して、

かきくらしふるは涙かなき人をおくりし山のさみだれのころ

のぶは夫の弔いのあと、すぐに知恩院大僧正によって剃髪式を受け、蓮月という法名を授けられた。そしてこのとき大田垣光古もまた、のぶとともに剃髪し、西心という法名を授けられた。のぶは頭髪をすっかり剃って丸坊主になったのではなくて、薙下げ(なぎさげ)といって、襟元で髪をそろえて切るに留めた。村上素道のいうとおり、丸剃りになった姿を日夜見せることで父光古をあまりに一挙に寂寞の気分に陥れることを避けたのであろう。この年、光古はすでに六十九歳、のぶは三十三歳。この父と娘には、重二郎古肥の忘れ形見の女の子があった。また、もう一人、生年がよく判っていないが、それより小さい男の子も育っていたとする士田衛氏の説がある。

　蓮月は、よほど晩年におよんでも、琵琶湖を見るためといっては志賀山を越えてゆく山中越えを歩き、近江のいずこかに長逗留し、煩って帰洛することがしばしばあったと、神光院の智満和上は語っている。これも先に引用した黒田天外の聞き書き『江湖快心録』続編に見える。蓮月の逗留先は、重二郎古肥の郷里、彦根の実家だったかもしれない。志賀山越えの道中、蓮月はおそらく重二郎のおもかげをなつかしく恋しく思いどおした。

　次の二首は、先に掲げた志賀山の歌とはちがって、すでにのぶが蓮月になってからの作であろう。


たちよればそのきさらぎのしのばれてもろくも袖にちるさくら哉

ふみわけてゆけど夢ぢはあともなし思ひねにみし花のしら雪

一二　春のあめりか

　光古は出家して西心となった。しかし、知恩院譜代という地位は、大田垣家のためにそのまま温存する方法が採られた。光古、のぶの出家した文政六年(一八二三年)のうちに、重二郎古肥と同じく彦根藩の風見平馬という人の義弟になる太三郎が大田垣の家督相続人となる。重二郎古肥の養子、伴左衛門古敦ということに形をととのえ、家督相続願いを知恩院に出して許される。文政六年十一月のことである。さらに古敦には毛利舎人という人の娘が迎えられて夫婦が出来あがり、譜代は無事に継がれることになった。

　西心は知恩院山内、真葛庵の住持職を命じられ、蓮月とともにここに移った。

翌文政七年、光古＝西心の姉が死去した。すでに三十数年の昔、光古の妻の上京のとき連れ立ってきた人である。法名を妙立という。この人が生前、京都のどこでどうして暮らしていたかは判っていない。

その翌年、文政八年四月二十九日に、重二郎古肥の忘れ形見の女の子が七歳の可愛いさかりで病死する。蓮芳智玉童女という。そして古肥とのあいだにもうひとり男の子があったという土田衛氏の説にしたがえば、その子は二年後の文政十年、正月二十日に死亡する。浄夢童子という。少なくとも五歳にはなっていたはずで、戒名から察すると生まれつき虚弱な、いつまでもいとけない童子だったかもしれない。

前夫望古とのあいだの一男二女、古肥とのあいだの一女合わせて四人、浄夢童子を仮に加えると合わせて五人の子供たちが、こうして童幼のまま、のぶ＝蓮月の手からうばわれた。

のちに、おそらく嘉永六年(一八五三年)の六月、ペリーの第一回来航と翌年一月の再来航のあいだのことと思われるが、「世のなか何くれといひしろひけるころ」あるいは「あめりか来春来むといふとしのくれに」と詞書して、

　ふりくとも春のあめりかのどかにて世のうるほひにならんとすらん

と、蓮月は詠んだ。『海人の刈藻』には収載洩れの、しかし当時よく知られた歌である。例によって、かけことばに反発して眉をひそめる人がありそうな歌である。アメリカは雨、籬下または李下あるいは梨花にかけたことば遊びと受け取れば、いささか漢詩のパロディといった気味をもっている。こういうのどかさ、あっさりしたゆとりが、この歌の意味そのものに、つまり、のどかなる世を待つこころに、響き合っていることを見のがしてはならないと思う。だが、それと同時に、こういうふうな遊びの多い歌のかげに、なまなましいこころを隠さずには、およそこころの表現に手を出さなかった蓮月という人の複雑さも、見のがしてはな

らない。

蓮月は黒船を不吉なものとはけっして見なかった。反対に、西洋の医術を乗せてくる救済者として黒船を見ていたのだ。四人、五人の子供と病む夫をむなしく看護した蓮月は、このときすでに、西洋医術が和漢の医術に比して格段にすぐれた実効を示すことを知っていた、と考えざるをえない。

たとえば、ジェンナーの牛痘種法のこと。わが国には、安永七年(一七七八年)に中国の医書『種痘心法』が刊行されて以来、人痘種法は行われているが、かならずしも効果的中とはいえなかった。種痘とは別に、古くからの薬草の調合による敗毒散方、消毒飲方の消極的療法がひろく世に行われていたのはいうまでもない。ところが、嘉永二年(一八四九年)七月に、蘭医モーニッケと楢林宗建がオランダ船の舶載してきた牛痘漿を用いて、長崎において種痘に成功し、この年九月には、長崎から送られてきた痘苗を用いて、日野鼎哉(ていさい)が京都において種痘に成功し、つづいて大坂では、緒方洪庵が鼎哉から送られてきた痘苗を用いて好結果を得た。ジェンナーの牛痘種法は、やがて江戸で安政四年(一八五七年)神田於玉が池に種痘所が開設されるとともに、西洋医学のかなめとなる。種痘所はほどなく西洋医学所と改称された。

蓮月はつねづね世の新しい出来事には敏感に心付く人であった。加えて、大坂堂島の儒医田結荘天民、刈谷藩の儒医村上忠順のような情報知識の提供者が蓮月の親しい知己のうちにはかぞえられた。天民、忠順については、さらに詳しく触れなければならないが、いずれも固陋頑迷な排外家とは類を異にしている。

伴蒿蹊の『近世畸人伝』正編が出版されたのは天明八年(一七八八年)であったが、以来、江戸末を通じてよく読まれたこの本には、荷田春満を取り上げてその門人賀茂真淵に触れた箇所に、次のようなくだりがある。蒿蹊は真淵の万葉歌の解釈を大いに称賛したのち、こんなふうに書いている。

強解もまゝ見ゆるにや。又からくにのことを仇のごとくいひて、孔子をさへ議することあり。是は近世の儒士みづから夷と称し(荻生徂徠のことを指すのだろう)、此国の非をかぞへて、かしこにうまれぬをうらむるごときをいきどほれるなるべし。是もとよりその罪いふべからず。皇神(すめかみ)の御恵にもれたる国の蠹(しみ)なり。されども亦真淵も甚しといふべし。たとへば病を薬せんに、是になきものは、かしこに求めんに、何のいむことかあらん。唯病のたひらぐをせ(是)とすべきのみ。こは心狭きの故か。家学を興すにもとゐせるか。

ここに示されている一種の相対的な考え方、儒者、国学者いずれの思想的必然性からも距離をとり、ものの値打を判断するのに、過去にも、また自己の内部にも、基準をさぐらず、現在に基準を定め、また外部に応ずるこういう心構えは、蓮月のうちにもそのまま認められる。蒿蹊の『近世畸人伝』はいかにも通俗本である。しかし、体系的な、ドグマティックな思想家に対して、この俗は雅として生きかえり、俗と決めつけた思想に抵抗する。雅とは、自己に拘泥しないという意味である。そして蒿蹊から蓮月に受け継がれていったこの雅に、江戸後期の京都の文明的性格は彩られている。

愛別離苦は人として避けがたい宿命であるが、効果のある薬法治療法がおこなわれたら避けられる悲惨まで、背負いこまねばならぬという法はない。取り返しのつかない身近な生命のたびかさなる消滅に遭って、在来の医の無力を思い知った蓮月のこころには、あたらしい西洋医術に寄せる無限の期待が無条件にふくらむ。つまり、雅の開花。「あめりか来」の歌が示しているのは、まさにそのことである。敵対し、危害を加えあう政治的立場の双方に役立つものは、政治ではなくて医術である。政治に対するこの冷淡が、いずれ幕末の乱世を生きてゆく蓮月の身の処し方を決定する。彼女は勤皇の女丈夫などというものにはけっしてならないだろう。

浮雲のかかるもよしやもののふのやまとごころのかずにいりなば

こういう歌を詠む野村望東尼が、文久元年(一八六一年)という年、はるばる筑紫から訪ねてきたとき、蓮月はこの勤皇の女丈夫を横合いから冷静にながめ、短冊数葉をみやげに進上して、よろしくあしらうだろう。

一三　伝記作者　林鶴梁と中根香亭

文政十年(一八二七年)、最後の童子をうしなった蓮月は、父光古すなわち西心とただ二人きりになった。知恩院真葛庵を守りつつ暮らした日々、蓮月は折り折りには西心の囲碁の相手をつとめて老父のこころをなぐさめた。蓮月の碁は初段の腕前だった。西心には和歌の心得もあったので、蓮月が自作を父に示して添削を乞うことは、またそれが父をなぐさめることにもなった。のぶが幼くして和歌というものを知り、やがて歌好きを自覚するにいたるのは、もともと家庭での聞きおぼえからはじまったことなのであった。西心の最晩年は、死と不幸な破綻に翻弄されつづけた娘の身に、もはやこれ以上さしかかる暗雲を見ずにすぎたという意味では、ようやくおだやかだったのである。

もっとも、蓮月という孝女は、また一人の美女であった。薙下げ髪の、尼の衣をまとった三十半ばの蓮月には、情誼を通じようとする男たちがあった。父西心のところへ碁を打ちにくるもののなかには、ひそかに蓮月を目当てにしている者もいたそうである。

うるさく言い寄る相手に対して、蓮月がどういう振舞に出たかを伝える逸話は、江戸にもいつしか評判となり、儒者の筆にさえ上り、貞婦蓮月といえばかならず引き合いに出される話になった。先に引いた『近世名婦百人撰』にも、「前歯を自ら打欠きて其相貌を変ぜしといふ」と出ていた。

この抜歯の逸話をきちんとした文章にしたのは林鶴梁である。鶴梁は文化三年(一八〇六年)武蔵国に生まれ、明治十一年(一八七八年)東京に歿した。名は長孺、通称伊太郎。はじめ遊侠の徒と交わったが、のち学を志し古学を長野豊山、経史を松崎慊堂に学び、甲斐の藩学徽典館の学頭となり、ついで遠江国中泉の代官になり、凶年には救済と備荒貯蓄の法を講じて治績があった。さらに羽前国の幸生の代官に転じて銅坑を管理した。しかし藤田東湖、藤森天山、橋本左内らと親交があり、尊皇攘夷をとなえたために、ついに擯斥された。維新後は東京麻布に住み、子弟を教育した。『鶴梁文鈔』の著書があり、文章家として知られた。

「烈婦蓮月のことを記す」と題された一文が『鶴梁文鈔』に見える。その前半の事実無根の記事に対して、のちに中根香亭が批判することになったが、そういう伝記上の歪みがなかったら、当時の人びとの蓮月に対する興味はかなり減殺されたであろう。そして、すでに触れた上田重子の身の上との紛糾を別にして、伴蒿蹊の『近世畸人伝』が蓮月像の歪みに関与しているように思われる。そこが私にはおもしろく見えるので、鶴梁の漢文を和文にあらためて引用する。

烈婦蓮月のことを記す

烈婦蓮月、いまだその姓氏を詳らかにしないが、京都の商人の妻である。姿かたち美しく、聡明であった。文墨を習い、和歌をよく詠み、また陶器にも巧みであった。夫は病身で暮しが立ってゆかない。烈婦は小さな茶店を開いて、客の接待をして夫を養った。家が貧しい上に、やがて夫は死んだが、やもめ暮しをして、操を守った。年はまだ若い。色事を仕かける男があってはいけないというので、髪を薙下げにして尼となった。しかしながら、生まれつきの美容は隠しきれず、尼になる前はさぞかしと思わせるものがあったので、不良少年のうちには、恋文を書いて口説き落そうとするものもあらわれた。烈婦はここにいたって、千斤秤に歯をしばりつけて、ひとりで歯を抜いた。一本抜けるごとに、その痛みをこらえる声が低く長く洩れ、血はぼたぼたと落ちる。この有様を見たものは、びっくり仰天、くちぐちに烈婦、烈婦、たいした女だ、といった。これ以後は、あえていどみかかる男もいなかった。昔の婦人には、自分で耳を切り落し、鼻をそいで、操を立てどおしたものはあるが、それにくらべて少しも見劣りしない。先年、土井存庵が京都から江戸にかえってきて、蓮月手造りの茶碗を私にくれた。自詠の和歌一首が焼きつけてあり、たいへん趣のある品だ。ときどきこれで茶をすするが、格別に茶の味がすがすがしく香ばしく思える。

烈婦とは操の固く、気性の強い婦人のこと。千斤秤で自分の歯を抜くという逸話について、人から真偽を尋ねられたとき、鉄斎は「蓮月は、それくらいのことならする人だった」と答えている。

林鶴梁の先生であった長野豊山は、『近世畸人伝』正編のうちから、柳沢淇園と池大雅、続編(寛政十年(一七九八年))から石川丈山、合わせて三章をわざわざ漢訳して文政十一年(一八二八年)に出版している。林鶴梁は漢文で烈婦蓮月を称揚するのに『近世畸人伝』正編巻四に出ている祇園梶子、百合子を応用した気配がある。

梶子は祇園林の茶店の女也。もとより其わたりの人にやしらず。其家集梶の葉を見れば、をさなきよりうたをよめり。十四になりける年のくれに、歳暮恋といふことを、

こひ〳〵てことしもあだに暮しけり涙の氷あすやとけなん

又其の秀逸とて人の口にあるは、夜霰を、

　雪ならば梢にとめてあすやみんよるのあられの音にのみして

また立春のうた、おのれはよしとおもへり。

　のどけしな豊あし原のけさの春水のこゝろも風の姿も

百合子は、梶が茶店をつぐよし自らいへりし。是もうたを好みしかども、梶に及ばざること遠し。たゞ茶店の女にして歌よむといふがめづらしさに、ゐなかまでもその名聞えたり。これがむすめ町子は大雅が妻となりぬ。既に大雅が伝に出せり。

この内容は、引用は省くが大雅の伝と合わせて、やがて山東京伝が『復讐煎茶濫觴（かたきうちせんちゃのはじまり）』と題する戯作にしたことで一段と世にひろまり、和歌のほか諸芸にたしなみのある京都の婦人で姓氏定かでないと、祇園に縁のある女のように世間が受け取る傾向を生じた。こういう世間並みの蓮月像というものは、たんに江戸ばかりでなく京都でも通用していた。この蓮月像は、いわば不揃いな板ガラスごしに見られた風景のように波打っていた。むらのない板ガラスに取りかえる人が、いずれあらわれなければならないところであった。

その取りかえをこころみたのが中根香亭である。香亭、名は淑、本姓は曾根氏、中根氏へ養子となった。天保十年（一八三九年）生まれ、大正二年（一九一三年）興津で歿。幕末に幕府に出仕し、明治元年榎本武揚とともに、函館におもむこうとして海難のため果せず、京浜間に潜居。のち徳川慶喜にしたがって駿河に移り、沼津兵学校教授となる。明治五年陸軍参謀局に勤め、文部省編集官を経て、明治十九年辞職、文筆で立つ。のち、夫人、子息の死に遭い、家財、書籍を処分して日本全国の旅に余生を送り、明治四十二年以後、興津に住み、病歿。著書『兵要日本地理小誌』『日本文典』『歌謡字数考』『香亭雅談』。死の翌年の大正三年『香亭蔵草』『詩窓閑話』が出た。

『香亭蔵草』巻二に「書蓮月尼」と題する一文がある。また同じ巻の「答依田朝宗書」は、先の林鶴梁の「記烈婦蓮月事」に対する批判を主とした文章である。

香亭の「書蓮月尼」は、簡潔な蓮月伝として、いまでも充分に活きていると私は思う。細部に不正確なところが多少あるのはやむを得ない。以下に、漢文を和文に直して全体を引いておきたい。数字はすべて原文のままである。

蓮月尼について

文久年間に、私は京都に半年ほど居たことがある。ある日、清水坂の陶器屋に立ち寄って、急須を買った。大きさはにぎりこぶしほど。和歌が一首、彫りつけてあり、蓮月という署名がある。宿にかえって主人にたずねた。答えていうのに、蓮月はもと祇園の娼婦で、髪をそり落し、尼になりました。生まれつき歌が好きだったようで。今はもう婆さんです。私は長らくそれを真に受けていたが、のちになって尼の履歴を知り、宿の主人のいったことが出たらめだったとはじめて気がついた。それで、ここにはその履歴を書きとめ、私のように出たらめを信じている世の人びとに示そうと思う。

蓮月、初名は誠、姓は大田垣氏。父光古は因州大覚寺村の人。中年におよんで京都に入り、華頂王

（知恩院門跡）に仕えるうちに誠が生まれた。誠は幼いとき母をうしない、父によく仕えた。うない髪の年頃を脱したので、父は彦根の人で近藤某というものを配して夫婦にした。子女は四人できたが、みな早くに死んだ。また夫の近藤某もそれにつづいて死んだ。このとき、誠は三十二歳。もともと美形の女なので、放蕩者が何べんも言い寄った。誠はわが身をうらめしく思い、そばにあった秤を引き寄せると、自分で歯を抜いた。鮮血とびちり、放蕩者はおそれおののき、逃げ去った。ここにいたって、誠は髪をそり、墨染の衣をまとい、名を蓮月とあらためた、ひそかに和歌を詠んで、それをたのしみにした。こうして、十年すぎ、父も歿した。尼は悲しみを抑えきれず、こんな歌を作った。

つねならぬ世はうきものとみつぐりのひとり残りてものをこそおもへ

たらちねのおやのこひしきあまりにははかにねをのみなきくらしつゝ

ついに岡崎に隠れ暮らした。埴（はに）をこねて茶器を作り、これで生計を立てた。晩年にはいよいよ世塵をいとい、さらに遠くの西賀茂に隠れ住んだ。明治八年十二月三日終焉。行年八十五歳。

これより数年前に、ある人が当人に代って歌を集め「海人の刈藻」と題して出版し、のち拾遺も出した。それを「鴨川集」という。なお洩れた歌もある。

私は明治二十九年に京都にいったとき、東山を歩き、山陽先生の墓にお参りした。墓道のそばに、高畠式部の墓があった。山をおりて長楽寺に一服したとき、そこの老僧と雑談していて、たまたま蓮月と式部のことにおよんだ。老僧のいうには、式部は九十歳をすぎて関東に旅行したが、杖も不要で、じつに達者なものだった。蓮月は式部よりも数歳年上だった。お墓は西賀茂の神光院にある。蓮月という人は、若い頃から不仕合せなお人であった。しかも貞静孤潔、歌また一家の体をそなえていました。巾幗（きんかく）中の俊傑、婦人のうちでの傑物といえましょう。ところが世間では、そういう実際をちょっとも考えずに、鴨東の脂粉の余流、祇園の芸妓のなれのはてだ、などといっている。世間の言伝えには、よくそんなことがあるものとみえるが、文人はそれをそのまま、さも本当らしく書いて、うそをまことにしてしまう。心すべきことである。

香亭のもう一つの文、「依田朝宗の書に答う」のほうは、あらましを記しておこう。依田朝宗はもと佐倉藩士、名は朝宗、学海と号した。藤森天山に学び、藩学の都講に出講したが、維新後、文部省書記官となった。詩文、戯曲をよくした。著書に『譚海』『吉野拾遺名歌誉』などがある。明治四十二年、七十七歳で歿。香亭は、近作の文集を出版するつもりがあって、草稿を学海に見せて意見を聞いたとき、学海から、蓮月についての一文（上掲の「書蓮月尼」）はすでに林鶴梁の文があることだから省けばどうかという手紙がきた。それに対する香亭の返信、一節だけをまた漢文から和文に直して引いておくと、

蓮月尼のことだけは、ご意見に承服できません。（中略）鶴梁は能文の士ではありますが、蓮月のことでは、聞いた話を漫然とそのまま書いていて、真偽をたしかめる労を惜しんでいます。その郷貫姓氏、親胞経歴、年歯著作、すべて伝を書くのなら最も大切な点なのに、いっさい略して触れていません。筆気は朦朧として、夢うつつで書いたようです。しかも書いたことに誤りが多い。私がかさねて蓮月伝を書いたのは、鶴梁の誤りを正そうというつもりがあったのです。鶴梁の名をはっきり出すことをしなかったただけです。とにかく、あの記事さえなければそれでよかったのですが、残念ながら世間に流布していますす。したがって、私は自分の書いた蓮月伝を削除するわけには参りません。鶴梁は近代の名儒ですか

ら、もしも墓の下で誤りに気づいたら、率直に身の軽率を悔いるでしょう。以上のようなわけで、ご意見ながら聞き入れるわけには参りません。

依田学海の師である藤森天山には、林鶴梁も兄事していた。天山は鶴梁より七歳年長である。香亭の「書蓮月尼」は明治二十年前後の作と思われるが、正確なところはいま判らない。

一四　三つ栗のひとり残りて

蓮月四十二歳の天保三年(一八三二年)八月十五日、父西心が七十八歳で歿した。

悲しみのあまり、蓮月は西心の墓のそばに小屋を建て、墓守をしながら余生をついやすことまで考える。大田垣家の墓所は知恩院裏の東山をやや北にめぐった高みにある。昼もなお小暗いほどの深い木立ちのかげである。女一人がそんなところに仮屋を建てて居住まう危険をさとされて、蓮月はようやく墓守のことは思いとどまるが、当分は朝起きると詣で、終日墓のかたわらを離れなかった。

「盆のころ　みまかりける人をおもひ出て」と詞書した歌がある。

死出の山ぼにの月よにこえつらん尾花秋はぎかつ枝折りつゝ

陰暦の盆の七月十六日、またその一月のちの八月十五日には、月は必ずまるい月が、東山華頂山の真上にのぼった。西心の死後二十八日、その四七日(よなのか)の頃、月は再び満月となり、秋の夜を照らしただろう。その月を見るにつけて、秋草を手折りつつ、ともに逍遙した日の亡父の姿を蓮月はまざまざと思い出したにちがいない。「尾花秋はぎ」は、死出の山を越える人をいかに寂しく見せたことだろう。それにしても、この歌は悲しみと孤寂のさなかに詠まれているのに、日本の伝統的な植物的心性をそよがせ、さざ波立たせる「尾花秋はぎ」によって、きわめて装飾的な歌である。装飾的とは、この場合、意図的に装飾的なのではない。歌ごころの動きがそのまま文彩(あや)を描き出すという意味である。

振り返ってみると、先に香亭の「書蓮月尼」に引かれていた歌、

たらちねのおやのこひしきあまりにははかにねをのみなきくらしつゝ

この歌にもことばの綾が見える。「はかに」は「墓に」と「はかなく、いたずらに」とを両義的に含蓄しているから。香亭の引用した二首のうち、もう一首、

つねならぬ世はうきものとみつぐりのひとりのこりてものをこそおもへ

この歌にしても「三十あまりにて夫(つま)も子もなくなりて」という詞書を伴っていることもあるから(但し『海人の刈藻』の詞書には「三十あまり夫におくれて」)、重二郎古肥の死とそののちの遺児の死のあとで詠まれたと知れるが、「みつぐりの」という三の句は、もともと「中(なか)」にかかる枕詞である。『万葉集』巻九の「雑歌」にまじっている一首「三つ栗の那賀にむかへる曝井(さらしゐ)の絶えずかよはむそこに妻もが」(一七四五番)が数少ない用例を示している。だが、蓮月はここにもことばの綾を置いている。何故なら、枕詞の「みつぐりの」は「つねならぬ世はうきものと見つ」というかかり方と重合しているから。そして枕詞としての「みつぐりの」は「中」を省略して「ひとりのこりて」と続いてしまうが、心持ちとしては「いがのなかに収まった三つ栗のように、仲良く、

ひっそりと暮らしていた親子だったのに」ということである。

私はこういうところに、蓮月にとって歌が何であったかを見る。ことばの綾を用いることで蓮月は耐えがたい不幸、不運、あるいは悲惨から、いわばその鋭いとげを抜き去り、身を防禦したのである。つまり、戦術としての歌。また、ここには、不幸のいたましい行列を静観する人間がいる。すなわち知恵としての歌。

《蓮月庵》(部分)　鉄斎画

おそらく蓮月にとって、歌はこの二面をそなえたものとして、彼女の人生の不可欠な伴侶であった。歌というこの伴侶は、歌の伴侶である人間に対して、よくまことをつくす。蓮月の歌は、こののち小沢芦庵の感化をこうむったとき、なおいっそう蓮月の身に寄り添うものとなるだろう。

第三章　都の鄙ぶり

一五　屋越し蓮月

西心の歿した年のうちに、蓮月は真葛庵を去って岡崎に移った。埴(はに)をこねてくさぐさの焼きものを作りはじめるのはこれからであり、初心にかえって和歌をまなび、画技に手を染めるのも、「屋越し蓮月」と言われる引越し好きになるのも、すべてこれ以後のことである。蓮月の一生は、この年を一つの節に、前後にわかたれる。

蓮月が八十四歳、死の前年にしたため鉄斎に托した自叙の文章というものがあり、すでに一部を引用した。佐佐木信綱『和歌百話』の「蓮月尼雑話」に、はじめて全文が掲げられたもので、手紙の反故の裏に書かれている。これまでに見てきた前半生を蓮月自身が語ったとき、それはわずかに百四十字と歌二首、まったく簡素に縮約され、以後の後半生を語る筆致もまた自詠の歌五首を骨子に、要点をつくした短文である。この自叙の文は、かならず全文引用しなければならないものであるが、きっぱりしたこういう和文をさし挟むと、打明けて言ってしまえば、こちらの勝手が悪い。つい機会を先に延ばしたい。前後の節目にきたところで引用するのは、私の思いあまったすえの一法である。ここには佐佐木信綱の引用文には拠らずに、写真版とともに全文が掲げられた講談社の『蓮月』に拠った。

百姓にて今猶同姓あまた侍り　ちゝ（父）はいなば（因幡）の国人　大田垣光古といへり　ゆへ（故）ありてみやこ東山に住　そのころくわんせい（寛政）三　出生名誠とよぶ　はゝ（母）は早うなくなりてちゝ（父）にはぐくまれて人となる　三十あまりにて　つま（夫）もこ（子）もなくなりて

　　つねならぬ世はうきものとみつぐり（三つ栗）のひとりのこりてものをこそおもへ

やがてちゝ（父）のもとにありて四十あまり　ちゝ（父）におくれて

　　たらちねのおやのこひしきあまりにははか（墓）にねをのみなきくらしつゝ

このちかきところにをらばやとおもへど　山の上にて　人のす（住）むべきところにもあらねば　なくなくかぐら（神楽）岡ざき（崎）にうつりぬ　もとよりまつしきみ（身）にてせんかたなく　つち（土）もてきびしよといふものをつくる　いとて（手）づゝにてかたち（形）ふつゝかなり　ゑ（彫）りたるうた（歌）もたゞす（好）きにてよむとはすれど　むかしよりいとま（暇）なく　いや（賤）しきみ（身）にて　よき大人（うし）によりてまなぶこともえせざりければ　人のくちまねにてかたこと（片言）のみなり

　　てずさびのはかなきものをもちいでゝうるまのいち（市）にたつぞわびしき

いのちのみ長くて老ゆくほどに　世の中さわがしくなりて

夢の世をおもひすてゝもむねに手をおきてねしよ(夜)の心ちこそすれ

おそろしければ北山の辺　西賀茂といふところににげい(入)りて

露のみをたゞかりそめにおかんとて草ひきむすぶ山の下かげ

猶長らへて　今は八十あまりになりたり

あけたてばはに(埴)もてすさびくれゆけばほとけおろがみおもふことなし

夕ざりそら(空)をながめて

ちりばかり心にかゝるくもゝなしいつの夕やかぎりなるらん

時とし八十四　　蓮月

自叙の後半にかかって「なくなく神楽岡崎にうつりぬ」という一節は、吉田神楽岡、岡崎のあたりに住んだことを表向き述べながら、ここもどうやらことば遊びを含んでいる様子である。「かぐら」は「かくらふ(隠れる)」と響き合うから「泣く泣くこっそりと隠れるようにして岡崎村に移ったその場所は、神楽岡にも近かった」という意味に受け取れる。その時期の作だろうか、「里神楽」という題でこんな歌がみえる。吉田神社がすぐ近いのである。

時守(ときもり)のつゞみの外に聞ゆるは月もよし田のさとかぐらかも

鉄斎によると、蓮月の岡崎住まいは六年続いたが、これは同じところにいた年月としては長かった。岡崎の次にはどこへ移ったか、詳しいことは判らない。とにかく「なくなく神楽岡崎に」移ったのちは、七十五歳の慶応元年(一八六五年)西賀茂に移るまで三十数年の間、蓮月はいつも鴨川よりも東の土地に住みつづける。岡崎村と聖護院村のあいだを行ったり来たり、かと思うと方広寺大仏のそば、祇園社の鳥居のそば、北白川村、川端丸太町。まれに木屋町のどこかの宿に長逗留することはあったらしいが、川東の「京の田舎」をあちらこちら、しきりに居を移す「屋越し蓮月」に、その引越しの都度、家屋の小さな手入れを頼まれた三浦松平という大工があった。松平はまつべえとよむ。そのおかみの記憶では、三十四回まではおぼえているそうである。三浦うた子というこの証言者は、大正末に九十歳余りで岡崎真如堂前町に生きていた人で、村上素道が直接に聞いた話だという(『全集』「伝記、逸事編」)。またこれは蓮月が西賀茂に移ってから、神光院の智満和上に語るところでは、はじめの頃、岡崎聖護院のあちこちに住みかえをしていたときは、一年に十三回も引越しをした年があった(黒田天外『江湖快心録・続』一〇〇頁)。

たしかに尋常を逸しているこの奇癖について、村上素道は「尼の屋越しには二つの意味があつた。一は俗客の襲来を避ける。他は幕吏の目を逃れる」と説く。第一の理由のほうは納得がゆく。蓮月の名が手ひねりの陶器、自詠の短冊の世にひろまるにつれて高くなり、もともと名を挙げる気のない蓮月には迷惑な煩雑から逃れるための、やむない処置が引越しになった。しかし、第二の理由は、果してそうだったかどうか。村上素道はいつも話をこの辺に、つまり勤皇歌人蓮月のほうに、引越しさせたがる。

屋越しの癖からみると、蓮月はよっぽど神経質な、清潔好きな人である。ものの片付き加減がうまくゆかないような間取りの家、戸障子の明かり加減が落ちつきのない気分を誘うような家、そういうところには長く居れなかった。極端に我慢強い、芯の強いところをもっているのに、また極端に我慢の利かないところをもっている人。思い立つと居ても立ってもおれなくなり、行きたいところ、見たいところにはすぐにも飛んでゆこうとする人。四季折り折りに好ましいところがちがっているなら、鳥や蝶が自然の動きにしたがってみずから動くように、四季折り折りに異なる好ましいところまで、移り住まずにおれない人。そういう我慢のない一面をもっているところが蓮月のおもしろいところである。人間らしい、というよりもむしろ生きものらしい、自制を知らない自然的な力に身をゆだねることをする、こういう子供っぽい人柄は、世間のお手本からはまことにかけ離れていて、お手本の名折れというほうがふさわしいだろう。だが、年に十三回も引越しをする愚かしさによって、この蓮月という人は私をうっとりさせる。

さて、そういう何十回もの引越し、屋移りを蓮月がしても、少しも動かないもの、そのまわりを蓮月が動いているばかりで、まったく位置を変えない中心点のようなものがある。それは知恩院の裏山にある大田垣家の墓である。最後に養父西心を葬るまでに、義母、夫の重二郎古肥、そして四人あるいは五人の子供たち、すべて蓮月に先立った身うちの人たちの眠る墓。蓮月は、この墓の掃苔をするのに便利の悪くなるほど遠くには住まないということをひそかに決めていたように思われる。少なくとも西心の命日の十五日、重二郎古肥の命日の二十九日には欠かさず展墓をしたことは、まず疑う余地がない。

のちに蓮月は北白川の奥の心性寺に、数箇月居住まうことがあった。これはよほど遠ざかった例だが、月に二度の展墓くらいは、健脚の蓮月にはなにほどのことでもなかっただろう。最晩年の西賀茂はどうなるのか。もはや七十歳をいくつも越した一老婦に、西賀茂から粟田、知恩院は遠すぎる。けれども、北山も間近な西賀茂の土地はよほど高く、南と東の展望が美しくひらけていたので、神光院の境内の放生池（ほうじょう）に佇めば、墓所のあるところは東山の山並みのうちに容易に見分けがついた。蓮月ははるかに合掌を怠らなかっただろうということも、私には疑い得ない。

歌人である前に、蓮月はまず一人の尼であり、生ある限り、彼女は亡き人の菩提を弔うことを怠ってはならなかった。けれども、このことは、生ある限り、彼女がみずからのこころを生きているこころとして、手厚く遇することを妨げるものではない。義務として、いわば思想のエッセンスとして、もちこまれるような誠実にはかならず陰気なところがある。反対に、精神の力が自然的に追求する誠実には、明るい楽天的なところがある。蓮月には、才気と呼ばれるあの自発的、躍動的なこころの弾みが、天性のものとしてそなわっていたから、この人の誠実には仏門臭というものが少しもない。彼女は欲するところに従って、ものを作る。しかし、欲したとおりのものを作るには、たしかな技芸が必要である。ここで手仕事が、こころをむなしくして手に従うすべを教える。虚心を住み家とする仏は、仏みずからが遊びに興じていて、仏でいるあいだは、ただたのしむことしかしない。おそらくこういうわけで、歌、歌をしるした短冊、陶器、絵、いずれにかかわらず、蓮月の作るものが一仏尼の作品であったのを、われわれはつい忘れてしまう。

一六　土ひねり

岡崎村に移った蓮月が埴細工に手を染めたのは、大田垣家の家督を継ぎ、同時に知恩院の譜代職も継いでいる養子古敦（ひさあつ）にもたれかからないためであった。蓮月は譜代というものが知恩院から給される微禄では、いかに暮らしにゆとりがないかをよく承知していた。古敦はすでに妻帯しているが子はなかった。養子三代など俗にいうように、古敦ものちには養子を迎えることになるが、そうなって親子三人になった古敦の一家に対する扶持は、蓮月四十二歳の岡崎移住からかぞえてざっと三十年後の慶応元年（一八六五年）に書かれたとおぼしい大田垣知足あての蓮月消息によって「やうやく十石三人扶持」なのが知れる。

はじめのうち、蓮月に完全な自活が成り立たなかったのはいうまでもない。しかという古敦の妻がほそぼそ女一人の食い扶持になるだけの米を運んでくれた。

けれども、蓮月の作りはじめた「きびしょ」すなわち煎茶用の急須は、二、三年のうちに売り物として独り歩きをはじめ、暮らしが立つほどになったのである。

きっかけは、粟田口に住んでいる一老婦から、きびしょ作りをすすめられたことだった。蓮月は生計の手段として、はじめ歌の師匠、碁の師匠を考え、多少はこころみたようである。だが、この女師匠のもとに弟子入りする男たちには、まともな人間がいなかった、それを不遇というよりも、おかげで蓮月が埴細工に出会ったことをわれわれの幸運というべきである。そして蓮月という一人の性格の力で、当時の時代趣味であった煎茶というものを媒体として遭遇したものがあった。土と和歌と書という三つのものである。

つねならぬ世はうきものとみつぐりのひとりのこりてものをこそおもへ

このとき一つ残った栗が、手仕事によって、あらたに三つ栗を作り出すことになった。蓮月が土に出会ったのは偶然の仕業であったが、土と歌と書は、もはや偶然に集合したわけでなくて、これは蓮月の創意工夫によることであった。自詠の和歌をしなやかな、細くしかも強靭な書体によって自作の茶器、花瓶、酒器あるいは土瓶、片口、皿のごとき日用雑器に釘彫りにする蓮月の手仕事が、京焼の世界に波紋を投ずることになった。

しばらくわれわれは蓮月の埴細工を京焼と関連付けつつ、合わせて一方に煎茶という時代趣味をながめながら、たどってゆかねばならない。

いうまでもなく、陶器というものは、ガラスケースのなか、あるいは図版でながめるものではなくて、手に取って触れ、なでまわし、実際に用いることでためすものである。私の手もとに、そういうことの出来る蓮月の作品は、ただ家蔵の花瓶が一つあるばかりだ。しかし、たかが一つにせよ、それがあるのはありがたいことである。私は手もとの花瓶、このところずっと柱にかけ放しの花瓶から、あたってゆくことにする。

花瓶には次の一首が彫り付けてある。


露とやどり蝶とむつれてをり〳〵の花のいろかにあくよしもがな

『全集』の歌集の部「拾遺」に「花瓶といふものをつくりて」という詞書を付して、この歌が見える。ただし『全集』では三の句は「をり〳〵に」とある。

一首は、わが身を野に遊ばせるところからひろがってゆき、夜は露とともに野に仮り寝の夢を結び、昼は飛び来る蝶となれ親しんで、四季折り折りのうつろう花に飽きもせずこの世をすごせるものなら、いかばかり仕合せだろう、という。それが花瓶を作ったのを機に詠まれているということは、作者がこういう野遊びの場を一つの花瓶として思いなしたからである。天然自然の宇宙という器のなかに、露も蝶も、そして野遊びをする人も、みな包摂され、仲むつまじく一つの生をたのしむ。野の花は手折られ、剪られ、摘み取られたら、いずれ萎れてしまうだろう。天然自然の宇宙がそのまま花瓶をなしているなら、そういう無残なことはおこらない。蓮月は手折った花を活ける道具であるはずの花瓶に、花瓶を否定する歌を寄せ、そして作った花瓶にこの歌を彫りこんだのである。

花瓶に花を活けようとするよりも、花と蝶がむつれている野山に行って、そこで花を賞でてはどうですか――こういうひそかなささやいの声が花瓶から聞こえるので、この花瓶に花をさすことが私にはいつもためらわれる。時に一輪の桔梗、一茎の女郎花を折り添えてはみるが、いかにも風の吹く野外に見出した花の風情におよばない。それでも、この花瓶に活けられた花は、花をいたむ蓮月の手に包まれているのだから我慢してくれぬものでもなかろうなどと思うのは、なぐさめ草というものか。

この花瓶を片方の手に受けると、下半分が手のひらのくぼみに沿う膨らみをもっているのが判る。上の半分は、力を抜いた休止の状態にある指がおのずと屈折するときに描く輪郭を示して、次第に細まってゆく。花瓶を両手に受けとめてみると、花瓶の形にうながされて、指は自然にまっすぐそろって伸びる。このとき、私の手のなかには、茶色な、きめの細かな埴土の殻をまとった、一つの空洞が取り残されている。

花瓶の形は糸瓜、へちまなのである。この紡錘体の表面には、指の腹がうまくあたるほどのなだらかな縦みぞがいくすじも走っていて、かすかな折込線のような爪傷がみぞの底に上から下へ、雨垂れのように伝い降りている。歌は、活け口のくりこみを上限として、へちまの膨らんだ下半分に彫りこまれているが、はじめの一行とおわりの一行が少し高くせり上り気味に、左右で釣り合いをたもち、手ぜまな空間の字配りはゆったりしている。そして、このへちまの表面には、蓮月の指のあとが、へちまの首の付け根と最下端の蔕片のふちに残っている。かつて中里介山の推挙を得た成瀬慶子著『大田垣蓮月』(昭和十八年刊)の改訂版『蓮月尼』(昭和四十六年刊)に序文を寄せている山本安英は、この著者のもとで蓮月の「白の夏茶碗」で茶を喫したとき、蓮月の指の細さを強く印象付けられたことを述べている。へちまの花瓶にさわるとき、私はそれと同じことを感じる。

用いられている土は、京都の東山一帯、岩倉から深草にかけて、また西山にも産するごくありふれた埴土である。へちまの花瓶は釉をかけない素焼、いわゆる「南蛮」で焼成されているが、登り窯を用いた場合に窯の最も奥の、高い小間で起こる土中の鉄分酸化によって、焼上りは多少紫がかった茶褐色を呈している。蓮月はいつも借り窯であった。それも清水の登り窯の最上端の片隅をちょっと使わせてもらって焼いたのであろう。そして花瓶の活け口を通して外から見すかせる内がわにだけかけられた薄い青磁釉が、わずかにつやを放っている。目のこまかく、粘りもある埴土なので、さほどざらついた感じはないが、それでもこれはすべすべとした釉がけとは趣を異にした花瓶である。わびたるところは、色絵付の御室焼、粟田焼、清水焼によって実現されたいわゆる「きれいさび」とは相容れないものである。

「きれいさび」というのは、茶の湯の美的感覚にともなって、志野、伊賀、信楽、備前の焼きに生まれた大名好みの「ひょうげたる」ものに拮抗して、まずは仁清の御室焼がいち早くに完成した京焼独特の、みやびな「さび」のことである。後水尾天皇、八条宮智仁親王、一条昭良、金森宗和の好みが「きれいさび」というものをほとんど生理的に求めた、ということがあった。しかし「さび」という価値が重きをなしている美的判断であるから、これとて茶の湯と深くつながっているのはいうまでもない。御室焼は、仁清のあと、乾山が鳴滝窯の作品によって上流貴人の求めに応じたのみでなく、洛中二条寺町に丁字屋町窯を設けて雑器にも手をひろげ、もとの茶の湯から離れた日常の食器にも「きれいさび」の好みを滲透させた。乾山ののち、御室焼は発明な工人にめぐまれず沈滞するが、しかしそうするうちに、すべすべした、つややかなものへの好みが一般に定着し、やがて清水焼の磁器をよろこび迎える時代の素地をつくってゆく。東山五条坂のあたりに奥田頴川、青木木米、欽古堂亀祐、仁阿弥道八、永楽保全、和全、尾形周平、清風与平、龍文堂安平、清水六兵衛、真清水蔵六らの名だたる陶工が輩出するとき、京焼は化政から幕末にかけての隆盛期に当るが、これらの陶工の好みも、世の好みも、「ひょうげたるもの」をしりぞけた「きれいさび」でつらぬかれている(このあたり、京都市史編纂所の労作『京都の歴史』のうち、第五巻「近世の展開」にみえる京焼の考察から教わったところが少なくない)。

ごく大まかなこの見通しから、蓮月のへちまの花瓶に戻れば、ここには京焼の基準から逸脱している何物か、「ひょうげたるもの」には微妙な一歩の間隔を保ちながらも、わび、さびを充分に心得た作風が感じられる。

ところが、こういう土ものに彫り付けられた歌のほうにふたたび注意を返すとき、私はわび、さびの渋合羽(しぶがっぱ)から一転して、はんなりとした友禅小袖が目の前の衣桁に打ちかけられたのを見るような気分になる。このことを少し大胆に言いかえれば、「露とやどり蝶とむつれてをり〲の花のいろかにあくよしもがな」という歌は色好みの歌であり、華々しいこと限りがない。

蓮月は、この相反する二つのものをいっこう無頓着に、へちまの花瓶において両立させているのだ。こちらでありつつあちらでもあり、そのどちらでもないといった、このどっちつかずのあり方が不安の表現などというものでも、腰の決まらぬ、ふらふらした姿勢を示すものでもなくて、じつは落ちつきの表現であることに注意しよう。ここでいう落ちつきは自己満足による安逸ではなくて、左右均等に、全身の重量をかけていることから生じる落ちつきである。それはつまり均衡感覚がよく目覚めているということだ。

妥協点を求めることなく、こういうふうに相互に他を引立て合う相反する価値がいずれも同等に肯定されているという存在のあり方は、ただ一本の道を求道者のように前進することを善とする思想からすれば、はかばかしいところのない、煮えきらぬ存在の様態ということになる。しかしながら、いくつかの地点を確保して、同時に少しずつ同じ歩幅だけ前進しながら、散兵戦の展開のような形で陣地を詰めてゆくときに、はじめて深まる思想というものがある。蓮月は、疑いもなく、このあとのほうのやり方で熟成するしかないような思想を予感していた人である。

たとえば、これは田結荘天民にあてた万延元年(一八六〇年)の手紙の一節だが、蓮月はこのとき七十歳である。文中に二郎様とあるのは天民の次男、斎治のことで、幼名を不動二郎といった。天民が蓮月の最初の夫、望古の実兄にあたることは、第二章に触れておいた。文面は二郎様の身の上をしきりに案じている。この当時、二郎様すなわち斎治、のちに千里と号するこの人がどういうことをしていたかはのちに触れるが、この年、万延元年、斎治は四十六歳である。この手紙、全文は甚だ長い。土田衛氏の「蓮月尼消息の新資料(翻刻編)」(昭和三十六年十二月)によってはじめて世に知らされた消息文二十七通のうちにまじっている(その三)。蓮月の筆のあとは土田氏によってていねい綿密に活字に起こされているが、そのままではすこし読みづらい。漢字、仮名の配分をかんがえて、ごく一部分を写す。

二郎様、御事、毎日ご様子は承り居り候ところ、この間、播州の人まゐり、親しくお心安きにはあらねど、よく知つて居り候て、まだお年若かなれども才芸ともに兼備の好人物にておいらせの由、感心いたし居り、私もよそながらうれしく悦び居り候ことに御座候。いく久しく御武運長久のことのみ祈り居り候ことに御座候。とかく人は長生きをせねば、どふも思ふことなり申さず。また三十にて運の開けるもあり、六十七十にて開く人も御座候ゆへ、御機嫌よく長寿され候ことのみ、願ひ上げまゐらせ候。

ここに斎治に対する願いとして、その父天民を通じて書きつらねられている「長生きせよ」という考え方も、これを一つの思想と受け取るべきである。長生きしなければ取り逃す思想があるという思想。蓮月が切実な祈願という形でそれを伝えようとした相手が、田結荘斎治のほかに、もう一人あった。富岡鉄斎である。われわれは『全集』「消息編」に収められた鉄斎あての一群の手紙に、斎治に向けられたと同じ「長生き」の切なるすすめが、それも再三くり返されるのを読むことが出来る。たとえば明治元年、鉄斎の父富岡維叙(これのぶ)の十三回忌を機に書かれたと思われる手紙の一節。鉄斎は三十三歳、蓮月は七十八歳である。

何事も御自愛あそばし、御機嫌よく御長寿あそばし、世のため人のためになることを、なるべきやうにして、心しづかに、心長く御いであそばし候やうねがひ上げ参らせ候。(『全集』消息二一四)

へちまの花瓶一つを見ても、蓮月は自己の持ち分というべき互いに異分子であるような好みを、そのまま肯定し、いずれをも救い上げる道をさぐったことが判ってくる。田結荘斎治と富岡鉄斎が、蓮月のこのあり方を継承するだろう。そしてどのような成熟を実現してみせるかは、もう少しのちになって見ることにしよう。蓮月が埴細工に手を染めてようやく四年ばかりの歳月が過ぎた頃、天保七年(一八三六年)が鉄斎の生年になる。それは大飢饉の年であり、翌年の大塩平八郎の乱は、大塩門下の秀才、田結荘斎治を巻きこむはずである。

一七　煎茶　上田秋成と蓮月

蓮月が「いと手づゝにてかたちふつゝかなる」きびしょ作りに励むことになるのは、先に書いたような偶然の、ふとしたきっかけからであったにしても、考えてみると、蓮月が長く暮らした東山知恩院、青蓮院、粟田のあたりは、陶器を作る家、陶器を売りひさぐ家がそこここに散らばっていた土地柄である。享和二年(一八〇二年)、京にやってきた滝沢馬琴は、江戸人の京都印象記として、大いに当るもあり大いに当らぬもある『羇旅漫録』(三巻、曲亭馬琴遺稿、明治二十年刊)の一節に、

京都の陶は、粟田口よろし。清水はおとれり。白川橋に松風亭といふ店あり。大坂蒹葭堂好みのこんろ、

きうす等を製す。又、一軒、旭峰といふ店あり。宇治の通円が店にてひさゝぐ茶碗を製す。この二軒、
器物をかしきもの多し。

と記していて、粟田焼に煎茶趣味が行きわたっていた実況を伝える。蒹葭堂(けんかどう)好みのこんろとは、煎茶でいう涼炉である。また、きゅうす(急須)は蒹葭堂好みの言い方では「きびしょ」ということになる。『蒹葭堂雑録』巻一に記すところでは、きびしょというのは儒家、篆刻家、古器鑑定家、また画家として知られた高芙蓉(こうふよう)が、煎茶愛好家としてその形態を考案し、親友の池大雅にはからったときに、急須に付した別字の異称。煎茶の普及につれてこの呼び名は京、大坂から出て北越、九州にもひろまった。語音の珍しさが文人趣味によく似合ったこともあるだろう。きびしょは、火に直接かけて湯を沸かす土瓶、急焼の唐宋音キュウシャの訛音のようである。

蒹葭堂は、煎茶の普及者として独特の行状を残した宇治黄檗の僧、売茶翁ののち、煎茶を隆盛に導いた人として重要な人物である。木村蒹葭堂、名は孔恭、字は世粛、号は中巽(ちゅうそん)、遜斎、兼葭堂、通称は坪井屋太吉、また吉右衛門といった。元文元年(一七三六年)大坂北堀江の豊かな造り酒屋に生まれ、家業を継いだ。十六歳のとき京に出て、はじめ津島桂庵に、のち小野蘭山に本草学を学び、物産の学に精通した。財にまかせて蒐集した国内外の物産、書画骨董、典籍を見るために訪問する人が絶えなかった。みずからも多芸で詩文、書画、篆刻を能くした。早く八、九歳のとき、柳里恭(柳沢淇園)から手紙による手ほどきを受け、十二歳のとき沈南蘋(しんなんぴん)、熊代繡江(くましろしゅうこう)(熊斐)の長崎派をまなび、のち池大雅に就いて親しく山水をまなんだ。五十歳のとき醸造石高が禁にふれ、家財没収に遭い、文房具を商ううち、享和二年正月二十五日に病歿、六十七歳。著書は『銅器来由私考』『山海名産図会』『唐土名勝図会』『花譜』『蒹葭堂書目』『海外佚書目』『巽斎詩草』等。死後に大坂の戯作家 暁(あかつき)鐘成(かねなり)が『蒹葭堂雑録』を編集した。

蒹葭堂の交友はきわめてひろかった。煎茶を喫して談論し、興に応じて詩を賦し画を描く会席を自家に設けて清風荘と名付けたが、ここに客となった人びとは、それぞれにまた自己流をもって煎茶をひろめた。煎茶には抹茶点前の礼式作法のような堅苦しいものは、なんら設けられていなかった。

ところで、蒹葭堂から直接に聞いた生い立ちの物語を『あしかびのことば』と題して書きつづった上田秋成は、清風荘の煎茶を我身もろとも、難波から京へもちこんだ人であった。秋成が大坂を引き払って、妻の生地である京都へ移るのは寛政五年（一七九三年）である。夫婦がまず落ちついたのは、知恩院前袋町というところであった。

秋成の煎茶手引きの冊子『清風瑣言』上下二巻は、寛政六年十一月、京都の竹苞楼、大坂の文林堂その他数軒の本屋が版元になって開板され、煎茶の普及宣伝に少なからぬ貢献を果すが、この手引き書に序文を寄せている村瀬栲亭が知恩院袋町に住んでいた。同じ頃、円山派の画家で清麗な美人画に多くの秀作を残した山口素絢（文政元年歿、六十歳）も袋町にいた。名の通り、東山通りから東へ袋のように引きこんだ閑雅な宅地、裏は知恩院山内の松林に接している。袋町には池大雅が住んでいたことがあり、ずっとのち、明治にいたって、頼山陽の次男、京都の頼家を継いだ支峯が住むことになる。

村瀬栲亭は京都の人、名は之熙、字は君績、通称嘉右衛門。武田梅龍に管子を習い、古註学者として古法書を研究するかたわら、詩文、書画を能くした。これも多芸の人である。蘭竹の画が得意であった。詩人としての栲亭は、宋詩を移すことで当時の新風をこころみたが、門弟に梅辻春樵、中島棕隠がある。主な著書は『芸苑日渉』十二巻、『栲亭文集』十六巻。

秋成と栲亭は、かねて蒹葭堂の煎茶を介して相識であった。栲亭の軒向かいに秋成が移ってきた。すると、これも清風荘の煎茶仲間で四条派の画家、松村月渓（呉春）がさっそく旧知の秋成を訪ねて遊びに来る。これ以後の京住まいのことが書かれている秋成の文章を『胆大小心録』中巻から引いておこう（漢字、仮名の配分と句読点を読みやすく改める)。

——尼(秋成の妻たま女、剃髪して瑚璉尼)はもと京の生まれじや故、住みたいといふゆへ、まあこころみにちよつと智(ママ)恩院の前へ腰かけて、遊び初めたが、軒向には村瀬嘉右衛門、月渓がよろこんで、出会互ひにしきり也。酒は尼が好き故、月(渓)子とのみながら、豆麩づくしの酒もり。また南禅寺の庵をかりて移つたが、ここも曰(いは)くがあつて、東洞院の月渓と同じ長屋住ゐになりたり。ちと曰(いは)くがあつて、また衣棚の丸太町、そこにも尻が据はらず、もとの智恩院の門前のふくろ町のふくろにはいつてゐたが、尼が頓死の後は、目が見えぬやら何じややら、不幸づくしの世を、また一年余り暮らして、羽倉といふた蔵人(くらうど)の所へちよつとこしかけたは、つい死ぬであろの覚悟であつたが、死なれぬゆへ、また南禅寺の昔の庵のあつた所へ小庵を立てて、七十三歳の春、移り申した。大坂から金百七両で上つたが、今年で十六年、なんでやら暮らした。芦庵がすゝめる人寄せしたら、用意金は三年になくすべし。麦くたり、焼き米の湯呑んだりして、惜しからぬ命は生くることじやが、書林が頼むことをして、十両十五両の礼をとつて、十二、三年はすごしたが、もう何もできぬ故、煎茶呑んで死を窮めてゐることじや。

秋成が二度目に知恩院前の袋町に住んだのは、寛政八年(一七九六年)から同十一年の足かけ四年間である。このあと秋成は芦庵の門人で伏見稲荷社の祠官、非蔵人(ひくろうど)の羽倉信美(のぶよし)が百万遍に所有する邸に寄寓し、文化三年(一八〇六年)南禅寺常林庵の裏に小庵を建てて死の直前まで、そこに暮らすのである。秋成は文化六年六月二十七日、信美の邸内で歿する。年は七十六歳であった。

鉄斎が晩年に西村天囚に語ったところによると、蓮月は秋成に歌の添削を乞うたこともあったようだ。蓮月は、秋成の死の文化六年には十九歳、離縁になった最初の夫、望古と結婚して三年目であるから、もしもこの事実があったとすれば、のぶの丹波亀山城勤めのあいだか、帰洛後のこととするほかないだろう。歌の心得もあった父大田垣光古は、『雨月物語』の作者で歌詠みとしても当時名うての秋成が京に来て、すぐ近くの袋町に出たり入ったり、そしてその妻が剃髪していて瑚璉尼と称する尼形で目立ちやすく、おそらく秋成のことを承知していたであろう。瑚璉の宗旨が浄土宗知恩院派だったとすれば猶更だろう。のぶが亀山から里帰りしているときに、父のすすめで束脩を届けて秋成に歌を見てもらったことは、あってもさほど不自然なことではない。しかし、秋成のほうでは、弟子をとって歌を教えて暮らしの足しにする気などまるでなかったらしいから、一、二度、のぶの歌に目を通したという程度のことかもしれない。『胆大小心録』の巻末「書きおきの事」という追加の文章に見える芦庵との問答を読むと、そのように思うしかないのである。

歌よむといふ人、都なれば多し。皆、口まねのえまねぬ也。師家も我に来らさんとて、そなたは貫之の口ぶりなり、定家卿の巧みによく叶へりといふに、さてはとおもふが、貫之にも定家にも、口まねばかりもえせせぬぞかし。

芦庵、われに意見していふ、何わざもせでであるはいとほしきなり、人の歌直(なほ)して世に交りたまへ、そなたは片輪心な人じや、ただ人を賢こくしてやると思ふておしやる。〔これにこちらが〕答ふるは、人を阿呆にするのではないか、といふたれば、〔芦庵は〕怒りにらみて、そのことわりいかに、と。答ふ、人は親のたまものぞ、世の渡らひ賢こきも、知らぬこと学べば必ずおろかになりだし、すぐれてよくするは天稟にて、千人に一人なるべし、といひしかば、〔芦庵は〕長き息をつきて返答なかりし。

この一節は、秋成が、せめて人まねくらいは出来るだけじょうずにすることを歌まなびの方法と考えているのを判らせる点で、まず私には興味深い。「まねを全然しないような人は、なに一つとして作り出すことないという気がする。

もしない」と書いたのはフランス人のアランであったが、秋成の考え方はおそらくアランと一つである。もしも蓮月＝のぶの歌に対して、添削の序でに秋成が助言をしたとすれば、歌のじょうずなひとの歌、たとえば小沢芦庵はわしの大切な知己であるが、芦庵の歌をじょうずにまねて作ってみなされ、と言ったにちがいないという気がする。

蓮月は先に引いた自叙の文に「歌もたゞすきにてよむとはすれど、昔より暇なく、賤しき身にて、よき大人によりて学ぶこともえせざりければ、人の口まねにてかたこと(片言)のみなり」としるしていた。確実に知られるところでは、のちに嘉永二年(一八四九年)になって、すでに五十九歳になる蓮月が六人部是香の門に入り、以後是香の歿する文久三年(一八六三年)まで十数年にわたって、時折り和歌の添削を乞うていたということがある。嘉永二年は是香四十四歳、蓮月のほうが十五歳もの年長である。平田篤胤の弟子なる国学者、そして京都西南部の乙訓郡向日神社の神官を父祖代々の職として継いだ六人部是香に、なぜ蓮月が入門したのか、いまのところ私にはよく判らないが、歌の添削は、この場合おそらく礼法として乞うたものであろう。蓮月が是香にさし出した題詠がどういう歌であり、それに是香がどういう「お点」を付けたのか、残されている六人部あての蓮月の手紙十二通をみても、別紙にしるされたはずの歌を欠いているので、とにかく手がかりがない。

すべて「人の口まね」。従って、学んだ人の名を挙げることを蓮月はつつしみ控えて、誰の歌の口まねであるかは、見る人のこころに委ねたかたちになっているが、まさか蓮月の歌を真淵、篤胤の筋とは、誰も思わない。蓮月の「人の口まね」は、秋成、芦庵の二人に香川景樹をさし添えれば、ほぼ尽されているとみておけばいいだろう。蓮月にとって、秋成はふしぎなゆかりをもつ人である。歌の道では、蓮月を芦庵のほうへ導くとば口になった人だが、きびしょ作りの職人仕事も、秋成による煎茶普及が充分に湿らせておいた風土に芽を吹く。

なおそのほかに、もう一つ。一人の生涯を辿ってゆくと、こういうことがあるからおもしろいのだが、もう一人の別の人の生涯とのあいだに、全く外的な、地理的な縁辺で一種の交錯が起こっていて、この二人のあいだにおける内面的な交錯をいっそう浮き立たせる背景として、そういう外的事項が働く、ということがある。大坂の堂島と京都の知恩院、この二つの場所が秋成と蓮月のあいだで交錯している。

秋成は大坂曾根崎新地に、おそらく庶子として生まれたのち、堂島の油商、島屋(上田姓)の養子になった。その秋成が知恩院前の袋町にきて住んだときにはまだ三歳くらいの蓮月(のぶ)は、秋成の死歿するときには最初の結婚生活に入っているが、知恩院譜代の父大田垣光古と同居の暮らしであり、住まいは知恩院のすぐ近くにあった。ところで、養子として大田垣家に入った蓮月(のぶ)の夫、望古(田結荘天造)は、発病ののち、次兄の儒医田結荘天民のもとに身を寄せ、そのまま病歿するのだが、天民はほかならぬ大坂堂島に住んでいる。くり返すようだが、誰が謀ったわけでもないこういう交錯、無意識な糸の縒(よ)りとでもいった運命のないまぜが、伝記を追っているときの朦朧とした楽しみなのかもしれない。

蓮月手ひねりの花瓶をきっかけにたどってきたくだりだから、蓮月自叙の文に出ていた次の歌をあらためて取り出しておこう。『海人の刈藻』「雑の部」では「つちもて花がめを造りて」という詞書が付いている。花がめはいうまでもなく花瓶のこと。

手ずさびのはかなきものを持出てうるまの市に立ぞわびしき

この歌については前川佐美雄の『名歌鑑賞』に解説があって「うるまの市は美濃国(岐阜県)山県郡にあるからその市に売るをかけたと解してよいが、しかしうるまはいるまと同じで言語の通ぜぬことである。市場でくろうとすじの使う陰語、その合ことばが分らなかったのだろう」とある。うるまは、むしろ琉球の古称と受け取っておきたい。まわりには顔見知りがいないばかりでなく、この尼は何者だろうと皆あやしんで、じろじろ見るのに耐えながら、無細工な手づくねの花瓶を何がしかのおあしに換えようと、陶器の卸問屋に足を運ぶのだろう。第二句が『全集』では「手ずさびに」となっているが、先に見た蓮月自叙文中では「手ずさびの」である。いまこれに従う。「手ずさび」は、「手すさび」ではなく、『全集』の記載どおり「手ずさび」と音の濁るほうが本来である。

秋成に触れたのちなので『海人の刈藻』「秋の部」から、次の一首を引いておこう。

山中のさとにて夕さりかまとぐ男あり
山賤(やまがつ)があすのいそぎにとぐ鎌の光りに似たる夕月のかげ

歌はさながら琳派の蒔絵の趣を呈して、下の句に落ちかかることばの流れが西空に傾いた三日月のさまに応じているが、詞書がこの歌にあたえる小説的な趣には、どこか『雨月物語』の悽惨な、さびしい気分にかようところがある。琳派といったが、「名所月」という次の題詠のほうが、そのままこれは琳派の《秋草図屛風》の図柄に、しっくり似合いそうだ。

むさし野の尾花が末にかゝれるはたがひきすてし弓張の月

蓮月の岡崎住まいに時代がかかっている序でにもう一首、月でそろえて引くと、「八月十五日夜」という題で、

をかざきの月見に来ませ都人かどの畑いもにてまつらなん

建てこんで尺余の空地もないようないまの岡崎町が「京の田舎」の野菜どころとして、聖護院大根、聖護院かぶら、聖護院きゅうりの産地であった昔のさまは、ただ想像してみるしかない。「かど」は京ことばで家の表口のことである。住居を出ると目の前に里芋の畑。となり近所の農家に頼んでその芋を分けてもらい、お月さまにも供え、ご馳走には煮て進ぜましょうというのである。先の山賤の鎌の歌は技巧にややなずんだきらいがあるが、この歌の調子は全く別趣を呈していて、「月見に来ませ都人」というこの開いたこころがさやさやとして、大へん印象的である。岡崎の冬の朝を歌ったものも、序でに一首。これも気取りの少しもない、透明な歌。

冬ばたの大根のくきに霜さえて朝戸出さむし岡崎の里

一八　東塢亭兼題　香川景樹と蓮月

蓮月はこうして天保三年(一八三二年)以来の岡崎村独居に馴れ、「うるまの市」の活計にも見こみが立った頃、松村景文に就いて絵を習った。そのはじめの年代は明らかではないが、景文は天保十四年に六十五歳で歿するので、それまでのこととしなければならない。また、これもはじめの年は不明ながら、天保十年より以前に、香川景樹の門人となり、和歌の道にもまた新たな思い入れをこころみる。

景文のこと、四条派のことはあと回しにして、桂園派と蓮月のことから触れよう。

安政七年(一八六〇年)に蓼花園の主なる人の編んだ「近世歌人略系」という一枚摺り歌人系図があって、蓮月は桂園派の富田泰州（やすくに）の門人として出ていて、註記に「始メ泰州ノ室タリ」と見えているそうである。このことは『全集』下巻「伝記、逸事編」の村上素道の記述および黒岩一郎『香川景樹の研究』の「桂門拾遺伝」に挙げられた大田垣蓮月の項目内容から知られる。富田泰州については「通称右衛門、江州彦根の産で、京に出て景樹に就き、終身京にあって学を講じて終った人」「蓮月と同年（天保十一年五月二十三日歿、五十歳）」と黒岩氏の前掲書にあるが、蓮月が泰州の妻であったことも、また泰州が同じ寛政三年生まれの蓮月の師であったことも、同書は強く疑問とする。泰州には歌集、著書は見当らない。また泰州の上京までの歌の師は、彦根藩の国学者、村田泰足である。泰足は本居宣長の門、『凝烟舎詠集』『三七歌集』『淡海三郡録』の著があり、文政六年（一八二三年）歿、七十五歳。

蓮月が泰州の妻であったという「近世歌人略系」の記載については、全くの誤聞にもとづくものと受け取っておきたい。泰州が彦根の人であるなら、蓮月の二度目の夫古肥（ひさとし）と同郷人ということになる。すでに述べたように、古肥というのは彦根藩家中の石川広二光定の三男、重二郎が大田垣家に養子に入ったのちの名前であった。「近世歌人略系」の編まれた安政七年（万延元年）当時、古肥と泰州とを混同した流説があったものと思われる。しかし一方では、同郷の古肥と泰州が相識であったかもしれないという推測も、ここで成り立つだろう。そうとすれば、蓮月（のぶ）が夫の知己である富田泰州に歌を見てもらったことはあったと考えて、かならずしも不自然ではない。それに、西村天囚による鉄斎聞き書きにも、蓮月が歌の添削を乞うた人として、上田秋成と並んで富田泰州の名が出たということがある。ただし、天囚の聞きちがいによるのか、それとも幼時から耳の遠かった鉄斎のもともとの聞きちがいの記憶によるのか、富田泰州は本田安国となっている（これからすると富田は「トンダ」と読むのだろう）。

ところで、蓮月が泰州の師でもある景樹の門下にたしかに名を連ねているという指摘が黒岩一郎「芦庵をめぐる景樹と蓮月」にも見え、それはくり返して前掲書『香川景樹の研究』にも見える。

それによると、景樹が岡崎(いまの左京区岡崎東福ノ川町十四のあたり)の家塾東塢亭に弟子を集めて歌詠の稽古をするのに、毎月兼題で詠進させた歌を綴じこみの冊子として手許に残し、これに『東塢亭月並兼題和歌』と表記した一書が、いま正宗文庫に入っている。もとは多冊数でそろっていたと思われるが、現存のこの綴じこみ一冊には、天保十年一月より翌年の正月までの分が含まれ、なかに蓮月の詠歌も見える。蓮月の名は毎月最も下位に見え(七月と十一月は休んでいる)、一年の通計十一首が記録に残された。この歌帖には当座の詠も収められているが、それには蓮月は加わっていないので、歌はすべて兼題のものばかりと考えられる。兼題とは、前もって師匠から出されている詠題で作歌したものを持参する方式である。蓮月は人びとの多く集まる歌会というものの空気をこのまなかっただろう。『東塢亭月並兼題和歌』収載の十一首のうち、黒岩氏の引用は、次の四首である。

たちこむる霞を分けておもふどちよはひをのべの小松をぞひく　(一月、霞中子の日)

かへるより又こん秋を松しまや名ごりをしまの浪のおちかた　(二月、海上帰雁)

香をさそふ風のたよりのなかりせば雪とばかりやみよしのゝ山　(三月、遥見山花)

こぞきゝしかたのあたりやとひ来まじことしはうとき山時鳥　(四月、未聞郭公)

天保十年というこの年、すでに四十九歳の蓮月の手もとには、もっとのびやかな、調べのすぐな歌が、いくらも書きとめられていたにちがいないのに、これら兼題の歌はいずれも、ことばのかかり方にぎこちない、無理なところがあり、のびやかさを全く欠いている。東塢亭の家塾を統べる景樹翁に示す歌ならこういう形に収めねば、というふうに観念が先立っているためだろう。右の四首に対応する歌が『海人の刈藻』および『全集』の歌の部「拾遺」に見当るかどうかをさがしてみると、「一月、霞中子の日」の歌に対応するものとして「拾遺」の「子の日」と題する歌、

おもふどち心をのべの子日(ねのひ)こそ春のあそびのはじめなりけれ

「二月、海上帰雁」の歌に対しては、同じく「拾遺」の「帰雁」と題する歌、

かへる雁なけばなみだぞこぼれけるまたこん秋のたのみがたさに

「三月、遥見山花」の歌に対しては、『海人の刈藻』の「花」と題する歌が見つかる。

いちじろく匂へるものを桜花くもか雪かとなにまがふべき

前三首、いずれも見ちがえるばかりの出来映えである。「四月、未聞郭公」の歌には、対応を認め得るような歌が見当らない。もっとも、右の三首にしても、主題、話題が同じということ、若干の字句に重複があることから、便宜上、対応をいったにすぎない。歌の気分は、もうまるで別である。歌の師匠の添削がこれほど徹底した改作にまでおよぶようなことはなかったと考えられるから、景樹が手を加えたためにこういう歌になったのではけっしてなく、蓮月がのちあらたに最初から出発して、新しい気分で詠んだのである。その

ときに、かつての東塢亭の月並兼題は、いわば乗り越すべき一契機として、蓮月の前にあった。蓮月は乗り越えた。それと同時に、運が開けてきた。つまり、どういう歌口（うたくち）で詠み出すときに自分のこころが最もよくありのままを歌に映出するかを、蓮月は見きわめたのである。

三首は、その歌口が景樹好みのものではなかったことをわれわれに示している。どの歌にも「われ」というプリズムが秘匿されている。それは景樹の歌を割ってみても、どこにも仕組まれていないプリズムだ。このことは、景樹第一の高弟とされる熊谷直好の歌についてもいえるだろう。おそらくこの相違が景樹を離れる蓮月を芦庵のほうに引き寄せる。けだし芦庵は有情、無情いずれを問わず、歌の対象に情において一体となることを歌の主旨として、そのとおりの歌を詠んだからである。

たとえばいずれも「山の井」を詠みこんだ次の二つの歌をくらべてみると、蓮月と景樹のちがいはよく分かる。

ひさごもて汲もえつべきかげながらあはれはふかし山の井の月

雫にも濁らぬ春になりにけり結ぶにあまる山の井の水

前のほうが蓮月、後のが景樹である。「あはれはふかし」という四の句をのぞきこむ姿勢になったとき、われわれは作者のこころに触れている。けれども景樹の歌には、のぞきこむ姿勢をわれわれにうながすようなものがない。景樹は山の井のそばにただ佇立し、ほどなく井のはたを離れる。先に挙げた蓮月の帰雁の歌「かへる雁なけばなみだぞこぼれけるまたこん秋のたのみがたさに」を読んだあとで、『桂園一枝拾遺』にみえる次のような歌を読むとき、われわれには、景樹のこころの乱れのなさがなみだが出るほど情けなく、浮薄なものに見えてしまう。

大ぞらのみどりをわけてかへるなり芦間に見えし春のかりがね　（去雁遥）

同じように、先に挙げた蓮月の花の歌「いちじろく匂へるものを桜花くもか雪かとなにまがふべき」という歌では、「いちじろく匂へるものを」という一、二句を彩っているきわ立った主情の分光が、花を雲にたとえたり、雪になぞらえたりする比喩のたわむれを今はむなしいものに思っている作者のこころと、われわれとのあいだに、いずれは束の間のものだとしても虹のような渡りを架ける。しかし、景樹の歌は、まちがってもこういう虹の橋を架けることがない。

咲きいでん遠山ざくらとほからぬかげこそにほへはるのよのつき　（『桂園一枝拾遺』遠山春月）

いかにも景樹の歌だけあって、歌の姿は絶品かもしれない。また、歌の調べの良さにささえられたこういう言回しのおもしろさは、景樹の最も得意とするところだが、思わずこちらから寄り添って、本当にそうだと、同感を示したくなるような暖かさがない。「子の日」という題は正月のめでたい歌を詠み出すのにうってつけで、松と千代のことほぎをかければ一先ず形のととのった歌になりやすい。蓮月は『東塢亭月並兼題和歌』に記載の作では、その定石どおりな「子の日」を歌っているにすぎないが、先に挙げた歌「おもふどち心をのべの子日こそ春のあそびのはじめなりけれ」は、日頃親しく交わっている仲のよい友だちと子の日の小松を引きに春の野辺に出て、分けへだてなくこころをのべ合って遊ぶ、そのうれしさを精いっぱいに歌った作である。「おもふどち心をのべの」という一、二句に、蓮月の「われ」というプリズムを私は強く感じる。我を主張しているという意味ではない。わがこころという内面をいっぺん通さずには、常套の歌題すら歌にしないところが蓮月にあることをいうのである。景樹では「子の日」は次のような歌になる。

ひめ小松ひくや子の日の小車にわかなをさへもつみてけるかな　（『桂園一枝拾遺』子日興）

「けるかな」は景樹と桂園派の特徴的な口ぶりである。「けるかなと香川の流れ汲む人のまたけるかなになりにけるかな」「けるかなと詠まれけるかなけるかなにあらぬけるかなも詠まれけるかな」などといった戯歌は、明治の世には人のよく知るところだった。情景にせよ、人にせよ、こころにせよ、歌う対象に対して、景樹という人はけっして深くはかかわらず、つねに傍観的に臨場した。そして多彩な技法を駆使し、自在に本歌を取りこむ力量と、少なく見積って一万首とされる歌数の多さ、つまりは景樹の大手腕は、疑いもなくこういう傍観的精神を前提にしている。こころのうちに「われ」の分光器を仕掛けている蓮月が景樹とは別趣を呈するのは、やむを得ないのである。そればかりか、いわば歌ただ一つの大池沼であった景樹に対して、蓮月は、歌、陶器、書、そして絵が、いずれも細流ながらくっきりした条溝を刻んでながれ、地形にそって曲折するような趣をもっている。

井上通泰『南天荘次筆』の「南天荘歌話」に「蓮月尼のあまのかる藻」と題した歌集評がみえる。その結尾に次のような一節がある。「南天荘歌話」は主として近世、幕末、明治にわたる歌集を取り上げ、短評を加えたもので、高畠式部の歌集『麦の舎集』の評がすぐ前にあって、蓮月の歌集評に続く。

世に蓮月式部とならべ称するは歌を知らぬ人か又は二人の歌をよく味はぬ人の評なり。蓮月はクロウトなり。式部はクロウトとシロウトとの間なり。蓮月は優に第二流の歌人に入るべく、式部は第三流の歌人にも数へがたし。されば二人はならべ称すべきにあらず。

井上通泰のこの評価に、私は同感する。もしも「われ」のプリズムがなければ、蓮月は「どうにか二、三流」というものになり下っただろう。式部は笙、琴、琵琶をよくしたといわれるが、その歌は師匠景樹の口まねさえまともに出来ない程度であった。もともと器量がちがっている。そして蓮月は歌において「優に第二流」だったばかりか、手がけた技くれのいずれにおいてもまた「優に第二流」であった。すべてをしっかり二流で受け揃えることは、なかなか難しいことである。

一九　『蓮月尼全集』の装幀　木島桜谷のこと

私の手もとの『蓮月尼全集』は上中下三巻を一冊にした洋本仕立てなのだが、たまたま挟まっている「蓮月尼全集頒布会、会報」(昭和二年一月二十八日)という一枚のチラシを見ると、この『全集』は活版和本体裁の三冊本が順次上巻から刊行され、下巻刊行のときに和本の版型をそのまま使った洋本が造られ、予約者に頒布されたようである。和本下巻は送料共で三円七十八銭、洋本は六円六十八銭、但し送料は別に三十六銭となっている。岩波文庫の星一つが二十銭の当時にしては高価な本である。この『全集』洋本の出来上りはチラシに「装幀も見事に極上々に出来ました」とあるが、いかにも堅牢ながら、背表紙にりっぱななめし皮が使われている。

これがどうにも蓮月となじまない。蓮月は殺生をいとって、かつお節すら全く用いなかったということが、ほかならぬ『全集』下巻「伝記、逸事編」にみえるのだから、もしも蓮月がよみがえって、それさえ恥ずかしい『全集』に牛皮が用いられているのを見たら、憤り、情けながり、せめてもの供養にと、牛の鼻輪塚に手向けの香華を献じたかもしれない。出来れば和本の、麻の帙に収まった三冊本をもちたかったのだが、『全集』を探したとき、和本仕立てのほうには不運にして行き当らなかった。

けれどもこの洋本も、表紙の見返し両面に、寿岳文章の『書物の世界』（朝日新聞社、昭和二十四年刊）の用語でいえば「効き紙」と「捨て紙」にわたって、さらに裏表紙の見返しにも断続する装幀画として、木島桜谷の風景素描が用いられているために、とにかく蓮月の全集らしいところを保ち得ていると言わねばならない。『全集』の編者村上素道の依頼に対して、桜谷は、装幀用の画を試みたことはまだ一度もないと言いつつ、蓮月の人柄を偲んで引き受けたということが素道の「感謝数件」（『全集』上巻、巻末）から読み取れる。

木島桜谷は、四条派の流れにつながるすぐれた画家であった。姓の木島はキジマではなくコノシマと読むのが正しい。桜谷は明治十年三月、京都三条烏丸西入ル御倉町に生まれた。名は文治郎、字は文質、龍池草堂主人、朧虚迂人と号した。朝岡興禎『古画備考』に掲げる文化十年（一八一三年）前後の「京画師相撲見立」によると、西の前頭にいる土佐光孚と張り合って東の前頭に名のみえる木島元常は、桜谷の祖父に当る。もともと画師の家筋である。桜谷は幼少から絵を好み、十七歳で今尾景年の門に入り、以後画技に専念したが、詩書に親しむことを生涯忘れなかった。景年は当時、六角新町西入ル西六角町に住んでいて、桜谷の家とすぐ近かった。景年の師は鈴木百年であり、百年は独修によって蕪村、円山四条派、岸派等をまなび、一家をなしたが、倨傲の人であった。桜谷は同門の竹内栖鳳とともに画名を挙げ、初期文展に《若葉の山》《しぐれ》《駅路の春》《寒月》と相次ぐ力作を出品し、大正期の京都画壇の人気を一身に集めたが、驕るところの少しもない寡黙朴実の人柄であった。晩年は等持院に隠棲し、栄誉を追うことをしなかった。昭和十三年歿、六十二歳。出身校の京都市立明倫小学校講堂を飾るために予定二十六枚のうち半ばを描き上げた《修身の図》が桜谷の絶筆となった。明倫小学校は、明治二年に手嶋堵庵の心学塾明倫舎の敷地充用によって発足をみた小学校である。

桜谷は好んで京郊の風景を墨で描いた。そしてその風景がまさに京郊に属するもので、他のどんな土地のものでもないことをきわめて鮮明に感じさせる画面を描いた、竹内栖鳳なら、京都の風景を描いてもそれを一般化して一樹林、一村落、一水畔の風景画に変えるところを、桜谷が京郊を描くと、気象、大気および地勢との関連のもとに、樹林、村落、水畔いずれの場合にも、それが京都のものでしかあり得ない風景として、的確に描き出される。ここで的確というのは、写生的にそうであるばかりでなくて、詩的にもまた的確なのである。田能村竹田が天保五年(一八三四年)に出した著書『山中人饒舌』のなかで、円山四条派を京派と呼び、この派の特色を巧みに規定したことはよく知られているが「春秋暁昏、風雨陰晴、天機の寓するところ、意態随性、一々肖に逼(せま)り、窮尽せざるなし。その法古からずといへども亦た観るに足るものあり」という一節が、桜谷の風景画を見るとき、私にはいつも思い出される。竹田は松村呉春に景文、岡本豊彦、横山清暉、塩川文麟、吉村孝敬らの風景画をつぶさに見て、この称賛を禁じえなかったのだが、四条派の末につながる桜谷にいたって、観察も筆致もますます精緻となり、竹田の賛辞にますますよく対応する風景画の誕生を見たのである。

『蓮月尼全集』の洋本版をかざる画として、桜谷は墨だけのごくあっさりした素描を寄せた。表紙見返しには、山ぎわに藁屋根の離れ家が一軒、前景に梅が数株、篠の垣根、家の軒ごしに柿の木、遠くに西山の稜線、ただそれだけが描かれ、裏表紙の見返しには、東山を手前に、稲荷、伏見となだらかに低まって淀、八幡(やわた)に消える稜線、ただそれだけが描かれる。だが、この略画の趣には、蓮月の住みついていた世界の文芸的機微と、うまく通い合うところがある。

この画は和本仕立ての『全集』には全く用いられていない。そちらのほうには、見返しに装画はなく、桜谷の筆で表紙に松の枝が描かれている。村上素道の「感謝数件」に、松風蓮月の異称を生じさせた有名な歌の趣を写した画というのは、この和本の表紙画のことである。

山ざとは松のこゑのみきゝなれて風ふかぬ日はさびしかりけり

蓮月の同時代人、書家として一世に名をうたわれた貫名海屋が微醺を帯びると、つねに低吟したというこの歌は、いい歌である。しかし洋本仕立ての『全集』をかざっている桜谷の画とこの歌は、どうにも結びつかない。和本仕立てと洋本仕立てでは別の画を用いているのに『全集』の内容は「感謝数件」も含めて変更なしであるために、洋本仕立てだけを頼りにしていると戸惑わなければならない。和本仕立てを見せてくれる人があったので、私はようやく納得がいった。

洋本のほうに見る桜谷の画は、巧みに季も時刻も限定しないように描かれているので、この景は秋ともみえ、春ともみえる。真冬とはみえないと思いつつ見ていると、木々のこずえから葉のすっかり脱落した真冬の景も目に浮かぶし、真夏とはみえないと思っていると、蚊やりの煙が立つこの藁屋の夏の室内が目に浮かぶ。というわけで、この無限定は季の移ろいという自然の限定によって支えられていることが判ってくる。景はまた見様次第で、昼とも、早朝とも、月の夜ともみえる。蓮月の歌のいくつかが画中に浮かぶ。

うづみ火に寒さわすれて寝たる夜はすみれつむ野ぞ夢に見えける

たびならぬまくらのくさに虫鳴きて秋あはれなるわがいほりかな

山ざとにひとりも月を見いるかな夜よしと待たん人もなければ

うぐひすの都にいでん中やどにかさばやと思ふうめ咲きにけり

二〇　円山四条派の世界

桜谷から円山四条派の流れを溯って、化政期から幕末にかけての京画のうちに蓮月の歌を移してみれば、当時の京都における芸文の世界というものに、われわれはよほど近づくことが出来そうである。

蓮月の歌には、いま思いつくままに並べた四首のうち、たとえば一番目の「うづみ火」の歌にみるように、淡白なうちにあでやかな彩りをもっているもの、四番目の「うぐひす」の歌のように軽みを帯びた、俳諧歌という種類に加えてもいいようなものが、歌集のあちこちに見当るほかには、中二首のように、山里の独り居の即興ということではあと二首と異らないが、いわば都の鄙ぶりというべきこころの動きによって歌い出されているものが、これは相当多数を占めるように思われる。都の鄙ぶりとは、都人のこころの置き所、目の付け所をけっして失うことなくして、都から逸脱することに興じるようなこころのさまである。

ところで、この三種の歌の性状は、京画の性状にもまた見出される。淡白とあでやかさが共存して、互いに他の引立て役を買っているような画、軽みをそなえていて、どこやら寛いだ趣をもつ画、遊楽がそのまま都の鄙ぶりになるような、さまざまな年中行事を図柄にした画、あるいは都の鄙ぶりを唆すような画題を提示している画――円山派では始祖応挙から一段下りて山口素絢、吉村孝敬、中島来章、さらにもう一段下りて森寛斎、鈴木百年、幸野楳嶺によって、四条派では始祖呉春から一段下りて松村景文、横山清暉、塩川文麟、岸連山、さらに一段下りて村瀬雙石、前川文嶺によって、こういう三種の画は高い需要に応じておびただしく描かれた。

事実、京都の一般商家のうち、暮らしに多少のゆとりを生じた家々が競合しながら、床がけの画幅として求めたもの、京都人の生活に主流として流入したものは、円山四条派であった。寛政元年（一七八九年）から文政十三年（一八三〇年）におよぶ寛政の内裏造営、安政二年（一八五五年）から慶応年間におよぶ安政の造営、七十年余りのあいだに二度おこなわれた大規模な御所造営にさいして、宮中画師としては円山四条派よりも高い位を誇った土佐狩野の両派も、京都の平民の暮らしのうちでは、南画文人画派とともに、ごく細い傍流にすぎなかったのである。

京都の町中の生活に、絵画というものをこれほどよく滲透させるのに大きな役割を果したのは、寛政四年（一七九二年）以来、元治元年（一八六四年）まで足かけ七十年余のあいだ、毎年二回、四月と十月に欠かさず開かれた「新書画展観」である。この展示即売会の発起人は皆川淇園（きえん）であった。享保十九年（一七三四年）生まれの淇園は当時五十九歳、易学の研究にもとづく独自の「開物」の思想は、まさに円熟していた。開物とは、きわめて手づつな要約をすれば、文物の環流を促進して世を潤沢にすることのようである。自身も詩文に長じ、絵の巧手でもあった淇園が提唱したこの書画展観の催しは、円山真葛が原の料亭正阿弥（しょうなみ）を会場とした。当時、真葛が原は、坊舎軒を並べ、風騒雅客の宴地として四時にぎわったし、秋の小萩は特に真葛が原の名物であった。展観会には、毎回三、四百幅の作品が集まったと言われるが、画家文人は流派にかかわらず、高名、かけ出しにかかわらず、また京住みの作者に限らず、出品料を目録刷り出し料の名目で世話人会の表具師の寄合（よりあい）に支払えば、出品することが出来た。けれどもこの書画展観は、末になるほど円山四条派中心の様相を呈し、物情騒然たる元治にいたって終息するが、やがて慶応二年（一八六六年）、塩川文麟らの結成した如雲社の主催のもとに慶応四年一月より、もとどおりの展示即売会の形式を回復する。

蓮月が師事して絵を習ったといわれる画家は、一説によれば景文、また一説では来章というふうにわかれる。

もっとも、徳田光円「晩年書簡にみる蓮月」（『蓮月』講談社刊所収）によると、蓮月は景文について熱心に絵を習得したのみならず、景文を恋慕し、その家に住していたこともあると、鉄斎が晩年に語ったのを鉄斎の孫、富岡益太郎氏が記憶しているという。鉄斎から出た話となれば、聞き捨てには出来ない。*数人の子を生み、三十三歳以後独身となった蓮月に愛欲の悩みが全くなかったと決めこむよりも、あったと思うほうがむしろすっきりする。そして愛欲を散ずるのに、蓮月が技芸を格闘の相手に択んだと考えれば、これも無理がなくていいように思う。とにかく景文師事の説には、鉄斎の強力な傍証が挙ったわけだが、しかし、これによって来章師事の説を打ち消すこともないようである。来章が仮に清暉であっても、それで構わないようなものだ。円山四条派の特色にくらべれば、個々の画家の個性の特色は淡いのだ。時代の趣味を支配する画派というものは、つねにそうしたものである。

＊　益太郎氏の晩年、氏のお伴をして円山の西行庵のほとりを歩いたとき、あの景文恋慕は徳田さんの聞き違いですから、折りあれば訂正してください、と氏は笑いながら申し出られた。いま折りを得たので補記する。

芦雪、若冲のような個性的な画家がいるではないか、という反論が当然あるだろう。しかし、あの桁外れの画家たちは、かれらの生きた時代の趣味が時代おくれとなり、かれらの逸脱の度合いを計測するのに用いられた尺度が廃されると、突風にあおられたテントのように、急に身軽になって飛び立ったのである。流派から出はずれていたために個性というよりも痼癖と考えられていたものが、流派の陥没とともに特異な反抗的先駆の個性として、高い評価に浴するようになったのだ。事実、芦雪、若冲に全く、あるいはほとんど全く持ち合わせのなかったのは、都の鄙ぶりであり、そのためにかれらは、当時の京都人の趣味には騒々しくてかなわないような絵を描いた。芦雪は都雅ではなくて豪快粗放、人の意表に出る画面がうまく収まるような室内をもっている京の禅刹と西国、瀬戸内の富商の邸宅に、正当にも受け容れられたし、若冲もまた禅寺を好み、禅寺に好まれる絵を描いた画家である。

一方、景文、来章は、至極におとなしい絵を描いた。かれらの絵を見る人びとのこころがなごやかになれば、かれらの絵の目的は充たされたからである。だが、こころがなごむということは、ごまかされることではない。人びとは、見た絵をきっかけに目覚めたこころを抱いて、その絵に描かれているもの、描かれている場所、描かれている年中行事、祭礼、描かれている季節のほうへ、おもむいたからである。いかにもこれでは、独行せず独歩せず、自尊自侍の念も脆弱な絵という非難があるだろう。けれども、一つの画面によって惹きおこされた微動のおよぶ空間と時間のひろがりが、文明の総体をどこまでよく包摂し得ているかによって、絵を計ることも可能なはずである。

微かな震えは絵から歌に伝わり、歌もまた微動しはじめる。空間には一種の均質化が進行し、光波の干渉を受けた時の流れのうちで、埴細工も、書も、この震えに無関心ではおれなくなる。起因が絵画でなくて和歌にあっても、また事情は等しい。諸芸術が、ここでは互いに他を因として微動し、空間の均質化を完成するのに協力し合う。だが、こういう空間はやがて凝固するしかなく、こういう空間に生息している文明も、そのときには死を避けがたくなる。一つの文明が死んだあとには、その文明の残映のうちで生き残りながら、もう一度、自己完成という方法のみによって文明の再生を志す人が、必ず出現するものである。先に触れた木島桜谷、また、鉄斎がこころを許した数少ない同時代の画家、幸野楳嶺のような人は、その美しい実例にかぞえなければならない。

しかし、景文も、来章も、自分たちのおとなしい絵が文明の死を準備しているなどと聞けば、おそらく仰天することだろう。

二一　都の鄙ぶり

われわれが円山四条派の作品をたんに応挙、呉春に限らず、その末流まで、ざっと通覧しようとすると、美術全集、画集には、適当なものが見当らない。しかし幸にも、いま大変役に立つ特殊な図録が容易にわれわれの手の届くところに、沢山散らばっている。いわゆる売立ての目録であって、書画、茶道具などの収蔵家から所蔵品の大量売却を依頼された道具商が入札に先立って、同業者、顧客に配布する諸道具類の写真図録である。古書店の片すみに乱雑に積み上げられ、ほこりにまみれているこの種の図録には、バルザックのような作家なら、さぞかし好奇の念に駆られ、夢想の糸を繰り出さずにおれないような旧大名家、富商、素封家の没落の物語が、かならず秘められているはずである。そして昭和十年前後、経営逼迫による旧家の没落相次いだ時期、三都でしきりに開かれた売立ての目録には、円山四条派の作品が系統立って多数収録されていることがある。

いま私が見ている目録も、そうした部類に属するもので、昭和十二年二月に大阪北浜の道具商、植村平兵衛と磯上青次郎が札元となり、大阪美術倶楽部を会場として行なわれた売立て目録である。所蔵品を処分に附した家は名を伏せて記されないこともまれではない。これも京都某家とある。目録表紙には中島来章の《紅梅に兎》をやや図案化して用い、見返しに雪花文をあしらっているのは、当の某家のこれが家紋なのであろう。

応挙の《双鶴》を巻首に、呉春の《春秋山水図》双幅にと続くこの目録には、幸野楳嶺、木島桜谷まで下ってかぞえると、円山四条派が百点余り含まれる中で、個々の画家の点数としては、景文の十六点が最も多い。特にそのうち応挙の《黒牛》(秋成画賛)、呉春の《蚕豆》(皆川淇園画賛)、景文の《菊》三幅対(のち逸翁美術館蔵)、素絢の《花の旅美人》、来章の《紅梅に兎》《花菖蒲に水鶏(くいな)》、森寛斎の《地獄太夫》などは、いずれもきわ立った優品。実物を一見したい気持にさそわれる。

私は先に蓮月の歌にみられる三種類、それに対応する京画の三種類ということをいったので、実例をこの目録から拾いながら、そのことをもう少し詳しく追ってみたい。

景文の《菊》三幅対は、各画幅それぞれに趣を異にした菊が描かれていて、一つは、硬い小型の葉を密生し、茎の屈曲のいちじるしい背の低い小菊、花もまた小輪がかたまりになって咲く野趣のある種類、一つは、ひろくてやわらかな長楕円形の葉をもち、背は高く育った栽培菊で、やや大輪の紅花を枝分かれした茎のあちこちに付けるもの、あとの一つは大輪の白菊、花は茎の頭頂にただ一つ大輪をひらく種類。この三幅はいずれもそれぞれの菊の性状、形態をとらえた精細な写生図である。ただし、特色をきわ立たせる微妙な簡略が行われて絹本の地から浮き立つさまは、本草学者による巧みな腊葉（さくよう）標本を思わせる。この三幅の対比の妙は充分に計算されているので、一幅だけを切離してながめると、美的効果はかなり減少するにちがいない。景文のこの草花写生図のうちには、宗達、相説（宗雪）の《草花図屏風》からわれわれが受けるのと同質の、装飾性すら感じられる。

ところで、白菊の画幅には、重たげな、見事な大輪の花を頂上に乗せて、ゆるいS字形にたわんだ茎を支える一本の細竹が描かれている。白菊の花は、この細竹によって、私の目の前で変貌をとげる。細竹は杖となり、花は人となる。同じ目録中の素絢の《花の旅美人》にみえる婦人の姿がその人かげにかさなる。

《花の旅美人》の図は、見頃の桜花をながめている道中着のいでたちの二人の京風美人を描いた作品である。しかし画面には、奇抜な趣向がほどこされている。二人の女が見上げている桜は、地から生えているのではなくて、道のほとりの老松の幹のくぼみに自生した寄生桜なのだ。それに気付いたのは、母娘のうち母親のほうである。十五、六の娘は、ふくよかなあぎとにかけた紐でしっかり結わえた笠の縁に右手を当て、笠を押し上げながら桜の花を仰ぎ見ている。三十代の半ばという年恰好の婦人は、右手にもった細竹の杖を地に立て、旅装束の手甲を着けた左の手で、頭上の桜の木が老松から伸び出ている有様を思わず模倣するかのように、我れ知らず力の入った手首を内に曲げ、腕ごと肩の高さまで、手をもち上げている。景文の白菊は、細竹の杖に全身でもたれかかっているが、素絢のこの美人は、坂の上り道で立ち止まり、反り気味になった姿勢の均衡を保つために、細竹の杖にわずかに体重を寄せている。これが老の杖ではないことは、この姿勢があやまたずに表現している。しかし、もしもこの杖がなければ、画面は仰ぎ見る婦人とともに均衡を失することを素絢はよく心得ている。ただ一本の杖が絵の生命を左右している。心憎い小道具の使い方ではないか。そしてこの点で、景文と素絢は同じ技法の所有者、つまり、かれらは語の充分な意味で、同一のエコール(学校)に属している。

もう一つ、かれらに共通しているのは、余裕のない生まじめさにはかれらが無縁なことである。景文が細竹の杖によって白菊に寄せた思い入れ、言いかえれば暗喩的なこころの機微は、目とこころとがもつれ合う一瞬によって、まさに機微ということが出来る。「そう思えますか、これが杖をついた女に見えますか。いや、これはごく当り前な白菊ですよ。」そういうふうに、景文はちょっとからかっているところがある。素絢のほうは、老松に寄生する桜ということのおもしろさだけで、すでに諧謔の軽みを含んでいて、この花見の美人の画面をにこりともせずに生まじめ顔で見る人があったら、それは田舎者だということを絵そのもので示唆している。意地が悪いといえば、そういえないことはない。

蓮月が白菊を詠んだ歌に、こんな一首がみえる。

露をのみ香を身にしめて秋はただうきよのことはしら菊の花

暗喩的な表情と俳諧歌めいた表情が、まず無難に一つに収まっている歌。景文の白菊の図に書き添えてみても、目ざわりにはならないだろう。無論、蓮月の筆で書き添えられていなくては台なしだが。景文にくらべれば、中島来章は一見したところ、諧謔味にとぼしいようである。

《紅梅に兎》には、お手本になった図柄がある。雑誌「京都美術」の第三十四号(大正三年十二月)にグラビア版が収録されている沈南蘋の《雪梅群兎図》(桑名鉄城旧蔵)が、いわゆる粉本に当るものであろう。だが、私は模倣ということが言いたいのではない。

沈南蘋から来章に移ったとき、白梅は色を変えて紅梅となり、佶屈とした枝には、いちじるしくやわらかみを加え、雪はすっかり消え、山間の凍えんばかりの渓流は抹消され、雪中に咲き出た水仙に代って若草が萌え、雪空は晴れあがって、なだらかな丘には春の日がいっぱいにあたっている。沈南蘋の画中には、水仙をなかに向かいあっている三匹の兎が、来章では、三匹一処に寄りそって、むつみあっている。津田左右吉が中国の隠逸と日本の風月との相違について指摘したときの言い方を借りるなら、ここには沈南蘋における「世外の風月」から「人間生活の一面として、もしくはその背景としての花鳥」への転移がある。そしてこの転移にともなう単純化こそ、注目に価する点である。

沈南蘋のほうには、雪中の白梅の枝に二羽の小鳥が、また梅に枝をさし添えている八重の椿があり、水仙、笹、渓流というふうに、道具立てがやや煩雑にすぎるのに対して、来章は紅梅に三兎、笹の数株とかすかな若草の芽、それだけに道具立てを絞っている。

この縮小は、やはり一種の諧謔である。そう私が考えるのは、たとえば広瀬淡窓の『淡窓詩話』にしるされた、次のような一節を思い出すからだ。

予詩ヲ推敲スルニ就テ。悟入シタルコトアリ。予ガ父ハ俳諧ヲ好メリ。ソノ話ニ。或人生海鼠(ナマコ)ノ句ヲ作リテ曰ハク。板敷ニ下女取リ落ス生海鼠哉。師ノ曰ク。善シト雖モ。道具多キニ過グ。再考スベシト。乃チ改メテ曰ハク。板敷ニ取リ落シタル生海鼠カナ。師ノ曰ク。甚ダ善シ。然レドモ猶ホ未シ。其人苦吟スレドモ。得ルコト能ハズ。師乃チ改メテ曰ハク。取リ落シ取リ落シタル生海鼠哉ト。予此話ヲ聞キテ。大ニ推敲ノ旨ヲ得ルコトヲ覚ユ。

文中にみえる淡窓の父というのは広瀬三郎右衛門貞恒、豊後日田（ひた）の人で、府内、中川、黒田、対州など諸侯の御用達を家業とした。淡窓はその長子として天明二年（一七八二年）に生まれ、安政三年（一八五六年）歿。徂徠学派の亀井南溟、昭陽父子に就いてまなび、儒として立ち、家業は弟に譲り、日田の生家の近傍に学塾咸宜園を設けた。塾生は前後四千人といわれる。咸宜園には頼山陽、梁川星巌、田能村竹田、貫名海屋、帆足万里らが淡窓を訪ねている。中島子玉、高野長英、大村益次郎、谷口藍田らは淡窓の弟子であった。先の引用は『淡窓全集』に拠った。

江戸後期には、ものの観察ということが、市井人のうちにまで、よく行きわたっていたようである。『淡窓詩話』の海鼠の俳句にみるようなことば惜しみは、ものの形態、性状あるいは動態をよく伝えることばだけを観察に照らして残存せしめ、あとは消去するという方法によって成り立っている。同様のことは、円山四条派の景物小品についても、また見ることが出来るだろう。かれらの略筆が観察の要約であることはいうまでもないが、描かれるものそれ自体が、推移する自然の相の要約になっていなければならないところに、京画の略画の概念と、西洋画でいうデッサンの概念との非常な相違を認めなければならない。

ところで、同じ目録に多数含まれている半切の大きさの画幅はすべて季がけ、すなわち一年のうち、それを床の間にかけるべき時期が描かれた対象によって示されているものばかりであるが、海鼠の句の流儀で描かれている画面の特色は、言ってみればすべて都の鄙ぶりである。いま主なものを挙げれば、

景文　月夜桜（四月）　早苗（六月）　白蓮（八月）　柳に秋海棠（九月）

清暉　雪中鴨（二月）　藁馬（二月、初午）　立雛（三月）　弦召（つるめそ）（七月、祇園祭）

応震　金魚（七月）　景樹短冊賛（七、八月）

来章　葵祭(五月)　風雨双雀(九月)
連山　柊(二月、節分)　月に稲(九月)
楳嶺　青楓に螢(六月)　菊(十月)　鯛(十月、えびす講)

これにまじって、村瀬雙石の《七夕》という絵に蓮月が賛を添えているものがある。「八十一　蓮月」とみえるから、明治四年の合作である。

村瀬雙石、通称宗太郎、名は魚、彩雲、双石と号した。文政五年(一八二二年)生。村瀬五猪の養子。はじめ松村景文について習い、景文歿後は横山清暉の門下となり、十数年間師事して、のち一家をなした。錦小路室町西入ル霰天神町に住し、明治十年歿、五十六歳。

雙石の《七夕》は、梶の葉を七枚、葉柄のところで結(ゆ)わえ束ねた作り物を描いている。これは、古く平安朝の宮廷人にはじまる七夕のお供え物であって、人びとは梶の広葉に詩歌を墨書して織女星に献じ、詩文、音楽の才芸の庇護を乞い、合わせて書の上達を念願し、また恋の首尾を祈った。『新古今集』「秋歌」上の巻にみえる俊成の歌は、この梶の葉を詠じた作例として知られる。

七夕のと渡る船のかぢの葉にいく秋かきつ露の玉づさ

雙石の絵をみると、梶の葉とともに懐紙、短冊が結わえられ、夜風にはためいていて、なかの一葉の短冊に、蓮月の歌がしるされている。すこぶる奇抜な画賛の形式である。しかも、なお注意してみると「八十一　蓮月」の署名は、風にひるがえって裏を見せているとなりの短冊、その裏にしるされている。これはいわゆる裏名(うらな)という女子の書式にのっとったもので、そういえば歌のほうでは、上の句に対して下の句を一字下げで書きしるしているのも、裏名と同じく女子の書式として当時よく守られていた書き方である。古法をよく踏んで、しかも奇抜を見せているところに、私は蓮月という人のあたまの涼しさを感じる。歌は次の一首で、『海人の刈藻』には「七夕琴」という題で収められているものである。

ことの音のうれしきすぢに聞ゆなり七夕つ女にあえやしつらん

今夜、となりの殿御が弾いてござる琴の音は、七夕姫との難しい逢瀬が叶うたのだろうか、浮き浮きとした音色に聞こえてくることだ。

右のような一首を詠じたとき、蓮月は、芦庵が琴の名手であったことを思い浮かべていたかもしれない。また芦庵には恋歌にすぐれた作が多かった。ものによせての題詠の恋歌にも、魂魄の調べがこもっていた。琴の序でに、『六帖詠草』の「俳諧歌」から、次のような詞書をともなう一首を引いておきたい。淋しいとき、いたずらに打ちしおれずに、はしゃぐこころの「あはれ」を知る人は、この芦庵に共感しなければならない。

銅駝坊のあたりにしる人のもたる家あり、いたづらなればとてすり(修理)もせずあれたるをさながらかりてすみけるころ、人こぬほどは心やりにことかきなでゝうたひをるに、月のよごろ更け行くをりくは、かべのあれまよりたぬきはひいでゝ庭草のしげみにみえかくるゝもあはれにおぼえて独りごちし

あなさびしたぬつゞみうて琴ひかむわれことひかばたぬ鼓うて

もう全く廃れたが、江戸時代を通じて、さらに明治におよぶ長いあいだ、七夕に琴を弾く習わしが続いて

いたようである。京都八坂神社の祭礼、祇園祭の山鉾のうちに伯牙山というものがある。『蒙求』にみえる伯牙断琴をかたどった作り山である。伯牙は中国春秋の代にあらわれた琴の名手だが、琴をよく聴いてくれた友の鍾子期の死に遭い、悲しみから琴の絃を断ち切ったという。伯牙山の装飾織布のうちには「慶寿詩文裂(けいじゅしもんぎれ)」という中国明初の金襴手(きんらんで)古織布があって、世によく知られている。詩は明初の学者王英の賦したもので、寿星、即ち南極老人星(カノープス)が南天低く、地平に近く輝きはじめ、一陽来復を告げるさまを歌いつつ、長寿を祝賀したものである。七夕とは関係のない寿星を歌った詩であるが、琴と星祭との連繫がなかったら、こういう織布が伯牙山に用いられることはなかったと思われる。伯牙山が慶寿裂を購入した年代は、道具控え帳によって文化十一年(一八一四年)であることが知られる。

祇園祭の序でにいえば、この祭には、ちまきというものが必ず付き物である。ちまきは、現在も洛北花背別所町、大原百井町で初秋に刈り取られ、天日に干されたクマザサの葉を北白川と深泥池の農家が受け取り、ちまきに巻くのである。こういうちまきというものは、七夕の梶の葉と同様に、まさにその鄙びたところに風情がある。ちまきは四条派のしばしば好んで描くものであった。七夕の図に梶の葉を描いた雙石は、よく四条派の都の鄙ぶりを体していた画家だったのである。そして蓮月が、大津絵という鄙びたものをまねながら、藤娘の絵をみずから描き、次の一首を自賛として書き添えるとき、蓮月が主題にしたのは、都の鄙ぶりそのものだったといっても言いすぎではない。

二二　妙法院の集い

いにしへのてぶりをかしきすさびかなこれもみやこの花の一もと

上田秋成が小沢芦庵を良き知己とし、松村呉春と親しかったことは、先に秋成の袋町在住に関連して触れたが、この時代の京都における歌人と画人の交わりには、煎茶という仲立ちとはまた別に、交わりの大きな要因となるものがあった。妙法院宮一品真仁法親王の存在である。

真仁法親王は明和五年(一七六八年)に東山天皇の曾孫、閑院宮典仁親王の第五王子として生まれ、幼名を時宮という。四歳年少の弟宮、第六王子の兼仁、幼名祐宮は、後桃園天皇の猶子となり、わずか十歳で安永九年(一七八〇年)十二月に即位する光格天皇である。王子真仁がこれも年若く十一歳にして妙法院宮となるにいたった事情については、いま私は詳らかにしないが、真仁法親王が天台座主に任ぜられたのは二十歳のときであった。当時、天台座主は天台宗山門派の二大門跡である青蓮院、妙法院いずれかより就任する習わしだった。

妙法院はもと比叡山中に最澄が建立したのを始源とする。後白河法皇のとき、法住寺殿のそばに移り、さらに綾小路の小坂殿に移って綾小路宮と称されていたが、元和元年(一六一五年)に徳川家康の奏上によって今の地に移り、常胤法親王を迎えて以来、知恩院がそうであったのと同様、徳川の庇護のもと、寺領を一挙に獲得して裕福な門跡寺となった。

真仁法親王は、少年時代から応挙を師として絵を習い、なかなかの巧手であった。伴蒿蹊もまた、早くから宮の知遇を得ていた。当時、小沢芦庵、澄月、慈延とともに歌の四天王のうちにかぞえられた蒿蹊だが、和文にも自在の筆力をもっていたことはその著書『近世畸人伝』が証明する。もともと京都(一説に近江八幡)の富商の出であるが、三十六歳のとき薙髪して家督を譲り、岡崎に移り住み、のち東山大仏の西の門築地の下というところに閑田廬と号する居を構えた。蓮華王院すなわち三十三間堂のそばであり、妙法院にはすぐ近かった。三十三間堂は妙法院に属し、旧時その寺域は北にひろがって大仏方広寺と隣接していた。

蒿蹊と応挙は、ともに享保十八年(一七三三年)生まれの同年であり、真仁法親王より三十五歳年長になる。

ちょうどこれだけの年齢の開きは、師のほうが市井の、もと無名の人であり、お弟子が天皇の兄宮であっても、教導ということでは好条件になるだろう。それに応挙も蒿蹊も、人に教えることがいたって親切で、門弟に敬仰される人柄であった。序でながら、真仁法親王の生年、明和五年(一七六八年)は、応挙が大津の円満院に逗留して《七難七福図巻》を描いた年であり、また上田秋成の『雨月物語』の刊行をみた年である。

天明六年(一七八六年)の十二月、十九歳の真仁法親王は小沢芦庵に歌の指導を仰ぎ、その門下に入った。享保八年(一七二三年)生まれの芦庵はすでに六十四歳である。かねて芦庵と親しく行き交わしていた応挙が間に立って、取り計らったことであった。応挙、蒿蹊、芦庵の三人が真仁法親王の師匠として顔をそろえた頃から、宮を中心にした妙法院の風雅の集いは、にぎわいただならぬものがあった。

召しに応じて妙法院に参集した人びとには、上の三人のほかに、次のような有能多芸の人びとを見ることが出来る。儒家、詩家としては伊藤仁斎の孫、東所(文化元年〔一八〇四年〕歿、六十三歳)、先に「新書画展観」に関連して略伝を記した皆川淇園(文化四年歿、七十四歳)、これも先に秋成の袋町在住のところで触れた村瀬栲亭(文政元年〔一八一八年〕歿、七十二歳)、京儒として栲亭の知己であった香山適園(寛政七年〔一七九五年〕歿、四十七歳)、栲亭の弟子の梅辻春樵(安政四年〔一八五七年〕歿、八十二歳)、知恩院の詩僧で詩集のほかに『葛原詩話』の著者として知られ、蒿蹊と殊に親しかった六如(享和元年〔一八〇一年〕歿、六十五歳)、画家としては呉春のほか、応挙の子、応瑞(文政十二年歿、六十四歳)、応挙門の画僧月僊(文化六年歿、九十歳)、同じく応挙の門で仙台藩の画員となった東東洋(天保十年〔一八三九年〕歿、八十五歳)、また書家としては当代随一の聞こえの高い岡本保孝(文政元年歿、六十八歳)、歌人には蒿蹊、芦庵のほかに香川景樹、上田秋成もここにかぞえられる。

妙法院の歌会は毎年四月五日に催されたことが景樹の『詠草日記』享和元年の記載から知られるが(黒岩一郎『香川景樹の研究』八四頁)、年に一度の公式歌会よりも、折りにつけ、宮を中心にして催される風雅の会にいっそうの精彩があり、収穫があったことは容易に想像がつく。妙法院宮は、かげぐちの多い堂上公卿たちと付き合っているよりも、多くは町人の出身である詩家文客と交わり、集いにみずから興をそえることを楽しむような人であった。

あるときのこと、宮は両手、両足と口に計五本の筆をもち、座に展べた半切に絵を描き、いずれが口で描いたもの、いずれが右の手、左の手と、当ててみよと呉春にいう。どれも一様の筆法で区別がつかず、一座の興は盛り上がった。画家の応挙が五つの絵のそれぞれに画賛の歌を作って付けた。

またあるとき、宮から芦庵のもとに使いが参って、南禅寺塔頭の真乗院にすぐ来るようにと伝えた。座にはいつものメンバーが揃っていて、絵と歌の集いになった。東洋が、馬に乗っている人を描いていて、うっかり筆を落し、思案して蝶の絵に描きかえた。芦庵はさっそくそれに画賛した。

ふみしだく花に蹄やかをるらんわがのる駒をこふるこ蝶は

芦庵の厖大な歌帖『六帖詠草』五十巻には、妙法院宮の集いのことが、人びとの歌ともども克明に記録されているようである。残念なことに『六帖詠草』の全体はまだ一度も活字にされたことがない。いま手もとにある『小沢芦庵翁全集』は、『続日本歌学全書』の一冊として佐佐木信綱の編集したものであり、収録されている『六帖詠草』は、文化八年(一八一一年)に芦庵門下の小川布淑(萍流)、前波黙軒らの抜萃編集して上木した『六帖詠草』、および嘉永二年(一八四九年)に布淑の子、小川蘖翁(げつおう)の編集した『六帖詠草拾遺』を底本としている。芦庵自筆稿本の約十分の一程度の分量であって、それも芦庵を中心にして歌を抜いているから、妙法院の集いのさまは、かすかに夕もやをへだて、間垣を透かしてうかがえるばかりである。

真仁法親王は、絵の師匠の応挙に礼をつくした。天明の大火で焼失した御所の再建、すなわち寛政の内裏造営にさいして、応挙が宮中画師の一人に選ばれて大いに彩管を発揮し、のちの円山四条派の繁栄に道をつけた働きは、もとは真仁法親王の強い推挙によることであった。そして応挙、呉春、蒿蹊、芦庵を四本の柱に妙法院に建ったのは、絵画、詩歌、書のコレスポンダンス(照応)の殿宇であった。

応挙とその門弟は、子の日の小松、日の出、相生の松、双鶴群鶴などの図柄を職人的な細心さでととのえ、あっという間に様式の限界に達してしまうのだが、それは賀の宴を飾る絵として、こういう図柄がしきりに求められたからで、京の町びとのあいだに賀宴が盛行することと、円山四条派の隆盛とは、切り離せない関係にあった。賀宴はまた、しばしば歌会であり、画会であった。画賛ということがこういう流通を容易にしたのである。画賛は、妙法院の画家と歌人たちの集いの常則であった。つまり、妙法院風の集いの形式は、時代のお手本になっていた。

しかし、雲上と地下のこういうなごやかな寄り合いも、享和元年(一八〇一年)に芦庵が七十九歳で歿する頃には、次第にしめりを帯びて淋しくなっていたのは否めないことだ。この年、蒿蹊はもう六十九歳、呉春も六十歳になっていた。少しのちの文化五年(一八〇八年)に、上田秋成は同時代の回想の頁を多く含んでいる『胆大小心録』を書き上げるが、そこには「腎虚して今に絵がかけぬにきはまつた」老残の呉春が出ている。

応挙はすでに寛政七年(一七九五年)、六十三歳で歿していた。応挙の死んだとき、真仁法親王はみずから筆を執って墓表をしるし、その死を深く悼んだが、芦庵にもまた同様の手向けを忘れなかった。応挙の墓はもと四条大宮西入ル悟真寺にあったが、寺が太秦に移地したので、いまは太秦の悟真寺に、芦庵の墓は北白川の心性寺跡に建つ日本バプテスト病院内の林間にある。芦庵の墓にみる妙法院宮の筆には、からくも悲愁を抑止した趣が殊に感じられる。

文化二年二月から四月にかけて、真仁法親王は江戸に下向した。家康以来、妙法院の管理下にあった方広寺の大仏殿再建をこの宮は企画していたので、天台座主として再建許可を幕府に乞うための江戸下向であった。大仏殿は寛政十年七月、落雷によって火を発し、六丈余の木造金色の大仏もろとも焼失していた。江戸滞在のあいだに、宮はかねて上洛したとき妙法院に参集したこともある村田春海、加藤千蔭、谷文晁らを引見して歌会を開くなどのことがあったが、帰洛後の七月より持病の脚気が悪化、八月九日、急逝。大仏殿再建のことも沙汰止みとなった。三十八歳、惜しまれる死である。一つの時代が膨らみをうしなった。たまたま妙法院宮の死の数日前に、仏光寺真乗法親王が香川景樹を招じ、以後、桂園庇護者の一人となるのは、真仁法親王の生き方が刺激となり、範となってのことにちがいない。しかし、多面的な展開をみた京都の芸文が仏光寺に集合するということは、ついになかった。その他の門跡、聖護院、青蓮院、知恩院、曼殊院、山科毘沙門堂も、妙法院と並んで詩歌のつどうところではあったが、事情は仏光寺の場合とさして異らない。

二三　小沢芦庵について

妙法院宮急逝の文化二年には、蓮月(のぶ)は十五歳にすぎなかった。天明より文化はじめにかけての妙法院の盛時というものを、うつつに目の前に見ることだけは、どう願ってもかなわぬところであった。蓮月は追懐という方法によって、この時代の花の香をかぎ、精髄に触れようとした。

芦庵がさながら歌日記のようにして書き継ぎ、また随処に書きこみをほどこしておいた『六帖詠草』稿本は、芦庵の死後、妙法院宮の手もとに置かれて、そっくり秘蔵されることになり、宮の死後もそのまま妙法院に留め置かれていた。この稿本がいま静嘉堂文庫の所蔵に帰しているのは、明治の初期、排仏毀釈の世に、京中の十三宗五十六派のあらゆる寺院が、寺格の高下、境域の大小を問わず極度に困窮し、寺宝の什器ばかりか仏像仏画も手放すことが多かったときに、妙法院から流出したためと思われる。おそらく、いくばくかの金子の抵当(かた)になったのである。

蓮月は、かねてから芦庵を敬仰していた。あるいは芦庵の友、秋成の文集『藤簍冊子（つづらぶみ）』によって、また呉春の弟であり蓮月の絵の師匠であった景文から聞く話によって、蓮月は芦庵の人となりを知ることがあったにちがいない。しかし、それよりも確かなことは、刊本によって芦庵の歌に触れ、詞書のすぐれた和文に接するだけで、蓮月は芦庵をこそ師と仰ぐこころになっただろうということだ。その時期は、蓮月の薙髪よりも前、のぶといった時代にまで繰り上げてもいいように、私には思われる。先に触れたように、萍流、黙軒による抜萃本『六帖詠草』七冊は、文化八年の晩春、京師書林吉田四郎右衛門によって梓行されており、父萍流の遺志を受けた蘖翁の編集になる『六帖詠草拾遺』上下二冊が出た嘉永三年（一八五〇年）は、芦庵五十回忌に当たっている。出版は同年の冬であった。蓮月はこの新刊書をさっそく買い求めたことだろう。

それから一年余りのち、嘉永四年の夏、六十一歳の蓮月は、にわかに思い立って方広寺に移った。妙法院から方広寺を預っている律師を頼ってのことであった。この律師の名は、このあとに引用する蓮月の和文には名が伏せられているが、疑いもなく羅渓慈本（らけいじほん）である。村上素道は『全集』「伝記、逸事編」に「尼と羅渓慈本」という一項を設けて、つながりは蓮月の方広寺住まいを機として成り立ったかに推定しているが、これは順序が逆であって、蓮月と慈本はそれ以前からの知己であったと考えるほうが無理がない。この当時、慈本は妙法院宮の侍読（じとう）をつとめていたのである。

羅渓慈本、もと伊勢の人、真宗寺に生まれたが、比叡山に入り、授戒を得て天台学僧として大成した。詩文にすぐれ、また能書をもって知られた。慈本は、このあと蓮月と関連して触れねばならない人のうち、心性寺の住職をした原坦山にとっては天台教学の師、そして鉄斎にとっては詩文の師にあたる人である。寛政七年（一七九五年）の生まれで、蓮月より四歳年少であった慈本は、明治二年、比叡山の金光妙院で七十五歳をもって入寂した。

ところで、蓮月の方広寺への引越しは、まず長逗留といったもので、埴細工の道具はもとより所帯道具も

「知恩院石橋門の内、南が山一軒目、光正院」(『全集』消息二五四、金子広子あて)あるいは西心(光古)の死後も大田垣の管理に委ねられていたらしい真葛庵に置き放しの、身軽な引越しである。妙法院に蔵されている『六帖詠草』を借覧し、芦庵の筆の跡をつくづくとながめつつ、歌まなびすることを蓮月は考えていた。抜萃本では知りがたい妙法院宮の過ぎし世の雅宴のさまをこころゆくまで思い描くたのしみに、足どりもはずんでいただろう。

蓮月はこのときの逗留のことを、和歌を散らしながら、平明で的確な和文に書きとめている。歌集『海人の刈藻』の巻末に収められた一文で、「大仏のほとりに夏をむすびける折」という題がある。蓮月には家集のたぐいを出す気はさらになかったので、この和文も、もとの蓮月自筆の原稿を鉄斎が秘蔵していたのを、明治のはじめ、蓮月に内緒で蓮月歌集を編集した近藤芳樹が鉄斎に乞うて写したのである。それはそれとして、蓮月の和文は、多数の消息を別にすれば、これのほかには「枕の山」「雪見のことば」など、わずかに数篇が活字になり、手近なところでは成瀬慶子『蓮月尼』に収められているのみである。大仏閑居の一文は特にすぐれているので、この一文の輪郭だけを伝えるために、いま前半の三分の一ばかりをふつつかな口語文にあらためながら、引用しておきたい。

題にもみえる「夏」というのは、陰暦四月十六日または五月十六日から三箇月間、僧尼が安居しておこなう行のことで、この行に取りかかることを結夏、行のおわることを解夏といった。また夏のあいだに写経することを夏書きと称したから、蓮月がいま殊更に夏をいうのは、寺にこもって『六帖詠草』を書写することを暗に示している。

大仏のほとりに夏を結んだときのこと

嘉永四年の卯月(四月)という頃、「夏を結ぶ」、そういうむつかしい言い方で世の尼たちが格別なこととしてなさっておいでのことを、例の人まねのくせが出て、わたくしも真似してみようと、ほんの軽い気持で思い立ち、念珠そのほか読経の具だけを袋みたいな持物入れにいそいで収めると、それを自分でかつぎ、東山の律師のお住みになっているお寺の片すみに居処を移した。ここは阿弥陀ヶ峰のふもと、五十年あまり昔には雷さまが大暴れなさったことがあり、そのときあのどえらい大仏さんも焼けてしまわれたが、蓮華王院(三十三間堂)だけは焼け残っている。その近くには、見るからに大きな鐘などがあるが、その鐘もいまでは時代を経て、なかなか由ありげな姿になった。後白河院の御墓もこの上の山におわしまして、世に御影堂と申している。このあたりは何となく広びろとしていて、春、秋の木立ちのさまも、草花がめいめいに気兼ねもせずに咲き乱れている様子も、殊のほか趣が深くて、見捨てがたい風情の土地である。朝な夕な、仏さまの前で念仏を申すなどしてすごしていると、ひっそりと静かで、心も満ち足りる思いなので、

　　このごろをとふ人あらば山でらにうしろ安くて在りといはまし

ただでさえすぐれた山の景色に若葉が加わって、気も晴ればれとする。ほととぎすもよく鳴くので、

　　のちの世をかけよく〳〵と聞ゆなりあみだが峰に鳴くほとゝぎす

この方広寺の律師は、日吉の坂本に仏行があって出向いて行かれた。主人がご不在では、ますます人の気がなく、がらんとしたところにただ独り、あけくれ住み暮らしていたが、ある日、ちょっとそこま

で用があり、夕方に帰ってきて、くりやの方を見ると、いつもは見たこともない釜がひとつ出ている。これはどうしたことかと内心驚きながらも、こういう古寺には、たぬきというものが釜に化けて人のことばを言うことがあると、昔、幼い頃、話に聞いたものだが、そのときはああこわい、と思って聞くだけだったけれども、ひょっとして本当にあることかも知れないという気がしてきて、目を離さずに釜をじっと見ていた。しばらくそうしていても、やっぱりただの釜なので、そばに寄って叩いてみたりしたが、化けたものとも思えないので、そのままにしておいた。けれども、その夜はずっと、今にも釜が踊り出すのではあるまいかと気になって仕方がない。

身をすてゝ入りにし山もならはねばさすが心にかゝる釜かな

そう独りごちて臥したところ、いかにも位の高そうな聖(ひじり)ながら、顔は何だか品がなく、色も黒い人が、黒い衣をまとい、銀色の被衣(ひい)をかぶって、削りもしてない粗木(あらき)のままの杖など突きつつ、よろめきあらわれていうには、

「ようこそ、この寺におこもりにきて下された。わしも長いこと寺を留守にしていて、きょう、やっと戻ったが、やっぱりこう年をとってしまったら、世間さまと付合うのはほどほどにして、仏を一心に拝んでいるに限るわい。一すじに念仏を申されよ。至心信楽(しんぎょう)常念我名などと申すことでもあるから、他力本願のかたじけなさだけを、深く心におしまいなされ。そしてこの寺の律師がお戻りになったら、よくよく仏の道をおたずねなさるがよい。」

と、そんなふうにまことに懇意に語るのを聞くうち、夜明けになっていた。

黒い衣と見えたのも、銀色の被衣と思ったのも、みな結局はこの茶釜であったのか、妙なこともあることわいな、と思っていたら、寺の近くに住んでいる清七という男がやってきて、いつやら律師さんから修理をたのまれてお預りしていた釜を、きのう持って参じましたら、どなたもお見えにならんので、置いて帰りました、というものだから、やっと腑に落ちた。

世のつねのまつ風ならで山寺はかまの音さへ法（のり）のこゑなり

小気味よい、小説的な味わいをもつこのくだりは、一転して妙法院の喪の有様にと続いてゆく。喪というのは、この年の六月九日、妙法院宮教仁（きょうにん）法親王が蓮月のいる方広寺のすぐ東の院内で逝去になるのだ。教仁法親王というのは真仁法親王の次代門跡。やはり閑院宮から出た人である。羅渓慈本が侍読を務めたのは、この法親王に対してのことである。教仁法親王も天台座主だったが、宮家に他に実子がなかった上、後継のことが全く未定のうちに、三十四歳という若さで亡くなってしまった。死は表向きには知らされず、亡骸もひとまず妙法院の裏山に仮埋葬という有様であった。蓮月の文を読むと、このときの葬いの淋しいさまが目に浮かぶようだ。教仁法親王の死は、公けには一年半もあとにずらして、嘉永五（一八五二年）十二月九日とされた。そのあいだに、後継門跡について煩雑な協議折衝が続けられたであろう。しかも後継は容易に定まらなかったらしく、慶応年間にいたって有栖川家の第二王子、稠宮（しげのみや）（威仁親王）が内定したものの、ついに明治維新となってこの宮の入寺は行われずじまいになる。

蓮月は教仁法親王の死とともに妙法院の寺運が、そしてこの院にかつては集約されていた文明の形態が、目にみえて傾いてゆくのを感取していたように思われる。「秋になりゆくまゝに、しば生（ふ）の小萩、かきねの尾花咲きみだれ、虫のねもいとさまぐ〳〵に鳴きかはすを、月のあかき夜などはいとゞあはれにおもしろければ、こゝかしこ佇みめぐりて」としるして、蓮月は九首の歌をつらねる。そのすべての歌には、過ぎし妙法院の盛時をしのび、凋落の秋をひしと覚えている蓮月のこころが、ほとんど指先に触知出来るほど露呈している。そのうちの三首、

ふるき世をおもひねざめの耳塚に秋のこゑきくをぎの上かぜ

入月ををしむたもとにのこりけりかげをやどしゝ露のしら玉

秋の夜もわが世もいたくかたぶきて入がたちかき月をしぞおもふ

歌の趣は、飾りというものを最少に抑えながら歌のなかの物の情に歌うこころを語らせている芦庵の歌、つまり「ただごと歌」の趣をよく継承している。右に抜いた蓮月の歌と同じところに、たとえば次のような芦庵の作例をつらねてみれば、類縁はあきらかである。

うづまさの深き林をひゞきくる風の音すごき秋の夕ぐれ

大井川川音たかくなりにけり嵐の花に風すさぶらん

あはれよにふるほどもなき暁の老のねざめをとふ時雨かな

「大仏のほとりに夏をむすびける折」は、次の一節でおわる。ここに野分を用いたのは、蓮月の文才というものであろう。あらしが吹かなかったというのではなく、あらしと自己のこころの符節を合致させた働きをいうのだ。

> にはかにあらしのいみじう吹いてければ、このやどりをいでていなんとするに、朝夕め(目)なれし柳のもとにたちよりて、
>
> 世を秋におもひすつれどつゆばかりやなぎにかゝる我こゝろかな

翌嘉永五年(一八五二年)の一月末とおぼしい頃、村上忠順に書き送った消息文によると、蓮月はこのあとふたたび方広寺に戻り、嘉永四年は師走まで逗留した。『六帖詠草』の稿本は、つねにその何冊かが蓮月の手もとに借り出してあったらしい。この橋渡しをつとめてくれたのが羅渓慈本であったのは言うまでもないが、師走にいたって、古寺のあまりの寒さに知恩院のほうへ引き上げたのちも、なお蓮月は「極内にて、ここまで借りもてまゐりて、このごろも見侍るになん」と村上忠順に打明けている。このくだりには、芦庵稿本の当時の状態も書かれていて、次のようにある。

> 小沢ぬしの書は、例の六帖詠草五十巻、半紙とぢ五十枚ばかり、ひしと書きつめ、そのころの伴ぬし、澄月大人、秋成、涌蓮、千蔭、春海、かた〴〵の歌会も侍り。外に座右の記二十巻、これはことに虫ばみ候て、裏打ちもつゞき侍らで口惜し。歌の巻五十巻は、裏打ちも出来さもらひて、殊よろしうなりぬ。

また、続いて芦庵の歌に触れていう、

かのうし（大人）の心のまゝに、うち思ふまゝをよみいで玉ひしかば、近き人の、おもしろきなど申すやうには侍らず。

この数行の文章には、ぴんとした張りがあって、いまどきめいた歌をしりぞける気持がよく出ている。近き人が好む「おもしろき」歌というのは、景樹とその門弟たちの歌、というよりも桂園派が手本と仰ぐ景樹の歌を指すのであろう。たとえば『桂園一枝』の次の一首、

夜光るしら玉ひめをみてしより心そらなりつちはふめども

この歌については、柳田國男の晩年の自叙『故郷七十年』に、桂園派の歌人、松浦辰男の門弟、三田弥吉という人から、青年の頃に柳田國男が聞かされた話が出ている。それによると「これは景樹が大志を抱いて上京し浅草の待乳山に夕越館といふ私塾を創めたが、いつかうに門人が集まらず、近くの吉原にばかり行つてゐて、白玉といふ妓に心を奪はれて作つた歌」という。柳田國男は景樹のことばの自在さをきわめて高く評価したから、この歌すら相応に買っているが、おそらく芦庵にはいとわしい歌と映じただろう。『小沢芦庵翁全集』の『六帖詠草』「秋歌」に、芦庵と景樹の贈答歌がみえる。

香川景樹より女郎花（をみなへし）にそへて　老（おい）らくの身につきなしとをみなへしすてばすてなん一めみて後（のち）とありし返し、

老ぬればたをらぬのみぞ女郎花何かはよそに思ひすつべき

読みくらべると、景樹には、芦庵にみられる同情が抜け落ちているのがわかる。景樹はいかにも軽妙だが、それは歌が温かみのあるこころを離れて勝手にふるまっている軽妙さである。

蓮月はそうした軽妙さを好まなかった。すでに前のほうで指摘したことの繰返しになるが、蓮月を桂園派に含めるのは、歌人系図で便宜上そうするならともかくとして、やはり無理であって、芦庵と直(じか)に結び付けるほうが私には納得がゆく。

蓮月の消息文に戻ると、その頃、方広寺には、蓮月があかずにながめた唐紙(とうし)半切があった。「故宮(ふるみや)のみ世に玉はりたるとて」とある故宮は真仁法親王のこと。「さをじかの足あと三つ五つ描きて、その中にもみぢの黄なるが二つばかりある」秋の絵に、芦庵、蒿蹊、慈延、それに江戸からの客、加藤千蔭と村田春海が、それぞれ一首を画賛しているというものであった。蓮月はこの半切を「めづらしうあはれにて、昔の人々にまじはるやうにて、しばし（大仏へ）かへりて見侍りしほどに、あはたゞしうこゝ（知恩院の仮寓）へかへり侍りしかば、うたもえよみいでざり」と村上忠順に報じている。消息に書きとめられた五人の歌は次のようである。

芦庵　この秋もゆきてかへらぬ跡みればわれもねにこそなきぬべかなれ

蒿蹊　紅葉(もみぢば)はたゞふりしけやさをじかのあとをさつ男(を)のめにたてぬまで

慈延　たにふかく入(いり)しかよはのつまごひになきあかしたるあとはかくさで

千蔭　つまごひに鳴あかしたるさをじかのあとみるさへもあはれなりけり

春海　紅葉ちるかた山ばやし秋ふけてしもにをじかのあとぞのこれる

この五首のうちでは、蒿蹊の一首がとくにすぐれているように思われる。芦庵の歌は、刊本『六帖詠草』では下の句が「われさへねにぞなきのべらなる」とあって、少しちがっている。

方広寺所蔵のこの半切は、たまたま中島棕隠の稿本『錦西随筆』中の蒿蹊を追悼して書かれた一文にもみえることが、森銑三氏の「伴蒿蹊」（『森銑三著作集』第二巻所収）によって知れる。それによると、この半切は、妙法院宮の御殿で芦庵、大愚（慈延）、月渓（呉春）、応瑞などが酒をたまわったときの合作であり、「紅葉の数点散つたところに、鹿の足跡のある絵」を描いたのは呉春であった。

画と歌と書、三者の協調によって成り立った作例をもう一つ挙げておこう。刊本『六帖詠草』「雑歌」に「宮の御手して夢の字ありて蝶のかた呉春東洋がかけるに」と詞書した一首がみえる。「かた」とは絵のことである。

うつゝなきよは夢ながらすぐしなでなにかは蝶の人となりけん

この妙法院宮らの合作が手本になってのことだろうか、書き手はさまざまながら「夢」一字に胡蝶の飛ぶさまを描き添えた軸物が、少なからず世には残っている。京の町家（まちや）では、葬式のときに、この種の軸を床の間にかけるということが長らくしきたりになっていた向きもある。先の芦庵の賛した画幅がどういう体裁だったか、正確なところは判らないが、おそらく蝶の二つ三つ飛びかわす図が上半分にあっさりと描かれ、下半分には大きく「夢」の一字だけが書かれていたであろう。呉春と東洋が蝶を一つずつ描いたかもしれない。そういえば中島来章の《紅梅に兎》の図には、胡蝶が夢を結ぶことの出来るような、馴致された自然がみられた。荘子のように、夢のうちで人は蝶と化し、蝶は人としての感官をことごとく具備したそのままの蝶となって、自然と融合をとげることも、ああいう自然を場としてなら、夢のような話ではなくなるだろう。

おそらく、都の鄙ぶりの極致がここにある。一方の端は人界に、他方の端は自然界に、茫乎として溶け入っているこの蝶の姿に、私は無常観の美的な昇華の極限を見るおもいがする。都の鄙ぶりは、無常観の大海の上にかけられた束の間の虹なのかもしれない。そしてこの虹は、芦庵が蝶を詠むとき、最も美しく輝いてみえる。また蓮月の蝶は、芦庵の虹にみとれながら、もう一条の虹をかけ添えるように思われる。次の四首、はじめ二首が芦庵、あとが蓮月である。

暮ぬるか春はこてふの夢のまになれみし花を俤にして

おしみかねまどろむ夢のたましひや花の跡とふこてふとはなる

うまいして蝶のゆめみん菜の花の枕にかをるはるの山里

うかれきて花野の露にねぶるなりこはたが夢のこてふなるらん

一方、景樹の蝶には、無常は影も射さず、ただ夢に酔っている蝶人の姿しか見えないのは浅ましい。これが才気の限界である。

菜の花に蝶もたはれてねぶるらん猫間(ねこま)のさとの春の夕ぐれ

二四　心性寺

嘉永をすぎて安政三年(一八五六年)とおぼしい年の春、蓮月はまた身軽な引越しをして、北白川瓜生山のふもと、心性寺に移った。ここには芦庵の墓がある。南の妙法院、『六帖詠草』稿本のありどころから、北の心性寺、芦庵の墓のありどころへ引越し先が移ったのは、蓮月の芦庵敬慕の念がさらにいっそうの深まりをみせたことを示している。

芦庵は生前、心性寺あたりの山野を殊に愛していた。志賀山越え(山中越え)の道もこの寺のすぐ南、白川の渓流沿いに通じていて、小半日の遠出をいとわなければ、琵琶湖を望みつつ、三井寺、大津へ徒歩(かち)するにも、この寺は恰好の足がかりになった。稿本『六帖詠草』のごく一斑をうかがわせるにすぎない刊本『六帖詠草』にすら、瓜生山から志賀山越えの四季折り折りを歌った作がほとんどいたるところに見られる。春の早蕨(さわらび)、山間に咲き匂う一本(ひともと)桜、初夏の藤波、ほととぎす、夏蟬、秋草、月、紅葉、雪景色など、芦庵はすべて心性寺あたりの景趣を汲んで歌にしているように思われる。そればかりか「心性寺百首」の連作一巻きもあれば、心性寺の本尊阿弥陀如来に奉献した百首連作も別にあるほどだ。この二巻きの百首詠で刊本『六帖詠草』に拾われているのは、次の二首だけのようである。

「心性寺百首の巻頭の歌」と詞書して、

久にへし我まつ山に万代のはるをこめてぞかすみたなびく

「心性寺に奉る百首のうちに雪を」として、

ゆきに身は埋もれながら伝へこし御法の跡ぞよゝに残れる

しかし、芦庵がこうまで詠じて菩提寺と定めておいた心性寺は、痛ましくも幕末には荒れ果てた無檀無住の寺となり、明治にいたって、ついに廃寺の扱いを受け、わずかに残っていた堂宇は取りこぼたれ、古材は白川村、一乗寺村の農家に払い下げられた。あとには心性庵という扁額をかかげた小門一つと、かつての庫裡を改造した平屋一棟だけが昭和の初期まで残っていたそうである。旧寺地は島津源蔵邸の広大な敷地の一部となり、さらに昭和二十九年には日本バプテスト病院用地になった。

心性寺の歴史および廃絶前後の事情については、芦庵の研究に献身した京都の医師、中野武氏の追尋によって、ほぼ全容が明らかになっている。中野氏の芦庵研究文集『里のとぼそ』四冊のうち第一集『小沢芦庵』および第四集『小沢芦庵　その後の研究』の記述によって、いま寺の起こりと廃寺の事情のあらましをたどれば、次のようなことになる。

心性寺はもと日蓮宗の寺として江戸初期に興ったが、元禄をすぎて衰微し、いったん廃絶していたのを、宝暦九年(一七五九年)洛西鷹峯の曹洞宗古刹、源光庵の卍海和尚の弟子にいた禅圭という僧が照高院宮から旧寺地を譲り受け、私財を投じて一宇を再建した。寺は曹洞宗に変ったが、呼び名はもとのまま心性寺とした。山林、畑地合わせて千二百坪余りの土地を有するにいたった心性寺は、天明七年(一七八七年)版の『拾遺都名所図会』巻二には、その全景図も記載されて、相応に名のとおった寺であった。芦庵がしばしば訪れた頃は、手入れの行き届いた静かな山寺だったにちがいない。そして当時の住職、一乗円頓法師は芦庵の門人であり、『六帖詠草』にしばしばその名がみえる。

けれども、心性寺はもともと、ささやかな山寺であった。親寺は源光庵の末寺、乙訓郡物集女(もずめ)村の妙玄庵であり、源光庵からすれば又末寺(ゆうまつじ)にすぎなかった。こういう寺の命運は、おそらく住職の人物によって左右される。心性寺は、幕末ついに無檀無住の荒れ寺になった。そして明治六年二月二日、鷹峯源光庵住職と白川村戸長は、明治新政府下の初代京都府知事、長谷信篤にあてて「無檀無住寺廃止之旨、御沙汰に付き、御届」というものを提出し、条例にもとづいて心性寺廃止を正式に申し出た。

届書によれば、当時の境内は四十五坪余り、畑地少々、建物はただ一棟にすぎない。そこには僧ではなくて、留守番の男衆(おとこし)が一人住んでいる。本尊は釈迦牟尼仏とある。本尊はのちに源光庵に移され、位牌堂に収められて現存するそうである。

これは少しのちのことになるが、明治三年の春、蓮月が鉄斎にあてた手紙に、次のような一通がある（『全集』消息二二五）。文中、一周忌というのは鉄斎の最初の妻たつの一周忌を指している。短いので、全文を少し漢字を多くして引用すると、

先日は御一周忌御こゝろざし一幅、下され、お逮夜(たいや)より三、四日かけおき、御回向申し候。さて花紅葉とちがひ、このまゝかけおき候ても粗末になり、ほとけの御すがた勿体なく存じ候まゝ、返上いたし候。また仏の無き人におとらせ、おまつらせ下され候へ。私方、仏のかずかず多く、なからんのちに（私が死んだあと）粗末になり候ことを嘆き、方々(ほうぼう)へ配分いたし候をりからなれば、これは返し奉り候。まづ私、病気も同様にて、よき方ではなく候へども、そのはずの事と存じ悦び居候。どなた様へも、寒さの折りから、御自愛あそばせられ候やう、念じ上げ候。めでたくかしく。

この手紙を書いている蓮月には、念仏申し上げる僧もなく打ち捨てられ、ほこりをかぶっている心性寺の本尊の勿体ない有様が、脳裡に去来したにちがいない。そう思わずにこの手紙を読むことが出来るだろうか。

蓮月が引越しをしてきた当時、心性寺は原坦山が住職をしていた。坦山は文政二年（一八一九年）の生まれで、安政三年（一八五六年）には三十八歳であったが、心性寺に住しつつ羅渓慈本に就いて天台教学を修していた。四十四歳の文久二年（一八六二年）、時局を論じて舌禍を蒙り、結城の長徳寺に去るまで心性寺にいた。のち坦山は明治十二年に東京帝国大学印度哲学科の講師、最晩年には曹洞宗大学林総監となり、明治二十五年、七十四歳で歿した。

蓮月は、坦山が心性寺を去ったのちも、好きな志賀山越えの道すがら、この山寺に短い滞在をかさねたようである。坦山ののち、どういう住職が入ったかは定かでないが、あるいはすでに無住の寺に近かったかもしれない。安政三年からかぞえれば六年後の文久二年に、聖護院村の寓居を鉄斎に明け渡した蓮月が心性寺にまたしばらく住むことがある。原坦山がこの山寺を去った、その前後のことかと思われる。心性寺が無住の寺になるのを、蓮月は見るにしのびぬ心地だったにちがいない。芦庵の墓を掃くためにも、蓮月はかならずここに来なければならない人であった。

二五　墓二つ

ところで、この掃苔のとき、蓮月が格別の思いをこめて手向けをした墓が、芦庵のすぐ隣に立っていた。芦庵の門人、田山敬儀（ゆきのり）の墓である。

田山敬儀、字（あざな）は元良、号は淡斎。明和三年（一七六六年）伊賀上野、農人町に生まれた。酔月楼もこの町筋に所在していたことは、すでに述べた。家はおそらく富裕な商家であった。学問を好み、江戸初期の京儒、山崎闇斎の学風を追慕して闇斎の字敬義を採ってみずからの称を敬儀と改め、壮齢におよんで京都に出て衣棚二条上ルに住み、小沢芦庵の門に入って歌学をまなんだ。文化十一年(一八一四年)四月十九日歿、四十九歳。『女誡服膺』『百人一首図会』『玉苗』の著書のほか若干の遺稿がある。心性寺の墓碑は、京儒、紀維徳(きのこれのり)(白井元蔵)の撰文である。

すでに触れたように、蓮月は伊賀上野城代家老職、藤堂新七郎良聖(よしきよ)の隠し子であり、またそのことをみずからよく承知していた。芦庵を慕った先人に伊賀上野の田山敬儀を見出したとき、蓮月はひそかな驚きをおぼえたことだろう。人生の綾目において、これは地縁のようでもあれば心縁のようでもある。

昭和二十九年十月に、日本バプテスト病院が心性寺跡に建つことになって整地が行われたとき、現在の林間の墓域よりも南方およそ百二十メートルのあたりで、田山敬儀の銅板墓誌一枚と遺骨、小硯一面が発掘され、これによって旧心性寺墓地のありかが判明した。もとの墓地は、京都の町をよく見わたすことの出来る明るい小丘の上にあった。心性寺が廃寺に付せられたときに墓地もこぼたれ、その一部の二十数基はいまの林間に、他はさらに奥の旧照高院墓地に移されたが、このとき消えた墓も少なくなかったようである。芦庵の門人であり心性寺の住職だった一乗円頓の墓は、いまも所在が判らない。

ここで伊賀上野出身の田山敬儀の墓に触れた序でに、蓮月が亡き人の詠みのこした歌一首をその墓のためにしたためて、回向をした藤堂藩士があるので、それについて書きとめておきたい。蓮月は出生の秘密をみずから言いふらすような人ではけっしてなかった。しかし、その秘密は、ある程度には藤堂藩中に知られていたようである。そして蓮月のほうでも、知られている範囲を心得ていて、しかるべき人にはしかるべく対応するところがあったものと思われる。

その墓というのは、北浦定政の墓である。奈良市の南郊、古市の護国神社西南方、稲田のなかの古さびた墓地に、それは所在している。私が展墓をした秋の午後、刈り穂の垣の向うには、東に春日の丘陵がま近く、西には茜さす生駒の山が望見された。

北浦定政は幕末の山陵研究家として知られる人である。通称義助、文化十四年(一八一七年)古市村の農家に生まれた。天保三年(一八三二年)十六歳のとき以来、義助は藤堂藩の奉行所に出仕したが、安政五年(一八五八年)垂仁天皇陵を盗掘した賊が奈良で刑殺されるのを目撃して以来、陵墓の精査と荒陵修復の急務であることをさとり、測量車を発明し、つねにこれをたずさえて山陵を調査し、また平城京の遺跡を測量し、かたわら古社寺の旧記、古文書を調べ、口碑伝説を採集するなどして『打墨縄』『平城大内裏敷地坪割図及び図解』『大和国古班田坪割図』『古都考』を著わし、さらに蒲生君平の『山陵志』(全二巻、文化五年(一八〇八年)刊)に修正を、本居宣長の『国号考』(天明七年(一七八七年)刊)に校正をほどこした。これは定政の生まれる以前のことながら、蒲生君平は『山陵志』を編するに際して、宇都宮から京都まで、はるばる小沢芦庵を訪ねて教えを乞うこと再度におよんだ。芦庵には最晩年の寛政九年(一七九七年)および同十二年のことである。

畿内の陵墓をことごとく見てまわるうちに、定政は、夙、すなわち帝陵の番人でありながら賤民扱いを受けている人びとの存在に気付いて『夙村考』を著わし、部落問題に早く注目した人であった。

定政は奉行所勤めのかたわら、和歌を富田泰州に、漢学を藤堂藩の儒者、斎藤拙堂に、国学を本居内遠にまなんだ。すでに述べたように、泰州は、蓮月がこの人に就いて歌をまなんだことがあったから、そういう縁で蓮月と定政とはかねて相識だったものと思われる。しかし、両者のその後の交渉については、いまのところ何ら手がかりになるものが見つからない。

文久三年(一八六三年)になって、藤堂高猷は藩内の山陵調査、荒陵修復の功によって、定政を士族に編入して藤原姓を与えた。

定政の墓は、旧古市村の墓地内、東北の一郭に立っているが、やや見つけにくい。小さな、苔むす野仏が二つ三つ、墓の斜めうしろ、数歩の草むらにある。前面には、「一心院遊山定政居士」、向かって右側面に「北浦義助藤原定政墓　明治四年正月十日歿　年五十五」とある。そして墓標の背面には、蓮月の筆を写して次のように刻まれている。

こし方のくひのあまりにゆく末のはてなき夢をミるがくるしき

こハ定政ぬしのよミおき玉ひしを書

八十一蓮月

八十一、二歳の蓮月の書は、殊に細く強くて美しい。定政の墓に彫りこまれている字体も、そのことをよく示している。

ここでもう一つ、序でに序でをかさねるのは煩雑なのであるが、これを機会に書いておかないと、もうあとがなさそうなのでやむを得ない。

やはり藤堂藩につながる人の死を知った蓮月が追悼して歌を詠じたことが、少なくとも一度あった。津の藤堂家の侍医をしていた賢木(さかき)神光(きよてる)という人に対する追悼で、こんな歌である。

五十竹(いそだけ)のその一ふしの高かりしことのはのみは猶のこりつゝ

神光が和歌にも志があって、京都の中島棕隠と親密な交わりをもっていたことは、棕隠の和歌連作「詠雪百首」の稿本が神光のもとに保存されていたことからも察せられる。神光は、たとえば本居宣長がそうであったように、京都に出て医術薬法をまなんだものと思われ、そののちも京都にはしばしば来ることがあり、蓮月を訪問したことがあったのだろうと思われる。蓮月は、中島棕隠の和歌をおもしろおかしい軽妙な作として、相当に認めていて、刈谷藩の医で鈴屋の系統を引く国学者、村上忠順あての手紙(『全集』消息二七)には、棕隠の有名な戯れ歌、

やつれゆく門田のそうづこと問はんこがらしやうき霜やつれなき

を引用紹介しているほどであるから、棕隠と親しい神光とは話が通じ合っただろう。中島棕隠は和歌を伴蒿蹊に、漢詩を村瀬栲亭に就いてまなんだが、化政期から安政にかけて、京都の最も高名の文人であり、詩集『鴨東四時雑詞』を著わした粋人としてとおっていた。当時のはやし文句に「富は弼、詩は山陽に書は貫名、猪飼経書に粋は文吉」というのがあった。弼は篠崎小竹の字、文吉は棕隠の通称である。猪飼経書は「いかい」(いかめしい)敬所にひっかけてある。猪飼敬所は経学に詳しい儒者として知られていたから。

ところでこの神光は斎藤緑雨の祖父に当る人であった。蓮月の追悼歌は、緑雨の随筆集『日用帳』に引かれていて、「五十竹の」という追悼歌のあるわけも説き明かされている。神光は五十竹園と号していたのだ。緑雨は私の好きな明治の作家なので、その祖父と蓮月とのつながりは、その間に中島棕隠の影さえ落ちていて、わけもなくうれしい。

右の蓮月の歌、神光と棕隠、神光と緑雨の関係については、『森銑三著作集』第二巻から教わった。

さてもう一度、心性寺のほうに戻って、言い足さねばならないことがある。

蓮月の数少ない和文として「大仏のほとりに夏(げ)をむすびける折」を先に引いたが、もう一つ「枕の山」、傍題に「山寺にたびねしたるよ(夜)鹿の声をきく」とある和文は、叙景から推して、これは疑いもなく心性寺のことを書きつづっている。

さるひじりの深き山陰に庵しめておはしけるを、しる人なればとむらはゞやと思ひたち、ひとりのわらはをゐて(連れて)朝霧かき分けつゝ出行けり、すみのぼる日影に野をみやれば、浅ぢの露の玉きら〳〵しう、萩の花の錦めもあやに尾花のまねく袖におもひみだれ、女郎花のいはぬ色に心ひかれなどしてうき秋としもおもほえず、やがて山ぐちになん入てける
松杉などむら立つ道はいと心細うも、はたしと〳〵し、されどからうじて半ばのぼりぬと見あぐれば庵あり、もしは心さすかたにかあらん、何にまれとひみんとて腰なる筆とりいだし

　ちよふべくみえぬる松の下蔭に庵(いほ)しめて住む主はたれぞも

となんいひやりける、やがてわらはの返しもてかへるをみれば

　たゞひとりこの山陰にわれをればほかにとふべき庵もあらぬを

とかひつけたり、さればまがふべくもあらずとておとなひけるに、みつからいでむかひ、まづ労をやすめよとてかひぐ〳〵しくも奥まりたるところへ伴ひ入る、東おもてなる所うちひらけて、目もはるに見渡され、弓手(ゆんで)のかたは千ひろの谷そこに清水ながれて胆つぶるゝばかりなり、馬手(めで)のかたは峯つゞきて何

やらん、はやこゝかしこに紅葉そめたるなどさまぐ〴〵のあかぬながめに、夕つぐる鐘のねさへうらめし、

このあと和文は、秋の山寺の泊り寝に鹿の声を聞き、翌朝は早く発ち、志賀山越えで三井寺までの遠出をするくだりにと続いている。

右の和文から見当を付けると、安政三年(一八五六年)とおぼしい年の春の心性寺移りに先立って、その数年前から、蓮月は時折りここを訪れることがあったようだ。文中にいう知己なる「ひじり」は原坦山である。そして文中にみえる「わらは」というのは富岡猷輔(ゆうすけ)、すなわち鉄斎の十四、五歳の姿のように思われる。こうした予行ののち、安政の心性寺移りに際しては、充分に勝手を知った猷輔が用足し役と用心棒を兼ねて、蓮月に同伴することになるのであろう。それが蓮月六十六歳のことであれば、猷輔は二十一歳であった。

第四章　蓮月と鉄斎

二六　富岡鉄斎

原坦山は曹洞宗の僧であるが、先に述べたように天台の律師、羅渓慈本に就いて天台教学を修した。それがいつ頃からのことか、私にはいま明らかに出来ないが、慈本が妙法院宮教仁法親王の侍読として方広寺に住んでいた頃、すでにそうであったとすれば、蓮月と坦山もいずれは相識であったと思われる。

一方、坦山のほうは、鉄斎の父、富岡維叙と相識であった。富岡の家が曹洞宗の用達に応じる法衣商だっ

たので、坦山は京の町に来るごとに富岡にきて、お斎（とき）をとるのを常としていた。坦山が心性寺住職になるのは安政三年とされているが、それよりかなり以前から、慈本に就いてまなぶに便のいい心性寺に身を置いていたのではなかろうか。

この当時、富岡の家は三条衣棚の店とは別に、聖護院村に居宅をもっていた。そして屋越しの蓮月がいつやらその隣に引越しをしていた。蓮月、羅渓慈本、原坦山、鉄斎という四人は、こうして聖護院村、妙法院、心性寺という三地点をめぐって、ふしぎな絡まり方をみせる。ここで少し集中的に、蓮月との関連に注意を払いながら、鉄斎のことに触れる必要があるだろう。

鉄斎は富岡維叙の次男として天保七年（一八三六年）十二月十九日、京都三条衣棚西入ル太郎山町（たろやまちょう）に生まれた。すでに書いたように、幼名を猷輔といった。

太郎山町はいまは衣棚町と呼称されるが、その当時は太郎山町であった。すでに述べた木島桜谷が明治十年に生まれた御倉町は太郎山町の東隣の町である。いささかユーモラスなこの町名は、古く応仁の乱以前から祇園会の例祭に、この町（ちょう）が太郎山という曳き山を出したことによる。鷹山（たかやま）とも呼ばれるこの山の風流（ふりゅう）の作

鉄斎　大鳥神社大宮司の頃

り物は、鷹狩装束の鷹使いが、犬飼い一人と樽を背負って手に大きなちまきをもった従者一人を従えている人形三体である。狂言の太郎冠者一行のようでもあるので太郎山といい、また樽を負う従者の振りが殊に印象的なために、樽負い山ともいった。あるいは「たるおい」から「たろ」が出てきたのかもしれない。この呼び名には、京都人らしいことば遊びの気味がある。太郎山は応仁の乱、天明の大火をくぐってよく保持されてきたが、文政九年(一八二六年)六月の神事の際、大風雨によって破損し、以来、祭の行列には加わらない飾り山となり、いまに存在している。

鉄斎が祇園会の中心地域に生まれたことは、その生き方に深くつながっているように思われる。こんにち祇園祭といえば、町衆(まちしゅう)の町組(ちょうぐみ)団結と財力示威の祭ということばかりが強調され、これが時代の通説にすらなった観を呈しているが、この祭はなによりも祇園八坂神社の神事であって、祇園祭を保持している人びとのこころのうちでは、いまもその点は、さほど変っていない。鉄斎は生涯にわたって産土神(うぶすながみ)である八坂神社に対する敬虔を失わず、たとえば結婚して一家を構えた翌年の明治元年、三十三歳のとき、ようやく暮らしに些少のゆとりが生じると、ただちに八坂神社に障立画(ついたてえ)を奉献した(このことは蓮月の鉄斎あて手紙、『全集』消息二一五によって知られる)のをはじめ、八十九歳の死の年にさえ、七月猛暑の祇園会の期間に、社参を怠らなかった。この神事(かみごと)好きには、鉄斎の生まれながらの癖(へき)とでもいうべきものがあったが、この癖を押しとおして生きたことと、鉄斎の絵画のあの言い知れぬ無邪気な子供っぽさとは、けっして無縁のものではない。

さらに加えて、祇園会の鉾町(ほこちょう)一帯は円山四条派の画師が多数居住した地域であり、かれらの画を買い求める得意先の商家が最も多く集まっていたのも、またこの地域であった。

鉄斎の画がまだ独り歩きのおぼつかない時期、蓮月は鉄斎のために、あらかじめ歌をしるした半切や短冊を数多く作って、それに似合った画を描き加えれば鉄斎の多少の収入になる方途を講じているが、そういう形での蓮月、鉄斎の合作を見るごとに、私はまぎれもない京画の風土に育った鉄斎を改めて感じる。四十五歳という大きな年齢のへだたりをもちながら、この二人の合作者は同一風土の人間らしい打解け方を示している。

蓮月に祇園会の歌が一首、歌集「拾遺」に見えるので、ここに引いておきたい。編者によって「秋の部」に収められているのは少々奇妙で、これは「雑(ぞう)の部」にあるべき歌である。「長刀鉾の賛」と詞書がある。誰の画に対する画賛なのかは判らない。

そのかみの神の御稜威(みいつ)のいちじるき光りをいまもみか月のかげ

長刀鉾の破風裏および天井板には、蓮月が画を習った松村景文の代表的な装飾画が現存するのは、よく知られている。景文は長刀鉾町に住んでいた。そしてこの鉾の天井画のために全力量を傾注した。金地に三十数種類、四十羽あまりの鳥を描いた、優美でしかも精緻な作品であり、完成は文政十二年(一八二九年)であった。これよりずっと早く、天明四年(一七八四年)に、円山応挙が月鉾の天井画として、四季草花の写生的装飾画の傑作を描いていた。景文にはこれと競う意気込みがあった。だが、この腕くらべには、たんに画師としての誇りだけではなく、八坂神社の神事に加わる悦びがみなぎっている。おそらく蓮月は、長刀鉾の天井画を描いた景文のこころをよく察知していた。右の一首はそれを示しているようである。月鉾の竿頭(かんとう)に光る三日月によって、長刀鉾のかげが御霊会(ごりようえ)の庭に落ちる。景文は応挙とともに神遊びをたのしむことで、京画になごやかなにぎわいを加えたのだ。そんな二人の天井画に、祭のたびにお目にかかれるのは仕合せなことだ。蓮月はそんな風にいいたかったのだろうと、私は右の歌を受け取っておく。

ところで、太郎山町のある三条衣棚というところは、その名のように室町時代末から以降ずっと近世を通して、法衣を業とする棚売りが軒を並べ、殊に千切屋(ちきりや)西村一族が他家を圧していた土地である。

鉄斎の生家は十一屋伝兵衛と称して、代々ここで法衣商を営む旧家であったが、衣棚の全盛期は、鉄斎の生まれた天保年間では、もうとっくにすぎていた。千切屋一門のうちにも、享和の頃から次第に法衣以外の呉服扱いに転業する家が出て、法衣の町に往時の勢はなかった。

そういう時世に加えて、鉄斎の父維叙は商売には不向きな人で、読書ばかりしていて、妻のほうが店のことに詳しいという有様であったから、鉄斎の幼い頃にはまだ保たれていた家運が急速に傾き、維叙はいや気がさして、聖護院村に居宅を構えると、そちらへ引きこもってしまった。十一屋の稼業は、鉄斎の兄敬憲(天保二年生)が若くして引き継いだようである。のちに明治十四年、敬憲が五十一歳で病歿したとき、法衣商十一屋は廃絶する。

鉄斎は幼時、胎毒のために耳を悪くし、以来ほとんど「かなつんぼ」になった。生家の経済が苦しくなった八、九歳頃、京都八条口村の六孫王社の稚子になり、将来は神主になるつもりで、国学を野之口(大国)隆正に、漢学を岩垣月洲に就いてまなんだ。月洲は経学者である。もともと京都の人で、岩垣龍渓にまなび、のち同塾を指導し、天保年間に習学所の教授となったが病を得て辞し、やがて失明した。著書に『科挙志略』『月洲遺稿』がある。野之口隆正は、本姓今井、もと津和野藩士であったが、文政十一年(一八二八年)脱藩して姓を野之口と改め、のちさらに文久二年(一八六二年)に、出雲国に大国主命の遺跡といわれるものを発見し、以来、大国姓を称えた。著書は全集七巻に収められている。隆正は平田篤胤の門下、また村田春海に就いて音韻学をまなび、長崎にいって洋学を修め、五十音図の研究に見るべきものを残した。天保十二年(一八四一年)京に上り、報本学舎を開塾して国学を講じ、神道、皇道を説いた。隆正が幕末の尊皇論に与えた影響は大きく、天朝を積極的に推戴しようとする公卿のあいだにも、その思想はよく受容摂取された。

猷輔少年が隆正に就いたのは十四、五歳頃のようであって、年齢から考えると、隆正から消し難い感化を受けずには済まなかっただろう。一方、蓮月は、隆正の感化を披瀝する猷輔少年に至純なるものを感じ、大いに動かされたということがあっただろうと私は推測する。つまり、少年の鉄斎が蓮月老尼に与えた影響というものも、考えてみる必要をおぼえる。

たまたま蓮月が歌を習うということで六人部是香の門に入るのは嘉永二年(一八四九年)であった。鉄斎はちょうどその頃、野之口隆正に国学を学んでいる。この二つの事項のあいだには、なんらかの脈絡が伏在するように私には思えるのだが、いま断定することは避けておこう。ただ、近頃になって『大日本人名辞書』の復刻版を手もとに備えることが出来たのでさっそく引いてみたところ、是香は国学、神道にたずさわる身でありながら洋学の知識もあり、進取の思想をもっていたとある。あるいは洋学は、野之口隆正から是香にと受け渡されたのかもしれない。また是香は、晩年には向日神社の神職を長男是房に譲り、一翁と号して三本木に神習会という家塾を開いたところ、まなびに来るものが多く、評判が高くなったということも、この辞書に教わった。蓮月が入門する嘉永二年に是香は四十四歳であるから、このときはもう神習会があっただろう。蓮月は岡崎、聖護院から鴨川の浅瀬に渡した板を踏んで、六十年のむかし、自分が呱々の声をあげた三本木に、是香大人を訪ねていったであろう。当時丸太町には、まだ橋はかかっていなかった。

この頃、十一屋の富岡伝兵衛のいた太郎山町にすぐ近い不動町(蛸薬師新町西入ル)には、六人部秀香という人が住んでいた。秀香は文政五年(一八二二年)版の『平安人物志』には文雅家として挙っているが、国学者であり、かたわら文人画を能くした。この六人部と富岡とのあいだに交わりがあったとすれば、六人部是香と蓮月とのつながりに鉄斎の父維叙が働いていることもあるかもしれないが、この点はよく判らない。秀香の生歿年もいま詳らかでなく、是香と秀香の関係も、私には判らない。

蓮月が一体いつから猷輔少年を知っていたか、これも定かでなく、猷輔が六孫王社の稚子になったについて、蓮月の助言でもあったのか、それともこれは蓮月と全く無関係な時期のことなのか、そのあたりもよく判らない。蓮月が聖護院村の富岡維叙の隣に引越しをしたときから隣同士の交流は開けるようだが、この引越しの年月が不明では、いたし方もない。

いまたしかに言えることは、蓮月には猷輔という少年が非常に気に入っていたことである。子にもらい受けたいと申し入れたほどであった。維叙が謝絶したとき、「親も手放したがらぬほどの子だから」と蓮月は言ったそうだ。

心性寺から志賀山越えをして三井寺までの遠出に、蓮月が猷輔を同伴したらしいことはすでに述べたが、聖護院村から心性寺へ引きこもろうと決めたときの蓮月は、山寺に人をさけて埴細工に精を出すつもりだった。安政のこの頃には、蓮月手ひねりのきびしょや徳利は次第に求める人が多くなって、引き受けた注文をさばくのに六十六歳の老尼は多忙であった。評判のほどは、安政をすぎて次の万延にいたって、ついに蓮月焼のにせ物があらわれることからも察しがつく。蓮月とともに心性寺に住むことになった猷輔の主な役目は、埴細工の岡崎土を寺まで運び、仕上った手ひねりの品々を粟田の窯元まで運びおろして、焼きを頼むことであった。

しかし、安政三年（一八五六年）は、猷輔にとってもまた多忙な、困難な年となる。五月二十五日に、父維叙が五十八歳で歿した。これからは母を養うことも猷輔の役目になる。この母は維叙の三人目の妻で、十一屋を継いだ敬憲は猷輔の異母兄であった。猷輔は心性寺に老尼を残して山を降りざるを得ない。老尼、いや猷輔はいつも「ばあさん」と言っていたが、この年の蓮月婆子の心性寺住まいも、ほどなく打切られたと思われる。

これ以後、蓮月は貧窮の猷輔に対して、事にかこつけては学資を与え、身辺日常の事にも行き届いた助言を惜しまず、猷輔の行く末をたのもしげに、温かく見守った。

安政五年猷輔が分家した折りであろうか、そうであれば猷輔二十三歳の年だが、蓮月は「富岡うしの、父のみたまをまつるときゝて」と詞書して、次の一首を詠じた。

なきかげもうれしとみらん橘の花かぐはしき君が手向を

学問好きの猷輔の末たのもしいまなびぶりに、ほとんど手放しで見とれている蓮月が、この歌にはよく出ている。歌より推して、橘の花は富岡の家紋なのであろう。

この当時、蓮月がそんなに惚れ惚れと見ていた猷輔の勉強ぶりは、春日潜庵に就いて陽明学をまなぶ一方、梅田雲浜の講義があればそこにも走っていって朱子学を勉強し、そのかたわらで絵のほうもあれこれ雑多に、諸派を研究するという具合であった。

絵については十九歳の頃、窪田雪鷹に明画の手法、大角南耕、小田海僊に文人画、浮田一蕙に土佐大和絵、それぞれの手ほどきを受けていたが、その上さらに貫名海屋の書と画をひそかに敬慕し、手本にして独習をかさねた。

しかし安政五年から六年にかけての安政大獄は、手放しで惚れ惚れと猷輔を見ていた蓮月を慄然とさせただろう。猷輔がよく知っている一蕙、潜庵、雲浜の三人が捕えられ、唐丸(とうまる)かごに押しこめられて江戸送りとなり、潜庵は生き延びることを得たが、一蕙と雲浜は、獄中で得た病のため、安政六年に歿するのだ。このとき猷輔の感情が政治的高揚をみなかったとしたら、そのほうがよほどおかしいくらいなものだ。政治にむかって猷輔が最も傾斜したのが安政、万延の数年間だろうという見当は、容易に付けられる。

しかし、具体的にどういう政治活動をしたかは判らない。いや、どういう政治活動もしなかったと考えたほうが、おそらく当っている。猷輔のような「かなつんぼ」では、密議は無理である。それでも天下国家のためにしなければならぬという気持は切実だった。青蓮院宮尊融法親王に近づいたのは、おそらくそうした気持からだ。この宮は梅田雲浜を最も信頼し、厚遇した人である。雲浜は、もと若狭小浜藩士であるが、嘉永五年(一八五二年)国事建言で幕府の忌憚に触れ、追放されて以来、浪々中の身であった。猷輔と青蓮院とのあいだに結ばれたつながりは、このあと猷輔＝鉄斎の生涯にわたって保たれる。

一方、蓮月は田結荘斎治の前例をよく知っているので、この時期には、本心から猷輔を案じたことであろう。蓮月の実子とおぼしい田結荘斎治は、大塩平八郎の乱に際して連座し、投獄二百日、獄中で全身の皮膚を侵されて死に瀕したことがある。斎治のことには、あとでもう一度触れる。

浮田一蕙も梅田雲浜も病歿した安政六年から二年後の文久元年、猷輔はおそらく蓮月の助言に従って長崎に行き、数箇月滞在して京都に戻った。この旅立ちに際して、蓮月が書き送った短い手紙を引用したい。

『蓮月尼全集』中の「消息編」には、猷輔すなわち鉄斎あての手紙は三十八通収められている。但し、そのうち十通はごく短い断片である。完全な文面の二十数通は、その全部をそっくりそのまま引用したいという誘惑を私はどうにか切り抜ける。しかし、このあとにも部分的な引用をすることに、私は同じ気持をまぬがれ得ないだろう。

こたび長崎へおはさば、から(唐)人にもいであひて、何くれのことども聞あきらめ、めでたきふでの跡をも、心のかぎりうつしとりてかへり玉へ、まちつけてうれしくまみえ奉るべし

もろこしの月のかつらの一本(ひともと)もをりもてかへれわが家づとに

いさゝかながら二百疋、御はながみしろ(鼻紙代)にとて奉るなり

御道中御自愛専一に被遊度候

蓮月

富岡様

十三日

二七　石門心学のこと

ところで、富岡の家は維叙が学問好きであったばかりでなく、維叙の先代維徳、その先代以直、いずれも法衣商ただ一筋では飽き足りず、文事への傾きを示した人である。あるいは文事というのは適切を欠く。むしろ心事というべきかもしれない。

富岡以直は享保二年(一七一七年)十一屋に生まれ、家業を継いだが、十七、八歳の頃に石田梅岩の塾に入り「自性を知る」の道、のち手嶋堵庵によって心学と称呼される学問をまなんだ。師友の信望厚く、梅岩の歿後には、堵庵、木村重光らとともに塾の柱となって指導、経営に尽力した。「勤倹治家之本」という句を好んで人に書き与えたという。天明七年(一七八七年)十二月歿、七十一歳。以直には『駿州八助行状聞書』一冊の著がある。心学者の著わした数多の孝子伝の類である。

以直が師事した石田梅岩は、通称勘平といった。貞享二年(一六八五年)丹波国桑田郡東懸村の農家に生まれ、元禄八年(一六九五年)十一歳で京の商家に丁稚奉公した。数年後いったん帰郷し、のち二十三歳でふたたび京に出て黒柳という呉服商に奉公し、以来二十年、主家に勤めたが、華美浮薄の世の風俗に憂心つねならず、寸暇をさいて神社仏閣に詣で、独学辛苦して神道、仏教の書を読み、やがて儒書におよび、次第に造詣するところがあった。年来、良師を求めては教えを乞うたが、四十四歳の享保十三年(一七二八年)、小栗了雲という黄檗宗の一隠士に京中で遭遇し、問答によってただちに了雲に推服した。これを機として、梅岩は神、儒、仏にかかわる一切の学問をもって「心」を究める方便と考えて自在に活用する道に邁進し、享保十四年、四十五歳のとき、はじめて講席を借家住まいの自宅に開き「何月何日開講、席銭は入り申さず候。無縁にても御望みの方々は御遠慮なく御通り御聞きなさるべく候」という貼紙を出して聴衆をつのった。はじめの講席は車屋町御池上ルに、のち梅岩の転宅とともに堺町六角下ルに移ったが、場所柄、商家の子弟に門弟となるものが次第に多くなった。富岡以直、手嶋堵庵、木村重光、斎藤全門など、すべて類似の生い立ちをした人である。

梅岩は開講以来、延享元年(一七四四年)六十歳で歿するまで、平易懇切を忘れず庶民にむかって独自の講話を説いた。すでに貼紙にあったように、聴講はつねに無料であった。梅岩が門弟に講じたテクストは『小学』より『論語』にすすみ、時に応じて『徒然草』、謡曲集を用いるなど、手近に教材を求め、はなはだ自在をきわめた。梅岩はみずから儒をもって任じてはいたが、学問が目的ではなく「心を尽くし性を知り、性に至り、その性に従ふところを行ふ」(『石田先生語録』)のが、実は学問であると明確に自覚し、自得していたので、そのふうには専門の儒学者とはかけ離れたものがあった。梅岩はかたわら『都鄙問答』『斉家論』のすぐれた著述をなし、また元文五年(一七四〇年)の凶作の年には、窮民に粥の炊出しをおこなうなどの行為に備蓄を投じ、文字どおり「世のため人のために」尽くした。

『都鄙問答』には、梅岩に一転機をもたらした了雲との初対面のありさまを述べたところがある。話題が「心」におよぶと、すかさず了雲がいう。

「汝は心を知れりと思ふらめど、いまだ知らず。学びしところ雲泥の違ひあり。汝、何のために学問いたし候や。」

勘平は答えた。

「五倫五常の道をもつて、我より以下の人に教へんことを志す。」

了雲はいった。

「道は道心と云ひて心なり。子曰、温レ故而知レ新、可二以為一レ師矣。故とは師より聞くところ、新とはわが発明するところなり。発明してのちは学ぶところ我れにありて人に応ずること窮りなし。これを以つて師となるべし。しかるを汝、心を知らざれば、自ら迷ひ居てかつ他も迷はせたく候や。心は一身の主なり。身の主を知らざれば風来者にて宿なし同然なり。我が宿亡くして他を救はんといふはおぼつかなし。」

梅岩は、この了雲の論旨を根幹として、みずから発明するところにもとづいて行いをつらぬいた。鉄斎もまた、梅岩と同様に神、儒、仏の乱読によって練り上げた知を用いて、心を究める道を採った。曾祖父の以直以来、心学を重んずる家に生まれた鉄斎は、おそらく早くから梅岩の著作を味読し、深い感化を受けたのである。

たとえば次に引用するのは、鉄斎三十三歳の年、折りしも明治改元の世に際して、七十八歳の蓮月に書き送った信仰告白ともいうべき、長い手紙の一節である。乱世の世は、挙げて徳性を失い、武士も町人も分限をわきまえぬ奢侈に傾き、金銭を至上とあがめ、上(かみ)は勧農を怠り、農民は艱苦のあまり田を捨てて町に流れ入ろうとし、ために国に三年の貯えもない。また町民はやくたいもない風流ごとに金を浪費し、書画詩歌、茶の道にたずさわる者はそういう町民に媚びて風流を売り物にし、学者も僧侶も一時の盛名に酔うものが多く、憂うべき国情である、と縷説してきて、鉄斎はおわりに近く、こんなふうにしるしている。

学文(問)も才智活用せねバ文字をしる斗(ばかり)にて、無用の棄物なり。一人ハそしり、一人ハ誉(ほこ)る。嗚乎それ我をいかんせん。しかず天下後世にいたりても、心のある所をのこし置て、みがき置て、世を照らさんにハ。仍(よっ)テ胆を大にし、眼孔を明にし、古今治乱の源を探り、国家の御制度をよく知りて、利害のある所を洞議し、今日の苦楽をわきまへ、後日の得失を詳(つまびらか)ニいたし、天下のをさまるゆえんを勘(かんが)へ、世情の軽薄にハかまはず、己の本意を空しくせぬやうニせねバならぬ也。かかれバ只今俗人と肩を休め、いささかの事に心神をくるしめ、世をわたるが如きハ、無胆の小人のする所、あに是にならふべけん哉。

私はこの手紙に、梅岩と鉄斎の二重写しを見るおもいがする。それと同時に、あちこちに突きあたって乱気流を生じているような論旨の運びに、鉄斎のもどかしがりな、せっかち性(しょう)といったものをおぼえる。言葉はもどかしい。こころの形をそのまま形にあらわすというむつかしいことが出来れば、それにまさる幸福はないかもしれない。勿論、卑しいこころを形にあらわしてもなんにもならない。我がこころとして尊びつつ温めた「故」はそのまま画賛として、「新」つまり我が発明は画に一任するという方向に、このあと鉄斎はゆっくり進んでゆくようである。そして、画と画賛とは常に不離一体でなければ無意味なことを、蓮月との合作の機会に、蓮月の情愛をとおして、早くに鉄斎は感得したにちがいないのである。

わが国の従来の手紙消息のつねとして、月日はしるしても年まではしるされていないが、右の鉄斎の手紙に対する返しと考えておそらくまちがっていない蓮月の手紙がある(『全集』消息一二六)。

あて名に「富岡先生さま」というふうに、蓮月が鉄斎に「先生」を付ける手紙はこの他に何通も残されているが、あるいはこの「先生」付けは、鉄斎の信仰告白、思想披瀝を見たときにはじまったのかと思われる。

なかほどの一節、長生きして世のため人のためになることをせよ、というくだりはすでに引用したことがあったが、あらためて全文を写しておきたい。やはり私にはこの手紙を一部省略するにはしのびぬ気持が強い。末尾に出ている律師というのは、明治元年当時にはすでに蓮月が移り住んでいた西賀茂神光院の住職、和田月心である。月心は、若い頃に応挙の弟子、森徹山に画を習い、呉山と号した。蓮月がこの住職の画に和歌の賛を付けた画幅や短冊はかなり多く残っている。

御文拝見いたし参らせ候。仰せのごとく寒中ながら、御あなた様みな〳〵様御きげんよくいらせせられ候よし、御めでたく存上参らせ候。こま〴〵の御書拝見いたし、たゞありがたくうれしくらくるゐ(落涙)のみ、則この御文、故父君の御名をとなへそなへ候て、かく天が下の大丈夫、ありがたき御心ざしのほど、ごまんぞくにおぼしめし候べしと、ひとりごといたし、すゞろになみだとゞめがたく、うれしく存上候。何事も御自愛あそばし、御機嫌よく御長寿あそばし、世のため人のためになることを、なるべきやうにして、心しづかに、心長く御いでにあそばし候やうねがひ上参らせ候。わたくし事、この冬は持病も治し候にはあらねど、かるくなり、しのぎよくくらし申候。此分では又正月もいたし申べくやと存居候。心には自他平等のしゆ(修)行いたし度おもふのみにて、身も心も老いくたち、らちもなくその日〳〵をやうやくしのぎをり参らせ候。しかし其内にはえんま王より御さたあるべくと存じ心安く存候。きびしよ先日一つさし上げ、今日二つさし上げ候。みな〳〵ぶさいくに御ざ候。又冬中にでき候はゞ上申べく候。お秋さまへ御ざうりなりと上度く、よろしくねがひ上参らせ候。十一や様、どなた様へもよろしく御つたへねがひ上候。御用多き御中より御文下さるまじく、御きげんよくいらせ候へばうれしくありがたく、朝夕神仏にもそれのみ祈り候事に御ざ候。ことしはみのりよろしく、よろづのもののあたひもひくゝなり候よし、ありがたき事に御ざ候。めで度くかしく

又先日は、こゝのりし(律師)様より、帖御めんたうなる御事たのまれねがひ上、いつにても御手すきのせつ、よろしくねがひ上参らせ候。めでたくかしく

くれ〴〵も寒気御用心被遊被下候

蓮月

十二月二日

富岡先生さま

蓮月と富岡の家との付合いが、聖護院村の住居の隣同士という縁ではじまったらしいことはすでに述べたが、この付合いは、はじまるとすぐ親密なものになったと思われる。それにはわけがある。

維叙の父、つまり鉄斎には祖父に当る富岡維徳は小沢芦庵の門人であった。芦庵に傾倒している蓮月は、このことを聞き知ったとき、おそらくいっぺんに富岡の家に対して親しみを増したことであろう。

中野武氏の『小沢芦庵』には、芦庵の門人、沢監物（益（すすむ）、文化二年（一八〇五年）歿、五十二歳）の手記した「芦庵翁門人録」が掲載されているが、二百七人の名のつらなるうちに、維徳富岡伝兵衛は六十七番目に挙っている。もっとも、この順序に意味はなさそうである。中野氏の付記によれば、維徳は文化十三年三月歿、五十八歳である。

この「芦庵翁門人録」を一覧すると、芦庵のもとには多数の町人が参じているのがわかる。さらに子細にながめると、門下の町人には富岡伝兵衛と同種の呉服商人が多い。傲慢無礼のゆえに芦庵によって破門になったという新町六角の豪商、三井八郎右衛門の名もみえるが、三条衣棚の千切屋本家の西村与三右衛門貞経もまた芦庵の門人であったのが目を惹く。いま貞経の生歿年は詳らかにしないが、同じ三条衣棚に十一屋富岡伝兵衛がすんでいるのであるから、芦庵と衣棚とのつながりには、なかなか深いものがあったのである。

他にも、千切屋与三右衛門の分家吉右衛門のほうに、西村貞尭という人があった。貞尭は安永八年（一七七九年）越前武生に生まれた人で、寛政十年（一七九八年）に千切屋吉右衛門貞興の養子となった。生来、学問好きで、かねて芦庵に私淑していたが、芦庵の高弟、前波黙軒について和歌をまなび、香川景樹、加茂季鷹らと交わり、また商用で江戸に下ると、村田春海門下の歌人国学者、清水浜臣と最も親しく付き合ったという。教養人である。歿年は安政三年(一八五六年)、これはたまたま鉄斎の父維叙の歿年である。

ところで、芦庵が門下に町人の弟子を数多くもっていたことは、京の町なかの感情生活に少なからぬ変化をもたらした。

すでに述べたように、芦庵は妙法院宮真仁法親王の和歌の師匠であり、宮門跡と芦庵とのへだてのない交わりは異例といってもいいほどのものだったために、堂上公卿には、妬みから、ずいぶん蔭口をたたき、両者のあいだを割こうとする策謀もあった。多趣味な妙法院宮の師匠になった歌人、画家、儒家は、芦庵に限らず、すべて町方(まちかた)の出身であったことから、妙法院の雅宴は、やがてかれらを通じて町方に流出し、町人のあいだに妙法院風とでもいった集いの様式がひろまったのである。

そういう経路で盛んになったものに、長寿の賀会がある。人びとが相集って、一人の人の長寿を祝う歌を詠じる。そういう面では、これは歌会というものの変形である。しかし、賀会の場席になった座敷の床の間は、めでたく表装もなった、めでたい画幅がそれを飾っているという面では、賀会は円山四条派の画の参加を前提にしているのであり、また画幅に画賛もあったがいいなら、これは画と和歌との共生の好機になった。

また、長寿を祝うもう一つの形として、文人雅客の書画の寄書き帖を、人のもとに贈ることも盛んであった。さきほど引用した蓮月の手紙に、神光院の月心和尚に頼まれた帖のことで、鉄斎にも一筆わずらわすのを蓮月が恐縮がっているところがあったが、これもおそらく人に贈る賀のための帖である。帖というのは、あらかじめこれと思う画家、歌人、詩人、書家のもとに大きさ、紙質の等しい二枚折りの色紙を届け、希望を伝えて一任しておき、のちに集めて順序よく片貼り合わせにして、しっかりした帖に仕立てるのである。

当時の長寿の賀会は、実際にどんな形を採っていたか。これについては中野武氏の『小沢芦庵』の第八章「賀の形式」が好例を提示している。

寛政十二年（一八〇〇年）一月十一日、子の日を選んで、芦庵の門人で江州日野の商人、中野熊充の母が七十に達した祝賀の会が、油小路通松原上ル、亀屋五郎兵衛の宅でおこなわれた。亀屋というのは中野熊充の京店の屋号である。熊充は中野武氏の父祖にあたる。

この日の賀会のことは、前年の十二月に、回状によって芦庵の門人の一部に知らされ、芦庵が一葉ごとにちがった題をあらかじめ自筆でしるした短冊が当日の出席を約した人たちに配られた。短冊を受け取った人たちは、それぞれの題にもとづいて歌を詠み、短冊に書きしるし、賀会当日よりも少し早い目に、中野熊充のところへ短冊を返しておく。このとき用いられた短冊は松葉の柄入りのものであった。

賀会の当日には芦庵も出席し、短冊を一葉ずつ読み上げ、このあと短冊をまとめた上、芦庵自筆の歌目録を付けて、賀の主である熊充の母に贈った。

短冊は三十葉あるが、当日はそのうち七人が欠席している。富岡維徳もその一人である。

さて、こうしてそろった短冊の歌については、出席した人たちが品評し合って票を入れ、得点をきそった。この日は、師匠の芦庵のほか熊充が互選洩れの扱いを受けているが、最高点は小川布淑（萍流）、そのほかいままでに名を出した人だけを拾うと、三位には、上田秋成の晩年に縁の深い羽倉信美、十位に芦庵門人録を書き留めた沢監物、十四位は田山敬儀と前波黙軒が同点、富岡維徳は二十位にいる。

この人たちの題詠を抜いておくと、

芦庵　山居子日　のどかなる山のすみかの子の日にはちとせをまつの外なかりけり

熊充　梅先春開　しら雪のふるとしかけて色も香も春にかはらずさくやこの花

布淑　春日遅々　影めぐる一日も千世とすがの根のながきにあかぬ春の此ごろ

信美　寒草帯霜　枯のこる草はみながらふりぬべきちとせの霜の花咲にけり

監物　山近聞鹿　やまちかみなれつゝ秋のながき夜に友ときくらしさをしかの声
敬儀　余花何在　いづくにと夏もさくらの花の香をとめゆく末ぞたのしかりける
黙軒　菊有新香　今年より更に千世経ぬ菊なれやみさわし花の咲にほふらん
維徳　風静花薫　梢には吹としもなき春風をたゝすさくらのにほふこそしる

ざっと見て芦庵、布淑、信美のほかは、何だか歌にもなっていない。この日の三十人のうちには熊充、維徳のほかに江州日野の商人が四人、衣棚の関係が六、七人ほどもかぞえられ、少し変ったところでは、江戸店（えどだな）持ちの京商人として長く続いた紙問屋の柏原孫兵衛の母なる人の参加が目にとまる。

この賀会の短冊は子の小松をあしらった屏風に貼り交ぜされ、中野家にずっと伝わっているそうである。中野武氏によれば、『六帖詠草』稿本にはこうした賀の歌が三十首あまり含まれている。二万首に近い歌数からすれば三十首は微小であるが、一首ごとに大がかりな歌会が付帯していたとすれば、三十首でも大きな数だと中野氏が言っているのは私も同感であって、芦庵は門人に対して細やかなこころを示した人だと思う。右の賀会の寛政十二年の翌年七月、芦庵は七十九歳で歿した。

賀の帖についても、その実例を挙げておくのがよさそうだ。いま私の手もとに、そういう種類の二巻一対の帖がきている。帖としては大型のほうで縦十七・五センチ、横は十四・三センチあり、開いてながめるときには横はこの倍の幅、二十八・六センチということになる。この二巻には上巻、下巻という区別はつけられないので、仮に甲、乙とするなら、甲の帖には、歌人と俳人および土佐狩野派と円山四条派の画人が採り集められ、乙の帖には、漢詩人および南画文人画家がまとめられ、甲の帖二十九人のうちには蓮月が、乙の帖二十三人のうちには鉄斎が、それぞれ加わっている。

この二帖は、明治七年春には仕立てられていた。乙の帖の後跋に、宮原易安が二帖を通覧した感想をしるしていて、明治甲戌清和、すなわち明治七年四月の日付を書きつけている。宮原易安は書家として当時聞こえていた。名は龍、潜叟、節庵、易安と号した。もと備後尾道の人、頼山陽の門にまなび、天保十二年(一八四一年)以来、京都に住んだ。明治十八年、八十歳で歿しているので、明治七年は易安六十九歳である。ことごとく京師在の文雅の人びとが易安七十の賀の前祝いとして仕立てられた寄書帖に名をつらねることになったものかと思われる。易安の漢文の跋を読み下して写すと、こんなふうである。

私はかつて言ったことがある、京師に住する書画家が世にもてはやされるのは嵐山の花、高雄の楓が喧伝されるのと同じだと。桜も楓も、元来どの土地が格別すぐれているということはない。嵐山の花、高雄の楓よりもすぐれた花、すぐれた楓が世にないものかどうか。土地をもとにして上等と低級の別を立てるのはおかしな話なのだ。しかるに、私ごとき者の翰墨をさえ人が求めるのは、要するところ、私が京住まいの身であるからにすぎない。そういう事情を察知することなく、へたな字を書き散らかして得意になっていると、遠いところでどんな物笑いのたねになっているやも知れない。考えればおそろしい。いま、この二帖を通覧してみると、すべて京住みの諸氏の手になる書画ばかりなので、かように記して諸氏の意見をたずね、あわせて自警のよすがとする。

帖のうちに年月日の明記されているのは三点で、いずれも乙の帖、まず巻首に「雲烟窈窕」と書した広瀬青邨が明治五年壬申孟秋と記し、七言絶句を寄せている南摩羽峰が明治六年夏五月、また文人画を描いた墨隠翁が明治一年夏日としるしたのは、ほかよりも少々早い日付になる。甲の帖では、蓮月が一首をしるして八十二と書きつけているが、これは明治五年にあたる。二帖あわせて五十二人のうちには、略伝、歿年とも調べのつかない人も若干あるが、わかっているうちで最も早くに歿しているのは、甲の帖では蓮月の明治八年十二月歿、八十五歳、乙の帖では曾根梧荘、明治七年十月歿、四十二歳、次いでは甲の帖の八木奇峰、明治九年歿、七十一歳となる。

二巻の帖を通覧して気づくのは、いまでは一般に名を忘れられてしまった人が少なくないことである。この帖は明治五、六年という年次で輪切りにした京都の芸文の世界をよくうかがわせるに足りる。いま貼り合わせの順に五十二人の名を列挙し、私に調べのついた限りで、歿年、行年をしるす。便宜上、和歌、俳句、漢詩をしるしている人には○、画を描いている人には流派にかかわらず⦿を付ける。

甲の帖

○藤原斎敬(なりゆき)　明治十一年歿、六十三歳　⦿土佐光文　明治十二年歿、六十八歳　○近衛忠煕(ただひろ)　明治三十一年歿、九十一歳　⦿狩野永祥　(歿年不詳)　○総子　(伝不詳)　⦿幸野楳嶺　明治二十八年歿、五十二歳　○蓮茵　明治二十五年歿、八十七歳　⦿芦文　(伝不詳)　⦿八木奇峰　明治九年歿、七十一歳　○八木芹舎　明治二十二年歿、八十六歳　⦿畔生耕夫　(上田耕夫か。伝不詳)　○北村九起　(歿年不詳)　⦿中島有章　明治三十八年歿、六十九歳　⦿森寛斎　明治二十七年歿、八十一歳　⦿村瀬雙石　明治十年歿、五十六歳　○蓮月　明治八年歿、八十五歳　⦿国井応文　明治二十年歿、五十五歳　○⦿蕙園　(北川祭魚、歿年不詳)　⦿望月玉泉　大正二年歿、七十九歳　⦿村瀬雙石　(再出)　○木村信章　(歿年不詳)　⦿岸竹堂　明治三十年歿、七十二歳　○須川信行　大正六年歿、七十九歳　⦿塩川文麟　明治十年歿、七十歳　○渡忠秋　明治十四年歿、七十一歳　⦿鶴沢探信　(歿年不詳)　⦿村瀬玉田　大正六年歿、六十六歳　○草人　(伝不詳)　⦿長谷川玉峰　明治十二年歿、五十八歳

乙の帖

○広瀬青邨　明治十七年歿、六十六歳　⦿前田半田　明治十一年歿、六十二歳　○頼支峰　明治二十二年歿、六十七歳　⦿村田香谷　明治四十五年歿、八十二歳　○神山鳳陽　明治二十三年歿、六十七歳　⦿浅井柳塘　明治四十年歿、六十六歳　○南摩羽峰　明治四十二年歿、八十七歳　⦿田能村直入　明治四十年歿、九十四歳　○寺西易堂（伝不詳）⦿墨隠　明治十四年歿、六十五歳　○市村水香　明治三十二年歿、五十八歳　⦿鉄斎　但し鉄史と署す。大正十三年歿、八十九歳　○小林卓斎　天保二年生、歿年不詳　⦿川北春塘　明治二十七年歿、七十二歳　○谷鉄臣　明治三十八年歿、八十四歳　⦿曾根梧荘　明治七年歿、四十二歳　○林双橋　明治二十九年歿、六十九歳　⦿板倉槐堂　明治十二年歿、五十八歳　○江馬天江　明治三十四年歿、七十七歳　⦿山中信天翁　明治十八年歿、六十四歳　○菊池三渓　明治二十四年歿、七十三歳　⦿中西耕石　明治十七年歿、七十二歳　○向山黄石（伝不詳）○宮原易安　明治十八年歿、八十歳

甲の帖にみえる蓮月の一首は次のもので『海人の刈藻』には「寄竹祝」という題で収められている。

　このきみはめでたきふしをかさねつゝ末のよながきためしなりけり

蓮月の歌った長寿の賀の歌は『海人の刈藻』にはこのほかに十首、『全集』上巻の「拾遺」には十五首をかぞえる。松、竹、梅、菊、鶴、亀に寄せたものが大部分である。こうした物名が、いまでは旅館、ホテルの部屋の名あるいは宴会のテーブル記号に名ごりをとどめるのみで、われわれにとって気恥かしいばかりのものになり果てたのは、思えば文明の奇妙な変質である。

蓮月が竹に寄せた祝いの歌をもう一首引いておくと、

千代こもるまどのくれ竹日にそへてうれしきふしの数やかぞへん

乙の帖のほうにみえる鉄斎の画は「江邨幽邃」と賛があり、鉄史と署名がある。明治五年とすれば鉄斎は三十七歳である。昭和四十八年春、京都国立博物館で開かれた鉄斎展の出品目録に付いている略年譜によれば、鉄史の号が多く用いられるのは明治八年頃とあるが、それよりもっと早くから、鉄史はあらわれているように思われる。乙の帖の画は、鉄斎が『芥子園画伝』によって独り山水画の研究をかさねていた時期の作であろうか。倪雲林(げいうんりん)ふうの側筆によって樹林を描いているが、この風景にみえる山容には、四条派の優美な形態が稜線にまだ充分に残存していて、画面は一種折衷的な趣を呈している。すなわち、これは東山を描いたもの。遠山は左から比叡山、瓜生山、大文字山、鹿ヶ谷椿ヶ峯とつらなり、画面の中段左のほうに吉田山、そして右半分の近景の山は黒谷の丘である。丘のむこうに人家が点在する。

めでたい歌の序でに、鉄斎がむれ亀を描いたのに蓮月が画賛して詠じた歌があるので引いておきたい。『全集』には「亀あまたかけるかたに」と詞書があり、四、五句が「とりつどへつゝ君をかぞへん」となっている。「かた」は絵のこと。いろぞよは漢字で書けば万世である。

むれがめのひとつ〳〵のいろぞよをかきあつめつゝ君ぞかぞへん

画賛をした蓮月は「七十七」と書き付けているので、合作の年は慶応三年(一八六七年)であり、鉄斎は三十二歳である。この画は、神光院の月心和尚の病中見舞にと、蓮月が頼んで描かせたもののようで、鉄斎あての手紙(『全集』消息二二八)に、蓮月は次のように報じている。月心は快復し、三年ののち明治三年、七十一歳で歿した。

此間はかめの御画御したゝめ被下、月心隠居様大に〳〵よろこび、まづかりにかけおき、くるほどの人にふいちやう（吹聴）して、此人おやに孝心にて、とうじ（当時）ならびなき好人物、おもしろし〳〵と日々たのしみ、何をか御礼いたし度、身分相応のおもひ付にて、故父君、在世の母君、高野山に日ぱい（牌）をあげ度存候まゝ、ちゝ君はかい（戒）名、母君はぎやくしゆ（逆修）の御名御書付被下度（中略）かめのてい（態）むふんべつ（無分別）に見えて、ことの外おもしろく候よし、日々たのしみ、病気もおひ〳〵快方に候

このときの亀の画を幸野楳嶺が明治七年に描いた《丁稚女中遊戯図》と見くらべると、二つは同じ構図に依拠しているのがよく分かる。構図は百児文（ひゃくじもん）のヴァリアントで、円山派の手持ちの図柄である。群衆をむれがめに置換したところに鉄斎の発明があった。無邪気な発明である。だが、みずからの画技が精神と歩調を合わせて熟するにつれ、鉄斎はありとあらゆる粉本をこの無邪気な発明の力によって一新し、晩年のあのおそるべき独創を実現する。

二九　職人　西賀茂蓮月

文久から元治、慶応にかけて、京都は政治の季節の酷暑というべき時にあった。人びとの出入りもきわめて頻繁かつ錯綜していた。謀略が洞察と、無知が徳目と相姦して生みおとした怪物が、志をとなえて王城の地に流血を繰り返していた。小さな名分に殉じる人びとが互いに相手の名分に対して死をもってそれを難じ合い、みずからには忠という最大の徳目を、どちらも自任していた。

冷静な人びとは、左右から巻き添えにされる危険をつねに覚悟していなければならなかった。冷静とは、この場合、政治に対して無愛想な、職人的立場のことである。めいめいの手仕事を介して、手仕事によって、身を引いて政治をながめることが出来るのは、職人の唯一の特権である。しかもこの職人にしてなお、駆け出して政治の場にとびこみ、敵を打ち倒してやりたい衝動に駆られずにすまないような時代は、これを乱世というべきである。敵はどちらか一方にだけいるわけではなかった。営々たる手仕事の働きを、放火することで、白刃をきらめかせることで、土足で踏みにじることで、あなどってかかるものはすべて、手仕事の人間からは許せぬ敵である。

忘れてはならないが、当時は、てっとり早く身につくような技芸など、人びとがあたまから信じていない時代であった。手仕事のうちには、生命の尊さのゆるがぬ認識があった。どんなに辛苦して励んでみても、きわめて緩慢に熟するのを待つ以外にないような手仕事は、短命では絶対にものにならないからだ。こういう手仕事的な認識、成熟して感情にまでなりきった思想ともいうべきこういう認識から、幕末の乱世を迷惑して、にがにがしく生きていたのが京中の職人である。

蓮月もまた、乱世を生きたそういう職人の一人であった。埴(はに)作りという手仕事が蓮月の晩年を見事につらぬいている。慶応元年(一八六五年)七十五歳で西賀茂の神光院に移り住み、ようやく来訪者の煩わしさからのがれると、この老職人の尼は、朝から日の暮れまで、室内にそなえたろくろをあやつって埴を作り、仕上ったものを軒端の日陰に干しならべ、あらたにまた土をこね、ろくろのそばに運び上げた。こうした日に四十度、縁先を上り下りした日、蓮月はそれを「ありがたいこと」として、神光院の住職、月心の子の智満に語ったことがある。そういう一日の述懐が、次の一首にはよくこもっている。

あけたてば埴もてすさびくれゆけば仏をろがみおもふことなし

働きすぎて肩と腕が痛み、どうにもならないこともあった。体がだるく、のぼせ気味で、目がかすんだままの数箇月もあった。しかし注文がひっきりなしでは、休んではおれなかった。幕末から明治にかけて、蓮月焼は京みやげの最上のものとして地方人にあらそって買い求められたからである。世の需要にはありがたく応じるべきだろう。そこで埴作りの二代目蓮月を名のることを許された黒田光良が手伝いをした。光良はもと膳所藩士、聖護院村で蓮月の近隣に住んだことが縁となり、埴作りをおぼえた人である。また、西賀茂村の農夫、吉田利兵衛の妻で安という婦人が蓮月に埴作りを教わり、精いっぱいに代作をこころみた。安は夫の放蕩と姑の苛酷のために病気となり、衰え果てていたのを蓮月に励まされ、埴の手伝いをするうちに立ち直った。蓮月の手で「安造」と刻名された土瓶が残されているのには、そんなわけがある。安の作品は蓮月よりもなおどんこつに出来ているし、光良の作品は蓮月よりも器用に、すっきりしすぎるきらいがあるが、しかし光良、安、いずれが代作をしても、埴の表面に釘彫りで歌を刻み付ける仕事は、かならず蓮月が引き受けた。まれに歌刻みの仕事まで光良にまかせたことがあるのは、光良あての手紙(『全集』消息一六〇、明治元年十二月十七日付)で知れることだが、これなどはかまの火入れの近い忙しい時期に、きびしょ大小六十本、そのほか沢山の焼きを依頼して、手間をかけた労に報いるつもりで試作をすすめたもの、と私は受け取っておく。蓮月は西賀茂に移って以来、土の世話、くすりかけ、焼きをすべて光良に頼っていた。

八十歳前後の蓮月がどの程度に埴を作ったかを示す文面として、黒田光良あての短い手紙を一通だけ引用しよう。当時、陶工のかま入れは、せいぜい年に三度くらいである。文中にあらわれる作品数の少なくとも三倍が年間の蓮月の作品数と考えても、これは相当な働きぶりだ。

大きびしよ十二、大とくり二、なべ一、花入一、ちどり一、小とくり十、小きびしよ五十三、せん香たて二、ちやのみ茶わん七、これは薬かけにねがひ上候、花入いそぎ申さず、いつにても御ついでのせつねがひ上候、近比うたのはうが大にひまに御ざ候ゆゑ、土しごといつもよりもたんとでき候て、ありだけもたせ上候、いそぎ不申候まゝ、いつ〳〵にても御ついでにゆる〳〵に御やかせ被下候、何分かず多く、御やくかいのほど恐入参らせ候、どうぞ〳〵よろしくねがひ上参らせ候。とにかく御病気御やう生専一とねがひ上参らせ候、めでたくかしく

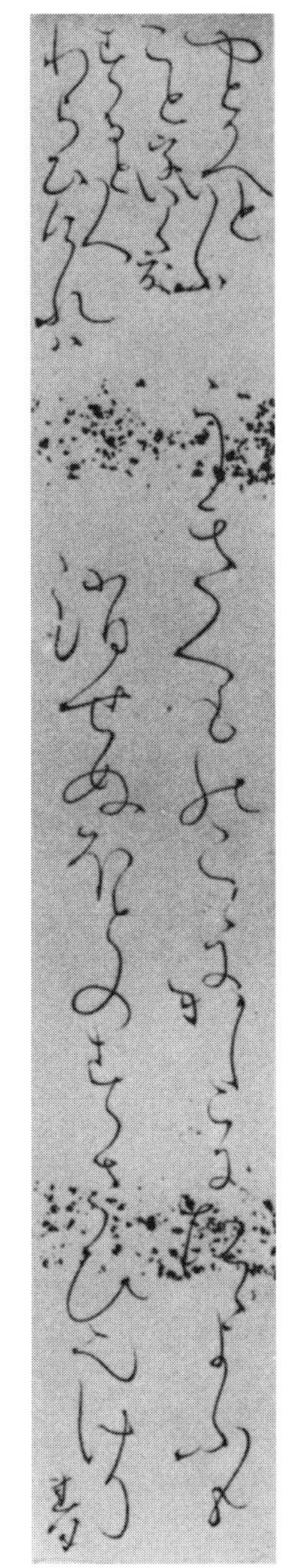

やどかへといふこといく度する人とわらひければ
うきくものこゝにかしこにただよふも消せぬほどのすさびなりけり　蓮月

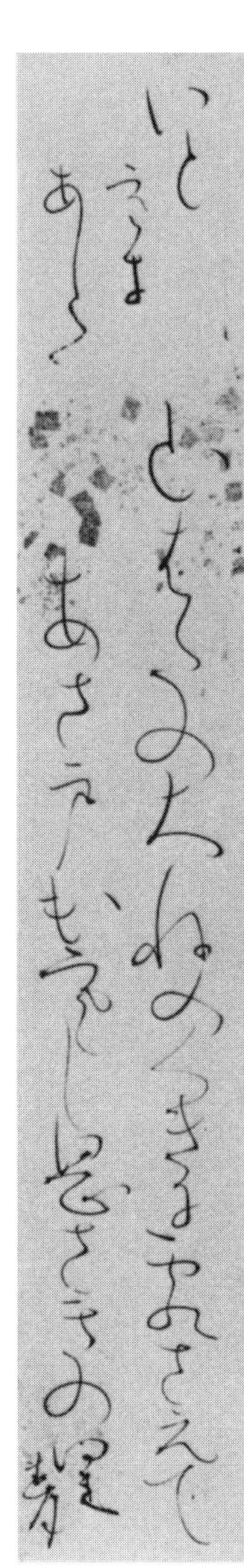

いと寒きあした
山はたの大ねのくきに霜さえてあさ戸出寒し岡ざきの里　蓮月

晩年の蓮月には、土ひねりの仕事が自己の天職というきわめて明確な自覚があった。だから埴細工から上がる収入は、報酬として誰に遠慮なしに家に収めた。その収入の高は相当なものになった。また別に、短冊のほうからの収入もある。蓮月は自詠の歌を書きしるした短冊を「売り物」の埴細工とは厳しく区別していた。これは所望する人があればいくらでも進呈するものの部類にあった。けれども、もらったほうではお礼を考える。金子を包んでゆくと、蓮月のほうからは売り物の埴細工をその返礼に届けてくるのが常であった。短冊のお礼としては、半紙を沢山もらうのを蓮月はいちばんよろこんだようである。半紙はいくらあってもよかった。西賀茂の村童は、蓮月婆さんのところへ走って行けば、手習いの紙なら欲しいだけもらえるのをよく知っていた。

蓮月は肉類をいっさい口にせず、かつお節さえ用いず、大根の葉を煮たものが大好物で、「わては鶏(とり)の生まれ変りかしらんて」などと言っている粗食の人であったし、衣類にもまるで頓着はなく、荒い縞物の単衣を安くて丈夫だといって着ているのを、鉄斎があんまり若すぎておかしがったりしているくらいで、日常の暮らしにはごくわずかのお金があれば足りた。米代、灯油代、借りがまの代金、埴土、短冊、唐紙の仕入れ金、手紙や埴細工の送り届けをしてくれる使いの人への謝礼、まずこんなところが蓮月の支出である。

西賀茂から聖護院の鉄斎にあてて、蓮月はこう書いている。慶応三年(一八六七年)鉄斎が結婚直後の近況を報じ、塾もおいおい繁昌し、画も少々売れ、女中を置いていると知らせたのに対する、これは返事の一節である。

かねはうちにのこらぬがよろしく、入るだけ出るのがめでたきにて御ざ候

鉄斎の家の支出が増したのを大いに結構なこと、とよろこんだのだ。

しかし、お金が入るだけ出てゆかない蓮月は、この余計者をどのようにして追放し、めでたく家中空虚を保ったのだろう。

答えるだけなら簡単である。余りはすべて世の中にお返しした。この返し方について、蓮月は思い付きに事欠くような人ではなかった。

嘉永三年(一八五〇年)、畿内西国の飢饉に際して、京都東町奉行組与力、平塚表十郎が動いて施米を行ったとき、蓮月は富岡猷輔(鉄斎)を使いに立て、匿名で三十両を奉行所に差し出した。この大金の出所を問いただされた十五歳の猷輔は、蓮月の志であることを打ち明けざるを得なかった。

蓮月が鴨川の丸太町橋を架けたのは、いつの年か正確には判らないが、川端丸太町東入ル植木屋の植吉のうらに、粗末な三畳敷の小屋を建てて住んだあいだのことと思われる。当時、丸太町に橋はなく、不便なことであった。分岐して流れる浅瀬のそここに板が渡してあるのを伝い伝い、人びとは両岸を往来していた。大八車を引く牛馬の辛苦は、人よりもさらにひどかった。蓮月は、ひそかに独り資金を貯え、材を買って人夫をやとい、車がすれちがって渡れる幅をもった長橋を架け渡した。

またある年、おそらく慶応二年(一八六六年)のこと、この年も飢饉ひろがり、物価高騰して、貧しい人びとは困苦に喘いだ。九月に、町奉行は粥施行所(かゆせぎようしよ)を開いたが、このとき蓮月は六両を喜捨したほか、神光院の月心和尚に観世音の仏画一千枚を描いてもらい、それに蓮月が賛を書き加えたお札を、京都寺町姉小路の鳩居堂で売ってもらい、売上げの金で餅を搗かせて飢える家々にくばった。

思えば鳩居堂の熊谷は石門心学の同心であり、富岡とも親しい間柄である。粥の施行は、石田梅岩が元文の飢饉におこなって以来、心学者の世々継承してきた事業であった。天明、天保、嘉永、慶応の飢饉に際しても、手嶋堵庵の明倫舎、五楽舎以下、京中の心学八舎は連合して各所に粥施行を長期にわたって引き受け、嘉永三年の飢饉には、日々一万六千人前後の人びとがこれで飢えをまぬがれた。当時、畿内の他の地方には多かった餓死者が、京中には一人も出なかったといわれる。

蓮月は、富岡の家と親交を結ぶにおよんで、心学者の行為をさらによそごとならず思うところがあったにちがいない。

一方、蓮月のこの心学的美挙の反照を浴びた鉄斎は、その生涯にわたって、荒廃した神社のためには講を設け、自作の画を売りさばいて修復費を寄進し、貧窮の家庭を新聞で知ると即刻、名を秘して微志を投じ、「世のため人のため」を忘れることがなかった。

慶応二年とおぼしい蓮月の手紙に、こんな一節がある。

> 扨せ(施)行あそばし候よし、かね〴〵御心入の事ゆゑ、御めでたく山々悦入参らせ候、御うん長久、よき事のたねおひ〳〵生いで候て、御はんじやうもあそばし、御長寿の御事と、かぎりなくうれしく存上参らせ候

暮らしにわずかのゆとりを生じると、鉄斎もまた施行に志を示した。蓮月は本心うれしかったであろう。のち明治二十年、維新後に絶えていた太秦広隆寺の牛祭が、鉄斎の寄付を得て復活するということがある。蓮月には「うづまさの牛祭見にまかりて」と詞書をした次の一首があった。歌の姿からして晩年の作ではない。

> 夜は更ぬかへさはとほしよしやこの鬼のすみかにやどやからまし

少年の日に、おそらく鉄斎は蓮月に連れられて、牛祭を見たことがあったのだ。復活の喜捨には蓮月追慕のこころがこもっているように私には思われる。牛祭は、いままた絶えなんとしているようである。

静かな西賀茂村には、蓮月が引越しをしてきてから、騎馬で尼を訪問する武家、名流が田や畦を踏みにじり、せまい村道の道肩を崩して帰ることがあった。蓮月は村あてに毎年のこととして、道路修繕費の寄付を続け、村道の改修にこころをくばっていた。

またあるとき、蓮月はたくさんの古着を買い集め、西賀茂村の娘たちに手間賃を支払ってほどき直しを頼み、着るものに事欠く人びとに受け取ってもらった。成瀬慶子『蓮月尼』には、仕立て直しの古着を風呂敷に包み、頭巾をまぶかにかむった蓮月が、貧しい町並みをえらんで歩き、最も難儀のはなはだしいとみえる家に衣類を投げこんで逃げ帰る話が出ている。

これは西賀茂に移る少し前のことだろうか、蓮月は永観堂境内の池中の小島に弁才天を寄進したことがあった。福寿弁才天と呼ばれて現存している。

弁才天はもと河神で梵天の妃であり、言語文字の発明者、また音楽、智恵、弁説、財福の神であって、西洋のステュックス、ミューズ、ミネルヴァ、メルキュールの職能を一身に兼備しているらしい。弁天さんは、観音さんと同様に、近世享保の頃から京の町にひろく滲透した民間信仰であり、弁才天三十九箇所参りというものも盛んにおこなわれた。蓮月の同時代には、多芸多才の文人、学者、詩人、歌人が京都にむらがっていたけれども、弁天さんを寄進奉納したような人は、おそらく蓮月のほかにはいない。頼山陽とこういう民間信仰とはどうしても結び付かないし、おなかを突き出して小女をしたがえながら京都の町を闊歩していた女詩人、梁川紅蘭が弁天さんに願をかけている姿などというのは、いかにも想像しにくい。弁天さんに願をかけることまでするところ、蓮月はまことにゆかしい人である。万延元年（一八六〇年）、七十歳の年に、田結荘（たゆいのしょう）天民にあてた手紙に、天民の子、斎治の身を案じつつ、人の運ということに触れて、とかく人は長生をせねばどふも思ふ事なり不申、又三十にてうんのひらけるもあり六十七十にてひらく人も御ざ候事ゆゑ、御機嫌よく長寿され候事のみねがひ上まゐらせ候

としるした一節は、すでに引用したのをいとわず、ここでもう一度読み直しておきたい。すべての人の天与の才が開花する世であれかしというこころから、蓮月は弁天さんを寄進し、その小祠に額を奉納することまでよろこんで承知したのであろう。この額奉納のことは、禅林寺永観堂の天華上人あての手紙（『全集』消息六三）にみえる。

　弁才天の祠が放生（ほうじょう）池に浮かんでいることは、御池の神泉苑の古い例もあり、なんら変ったことではないが、蓮月が放生のことにもつねづね意を用いたことは、なお言い足しておくべきだろう。牛馬に対する蓮月の特別の憐れみについては、丸太町橋のところでも触れたが、当時、山科の一寺に、老牛を飼い殺しにする小屋があった。蓮月はそちらの道に行く人の序でがあると、かいば桶に投げ入れてほしいといって、小餅をたくさん買ってもたせることがよくあった。餅は牛の好物である。次の一首もまた、そういう蓮月のこころをわれわれに伝える。この歌にはかけことばの遊戯があるからといって、まともに受け取らないような人は、歌の主義でおのれのこころを殺してしまった人だ。「山がらといふ鳥をはなちて」と詞書がある。

こは明（あけ）つかへれ明日よりおのが名の山からここにあそびにはこよ

三一　茶所

蓮月が西賀茂に引きこもったのは文久三年（一八六三年）のことと思われる。しかし、はじめは西賀茂村のいずこか農家に移り、慶応元年（一八六五年）の春、同じ村の真言宗醍醐寺派の神光院に落ち着く。これ以後はもう屋越しなしの蓮月。晩年の十年間をここですごし、ここで歿することになる。

神光院の茶所に住む段取りが付くと、蓮月は川端丸太町の植吉うらに残してあった三畳一間の離れ屋を解体して運んでもらい、茶所にくっつけて建て直した。この三畳の小屋にはくさぐさの人の訪れの思い出があり、ほったらかしにして朽ちさせるにはしのびなかったのであろう。

文久元年（一八六一年）の九月末に、越前福井の歌人、橘（井出）曙覧が、伊勢参宮の帰途、長男今滋を連れて京都に十日ばかり滞在したとき、さっそく蓮月を訪ねてきたのもこの三畳の小屋であった。蓮月と曙覧はすぐさま打ちとけ、互いによく解するところがあった。しかし、その後は再会の折もなく、慶応四年八月二十八日に、若い曙覧のほうが五十七歳で歿した。死の報がしばらくして京都に伝わったとき、蓮月はひどく悲しみ、一首を詠じた。

越路より四方にひかりし玉手ばこあけみのうしのなきぞかなしき

すぐ短冊にしるしたが、福井にいる曙覧の遺子、今滋まで届ける好便もないまま、短冊はその後も蓮月の手もとにあった。明治八年の十月以来、蓮月は腸をわずらって日ましに衰弱した。春にはまだ至極元気で、奈良博覧会に正倉院御物が初公開され、東大寺大仏殿内に並べられたのを知ると、いち早く鳥取の縁者にそれを報じるくらいに（『全集』消息一四）、知識欲も体力もあった。発病後、かねて知合いの漢方医、安藤精軒が投薬にきた。橘曙覧と精軒が親類だったことから、蓮月の心残りな短冊は、ようやくこのとき手もとを離れた。けれども、今滋はこの短冊を手に取ってながめつつ、亡父とともに蓮月をしのばねばならなかったはずである。

西賀茂の十年あまりに、蓮月は埴細工、短冊、画のほか、多数の手紙を残した。『全集』に収まっている二百六十通ばかりのうち、年月の判るものでいちばん古いのは嘉永四年(一八五一年)の村上忠順にあてた二通であり、時代が下るにつれて当然ながら数はふえる。いちばん新しい慶応、明治の手紙、つまり、西賀茂時代の手紙の数から推せば、蓮月は若い頃から筆まめな、手紙好きな人であっだ。

受け取ったほうでは、大切にまとめて保存していた手紙も多かったにちがいないが、京住みの人にあてられた手紙のうちには、元治元年(一八六四年)七月十九日、蛤御門の変に際して京中を焼き払った鉄砲焼(やけ)の大火で失われたものが相当に多かったと思われる。また橘曙覧にあてた手紙一束のように、福井の大火で焼失していたものもある。

幸いに残って『全集』に収まった手紙は、そのすべてが良い手紙ばかりだ。一通りの用足しだけの手紙はごく少ないが、それさえ受け取り手への親切を忘れぬという手紙の原則を守った上で、むだを散らさず、その種の手紙として非の打ちどころがない。一例だけを全文写しておこう。宛名の人は京都醍醐村の下村良輔という素封家の主人、和歌、俳句をよくしたという。

大田垣蓮月

御うけ

御つかひ被下、御文拝見いたし参らせ候。いよ〳〵御機嫌よく入らせられ、御めで度存上参らせ候。先日は御たちよりいたゞき、なんの御あいさう(愛想)もなく、失礼のみいたし候て恐入参らせ候。今日はけつかう成御茶いたゞき、ことに御手せい(製)のよし、一しほあつう有がたくいたゞき申上参らせ候。御うけまで申上候。めでたくかしこ

下村様　上
霜月十日

親しい打明け話、相談、助言、いたわり、励ましをただ一通に含んでいるような手紙は、大田垣知足あて十八通、村上忠順あて二十六通、鉄斎あて三十九通、鉄斎の妻春子あての二十一通に共通の特徴である。だから、この一群の手紙については、私はあちこちを犬のようにかみちぎって引用する気がしない。『全集』洩れのもう一束、田結荘天民および斎治あての二十七通についてもまた同様であって、全文を引く余裕のないことを残念とするほかはない。この『全集』洩れの一束は、すべて土田衛氏によって活字になり「愛媛大学紀要」(昭和三十六年十二月)に掲載され、合わせて土田氏の所感が同じ大学の「愛媛大学国文研究」誌に入っている。

三二　田結荘斎治

すでにわずかながら触れたように、田結荘斎治は、蓮月の生んだ子供たちのうちで、唯一人、早逝せずに生き残った人のようである。それを立証する有形の材料は、土田氏がいうとおりに天民、斎治あての手紙にも、ついに見出し得ない。けれども、文面の随処を稲妻のように一瞬走りすぎる情愛の光に気付くと、斎治が蓮月の実子かどうかについて、肯定も否定もせずにいるのが恥かしくなってくる。土田氏の本心もそうにちがいないが、斎治は蓮月の実子だと私は考える。大田垣誠、のちの蓮月の最初の夫、婿養子の望古が病気となり、実兄天民のところへ生まれたばかりの斎治を連れ子して戻ったのち、ほどなく死亡すると、誠と斎治は戸籍の上では無関係な母子になり、別々に生きたのである。だが、田結荘天民と蓮月とは、こののちずっと親しく往来しているので、蓮月には斎治の生い立ちのことは逐一判っていた。

田結荘斎治は、文化十二年(一八一五年)四月四日生まれ、父は大坂堂島の儒医天民、椿斎と号した人とされる。斎治は幼名を不動二郎、のち千里と号した。九歳で経学者篠崎小竹の門に入り、十二歳のとき大塩平八郎の家塾に寄宿、学力抜群のため十八歳のとき平八郎の命に従って儒学家塾を開いた。二年後、天然痘にかかり、病を養ううち、田能村竹田、金子雪操、岡田半江、中西耕石ら、京坂の文人と交わりを結んだ。天保八年(一八三七年)、大塩平八郎の乱が起こり、連座して投獄され、獄中で天然痘再発して死に瀕したが、のち無罪放免となった。

大塩の乱を知った蓮月は、直ちに長歌を作り、平八郎が難波の多くの民から家を奪いながら、みずからは潜行して延命を計ったことを激しく責めた。この長歌は『全集』の歌集の部「拾遺」を締括って収められているそのままを、次にかかげる。


この二月十九日のあしたのことゝかや、浪花にすめる大しほなにがしといひて、日ごろはひじりの道にたけたりと、世にもゆるされたるが有けり、その人なにとかおもひたがへけん、ゆくりなくおぞきわざしいでてけり、さはよそにきくだにきもつぶるるばかりになむ

おしてるや　なにはの里に　おほしほの　みちくるがごと
しらぎぬの　はたたてなびけ　くはがたの　かぶとうちきて

ほたるなす　ひばなをちらし　やきめぐり　くゆしめぐれば
いくちまち　つづくいへゐも　ときのまに　のらとなしつる
いかさまに　おもひたがへて　かくはしも　あらびたりけん
さとびとは　おもひもかけず　いかづちの　おつるがごとく
あらがねの　つちにひびけば　みにそはぬ　たまもこがねも
うちすてて　おいをいざなひ　をさなごを　いだきつおひつ
ただよひて　よるひるわかず　なきさけぶ　こゑはたくもに
うちひびき　あはれなりしも　みかふつか　みよといふよの
ねばかりに　いづちいにけん　ひくしほの　いめとやいはん
うつつとは　おもひもあへず　よそにきく　こころもきえぬ
あさましき　ひとつごころの　たがひより　すゑの世までの
ことぐさに　いひくたされん　おそのわざかも

荒かりししほのゆくへはしらなみの八島のそとにたちやきえけん

かくて一月ばかりの日かずなれども、行方のしれざれば、おほやけよりつはものかずおほくいだして、よろづのくにぐにのこるくまなくもとめたまふに、つゆしれざりければ、たれもかれもむねにてをおきたるやうにて、こ

れのみ朝な夕なのことぐさにいひさわぎて、
れいは花にのみいとひしかぜも、かのてつぱ
うとかいふめるもののひびくかとおどろき、
あせあゆる心地しながら、はるもややくれな
んとするころ、いかにしてありへけん、なほ
浪花のまちにかくれゐたりとききて

みをつくし身をもつくさで浪花江のあしまがくれに住みけるやなぞ

もしもこれを反復誦してのちもなお、蓮月には大塩の乱の歴史的意義が見抜けていない、やっぱりたかが尼歌人などという人があったら、それはいまの世のさかしらというほかはない。第二章のおわりにいったように、蓮月にとって、歌は二面を有していた。繰り返せば、外的な出来事が人のこころに強いる不幸からそのとげをうばい、不幸を飼いならして肉化するのに、歌は最も手近で親密な道具であった。言葉のあやがいつの間にか心身のあやとなり、そのあやのうえに現実が映え出るとき、たかが言葉のあやが、じつは認識の究極のすがたを現実からかすめ取るにいたった。歌という道具は、こうして歌という立場にかさなる。この立場からながめられる人事百般は、いわば永遠の相のもとに相つらなって、一つのまなざしのまえを通りすぎる。

このとき、諧謔がうまれる。諧謔はからかいではない。音楽と、そして詩歌だけが、その技芸の秘訣によってじかに触れることのできる内部の火に、おそらくこういう諧謔の真因がある。歴史家は蓮月の長歌を浅薄の作と見るかもしれないが、反対に、この長歌はじつに深奥の内容によってふくらみ、ほとんど手で触れ

得るほどの球体をなしている。歌という言葉の技芸なしには人の作り得ないこの実体を深奥というのは、なんら誇張というものではない。

斎治は、のち天保十年(一八三九年)、長崎にいって鉄翁、逸雲らに就いて南画をまなび上達するが、やがて一転して、西洋砲術火薬製法を高島秋帆に就いて会得し、帰坂して緒方洪庵、赤沢寛輔に西洋文法、理学をまなび、弾道測法の大家となった。しかし三十八歳のとき、さらに一転して砲術を捨て、文久から慶応の間は富国産業をとなえて諸藩に説き、明治二年、単身中国大陸に渡り、二千五百里を歩いてのち帰国、明治三年、大洋航海用の汽船を買入れ、北海道、樺太、エトロフ島をしばしば探訪し、北海漁業を開拓した。明治十二年、六十五歳のとき、北海氷上で転倒骨折、以後は北海漁業を京都鳩居堂の三男、熊谷平三に一任し、大阪に帰って閑適の余生を送った。明治二十九年三月二十八日歿、八十二歳。著書に『読墨痕』六冊、『散兵神機府』一巻、『桑土芻言』前編九冊、『遊履痕』五冊などのほか、『芥舟学画編』の評釈がある。

あらましをたどってみても、斎治は途方もなくスケールの大きな人物だった。教養と行動の境界がなくて融即しているところは、まさに鉄斎と共通している。天坊幸彦氏の「田結荘千里翁伝」(雑誌「ヒストリア」十四号)には——私はそれによって右の略伝を書いたのだが——斎治の評釈本『芥舟学画編』の序文が引かれていて「絵画を以て一片の芸能とせず、養性修情の要具とする」主張が斎治にあったことが知られる。絵画に従う態度においても、斎治と鉄斎とは、まさに一致している。

鉄斎は、斎治が蓮月の実子か否かについて答え得たかもしれない人だが、これについては生涯緘黙した。西賀茂に移ってから、蓮月は少なくとも二度、斎治の訪問を受けた。一度は慶応元年(一八六五年)十二月のことで、蓮月は七十五歳、斎治は五十一歳である。斎治は丹後の田結荘の本家におもむく途次、西賀茂に立ち寄ったのだが、蓮月は旬日ならずしてもう一度、斎治が帰途にもあらわれることを切実に期待していた。しかし、むなしかった。天民あての十二月二十三日付の手紙に、蓮月はこう書いている。

御賢息様たんごより御かへりにおより被下候やと心まち候へども御さたもなく、御機嫌よく此比には御帰坂あそばし候はんと存上まゐらせ候。よろしく〳〵御つたへねがひ上まゐらせ候。

もう一度の来訪は、年が不明ながら、やはり十二月のことであった。いずれもあわただしい小半日の対面だったようだ。

斎治には左近、幼名熊なにがしという息子があった。蓮月がこの熊さまのことを案じ、成長の姿を見たいと書き、天民から熊さまの画を送られて悦び、壁に貼ってながめ、熊さまの長刀の上達ぶりを伝えられて末たのもしく思ったりする天民あての文面には、孫をいとおしんでいる老婦の表情がまざまざと見えるようである。

田結荘天民は慶応三年（一八六七年）一月二十二日に八十九歳で歿した。蓮月は斎治から天民危篤の知らせを受けて見舞状を書き、次いで死の知らせを受けると即日おくやみ状を書いた。いずれもこころのこもった手紙である。

天民、斎治あての手紙二十七通は、巻子仕立てになって大阪吹田の田結荘家に伝わっている。この巻子の筆のあとは、殊に冴えかえっていて美しい。ながめていると、私はつい音楽を聴いているような錯覚をもつ。

蓮月の書については、貫之の古今切あるいは小大君（左近）の書を見て稽古したのだろうという説があった。私の考えでは、蓮月の書のお手本は、そんな遠い、手の届かぬようなところにはなかった。文化八年（一八一一年）、二条通富小路東江入町京師書林吉田四郎右衛門梓行の『六帖詠草』の草体は、名も知れぬ版下師の書ながら、蓮月の草体と一脈相通じる気分をもっている。これより少し早い寛政七年（一七九五年）、名古屋玉屋町東壁堂永楽屋東四郎から出た本居宣長『美濃の家づと』、少し遅い文政十三年（一八三〇年）江戸の須原屋、和泉屋、大坂の秋田屋、河内屋、京都の河南儀兵衛の三都五書肆が板行した香川景樹『桂園一枝』など、化政の前後にまたがる時期に出た木版本の歌集を見ると、それらのあらかたに共通する気分が、また蓮月の書の気分に通じている。嘉永三年(一八五〇年)京都三条堺町出雲寺松栢堂が出した『桂園一枝拾遺』下巻のおわりの丁に、大倉好斎書という小さな付記がある。当時の版下には大倉汲水の流れに属する書体が一般だったのであろうか。

蓮月は、ごく手近にころがっている刊本歌集、殊に愛読書だった『六帖詠草』などにお手本を求めて書を自習し、やがてひろびろとした空間に飛翔して、あの自在な筆致に達したようである。しかし、その書もまた、蓮月という人が時代の趣味にけっして背かなかったことを示している。

三三　明治八年

明治八年、十二月十日の夕刻、蓮月は八十五歳で歿した。

無用の者が消えてゆくのに多用の人を煩わすにはおよばないから、だれにも知らせてくれるな、ただ、死んでしまったら富岡にだけ伝えてもらいたい、と蓮月はかねて神光院の人びとに頼んでいた。鉄斎が駆けつけたとき、蓮月はもう浄土にむかっていた。

この二箇月ばかり病床に付き添っていた寂黙という尼が、蓮月に教えられていたとおり、遺体を包む白木綿の一反風呂敷を押入から出してひろげると、蓮と月の画があり、画賛に辞世の歌がしるされていた。

ねがはくはのちの蓮(はちす)の花のうへにくもらぬ月をみるよしもがな

十数年のむかし、蓮月に乞われて、白い風呂敷に蓮と月を描いたのを、鉄斎は思い出した。白布に包まれたなきがらは、これも蓮月がかねて用意していて、普段は米びつに使っていた棺桶に収められた。

翌日、蓮月は、神光院より西数町の丘の上、西方寺横の小谷(おだに)墓地に葬られた。お棺のあとを、村中の人びとがみな泣きながら歩いた。

墓は一本の桜の大樹の下にある。瓜ざねの形をした石に、大田垣蓮月墓とだけ、鉄斎の筆をそのまま刻んだ、なんの飾りもない、つつましいお墓である。

［補記］

1

村上素道編『蓮月尼全集』は、洋装一巻本の復刻版が昭和五十五年十一月、思文閣出版より発行された。この復刻版にはあらたに蓮月の消息文五十八通および尼自撰の歌集と自画賛の草花画帖「花くらべ」が増補収録されている。殊に、小著のなかでしばしば言及している田結荘天民および斎治あての消息文二十七通が収められたほか、中島棕隠の養子、中島錫胤(ますたね)あての一通もあり、蓮月尼と中島とのあいだにかねて交遊が開けていたことが、文面から察せられる。

蓮月尼の消息文はまだまだ多くが世に埋もれているものと思われる。私の知る限り、北浦定政の子孫にあたる北浦直人氏(東京在)のもとには、天保十一年春以降の定政あての消息文および定政歿後、明治四年以降の消息文合わせて十五通が、巻子に仕立てられて大切に伝わっている。このことは、昭和五十六年五月、北浦氏の来翰に接して知った。やがて直人氏は厳父大介氏の書写された上記消息全文のコピーを送ってくださった。思文閣の復刻版『蓮月尼全集』発行後のことだったのは残念とするほかないが、いずれこれまた公けになされて然るべき消息文である。

2

第一章で取り上げて私見をしるした蓮月の歌、

宿かさぬ人のつらさを情にて朧月夜の花の下ぶし

について、あるとき丸谷才一氏より質問を受けた(「紅のゆかり」、『群像』昭和五十一年三月号)。あの歌は石門心学の道歌というものよりも、幕末期のひとりの歌人が『新古今』の歌の調べを精いっぱいにまなんだ姿を示しているのではないか、と。私がなお首肯しかねているのを見て、丸谷氏は『続群書類従』十四巻に所収の『月詣和歌集』中より次の一首を引いて私に再考をうながした。

藤原親盛

やどかさぬ人のつらさぞ忘れぬる月すむのべに旅ねせし夜は

いかにも、これが蓮月の一首の本歌かと思われる。しかし、そうと心付いてみれば『新古今和歌集』春歌上の巻、藤原家隆の一首、

思ふどちそこともしらず行き暮れぬ花の宿かせ野べのうぐひす

にしても、『平家物語』巻九に出ている平忠度の一首、

ゆきくれてこの下陰を宿とせば花や今宵のあるじならまし

にしても、蓮月の一首のうえに影絵のように映って見える。親盛の一首にあらわれている「宿かさぬ人のつらさ」という表現は、ひとつの型ことばとして日常の言葉のなかに長らく流通していたものでなかったかどうか。そういう型ことばを上の句に据えたところに親盛の才覚があり、また蓮月の気転があったように私には思われる。そして仄かに道歌めいているところに蓮月の一首のおもしろさをやっぱり認めておきたい。

3

嘉永三年（一八五〇年）、畿内西国の飢饉による米の高値と蓮月の寄進に関連して、本書五三三頁に名の出ている京都東町奉行組与力、平塚表十郎は飄斎と号した人である。平塚節斎の子として寛政六年（一七九四年）京都に生まれた。名は茂喬、字は士梁、通称を表次郎、利助、善十郎といったが、家督を継いで表十郎と改めた。幼い頃より父節斎の教えを受け、力学すること数年、京都所司代に出仕して京都東町奉行組与力見習となり、やがて与力として民政に心を砕いた。安政の大獄に連座、永蟄居を命じられたが三年にして許された。天保八年（一八三七年）の飢饉にさいして、大坂には大塩中斎が乱を起こしたとき、表十郎は吏として救民の先頭に立ち難民に銭穀を施した。与力を辞してのち剃髪して飄斎と号した。弘化二年（一八四五年）、明儒朱逢吉の『牧民心鑑』を和訳して吏職にあるものに便したほか、陵墓の荒廃を憂えて『陵墓一隅抄』『聖陵図志』を著わしたのは北浦定政とおなじ志に出ている。

飄斎は若年より中島棕隠の狂詞会、安穴社の同人であった。戯名には武朝保（ぶちようほう）を用いる。社中の狂詩を編纂、『太平新曲』として三集にまとめたのも、『天保佳話』を編輯して世道人心の潤いに資したのも飄斎だったといわれる。明治八年二月十三日歿、八十二歳。たまたま蓮月の歿したのもおなじこの年である。

野間光辰氏の監修になる『上方藝文叢刊』の第六巻『中島棕隠集』（昭和五十五年刊）の野間氏の「解題」によれば、平塚表十郎は棕隠の竹枝集『鴨東四時雑詞』の文化十三年刊本（表題は『鴨東四時詞』、収める作は六十五首、星漁菴蔵板、梅辻春樵の序）の「板行赦免」に陰のちからとなって動いている。この刊本の跋文をしるした跋者「痴霓国益」は、野間氏によればおそらく平塚表十郎である。棕隠の鴨東竹枝は、つとに用語の奇警、内容の猥褻瑣細を理由に頼山陽らの非難を浴びていて「板行赦免」の得にくい事情があったのに、当時与力見習の表十郎が「赦免」獲得に骨を折ったようである。

蓮月、中島棕隠、北浦定政、富岡鉄斎のあいだに飄斎平塚表十郎がまた一人加わって、五者のつながりが目に見えてきたのが私にはおもしろく思われる。

4

補記1にしるした中島錫胤あての蓮月消息文は順照寺の所蔵である。同寺には、尼が遺愛の品として伝わってきた小机も存在している。私は一日、その小机を借り受け、由緒ある机のうえでこの新版のための補訂をすすめた。そのことは別にしるす機会があったので（京都霊山歴史館会誌『維新の道』、昭和五十六年一月十四日号）、以下に小文を収めて新版のしるしとしたい。

蓮月尼の机

数年前、神戸の骨董屋に蓮月尼の机が出ていると教えられたことがあった。見にゆかずじまいにおわったが、見れば欲しくなっただろう。しかし、そんな机を普段に用いるわけにはゆかない。要するに無駄だと、そのときは心に言い聞かせて済ませた。

ところが近ごろになって四箇月のあいだ、私は朝な夕な蓮月尼の机のそばで暮らしていた。机を据えるというけれど、そんな言い方の似つかわしくないような小机である。私のものではない。借りていたものである。神戸の骨董屋に出ていたという机とは全く別なのは、このあとの説明でお分かりいただけるだろう。

京都の中京区に、西本願寺の末寺で順照寺というお寺がある。羅山林道春の父信時の構えた持仏堂が順照寺の起こりなので、なかなか古い寺である。羅山の生まれたところは新町通り錦小路東北かどで、いまもその地には目立たぬ石標が立っている。順照寺は錦小路通り烏丸東入ルにあるから両者は距ることわずかに二町ということになる。そして順照寺の堂前には羅山の筆になる「土車庄（どしやのしよう）」という扁額が今も掲げられている。あたりはいまこそ町のまんなかだが、往時は土車が屯ろしている荒れ地だったものと思われる。

順照寺と私の家とは古くから深い仏縁でつながれているので、年に二度、きまった日に順照寺に参上する機会が私にある。

昨年（昭和五十五年）の八月五日、例年のこととして順照寺に参上した。寛保三年（一七四三年）八月五日に私の家の初代がはじめて呉服の店を構えたので、これを先祖の日として順照寺にごあいさつに行くのである。初代はこの寺の子息に伴われて伊勢国飯南郡粥見という村から京に上り、順照寺の一檀家に奉公し、やがて独り立ちしたのだった。

参上すると住職の水谷了静さんが部屋の片隅をゆびさして、あれは蓮月さんの机ですとおっしゃった。かねて私が蓮月尼に心を惹かれ、つたない一書さえ著わしていることはご承知だったが、土蔵のどこかに尼の机が収めてあったのをふと思い出されて、私に見せてくださったものと知れた。

折りしも数年前に出した小著を補訂して改版する準備にかかろうとしていた。その仕事を蓮月尼の机のうえでしたくなり、拝借をねがって即刻許しを得た。

机はいたって小振りなもので、縦三十一センチ、横が五十一センチ、高さは二十七センチ、正座する膝が机の下いっぱいになる。左にでも右にでも指先で軽く押せば出る浅い引出しが付いている。なかはふたつに仕切られ、一方は筆と小硯の収まる大きさ、他方は半紙がちょうど収まる大きさになっている。そして机面と引出しのあいだに、机とおなじ大きさの薄い板が一枚仕組まれている。これは手前と向こうがわ、どちらに押してもするりとあらわれる。机を広くしたいときには、これが役立ってくれる。便利なうえに極めて軽く、質素に出来た机である。尼となってのち幾度と知れず引越しを繰り返して屋越し蓮月と綽名された人ながら、尼の暮らしぶりに机は欠かせなかった。まさしく屋越し蓮月向きに出来ている机。

こんな机が順照寺に伝わっていることについては、次のような事情がある。

かつて京都の岡崎の宝幢寺村には親鸞上人庵室跡と称されるところがあり、その地に願成寺という西本願寺末寺があったが、明治十一年、府知事に廃寺届けを提出し、順照寺に合併と決まった。当時、願成寺の住職は与謝野礼厳である。鉄幹の父にあたるこの人が願成寺の住職となったのは安政四年(一八五七年)のことだったが、その頃から礼厳は蓮月尼の面識を得て、尼を敬すること一通りではなかった。礼厳は文政六年(一八二三年)生まれだから蓮月よりも三十二歳年少になる。尼もこの人とは気が合った。机は尼が西賀茂神光院に移るまえ、岡崎住まいの時代のなごりの机であったと思われる。合併にさいして寺什とともに蓮月の机も願成寺から順照寺に移ったのだ。

毎年八月五日のほかにもう一度、私が順照寺に参上する日は十二月五日である。今度はあちらのほうの祝いの日なのだが、机はこの日までお借りしていた。

尼の机はただ一色に塗りこめられていて、その色は沈んだ赤紫であった。熟したあけびの果皮のような色である。あるいは初冬の西空の夕焼け雲がまさに昏黒に呑まれようとする直前に見せるような色である。この世の孤寂に耐え抜いた人の心が拠りどころにするのはこういう色かもしれない。何から何まで蓮月が好んで作らせた机という気がする。

(青幻舎刊、二〇〇四年一〇月)

植物の夢、風流のエロス——杉本秀太郎の思想と方法

片山杜秀

「京の町のどまんなかにある私の家」。本書の冒頭を飾る名エッセイ、一九七六年に発表された三つの短い連作「洛中生息」の第一篇「秋から冬へ」の一行目にいきなり現れる。「どまんなか」の「ど」に自負がある。「どまんなか」に居ると「町のなかは、今や荒廃している」とよく分かるという。京都は「都会から田舎へと衰退した」。ここでの都会は通常ありがちな用法とは異なる。人口や建物の疎密で田舎か都会かというのではない。たとえば「都会の雑踏」なる表現は、混沌を含みこんだ場所を都会と考えてこそ使えるのだが、「洛中生息」では「軒がきれいにそろっていた町並み」が「乱杭のようにでたらめ」になってきたから「都会から田舎へ」と転落する過程なのだというふうに用いられる。高層建築物が増えて視界が遮られ、京都の真ん中の低層の居住区が「山々とのあいだ」と「疎遠」になったから、やはり都会が田舎に落ちぶれたと読めるくだりもある。つまり著者の考える都会は雑踏も乱杭も許容しない。「京の町のどまんなか」の低い場所からも北山や東山が望めなくてはならない。そうでないと、京の都会人が育んできた和歌や絵画の伝統、いや、その土台となる景観や風情や感覚が保てなくなるからであろう。そこには音の風景も含まれる。「秋から冬へ」にはこうも記されている。京の町ではいつの間にか「文芸の綾とでもいうべきしぐれの音は秋雨から消えていた」。雨の降り方なのか、雨を受ける地面や、雨音を反射する周囲の問題なのか。とにかく「秋雨」に「しぐれの音」がしなくなれば京の詩歌が成り立たない。「しぐれの音」に耳を傾ける感性の上に成立する種々の芸事もうまくなくなる。そうして「文芸の綾」が絶

えてゆけば、都会は田舎になる。ということは、洗練された文化を保持できる場所が都会で、そうでなく野暮に落ちれば、幾ら人が大勢住もうが、幾ら高層住宅がたくさん建とうが、そこはどこまでも野暮な田舎に過ぎぬのであろう。

そんな田舎を、著者は「秋から冬へ」で「荒れた町」とも言い換える。町が荒れるとは、周囲の野山も荒れることで、荒れた山を離れ、「荒れた町のなかに住みつくような鳥」も現れる。鴨である。田舎からの闖入者というわけだ。「もともと粗暴な横着者」で、「鳴き声、姿、性格、すべてにおいて野卑な鳥」と、著者は蔑みを露わにする。それももっともだ。鴨とは信じられぬほど大挙してやってきては騒々しく禍々しく振る舞うものだし、しかもその鴨たちが杉本家の庭を荒らすというのである。夏には蟬を狩る。秋には「庭の熟柿」を攫う。冬には「冬の庭にいろどりを添える唯一の自然」たる「陶磁の発色をおもわせる深い赤黄色に熟した山梔子の実」をみんな食べてしまう。

悪の限りを尽くす、この粗暴きわまる鴨を描写する著者の筆が、また揮っている。「冬の鴨の頭部には、白い毛がポマードで撫でつけたようにそろって伸び、くちばしの付け根には剛毛がぴんと生えている」。その様は「中年男の色魔を連想」させるから、鴨は「冬の色魔」だという。あえて確認しておけば、「色魔」は「荒れた町」を徘徊する無法者であって、ここでの鴨の話は決して本物の鴨にとどまってはいまい。「荒れた町」に巣くう田舎者はみんな鴨なのである。いちおう隠されてはいるが。著者はそういう書き方を好む。隠された「照応」というやつであろうか。そして、「色魔」の反対語として著者が常に想定するのはむろん「色好み」であろう。著者の理想とする都会は「色好み」の楽園でなければならず、無粋で粗暴な「色魔」はいてはならない。すると著者の愛する「色好み」とはどのような振る舞い方を言うのであろうか。「色魔」が乱暴な圧力を常に漂わせているとすれば、その逆でなければならない。この文集に収録されたものからだと、ここでどうしても「ボードレール　「照応」　隠し絵」の一節を引きたくなる。

「《照応》のボードレールにとって、《自然》の名に値する自然は、危害を加える暴力を全く欠いた、つねに庇護し、つねに要求を聞き届けてくれるようなものとしてあらかじめ吟味され、厳選された自然に限られる。ボードレールがそういう《自然》と交情するありさまは、ちょうど蛾の幼虫が蛹になるときのようで、温度も、湿度も、光の強さも、風当たりも、最も適当な自然を選んで蛹化し、擬態によって自然にまぎれ、自然から保護だけを期待するのとよく似ている。」

何とエロティックなのであろう。植物や虫を繰り出して柔和かつ艶麗な文章を書かせて著者の右に出られる者がこの国にあったろうか。とにかく「色魔」の暴力性の反対概念を成す「色好み」とはこのような非暴力的な「自然」との交情によって具現されるものではないかと思う。それが都会の倫理であり作法でもあろう。

「秋から冬へ」に戻る。鵯と色魔、けだものと俗物が闊歩する「荒れた町」にも、なお絶望せず、観るべきもの、聴くべきものを、その優れた視覚と聴覚によって発見してやまないのが著者の生きる流儀である。著者は何を見いだすのか。冬の庭の「無花果の枯葉」である。「木枯しが吹きすぎるとき、もの悲しく鳴るのは、土蔵のかげにうず高く落ちた無花果の枯葉くらいのもの」だけれど、その「無花果の枯葉」は「こまかな硬い毛をもっている」から霜をよく付ける。そのせいで「日蔭の無花果の根もとが白く光っていることがある」。鵯が「山梔子の色」を奪っても「霜」の「白」がまだ杉本家の庭には息づいている。それはむろん「無花果の枯葉」だけにあるのではない。「近ごろ、町の冬空には大気汚染の煙霧の傘があって降霜を防いでいる」ので「霜解けの露にぬれた沈静な鉛色の光の波動が生まれるあの冬の朝景色は、もはや得がたいものとなった」のだが、それでも時折りは得られるのだろう。白い霜が露に変わって、露は凍り付いた霜よりも動きを持ち、「鉛色の光の波動」が感じられる。波のような動きだから繰り返せば止まっていない。凍てついた空間はきらめいて生き生きとした時間に解き放たれる。

その移り目、空間と時間の絡み合いに何が生まれるか。「文芸の綾」であろう。都会を都会として成り立たしめる感性であろう。それはみやびと呼ばれてよいものであり、著者のいう都会とはみやびやかな空間ということであろう。みやびの語源は宮とつながると考えるのが通説で、宮廷風に洗練された高雅な情趣がみやびの意味するところである。日本では特に平安期の京の都の宮廷文化と結びついて発達し、京で豊かに暮らして来た人々が受け継ぎ、地方にも伝えたものであろう。杉本家は京の富裕な商家であり、「京の町のどまんなか」に町家を構え、関東の千葉に百貨店を出して、みやびを地方に伝えてもいた。そういう意味での都会の文人としての自負に満ち溢れていた存在の系譜の、ほぼ最後に位置していた。著者は、そういう意味での都会の文化につながる人が商いから文芸に軸足を移して人生を全うする。しかも京のどまんなかに大きな家や大きな庭を保って平安からのみやびの何たるかを四季のめぐりの中で不断に追体験し、田舎の鴨や色魔を決して受け入れようとしない。実際、著者がおのれの感覚にどこも合致しないもの、つまりどこかに少しでも粗暴さを感じさせるものに如何に容赦がなかったか、それをきつく退けて横を向いてしまうかを、筆者は賞の審査員として何年か席を並べさせていただいて、それなりに知ったつもりである。

そういう著者の眼と耳は何よりもまず「京の町のどまんなかにある私の家」でよく働き方を覚えた眼と耳である。夏目漱石の『硝子戸の中』ではないが、家の中から、庭や外のどんな微細な変化も見逃さず、聴き逃さぬように、眼を凝らし、耳をそばだてる。山や町を行き来する鴨のように遊行して気ぜわしい眼や耳ではない。商いの血筋ではあるが、店でどっしり構えている人の身振りで、行商人的な腰軽さはまるでない。基本はどこまでも「京の町のどまんなか」から動かぬ眼と耳なのだ。ひとところにとどまり続けながら、止まったものを観る。微かにうつろうものを聴く。庭には動物が居ても悪くはないが、庭の前提とするのは何よりもまずは植物であろう。町家の中や葉になる。それはどうしても第一義的には建物や部屋や町並みや山や庭の造作や木や花や枝から見える植物に充たされた庭に、もっと遠くの景色や空の色や、時々刻々と濃淡を変化させる光や闇が加わる。著者の音楽への関心も特にドビュッシーに篤いことを思えば、劇的な長い起伏よりも、瞬間的な景物のアトモスフェールに、その耳はより傾くのだと想像される。

そのような眼と耳の精密さと繊細さは、既に引用させていただいたくだりのそこかしこに表れているだろうし、本書のどの頁を捲っても自ずとその精密さと繊細さに出会うはずだけれども、念を押して、「洛中生息」の第二篇「冬至前後」から引く。「東西の筋の北側に立っている私の住居を例に採って」京都の冬至の頃の「冬の陽ざしのことに触れておく」と、「道幅三間半の表の通りに面している店（みせ）の間（ま）には、京格子が全体にはめこまれている。冬至の真昼、太陽は向かいの二階建ての棟のすぐ上あたりにかかり、屋根の傾斜とほとんど平行する光を投げかける。このとき、表の京格子は、ちょうど下半分が向いの家の日陰になる。冬至のこのときが、冬のあいだで店の間の陽当りがもっとも乏しいときであって、追い追いに、向いの家の影は少なくなっていく」。

何たる写生上手であろうか。文字だけなのだがかなり確実に「冬の陽ざし」の映像を思い浮かべることができる。著者は文章と景色や絵画や音楽を乖離させずに照らし合わせることができると確信していて、その自信があやふやな主観性を超克し、泰然自若とした客観を綴らせる。もちろん冬の京都についての何らかの心の映像を有していないと、著者の自信に付き添うことはできないかもしれないが、内なるイメージが片鱗でもあれば、静かで優しく無理のない絵面が湧きあがってくることだろう。

この「冬の陽ざし」を味読していると、著者の別の優れた写生文がまた思い出されてもくる。この文集には、書物の性質が少しく異なり、抜粋には適さぬゆえに採られていないのだろうが、著者が物と「角力」をとりながら文を書くことの歓びに深く触れた書物に『日本語の世界14　散文の日本語』がある。親友、大槻鉄男との共著。前半を杉本が、後半を大槻が書いている。その第二章の「物と散文」に杉本は写生文というか眼前の物と万年筆片手に角力をとった範例を示す。こんな具合だ。

「それは、ゆがんだ三つの矩形の面を、私に向かって見せている。だが、三面それぞれのゆがみ方はちがっている。右方の窓から射す光によって、左側の一面はかげっている。台の上には、その面の投影が、台に水がこぼれて濡れているという印象に近い、不定形な濃い影となって付着している。影は、面のかげりそのものよりも濃く、また、ゆがみの程度も甚だしいので、もとは矩形ではないものが一層ひどくゆがんだというふうな形状を呈している。気がつくと、同様な投影は、私が字を書いている紙の束の左にも付着しているし、字を書いている道具と私の手には、しきりに濃淡を変え、ぴくぴくふるえている扇形の、いくつかの影が、白い紙の表面でかさなり、道具と手の動きにつれて影もまた動きやまない。」

まったくもって杉本の文章である。まだまだ続いてゆく。何を描写しているのか。「タバコに火を付けたあとは用がないので投げ出した」マッチ箱が机の上に載っている。その机で、杉本は原稿用紙に万年筆で『日本語の世界14　散文の日本語』を執筆している。さなか、杉本はマッチ箱が気になり始めた。「次にタバコを吸うときまで、この小箱は用のないしろものである」。そこに面白みがある。「用のないものが、用のない時間のなかに、ぬっと顔を出したような按配」なのだ。いかなる有用性からも、少なくとも今この瞬間には解放された物としてのマッチ箱。無用であるがゆえに暴力的欲望に晒されることもない。そこに「風流」がただよう。都会の人のこころを起動させるものがある。かくして杉本は、マッチ箱と、それが載る机やこの文章を綴っている原稿用紙までも視野に入れて、しかもマッチ箱とか机とか原稿用紙とか、イメージを与えすぎて雄弁になってしまう言葉をなるたけ取り払って、文で写し取ろうとする。無用に励む。無用に励んで動かしている自らの影までも写生の対象となって、写される物と写す者とも混じりあってしまう。こうして無用の物と無用の文章による「文芸の綾」が結ばれる。実に杉本らしい。都会人として効用や実利や忙しいものからはぐれることで嬉しくなれる。本気とは違う。無心の純粋な戯れであろう。それがまた「風流」だ。マッチ箱でこれだけ遊べる。あまりに日常的でありつつ、あまりに儚い夢のようでもある。

「冬の陽ざし」に「マッチ箱」。まだ杉本にとってのいちばん肝腎なものを余している。植物だ。『日本語の世界14　散文の日本語』で杉本は綴る。

「物を物として学問に役立てるような記述の仕方では、物を可能なだけ細分した各部分の名称が、そういう記述をささえている。こまかい名称が、より大きな部分の名称によって統括される仕組がよくととのったとき、物は名称のあみ目のなかに、うまく捕捉されるようになる。だが、記述は名称の羅列ではない。一糸乱れずとでも形容するほかないような記述が、名称の指示性を活用することによって、分類の基礎になっている概念に現実の手ごたえをあたえるとき、そういう記述には、形而上学にも、抒情詩にも、また論説にも味わえないような、いうにいえない魅力がうまれる」

この一文は、物と散文の取り結び方を論じているのだが、そこでの記述の対象として想定されているいちばんの物とは、京のどまんなかの町家で庭を相手に座ったり立ったり寝そべったりしながら磨き抜かれた眼と耳としては、どうしても植物でなければならない。そのとき杉本が「散文の実例」として模範とするのは「明治はじめの植物学の記述文、植物図譜の説明文」であり、さらに「時代をさかのぼって、江戸の本草学者の書いた文章」ということになる。そこで杉本が「本草学者の記述文の最良のもの、この先は行きどまりという究極のすがた」として引くのは、小野蘭山の『本草綱目啓蒙』から「カタクリ」の項である。こういうものだ。

「深山ニ多ク生ズ。葉ノ形萎蕤葉ニ似テ厚ク、白緑色、面ニ紫斑アリ。嫩根ノモノハ只一葉ナリ。年久シキモノハ二葉トナル。二葉ノモノハ二三月両葉ノ中間ニ一茎ヲ抽ヅ。高サ五六寸、頂キニ一花ヲ倒垂ス。大キサ一寸半許リ、六出シ、淡紫色。蕾ハ紫色深シ。形山丹花ニ類シテ弁狭細、ソノ末皆反巻ス。又稀ニ白花ナルモノアリ。花謝シテ実ヲ結ブ。大キサ三分許リ、形円ニシテ三稜アリ。ソノ色亦白緑ナリ。根ノ形葱本ニ似テ白色、性寒ヲ喜ブ故ニ、東北ノ地方ニ産スルトコロノ者、苗根最モ肥大ナリ。土人ソノ根葉ヲ採リ、烹熟シテ食ラフ。又根ヲ用ヒテ。葛粉ヲ造ル法ノ如ク製シテ粉ヲ取ル。甚ダ潔白ニシテ葛粉ノ如シ。餅トナシテ食ラフ。カタコモチト呼ブ。奥州南部及ビ和州宇陀ヨリ此粉ヲ貢献ス。カタクリト云フ。古説ニ此草ヲ早藕トスルハ穏ヤカナラズ。」

「カタクリ」という物と角力をとって、最低限の字数なのに、「名称のあみ目のなかに」、それを「うまく捕捉」して、「現実の手ごたえ」を即座に感じさせる「いうにいえない魅力」の充溢した文章であろう。こういう物の見つけ方、対象の絞り方、写し取り方に杉本の求める文のユートピアがあるのかと思う。

だが、「本草学」の文章は、相手が植物である限り、人の眼にはほぼ動いて見えぬ物であるのだから、当然に動態性を欠いている。杉本はそこら辺りを意識して『日本語の世界14 散文の日本語』に断りを入れる。

「物ではなくて人を対象とするときの散文は、物と角力をとる散文の流儀だけに頼っていては、おそらく低迷をまぬがれないだろう。とはいえ、地面よりも低くを飛ぶことはできないから、物に対して植物学のように、あるいは本草学のようにかかわってゆく記述の散文が、手堅い、たしかなものであれば、そのときは下方に不安をおぼえず、安心して上方のことに、つまりは心の分野に、散文は駆けのぼってゆくことができるだろう。」

植物を描き尽くす、眼の行き届いた文章は、人事を描くための、より動きや機微をつかまえなければならぬ文章に向かうための基礎編であり離陸準備篇ということであろう。が、これは散文の綴り方についてのひとつの一般的説明に過ぎず、本書の著者の思想と方法を考えるとなると話は違ってくる。たとえば指揮者でチェリストの齋藤秀雄が生み出した、いわゆる「齋藤メソード」が音楽家のための基礎教育なのか、いや、ひとつの音楽観の完成を示すものなのか、という問題と似ていなくもない。あるいはバッハの『平均律クラヴィーア曲集』が演奏家の入口にもなれば窮極にもなるというようなこととつながるかもしれない。ともかく著者にとって植物は世界を観察し尽くすための入口であり、かといって、もっとよく動くものをつかまえるための基礎修練にとどまるものではなくて、最終的な出口でもあるのだ。動くものを包み込み、動と静の別にかかわらず世界の全体性を保証し、あらゆるものがこすれあわずにみやびに共存してゆくために、つまり都会人の世界観を定立するために植物はある。より正確に言えば、植物を本草学者たちのように観察し、文に写し、また細密にスケッチして、そこにパターンを発見し、文様を把持する営みが、「乱杭のようにでたらめ」な粗野な田舎を「軒がきれいにそろ」う都会へと匡正できると信じてやまぬところに著者の文業は聳えるのだ。植物へのこだわりは庭への逃避や隠遁ではない。それは京の都会人の積極性、暴力的で野卑な世界への反撃を示している。そこで大切なのは植物から導かれる文様である。文様の発見が杉本を強くする。

本書には「宗達経験」が収められている。これが大切だ。著者は説く。「私たちの身辺には極めて多種類の文様図柄がある」。それは文様図柄の描き込まれた種々の「物の外見に表象的な個別性、又は種別性を与えて」いて、そのような文様図柄に馴染むことで「私たち」は「気づいていてもいなくても」文様から「日常的な生のリズムを絶え間なく誘起し更新する作用」を蒙っている。そういう文様のなかで「私たちにもっとも馴染み深い意匠は何か。疑いもなくそれは草花意匠と呼ばれる意匠である」。そこから著者は驚くべき想像力で跳躍する。一九六〇年代にアンリ・フォシヨンの『形の生命』を翻訳した頃からの深い学びが京の家の庭で植物を観察して育った著者を哲学的に成熟させたのだろう。著者は言う。人間の「生のリズム、もう少し適切に言い換えれば、感情のこの論理的部分が、ある決まった構造の形象に触れることに所定の進路をとり、感情の整合に到達するとき、私たちとその構造的外在物との関係は親しみ深さという語によって示される」。つまり「なじみ深」く「親しみ深」い「構造的外在物」としての「草花意匠」に基づく文様が「私たち」の感情生活の導きの杖になっているということだ。ここでの「私たち」とは「洛中生息」で確認された「都会」の人の方でなければならない。「物ではなくて人を対象とするとき」には植物の流儀ではどうしても足りないかのようについつい言ってもしまう著者の迷いは、ここに至ってすっかり解消されている。植物から導かれた文様と結びつく都会人の感情生活は、植物から離れてただただ動き回るものではあるまい。文様によって仕立てられる感情類型の中で、そういう文様の入ったさまざまな道具に囲まれての幼いときからの暮らしの中で、少なくとも都会人の心は植物に律せられるのだ。とすれば「私たち」は「心という捕らえ難い不可思議なものの形態をうかがう望みを失わずに済む」というものだ。そこに、粗暴な動物ならざる、鴨のようなものならざる、都会人の植物的理想が生まれ育てられる。

すると「草花意匠」に基づく「構造的外在物」は「私たち」をどのように導くのか。著者が手掛かりとするのは、ベルリン東洋美術館の蔵する、俵屋宗達と本阿弥光悦の共作とも言うべき、いわゆる「ベルリン色紙」である。「宗達およびその工房の職人の手になる下絵に三十六首いずれも『新古今和歌集』中の四季の歌を光悦が散らし書きした三十六枚一組の色紙」だ。三十六枚のうち三十二枚の下絵は植物。「的確に鮮やかに、言わばありのままに描かれているか、さもなければ文様化の兆しによっていくらか翳りを帯びている植物」。その植物の織りなす自然空間は「水流、渦、波紋、漣、さまざまな水の形象」と重畳し、「淀む大気、しずかな大気の流れ」を漂わせる。そうした仕掛けの重なり合いによって、さらに下絵の上に散らし書きされた光悦の文字の流れによって、眼は耳を喚起する。色紙という平面には「シンコペーションを伴うリズム」という時間が備わり、「植物の生育繁茂、開花に好適な、しめった空間に揺れ」が、おそらくかなり散らし書きによって与えられ、それで「色紙下絵の湿性は倍化し、植物の生命が宿る髄は二重に保護され、温存」され、永遠の生命を得る。するとそれを観る「私たち」はどうなるか。「だれしもこの色紙を前にしていると、真と見かけ、実在と非在、夢とうつつという対概念が対比点をほぐされ、限界を失い、対概念なのにそうは思えなくなる数刻を経験する」という。あらゆる対立が日本的風土を象徴もしている湿った色紙の中でほぐれて馴染んで宥和する。その世界では人間にも性差がなくなってゆく。「夢幻能の演技者が男であって男でなく、女であって女ではない」ように、中性化してゆくのである。それが著者の植物に懸ける期待である。都会人は動物ではなくすべからく植物であるべきなのだ。著者は「ファウナ（動物的存在）が本源的に蔵している衝迫」の消えた「フローラ（植物界）の様態」が開示される経験を「ベルリン色紙」から得る。そこから植物文様の掌に載る都会人の理想を思い描く。植物の「なだめる作用」が、対概念のこすれあいを不断にぼやかし、物事をまるめ、みやびを保ち、暴力を退ける。そして著者はこの植物的作用と呼べるものが、光悦の散らし書きした『新古今集』よりも『古今集』で極まっていると考え、植物と文様や、植物と絵画や、植物と写生文の組み合わせのみならず、植物と『古今集』的和歌もアクロバティックに重ね合わせられ、区別をなくしてゆく。その読み方の閃きは尋常ではない。「宗達経験」を読み進めれば明かされることだ。そして著者は『古今集』と伊東静雄を匠の技で織合わせ、ボードレール流に「照応」させ、その伊東の先に、やはりどうしても保田與重郎を意識しないわけにはゆかないところまで辿り着く。だが、保田のこだわるのが同じ植物がらみでも「米作り」。著者の庭や植物や植物文様に馴染む姿勢とは、大きく分かれることになるだろう。大和の盆地の田と、京の町家とでは、近代への信頼の仕方がどうしても異なってくるのである。パリにも京都と同じみやびは感じられるし、洋の東西を超えた「照応」と交響が幾らでも起き、空間も時間も飛び越えられる。京都からパリへ、そこから浅井忠へ、という回路も融通無碍に夢幻のように設定できる。だが、田んぼと米ではそうはゆかない。

伊東を礼賛し、保田とは距離を置く著者は、一義的な野暮な決めつけ、単純な構図を決して許さぬ。鴨とはあくまで戦う。本書に収められたものなら「祇園祭私記」でも戦っている。祇園祭と縁のあまりに深い杉本家の当主として、祇園祭についてのある種の決めつけによる解釈をどうしても許せない。主に林屋辰三郎によって広められた説に強く異を唱える。林屋説は、祇園社の祭神のスサノヲノミコトが天津神に国を明け渡した国津神系の総元締めとしての怨みと不可分であるということを大前提に組み立てられる。だから祟る。祟り神になる。疫病神となる。京の都に悪疫をはやらす。特に夏場はそうだ。そこで祟り神を楽しませて宥めるための派手な祭りをやる。派手にやるには京の町衆がたくさんお金を出さなくてはいけない。京の町の資本主義の繁栄の度合いが問題にもなる。林屋はそのように祇園祭を解しているだろう。今日も定説であると言える。

ところが、それは著者の実感とはあまりに違う。そもそもスサノヲを祟り神とばかり決めつけてよいものか。「和歌の神、考案工夫の神、運だめしの神、眩暈の神」でもあるということを、林屋はわざと忘れて祇園祭を分かり易くしすぎているのではないか。著者は祇園祭にあくまで「風流」をみる。「風流」を「《詩的》《魔的》なものを目に見えるものの世界、耳に届くものの世界に、否応なくせき立てる技芸の原理」と呼ぶ。「詩的」「魔的」なものは必ず夢とうつつ、実在と非在のあいだを漂う。そのような目に見えぬものを目に見えるものにする。「照応」させる。不可視なるさまざまと可視なるさまざまを多元的・多層的に織り上げる。それが「風流」である。著者の学芸の基本的態度もまた「風流」である。著者は記す。「祇園会の山鉾のあの驚くべき多様な趣向は、疫神をなだめ、よろこばせ、こちらの味方にして悪疫を追い払うためのはからいとするには、あまりに念が入っている」。染織工、画師、金工師、木彫細工師、刀剣甲冑職、指物師、宮大工、能楽師、雅楽師の技芸の結晶が祇園祭の諸形象に他ならない。「日本の神はすべて、里を去りゆくうしろ姿に愁いの影をみせる、さびしい、かすかな人格である。スサノヲノミコトもその例外ではない」。著者はそういう神を信じる。疫神を恐れ鎮めようとして熱狂的に振る舞うようなものが祇園祭だとすればそれは「神の狂信」に基づく祭り。そんな祭りに著者はこれっぽっちも共感を寄せない。「神の狂信」は粗暴な田舎の信仰だ。「荒れた町」の宗教であってみやびでも「風流」でもない。都会のものではない。スサノヲは「和歌の神、考案工夫の神、運だめしの神、眩暈の神」。さびしさとかすかさのはざまを漂う神。「現存の二十基いずれもを例にとってもこういうスサノヲの性格を反映していないものはない」。どの山鉾もがスサノヲの何かしらの面を「風流」の技によって可視化している。しかしスサノヲの全体を具体化することはどこまで行っても不可能だ。夢とうつつのあいだにあるもののすべてを見通すことはできない。それだから「風流」もなりたつ。スサノヲを表し尽したなどという驕り高ぶりほど「風流」から遠いものはない。祇園祭は台無し。驕り高ぶりを戒めるところに恥じらいも諦めも生まれれば多様なるもののまずはせめてひとつに懸ける「風流」な心も育つ。そんな著者にかかれば『平家物語』もまた「春の夜の夢」、「色好み」の次元から語られるだろう。

すべては非暴力的に多声的に夢とうつつの間を漂っていなければならない。京の都と植物にはぐくまれた、都会の哲学者にして美学者、杉本秀太郎の確固たる思想である。

年譜

撮影：中田昭

●一九三一年(昭和六年)

一月二一日、京都市上京区中立売通堀川東入の加治産院にて出生。生家は京都市下京区綾小路通新町西入矢田町一一六番地。父郁太郎、母み紀の長男。生家は寛保三年(一七四三年)、奈良屋の屋号をもって京都烏丸四条下ルに京呉服、木綿、綿の仕入店を構え、明和四年(一七六七年)綾小路通新町西入矢田町に移り、ここを本店としていた。明治末より仕入店を千葉に新設、昭和六年、株式会社奈良屋百貨店を同所に開設。

生家のある矢田町は、応仁の乱後に祇園祭が復興して以来、伯牙山(通称琴破(ことわり)山)という舁山(かきやま)を町有して今にいたっている。

この年、九月一八日、満州事変起こる。戦争の時代に入る。

●一九三二年(昭和七年)　一歳

一〇月三日、弟次郎出生。

●一九三四年(昭和九年)　三歳

三月二八日、妹友子出生。

●一九三七年(昭和一二年)　六歳

四月一日、京都市立成徳尋常小学校に入学。一年、二年は男女共学。

七、八月、初めての夏休みの一カ月を京都南郊に借りた家で祖母と手伝いの女性と三人で暮らすうち、八月六日夜、宇治の陸軍火薬庫爆発。この年、七月七日、日中戦争始まる。

●一九四〇年(昭和一五年)　九歳

四年生のころより植物採集と腊葉（せきよう）標本作りに熱心となる。祖母が園芸植物販売会社より食虫植物のモウセンゴケ、ウツボカズラ、ハエトリソウを取り寄せ、また、庭に白いリラの苗木を植えてくれた。

•一九四一年（昭和一六年）　一〇歳

翌年にかけ、天体望遠鏡、風向計を作る。ロビンソン風力計の代用品試作に失敗をかさねた。

一二月八日、日本は米英両国に宣戦布告。太平洋戦争始まる。

•一九四二年（昭和一七年）　一一歳

三月、母と近江神宮に行き、畦道に若菜を摘む。秋、修学旅行で伊勢神宮へ。

•一九四三年（昭和一八年）　一二歳

三月、成徳国民学校（戦時改称）を卒業。

四月、京都市立松原中学校に入学。課外活動に生物班をえらび、蝶類、植物を採集。

五月、第一学年全員で、府下久世郡御牧村の農家に二、三名ずつ分宿、一週間の勤労奉仕。この年より祇園祭の山鉾建てが中止となる。

一二月九日、了徳寺の大根焚きに母にともなわれて行き、空腹飢餓の群にまじる。

•一九四四年（昭和一九年）　一三歳

七月、滋賀県高島郡今津町の西方、陸軍の饗庭野演習場で、第二学年、第三学年合同宿泊教練。

•一九四五年（昭和二〇年）　一四歳

二月、戦時家屋強制疎開の難に遭った五条通の家々を取壊す作業に第二学年全員が動員される。なかに級友の家が含まれていた。

三月一一日の深夜、アメリカ空軍、名古屋大空襲、母の実家焼失。

四月、第三学年第一学期開始後ほどなく学徒動員令により、宇治市内日本レイヨンの工場で終戦まで重労働に従事する。

七月六日夜、千葉空襲。奈良屋百貨店全焼。

八月一四日、日本政府、ポツダム宣言を受諾。連合国に降伏。一五日、戦争終結の詔書のラジオ放送。

九月、授業再開。蝶類採集も再開。

•一九四六年（昭和二一年）　一五歳

春と夏、比良山に蝶の採集。この年、同級の大町隆一より昭和一四年に河出書房の刊行した最初の『ボードレール全集』第一巻『悪の華』を借覧。また、母の本棚のトルストイ『日記』、厨川白村『近代の恋愛観』、円本『吉田弦二郎随筆集』などを読むうちに、昆虫少年から文学少年に移行。

•一九四七年（昭和二二年）　一六歳

三月一日、旧制第四高等学校の受験に金沢に向かうが不合格。

一二月、四国に修学旅行。

•一九四八年（昭和二三年）　一七歳

三月、再び第四高等学校を受験、文科甲類に合格。四月より寮生活。音楽クラブに入る。

八月、父に同行、弟妹とともに初めて千葉に行き、奈良屋百貨店を見る。

九月、出寮。金沢市間ノ町、発心寺に下宿。九月以降、小林秀雄『無常という事』『ランボオ詩集』『モオツアルト』を読む。

•一九四九年（昭和二四年）　一八歳

学制改革により旧制高校生活は一年で打ち切りとなり、京都に帰る。変則的に六月に実施された新制大学入試によって京都大学文学部に合格。七月、入学。九月より教養課程の授業が開始され、フランス語をまなび始める。

この年七月、昭和一八年以来絶えていた祇園祭山鉾建てが復活。

●一九五〇年（昭和二五年）　一九歳

二月、同人雑誌「PROARTE 3」に「ショパンの一問題」を書く。

一二月初め、同人雑誌「季節」第一号に「或る日」と題する散文二篇。「季節」同人は仏文科志望の同級生、筏圭司、塩津一太、杉本、中川久定、本田烈、山田稔に法学部在籍の酒井洌、武田忠治を加えた八名。

●一九五一年（昭和二六年）　二〇歳

一月、「季節」第二号に「雪と私」。

四月、文学部文学科仏語仏文学専攻に進む。

五月、肺浸潤。新薬パスを服用して治癒。失恋。このころより混迷。長い鬱の季節。この年、町内に居住していたL・クロイツァーの弟子・中野瑩子にピアノを習いはじめる。

●一九五二年（昭和二七年）　二一歳

八月、父杉本郁太郎の著書『奈良屋弐百年』刊行。

●一九五三年（昭和二八年）　二二歳

一月、卒業論文「ポール・ヴァレリー」を提出。三月、卒業。

七月、『伊東静雄詩集』を初読。またこのころより柳田國男、折口信夫を読む。

●一九五四年（昭和二九年）　二三歳

一月二一日、早稲田大学文学部在学中の弟次郎、東京で自殺。母、兄それぞれに短い遺書。

四月、関西日仏学館にかよってフランス語をやり直す。

一〇月、同人雑誌「こめえるす」第一号に詩二篇「彼方熟るるものを呼ばん」「咏唱」。同人は筏圭司、塩津一太、本田烈。一号のみで終了。

●一九五五年（昭和三〇年）　二四歳

五月、両肩、両腕、胸部、股間部を急性湿疹に冒され、約三カ月にわたって京都第一日赤病院に通院する。

七月一七日、祇園祭礼の山鉾巡行に、居住する矢田町の伯牙山に初めて裃を着けて供奉。以降、毎年のこととなる。

八月、日仏学館で親しくなっていた彫刻家山本恪二の家にかよって頭像のモデル。

●一九五六年（昭和三一年）　二五歳

四月、京都大学大学院文学研究科仏語仏文学専攻を受験、入学。

七月八日より一三日にかけて島原半島を独り旅。

一〇月、このときの旅日記を同人雑誌「くろおぺす」二〇号に掲載。この頃よりフレイザー、レヴィ＝ブリュル、カッシーラー、S・K・ランガーを読む。

●一九五八年（昭和三三年）　二七歳

一月、修士論文「《若きパルク》の隠喩と身振り言語」（仏文）を提出。

四月、博士課程に進む。同月、京都女子大学非常勤講師となる。

九月、「人文論叢」創刊号に「絵と文字——サン＝テグジュペリのさしえ」。

一〇月、「FRANCIA 2」に「ヴァレリーの詩学――言語の問題」。
一一月二二日、母の姉、斎藤登喜の三女千代子と結婚。
•一九五九年（昭和三四年）　二八歳
五月、「日本小説をよむ会」第七回例会に出席。この読書会は多田道太郎、山田稔を世話人に前年一〇月より毎月開かれ、常連の一人となる。
•一九六〇年（昭和三五年）　二九歳
四月、人文書院の『伊東静雄全集』編集会議に出席、富士正晴に紹介される。
五月、京都大学人文科学研究所の共同研究「文学理論の研究」に所外より加わる。
六月四日、昭和三五年度日本フランス文学会定期大会に上京、「《La Jeune Parque》における隠喩の二、三について」と題して口頭発表。大会後、多田道太郎、山田稔らとともに安保条約反対の国会デモに加わる。同月、「日本小説をよむ会」会報三号に短文「父と子」。「視界」創刊号に「伊東静雄の詩」、二号に「ある対話――J・W・N・サリヴァンの音楽論について」。
•一九六一年（昭和三六年）　三〇歳
三月、大学院博士課程単位取得退学。
•一九六二年（昭和三七年）　三一歳
四月、京都女子大学文学部専任講師。
•一九六三年（昭和三八年）　三二歳
一一月四日、長女園子出生。
•一九六四年（昭和三九年）　三三歳
二月、同人雑誌「VIKING」に「うれし子」。
四月、同誌に「鳥獣虫魚」。
九月、ひそかに訳していたアラン『文学のプロポ』を『アラン文学論集』として白水社より刊。
•一九六五年（昭和四〇年）　三四歳
一月一日号より「産経新聞」夕刊に「新考おとぎ話」をペンネーム水木康で隔週九回連載。
二月二六日、二女節子出生。
四月、京都女子大学助教授。
六月七日、祖母たつ、自宅にて没。
•一九六六年（昭和四一年）　三五歳
五月、「文学理論の研究」班の報告論文として「植物的なもの――文学と文様」を書きあげる。
•一九六七年（昭和四二年）　三六歳
二月一三日、三女歌子出生。
七月七日、京都女子大学在外研修員として羽田空港を発つ。同時に京都大学人文科学研究所の「ヨーロッパ学術調査」に所外より三カ月間参加。七月二〇日より三週間、多田道太郎に同行、ブルターニュ地方を回る。
八月三一日、ホテルを引払い、パリ一六区マレシャル・リヨテ二七番地のアパルトマン内、ピエール・フォソリエ家の一室に、翌年七月一日、パリを去るまで下宿。
一〇月よりパリ大学付属音声学研究所に学生登録、フランス語の発音ならびに詩、散文の朗読をまなぶ。
•一九六八年（昭和四三年）　三七歳
三月より五月にかけてイタリア、オランダ、イギリスに旅行。パリに戻り五月革命に遭遇、鉄道・郵便のゼネスト長期化。

七月一日、帰国。

一一月、「ヨーロッパ学術調査」隊の報告の一部『素顔のヨーロッパ』に「天然の良港」「ポン・ターヴェンの冬」。

•一九六九年（昭和四四年） 三八歳

一月、アンリ・フォシヨン『形の生命』刊（滞仏中、初校ゲラを検討していた）。「私学研修」に「フランス語の発音と詩の朗読に関する覚書」。

四月、「VIKING」に小説「シモネッタ」、七月、同誌に「仏と仏」。

六月、「日本小説をよむ会」会報百号記念特集号に「石榴塾瑣事」「アッシジ」。

この年四月より京大仏文同級の大槻鉄男を京都女子大学に迎え、以後親交を深める。

•一九七〇年（昭和四五年） 三九歳

前年より、大学改革を求める学生運動。全共闘女子学生による大学事務棟の封鎖、教授会分裂。

二月、大槻鉄男との共著で『新フランス文法』を白水社から刊行。この年に刊行の『社会科学大辞典』に「叙事詩」「文体」の二項目を執筆。

•一九七一年（昭和四六年） 四〇歳

四月、京都女子大学教授。同月より京都大学仏文学科講師。

五月三日、高橋和巳没。友人の一人として弔辞を述べる。

一〇月、「VIKING」にH・S・ヴイッキング作、四葉亭二迷訳「浮藻を枕」（トルストイ作、二葉亭四迷訳「つゝを枕」のパスティーシュ）。

•一九七二年（昭和四七年） 四一歳

二月、「大田垣蓮月――魅力ある女性像」を「京都女子大学学生新聞」に、「京都女子大組合ニュース」に「遊びと太陽」と題して蓮月のことをしるす。

一〇月一日より毎月一回「京都新聞」に「洛中閑歩」の連載を始める。三八回連載分が『洛中生息』に。

•一九七三年（昭和四八年） 四二歳

雑誌、新聞の原稿注文が増しはじめる。この年、しきりに古書店をめぐり、蓮月尼に関連する資料を集め、『森銑三著作集』を手引きに江戸時代、天明より幕末にいたる間の京都文明の形態を身近にたぐりよせる。

•一九七四年（昭和四九年） 四三歳

八月一日より九月一〇日の間に『大田垣蓮月』の原稿三六〇枚を一気に書き上げる。

•一九七五年（昭和五〇年） 四四歳

三月二日より四月七日までパリに滞在、旧下宿に泊まる。ベルギーに一人旅。

四月、京都大学人文科学研究所の共同研究班として「『悪の花』注釈」班が発足、参加を促される。

五月、初めての著書『大田垣蓮月』を刊。

一二月一六日、パリの下宿主人ピエール・フォソリエ没。八〇歳。

•一九七六年（昭和五一年） 四五歳

この年、諸誌紙に掲載相次ぐ。

一〇月、二冊目の著書『洛中生息』刊。

•一九七七年（昭和五二年） 四六歳

六月、『文学演技』刊。

七月一一日、『洛中生息』に第二五回日本エッセイスト・クラブ賞が与えられる。

●一九七八年(昭和五三年)　四七歳

雑誌「av」一月号より六月号まで「本の周辺」を、「みすず」一月号より一一、一二月合併号まで「余技の画人たち」を連載。

三月二四日、『文学演技』によって第二八回芸術選奨文部大臣新人賞を受賞。

四月、定期検診で小さな胃潰瘍発見。

この年、「京都新聞」そのほかに連載多数。

●一九七九年(昭和五四年)　四八歳

一月一四日、親友大槻鉄男急死。四八歳。

一一月四日、妻千代子、市川交響楽団とチャイコフスキー『ピアノ協奏曲』第一番を協演。

一二月、「日本小説をよむ会」編「大槻鉄男追悼集」に「忘れ残り」。

この年も諸誌紙に掲載多数。

●一九八〇年(昭和五五年)　四九歳

一月、アラン『音楽家訪問』刊。

二月、「読売新聞」「しおり」に連載四回。この月、母み紀、緑内障手術のため入院。

三月、大槻鉄男、イヴ゠マリー・アリュとの共著『最初のフランス語』(装幀阿部慎蔵)刊。

五月、「図書」に石川淳、丸谷才一と座談会「歌仙　旅衣の巻」。

同月二五日、美濃谷汲に一泊取材の旅に出、根尾谷の淡墨桜を初めて見る。

六月一五日、「上徳は谷のごとし」(白水社『バッハ叢書』第八巻月報8号)。

●一九八一年(昭和五六年)　五〇歳

「ちくま」一月号より三月号まで「わが友の書三話」、「朝日新聞」夕刊「日記から」に一月一二日より一一回、「毎日新聞」火曜日の夕刊「視点」に「物尽し」を一月六日より一三回連載。

二月、大槻鉄男との共著『散文の日本語』刊行。

六月八日、母み紀没。同月、阿部富美子独唱会プログラムのために歌詞を和訳。

七月、岡部伊都子と「山町鉾町」のために対談「祭ばなし」。この年より、祇園祭の伯牙山保存会長。

●一九八二年(昭和五七年)　五一歳

二月、フィリップ・ジュリアン『世紀末の夢』刊。

四月、メーテルリンク詩集『温室(抄訳)』刊。

九月二四日、京都女子大学在外研修員(期間六カ月)としてパリへ出発。第五区トゥルヌフォール通四番地「レジダンス・パリジァーナ」に投宿、翌年三月三一日まで居処を変えず。『徒然草』『芭蕉七部集』を携える。

●一九八三年(昭和五八年)　五二歳

四月一日、パリより帰着。

六月二四、二五日、上京して石川淳、丸谷才一、大岡信と「歌仙　雨の枝の巻」(「ユリイカ」九月号)。「ふらんす」一〇月号より翌年三月号まで「パリの風物」を連載。

●一九八四年(昭和五九年)　五三歳

一月、「すばる」六月号まで「序破急」連載。

六月、京都市社会教育総合センター「祇園祭展」パンフレットで桑原武夫と対談「祇園祭・京の町方と祭礼の文化」。

この年、伊東静雄詩集『わがひとに與ふる哀歌』註釈の手はずをととのえ一〇月より書き溜める。

•一九八五年(昭和六〇年)　五四歳
七月、筑摩書房より『伊東静雄』刊行。同月より、「太陽」に二四回にわたり「絵　隠された意味」を連載。

一二月、「すばる」で石川淳、丸谷才一、大岡信と「四吟歌仙紅葉の巻」。

•一九八六年(昭和六一年)　五五歳
三月、京都大学人文科学研究所・共同研究報告『《悪の花》註釈』上・下の一九篇の註釈を担当。

この年、岩波書店「古典を読む」シリーズの約束を果たすべく『徒然草』の古註いろいろを読み、切り口を思案することとしきり。

•一九八七年(昭和六二年)　五六歳
二月二七日より三月一〇日まで中国旅行。この年五月二一日に創設決定した国際日本文化研究センターの設立趣旨、研究システムを説明広報するべく、北京、長春、吉林、瀋陽、天津、上海の大学、研究機関を歴訪。

五月一一日付けで京都女子大学附属図書館長。

七月一五日、富士正晴没、七三歳。

一一月、『徒然草』刊。

•一九八八年(昭和六三年)　五七歳
二月二二日、著書『徒然草』によって第三九回読売文学賞を受賞。

三月、多田道太郎編『ボードレール　詩の冥府』刊、エッセイ五篇を収録。同月三一日、京都女子大学を退職。

四月一日、国際日本文化研究センター(以下、日文研と略記)教授に就任。共同研究「江戸時代の芸術における外国文化の受容と変容」の主宰をドナルド・キーンより継承する。同月一〇日、桑原武夫没、八十三歳。

五月、石川淳『天馬賦』に解説。

九月三日より二〇日まで、日文研の「海外における日本関係映像資料の総合的調査」のためパリに出張。

一二月二七日、PR誌「本」連載の「平家物語」取材のため鹿児島県硫黄島(鬼界ヶ島)にわたる。

•一九八九年(昭和六四年・平成元年)　五八歳
一月七日、初孫出生。

四月二六日、父郁太郎、千葉にて没。父の死に前後して、京都の生家(明治三年上棟)の町家建築保存策が焦眉の急を告げる一方、相続問題また紛糾、京都と千葉を往還すること頻々。

「本」一月号より連載を始めた「平家物語」の毎月の原稿を第一に心掛け、その他の執筆は極力回避。

•一九九〇年(平成二年)　五九歳
二月二〇日、生家の主屋および土蔵建築が京都市指定有形文化財となった。

一二月一六日、多年ひそかに楽しみつつ続けていたウジェーヌ・フロマンタン『昔の巨匠たち』の翻訳原稿を一括して白水社にわたす。

•一九九一年(平成三年)　六〇歳
三月、「富士文庫・個人詩集目録・序――物と人」(茨木市立図書館『富士正晴資料整理報告書』第二集)。

四月より、日文研で李時珍『本草綱目』講読研究会に加わる。

同月二〇日より二八日まで、小川流煎茶会に加わり中国江南の旅。

七月五日より半年間「日本経済新聞」夕刊「プロムナード」に「洛中通信」連載。

一一月、新版『文学演技』(解説斎藤正彦)刊。

•一九九二年(平成四年)　六一歳

二月一日、京都府教育委員会は「財団法人奈良屋記念杉本家保存会」の設立を許可。以後、同財団理事長の重責を負う。

九月一一日より二〇日まで、糸あやつり人形結城座が杉本訳『ペレアスとメリザンド』により上演、パンフレットに「メーテルリンクの芝居」。

•一九九三年(平成五年)　六二歳

一月三〇日、肺炎の恐れあり、京都府立医大附属病院に入院。比叡をながめる窓。水彩画に興じ、二月五日、退院。

四月より、日文研における共同研究「短冊の研究」班を組織して主宰。『平家物語』取材旅行(金沢、壇ノ浦、宮島、大三島)。

•一九九四年(平成六年)　六三歳

三月一一日より二四日まで、パリ、ニース、フィレンツェなどを旅行。

一〇月、「財団法人杉本家保存会」会報創刊号に「会報創刊にあたって」および「綾小路を通った人(一)——田辺玄々と峨洋」。

一一月六日より一六日にかけて日本ペンクラブ会員一行に加わり、プラーハの国際ペンクラブ大会に。

この年より、財団法人祇園山鉾連合会理事に就任。

•一九九五年(平成七年)　六四歳

一月、鳥取県境港に。

二月、日文研本草研究班と長崎、雲仙、平戸に。

五月、日文研合同調査旅行(北海道アイヌ遺跡巡覧)。

一二月、「本」連載の「平家物語」八二回をもって完結。

•一九九六年(平成八年)　六五歳

二月、講談社より『平家物語』刊。二月二九日より三月八日ま

《比叡山》　水彩　225 x 152センチ

でイタリア小旅行。

三月三一日、日文研を停年退職。同月より、『杉本秀太郎文粋』全五巻を筑摩書房より刊行。

一〇月二五日、『平家物語』によって第二三回大佛次郎賞を受賞。

一二月一五日、日本芸術院会員に推挙される。

•一九九七年(平成九年)　六六歳
四月、「一冊の本」に「音沙汰」と題して連載開始(二〇〇四年五月まで八二回)。

五月、「新潮」に「まだら文」と題して連載開始(九八年一二月まで九回)。

六月一日より一九日までパリに。カルティエ財団の「もろもろの愛展」を取材、フィリップ・ソレルス、ジャン・エシュノーズ、ロバート・ウィルソンと対談。

一一月一六日より二〇日まで、「財団法人奈良屋記念杉本家保存会」の建物を会場にした「ダニエル・オスト展」に短文。

•一九九八年(平成一〇年)　六七歳
四月二一日より二九日までパリに。もっぱらパリ市中を散策。

五月、「水の女神の寡黙な魂——メーテルリンク＝ドビュッシーの夢」をオペラ『ペレアスとメリザンド』の上演プログラムに。

九月、ボードレール『悪の花』(六一篇)刊。この年より大佛次郎賞選考委員(二〇〇〇年まで)。

•一九九九年(平成一一年)　六八歳
三月、新潮社より『まだら文』刊。

五月、伯牙山の懸装品のうち水引「緋羅紗地唐人物図」(中国清代製)二面の復元新調事業が完成した。

一一月一〇日より二〇日までパリに。浅井忠、藤田嗣治、岡鹿之助の旧アトリエを検分。一二日、オペラ『ルル』を初見。一七日、パリ西郊のモンフォール＝ラモリにラヴェル故居を訪ねる。

•二〇〇〇年(平成一二年)　六九歳
七月、少年時代よりなじみの古書店富士屋(西洞院通四条下ル)廃業、同月七日「京都新聞」夕刊「現代のことば」に「店じまい」。

一〇月、朝日新聞社より『音沙汰——一の糸』刊。同月、『神遊び』(解説井上義夫)刊(巻末の私の「年譜」作製に夏二カ月をついやす)。

•二〇〇一年(平成一三年)　七〇歳
六月、ひそかに訳していたアナトール・フランスの長篇小説『赤い百合』刊。

九月一一日、ニューヨーク事件。アメリカは直ちに対イラク報復戦争に着手。テレビに映るブッシュ大統領の顔からのがれ、同月一三、一四日、琵琶湖畔に赴き水彩を描く。同月、『品定め』刊。

•二〇〇二年(平成一四年)　七一歳
二月、千葉県佐倉市立美術館に「浅井忠の図案展」を見る(「芸術新潮」五月号に展評)。

四月、滋賀県立陶芸の森陶芸館に「ルーシー・リー展」を見る(「芸術新潮」六月号に展評)。恩田陸と平野神社に桜を見る(朝日新聞出版の池谷真吾同道。以降毎年つづける)。

五月、中公クラシックス、アラン『芸術論集　文学のプロポ』

刊（編集と「解説」）。

七月一九日、外出中に階段より落下、右手首骨折、入院、手術。三カ月執筆不能。リハビリに専念（翌春、完治）。

•二〇〇三年（平成一五年）　七二歳

三月、「京都新聞」夕刊「現代のことば」に「青い兎」。

四月、「一冊の本」の「音沙汰」六九回に「トルストイの『ハヂ・ムラート』」。

一二月、「現代のことば」に「大根おろし」。三篇いずれにもアメリカ批判をこめる。「音沙汰」七四回（九月号）より七八回（二〇〇四年一月号）までポール・ゴーギャン《乾草》（東京・ブリヂストン美術館蔵）について連載。

一一月三日、旭日中綬章を授与さる。

•二〇〇四年（平成一六年）　七三歳

講談社「週刊花百科」の「四季の花語り」を二月創刊以降、一一回担当。

四月、『現代随想集　青い兎』刊。同月、京都服飾文化研究財団「ファッションと色彩展カタログ」にレヴィ＝ストロース「赤には二面があること」を訳載。

五月、「音沙汰」連載八二回で打ち切る。

八月、新潮社季刊誌「考える人」夏号より「京都夢幻記」連載を始める。第一回「蟻ヶ池」。

一一月、「考える人」秋号に第二回「貞女と常七」。

一〇月、旧著『大田垣蓮月』の新版を青幻舎より刊。

一一月、四国金刀毘羅宮に円山応挙、伊藤若冲を見る。

この年、芸術選奨（文学部門）選考委員。

•二〇〇五年（平成一七年）　七四歳

二月、「考える人」冬号に連載第三回「花がたみ」、五月、春号に第四回「狐の毛玉」、八月、夏号に第五回「植物小誌」、一一月、秋号に第六回「鼬」。

四月、ギリシアにツアー旅行一〇日、のち単身パリに四日滞在。

五月、三河湾の篠島に旧友たちと一泊。

七月半ば頃より、前立腺に異常が見つかり手術と治療。

一一月一日、京都市より文化功労賞を受く。同月、講談社文芸文庫『半日半夜』（編ならびに解説阿部慎蔵）刊。

•二〇〇六年（平成一八年）　七五歳

二月、「考える人」冬号に連載第七回「須田さん」、五月、春号に第九回「柳橋水車」、一一月、秋号に最終回「天馬帖」。

三月一六日、日本文化伝統振興賞を受く。同月、雑誌「CABIN」（中尾務編集発行）八号「富士正晴小特集三」に「富士の裾野」、「國華清話会」第七号に辻惟雄と対談「京の町屋から」。

九月六日より一〇日まで、ベルギー、アントウェルペンに滞在。八日、ノートル・ダム大聖堂にルーベンス《キリスト昇架》および《降架》を見る。

一一月、三好達治『萩原朔太郎』講談社文芸文庫版に「解説」。梶井基次郎『檸檬』近代文学館復刻新版の栞に「滅形」。二三日、出雲大社本陣を訪ね当主藤間亨の計らいに浴し、夜、出雲大社の神迎えの儀式を見る。二四日、単身松江への途次、神魂（かもす）神社、意宇川上流に熊野大社を訪ね、のち小泉八雲故宅を見る。

この年、再び芸術選奨（文学部門）選考委員（平成一九年度まで）。

•二〇〇七年(平成一九年)　七六歳

一月、「祇園祭のこと」を書き下し、「考える人」の連載一〇回にこれを加え、二月『京都夢幻記』刊。

四月五日、奈良へ水彩画を描きに一泊。一四日、ピアニスト、ルース・スレンチェンスカ(一九二五〜　)来宅、内密の演奏(三船文彰、大野陽子同行。一一月二一日、再び来宅、演奏)。

五月二二日、左眼の白内障手術。

六月五日、右眼手術。視野きわめて明るくなり、メガネほとんど不要。同月、「土塀　鹿　花」(角川マガジンズ「日本を描く――奈良」)。

一一月二一日、「日本経済新聞」(大阪)夕刊に「誰が袖屏風」(大阪市立美術館「黄金の輝き　BIOMBO　屏風展」――「私の一点」)。

一二月二日、多田道太郎没、八三歳。一一日上京、東京フィルハーモニー交響楽団定期公演を聞く。シェーンベルク「交響詩ペレアスとメリザンド」(指揮者若杉弘)に対応し公演パンフレットに「内緒ごと――メリザンド伝説」。『琳派の愉しみ』(ランダムハウス講談社)に「宗達巡覧」。雑誌「コヨーテ」二四号に「煎茶で文人墨客する」。

•二〇〇八年(平成二〇年)　七七歳

一月二一日、満七七歳(喜寿)。年末から年初にかけて二〇〇一年以後のスケッチブックに貼り付けたまま放置していたエッセイ、随筆が二冊分の量を見た。『火用心』(編集工房ノア)と題して一冊、もう一冊は『ひっつき虫』と題して、いずれも五月一日刊。

一月、「新潮」新年号に「屏風の影」。二六日、パリへ。二八日、『源氏物語』の新仏訳に取り組むフランス国立東洋言語文化学院日本学部所属の研究者たち五人とパリ第七大学で会合、座談会を傍聴。二九日、パリ南東ナンジスにランビヨン教会堂を見に行く。三〇日、ロンドン。

二月一日、ケンブリッジ、キングス・カレッジ教会堂に《三賢王礼拝》を見る。二月末、一九六九年一月に岩波書店刊行の拙訳アンリ・フォシヨン『形の生命』を一から改訳しはじめたのは九年前のことだったが、なまけながら励み、訳了。

四月、「『源氏物語』――散らしと隠し」(ランダムハウス講談社MOOK『世界の源氏物語』)、メーテルリンク『ガラス蜘蛛』(高尾歩訳、工作舎、七月刊行)に解説。

五月、堀江敏幸『回送電車』中公文庫版(六月刊行)に「解説――無用の用」、『蕪村全集』第五巻(講談社、一一月刊行)「月報」に「蕪村と祇園会」。

六月二〇日、ソウルに。二三日、扶余。二四日、陶芸作家朴英淑を訪問、帰国。

七月一〇日、講談社文芸文庫『「徒然草」を読む』(解説光田和伸)刊。一一日、湯川成一没、七一歳。

八月一四日、「週刊・世界の美術館」(講談社)三号「ウフィツィ美術館1」のコラム「見落とせないこの一点」に「ポッライウォーロ《ヘラクレスとヒドラ》《ヘラクレスとアンタイオス》」。一五日、桑原田鶴没、九四歳。二〇日、『京都地籍図・復刻』(不二出版)引札に「鬼に金棒」。

九月一九日、龍安寺の石庭を見る。

一〇月二日、「週刊・世界の美術館」一〇号「アムステルダム国立美術館」の前出欄に「レンブラント《石橋のある風景》」。七日、西本願寺聞法会館に「ノルマンディ・メーヌトロンプ演奏団」儀典吹奏を聞く。一三日、琵琶湖の竹生島に。二三日、「週刊・世界の美術館」一三号「ロンドン・ナショナルギャラリー1」前出欄に「ポッライウォーロ《アポロンとダフネ》」。

一一月三〇日、平凡社ライブラリーの一冊として刊行決定したフォシヨン『改訳　形の生命』の「改訳版あとがき」をしるす。

一二月一一日、「週刊・世界の美術館」二〇号「ウフィツィ美術館2とサンマルコ美術館」前出欄に「マンテーニャ《東方三博士の礼拝》」。

一二月二五日、初雪。

この年より桑原武夫学芸賞選考委員。

•二〇〇九年(平成二一年)　七八歳

一月一日、「週刊・世界の美術館」二三号「オランジュリー美術館」前出欄に「ピカソ《櫛を持つ女》」。

二月八日、上京しサントリーホールに仲道郁代ピアノリサイタルを聴く。一〇日、フォシヨン『改訳　形の生命』(平凡社ライブラリー)刊。

三月三日、高橋悠治を囲んで座談、座談後高橋のピアノ演奏を聴く(座談参加者は、山田慶児、細川周平、八巻美恵、那須耕介、瀧口夕実、北沢街子、黒川創。この座談は後日書籍化されそれに序文を書く)。

三月五日、「週刊・世界の美術館」三一号「ルーヴル美術館4」前出欄に「ジェームス・プラディエ《サテュロスとディオニュソスの巫女(彫刻)》」。一〇日、『ダニエル・オストの花 in 京都』刊、序文「鋭くそして豊かな芸術」。一六日、季刊誌「小説トリッパー」に二〇〇六年冬季号以来、私の詩、俳句、和歌(短歌ではない)を序詞として毎回掲げた恩田陸の小説「六月の夜と昼のあわひに」二〇〇九年春季号で連載一〇回完結。二〇日、京都府民ホール「アルティ」に河野美砂子ピアノリサイタル(「モーツァルトに会いたい」最終第五回)を聴く。

四月一日、「朝日新聞」夕刊コラム「私の収穫」に「球根」、二日、「改訳」、八日、「永字八法」、九日、「含羞のリズム」。二日、「週刊・世界の美術館」三五号「ピッティ美術館とアカデミア美術館」前出欄に「ティツィアーノ《ラ・ベッラ》」。

五月一〇日、講談社文芸文庫『伊東静雄』(解説原章二)刊。

六月二〇日、名古屋に出向き「ポール・ゴーギャン展」を見る。

•二〇一〇年(平成二二年)　七九歳

二月一〇日、青草書房より『夢の抜け口』(写真家・甲斐扶佐義氏とのコラボレーション)刊。

六月二八日、韓国へ旅行。

六月二九日、杉本家住宅、重要文化財に指定さる。

•二〇一一年(平成二三年)　八〇歳

七月一八日、青草書房より『だれか来ている　小さな声の美術論』刊。

八月一七日、甲斐布扶義と久田へ取材旅行。

•二〇一二年(平成二四年)　八一歳

一月一一日、京都芸術大学東京外苑キャンパスにて公開講座「杉本秀太郎が語る平家物語と徒然草」(二五日、二月一五、二九日、三月二一日)。

二月九日、辻原登氏来訪。梛の苗木を持参(のち自庭に京都市長立ち会い植樹)。

六月五日、血液検査で異常が見つかる。

この年より、吉田秀和賞の選考委員。

•二〇一三年(平成二五年)　八二歳
一月一七日、「日本経済新聞」に「応挙について」。

五月六日、体調急変して市民病院へ緊急入院(一六日退院)。

九月八日、再入院(一四日退院)。

一二月六日、「家庭画報」に「蓮月尼について」。

この頃、漱石、宗達に関する資料を集め、大きな仕事を目標に準備を始める。

•二〇一四年(平成二六年)　八三歳
一月三〇日、市民病院に再々入院(二月七日退院)。

二月一四日、編集工房ノアより『駝鳥の卵』刊。

三月二三日、「日本経済新聞」に「ピアニスト」(ダニール・トリフォノフ、カティア・ブニアティシヴィリ、アンジェラ・ヒューイット)。

一一月二八日、辻原登、湯川豊、渡邊彩予、清田央軌の四氏来訪。雑誌「すばる」のロングインタビューの企画打ち合わせ。

この頃より、体調の衰えが目立つようになる。輸血にて血液を保つ。日課として毎日欠かさず弾いていたピアノ、モーツアルト、ハイドンのソナタに変わって、体調の変化によるものか、もっぱらバッハの『平均律』になる。

二〇一五年(平成二七年)　八四歳
年明け早々から背中の痛み、咳がひどく輸血を繰り返す。

二月六日、京都府より特別文化功労賞を授与さる。

二月二四日より五月二日まで入退院をくりかえす。

四月初め、毎年欠かさずの花見を木屋町通、平野神社に独りで出かける。

五月一八日、自宅にて第一回ロングインタビュー（インタビュアー湯川豊）。当インタビューは「すばる」八月号に掲載。同号には辻原登の追悼文。

五月二七日、午前七時三五分永眠。死因は白血病。

一二月一二日、西大谷本廟に埋葬。法名・無量院釋浄秀。

著書目録

【単行本】

大田垣蓮月　淡交社（1975）、〔改訂版〕小沢書店（1982）、〔新版〕青幻舎（2004）
洛中生息　みすず書房（1976）
文学の紋帖　構想社（1977）
文学演技　筑摩書房（1977）、〔のち筑摩叢書、解説：斎藤正彦〕（1991）
続・洛中生息　みすず書房（1979）
私の歳時記　彌生書房（1979）
回り道　みすず書房（1981）
西窓のあかり　筑摩書房（1983）
伊東静雄　筑摩書房（1985）〔近代日本詩人選18〕
絵草紙　創樹社（1986）
ピサネロ　装飾論　白水社（1986）〔白水社アートコレクション〕
徒然草　古典を読む25　岩波書店（1987）、のち岩波同時代ライブラリー（1996・1）
花ごよみ　平凡社（1987）
絵　隠された意味　平凡社（1988）
パリの電球　岩波書店（1990）
冬の月　湯川書房（1991）
洛中通信　岩波書店（1993）
異郷の空　パリ・京都・フィレンツェ　白水社（1994）
平家物語　講談社（1996・2）
春を楽しむ花ごよみ　平凡社（1998・2）
夏を楽しむ花ごよみ　平凡社（1998・2）
秋を楽しむ花ごよみ　平凡社（1998・9）
冬を楽しむ花ごよみ　平凡社（1998・9）
まだら文　新潮社（1999）
音沙汰――一の糸　朝日新聞社（2000・10）
神遊び（讃・井上義夫）　展望社（2000・10）
品定め　展望社（2001）
青い兎〔現代随想集〕　岩波書店（2004・4）
京都夢幻記　新潮社（2007）
ひっつき虫　青草書房（2008・5）
火用心　編集工房ノア（2008・5）
夢の抜け口（写真：甲斐扶佐義）　青草書房（2010）
だれか来ている：小さな声の美術論　青草書房（2011）
駝鳥の卵　編集工房ノア（2014）

【作品集】

杉本秀太郎文粋1　エロスの図柄　筑摩書房（1996・3）

杉本秀太郎文粋2　京住記　筑摩書房（1996・4）
杉本秀太郎文粋3　諸芸の論　筑摩書房（1996・5）
杉本秀太郎文粋4　蔦の細道　筑摩書房（1996・6）
杉本秀太郎文粋5　幻城　筑摩書房（1996・7）

【共著】

京都の散歩みち　山渓文庫33（上野瞭、西尾雅之、光明正信、塚本珪一、山本俊一郎）　山と渓谷社（1965）
La nouvelle étude systématique de français　新フランス文法（大槻鉄男）　白水社（1970）
インきょうと（ユルグ・アンゲルマット〔写真〕）　駸々堂出版（1972）
禅林寺　古寺巡礼京都23（稲垣眞哲）　淡交社（1976）
新薬師寺　古寺巡礼奈良4（中田聖観）　淡交社（1979）
Premières leçons de français　最初のフランス語（大槻鉄男・イヴ＝マリー＝アリュ）　白水社（1980）
散文の日本語　日本語の世界14（大槻鉄男）　中央公論社（1981）
新京都案内　都鄙問答（森裕貴〔写真〕）　岩波書店（1983）
酔いどれ歌仙（石川淳・丸谷才一）　青土社（1983）
花（安野光雅）　岩崎美術社（1987）
浅酌歌仙（石川淳・大岡信・丸谷才一）　集英社（1988）
京の町家（西川孟）　淡交社（1992）
町家　民家1（伊東ていじ／高井潔〔写真〕）　新潮社（1993）
みちの辺の花（安野光雅）　講談社（1994）
玉堂　水墨画の巨匠13（浦上玉堂・星野鈴）　講談社（1994）
京洛詩集（大槻鉄男）　ミサワホーム総合研究所（1994）
古典の扉　第二集（亀井俊介）　中公クラシックス第二集（2005）

【訳書】

「ミナ・ド・ヴァンゲル」（スタンダール著）　郁梨舎（1959）
「人生語録」（アラン著）　彌生書房（1960）
「アラン文学論集」（アラン著）　白水社（1964）
「空っぽのトランク」（ドリュ・ラ・ロシェル著）世界の文学52　中央公論社（1966）
「形の生命」（アンリ・フォシヨン著）　岩波書店（1969）
「彫刻家との対話」（アラン著）　彌生書房（1970）
「リヒャルト・シュトラウス」（クロード・ロスタン著）　音楽之友社（1971）
「音楽のために　ドビュッシー評論集」　白水社（1977）
「ペレアスとメリザンド」（モーリス・メーテルリンク著）　湯川書房（限定版1978・4：上製版1978・5）
「文学折りにふれて」（アラン著）アラン著作集8　白水社（1981）
「世紀末の夢　象徴派芸術」（フィリップ・ジュリアン著）　白水社（1982）
「温室」（モーリス・メーテルリンク著）　湯川書房（抄訳1982）、雪華社（全訳1985）
「永劫回帰」（ジャン・コクトー著）　ジャン・コクトー全集8　東京創元社（1987）
「酔いどれ船」（アルチュール・ランボオ著）　京都書院（1988）

「昔の巨匠たち」(ウジェーヌ・フロマンタン著)　白水社
(1992)
「悪の花」(ボードレール著)　彌生書房(1998)
「赤い百合」(アナトール・フランス著)　臨川書店(2001)

【編著】
アンリ・フォシヨン『手の称賛』　第三書房(1972)
兼常清佐『音楽巡礼』　創樹社(1985)
桑原武夫『その文学と未来構想』　淡交社(1996)
アラン『芸術論集文学のプロポ』　中公クラシックス(2002)

【共編著】
富士正晴作品集　全五巻　廣重聰・山田稔と共編　岩波書店
(1988・7～11)

【文庫】
アラン『音楽家訪問』(訳書)　岩波文庫(1980)
新編『洛中生息』(解説：原章二)　ちくま文庫(1987)
『大田垣蓮月』(解説：高橋達明)　中公文庫(1988)
『ペレアスとメリザンド』(訳書)　岩波文庫(1988)
『伊東静雄詩集』(編著)　岩波文庫(1989)
『音楽と生活』兼常清佐随筆集(編著)　岩波文庫(1992)
『花ごよみ』　講談社学術文庫(1994)
『半日半夜』杉本秀太郎エッセイ集(解説：阿部慎蔵)　講談社
文芸文庫(2005)
『徒然草』を読む(解説：光田和伸)　講談社文芸文庫(2008)
『平家物語』　講談社学術文庫(2002)
『伊東静雄』(解説：原章二)　講談社文芸文庫(2009)

本書を仕上げるにあたって、杉本千代子、井上義夫、武藤剛史、湯川豊、小山万里子、東郷和子の諸氏から格別のご助力をいただいた。記して鳴謝します。

魂の花びら、思索の文様

二〇二四年五月二七日　第一刷　発　行

著者――杉本秀太郎

発行者――山本康

発行所――四明書院
〒一一三―〇〇三三
東京都文京区本郷一―二七―八―一〇〇三
電話（〇三）六七一五―九一九五
Fax（〇三）六二四〇―〇一八五
振替　〇〇一二〇―〇―三〇〇四六六

印刷――株式会社理想社

製本――株式会社松岳社

装丁――松倉浩＆〔東幸央〕

ISBN978-4-9906038-2-3 C0073